KB239420

솔로몬의
위증
1

**SOROMON NO GISHO I - JIKEN**
by MIYABE Miyuki

Copyright © 2012 MIYABE Miyuki
All rights reserved.
Originally published in Japan by Shinchosha Publishing Co., Ltd., Tokyo.
Korean translation rights arranged with OSAWA OFFICE, Japan
through THE SAKAI AGENCY and BC Agency.

Korean translation rights © 2013 by MUNHAKDONGNE Publishing Corp.

이 책의 한국어판 저작권은 THE SAKAI AGENCY와 BC Agency를 통해
저자와 독점 계약한 (주)문학동네에 있습니다.
저작권법에 의해 한국 내에서 보호를 받는 저작물이므로
무단 전재 및 무단 복제를 금합니다.

이 도서의 국립중앙도서관 출판예정도서목록(CIP)은
서지정보유통지원시스템 홈페이지(http://seoji.nl.go.kr)와
국가자료공동목록시스템(http://www.nl.go.kr/kolisnet)에서 이용하실 수 있습니다.
(CIP제어번호: CIP2013006354)

# 솔로몬의 위증

ソ　ロ　モ　ン　の　偽　証

**1 사건**

미야베 미유키 장편소설 — 이영미 옮김

문학동네

아이는 아무것도 모른다.
그러나 사실은 모든 것을 알고 있다,
지나치다 싶을 만큼.
—필립 K. 딕 「전前 인간」

# 사건

1990년 겨울

일러두기
1. 본문 중의 주석은 모두 옮긴이 주입니다.
2. 고딕체는 원서에서 방점으로 표시된 부분입니다.

1

12월 24일, 크리스마스이브 밤이었다. 정오가 지나면서부터 하늘을 짙게 뒤덮은 잿빛 구름이 제 무게를 감당하지 못하고 서서히 낮게 내려앉더니, 더는 못 견디겠다는 듯 끝내 가랑눈을 흩뿌리기 시작했다.

고바야시 슈조는 텔레비전 일곱시 뉴스가 끝나자 바깥 셔터를 내리려고 훈훈한 거실에서 가게 정문으로 나섰다. 오늘 하루 가전제품점은 영업하지 않고 담배 가게만 열어둬서 콘크리트 바닥이 차디찼다. 셔터로 다가가는 사이 재채기가 두 번 나왔다.

코를 훌쩍거리며 셔터를 끌어내리는 긴 갈고리를 들고 밖으로 발을 내디뎠다. 그때 가게 앞 보도의 전화부스 안에 누가 있는 게 보였다. 언뜻 봐도 젊은이―아니, 아직 어린아이라는 걸 금방 알 수 있었다.

이쪽을 등지고 서 있어서 아이의 얼굴은 보이지 않았다. 짙은 베이지색 재킷을 입은 등. 그 위에 멘 불그스름하고 납작한 백팩―요즘은 그렇게 부른다고 손자들이 몇 번이나 가르쳐줘도 도통 외워지지 않는다―,

청바지에 운동화. 동네 어디서나 흔히 볼 수 있는 남자아이의 차림새였고, 그런 남자아이의 80퍼센트가량이 그러하듯 아이도 자세가 좋지 않았다. 요즘 애들은 왜 저리 하나같이 등이 구부정할까?

올 12월은 고바야시 가전제품점이 문을 연 후 처음 맞는 연말이었다. 살림집과 가게의 증개축이 5월 말에 끝나자마자 딸 내외가 이사를 왔다. 그때까지 부부 둘만 살던 조용한 생활에 초등학생 손자들의 떠들썩한 목소리가 뒤섞인 지 반년이 지난 셈이다.

그리고 오늘은 손자들과 한지붕 아래서 맞는 첫 크리스마스이브다. 슈조는 마음이 들떴다. 갖고 싶은 것을 사라는 편지와 함께 통화등기를 보내는 대신 손자들의 손을 잡고 백화점에 가서 선물을 고를 수 있는 것이다. 딸아이도 친정부모를 위해 뭔가 선물을 준비하려는지 아침부터 부엌을 들락거리며 손이 많이 가는 요리를 만드는 눈치였다.

인생 만년의 행복이 모든 이에게 공평하게 주어지지는 않는다. 줄을 선다고 누구나 건네받을 수 있는 게 아니다. 기다리면 언젠가 손에 넣을 수 있는 것도 아니다. 줄을 제대로 섰어도 자기 몫을 받지 못하는 경우가 있고, 애당초 설 줄이 존재하지 않는 경우도 있다. 그러니 슈조는 행운이었다.

오늘 아침, 아내와 딸과 셋이서 식탁에 앉아—사위는 에어컨 수리 때문에 일찌감치 나갔다—슈조는 자기가 얼마나 행복한지 조곤조곤 얘기했다. 딸은 쑥스러운지 아빠가 어떻게 그런 문학적인 말을 다 하느냐며 웃었다. 자기 행복을 생각하는 것이 문학적인지 아닌지와는 별개로 슈조는 딸의 그런 반응이 반가웠다. 친정과 멀리 떨어져 전근이 잦은 남편을 따라 전국을 돌아다니던 시절과 비교하면 딸의 얼굴은 30와트쯤 밝아졌다.

—그런데 알고 보면 휴가철이나 크리스마스, 명절 연휴 같은 때 자살하는 사람이 가장 많대요. 우울하거나 불우한 사람에게는 자기만 빼고

모두가 행복하고 즐거워 보이는 게 괴롭겠죠.

딸이 그런 얘기를 했다. 정말 그렇겠다고 슈조는 생각했다. 그 자신도 크리스마스나 설에 어린아이의 손을 잡고 걸어가는 동년배 남자를 보고 괜스레 가슴이 저려온 적이 있다.

전화부스 안의 남자아이를 처음 보았을 때는 저 아이도 오늘 행복한 사람에 속하리라고 막연히 생각했다. 어쨌거나 크리스마스다. 여자친구에게 전화해서 데이트 약속을 잡고 있을지도 모른다. 요즘 애들은 그런 면에서 매우 적극적이고 발 빠르니까.

그 전화부스에는 평소 슈조가 얼굴이나 체격을 기억하는 '단골' 틴에 이저만 해도 대략 일곱 명은 넘게 있었다. 그들은 대체로 밤 여덟시가 지난 무렵에 와서 한 시간도 넘게 수다를 떨다가 간다. 집에 전화가 있지만 자기 방에는 없거나, 있더라도 부모가 엿들을 만한 곳에서는 통화하기 싫거나 둘 중 하나일 것이다. 그들이 매일 밤 쓰고 버린 전화카드를 주워서 버리는 게 슈조의 아침 일과 중 하나가 된 지 오래다. 하긴 전화부스 안에 덕지덕지 붙은 성인광고 전단지를 뜯어내는 일보다야 훨씬 편하지만.

낮에는 낮대로 학교를 마치고 돌아가는 소년소녀들이 무슨 용건인지 몰라도 잇달아 들락거리며 수화기에 매달려 하염없이 웃고 떠들어댄다. 고바야시 씨네 동네는 그나마 나아요. 바로 코앞에 파출소가 있으니 못된 놈들은 안 올 것 아닙니까―아들이 가업인 주류판매점을 넘겨받자마자 편의점으로 바꿔버린, 상점가의 오랜 상인 하나가 그런 말을 했다. 여긴 정말 끔찍하다고요. 대가리에 피도 안 마른 밥버러지들이 하루 종일 죽치고서 전화방으로 전화질을 하질 않나, 약을 사고팔질 않나. 차마 눈 뜨고 볼 수가 없다니까.

슈조는 힘껏 발돋움을 해서 셔터 손잡이에 갈고리를 걸었다. 아래로 끌어당기자 셔터가 내려왔다. 크게 덜컹거리는 정도는 아니지만 조금 시끄럽다. 그 소리가 신경쓰였는지 전화부스 안의 남자아이가 수화기를 귀에 댄 채 이쪽을 홱 돌아보았고, 그 순간 슈조와 눈이 마주쳤다.

아이는 오늘 행복한 부류에 속하는 사람이 아니었다. 게다가 전화부스의 '단골' 하이틴 남녀 학생보다도 훨씬 어려 보였다. 아마 중학생이리라.

웃음기 없는 아이는 조금도 즐거워 보이지 않았다. 오히려 살짝 울먹이는 것 같았다. 슈조는 무심결에 셔터를 내리던 손을 멈추고 지저분한 전화부스 유리 너머로 그 아이를 유심히 관찰했다.

이 전화부스가 고바야시 가전제품점 코앞에 설치된 건 딸이 결혼한 해였으니 벌써 십이 년 전이다. 그후로 고의로든 아니든 전화부스의 '단골'들을 쭉 관찰해온 슈조는 지금까지 세 번, 그들의 행동에 어쩔 수 없이 개입했던 적이 있었다.

첫번째는 남녀가 섞인 대여섯 명의 무리가 전화부스를 에워싸고 번갈아 수화기를 잡으며 야단법석을 떠는 통에 시끄러우니 좀 조용히 하라고 주의를 주러 갔던 때였다. 전쟁 전부터 살아온 주민이 많은 이 동네에는 여전히 잔소리 많고 완고한 호랑이 할아버지 할머니 들이 시퍼렇게 살아있다. 길거리에서 버릇없이 구는 꼴을 못 본 척하고 지나칠 리 없다. 그런 것은 따끔하게 혼을 내줘야지.

하지만 그 호랑이 할아버지는 하마터면 얻어맞을 뻔하다가 겨우 도망쳤다. 소동을 전해들은 경찰이 달려와준 덕분에 무사할 수 있었다. 파출소가 가까이 있으면 이럴 때 확실히 도움이 된다.

두번째는 고등학생인 듯한 여자아이가 남자친구와 통화하며 헤어지네 어쩌네 히스테리를 부리다가 전화부스 안에서 왼쪽 손목을 긋고 주저앉아 있는 모습을 발견한 때였다. 다행히 상처가 깊지는 않았지만 여고생이 빨리 구급차를 불러달라고 고집을 피우며 막무가내로 울어대는 바람에 하는 수 없이 공중전화로 119에 연락했다. 그후 여학생이 어떻게 됐는지는 모른다. 그뒤로는 전화를 걸러 이곳으로 오지 않았기 때문이다.

물론 부모가 인사를 오지도 않았다.

세번째는 훨씬 심각했다. 역시 여고생이었는데, 밤 열시 무렵 전화부스에서 전화를 걸다가 괴한의 공격을 받은 것이다. 슈조가 비명을 듣고 뛰어나가보니 머리부터 발끝까지 검정 일색인 키 큰 남자가 전화부스에서 강제로 소녀를 끌어내고 있었다. 곧 이웃사람들이 뛰쳐나왔고 그중 하나가 부리나케 파출소로 달려가 경찰을 불러왔다. 그런데도 날뛰는 남자를 제압하기까지는 삼십 분 가까이 걸렸다. 아직 학생으로 보이는 스무 살 남짓한 남자였는데, 피해자 여고생의 이야기로는 그녀의 옛 남자친구인 듯했다.

이 사건에 대해서는 며칠 후 찾아온 여고생의 어머니를 통해 그뒤 상황을 알 수 있었다. 여고생은 그 연상의 남자친구와 헤어졌다고 생각했지만 상대가 인정하지 않고 몇 달이나 끈질기게 따라다니며 협박했다고 한다. 이번 일로 경찰이 개입한 덕에 겨우 연을 확실히 끊을 수 있게 되어 부모와 딸 모두 마음을 놓았다고 했다.

세 건 모두, 슈조와 아내의 외동딸이 한창 감수성 예민하던 시기에는 부모의 머릿속을 스치는 극단적인 악몽으로 상상되긴 해도, 현실에서 내 딸에게는 절대 일어날 리 없으리라고 여겼던 사건들이었다. 특히 두번째 자살미수 건은 슈조도 아내도 소녀의 마음을 헤아리기 어려웠다. '목숨을 함부로 한다'라는 자살의 완곡한 표현 자체가 이제 의미가 없어지는 것 같다며 함께 이야기를 나누기도 했다.

세번째 사건 이후 슈조는 그 전화부스에서 일어나는 일이―특히 젊은 이들이 얽인 일이―차츰 세간에서 멀어져 평온한 노후를 보내고자 하는 자기 부부에게는 소중한 '창'이라고 여기게 되었다. 그 창에 보이는 것은 아무리 믿기 어려울지라도 틀림없는 진실이며, 어쩌면 시대의 최첨단에 있는 감성일지 모른다. 다만 그 '최첨단'은 놀라울 정도로 예리하지만 또 그만큼 취약해서, 어느 시기에 한해서는 시대 흐름의 일면을 보여줄 수 있을지라도 결코 오래가지는 못한다. 아니, 그런 감성이 오래도록 이어져 일반화되는 사회는 이미 사회라고 할 수 없을 것이다. 적어도 1932년 생인 슈조는 그렇게 생각했다.

그래서 슈조는 그 전화부스에서 일어나는 일을 대수롭지 않게 넘기지 않는 일종의 버릇이 생겼다. 지금 슈조와 눈이 마주친 전화부스 안 남자아이는 그런 의미에서 보면 성가신 상대를 맞닥뜨린 셈이었다.

아이가 슈조의 눈을 보더니 겁먹은 듯 얼굴을 돌리며 다시 등을 보였다. 수화기에 대고 통화를 계속하는 것 같았다. 슈조는 아이를 찬찬히 관찰했다. 청바지 자락이 눈에 젖어 있다. 어깨 위에 쌓인 눈도 녹아내리는 참이다. 여기까지 꽤 먼 거리를 걸어왔거나 제법 오랜 시간을 밖에서 보냈고 어깨의 눈이 다 녹을 만큼 오래 통화하지는 않았다는 뜻이다.

남자아이가 전화를 끊었다. 기분 탓인지 일부러 큰 소리를 내며 거칠게 수화기를 내려놓는 것처럼 보였다. 사람들이 통화 상대에게, 혹은 그런 전화를 건 자기 자신에게 화가 났을 때 흔히 그러듯이. 슈조는 한 발짝 앞으로 나아갔다.

남자아이가 접이문을 밀며 밖으로 나왔다. 슈조가 아직도 제자리에 서 있는 걸 알아챈 아이는 아까보다 한층 더 겁먹은 얼굴이었다. 이 아이는 흔히 말하는 불량소년이 아니라고, 슈조는 생각했다. 평소에도 나쁜 짓을 일삼는 데 익숙하다면 자기 존재를 미심쩍어하는 어른의 시선을 맞받아치는 요령은 진작 익혔을 테고, 애초에 주뼛거리며 어른의 주의를 끌 리가 없다.

"무슨 문제라도 있니?" 슈조가 말을 건넸다. 경험으로 터득한 바로는 이럴 때 말문을 여는 가장 무난한 말이었다. 자전거가 고장났니? 약속 상대랑 길이 엇갈렸어? 갑자기 몸이 안 좋아져서 가족이 데리러 오는 중이니? 그럼 여기 안에 들어와서 기다리렴.

남자아이는 말이 없었다. 대답하기 곤란한 모양이었다. 이리저리 헤매는 아이의 눈이 슈조는 매우 낯익었다. 그가 한창 자식을 키울 무렵의 아이들, 그 자신이 아이였던 시절의 아이들은 거짓말을 하거나 무언가를 숨길 때, 어른이 알면 곤란한 일을 들켜서 추궁당할 때 모두 그런 눈빛을 띠었다.

그것은 어디까지 사실대로 말해야 할지 망설이는 눈빛이다. 얼마나 털어놓아야 용서받을까, 용서받으면서도 비밀을 공유한 친구를 배신하지 않을 타협점은 어디쯤일까. 그러나 요즘 아이들은 다르다. 애당초 용서받고 싶은 마음도, 사실대로 말할 생각도 없으니 괜히 눈동자를 이리저리 굴리지도 않는다. 적어도 그 전화부스라는 '창'을 스쳐간 아이들은 그랬다.

"아, 아뇨. 괜찮아요."

남자아이가 그제야 입을 열었다. 내성적인 여자아이 같은 목소리였다. 말과 함께 아이의 숨결이 형체를 덜 갖춘 유령처럼 하얀 덩어리가 되어 뿜어져나왔다.

가까이서 보니 남자아이는 운 것 같지는 않았다. 뺨이 젖은 듯 보였던 것은 얼굴에 내린 눈이 녹아서였다.

그러나 몹시 지쳐 보였다. 거의 녹초가 된 것 같았다. 그 또래 아이들에게는 드문 일이다.

"그럼 다행이다만." 슈조는 그렇게 말하고 짐짓 엄한 표정을 지어 보였다. "곧 저녁 먹을 시간이잖니. 어린애 혼자 어슬렁거릴 시간이 아니야. 얼른 집에 들어가렴."

아빠, 괜히 잔소리하면서 참견했다간 성가신 노인네라고 칼 맞을지도 몰라―딸아이가 봤다면 그렇게 말했겠지. 그러나 슈조는 이 아이라면 그런 짓을 할 리 없다는 확신이 들었다.

"네, 그럴게요."

남자아이가 대답하며 머리를 살짝 숙였다. 아니, 그저 고개를 떨군 것

뿐인지도 몰랐다. 슈조는 멀어지는 남학생의 뒷모습을 바라보다가 반쯤
닫힌 셔터 쪽으로 다가갔다.

그때, 2미터쯤 앞에서 남자아이가 뒤를 돌아보았다. 또다시 눈이 마주
쳐 슈조는 멈춰 섰다.

그러나 아무 일도 일어나지 않았다.

곧 다시 돌아선 남자아이는 그전보다 더 걸음을 재우치며 성큼성큼 가
랑눈을 헤치고 나아갔다. 베이지색 등이 모퉁이를 돌아 사라지자 슈조는
괜히 얼굴을 찡그렸다.

나풀나풀 흩날리는 눈이 얼어붙은 보도를 뽀얗게 덮어갔다. 희미하게
발자국이 남을 정도로. 남자아이의 발자국도 점점이 이어져 있다.

아이가 걸어간 흔적을 눈으로 좇다보니 뒤를 돌아본 순간 살짝 걸음이
엉킨 흔적이 있었다. 그 한순간 엉켰던 그의 마음이 생생히 보였다. 저 아
이는 뭔가 하고 싶은 이야기가 있었던 게 아닐까, 정말로 어떤 곤경에 휘
말린 게 아닐까. 슈조는 갑자기 불안해져서 제자리에 우두커니 멈춰 섰
다. 길거리에서 버릇없이 구는 꼴을 그냥 못 넘어가는 잔소리꾼 할아버
지는, 참견하기 좋아하는 그 천성으로 아이에게 좀더 다가갔어야 했던
게 아닐까.

먼 옛일이 불현듯 떠올랐다. 이 감각—예전에 분명히 느낀 적이 있다.

1945년 3월의 일이다. 잊을 수 없는 대공습 전날. 급기야 도쿄에서는
먹을 것도 구할 수 없게 되자 슈조 일가는 전부터 대피를 권했던 친척의
시골집에서 신세지기로 했다. 아버지는 징집영장을 받고 동남아시아로
떠난 터라 어머니와 이모, 슈조를 비롯한 여섯 형제자매만 피난을 떠날
예정이었다.

그런데 출발 직전에 막내 여동생이 홍역에 걸렸다. 하는 수 없이 어머
니가 여동생 열이 내릴 때까지 자기가 같이 도쿄에 있을 테니 너희 먼저
이모와 출발하라고 했다. 이모 말 잘 듣고 말썽 부리지 말고. 슈짱, 네가

동생들을 잘 보살피렴.

출발하는 날 아침 어머니는 전차 정류장까지 나와 자식들의 차림새와 소지품을 일일이 살펴주고, 동생에게 아이들을 잘 보살펴달라고 부탁하고는 모두를 배웅했다. 그리고 모두 전차에 올라타자 웃으며 손을 흔들었다. 아이들도 어머니를 돌아보았다. 사나흘 늦어질 뿐 어머니와 막내도 금방 뒤따라올 거라 믿었기에 아무도 걱정하지 않았다.

그런데도 슈조는 한 가정의 장남으로서 책임감을 어깨에 짊어진 기분이었고, 그래서 더더욱 어머니가 없다는 사실이 불안해 전차 뒤쪽 창으로 어머니의 모습을 하염없이 바라보았다. 어머니는 노면전차가 멀어지자 정류장을 떠나 등을 보이고 길을 건넜다. 집에는 여전히 고열에 시달리는 갓난아기가 있다. 잰걸음이었다.

그런데 길을 다 건넜을 즈음 어머니가 갑자기 멈춰 섰다. 머릿수건을 두른 머리가 이쪽을 돌아보았다. 멀리서도 그 얼굴은 너무나 쓸쓸해 보였고, 발걸음은 순식간에 불안하고 자신이 없어졌다. 흡사─한 줄로 가지런히 정돈되어 있던 어머니의 마음이 흔들리고 풀어져 엉켜버린 느낌이었다.

슈조는 그 순간 느릿느릿 나아가는 노면전차에서 뛰어내려 어머니에게 달려가고 싶었다. 꼭 그래야 할 절실한 이유가 번득인 듯했다. 그것은 충동이라기보다 확신에 가까웠다. 어머니를 데려가야 한다. 아기와 어머니도 함께 데려가야 한다. 꼭 그래야 한다. 이유는 모르겠지만 꼭 그래야 한다. 꼭 그래야 한다는 선택의 기회가 찰나에 주어진 듯했다.

그러나 실제로 슈조는 아무것도 하지 못했다. 열세 살 사내아이는 이모의 마음을 움직여 발길을 돌리지도, 저 혼자 집으로 달려가지도 못했다.

그 다음날인 3월 10일, 도쿄의 서민가는 대공습으로 초토화되었다. 어머니도 막내 여동생도 죽었다. 어머니와 아기는 돌아오지 않았다. 시신조차 찾지 못했다.

"아버지, 식사하세요."

딸이 부르는 소리에 슈조는 퍼뜩 정신을 차렸다. 반쯤 닫히다 만 셔터 앞에서 머리와 어깨에 가랑눈을 맞으며 우두커니 서 있었던 것이다.

왜 이제 와서 오래전 그 일이 떠올랐을까?

보도 위를 걸어간 소년의 발자취는 아직 희미하게 남아 있었다. 그러나 오늘밤은 눈이 많이 내릴 거라고 했다. 머지않아 저 발자국도, 살짝 엉킨 그의 마음의 흔적도 말끔하게 사라지겠지.

그런데도 좋지 않은 예감은 사라지지 않았다. 붙잡아둘 걸 그랬다는 후회도 사라지지 않았다. 어떤 결정적인 것을 결정적인 순간에 돕지 못했다는 초조함 비슷한 것, 그 씁쓸한 뒷맛이 딸이 정성껏 만들어준 음식의 맛 사이로 비어져나와 은근히, 그러면서도 확연히 느껴졌다.

그 아이는 대체 누구일까. 고바야시 슈조는 줄곧 생각했다.


2


후지노 료코의 크리스마스이브는 해마다 바쁘다. 그러나 올해는 특히 예년과 비교가 안 될 정도였다. 아직 거품기 하나 제대로 다루지 못하는 여동생 둘을 데리고 지름 30센티미터짜리 크리스마스 케이크를 구워 화려한 장식을 더하는 한편, 한자리에 모일 온 가족의 저녁식사도 준비해야 했다.

로스트치킨은 니혼바시의 가게에 미리 주문해둔 것을 엄마가 퇴근길에 찾아올 예정이다. 마음 같아선 닭도 직접 굽고 싶었지만 올해는 케이크든 닭이든 하나만 선택하라고 따끔히 주의를 받았다. 지나친 야망은 좌절의 씨앗이다, 이것이 엄마의 지론이다.

그러나 료코가 보기에는 엄마 구니코야말로 젊은 시절부터 지나치다 싶을 만큼 큰 희망을 가슴에 품고 그것들을 잇달아 실현시킨 사람 같았다. 이십 년 전, 사타 구니코라는 이름의 밝고 귀염성 있는 젊은 여자가 대기업 부동산개발업체인 마루산 부동산에서 사무직으로 일했다. 십칠 년 전, 여자는 공인중개사 시험에 합격했다. 그것만 해도 영업사원들에게는 놀라운 일이었는데 그녀는 연이어 이듬해에 법무사 자격증까지 따냈다.

회사를 그만둔 사타 구니코는 집 근처 부동산 사무소에서 일하며 실무 경험을 쌓아나갔다. 그 무렵 동네에서 일어난 총기발포사건에 관련해 탐문수사를 나온 관할 경찰서의 후지노 다케시라는 젊은 형사를 알게 되고, 머지않아 교제를 시작했다. 일 년이 채 못 되어 후지노 다케시는 구니코에게 프러포즈했고 그녀가 받아들여 후지노 구니코라는 새로운 여자가 탄생했다.[*] 그녀는 주위의 거센 반대를 무릅쓰고 결혼 후에도 일을 그만두지 않겠다고 선언했다. 다행히 다케시는 그녀의 뜻을 이해해줬지만, 운이 좋은 건지 나쁜 건지 결혼하자마자 그가 본청으로 이동하는 바람에 젊은 부부의 신혼생활은 상상 이상으로 바빠졌다.

료코는 엄마가 자기를 임신했을 무렵 부동산감정사 자격증 시험 공부를 했다는 사실을 알고 있다. 물론 일도 하고 있었다. 다시 말해 그 당시 구니코는 아내, 엄마, 부동산 사무소 직원, 수험생이라는 일인 사역을 해낸 셈이다. 대신 며느리나 딸로서는 낙제라 시어머니는 물론이고 친정어머니와도 말다툼이 끊이지 않았다고 부끄러운 듯이 털어놓은 적이 있다.

료코보다 세 살 아래인 여동생 쇼코가 태어난 해에 엄마는 경사스럽게도 부동산감정사 자격증을 땄다. 쇼코가 간신히 엄마 얼굴을 눈으로 좇을 수 있게 된 무렵에는 독립해서 사무실을 내겠다는 이야기를 꺼냈지만 숱한 갈등과 실랑이 끝에 결국 수포로 돌아갔다. 자금 조달 문제가 잘 해

---

결되지 않은 것이다. 그래서 료코에게 최초의 기억은 엄마가 부엌에서 앞치마로 얼굴을 훔치며 우는 장면이고, 그 설움의 원인은 시어머니에게 구박을 받았거나 남편이 바람을 피워서가 아니었다. 초장부터 여자라고 업신여기더니 끝끝내 창업자금을 대출해주지 않은 은행 대출부서의 직원에게 화가 났기 때문이었다.

결국 후지노 구니코가 간절히 꿈꾸던 개인 사무소를 낸 것은 막내 여동생 도코가 첫돌을 맞은 해—1982년 봄이었다.

료코는 사리분별을 할 무렵부터 외할머니가 한숨을 내쉬며 중얼거리는 말을 수없이 들었다—구니코가 저렇게 일밖에 모르니 사위가 바람을 피운대도 할말이 없다는 것이다. 그러나 료코가 볼 때 아빠의 인생길을 포장하는 벽돌 중 가장 많은 것 역시 일이었고, 거기 다른 여자가 파고들 여지는 전혀 없어 보였다. 하긴 벽돌 틈새로 민들레 한 송이쯤은 피었을지 모르지만 아무리 그래도 백합이나 호접란이 핀 적은 없겠지. 올여름 잠 못 이루는 열대야에 함께 수다를 떨다 무심코 그런 말을 했더니 엄마는 너도 꽤 어른스러워졌다며 요란하게 반응했다. 그래도 할머니한테는 그런 말 하면 안 돼. 알았지?

현재 경시청 수사 1과에서 일하는 아빠는 필연적으로 상당히 피비린내 나는 사건에 관여할 때가 많지만 아직 어린 세 딸과 함께 사는 집에서는 일 이야기를 거의 꺼내지 않는다. 그래도 료코는 아빠가 이따금 엄마에게 지금 맡고 있는 사건에 관해 이야기하고 의견을 구한다는 것을 알고 있었다. 그럴 때 후지노 구니코는 남편이 구하는 의견에 따라 엄마의 얼굴도, 일하는 사람의 얼굴도, 여자의 얼굴도 되었다. 이야기에 푹 빠진 부모님은 매우 친밀해 보였고, 그러면서도—서로에게 의연한 느낌이었다.

후지노 료코에게 부모님—특히 엄마는 달리 꼽을 사람이 없을 정도로 훌륭한 인생의 본보기, 즉 롤모델이었다. 그런 만큼 성급히 좇아가려다가 고꾸라질 뻔한 때도 곧잘 있었다. 료코의 과도한 노력, 과도한 욕심,

완벽주의 성향은 중학교에 입학해 첫 통지표를 받은 무렵부터 계속 지적받아온 문제였다. 오늘만 해도 고작 크리스마스이브에 먹을 케이크와 로스트치킨 정도로 구니코가 엄하게 못을 박은 이유는 그런 점이 영 마음에 걸려서였다.

치킨은 가게에서 파는 걸로 넘어간다 해도 샐러드와 수프는 꼭 직접 만들고 싶었다. 료코는 꼼꼼하게 계획을 세우고 시간 배분까지 해놓았다. 검도부 혹한기 훈련은 빠질 수 없었지만, 그것만 빼면 오늘 그녀의 머릿속은 온통 요리 생각으로 가득했다.


# 3


노다 겐이치의 집으로 고사카 유키오가 전화를 건 것은 그날 오후 네 시가 지나서였다.

대체휴일인 한가로운 크리스마스이브가 저물어가고 있었다. 딱히 근사한 일도 케이크도 없는 이브다. 철도회사에서 일하는 겐이치의 아버지는 오늘 야간 근무라 집에서 저녁을 먹지 않는다. 저녁은 초밥이나 시켜 먹는 것으로 엄마와 일찌감치 합의했다.

겐이치는 몸이 약한 소년이었다. 아마도 외가 쪽 유전인 듯했다. 엄마는 원래부터 허약 체질인데다 겐이치를 출산하며 몸에 무리가 갔는지 그 뒤로 더더욱 약해졌다. 엄마가 활기차게 집안을 돌아다니는 모습을 본 것도 한 손에 헤아릴 정도였다. 지금껏 엄마가 구급차에 실려가 응급 입원한 횟수와 거의 맞먹는다.

엄마는 심장이 약하다고 했다. 혈압이 낮고 빈혈도 있는데다 입이 짧아서 비쩍 말랐다. 의사 말로는 안 좋은 곳은 많지만 앞으로 나이를 먹으며 문제가 될 만한 구체적인 질환은 경미한 심장비대증 정도고, 나머지는 모두 체질과 자율신경의 문제라고 한다. 입이 험한 친가 쪽 친척 하나는 제사 같은 일로 모일 때마다 "유키에 씨의 병은 마음의 병"이라고 하는데, 의사의 진단도 결국 그런 뜻이 아닐까 겐이치는 생각했다.

하지만 그렇다 해도 엄마를 안쓰러워하는 겐이치의 마음에는 변함이 없었다. 총명한 그는 제대로 꿰뚫어보았다. 아무리 좋게 봐줘도 노다 유키에는 행복하지 않다. 성공한 인생을 살고 있다고 할 수 없다. 그것이 그녀 자신의 잘못인지 단순히 운이 없는 건지 겐이치는 아직 총체적인 판단을 내릴 수 없었다. 그 정도로 인간을 잘 알 수 있는 나이가 아직 아니라고 스스로 생각했다. 그저 적어도 엄마에게 걱정을 끼치지 않도록 얌전하고 무난한 아이로 살기로 마음먹었다.

무심코 스스로를 어필했다가 타고난 총명함을 들켜버리고 그로 인해 누군가와 부딪혀 문제를 일으킬까봐 그는 학교에서 극단적으로 과묵해졌다. 본심을 감추고 누구에게도 진짜 모습을 드러내지 않았다. 하지만 제아무리 똑똑해도 역시나 아직 어린 겐이치는 사람이 본성을 감추고 뭔가를 가장하다보면 어느새 가장하는 쪽이 본성이 되어버린다는 사실을 깨닫지 못했다. 그는 지금 '마음의 병'을 앓는 엄마를 꼭 빼닮은, 종잡을 수 없는 수증기 덩어리 같은 무기력한 소년으로 변해가고 있었다.

고사카 유키오는 겐이치의 친한 친구라고 할 수 있는 유일한 존재였다. 초등학교 5학년 때부터 지금 중학교 2학년까지 쭉 같은 반이다. 통통한 체격에 겐이치와 마찬가지로 말수가 적은 그 역시 눈에 띄지 않는 소년이었고, 때로는 반에서 짐이 되기도 했다.

─유유상종이네.

그렇게 생각할 때도 있었다. 아니, 정확히 말하자면 유유상종처럼 보이는 두 사람이다. 그 이면에는 '사실은 그렇지 않다'라는 겐이치의 본심이 숨어 있지만 아무도 그것을 알지 못했다. 정작 고사카 유키오조차 꿈에도 생각지 못할 것이다. 그는 얌전하고 모난 데 없는 겐이치가 자기와 비슷해 잘 맞는다고 생각하며 친구로 지내는 게 틀림없다. 유키오는 그 것으로 만족했고, 겐이치는 주위 사람들 눈에 자기와 유키오가 유유상종 으로 보이는 데 만족했다. 그런 의미에서 겐이치에게 고사카 유키오는 심신의 평온을 지키기 위해 늘 신경써서 지켜봐야 하는 계량기의 눈금 같은 존재였다. 유키오가 어떻게 행동하느냐가 겐이치의 지침인 셈이다. 그애랑 같이 다니면 눈에 띄려야 띌 수가 없다.

"안녕? 오늘은 꽤 춥네."

수화기 너머에서 유키오가 먼저 인사를 건넸다. 유키오는 이런 엉뚱한 구석이 있다. 보통 중학생은 전화 통화에서 일일이 날씨인사 따위 건네 지 않는다.

"화이트 크리스마스가 되겠는데." 겐이치가 말했다. "너무 많이 쌓이 면 나중에 성가셔서 싫지만."

"그럼 가서 눈 치우는 거 도와줄게." 유키오가 신이 난 듯 말했다. 그 의 아버지는 이곳 출신이지만 어머니는 눈이 많이 오는 니가타가 고향이 다. 그래서 유키오는 어려서부터 눈삽을 다루는 데 익숙한 모양이었다.

유키오는 철도원인 겐이치의 아버지가 사무직 직장인처럼 아홉시부터 다섯시까지 주5일 근무하는 게 아니라는 것을 알고 있다. 겐이치의 어머 니가 병약하다는 것도 알고 있다. 그래서 무슨 일만 있으면 자기가 돕겠 다는 말을 금세 입에 올리곤 한다.

그러나 노다 유키에는 남을 집에 들이는 것을 질색한다. 설령 그것이 남편의 상사나 동료, 아들의 친한 친구일지라도 자기가 사는 집에 남이 발을 들여놓는 것을 끔찍하게 싫어했다. 그래서 유키오의 배려는 사실 달갑지 않은 친절이었다.

"그나저나 왜? 무슨 일이야?" 겐이치는 눈삽에서 화제를 돌리려고 조 금 강한 말투로 물었다.

"아, 미안. 어디 나가려던 참이야?"

"그건 아니고, 책 읽는 중이었어."

"그렇구나. 그럼 힘든가? 같이 라이브라에 갈까 했는데."

라이브라 로드—통칭 라이브라는 여기서 자전거로 십오 분쯤 걸리는 곳에 있는 대형 쇼핑몰이다. 원래는 대기업 물류회사의 창고였는데 그게 나가고 쇼핑몰과 호텔과 식당가가 들어섰다. 재작년 봄의 일이다. 쇼핑몰에는 언뜻 봐도 세련된 부티크와 소품가게가 많고 늘 사람들이 북적거린다. 식당가에 늘어선 가게들은 가격에서나 맛에서나 옥석이 뒤섞여서 고급 전통요리점이 있는가 하면 맥도날드도 있는 식으로 선택의 폭이 매우 넓다. 다시 말해 무엇보다 편리함을 최고로 치는 서민가답다.

"뭘 사려고?"

"마아코한테 줄 크리스마스 선물."

유키오에게는 다섯 살 아래의 여동생이 하나 있다. 이름은 마사코인데 그는 늘 '마아코'나 '마아'라고 불렀다. 집에서는 '마아짱'이라고도 부르는 것 같다. 귀여워서 어쩔 줄 모르는 것이다. 여동생도 오빠, 오빠 하며 유키오를 잘 따랐다.

"아직 안 샀어?"

유키오가 기어들어가는 목소리로 말했다. "응…… 기말시험 끝나고 계속 보충수업 받느라 시간이 없었어."

"뭘로 할지는 정했고?"

"스케치북이 어떨까 하고. 아빠랑 엄마가 크레용을 사준다고 하셔서."

"그럼 간단하네."

"그래도 싼 거니까 포장만큼은 예쁘게 해주고 싶어. 래핑이라고 하나? 난 그런 쪽을 영 몰라서 네가 좀 골라주면 좋겠는데." 유키오가 서둘러 뒷말을 덧붙였다. "마아코가 항상 네 감각이 뛰어나다고 하거든."

겐이치는 웃었다. 고작 여덟 살 남짓한 여자애가 '감각이 뛰어나다'라는 말을 했을 리 없다. 고사카 마사코는 머리가 썩 좋은 편이 아니니 더더욱 그렇다. 아마도 겐이치가 집에 놀러왔을 때, 혹은 동네에서 우연히 마주쳤을 때 입고 있던 옷이나 갖고 있는 학용품 같은 걸 보고 마사코가 부러워서 뭐라고 했던 것을 유키오가 오빠 나름으로 해석한 말일 것이다.

"난 영 촌스러워서 잘못 골랐다간 마아가 안 좋아할지 몰라. 그래서 너한테 부탁하려고."

겐이치는 수화기를 든 채 거실 창가로 다가가 레이스 커튼 자락을 살짝 들어올리고 하늘을 올려다보았다. 온통 뿌옇게 흐려서 거리감각이 없어질 지경이었다. 하늘이 바로 코앞까지 내려앉아 있다.

하지만 조금 전 텔레비전 일기예보에서 눈은 저녁 무렵에나 내릴 거라고 했다. 한 시간쯤 나갔다 오는 건 괜찮겠지. 가볼까 하는 생각이 들었다.

모처럼 쉬는 날이고 크리스마스이브인데 집에만 틀어박혀 있는 것도 재미없잖아─그렇게 생각하고 스스로도 놀랐다.

"좋아, 같이 가."

머릿속의 생각을 밀쳐내려 서둘러 수화기에 대고 대답했다.

"진짜? 다행이다. 그럼 내가 지금 자전거 타고 그쪽으로 갈게."

"응."

유키오의 집에서 여기까지는 자전거로 오 분 남짓이다. 겐이치는 엄마에게 메모를 써서 거실 탁자에 올려놓고 가스 밸브를 점검한 뒤 외투를 입으면서 다시 창밖을 내다보았다. 눈은 아직 내리지 않았다. 현관으로 가며 메모지가 탁자 위에 잘 놓여 있는지 확인했다.

그 순간 불현듯 생각났다.

─아빠는 어떨까?

아빠는 늘 참을성을 갖고 엄마를 더할나위없이 다정하게 대한다. 실제로 겐이치는 쉽게 흐트러지고 상처받는 엄마의 마음을 다독이는 노하우를 아빠한테 배웠고, 어깨너머로 따라하며 몸에 익혀왔다.

―내가 왜 또 이런 생각을 하지?

부모님이 사는 모습을 지켜보는 동안 두 사람이 서로에게 갖는 불안이나 불만의 그림자를 발견한 적은 한 번도 없다. 아빠는 엄마를 다정히 돌보며 지켜주었고, 엄마는 아빠에게 모든 걸 의지했다. 그러니 새삼스레 생각해볼 것도 없었다. 그런데 왜.

크리스마스이브라서일까. 아무리 별것 아니라고 무시해도 주위가 들뜨면 저도 모르게 영향을 받게 되는 걸까.

―재미없어.

현관 앞에서 자전거 벨이 울렸다. 유키오다. 겐이치는 서둘러 문을 열었다.


라이브라 로드는 북적였다. 뒤늦게 선물을 사려고 부랴부랴 달려온 손님. 오늘밤 맛있는 저녁을 차리기 위해 장을 보러 나온 손님. 크리스마스이브를 맞아 외식하러 나온 사람들. 크리스마스이브이니 어쨌거나 번화한 곳을 찾은 사람들. 흥, 크리스마스이브가 다 뭐라고. 집에서 나올 때 했던 생각의 반작용도 있고 원래 혼잡한 곳을 싫어하는 겐이치는 몰에 들어간 지 채 십 분도 되지 않아 상당히 전투적인 생각을 품었다.

자전거를 입구 근처 보관소에 세워두고 겐이치와 유키오는 인파에 휩쓸려 걸었다. 유키오가 향하는 곳은 쇼핑몰 한가운데에 있는 대형 문구점이다. 3층짜리 건물의 1, 2층은 문구와 사무용품 매장, 3층은 화구 매장과 아담한 갤러리로 꾸며놓았다. 갤러리라고는 해도 주위 학교 학생들의 그림을 걸거나 지역 문화센터나 노인회, 부인회의 취미 모임 전시회장으로 쓰일 때가 압도적으로 많다. 딱히 점잔을 빼는 분위기는 아니다.

가까스로 도착한 문구점도 몹시 붐비는 것 같았다. 엘리베이터 앞에 긴 줄이 늘어서 있었다. 겐이치는 유키오를 재촉해서 계단으로 올라갔지만 그곳 역시 오르내리는 손님들이 떠드는 소리로 시끄러워서 진절머리가 났다.

어린이 스케치북 정도는 문구 매장에서 사도 될 텐데 유키오는 화구 매장을 고집했다. 이 가게 포장지가 매장마다 조금씩 다르다는 걸 마아가 알고 있으니 화구 매장에서 사다주면 더욱 기뻐하리라는 것이었다. 안 그래? 그게 훨씬 있어 보이잖아?

"좋은 오빠네." 겐이치는 하는 수 없이 웃어 보였다. "동생이 그렇게 귀엽냐?"

"응, 귀여워." 유키오가 수줍게 고개를 끄덕였다. "뭘 해도 귀여워. 재미있는 말도 잘하고. 그애 하나로 집안 분위기가 완전 달라진다니까."

결국 빨간색 바탕에 산타와 순록과 눈사람 무늬가 찍힌 포장지를 고르고, 흔하디흔한 리본 대신 눈송이가 연상되는 새하얀 솜방울을 붙여달라고 했다. 유키오는 뛸듯이 기뻐하며, 역시 겐짱이야, 나 같으면 별생각 없이 리본이나 달았을 텐데, 라며 마냥 즐거워했다.

매장 안이 더워서 목이 말랐다. 유키오가 맥도날드에서 음료를 사주겠다고 했다.

"안 그래도 되는데…… 그나저나 엄청 붐빈다. 갤러리에는 왜 저렇게 사람이 많지?"

"부인회에서 만든 크리스마스 리스 전시회가 있어서 그래."

"촌스럽긴."

"지난번에 마아 데리고 보러 왔는데, 꽤 잘 만들었더라고."

간신히 밖으로 나왔지만 쇼핑몰 통로는 점점 혼잡해질 따름이었다. 맥도날드도 마찬가지겠지. 겐이치는 더 오래 머무르지 말고 빨리 돌아가고 싶었다. 그러나 유키오는 이미 덩치 큰 몸을 날렵하게 틀며 인파를 헤치고 쇼핑몰 출구 언저리의 맥도날드로 향하는 중이었다. 허약한 겐이치는 사람들에게 이리저리 떠밀리는 사이 잠깐 유키오의 뒷모습을 놓쳐버리고 말았다. 가까스로 따라잡았을 때 유키오는 어느새 맥도날드 입구의 자동문 바로 앞에 있었다.

"고사카—"

그냥 가자, 라고 말하려는 순간 유키오가 우뚝 멈춰 섰다. 어깨를 두드리려던 겐이치는 때마침 뒤에서 다가온 아줌마 둘에게 떠밀려 유키오의 등에 부딪혔다.

"왜 그래?"

앞으로 돌아가 얼굴을 보니 유키오는 깜짝 놀란 듯 작은 눈을 휘둥그레 뜨고 있었다. 시선이 향한 곳은 가게 창가에 마련된 카운터석이었다.

"누가 있어?"

겐이치는 순간 후지노 료코가 있나 생각했다. 아무 이유 없이 그런 생각이 들었다. 그애는 크리스마스이브에 케이크를 굽는다. 바쁜 엄마를 대신해서 맛있는 저녁식사도 준비한다. 그러니 저녁때가 다 된 이 시간에 쇼핑몰을 돌아다닐 리 없고, 하물며 맥도날드에 있을 턱이 없다. 그런데도 겐이치는 그렇게 생각했다. 2학년으로 올라가 같은 반이 된 후로 동네를 걸을 때 자기도 모르게 그애를 떠올렸고, 저 모퉁이를 돌아섰을 때 그애와 우연히 마주치면 어쩌나, 신호를 기다리는 횡단보도 맞은편에서 그애가 자기를 알아보고 미소지으면 어쩌나 하는 공상을 늘상 했으니 그것은 겐이치에게 반사적인 반응이라 할 수 있었다.

"저기—" 유키오가 목소리를 낮추고 집게손가락으로 가리켰다. "가시와기야."

이름을 듣고서야 겐이치는 눈의 초점을 맞추었다. 정말로 카운터석 오른쪽 끄트머리에 가시와기 다쿠야가 앉아 있었다.

아무래도 혼자인 듯했다. 카운터석은 손님들로 꽉 찼고, 가시와기의 왼쪽에는 커플이 앉아서 한껏 시시덕거리고 있다. 오른쪽에는 아직 유치원생쯤 되는 아이를 가운데 앉힌 젊은 부부가 묵묵히 볼이 미어져라 햄버거를 먹고 있었다.

가시와기는 검은색 하이넥 스웨터에 청바지, 베이지색 재킷을 입고 있었다. 발밑에는 연지색 백팩이 버려진 것처럼 후줄근하게 구겨져 있다. 가시와기는 많은 사람이 오가는 쇼핑몰 통로에 눈길을 주며 감자튀김을 집어먹고 있었다. 묘하게 기계적인 동작이라 맛을 음미하는 것처럼은 보이지 않았다. 어지간히 배가 고픈 걸까.

다른 쪽에 눈을 둔 가시와기가 겐이치와 유키오를 알아챈 기색은 없었다. 그러기는커녕 주위 사람 누구에게도 신경쓰지 않는 것 같았다. 겐이치는 그가 워크맨 이어폰을 귀에 꽂고 있을 거라 생각했다. 그걸 꽂으면 누구나 방심한 표정을 짓게 되니까.

"저 녀석…… 잘 있구나." 유키오가 왠지 마음이 놓인다는 듯 말했다.

"살아는 있네." 겐이치는 일부러 매정한 말을 했다. "학교 안 나온 지 한 달쯤 됐지? 죽었다는 얘기까지 돌았어."

유키오는 슬금슬금 뒷걸음쳐서 맥도날드 입구를 벗어났다. 그래도 눈길은 여전히 가시와기 다쿠야의 옆얼굴을 향해 있었다.

"벌써 한 달이나 됐나?"

"됐지. 오이데 패거리랑 소동을 일으킨 게 11월 중순쯤이었으니까."

소동이란 점심시간에 가시와기 다쿠야가 의자를 치켜들고 오이데 슌지에게 달려들었던 사건을 말한다. 그후로 그는 학교에 한 번도 나오지 않았다.

"가시와기 혼자였지? 오이데 패거리랑 마주치면 안 될 텐데."

유키오가 여전히 멀리 맥도날드 쪽을 바라보며 작은 목소리로 말했다.

"그 녀석들이 크리스마스이브에 이런 데 올 리 없잖아."

"집에 있을 것 같지도 않은데."

"모이는 데가 있다는 소문을 들었어. 도쿄 만 쪽에 창고를 개조한 술집인가 클럽인가에서 지배인을 하는 선배가 있다던데."

오이데 패거리—보통 뭉뚱그려서 그렇게 부르는 무리는 조토 제3중학교의 불량 패거리 중 하나다. 2학년에는 교사를 애먹이는 소규모 문제아 집단이 몇 있는데, 오이데를 필두로 한 그 패거리는 그중에서도 가장 고전적이랄까 흔하고 빤한 타입이었다. 일단 공부를 전혀 하지 않는다. 수업을 방해하고, 젊은 여교사에게 치근덕거리고, 땡땡이치는 게 일상이다. 거의 매일같이 지각하고 시험까지 빼먹는 일도 허다하다. 복장 불량에 머리를 염색하고 숨기는커녕 당당히 담배를 피우고, 그러다 들켜서 야단을 맞으면 억지소리를 늘어놓는다. 개인의 자유를 선생이 간섭하는 건 이상하지 않으냐? 내 앞가림 정도는 충분히 알아서 할 수 있으니 상관 말고 내버려둬라.

소문으로 들은 얘기라 곧이곧대로 믿을 수는 없지만, 오이데의 아버지도 일찍이 조토 제3중학교에 다니던 무렵 문제아로 유명했던 모양이다. 고등학교도 중퇴했다. 오이데 마사루는 현재 '오이데 집성재'라는 목재 가공 회사의 사장인데, 부모에게 물려받은 가업이라 슌지도 언젠가 뒤를 이을 거라고 한다. 장래가 정해졌으니 굳이 아득바득 공부할 필요가 없다, 그보다 사회에서 필요할 처세술이나 대인관계를 배우는 게 훨씬 중요하다. 그는 늘 그렇게 주장했다. 따라서 외동아들이 수업을 멋대로 빼먹고 행사에도 참여하지 않아 학교 측에서 참다못해 호출하면 오이데 마사루는 그때마다 당당하게 교무실에 뛰어들어와 선생의 말은 아예 듣지도 않고 고래고래 소리치고는 의기양양하게 돌아간다고 했다. 학교 같은 걸 제대로 안 다녔어도 나는 번듯한 사장으로 한 회사를 운영할 도량을 갖춘 인간이 되었고, 학교라는 좁은 세계밖에 모르는 애송이 선생에게 세상의 이치를 배울 필요가 없을뿐더러 책임도 없다, 그러니 우리 아들놈은 그냥 내버려두라고.

오이데 슌지가 자주 어울려다니는 친구는 하시다 유타로와 이구치 미쓰루 두 사람이다. 보통 '오이데 패거리'라고 할 때 사람들이 머릿속에 떠올리는 것은 이들 셋의 얼굴이다. 오이데는 나름 인기가 있어서 그를 에워싼 추종자가 꽤 많을 때도 있었지만, 언제나 양옆에 바짝 붙어 있는 것은 하시다와 이구치였다. 하시다네 집은 선술집 비슷한 걸 하는 듯하고 이구치는 이 쇼핑몰에 매장을 낸 잡화점의 장남이다. 따라서 이 둘의 경우에도 오이데 마사루 사장의 주장이 적용되는 셈이다. 본인이 공부하고 싶다면야 모를까, 이 녀석들은 학교에 안 가도 먹고살 수 있는 길이 있는데 싫다는 걸 억지로 책상에 묶어둘 필요는 없잖소. 안 그렇습니까, 선생?

사실 그런 생각은 자영업자나 소규모 공장이 많은 이 서민가에서 그리 드물지 않다. 아들딸이 가업을 잇기 바라는 부모는, 어지간히 월등한 능력이 있다면 몰라도 지극히 평범한 자기 자식에게 도쿄 대학에 들어가 관료가 되려는 아이들과 똑같은 학력과 학습량을 요구하는 오늘날의 학교 시스템에 거의 본능적인 혐오감을 품고 있다.

고사카 유키오의 부모도 마찬가지다. 작년 여름, 중학생이 되고 처음으로 통지표가 나온 종업식 날을 겐이치는 또렷하게 기억한다. 엄마가 병원에 가서 오늘 집에 아무도 없다는 겐이치에게 유키오는 그럼 자기 집에 들러서 빙수를 먹고 가라고 했다. 가정용 빙수기를 샀다는 것이었다. 시럽도 여러 가지 사뒀어. 마아가 좋아하니까.

고사카 인쇄소에 들르자 아주머니가 나와 유키오가 건넨 통지표를 받아들더니 내용은 보지도 않고 신위를 모셔둔 선반에 올려두었다. 그리고 손뼉을 짝짝 쳐 합장하고는 곧바로 빙수를 만들러 갔다. 아주머니는 통지표에 쓰인 숫자가 궁금하지 않은 걸까, 겐이치는 의아했다. 그런 의문이 표정에 드러났는지 유키오가 웃으면서 설명했다. 난 계속 아슬아슬하게 낙제만 면해서 엄마도 딱히 급하게 통지표를 확인하지 않아. 그냥 학교에서 버림받지 않고 꼬박꼬박 통지표만 받아오면 된대.

"물론 솔직히 말하면야 성적이 좋은 게 좋지." 아주머니는 유키오와 많이 닮은 동그란 얼굴에 웃음을 띠며 말했다. "하지만 나나 애들 아빠나 절대 머리가 좋은 편이 아니거든. 그러니 유키오한테 강요해봤자지."

"그래도 구구단은 외울 줄 안다고."

"지난번에 마아한테 가르쳐줄 때 틀렸잖아."

"어, 그랬나?"

먼저 집에 와 있던 마사코는 엄마와 즐겁게 빙수를 만들었다. 그애도 성적이 좋지 않다고 유키오가 말했다.

"그래도 괜찮아. 여자앤데, 뭐. 그리고 우리 마아는 그림을 잘 그리니까."

"노다네는 좋겠다. 아버지는 좋은 대학 나오시고, 어머니도 학사시라며?" 아주머니가 말했다. 유키오에게 들었으리라. "겐짱도 앞으로 여러 가능성이 있겠네."

"그렇긴 하지만……"

엄마는 한 번도 직장을 다닌 적이 없다. 꽤 유명한 여대를 나온 건 분명하지만 그저 졸업만 했을 뿐 그곳에서 배운 것을 활용한다고는 볼 수 없었다. 아버지는 토목 공부를 해서 토목기사로 철도회사에 들어갔고 지금 하는 일도 좋아하는 것 같지만, 그렇다고 특별히 눈에 띄는 뭔가가 있는 것은 아니다.

"하지만 겐짱네 아주머니 아저씨도 공부해라 공부해라 잔소리는 안 하잖아."

"아직까지는 그렇지." 겐이치가 말했다.

"뭐, 우리처럼 가게나 공장을 하는 집은 자식이 가업만 잘 이어주면 그만이지. 장사 일은 학교에서 배울 수 없는 게 많으니까. 그렇지만 유키오, 고등학교까지는 꼭 나와야 한다. 엄마도 체면이라는 게 있고, 무엇보다 너만 고등학교에 안 가면 또래 친구가 안 생겨."

"그런가?" 유키오가 빙수를 휘저으며 고개를 갸웃거렸다. "겐짱이 가이세이나 구단같이 좋은 고등학교에 들어가면, 아무리 가까이 살아도 나랑은 안 놀게 될까?"

겐이치는 대답하기 어려웠다. 유키오는 소꿉친구지만 진로가 갈리면 아무래도 사이가 멀어지겠지. 그러나 순박하고 쓸쓸히 말하는 그에게 그 말이 맞다고 고개를 끄덕일 수는 없었다.

그래서 제일 애매한 대답으로 얼버무렸다.

"난 가이세이도 구단도 못 들어가."

그때 마아가 빙수 그릇을 엎는 바람에 이야기는 그쯤에서 끝났다.

집으로 돌아오는 내내 겐이치는 유키오가 가업만 이어주면 된다던 고사카 아주머니의 말과 태평하게 웃던 유키오의 얼굴을 떠올리며 깊은 생각에 잠겼다. 고사카 부부가 아들에게 바라는 것은 단순하고 명확하다. 겐이치의 부모는 아들에게 그렇게 뚜렷한 희망을 품고 있을까? 아빠나 엄마는 겐이치에게 무엇을 바라고 있을까?

앞으로 여러 가능성이 있다고 고사카 아주머니는 말했다. 그런데 정말 그럴까? 나에게 가능성 같은 게 있긴 할까? 단지 가업이 없는 것, 부모에게 물려받을 가게나 직업이 없는 게 아니라 가능성마저 없는 건 아닐까.

실제로 엄마는 공부는 잘했을지 몰라도 하루하루를 저리 무기력하게 보내고 있지 않은가—

"겐짱."

옆의 유키오에게 팔꿈치로 찔리고야 겐이치는 퍼뜩 정신을 차렸다.

"왜 그렇게 멍하게 있어."

두 사람은 여전히 혼잡한 쇼핑몰 통로에 있었다. 유키오도 가시와기를 보고는 맥도날드에 들어갈 마음이 사라진 듯했다.

"그만 가자."

"그래. 눈 오면 성가실 테니까."

쇼핑몰 출구를 향해 걸음을 내딛다 말고 겐이치는 고개를 획 뒤로 돌려 다시금 가시와기 다쿠야의 얼굴을 훔쳐보았다. 그는 여전히 딴 데를 보며 종이컵에 든 음료를 마시고 있었다. 아무 생각도 없고, 아무 맛도 느끼지 못하는 것처럼 보였다.

"크리스마스이브인데." 무심코 작게 내뱉었다. "혼자네, 저 녀석은."

"분명 그게 더 마음이 편할 거야." 유키오가 조금 어른스러운 표정으로 말했다.

"학교에서도 늘 혼자였잖아. 혼자 있는 게 좋은 거야, 가시와기는."


4


구라타 마리코는 오늘밤을 위해 자기와 남동생 몫의 양말 두 켤레를 떠놓았다. 빨간색과 흰색과 녹색 실로 짠 화려한 양말이다. 마리코가 써 보자 머리가 쏙 들어갈 정도로 컸다. 산타할아버지가 큰 선물을 가져올 경우를 대비해서다. 기왕이면 다홍치마라는 말도 있으니 작은 것보다야 큰 게 낫겠지.

그런데 얄미운 다이키 녀석이 고작 초등학교 4학년 주제에 누나는 열세 살이나 먹어서 아직도 산타클로스를 믿느냐고 비아냥거리더니, 마리코가 뜬 양말을 침대 기둥에 걸어두지도 못 하게 했다.

"믿고 안 믿고의 문제가 아니야. 크리스마스이브에 산타할아버지가 선물을 주신다고 믿는 게 훨씬 신나잖아."

마리코의 말에 다이키는 신난다고 뭐든 좋은 건 아니라고 되받아쳤다.

"양말 따위 안 매달아도 내일 아침이면 크리스마스 선물 받을 수 있어. 아빠 엄마가 주실 테니까. 해마다 그랬잖아. 도서상품권이나 문구상품권 같은 거. 산타가 그런 걸 가져오겠어?"

"그래도 양말이 있으면 크리스마스 기분도 나고 좋잖아."

"기독교인도 아니면서 크리스마스 기분을 왜 내는데? 누나는 크리스마스의 의미가 뭔지도 모르잖아. 신앙도 없으면서 축제 때만 법석을 떠는 건 이상해."

"배배 꼬여서 억지소리를 잘도 하네. 아예 이름을 바꾸지 그러니?"

"억지소리가 아니야. 정당한 논리라고. 그런 것도 구별 못 하니까 바보라는 거야."

"누나한테 자꾸 바보 바보 할래?"

"사실인데 어쩌라고! 올 2점 받은 주제에."

마리코는 통지표 이야기가 제일 괴롭다. 똑같은 부모 밑에서 태어났는데도 어찌 된 영문인지 남동생은 머리가 좋아서 아무리 초등학생이라고는 해도 통지표에 '참 잘했어요'라는 평가만 받아왔다. 올 5점인 셈이다. 체육이나 음악이라도 못하면 그나마 귀엽게 봐줄 텐데 다이키에게는 도무지 어려운 게 없어 보였다. 부모님은 그런 아들에게 큰 기대를 걸고 다이키가 하는 말이면 뭐든 다 들어주다시피 한다. 둘이 싸워도 다이키가 워낙 말을 잘하니 마리코는 승산이 없다. 보통은 여자애가 말이 많고 말싸움도 잘하게 마련인데, 구라타 가족은 뭐가 잘못되어도 한참 잘못된 것 같다.

저녁은 여섯 식구가 모여 맛있게 먹었다. 평소에는 어딘가 삐걱대는 엄마와 할아버지 할머니도 오늘은 특별한 날이라고 생각했는지 서로에게 가시 돋친 말은 거의 하지 않았다. 화려한 크리스마스 케이크를 사오고 식탁에 꽃을 꽂은 효과가 있었는지도 모른다. 그래서 마리코는 더없이 즐거운 기분으로 산타할아버지의 선물을 기다리기로 마음먹고 있었다. 그랬는데—

억울하고 분한 마음에 자기 침대 기둥에 양말 두 켤레를 모두 걸었다. 축 늘어진 양말이 왠지 마리코에게 빨간색 흰색 녹색의 기다란 혀를 내밀고 놀리는 것처럼 보였다. 다이키에게 끽소리 못 한 것도 화가 났지만, 가족 누구도 남동생을 나무라거나 마리코를 위로해주지 않았다는 게 훨씬 더 슬펐다. 방안에서 혼자 양말을 바라보고 있자니 저도 모르게 눈물이 났다.

마리코의 부모님은 도쿄 만 매립지에 있는 식품공장에서 일한다. 슈퍼마켓과 편의점에 도매로 넘기는 도시락이며 샌드위치를 만드는 공장이다. 이십사 시간 조업이라 야간근무는 물론 새벽근무도 있다. 내일은 두 분 다 아침 여섯시부터 일하는 터라 일찌감치 잠자리에 들었다. 연로한 할아버지 할머니는 원래 일찌감치 잠자리에 든다. 밤 열시, 구라타 집에서 잠들지 않고 활동하는 건 마리코와 다이키뿐이다.

마리코와 다이키 남매가 각자 쓰는 방은 원래 다다미 여덟 장짜리 방 한 칸을 책장과 가구를 이용해 둘로 나눈 것이었다. 그래서 문은 하나뿐이고 경계의 천장 언저리에 빈틈이 있다. 마리코는 그 틈을 올려다보며 분위기를 살폈다. 동생은 여느 때처럼 책을 읽고 있는지 조용하다. 다이키는 책벌레다.

살그머니 복도로 나온 마리코는 계단을 내려가 부엌으로 갔다. 불빛이 없을뿐더러 난방도 꺼져서 어느새 싸늘해져 있었다. 전화기로 다가가 수화기를 들고 버튼을 눌렀다. 따르릉따르릉 신호음이 울렸다. 그사이 서둘러 슬리퍼를 신었다.

"네, 후지노입니다."

어른 남자 목소리가 전화를 받았다. 이런! 오늘은 아무래도 마리코에게 운이 따르지 않는 날인가보다.

"저어, 구라타라고 하는데요." 마리코는 최대한 얌전한 목소리로 말했다. "밤늦게 죄송해요. 료코짱 집에 있나요?"

상대의 목소리가 금세 부드러워졌다. "아하, 구라타구나. 안녕?"

"안녕하세요."

"잠깐 기다리렴." 수화기를 내려놓는 소리가 들렸다. 료코, 료코 하고 부른다.

마리코는 알고 있다. 료짱의 아버지는 경시청의 호랑이 형사다. 집으로 전화를 걸면 아버지가 받을 확률은 지극히 낮지만, 어쩌다 받을 때는 정말 뜻밖의 시간대다. 평범한 직장에 다니는 아버지라면 집에서 전화를 받을 리 없는 시간대. 그보다 애당초 아버지들은 전화를 받는 법이 거의 없다는 게 마리코의 생각이었다. 마리코의 아빠는 할머니와 엄마, 마리코가 식사 준비나 설거지 등을 하느라 바쁠 때도 절대 전화를 받지 않는다. 어이, 전화 왔잖아, 시끄러우니까 얼른 받아, 라고 고함을 지를 뿐이다.

료짱 아버지는 무척 바빠서 집에 들어오는 날이 거의 없을 것이다. 드라마에 나오는 형사들은 모두 그렇다. 어쩌다 짬이 날 때 잠깐 들어와서 아이 얼굴을 보거나 옷만 갈아입고 곧바로 다시 수사를 나갈 게 분명하다. 그래서 집에 있는 얼마 안 되는 시간 동안에는 가족 모두와 매우 사이 좋게 지내는 것이다. 혼자만 잘난 척 으스대며 앉아 있지 않는다. 식사도 손수 준비한다. 차도 끓인다. 아이들의 이야기를 성가셔하지도 않는다.

그리고 료짱의 아버지는 전화를 바꿔줄 때 절대 통화 보류 버튼을 누르지 않는다. 아마도 경시청의 규칙 때문일 것이다. 보류 버튼을 누르지 않고 일부러 자기 쪽 소리를 들려주는 데는 어떤 심리적 의미가 있겠지. 전에 료짱이 그건 지나친 생각이라며 크게 웃긴 했지만……

"여보세요, 마리짱? 기다리게 해서 미안."

후지노 료코가 전화를 받았다. 침착하고 밝은 그녀의 목소리를 듣는 순간 마리코는 끝내 울음을 터뜨리고 말았다.

"어머, 뭐야? 마리짱 왜 그래?"

마리코는 눈물을 흘리며 다이키가 무슨 짓을 했는지 얘기했다. 료코는 맞장구를 치며 듣더니 살짝 화난 목소리로 말했다. 다이짱은 정말 못 말리는구나.

"있잖아, 료짱. 난 진짜 바보일까?" 눈물을 훔치며 마리코가 물었다.

"무슨 소리야. 그렇게 생각하면 안 돼."

"그치만……"

"넌 절대 바보 아냐. 산타클로스가 있으면 신나겠다고 생각하는 사람이 모두 바보라면, 세상 사람들 대부분이 바보잖아."

후지노 료코도 이런 논리적인 말을 할 줄 아는 여자애지만, 그녀의 논리는 다이키만큼 날카롭게 가슴을 찌르지 않는다. 왜 그럴까, 마리코는 생각했다.

"료짱, 케이크는 맛있게 구웠니?"

료코도 다이키와 마찬가지로 뭘 해도 능숙하고 빈틈이 없다. 성적도 좋고 운동도 만능이다. 그뿐 아니라 얼굴까지 예쁘다. 게다가 아버지는 호랑이 형사다.

"아, 동생들이 너무 떠들어대서 힘들었어."

료코의 어머니도 일을 한다. 부동산 사무소를 운영하고 있다. 멋지다.

마리코는 이따금 생각해본다. 나는 왜 후지노 료코가 아니라 구라타 마리코로 태어났을까. 만약 마리코가 후지노 료코가 된다면 정말이지 사는 게 수월해져 행복할 테고, 료코가 구라타 마리코가 된다면 마리코보다 훨씬 차분하게 구라타 마리코의 좋은 점을 찾아내 발전시키며 살아줄 거라는 생각이 들었다. 그렇게 바뀔 수는 없을까.

"그래도 즐거운 것 같아. 나도 여동생이 있으면 좋았을걸."

"난 이제 질렸어. 조금 지나면 남동생이 더 든든할 거야."

"어떤 면에서?"

"밤길에 마중 나올 수도 있고. 보디가드처럼."

"과연 그럴까? 다이키는 날 아예 바보 취급하니까 커갈수록 마음이 더 멀어질 것 같아."

"마리짱도 참. 그렇게 생각하면 안 된다니까."

"그렇지만 난 정말 가망 없는 바보일지도 몰라. 산타할아버지만이 아니야. 성적도 나쁘잖아."

기말시험에서 최악의 결과를 받은 마리코는 겨울방학이 시작되기 직전까지 특별보충수업을 받아야 했다. 그때도 다이키는 마리코를 신나게 깔보았다. 저런 변변치 못한 누나의 남동생으로 찍히긴 정말 싫으니 자기는 사립중학교에 가겠다고 선언했다. 부모님도 동의하는 듯했다.

"내일 종업식이잖아. 통지표 나오면 난 또 무시당하겠지."

료코가 마리코에게 들리도록 한숨을 내쉬었다. "마리짱, 오늘밤 완전 우울 모드네. 크리스마스이브인데."

"미안해."

"사과할 건 없고, 힘내. 내일 크리스마스 선물 뭐 받았는지 얘기해줘. 나도 얘기해줄게."

"응, 그러자."

료코의 말투가 조급해진 걸 보니 그만 전화를 끊고 싶은 모양이었다. 마리코는 잘 자라는 인사를 하고 수화기를 내려놓았다. 전화를 끊고 나니 걸기 전보다 훨씬 외로웠다.

―한심해.

눈물을 머금고 있자니 곧 지쳐서 졸음이 밀려왔다.

통지표가 걱정되고, 남동생에게 무시당하고 부모에게 얕보이는 자신이 스스로도 한심하고, 조그만 침대 위의 무거운 몸이 버겁고, 그렇게 구라타 마리코는 나의 크리스마스이브는 세상에서 가장 불행한 크리스마스이브라고 생각하며 잠으로 빠져들었다.


5


새벽녘―

감은 눈꺼풀 너머에서 희미한 빛을 느낀 노다 겐이치는 이불 끄트머리로 얼굴을 내밀었다. 창 쪽으로 시선을 돌리자 빈틈없이 꼭 닫힌 커튼 뒤가 희고 그윽하게 빛나고 있었다. 아직도 눈이 내리고 있을까.

자명종은 이제 막 오전 여섯시를 가리키려는 참이었다. 겐이치가 눈을 깜박이며 바라보는 사이 초침이 한 바퀴 돌아 찰각 소리를 내는가 싶더니 벨이 울렸다. 이불 속에서 손을 내밀어 버튼을 눌러서 시끄러운 소리를 잠재웠다. 꼭지가 차디찬 걸 보니 방안 공기가 냉랭해진 듯했다.

계단 밑에서 말소리가 들렸다. 웅웅거려서 뭐라고 하는지는 잘 모르겠지만 아빠 목소리 같았다.

규칙적으로 생활하는 겐이치는 이렇게 자명종이 울리기 직전에 눈을 뜰 때가 자주 있다. 그런데 오늘 아침에는 눈을 뜨기 직전까지 꿈 같은 걸 꾸었다. 그 꿈에 쫓겨 눈이 떠진 것 같기도 했다. 베개에 다시 머리를 파묻으며 겐이치는 눈을 감았다. 이상한 꿈이었다. 기억은 잘 나지 않지만―

계단 밑에서 다시 목소리가 들렸다. 이번에는 엄마 같았다. 곧이어 말이 끝나기도 전에 뭔가 쨍그랑 깨지는 소리가 들렸다.

겐이치는 눈을 번쩍 떴다. 계단 밑에서 또 목소리가 들렸다. 이번에는 큰 소리였다. 또렷이 알아들을 수 있었다.

"제발 좀 내버려둬!"

엄마가 소리치고 있다. 겐이치는 침대에서 벌떡 일어났다. 파자마 위에 아무것도 걸치지 않고 맨발로 복도에 나가 곧장 계단을 뛰어내려갔다.

맨발을 복도에 내딛는 것과 거의 동시에 또다시 쨍그랑 소리가 요란하게 들렸다. 부엌이다. 겐이치는 순간 자리에 멈춰 서서, 앞으로 나가려는 몸의 관성과 그냥 자기 방으로 돌아가 이불을 뒤집어쓰고 모른 척하자는 충동 사이에서 망설였다. 그러는 사이에도 부엌에서는 다시 뭔가가 바닥에 떨어졌다. 의자를 끄는 소리도 들렸다.

"유키에." 단조롭게 엄마의 이름을 웅얼거리는 아빠의 목소리가 들렸다. 엄마를 부르는 게 아니라 그저 이름을 말한 것뿐이었다.

부모님이 싸우는 모양이다. 아마도. 전대미문의 일이었다. 지금껏 이런 적은 단 한 번도 없었다. 사소한 말다툼조차 없었다. 그런 부모님이 울고 소리치고 물건을 내던지며 싸우다니, 겐이치에게 그건 오늘 아침부터 해가 서쪽에서 뜬다는 말보다 비현실적이라 도리어 우스꽝스럽게 느껴질 정도였다.

겐이치는 발을 꾹꾹 밀어내듯 내디디며 부엌으로 향했다. 파자마 바람이라 좀 어색하다, 옷은 갈아입고 올 걸 그랬나 하는 쓸데없는 생각이 문을 여는 순간 들었다.

엄마는 부엌 식탁에 엎드려서 양손으로 머리를 감싸고 울고 있었다. 파자마 위에 퀼트 카디건을 걸치고 두툼한 실내화를 신었다. 빛바랜 핑크색 실내화 언저리에 깨진 커피 잔이 엎어져 있다. 식탁에는 양념통 여러 개가 쓰러져 있고, 간장이 흘러넘쳐 검은 웅덩이를 만들었다. 엄마의 오른쪽 팔꿈치가 그 끝에 닿아 카디건에 얼룩이 스며들었다.

아빠는 식탁 의자를 끌고 엄마의 대각선 맞은편에 와 앉아 있었다. 그래서 방금 전 의자 끄는 소리가 난 모양이다. 아빠는 말쑥하게 양복을 차려입고 넥타이를 느슨하게 풀고 있었다. 안경이 콧마루 쪽으로 살짝 흘러내려서 어수룩해 보였다. 몹시 지친 듯 양어깨를 힘없이 내려뜨렸지만 야간 근무 탓은 아닐 것이다. 밤새워 일하고 돌아올 때도 이제 막 출근할 사람처럼 깔끔해 보이는 것이 노다 다케오의 평소 모습이니까. 야근을 마치고 귀가하는 새벽에 역 앞에서 우연히 아는 사람과 마주치면 항상 "잘 다녀오세요"라는 인사를 받는다며 자랑스레 말한 적도 있었다.

아빠의 발밑에도 유리 대접 같은 게 깨져서 나뒹굴었고, 그 조각 하나가 아빠가 꿰신은 슬리퍼 발등 위에 아슬아슬하게 놓여 있었다.

두 사람 다 겐이치가 온 걸 금방 알아채지는 못했다. 무언극에 끼어든 듯한 겐이치는 그저 발바닥이 차갑다는 느낌뿐이었다. 이대로 돌아서서 방으로 올라갔다가 십 분쯤 지나 다시 내려오면 이 불가사의한 무언극은 끝나 있지 않을까. 이 광경은 관객에게 보여줄 예정이 전혀 없었던 무대

뒤의 리허설 같은 것이니, 못 본 체하면 저절로 사라져버리지 않을까. 그렇게 생각하고 슬며시 자리를 뜨려는 순간 아빠가 고개를 휙 들어 겐이치를 바라보았다.

노다 다케오가 입을 열어 뭐라고 했지만 알아듣긴 힘들었다. 노다 유키에는 여전히 식탁에 납작 엎드려 있었다. 카디건 팔꿈치의 간장 얼룩이 점점 더 번졌다.

거실로 나가라는 아빠의 손짓에 겐이치는 복도를 지나 거실로 갔다. 소파 등받이에 대강 개어둔 아빠의 외투가 걸려 있다. 다가온 아빠가 거기에 한 손을 얹고 섰다.

"엄마 몸이 좀 안 좋아." 노다 다케오가 말했다. "그러고 있으면 감기 걸리니까 얼른 옷 갈아입어라. 부엌은 아빠가 정리할 테니까."

묻고 싶은 말, 하고 싶은 말이 목구멍까지 차올랐지만 결국 무엇도 형태를 이루지 못했다. 겐이치는 완성되지 못한 질문들을 한꺼번에 꿀꺽 삼키고는 "엄마는 괜찮아?"라고만 물었다.

"약간 흥분했어." 아빠가 대답했다. 손끝으로 안경을 밀어올린다. 그 손가락이 희미하게 떨린다.

"아빠, 언제 들어왔어?"

"응? 아까. 조금 전에."

"집에 와보니까 엄마 상태가 이상했어?"

스스로 생각하기에도 이상한 말이었다. 묻지 않아도 아는 걸 구태여 묻는다. 아빠가 대답하기 곤란한 질문이라는 걸 빤히 알면서도 일부러 묻는 것이다. 그래서 목소리에 심술궂은 기색이 섞여들지 않도록 애써 담담하게 말했다.

"아무튼 넌 옷부터 갈아입어. 학교 늦겠다."

겐이치는 순순히 아빠 말에 따라 느릿느릿 계단을 올라가서 충분히 시간을 들여 옷을 갈아입었다. 오늘은 종업식이라 수업이 없다. 그런데도 굳이 가방을 열고 내용물을 점검했다. 옷장 서랍에서 양말을 꺼내 신는데도 한참 시간을 들였다. 그렇게라도 아빠에게 시간을 줘야 할 것 같았다. 아직 손님 맞을 준비가 되지 않은 가게로 거침없이 들어서는 기분이었다. 그래서 계단을 내려갈 때 일부러 쿵쿵 발소리를 냈다.

부엌은 일단 눈에 보이는 곳은 말끔하게 정리되어 있었다. 엄마도 보이지 않았다. 아빠는 커피를 끓이고 토스터에 빵을 집어넣었다.

"엄마는 잠들었어." 아빠가 개수대 쪽으로 등을 돌리고서 말했다. "계단에서 마주치지 않았니?"

"아니." 겐이치가 말했다. 실제로 기척도 못 느꼈다. 노다 유키에는 마음만 먹으면 유령처럼 걸을 수 있다.

"얼른 먹어라."

아빠는 무표정한 얼굴로 말하며 다 구워진 토스트를 식탁 위 접시에 올려주었다. 겐이치는 의자를 빼다가 식탁보에 생긴 간장 얼룩이 눈에 들어와 물끄러미 내려다보았다. 깨진 그릇을 치울 수는 있지만, 깨진 감정을 품은 가족을 침실로 돌려보낼 수는 있지만, 완전히 닦아낼 수 없는 것도 있는 법이야. 얼룩이 그렇게 말하는 것 같았다. 그런데 넌 말없이 시치미를 뚝 떼고 학교에 가겠다고?

"아빠." 겐이치가 불렀다. "무슨 일 있었어?"

아빠는 말없이 커피를 잔에 따랐다. "나 엄마 아빠 싸우는 거 처음 봤는데. 깜짝 놀랐어."

아빠는 개수대 쪽에서 고개를 돌리지 않고 커피를 마시기 시작했다.

"아빠."

아빠가 등을 돌린 채 뜻밖의 질문을 던졌다. "너, 어제저녁에 밖에 나갔었니?"

겐이치는 깜짝 놀랐다. "그거랑 무슨 관계가 있어?"

"나갔냐고 묻잖아." 아빠의 목소리에 처음으로 짜증이 묻어났다. "친구 만나러 나갔었지?"

"응." 겐이치는 짧게 대답하고 입을 다물었다. 아빠도 말이 없었다.

"어디 갔었니?"

"친구가 여동생 줄 크리스마스 선물을 산다고 해서 같이 가줬어. 쇼핑몰로."

그랬구나, 하고 아빠가 중얼거렸다. 그리고 남은 커피를 개수대에 휙 쏟아버리고 잔을 옆에 내려놓았다.

"엄마한테 말 안 하고 나갔지?"

"얘기하러 갔더니 자고 있어서 메모 써놓고 나갔는데."

아빠가 난데없이 거세게 몸을 돌렸다. 화가 난 눈빛이었다.

"정말이니?"

"정말이야."

"그 메모 어디 뒀는데?"

겐이치는 거실 탁자 언저리를 손가락으로 가리켰다. "저쪽에……"

"엄마는 못 봤다던데."

"난 분명히 써놓고 갔어. 왜 말없이 나갔겠어. 그러면 엄마가 걱정할 거고, 아빠 회사로 또 전화할 텐데."

겐이치는 거기까지 말하고서야 비로소 사태를 파악했다. 그랬구나.

어제 겐이치가 써둔 메모가 어쩌다 바닥에 떨어졌거나 쿠션 사이에 끼어서 엄마 눈에 띄지 않은 것이다. 그래서 걱정이 된 엄마가 늘 그렇듯이 어쩌면 좋으냐며 아빠 회사로 전화를 걸었다. 그런데 마침 아빠가 그때 몹시 바빴거나 혹은 전화를 바꿔준 사람이 "사모님도 참 유별나시네요" 같은 싫은 소리를 한마디 던지는 바람에 평소답지 않게 기분이 상한 것이다. 그래서 오늘 아침 집에 들어오자마자 엄마를 나무랐다. 그랬더니 엄마가 토라져서 싸움이 벌어졌겠지.

"어제 집에 들어왔을 때 엄마가 딱히 뭐라 하지도 않았는데." 겐이치가 아빠를 달래려는 듯 말했다. 아빠가 이만 진정하고 화를 풀었으면 했다. 엄마는 원래 저런 사람이니까 너무 화내지 말라며 넘어가고 싶었다.

"쇼핑몰에 다녀왔는데 사람들이 엄청 많더라고 했더니, 엄마가 그런데 가면 머리가 아프다고 하기는 했어. 그래도 저녁은 같이 먹었고……"

아빠가 안경 너머에서 눈을 깜박거렸다. "야단 안 맞았다고?"

"응. 엄마 몸이 안 좋았거든. 계속 기운도 없었고. 어제 진짜 추웠잖아. 오늘은 날씨 좋지만."

창밖은 온통 새하얬다. 하룻밤 사이에 설국으로 변해 있었다. 그러나 서서히 밝아오는 새벽녘 하늘은 남국의 바다처럼 투명한 푸른빛을 띠었다. 간토 지방에서는 폭설이 내린 다음날 종종 겨울철이라는 게 믿기지 않을 만큼 밝고 화창해지는데, 오늘이 바로 그런 날이었다.

아빠가 안경을 벗더니 한 손으로 눈을 문질렀다. 그러고는 눈썹을 살짝 찡그리며 바닥을 바라보고 중얼거렸다.

"너도 이래저래 많이 마음 쓰는구나."

뭐라고 할 말이 없었다.

"이제 됐다." 갑자기 아빠가 단념하듯 말하며 다시 얼굴을 문질렀다.

"학교 가라. 늦겠다."

사실은 전혀 늦지 않았다. 이제 겨우 일곱시 오분이다. 겨울철 조토 제3중학교의 수업 시작 시간은 오전 여덟시 삼십분이다. 준비종은 십오 분 전에 울린다. 겐이치의 집에서 학교까지는 천천히 걸어도 이십 분쯤 걸리니 이 시간에 집을 나서면 아직 교문도 열려 있지 않을 것이다.

눈길을 걷는 것은 생각보다 힘든 일이었다. 큰맘 먹고 장화를 신고 나왔으면 좋았을 테지만, 그러면 운동신경이 둔하다고 스스로 선전하는 꼴이 된다.

조토 제3중학교의 정문이 눈에 들어왔다. 놀랍게도 남자 선생님 둘이서 삽으로 열심히 눈을 치우고 있었다. 한 사람은 체육선생인데 1학년 담임이라 잘 모른다. 한 사람은 겐이치가 속한 2학년에게 사회를 가르치는 구스야마 선생이다. 삼십대 후반일 텐데 유도부 고문인 만큼 체격도 좋고 힘이 무척 셌다. 여학생들에게 제법 인기가 있고 남학생들 사이에서도 저 선생님과는 비교적 말이 통한다는 평을 받는 듯했지만 겐이치는 그를 몹시 싫어했다. 구스야마 선생은 겐이치처럼 허약한 남학생을 대놓고 업신여겼다. 인간은 신체가 제대로 갖춰지지 않으면 쓸모가 없다, 운동을 좋아하지 않는 인간은 정상이 아니다라는 말을 예사로 했다. 건강한 신체에 건전한 정신이 깃든다는 '표어'를 매우 좋아했다.

다행히 그들은 아직 겐이치를 보지 못했다. 학생들이 드문드문 등교를 시작했을 테지만 눈에 들어오는 범위에서는 교복 입은 사람이 아직 한 명도 보이지 않았다. 겐이치는 뒷걸음으로 슬금슬금 걸어온 길을 되짚어갔다. 벽을 따라 오른쪽으로 가서 빙글 돌자 학교 뒷문이 보였다. 평상시 등교 시간에는 잠겨 있고, 학생들은 규칙상 모두 정문으로 들어와야 한다. 그래야 학생들을 감시하기 편해서겠지. 그러나 학생들도 상황을 뻔히 아는지라 복장 규정을 어겼거나 상습적으로 지각하는 무리는 모두 뒷문으로 드나들었다.

겐이치도 깜박 잊은 준비물이 등굣길에 생각나 집에 도로 갔다 오는 바람에 정문으로 돌아가면 지각할 것 같아 뒷문을 넘어본 적이 있었다. 운동에는 젬병이지만 그 정도는 문제없었다. 특히 오늘 아침에는 이렇게 눈도 많이 쌓여 있다. 철문에 기어오르는 게 그리 힘들진 않으리라.

아니나 다를까, 뒷문은 단단히 잠겨 있었다. 80센티미터 정도 높이의 빗장에까지 바람에 휘날려온 눈이 쌓여 있다. 새카만 철책을 움켜쥐자 손이 비명을 질렀다.

문 너머 뒤뜰에는 인기척이 전혀 없었다. 벽돌색 학교 건물까지 2미터 남짓밖에 안 되는 비좁은 공간이지만, 여기저기 쌓인 큼직한 눈더미들이 눈 코 입이 없는 괴물처럼 겐이치를 지켜보고 있다. 북쪽인데다 응달이라 체감온도가 훨씬 낮은 것 같았다. 빨리 넘어가자. 겐이치는 문 너머로 가방을 집어던지고 양손으로 철책을 잡았다.

손이 곱아서 전에 올라갔을 때보다 훨씬 어렵게 느껴졌다. 철문이 꽁꽁 얼어 운동화를 신은 발밑이 미끌거렸다. 문을 타넘는 순간 발이 미끄러지며 균형을 잃을 뻔해 식은땀이 솟았다. 허겁지겁 꼭대기의 가로대를 다시 움켜쥐었지만, 그 손도 미끄러지고 말았다.

―떨어진다.

순식간에 머리가 뒤로 젖혀졌다. 하늘이 보였다. 이대로 곧장 떨어지다간 문에 부딪힌다―순간적으로 그런 생각을 하고는 양손으로 허공을 휘저으며 최대한 문에서 먼 눈더미에 떨어지려고 안간힘을 썼다. 아주 오랫동안 허공에서 허우적거린 기분이 들었다―

쿵, 소리를 내며 떨어졌다. 충격에 앞서 냉랭한 한기가 몸속으로 파고들었다. 생각보다 문에서 멀리, 게다가 옆쪽으로 비껴나 뒷문 근처 화단에 떨어진 것 같았다. 얼어붙은 철쭉 잎이 몸 아래서 부스럭거렸다.

겐이치는 몸을 반 바퀴 굴려 화단에서 빠져나왔다. 머리끝에서 발끝까지 눈 범벅이었다. 버둥대며 몸을 일으켜 확인해보니 엉덩방아를 찧은 곳은 허물어진 눈더미였다. 머리가 어질어질했다.

아까 집어던진 가방은 반쯤 눈에 파묻혀 있었다. 주위를 둘러보았다. 아무도 없다. 다행히 방금 전의 요란한 추락도 들키지 않은 것 같다. 겐이치는 여기저기 묻은 눈을 탁탁 털어내며 일어서려 했다.

그 순간, 가방 바로 옆 눈더미에서 삐져나온 손목이 눈에 들어왔다. 저런 곳에 손이 나와 있네―머리에 묻은 눈을 털어내며 생각했다. 마치 겐이치의 가방을 붙잡으려는 듯한 모습이다. 손바닥을 아래로 향하고, 가방 손잡이 쪽으로 손가락을 뻗은 채.

저런 곳에 손이 나와 있다.

말도 안 돼.

겐이치의 손이 멈췄다. 그의 눈이 조심스레 움직여 그 손목과 이어진 무언가가 묻혀 있을, 반쯤 허물어진 눈더미를 더듬었다. 티끌 하나 없이 새하얗고 어딘가 맛있어 보이기까지 했다. 도무지 터무니없는 것을 숨기고 있을 것 같지 않았다.

가방을 주워서 얼른 학교 안으로 들어가자. 겐이치는 그렇게 생각했다. 오늘은 아침 댓바람부터 이상한 일만 벌어진다. 이런 날은 얌전한 새끼 거북처럼 목을 집어넣고 이십사 시간이 머리 위로 지나가기를 가만히 기다리는 게 최고다. 날짜가 바뀌면 운세도 바뀐다. 말이 안 되지 않나, 저런 곳에 핏기 없는 새하얀 손목이 떨어져 있다니—

땅에 부딪히는 바람에 머리가 이상해진 거야. 헛것이 보이는 거라고.

애써 스스로에게 그렇게 되뇌면서도 겐이치는 어느새 무릎을 꿇고 앉아, 의지와 달리 제멋대로 움직이는 팔로 손목이 삐져나온 눈더미를 파헤치기 시작했다. 표면이 단단하게 언 눈더미가 겐이치의 손자국을 남기고 허물어졌다. 사각사각 소리와 함께 눈더미에 구멍이 뚫렸다. 겐이치는 구멍 안에 손을 집어넣고 팔을 크게 휘둘러 눈을 쓸어냈다. 눈가루가 얼굴에 날아들었다.

눈앞에 얼굴이 드러났다. 눈을 빠끔히 뜨고 있다. 검은색 하이넥 스웨터 목 언저리에 눈이 잔뜩 엉겼다. 속눈썹도 얼었다. 눈을 뜨고 있는 것도 얼어붙었기 때문일지 모른다.

얼굴은 깨끗했다. 누구인지 금방 알아볼 수 있었다. 아는 얼굴이었다. 그러나 그 이름을 떠올리기도 전에 겐이치는 비명을 내질렀다. 이성을 잃고 연신 소리를 질러대며 아우성치는 제 목소리를 어렴풋하게 들었다. 큰일 났다, 큰일 났다, 선생님, 선생님, 죽었어요, 죽었어요, 사람이 죽었어요. 죽었어요, 죽었어요, 여기 죽었어요.

가시와기 다쿠야의 유해는 패닉에 빠진 겐이치에게는 아랑곳하지 않고 눈 속에 똑바로 드러누운 채 생전의 표정 그대로, 모든 것에 무관심한 듯 냉담한 눈빛으로 하늘을 올려다보고 있었다.


# 6


후지노 료코는 아침 여섯시쯤 일어났다. 겨울방학 전에는 검도부 훈련이 없으니 좀더 자고 싶었지만 방안이 너무 추워서 눈이 뜨였다.

커튼을 걷자 저도 모르게 탄성이 터져나올 만큼 멋진 설경이 펼쳐져 있었다. 보도에도 20센티미터 넘게 눈이 쌓였고 바람에 날린 눈이 쌓인 둔덕도 30센티미터, 아니 50센티미터는 될 것 같았다. 집 옆 아오조라 주차장에 늘어선 차들도 모두 눈에 뒤덮여 새하얗고 작은 능선을 이루고 있었다. 아직 사람의 손길이 닿지 않은 눈밭이지만 혹독한 추위에 표면이 얼어붙어 오톨도톨 일어났다. 재생지로 만든 거대한 계란판을 엎어놓은 것처럼 보이기도 했다.

평소에는 아침잠이 많은 쇼코와 도코도 오늘은 료코와 함께 일어나 서둘러 옷을 챙겨입고는 한껏 신이 나서 정원으로 뛰어나갔다. 두 쌍의 조그만 손발로 아담한 정원을 뛰어다니며 엉성한 눈사람을 하나 만들고 옆 주차장의 작은 능선을 향해 눈뭉치 고사포도 몇 발씩 발사하는 등 야단법석이 이만저만이 아니다. 료코가 엄마를 도와 아침식사를 차리며 작은 부엌 창으로 내다보니 거대한 계란판은 구멍투성이의 처참한 모습으로 변해 있었다.

"얼른 아침 먹어. 아직 겨울방학 아니야. 종업식이 남았잖니. 오늘 지각하면 더 표 난다!"

엄마가 현관까지 나가서 큰 소리로 두 아이를 불렀다. 숨결이 새하얀 증기가 되어 파란 하늘로 빨려들어갔다. 그것이 일곱시 무렵이었다. 평소 같으면 여동생들은 아직 침대에서 나오지도 않았을 시각이다.

"개나 애들이나 눈 보고 흥분하는 건 똑같네."

식탁에서 눅눅한 조간신문을 펼쳐든 아빠에게 그런 감상을 풀어놓자 아빠가 되물었다.

"그럼 넌 이제 애가 아니냐?"

"적어도 개가 아닌 건 확실해."

"그렇구나. 아빠는 개인데." 아빠는 늘어져라 하품을 하며 말했다.

"요즘도 형사한테 개 어쩌고 하면서 욕하는 사람들이 있어? 무슨 옛날 영화 대사 같은데."

"꼭 욕먹지 않아도 사슬에 묶여 있으니 개란 뜻이야."

"그럼 일하는 남자들은 다 개겠네?"

"너, 오늘 아침따라 이상하게 시니컬하구나. 어젯밤 선물이 마음에 안 들었니?"

살짝 정곡을 찔렀다.

한 손으로는 들 수 없는 무거운 국어사전을 받았다. 초등학교 때부터 써온 콤팩트한 국어사전이 불편하다고 투덜거렸던 건 인정한다. 어휘가 적어서 이따금 찾는 말이 안 나온다고. 부모님은 그 부족한 부분을 채워 주자고 생각한 것이다. 더할나위없이 합리적이며 실리적인 선택이다. 그렇지만 열네 살 여자아이에게 주는 크리스마스 선물 아닌가. 좀더 세련된 걸 골라주면 어디가 덧나나?

"어차피 연말에 쇼핑 가면 엄마한테 또 이것저것 사달라고 졸라댈 거 잖아? 그럼 됐지." 아빠는 그렇게 말했다. 그 말 또한 지극히 정당하고 합리적이다.

뺨이 빨갛게 물든 두 여동생이 들어와서 다섯 식구가 식탁에 둘러앉았다. 아빠의 말과 달리 사실 료코는 조금도 시니컬하지 않았다. 오히려 들떠 있었다. 가족이 다함께 크리스마스이브를 맞았을 뿐 아니라 다음날 아침도 얼굴을 맞대고 먹다니. 이런 일은 매우 드물다. 료코가 기억하는 한 이번이 처음일 것이다. 지금까지 매년 이브는 다같이 식사를 하더라도 아빠가 그날 밤 다시 일하러 나갔거나, 아니면 이브 밤에 숙직을 하고 다음날 아침 일찍 돌아와 식사만 같이 했다.

한참 뒤에 생각한 것이지만 료코는 아빠가 그날 아침 집에 있었던 게 단순한 우연이 아닌 것 같았다. 하늘의 뜻이라면 좀 과장스럽지만, 제2의 천성이라고도 할 형사의 직감이 25일 아침에는 집에서 세 딸, 특히 료코와 함께 있어주라고 아빠의 마음에 속삭였던 게 아닐까.

그러나 그때는 아직 털끝만큼도 그런 생각이 없었다. 아빠는 지쳐 있었다. 턱이 홀쭉하고 수염에 섞인 흰 털이 유난히 두드러져 보였다. 휴식이 좀 필요하다. 수사본부의 누군가가 후지노 씨는 집에 가서 좀 쉬고 오라며 마음을 써줬나보구나 싶을 정도였다.

특수하고 중요한 일로 늘 바쁜 아빠.

후지노 가족의 그런 생활을 구라타 마리코는 무척이나 부러워한다. 그러고 보니 어느 날은 수다를 떨다가 료코가 무심코 '카운터 사건'이라는 말을 했더니 무슨 뜻인지 궁금해하길래 경시청이 수사본부를 설치하는 사건이라고 설명해주자 엄청나게 감탄했다. 료코네는 좋겠다, 평범한 집이 아니잖아. 지극히 평범한 집이라며 웃어넘기면서도 료코는 마음 한구석으로는 살짝 우쭐했다.

물론 마리코가 상상하고 동경하는 '형사의 집'은 드라마에나 나오는 것이지 현실의 후지노 가족과 거리가 멀다는 것은 안다. 그래도 뭐가 됐든 반 친구의 부러움을 사는 건 나쁘지 않다. '나쁘지 않다'고 순순히 인정할 정도로 료코도 아직 어리고 순진했다.

엄마가 커피 잔을 치우며 눈이 왔으니 오늘은 평소보다 일찍 나가는 게 좋을 거라고 말했다. "쇼코랑 도코는 엄마가 데려다줄게."

"아싸! 차로 갈 거지?"

손뼉을 치며 기뻐하는 도코에게 엄마는 고개를 저으며 말했다.

"아니. 모이는 장소까지 같이 가주겠다는 뜻이야."

쇼코와 도코가 다니는 초등학교는 아직도 집단등교를 한다. 도쿄 도내에는 이제 그런 초등학교가 몇 없다. 학생 수가 점점 줄어들고 있기 때문이다. 그러나 이 동네는 원래 도영주택과 공단주택이 많은데다 최근 분양한 신축 맨션도 모두 패밀리 타입이라 시대를 역행해 초등학생 수가 늘어나는 추세다.

"우리 차 엔진이나 안 얼었을까 몰라." 쇼코가 시건방진 말투로 종알거렸다.

"꼭 장난감 같은 미니잖아. 벤츠 왜건이 좋다고 얼마나 노래를 불렀는데."

엄마가 씩 웃었다. "어머, 쇼코가 세뱃돈으로 사주게? 미안해서 어째."

동생들은 어젯밤 선물로 받은 후드 달린 새 외투를 입고 가겠다고 했다. 목도리는 료코가 나란히 떠준 것이다. 쇼코가 머리를 포니테일로 묶어달라고 조르는 통에 료코는 자기 준비는 제쳐놓고 만만찮은 쇼코의 곱슬머리와 씨름해야 했다.

"아아, 스트레이트파마하고 싶다."

"참아주셔. 나도 아직 안 된다잖아."

"미키짱은 했단 말이야. 염색도 하고."

"남의 집 얘기야."

엄마가 가까스로 여동생 둘을 데리고 나갈 무렵은 여덟시 오 분 전이었다. 료코는 이를 닦고 세수를 했을 뿐 여전히 파자마에 스웨터 차림이었다. 여덟시 십오분까지 교실에 도착하지 않으면 지각이니 서둘러야 한다.

사실 료코의 집에서 학교까지는 질러가면 이 분밖에 걸리지 않는다. 뒷문으로 들어가면 된다. 그러나 등교 때는 전교생이 정문으로 들어가야 해서 뒷문은 잠겨 있다. 그래서 료코는 매일 아침 멀리 돌아가야 한다.

정문까지는 걸어서 육칠 분은 걸린다.

"윽, 지각하겠다!"

허둥지둥 교복으로 갈아입는데 경찰차 사이렌 소리가 들렸다.

소리가 가깝다 싶더니 집 북쪽의 일차선 도로를 달려갔다. 아침 댓바람부터 무슨 일이지?

세면실로 내려가 머리를 빗는데 또다시 경찰차 사이렌 소리가 지나갔다. 역시나 가깝다. 조금 전과 같은 방향이다. 눈길이라 속도를 못 내는지 사이렌 소리가 한층 요란스러웠다.

게다가 이번에는 구급차다. 다른 사이렌 소리도 들려왔다.

"교통사고 났나?"

거실로 고개를 내밀고 아빠에게 물었다. 그러나 아빠는 없었다. 현관문이 활짝 열려 있었다.

"아빠?"

집 근처에서 경찰차가 지나가면 아빠는 반드시 주위를 둘러보러 나간다. 직업병이란다. 료코는 샌들을 꿰신고 현관 밖으로 나갔다. 아빠가 이쪽으로 등을 보인 채로 대문 옆에 서 있었다. 따스하게 비치기 시작한 태양빛이 새하얀 눈에 반사되어 눈이 부셨다. 료코는 한 손을 이마 위에 올려 빛을 가렸다.

"가까운 곳이야?"

료코의 목소리에 아빠가 돌아보았다. 눈썹 언저리에 살짝 힘이 들어갔다.

"그런가봐. 너희 학교 쪽으로 가고 있어."

"거짓말."

방향은 틀림없이 그쪽이지만, 이것은 '약속'처럼 정해진 대답이었다. 습관이나 다름없다. 평소의 아빠 같으면 "남의 말에 거짓말이라고 받아치는 건 예의가 아니야"라며 나무랄 텐데 오늘 아침은 아니었다. 료코의 대답을 듣지도 못한 것 같았다.

"준비 다 했니? 나도 옷 갈아입고 나올 테니 좀 기다려라. 같이 가자."

"왜? 늦는단 말이야."

"금방 나올게."

집안으로 들어가는 아빠와 엇갈리듯 료코는 대문 앞까지 나가보았다. 가족들이 낸 발자국 위로 걸었지만 하나하나의 깊이가 족히 20센티미터는 되어서 발이 샌들째 눈에 파묻혔다.

물론 그곳에서 뭐가 보일 리 없다. 복잡하고 어수선한 동네가 새하얀 눈에 뒤덮여 성스럽게 빛나고 있을 뿐이다. 뻥 뚫린 듯 푸른 하늘에는 구름 한 점 보이지 않았다. 하늘은 완벽한 푸른색. 땅은 청정한 순백색. 평상시와 다른 아침.

그렇다, 정말 달랐다. 결정적으로.


후지노 다케시의 직감은 적중했다. 모퉁이를 돌자 조토 3중학교 뒷문 앞에 경찰차 두 대와 구급차 한 대가 서 있었다. 좁은 길에 가까스로 붙어 서 있는 모습이 눈에 들어왔다. 다른 차량은 보이지 않았다. 오토바이나 자전거도 없다. 교통사고가 아니라 학교 안에서 무슨 일이 벌어진 게 분명했다. 제복을 입은 경찰 사이에 섞여 교사 몇 명이 눈 속에 침통하게 서 있었다.

아빠의 동행을 못마땅해하던 료코도 그 광경을 보고 낯빛이 변했다. 아빠의 방한복 소맷자락을 꽉 움켜쥐며 멈춰 섰다.

"뭐지? 무슨 일 같아, 아빠?"

"모르겠다."

후지노가 경찰차 비상등에 시선을 고정시킨 채 딸의 어깨에 손을 얹었다. "넌 여기 있어. 사정을 좀 알아보고 올 테니."

"여기서?"

"그래, 기다려."

"친구가 오면 뭐라고 해?"

"같이 기다려. 학교에 들어가지 말고."

"같이? 그렇지만—"

순간 료코의 눈에서 의아해하는 빛이 걷혔다.

"응, 알았어."

눈길이라 쉽지 않았지만 후지노는 걸음을 재촉했다. 학교 안에서 폭력 사건이 일어났고 어쩌면 지금도 진행중일지 모른다는 걱정이 머릿속에 가득했다. 종업식 날 아침이라는 것도 마음에 걸렸다. 그저 교내 시설을 부수거나 혼자 날뛰는 정도던 예전과 달리 오늘날 학교폭력은 훨씬 계획적인 것으로 첨예화하고 있다. 재학중인 학생이 아니라 졸업생이 찾아와서 사건을 일으키는 경우도 있다. 사상자만 나오지 않았으면 다행이련만.

방금 나눈 짧은 대화로도 료코에게 그 뜻이 통했을 것이다.

"안녕하십니까!"

한 걸음에 평소 세 걸음에 해당하는 시간이 걸렸다. 경찰차까지 한참 남은 곳에서 후지노는 뒷문을 향해 큰 소리로 외쳤다. 경찰과 교사 들이 마치 위협이라도 당한 양 일제히 이쪽으로 얼굴을 돌렸다.

후지노는 눈길과 고투하며 방한복 안주머니의 경찰 신분증을 꺼내 얼굴 옆으로 들어 보였다.

"경시청의 후지노라고 합니다. 이 학교 학부형이기도 하고요. 2학년 A반 후지노 료코의 아버지입니다."

간신히 경찰과 교사 들의 얼굴을 분간할 수 있을 만큼 다가갔다. 교사들은 뒷문 안쪽에 모여 있었다. 경찰과 구급대원은 앞쪽으로 나와 있었다. 그 사이에 뭔가가 있는 듯했다.

"집이 근처라 상황을 살피러 나왔습니다. 무슨 일입니까?"

교사들이 순간 서로에게 미루듯 얼굴을 마주보았다. 후지노는 거침없이 눈을 헤치며 맨 앞에 선 경찰에게 다가갔다. 나이가 지긋해 보이고 모자 밑으로 삐져나온 머리칼은 거의 백발이었다. 그는 장화로 눈을 밟으며 다가오더니 후지노의 경찰 신분증을 힐끗 보고 목소리를 낮췄다.

"실은 학생이 사망했습니다. 눈 속에서 시체가 발견됐어요."

후지노가 예상했던 최악의 대답은 아니었지만, 전혀 예상 밖의 일도 아니었다.

"이 학교 학생인 건 확실합니까?"

"확실합니다. 발견자가 동급생이라 얼굴을 금방 알아봤답니다. 남학생인데—"

"교내에서 폭력사태가 일어난 건 아니죠?"

나이 지긋한 경찰이 고개를 힘주어 가로저었다. "그건 아닙니다. 교내에 별다른 이상은 없습니다."

후지노는 죽은 학생의 이름을 물으려다 그만두었다. 물어본들 그 학생이 어디 사는 누구인지 알 길이 없다.

추위에 뺨이 붉게 물든 젊은 경찰이 경찰차 문을 열어놓고 쉴새없이 무선 연락을 주고받았다. 관할서와 연락을 취하는 것이리라. 조토 경찰서는 여기서 그리 멀지 않지만 도로 상태가 이러니 오는 데 시간이 좀 걸릴지 모른다. 일단 현장 보존이 우선이겠으나 눈은 이미 상당히 짓밟힌 상태였다.

후지노의 뇌리에 '자살'이라는 두 글자가 스쳐지났다. '학생'과 '자살'의 비극적인 친화성. 섣부른 예단은 금물이지만 마음은 거의 반사적으로 그쪽으로 기울었다.

한편으로는 스스로 목숨을 끊는 불행한 아이가 죽을 곳으로 '학교'를 택하는 경우는 적다는 사실도 떠올렸다. 학교가 원인이 되어 죽음을 택한 아이일수록 학교에서는 죽지 않는다.

"자살……일까요. 살인사건이나 그런 쪽은 아닌 것 같은데."

후지노의 생각에 동조하듯 나이 지긋한 경찰이 작게 말했다. "하긴 요즘은 학교에서 무슨 일이 벌어질지 알 수 없으니까. 또 집단괴롭힘 같은 거라면 착잡하군요."

"지금으로서는 아무 말도 할 수 없죠."

후지노는 그에게서 멀어졌다. 뒷문 바로 앞 눈더미 속에 구급대원이 등을 보이고 웅크려 앉아 있었다. 시체가 거기 있는 모양이었다. 방금 쳐놓은 듯한 노란 출입금지 테이프가 자리에 어울리지 않게 더없이 선명했다.

구급대원이 일어나 묵례를 하고 옆으로 물러나자, 후지노의 눈에도 헤집어진 눈 속으로 얼어붙어 완전히 경직된 팔이 엿보였다. 검은색 스웨터 자락이 서리를 맞은 것처럼 허옜다.

이 상황에서 구급대원이 할 수 있는 일은 없다. 그걸 알면서도 119에 연락할 수밖에 없었을 신고자가 안타까울 따름이었다.

가엾기도 하지, 많이 추웠겠구나. 후지노는 살며시 두 손을 모았다. 그리고 주변 집들의 대문이나 창으로 드문드문 얼굴을 내민 사람들을 보고는 마음속으로 조용히 덧붙였다. 그래도 이 눈이 구경꾼들의 시선에서 널 지켜주잖니. 조금만 더 참으렴.

"후지노 씨, 료코 아버님."

부르는 소리에 고개를 돌리자, 몸집이 작고 얼굴이 둥근 오십대 전후의 남자와 그보다 머리 하나쯤은 큰 동년배 여자가 황급히 인사를 건넸다. 아이들 학교 일은 전적으로 아내에게 맡긴 터라 후지노는 교사들의 얼굴을 전혀 몰랐다.

"교장 쓰자키입니다." 얼굴이 둥근 남자가 말하고는 다시 한번 묵례하듯 머리를 숙였다. 정수리 언저리가 둥그렇게 벗어졌다.

"이쪽은 2학년 학년주임 다카기 선생입니다."

비쩍 마른 여자 쪽으로 손을 살짝 들어 보이며 말했다.

"상황은 보시는 바와 같습니다. 심려를 끼쳐드려 죄송합니다."

동글동글하고 온화해 보이는 얼굴이 허옇게 질렸다. 아아, 이 사람이 바로 '콩너구리*'구나, 하고 후지노는 생각했다. 학생들이 붙인 별명이다. 료코가 웃으며 이야기해준 적이 있었다.

"아닙니다. 안타까운 일이 벌어졌군요. 다른 학생들은 어떻습니까?"

쓰자키 교장이 곧바로 대답했다. "일단 등교한 학생들은 교실에 대기시켰습니다. 다들 정문으로 등교했으니 대부분 아직 사태를 알아채지 못했을 겁니다."

"좀 있으면 싫어도 알게 되겠군요. 경찰차를 봤을 테니."

"오늘은 종업식이라 체육관에서 전체 조회를 열 예정이었는데, 그전에 제가 아이들에게 교내 방송으로 설명하겠습니다. 여러모로 조사할 게 많을 테니 그건 경찰의 지시에 따르겠습니다만 학생들은 가능한 한 일찍 집에 보내려 합니다."

안색은 좋지 않아도 말씨는 침착했다. 꽤 옛날 일이지만 후지노는 두 번 정도 학교에서 발생한 폭행사건을 담당한 적이 있었다. 그때는 어느 학교 선생이나 경찰이 개입할 정도로 일이 커져버렸다는 사실에 허둥거리기만 할 뿐 전혀 도움이 되지 않았다.

'콩너구리'는 조금 다른 것 같았다. 적어도 지금 단계에서는 그것이 최선의 대처법일 것이다. 후지노는 학부형으로서 조금 안도했다.

"사이렌 소리를 듣고 걱정돼서 딸애랑 와봤습니다. 일단 저쪽에서 기다리라고 했는데 학교로 들어가라고 말해줘야겠군요. 선생님들도 경황이 없으시겠지만, 잘 부탁드리겠습니다."

후지노는 정중하게 고개를 숙이고 경찰들에게도 인사를 건네고는 발길을 돌렸다. 아무리 자녀의 학교에서 일어난 사건일지라도 무턱대고 개

---

* 일본 민화에 등장하는 너구리 요괴.

입할 수는 없다. 지금은 사정을 안 것으로 충분하다. 료코가 꽁꽁 얼기 전에 들어가라고 얘기해줘야겠군.

돌아오니 료코는 친구로 보이는 소녀와 함께였다. 쇼트커트에 눈이 큰 아이로 교복 위에 빨간 목도리를 둘렀다. 후지노의 얼굴을 보고는 눈을 깜박거렸다.

"사정은 알았어. 이제 학교 가도 된다."

"무슨 일인데?"

"교실에서 기다리면 선생님이 설명해주실 거야. 불행한 일이 일어난 건 확실하지만 아빠가 걱정한 종류의 사건은 아니었어. 그러니 위험하진 않을 거다."

료코가 살짝 미소지어 보였다. "다행이다. 나 무서웠는데."

"무서워할 건 없어. 다만 조금 충격은 받을지도 모르지."

"충격?"

"응. 학생 하나가 사망한 것 같아. 이름과 학년은 몰라. 죽었다는 것만 알았어."

료코가 친구와 얼굴을 마주보았다. 친구가 무슨 말을 하려다 꾹 삼켰다. 입 밖으로 나올 뻔한 그 말 역시 '자살'일 거라고 후지노는 생각했다.

"일단 학교 가고, 나머지는 선생님 말대로 하렴."

눈에 또다시 동요의 빛이 떠올랐지만 료코는 다부지게 대답했다. "네."

빨간 목도리 소녀가 료코를 쿡 찌르며 물었다. "너희 아빠니?"

"응."

소녀가 후지노의 얼굴을 말끄러미 올려다보며 중얼거렸다. "소문난 호랑이 형사."

묻는 것도 부르는 것도 아닌, 그저 상대의 정체를 확인하는 말투였다. 너무도 진지한 그 모습이 귀여워서 후지노는 상황도 잊고 무심코 입가에 미소를 띠었다. 료코도 살짝 쑥스러운지 웃었다.

"어서 안 뛰면 지각한다."

두 소녀를 정문 쪽으로 쫓아보냈다. 그 뒷모습에 새삼 가슴이 아팠다. 죽은 남학생이 저애들의 친구가 아니어야 할 텐데.


7


정문에서는 교감선생님이 기다리고 있었다. 틀림없이 야단칠 줄 알았는데, 일단 빨리 교실로 들어가라고 할 뿐 나무라지 않았다.

죽은 아이는 누구지? 몇학년이고, 어느 반 아이일까?

후지노 료코, 슬라이딩 세이프. 여덟시 십오분은 진즉 지났지만 2학년 A반 교실은 시끌벅적했고 교탁 앞에는 아무도 없었다. 담임 모리우치 선생님은 집이 머니 어쩌면 폭설 때문에 아직 출근 전일지도 모른다.

반 아이들도 반장 후지노의 지각이라는 보기 드문 현상을 알아채지 못했다. 다들 '사건' 이야기에 푹 빠져 있었다.

"있지, 뒷문에 경찰차가 와 있대. 무슨 일이 생겼나봐. 너 혹시 아니?"

곧바로 구라타 마리코가 말을 걸었다. 양 갈래로 묶은 머리가 찰랑찰랑 흔들렸다.

"잘 모르겠는데. 무슨 일일까." 료코가 대답했다. 경솔한 입놀림은 삼가는 게 좋다. 같이 등교한 후루노 아키코는 옆 B반인데 역시나 빨간 목도리를 고쳐매며 "너희 호랑이 아빠한테 들은 얘기는 애들한테 안 할게"라고 말했다.

"섣불리 소란 떨면 안 좋을 테니까."

아키코는 연극부라 무대에도 서고 각본도 쓴다. 1학년 때 같은 반이 되어 금세 친해졌다. 약간 특이한 구석이 있지만 엄마 구니코의 표현을 빌리자면 '상당히 분별력 있는 아이'라 그런 반응을 보이는 것이다. 아빠를 기다리는 동안 마주친 게 아키코라 다행이었다. 만약 다른 여자애였다면 지금쯤 불이라도 붙은 기세로 "우리 학교 학생이 죽었대! 경찰이 조사하는 중이야!"라고 여기저기 떠벌리고 다녔을 것이다.

떠들썩한 교실에 있으니 마음이 가라앉았다. 자리에 앉아 차갑게 언 손을 비비던 료코는 자기가 꼴찌가 아니라는 걸 알아채고 눈을 살짝 크게 떴다.

두 자리가 비어 있었다.

하나는 창가 맨 앞, 가시와기 다쿠야의 자리다. 그애는 11월 중순부터 나오지 않은 터라 료코에게도 빈자리가 익숙했다. 그런데 또 하나, 복도 쪽 맨 앞 자리가 빈 것은 의아했다. 거긴 노다 겐이치의 자리였다.

겐이치는 말이 없고 얌전하고 허약한 소년이었다. 료코와 친하지 않고 앞으로도 친해질 일은 별로 없을 것이다. 료코는 무기력해 보이는 노다 겐이치가 마음에 들지 않았다. 그 모습을 보고 있자면 '쉬지 않기, 늦지 않기, 일하지 않기'라는 월급쟁이의 표어가 떠올랐다.

하지만 그런 만큼 그의 결석도 희한한 일이었다.

한순간 죽은 학생이 노다 겐이치가 아닐까 하는 생각이 료코의 머릿속을 스쳐갔다. 쉬지는 않지만, 자살은 한다.

자살? 아무래도 자꾸 그쪽으로 생각이 기운다. 아키코도 말했다. 학생이 죽었다라. 분명 자살이겠지. 우리 반 애가 아니면 좋을 텐데.

설마. 료코는 겐이치의 책상에서 눈길을 돌렸다. 조토 3중학교에는 각 학년에 A에서 D까지 네 학급이 있다. 각 학급이 대개 서른 명 안팎이니 전교생은 대략 삼백육십 명인 셈이다. 360분의 1이다.

"통지표 안 주나?"

"그럼 더 좋지."

뒤쪽이 유난히 소란스러웠다. 료코의 자리는 교실 거의 한가운데였고, 그것은 그녀와 아이들 사이의 거리감을 상징하기도 했다. 뒤쪽에 진을 친 떠들썩한 무리와도, 앞에 늘어앉은 조용한 무리와도 그럭저럭 사이 좋게 지낸다. 어쨌거나 반장이니까.

교실 앞문의 젖빛 유리창에 사람 그림자가 어른거렸다. 드르륵 문이 열리더니 출석부를 손에 든 다카기 학년주임 선생이 들어왔다. 저래도 괜찮을까 싶을 만큼 삐쩍 말랐고 금테 안경에 언제나 정장을 반듯하게 차려입는 오십대 여자. 교실 안 웅성거림에 항의와 불만의 기색이 섞여 들었다. 엄한 다카기 선생은 학생들에게 인기가 없다. 선생의 국어수업 이 다소 독특하고 어려워서이기도 하다. 그 때문에 일부 학부모는 단지 눈총을 보내는 데 그치지 않고 불구대천의 원수 취급을 하기도 한다.

"안녕하세요."

학생들보다도 훨씬 자세를 바르게 가다듬고 다카기 선생이 인사를 건 넸다. 그리고 양손으로 교탁을 꾹 짚었다.

"다들 알았겠지만, 오늘 아침 교내에서 불행한 사건이 발생했습니다."

평소와 다름없이 당찬 목소리로 말문을 열었다.

"그에 관해서는 잠시 후 교내 방송으로 교장선생님 말씀이 있을 겁니 다. 그때까지 교실에서 조용히 기다리세요. 일단 출석부터 부르겠습니다."

"왜 선생님이 들어오셨어요?"

교실 뒤에서 결코 우호적이라 할 수 없는 굵고 탁한 목소리로 한 남학 생이 질문을 던졌다.

"모리우치 선생님은 지금 급한 일이 있습니다. 나중에 통지표 나눠주 러 오실 거예요."

남학생들이 낄낄거리며 떠들었다.

"모리린, 지각이네."

"외박한 거 아냐?"

모리우치는 겨우 스물네 살인 젊은 여선생이다. 조토 3중학교가 교사 생활의 출발점이다. 영어 선생인데 세련된 미모에다 발음까지 유창해서 어릴 때 해외에서 살았다는 소문이 떠돌았다. 그것까진 사실이 아닌 것 같지만, 아닌 게 아니라 CNN 헤드라인에 나오는 여성 앵커처럼 화려한 분위기를 풍기기는 했다. A반뿐 아니라 학년 전체에서 공부에 뜻이 별로—아니, 거의 없는 남학생들에게 절대적인 지지를 얻고 있다. 존경이 아니라 아이돌스타에게 보낼 법한 그런 지지다.

여학생 중 절반은 그런 선생님을 동경했고 나머지 절반은 싫어했다. 동경하는 무리 중에서도 과격파는 필연적으로 추종자가 되었다. 료코는 굳이 따지자면 싫어하는 쪽으로 기울어 있지만 주위에서는 알아채지 못했다. 모리우치 선생 본인은 특히.

"선생님을 별명으로 부르지 말라고 몇 번을 말해야 알아들을지, 원."

다카기 선생은 무시하듯 중얼거리더니 학생들의 반응을 기다리지 않고 곧바로 출석을 불렀다. 매일 아침 되풀이되는 일상의 한 장면. 깜박이는 경찰차 비상등도, '학생이 죽었다'는 정보도 여기서는 중요하지 않다.

다카기 선생은 가시와기 다쿠야의 이름을 건너뛰었다. 별로 꺼림칙한 일도 아니었다. 11월 이후로 모리우치 선생도 그랬으니까. 하지만 노다 겐이치를 건너뛴 것은 이상했다.

그렇게 느낀 사람은 료코만이 아니었던 모양이다. 다카기 선생이 출석을 다 부르자 고사카 유키오가 손을 들었다.

"선생님, 노다는 결석인가요?"

고사카 유키오도 얌전한 남학생이다. 노다 겐이치와 친했다.

"노다 학생은 등교했습니다. 다만 몸이 좀 안 좋아서 쉬고 있어요. 걱정할 거 없어요."

"몸이 안 좋다뇨……" 고사카 유키오의 표정이 금세 불안해졌다. "무슨 일이지?"

딱히 질문을 한 것도 아니었지만 다카기 선생은 날카롭게 받아쳤다.

"글쎄, 걱정할 거 없다니까."

"선생님." 교실 뒤에서 또다른 남학생의 목소리가 날아들었다. "저기 있는 경찰차는 뭐죠? 누가 죽은 거죠? 자살 아니에요?"

학생들의 머리가 술렁이며 움직였다. 료코가, 그리고 아키코가 순간적으로 그랬던 것처럼 모두 생각하는 것이다. 아아, 누군가 죽었다. 자살이겠지.

하지만 그것은 가벼운 감상이다. 심각한 대답을 예상하지 않기에 비로소 던질 수 있는, 조심성 없는 질문이다.

그런데—다카기 선생님의 저 눈빛은 뭐지?

그녀는 학생들을 둘러보며 꼿꼿이 서 있었다. 턱이나 뺨뿐 아니라 이마에도 살이 없다. 뼈 위에 피부 한 겹이 덮여 있을 뿐이다. 그런데 거기 그럴듯한 주름이 깊게 잡혀 있다. 물리법칙에 어긋나지 않나.

선생은 눈썹을 찡그린 채 눈을 깜박이더니 빈 자리로 눈길을 돌렸다.

가시와기 다쿠야의 자리였다.

료코는 악의를 품은 작은 발톱에 가슴안을 걷어차인 느낌이 들었다.

"어설프게 숨기는 건 오히려 더 안 좋겠지. 특히 이 반에서는."

선생이 얼굴을 들고 딱히 누구에게랄 것도 없이 말했다. 안경테가 번쩍였다.

"여러분의 반 친구 가시와기 다쿠야 군이 죽었습니다. 자세한 건 아직 몰라요. 소란 떨지 말고 차분하게 교실에서 기다리세요. 그리고 가시와기 군 자리에 꽃을 놔두려는데, 누가 좀 도와줄 수 있을까?"


## 8


'콩너구리'는 말하기를 좋아했다. 기회만 생기면 시간 가는 줄 모르고 신나게 이야기를 늘어놓는 통에 듣는 입장에서는 영원히 끝나지 않을 듯 느껴진다. 한여름 운동장에 줄을 서 있을 때나 냉랭한 체육관 바닥에서 엉덩이가 배기는 고통을 참아낼 때는 더더욱 그렇다.

그나마 한 가지 다행스러운 것은 쓰자키 교장의 이야기가 비교적 재미있다―는 것이다. 젊었을 때 본 영화나 연극, 최근에 읽은 책 등 화제도 다양하다. 시사문제에 관해 얘기할 때도 많은데 그런 경우도 신문 사설을 그대로 인용하지 않고 자신의 느낌이나 생각을 일상용어로 풀어놓는다. 다만 그 때문인지 일단 흥이 나면 말투가 거칠어지고 조금은 막무가내로 주장을 전개하는 탓에 학부모가 항의 전화를 한 적도 있고, 학생이 직접 잘못된 부분을 지적한 적도 지금껏 두 번 있었다. 그게 또 재미있다고 화제가 되었다.

그러나 오늘 아침만큼은 도저히 재미있을 수 없었고, 재미있어서도 안 되었다. 교내 방송이 시작되었을 때 후지노 료코는 교장선생님의 말문이 처음부터 막히는 것을 알아차렸다.

"여러분, 안녕하십니까. 교장 쓰자키입니다."

그렇게 말하고 잠시 뜸을 들였다. 평소 같으면 술술 이야기할 텐데.

조토 3중학교의 낡아빠진 방송설비는 안 그래도 음질이 나쁘다. 점심시간에 교내 방송으로 오키나와 음악을 틀었더니 여자 가수의 고음 부분에서 스피커가 찢어져서는 치직치직 잡음을 내는 통에 신나는 염불처럼 변해버린 사건이 있었을 정도다. 지은 지 오래된 건물이다보니 노후한 벽이나 복도가 소리를 이상한 쪽으로 반사하거나 흡수하기 때문에 스피커 바로 옆에 있어도 무슨 소리인지 알아듣기 힘들 때가 있다.

그러니 쓰자키 교장의 목소리가 갈라져서 "여러본, 안병하십니까"라고 들렸다 해도 딱히 희한한 일이 아니었다. 희한한 것은 오히려 학생들 중 누구 하나 그런 소리를 듣고 키득키득 웃지 않는다는 것이다.

교장의 침묵이 길게 이어지는 스피커에 모두 눈과 귀를 집중했다. 학생들이 뿜어내는 불안과 호기심이 한데 섞여 건물 안에 가득했다.

"오늘 아침 도쿄에서는 드물게 큰 눈이 내렸습니다."

음량을 조금 낮췄는지 아까보다 듣기 편해졌다. 료코는 책상 위에 양쪽 팔꿈치를 올리고 깍지를 끼었다. 옆자리의 구라타 마리코는 웬일인지 기도하듯 얼굴 앞에 두 손을 모으고 거기에다 이마를 대고 있다. 조금 전까지 울고 있던 여학생이 코를 푸는 소리가 들렸다.

그 외에는 쥐죽은 듯 고요했다.

"아름다운 아침입니다. 익숙했던 마을 풍경이 빛나 보이는군요. 그런데 이런 아침에 너무도 슬픈 일이 벌어지고 말았습니다."

다시 말이 끊겼다. 스피커에서 지직거리는 잡음이 흘러나왔다.

"뒷문에 경찰차가 와 있다는 걸 여러분도 이미 알 겁니다. 사이렌 소리에 놀란 사람도 있겠지요. 미리 말해두지만, 학교에서 여러분이 불안해할 사건이 발생한 것은 아닙니다. 여러분의 신상이 위험한 건 아니니 끝까지 차분하게 이 방송을 들어주십시오."

교장선생님, 대체 무슨 얘길 하는 거야. 여학생 하나가 울먹이며 항의했다. 가시와기가 죽은 게 뭐가 위험해. 그러자 누가 작은 목소리로 학교폭력 같은 사건이 아니라는 뜻이라고 설명해주었다. 그런 건 아무 상관 없잖아, 라며 여학생이 또다시 울음을 터뜨렸다.

료코는 순간 뒤돌아 소리치고 싶었다. 시끄러워, 좀 조용히 해. 가시와기 걱정 따위 한 번도 안 한 주제에, 기분에 휩쓸려 울지 말란 말이야!

충동을 억누르려 고개를 숙이고 눈을 내리떴다. 여기저기서 몇몇 여학생들이 코를 훌쩍거리며 울었다.

료코의 눈은 말라 있었다. 반 친구의 죽음이 충격적이긴 했지만 눈물이 나오지는 않았다. 울지 않는 내가 냉정한 걸까, 마음 한구석으로 생각했다. 아니, 그보다 가시와기 다쿠야의 죽음을 애도하기에 앞서 내 마음의 변화에 더 신경쓰는 건 냉혈인간이란 증표일까.

"아, 짜증나." 료코를 대신해 교실 뒤쪽의 남학생이 소리를 높였다.

"왜들 울고 난리야. 바보같이."

아무도 뭐라고 받아치지 않았다. 울음을 그치는 아이도 없었다.

스피커가 찍찍 울렸다. 교장의 목소리가 들렸다.

"슬픈 일이란 다름이 아닙니다. 여러분의 소중한 친구인 2학년 학생 한 명이 오늘 아침 우리 학교에서 세상을 떠났습니다. 유해는 눈 속에 묻혀 있었습니다. 그래서 경찰차와 구급차가 달려온 것입니다.

그 학생이 어떤 사정으로 학교에서 죽었는지, 자세한 내용은 아직 밝혀지지 않았습니다. 불행한 사고일지도 모릅니다. 앞으로 많은 조사가 이뤄질 겁니다. 그러나 여러분의 생활에 영향을 미칠 일은 절대 없습니다. 그 점은 걱정하지 마십시오.

오늘 전체 조회는 취소하겠습니다. 여러분은 이 방송이 끝난 후 각 교실에서 학급회의를 열고 담임선생님에게 2학기 통지표를 받아 서둘러 하교해주십시오. 오늘 오후를 포함해 겨울방학 동안 예정되어 있던 특별활동은 일단 모두 중지하겠습니다. 각자 집에서 건강하게 겨울방학을 보내고, 새해를 맞으십시오.

이루 말할 수 없이 가슴 아픈 일이지만, 저는 여러분이 강한 정신력으로 잘 이겨내리라 믿습니다."

그는 잠깐 말을 끊었다가 덧붙였다.

"혹시 몸이 안 좋은 사람이 있으면 담임선생님에게 얘기하세요. 그리고 학급회의 때 각자 연락처를 선생님에게 제출해주십시오. 이전에 학교에 제출한 것에서 변동이 없는 사람은 내지 않아도 됩니다. 특별활동이 재개될 때를 대비해서 각자 부원들의 비상연락망도 확인해두면 좋겠죠."

원래는 교장이 직접 말할 필요 없는 실무적인 것들이다. 이런 면은 영락없이 '콩너구리'다웠다.

"가족분들도 오늘 아침 사건을 알고 걱정하고 계실 겁니다. 집에 돌아가면 부모님께 며칠 안으로 보호자 모임을 열 예정이라고 전해주십시오. 모임 일시는 여러분의 비상연락망을 통해 알려드리겠습니다.

그럼, 이 방송으로 2학기 종업식을 대신하겠습니다. 3학기 개학식 때 여러분을 밝은 얼굴로 다시 볼 수 있기를 기대하겠습니다."

방송이 끝나자 다카기 선생이 줄곧 아래로 떨어뜨리고 있던 시선을 들어 교실 안을 한 바퀴 둘러보았다.

"교장선생님 말씀 잘 들었죠. 우선 겨울방학중에 가족 모두 친척집에 가거나 해서 연락처가 바뀌는 사람이 있으면 손 드세요. 이삼일 여행가는 건 상관없습니다. 겨울방학에 집이 비는 경우만 손 들면 됩니다."

학생들이 힐끗힐끗 서로의 얼굴을 훔쳐보았지만 손을 드는 사람은 없었다.

"없나보군요. 특별활동 비상연락망은 평소에 이용하고 있을 테니 각자 확인해보세요. 그럼, 통지표를 나눠주겠습니다."

"선생님." 여학생 하나가 손을 들었다. "모리우치 선생님은 어떻게 된 거예요?"

료코는 다카기 선생이 쓸데없는 질문은 하지 말라고 야단칠 줄 알았다. 그런데 선생은 굳은 표정으로 조용히 대답했다. "모리우치 선생님은 지금 가시와기 학생의 집에 갔습니다. 여러분 걱정도 되시겠지만, 지금은 다른 해야 할 일이 많으니까요."

그리고—라며 앙상하게 야윈 어깨를 내려뜨리고 덧붙였다.

"가시와기 학생의 장례식 일정이 정해지면 이 반 학생들에게는 비상연락망으로 통보할 거예요. 다들 작별인사를 하고 싶겠죠. 선생님들도 장례식에 참석할 예정입니다."

장례식이라는 말이 자극적이었는지 울음소리가 한층 커졌다. 마리코도 눈시울을 붉혔다. 이제 료코는 눈물 한 방울 나지 않는 것을 감추려고 고개를 푹 숙여야 했다.

통지표를 받을 때도 평소에는 야단법석이 벌어지지만 오늘은 고요하고 사무적인 분위기였다. 료코는 문득 언젠가 본 적 있는, 식량 배급을 기다리는 기다란 줄이 떠올랐다. 내전이 계속되는 동구권 나라의 텔레비전 다큐멘터리 영상이었다. 추위에 떨고 하얀 숨결을 토해내며 참을성 있게 기다리는 시민들.

자기 차례가 왔을 때 료코는 다카기 선생님의 얼굴을 가까이서 올려다보고 선생님의 눈 역시 바짝 말라 있다는 것을 알아차렸다. 눈물은커녕 눈가도 붉어지지 않았다.

시선이 마주쳤을 때 선생님도 료코가 울지 않았다는 걸 알아챘을 것이다. 아주 짧은 순간이었지만, 료코는 선생님의 눈동자에서 이해의 빛을 본 것 같았다.

료코는 평소 이 선생님을 좋아하지 않았다. 담임 모리우치 선생님은 지나치게 촉촉해서, 학년주임 다카기 선생님은 지나치게 메말라서 마음에 들지 않았다. 두 선생님을 합해 둘로 나누면 딱 좋을 거라고 집에서도 말한 적이 있었다.

그러나 그 순간만은 다카기 선생님과 마음이 통한 듯했다. 착각인지 몰라도 그래도 상관없다. 무거운 짐을 내려놓은 심정이었다.

그리고 가시와기 다쿠야라는 반 친구의 죽음으로 가슴이 아프다는 것을 처음으로 또렷하게 느꼈다. 눈물이 흐르거나 울부짖게 되는 아픔은 아니지만 다친 곳이 욱신거리는 느낌이 들었다. 주변 사람이 너무 이른 죽음을 맞았을 때 보이는 지극히 당연한 반응 같기도 했다. 그래서 약간의 당혹감과, 소수점 이하의 미량이나마 분노도 섞여 있었다. 무엇에 대한 분노인지는 알 수 없다. 다만 마음속 아주 작은 목소리가 불합리하다고 외쳐댔다.

사람이 죽는 것에 대한 불만?

그건 너무 추상적이다.

가시와기 다쿠야와는 그만큼 거리감이 있었다. 그리고 료코는 또래들처럼 한때의 강렬한 감상에 젖어들기보다, 그 감상의 원인을 냉정하게 밝혀내는 이성을 더 중시하는 소녀로 커가고 있었다.

학급회의 마지막에 다함께 묵념을 올렸다. 그러고 나자 여학생 몇 명이 서로 어깨를 부둥켜안고 매달려 큰 소리로 울기 시작했다. 료코만이 가시와기 다쿠야의 책상에 놓인 하얀 백합꽃을 바라보았다. 아름답게 핀 백합꽃은 통곡하는 반 아이들에게서 등을 돌려 창 쪽을 보고 있었다. 그 모습에 료코는 생전의, 아직 학교에 나오던 무렵의 가시와기 다쿠야를 떠올렸다.

그애도 늘 다른 곳을 보고 있었다.


복도 스피커에서 하교를 재촉하는 방송이 들려왔다. 방송부원이 아니라 교감선생님의 목소리 같았다.

노다 겐이치는 여전히 교장실에 있다. 그러나 지금은 혼자가 아니라 쓰자키 교장이 옆에 앉아 있었다. 소파 맞은편에는 조토 경찰서의 형사 둘. 하나는 교장선생님보다 더 나이가 많아 보이는 아저씨고, 다른 하나는 서른 살가량의 여자다.

두 사람 다 교장선생님에게는 명함을 건넸지만 겐이치에게는 이름만 밝혔다. 지칠 대로 지쳐 기운이 빠진 겐이치는 어느 쪽 이름도 기억할 수 없었다.

두 형사는 겐이치가 가시와기 다쿠야의 시체를 발견했을 때의 정황을 듣고 싶어했다. 처음에는 제대로 이야기가 나오지 않았다. 어디부터 시작해야 좋을지 몰랐다. 아저씨 형사가 오늘은 몇시에 일어났느냐, 학교에는 혼자 왔느냐 하며 구체적인 질문을 하자 그제야 가까스로 설명할 수 있었다.

"노다 학생은 가시와기 학생이랑 같은 반이지?"

아저씨 형사가 물었다. 이 사람은 틀림없이 틀니를 했다. 어쩌면 전체 틀니일지 모른다. 나이에 걸맞지 않게 치열이 고르고 발음이 웅얼거리는 걸로 봐서.

겐이치가 고개를 끄덕이자 쓰자키 교장이 덧붙였다.

"2학년 A반이지?"

"아, 네. 그렇습니다."

"가시와기 학생이랑 친구였니?"

겐이치가 고개를 저었다. 그리고 이번에는 교장이 덧붙이기 전에 서둘러 말을 이었다.

"그냥 같은 반이에요."

"그런데도 얼굴을 보고 금방 가시와기 학생이란 걸 알았구나?"

"그 정도야 알죠."

아저씨 형사가 고개를 끄덕였다. 젊은 여형사는 부지런히 메모를 하고 있었다. 말쑥한 정장 차림이지만 장화를 신어 단단히 눈길 대비를 했다. 화장기 없는 민낯에 입술이 까슬까슬 텄다.

"가시와기 학생은 11월 중순부터 학교에 안 나왔다면서요?"

아저씨 형사가 쓰자키 교장에게 물었다. 그는 둥그런 눈을 크게 뜨고 바로 대답했다.

"그렇습니다. 정확하게는 11월 14일 이후로 등교하지 않았습니다."

아저씨 형사가 겐이치에게 시선을 돌리고 물었다.

"그럼, 노다 학생도 11월 14일 이후로 가시와기 학생을 못 봤겠네."

고개를 끄덕이려던 겐이치는 퍼뜩 뭔가를 떠올렸다. 학교에서는 못 만났다. 그렇지만 어제저녁에 보지 않았는가.

"아…… 아뇨, 으음."

"어디서 본 적 있니? 너희는 집도 가깝지? 3중학교는 통학구역이 좁으니까."

청소년과 형사다운 말이었다.

"어제 라이브라 로드에서 봤어요." 겐이치가 설명했다. "같은 반 친구

고사카랑 둘이서. 그렇지만 말은 안 걸었고, 그냥 본 게 다예요."

겐이치가 그때 본 가시와기 다쿠야의 모습을 설명하자 여형사가 빠른 속도로 받아적었다. 아저씨 형사는 그쪽을 힐끗 쳐다보더니 물었다.

"누구를 기다리는 것처럼 보이진 않았니?"

"글쎄요…… 그래 보이진 않았어요. 제가 별로 관심이 없기도 했고."

"계속 학교에 안 나오던 반 친구를 오랜만에 봤는데도?"

"별로 안 친했으니까요."

원래부터 가시와기 다쿠야를 좋아하지 않았다고 말하려다 그만두었다. 친하지도 않은데 왜 싫어했느냐고 형사가 따지고 들 것 같아서였다.

불안했다. 왜 나한테 이렇게 집요하게 묻는 걸까. 겐이치는 그저 운 없는 최초 발견자일 뿐이다.

혹시—무슨 의심이라도 하는 걸까. 미스터리 드라마에 흔히 나오는 패턴이다. 하지만 말도 안 돼. 내가 뭘 어쨌다고.

"나만 그런 게 아니에요."

겐이치의 말에 아저씨 형사의 눈빛이 살짝 싸늘해지는 것 같았다. 괜한 소리를 했나 싶어 겐이치는 내심 당황했다.

"다들 가시와기 학생에게 차가웠다는 뜻이군."

비난당하는 기분이었다. 왜 나한테만?

"가시와기 군은 친한 친구가 없었던 것 같습니다." 쓰자키 교장이 말했다. 양복 옷깃 사이로 빨간 울 조끼가 엿보였다. 교장선생님은 겨울 내내 색색의 조끼를 입고 다닌다. 모두 손으로 뜬 것이다. 사모님이 손수 만든다고 조회에서 말한 적이 있다.

"가시와기 군이 학교에 안 나오게 된 뒤로 저랑 담임교사, 학년주임이 몇 차례 가정방문을 했습니다. 기록이 있으니 필요하면 나중에 살펴보시죠."

그리고 겐이치에게 고개를 끄덕여 보이며 말했다.

"노다 군은 이쯤에서 보내주시죠. 충격을 받아서 많이 지쳤을 겁니다. 더 할 얘기는 없지?"

겐이치는 그 구조선에 냉큼 달려들었다. "네."

"그럼 오늘은 이만하죠. 노다 학생, 이야기를 들으러 나중에 다시 찾아 갈지 몰라."

쓰자키 교장이 아저씨 형사의 말을 물리치듯 벌떡 일어서더니 겐이치 더러 일어나라고 재촉했다. 발치에 두었던 겐이치의 가방도 먼저 집어들었다.

그러고는 복도로 나가는 교장실 문을 열어 겐이치를 먼저 내보내고 자기도 뒤따라 나왔다. 문을 닫았다.

"힘들게 해서 미안하구나."

겐이치는 그저 말없이 고개를 끄덕일 수밖에 없었다.

"네 통지표는 다카기 선생님이 가지고 계실 거야. 학급회의는 이미 끝 났을 테니 교무실로 가보렴. 아니면 교실에 가볼래? 친구가 기다리고 있 을지도 모르잖니."

"……괜찮아요."

이런 소동이 났을 때 걱정하고 남아서 기다려주는 누군가를 '친구'라 고 한다면, 겐이치에게는 그럴 만한 누군가가 있을 것 같지 않았다. 어떤 얼굴도 이름도 떠오르지 않았다.

그런데. 학급회의가 열리는 내내 나는 교실에 없었다. 다들 그 사실을 어떻게 해석했을까? 갑자기 걱정스러웠다. 가시와기가 죽은 것은 이미 다 알고 있으리라. 교장선생님이 교내 방송에서 누가 죽었는지는 밝히지 않았지만, 2학년 A반에서는 알아챘을 것이다. 죽은 가시와기의 자리와 휑하니 비어 있는 또 하나―노다 겐이치의 자리.

아이들이 그 사실을 이상한 쪽으로 연결짓는다면? 내가 시체 발견자 라는 게 제대로 전달되지 않아 이상한 의심을 받는다면?

모리우치 선생님은 믿을 만한 사람이 못 된다. 선생님은 겐이치처럼 눈에 띄지 않는 학생에게 관심이 없으니 겐이치를 잘 알지도 못한다. 만약 오해가 오해를 불러 일이 이상한 방향으로 흘러간다 해도 모리우치 선생님은 제지할 만한 능력도, 그럴 마음도 없을 것이다.

쉽게 휩쓸리는 여학생—다정하지도 마음이 따뜻하지도 않고 그저 분위기에 쉽게 휩쓸리는 여학생들과 하나가 되어 울기만 했을지 모른다. 그 광경이 눈에 선했다.

"서, 선생님." 겐이치가 쓰자키 교장의 둥그런 얼굴을 올려다보았다. "혹시 제가 의심받는 건가요?"

교장이 숱이 줄어 흐릿한 눈썹을 치켜세웠다. 눈과 마찬가지로 눈썹 모양도 둥글었다.

"의심을 받다니?"

"저 형사님이 저한테 이것저것 물었잖아요. 의심해서 그런 거 아니에요? 애들도 그렇게 생각하면 안 돼요."

"아니야."

쓰자키 교장이 양손을 겐이치의 어깨에 얹고 부드럽게 흔들었다.

"그럴 리가 있겠니. 지나친 걱정이야. 꼭 추리소설 같구나."

교장이 빙그레 웃었다. 겐이치는 웃을 기분이 아니었다.

"네가 가시와기를 발견했다는 건 아직 아무도 모를 거야. 선생님 중에서도 알고 있는 사람은 나랑 다카기 선생님 정도야."

"그렇지만 전 학급회의에도 빠졌는데요."

"그건 다카기 선생님이 잘 설명해주셨을 거다. 몸이 안 좋아서 양호실에 있다거나. 아, 그래. 정말 양호실에 가보지 않겠니? 얼굴색이 안 좋구나. 오자키 선생님에게 따끈한 차라도 타달라고 하자. 내가 같이 가서 말해주마."

그러고는 겐이치의 어깨를 감싸안은 채 걷기 시작했다. 겐이치는 현기증이 날 것 같았다. 교장실과 교무실이 나란히 있는 복도에 학생들은 보이지 않았다. 누군가가 이런 모습을 본다면 역시나 이상한 소문을 퍼뜨릴지 모른다. '콩너구리'의 부축을 받으며 걸어갔대.

어쩌다 이런 처지가 되고 말았을까. 줄곧 눈에 띄지 않으려고 조심해왔는데. 왜 이런 꼴을 당하는 걸까?


오자키 양호선생님은 3중학교에서 가장 인기가 많은 선생님이다. 다정하다─뭐니뭐니해도 그게 제일 큰 이유다.

나이는 알 수 없다. 벌써 오십 줄일 거라고 짐작하는 학생이 있는가 하면 의외로 젊다는 학생도 있다. 본인은 생년월일을 '비밀'이라며 감추지만, 겐이치가 전에 양호실에 갔을 때 이런 말을 한 적이 있었다.

"선생님은 여기 학생들 엄마라 해도 전혀 이상하지 않을 나이란다."

쓰자키 교장이 이러쿵저러쿵 설명하지 않아도 오자키 선생님은 사정을 파악한 것 같았다. 겐이치를 재빨리 양호실로 맞아들여 난로 옆 의자에 앉혔다.

"얼굴이 완전히 얼었네. 잠깐만 기다려. 거기서 잠시 몸 좀 녹이고 있으렴."

여기는 따뜻해서 좋겠다고 말하며 쓰자키 교장은 물러났다. 양호실을 나서는 순간 교장의 얼굴이 순식간에 서글프게 굳어졌지만 겐이치는 알아채지 못했다. 자기 일만으로도 벅찼다.

워낙 오래된 건물이다보니 3중학교에는 에어컨 같은 최신 시설이 없다. 여름에는 찌는 듯 무덥고, 겨울철에는 교탁 옆에 석유 팬히터를 놓는다.

양호실에 있는 것은 팬히터가 아니라 구식 석유난로다. 반원형 그물망이 시뻘겋게 달아올랐다. 위에 주전자를 올려 물을 끓일 수도 있다. 지금도 주전자 주둥이에서 희미하게 김이 피어오른다.

겐이치는 홀린 듯 멍하니 타오르는 불꽃을 바라보며 손을 쬐었다. 양호실에서 이런 구식 난로를 계속 쓰는 이유는 예산 때문만이 아니라 불빛이 사람에게 평온함을 안겨준다는 사실을 오자키 선생님이 알아서인지도 모른다.

선생님이 잠깐 기다리라고 한 것은 먼저 온 학생 때문이었다. 커튼을 친 침대 안쪽에서 말소리가 들렸다. 곧이어 커튼이 걷히고 여학생이 나왔다.

"어머님에게 전화했는데, 정말 혼자 갈 수 있겠니?"

"네, 괜찮아요."

모르는 아이였다. 이름표를 보니 1학년이다. 기운이 없어 보였지만 다쳤거나 열이 있는 것 같지는 않았다.

"집에 가면 곧바로 다니는 병원부터 찾아가렴."

"네."

1학년 학생은 감사하다는 인사와 함께 고개를 꾸벅 숙이고 나갔다. "몸조리 잘해" 하며 배웅하고 돌아온 오자키 선생님이 겐이치가 뭐라고 묻기도 전에 천식이 있는 애라고 알려주었다.

"통지표 받는 날이라 긴장해서 발작을 일으킨 모양이야."

"교내 방송으로 가시와기 얘기를 듣고 충격받은 건 아닐까요?"

겐이치의 물음에 오자키 선생님이 미소를 머금었다. "1학년이잖아. 그건 아닐걸. 가시와기 군을 모르는 1학년이나 3학년은 오히려 흥분해서 떠드는 모양이던데. 사건이다, 사건이다, 하면서. 방송국에서 취재 오는 거 아니냐는 소리도 하고."

전혀 모르는 다른 학년 학생이 죽었다면 자기도 그랬을지 모르겠다고 겐이치는 생각했다.

"2학년은 아무도 안 왔죠?"

"그러네. 걱정했는데 교장선생님이 교내 방송으로 잘 설명해주셔서 다들 예상보다는 혼란이 덜했나봐. 그래서 오늘은 노다 군이 두번째 환자야."

많이 놀랐지―오자키 선생님은 위로하듯 목소리를 낮춰 말했다.

"혹시 모르니 열을 재볼까. 손도 좀 내밀어보렴."

겐이치의 맥박을 짚고 잠시 손목시계를 바라보던 선생님은 금세 미소를 되찾았다.

"괜찮은데. 노다 군은 아주 다부지구나. 대단하네, 그런 일을 겪었는데. 선생님 같았으면 그 자리에서 기절했을지도 몰라."

그렇게 말하고 선생님은 허브차를 끓이기 시작했다. 아프거나 다쳐서가 아니라 '보호'를 바라고 양호실을 찾는 학생들에게 꼭 내주는 음료다.

김이 모락모락 나는 찻잔을 쟁반에 받쳐 든 오자키 선생님이 "어머" 하고 놀란 듯 말했다. 눈길은 창밖을 향해 있었다.

"노다, 보이니? 저기 서 있는 애 고사카 아냐? 구라타도 같이 있는 것 같은데."

겐이치는 일어서서 새하얀 운동장으로 눈길을 던졌다. 날이 날이니만큼 떠들고 노는 아이들이 없는 운동장에는 여전히 한가득 설경이 펼쳐져 있었다. 선생님들이 오간 발자국이 비뚤비뚤한 선을 그려 조화를 흐트러뜨릴 뿐이었다.

눈밭에 반사된 햇빛이 눈부셔서 겐이치는 눈을 가늘게 떴다.

"봐, 저쪽. 도서실 창문 있는 곳."

오자키 선생님이 손가락으로 가리켰다. 과연 정문으로 이어지는 통로 끝, 커다란 도서실 창문 앞에 추운 듯이 옷을 잔뜩 껴입은 고사카 유키오와 구라타 마리코가 서 있었다. 발을 동동거리고 손을 비비며 무슨 이야기를 나누는 듯했다.

"좀 전에, 한 십 분쯤 됐나? 둘이 여기 왔었어."

"고사카가요?"

"그래. 노다 여기 있느냐고. 학급회의 끝나고 바로 온 것 같던데. 다카기 선생님이 네가 학교에 나오긴 했는데 몸이 안 좋아서 쉬고 있다고 했대."

오자키 선생님은 지금은 여기 없지만 나중에 올지 모르니 들어와서 기다리라고 했는데 두 사람은 그냥 정문 근처에서 기다리겠다며 돌아갔다고 한다. 오늘은 뒷문이 열리지 않아 학생들은 모두 정문으로 하교한다. 거기 있으면 엇갈릴 염려가 없을 테니까.

"둘 다 걱정 많이 하던데."

겐이치가 오자키 선생님의 얼굴을 바라보았다. "선생님, 제가 가시와기를 발견해서 경찰이랑 있다고 했어요?"

"아니. 그건 네가 나중에 말하면 되잖니? 그래서 붙들었던 건데. 형사들하고 이야기가 끝나면 너를 이리 보낼 수도 있다고 교장선생님이 그러셨거든."

오자키 선생님이 고개를 살짝 갸웃거렸다.

"그런데 고사카는 어쩐지 사정을 아는 것 같긴 했어."

그리고 두 사람을 이리로 부르자고 했다.

"같이 차 마시고 돌아가면 되니까. 응?"

선생님은 창문을 드르륵 열더니 윗몸을 쑥 내밀고 고사카와 구라타를 향해 손을 흔들었다.

"고사카! 구라타!"

부르는 소리에 두 사람이 고개를 돌렸다. 오자키 선생님은 양손을 크게 휘저으며 소리쳤다.

"이리 와. 빨리, 빨리!"

이럴 때 오자키 선생님은 정신연령이 학생과 비슷해지는 모양이었다.

겐이치는 오랜만에 미소를 머금었다. 선생님의 밝은 목소리와, 무엇보다 유키오가 기다려줬다는 게 고마웠다. 아까 '콩너구리'에게 그런 식으로 말한 것은 잘못이었다. 교실에 들를걸.

"아, 여기 있네, 겐짱!"

잠시 후 발그레한 뺨을 빛내며 고사카 유키오가 양호실로 뛰어들어왔다. 구라타 마리코도 깜짝 놀란 듯 눈이 휘둥그레져서는 "너 여기 있었니?" 하고 소리쳤다.

마리코와 고사카는 소꿉친구라 오누이처럼 친하다.

"대체 어떻게 된 거야? 지금까지 어디 있었어?"

"다카기 선생님이 아무것도 안 알려주는 거야. 얼마나 걱정했다고."

겐이치는 생글생글 웃는 오자키 선생님의 얼굴을 힐끗 보고는 잠시 머뭇거렸다.

"아…… 그게."

"가시와기 일 때문이지?" 유키오는 여전히 숨을 헐떡였다. "죽어서 뒷문 근처 눈에 파묻혀 있었대. 겐짱, 혹시 네가 가시와기를 본 거 아냐? 발견자라고 해야 하나? 그래서 학급회의에 못 온 거지? 난 그렇게 생각했는데, 아니야?"

오자키 선생님이 옳았다. 고사카 유키오는 이미 짐작하고 있었다. 아침부터 추위에 떤데다 형사들과 대화하느라 체온이 절대영도까지 떨어졌던 겐이치의 몸이 따뜻하게 풀어지는 것 같았다.

"응, 맞아. 사실은—"


교실에 남은 반 친구들에게서 벗어난 료코는 혼자 몰래 도망치듯 집으로 왔다. 누구와도 이야기하고 싶지 않았다. 일단 시작하면 아이들과 함께 가시와기 다쿠야가 죽은 게 얼마나 슬프냐는 등 이렇게 되기 전에 뭔가 할 수 있는 일이 없었느냐는 등 떠들어대야 한다.

지금은 그렇게 감정적인 것이 당연하리라. 그래서 더더욱 그러지 못하는 자기 모습을 내보이기 싫었다. 다카기 선생님은 용서해주었다. 그걸로 만족하고 얼른 돌아가자.

정문을 빠져나오자 길 건너 신문사 깃발을 꽂은 검은색 승용차가 눈에 들어왔다. 취재를 나온 것이다.

머지않아 텔레비전 방송국에서도 찾아오겠지. 등교거부 학생이 학교에서 돌연사. 대단한 뉴스거리다. 오늘날의 학교 교육을 우려하는 어른이라면 너나없이 관심을 기울일 만한 사건. 그리고 세상 어른들은 보도하는 쪽이든 그것을 보는 쪽이든 입을 모아 개탄할 것이다. 이런 일이 벌어지기 전에 막을 방법은 없었는가. 인간의 생명은 지구보다 무거운 법이다, 어쩌고저쩌고.

아아, 싫다. 료코는 고개를 저었다. 왜 이토록 삐딱하게 생각하는 거지? 난 역시 뭔가 중요한 게 빠진 채 자라버린 건가?

집에 도착하자 먼저 온 여동생들이 시끌벅적하게 맞아주었다. 서로 통지표를 보여준 모양이다. 도코가 쇼코보다 '참 잘했어요'가 몇 개 더 많다고 가슴을 내밀며 으스댔다. 초등학생도 이럴 때는 콧대가 높아지는구나. 우스웠다.

텔레비전 뉴스에 3중학교 얘기가 나오지 않았느냐고 물었더니 두 동생 다 횡설수설했다. 아직 나오지 않은 모양이라고 료코는 생각했다.

거실 전화기에 손을 얹고 한동안 생각에 잠겼다. 결국 아빠한테 먼저 알리기로 했다. 엄마는 아직 사건에 관해 모를 테지만 아빠는 걱정하고 있을 것이다. 수사회의중이 아니어야 할 텐데.

전화를 걸자 신호음이 두 번도 울리기 전에 아빠가 받았다. 아빠 목소리를 들으니 료코는 뜻밖에도 마음이 놓였다.

"아빠?"

"어, 그래. 료코구나."

"일하는 중에 죄송해요. 지금 통화할 수 있어?"

"괜찮아. 잠깐만 기다려라."

주위는 조용했다. 서류 작업을 하는 중인가보다.

"그러잖아도 궁금했는데. 학교에선 어땠니?"

"그게." 료코는 재빨리 사정을 설명했다.

"그래…… 너희 반 아이였구나. 안타까운 일이군. 친했던 아이니?"

"전혀."

이 말은 역시 차갑게 들렸다. 그렇지만 상대가 아빠이니 신경쓸 필요는 없다.

"가시와기는 좀 특이한 애였어. 쉽게 다가갈 수 없는 분위기였거든. 나만 그런 게 아니라 아무도 친해질 수 없었을 거야."

"흐음……"

"학교는 꽤 시끄러운 것 같아. 벌써부터 신문사 차가 오고, 경찰에서도 왜 죽었는지 더 자세히 조사할 테니까."

"그래, 그렇겠지."

"아직 자세한 건 하나도 모르니까 너무 무책임한 말일지 모르지만."

"뭐가?"

"다들 자살이라고 생각해."

잠시 틈을 두었다가 아빠가 물었다. "그 '다들'에 너도 들어가니?"

"응."

"그렇군."

"가시와기는 학교에도 안 나왔으니까."

료코는 그렇게 말했다. 아빠는 처음 듣는 이야기일 터였다. 11월 중순의 사건은 꽤 큰 소동이어서 엄마 귀에도 들어갔지만 아빠는 모를 것이다.

"학교에 안 나왔다고?"

"응. 같은 학년 불량 패거리랑 말썽이 생겼었거든."

료코는 한숨을 내쉬었다. 오늘 아침부터 내내 가슴 깊은 곳에 한숨이 쌓여 있는 듯했다. 이제야 간신히 뱉어낼 수 있다.

"아빠, 나 냉정하지?"

"왜 그런 생각을 해?"

"다들 울었어. 반 여자애들. 가시와기가 불쌍하다, 뭐라도 해줄 걸 그랐다면서. 그런데 난…… 물론 도리상 그래야겠지만, 그런 생각이 안 들었어. 눈물도 한 방울 안 나왔어."

아빠는 료코가 하고 싶은 말을 다 털어놓을 때까지 조용히 기다렸다. 후지노 료코, 어서 자백해. 그러면 편해질 거야.

"내 또래가 죽었으니 무섭기도 슬프기도 해. 그건 사실이야. 하지만 가시와기가 죽어서는 아니야. 난 가시와기에 대해 아무것도 모르고, 관심도 없었으니까. 그애가 죽었다고 없던 관심이 갑자기 생기진 않아. 내가 이상한 걸까?"

"이상하진 않지. 아빠는 그것도 하나의 심리적인 반응일 수 있다고 봐."

"정말?" 기뻤다. 다카기 선생님과 눈이 마주쳤을 때 느낀 감정의 백 배에 제곱을 붙인 것만큼이나 큰 안도감이 들었다.

"그렇지만 굳이 남들 앞에서 할 만한 얘기는 아니겠지."

"부끄러운 말이니까?"

"아니, 그건 아니야. 사실은 너도 네가 생각하는 만큼 가시와기 학생의 죽음에 무관심하진 않을 테니까. 일부러 뿌리치려는 것뿐이지. 넌 너희 반 여자애들이 비극의 주인공이라도 된 양 울어대는 게 싫어서 괜한 오기를 부리는 거야."

료코가 소리 없이 살짝 웃었다.

"억지로 울거나 슬퍼할 필요는 없어. 어쨌든 지금은 집인 거지?"

"응."

"그럼 잠시 조용히 생각하는 시간을 가져봐. 반 친구 한 명이 목숨을 잃었다는 건 분명한 사실이니까. 아주 큰일이야."

"응, 그럴게."

"아빠는." 아빠가 잠시 망설이는 듯했다. "가시와기 학생이 학교에 안 나오게 된 경위가 이번 일과 관련있는지 좀 신경쓰이는구나. 지금 상황에서는 뭐라고 단정할 수 없겠지만."

그리고 아빠랑 하고 싶은 얘기가 있으면 언제든 전화하라고 덧붙였다. 료코는 "응, 고마워"라고 대답했다. 수화기를 내려놓은 순간 처음으로 눈물이 조금 나왔다.

그러고 보니—휴지로 코를 풀면서 생각했다. 가시와기 다쿠야의 죽음과 관련해 그애와 충돌한 적이 있는 오이데 슌지와 그 패거리를 경찰이나 학교에서 불러 조사할 가능성이 있다. 아빠가 지적하기 전까지는 생각도 못 했다. 그도 그럴 것이 분명 대단한 싸움이긴 했지만 딱 한 번으로 끝났고, 그 일이 일어날 때까지는 아무도 가시와기 다쿠야와 그 불량소년 삼인조를 연결지어본 적조차 없었으니까. 그들 사이에 관계가 있는 줄도 몰랐다.

하지만 그저 나를 포함한 모두가 아무것도 몰랐던 것뿐이라면?

그럴 수가 있을까?

지평선 저 너머의 조그만 먹구름. 료코는 방금 그것을 보았다. 그러나 아직 멀다. 가까이 다가오리라는 보장도 없다—

<h1 style="text-align:center">9</h1>

12월 26일. 크리스마스의 즐거운 소란은 지나갔다. 1990년도 이제 일주일밖에 남지 않았다. 세상은 분주하다. 어른들은 쉬지 않고 바쁘게 움직인다.

그에 반해 학교는 쥐죽은 듯 가라앉는다. 겨울방학이 시작되고, 건물은 텅 빈다.

그러나 조토 제3중학교만은 예외였다. 가시와기 다쿠야라는 한 2학년 학생의 죽음이 학교의 평화로운 겨울나기에 제동을 걸었다.

이날은 아침부터 모든 2학년 학생의 집으로 긴급연락이 돌았다. 오늘 오후 일곱시부터 체육관에서 2학년 보호자 모임이 열립니다—

"꼭 가야 하는 건 아니니까 신경쓰지 마, 엄마."

정오가 조금 지난 시각, 후지노 료코는 엄마 사무실에 있었다. 접대용 소파에 앉아 갑갑한 부츠에서 겨우 해방된 발을 카펫 위에 올려놓았다.

"그럴 수야 없지."

오른쪽 귀 뒤에 빨간 볼펜을 끼우고 주방 커피메이커 옆에 서 있던 후지노 구니코가 피곤이 섞인 목소리로 말했다.

"아빠는—"

"아이고, 기대를 마."

"그렇겠지……"

두 사람의 목소리가 하얀 천장에 반사되었다.

집에서 지하철로 다섯 정거장. 니혼바시 가키가라초 한 모퉁이에 있는 조금 낡았지만 깔끔한 맨션 3층, 동향 투룸, 82제곱미터. 임대료가 얼마냐고 전에 물었더니 엄마는 쓸데없는 걱정 할 거 없다며 알려주지 않았다. 료코의 의도는 그게 아니었다. 그 주변 시세를 알고 싶었을 뿐이다. 나중에 자취를 하게 되면 분위기가 좋은 그 동네에 살고 싶다는 상상을 하면서.

창의 블라인드가 절반쯤 열려 있다. 크리스마스이브에 큰 눈이 내렸다가 어제는 완전히 개어 파란 하늘이 펼쳐졌고, 오늘은 다시 날씨가 흐려졌다.

엄마가 빨간색과 하얀색의 큼지막한 머그잔 두 개를 들고 주방에서 나왔다. 뜨거우니 조심하라며 빨간색 잔을 료코에게 내밀었다. 우유를 듬뿍 넣은 카페오레다. 집에서 마시는 것과 똑같지만 여기서 엄마가 만들어주면 훨씬 맛있게 느껴진다.

맞은편 소파에 앉은 구니코가 딸의 얼굴을 바라보았다. 기특한 딸은 설이 되기 전에 엄마가 다시 염색하러 미용실에 가야겠다고 생각하며 마주보았다. 뿌리 부분에 흰머리가 보이네.

"그렇게 중요한 모임인데 엄마만 빠질 순 없어."

"왜? 뭐 어때. 선생님들도 딱히 신경 안 쓸 텐데."

"그런 문제가 아니야."

구니코가 살며시 한숨을 내쉬었다. "넌 괜찮니?"

그 말투가 너무 심각해서 료코는 내심 놀랐다. "괜찮냐니, 뭐가?"

"마음 말이야, 마음. 충격받았지?"

후지노 구니코는 늘씬하게 키가 크고, 머리숱도 많고(흰머리가 있지만) 반듯한 이목구비에 주름도 별로 없어서 여자로서 여전히 꽤 괜찮은 편이다. 중학교 2학년짜리를 시작으로 딸을 셋이나 둔 엄마치고는 훌륭한 축에 들 거라고 료코는 생각했다. 반년 전쯤 지방에 사무실 일을 보러 갔다가 공항 대합실에서 헌팅당할 뻔했다는 것도 있을 법하게 느껴졌다.

그렇지만 아무리 미인이고 똑똑하고 젊어 보여도 엄마는 엄마다. 그리고 엄마라는 존재는 항상 근심 걱정이 많다.

"전혀 충격 안 받았는데."

"정말?" 엄마가 상반신을 앞으로 내밀었다.

"말만 들으면 산전수전 다 겪은 사람 같구나. 일부러 그런 척하는 건 아니니? 죽은 애가 너랑 같은 반 학생이잖아."

료코는 이번에는 놀라다 못해 웃음이 터지려고 했다.

"엄마도 참. 지나친 생각이야."

이상하네. 엄마랑 난 말이 꽤 잘 통하는 줄 알았는데 이렇게 엇갈릴 때도 있구나. 나는 내가 가시와기 다쿠야의 죽음 앞에 너무 냉담하고 냉혹한 게 아닐까 걱정한다. 그런데 엄마는 그건 단지 허세고, 사실은 깊이 상처받은 걸 애써 감추는 게 아닌지 염려한다.

"난 억지로 강한 척하는 사람 아니야. 정말로 충격을 받았으면 받았다고 말해."

구니코가 천천히 고개를 끄덕였다. "그렇긴 하지만……"

"모임에서 나온 얘기는 나중에 다른 사람한테 전해들으면 돼. 그러니까 사무실 일부터 챙겨도 괜찮아. 연말에도 굉장히 바쁜 일이잖아. 나도 잘 안다고."

료코는 카페오레를 다 마시자마자 머그잔을 들고 일어났다.

"어쨌든 정말 걱정할 거 없으니까 일해. 비상연락망으로 온 공지라 말 안 하고 넘어갈 순 없었던 것뿐이니까."

"그야 당연하지." 구니코가 갑자기 엄마의 위엄을 보였다. 생각에 잠긴 표정이었다.

"구라타 어머니한테 전화해서 나중에 얘기해달라고 부탁할까."

"마리코네 엄마? 글쎄, 모임에 가시려나?"

"가시겠지. 설마 안 가시려고."

료코의 생각은 달랐다. 마리코의 부모님은 바쁘신 몸이다. 어쩌면 지금쯤 구라타네 집에서도 똑같은 대화가 오가고 있을지 모른다. 미안해, 마리코. 엄마도 아빠도 보호자 모임에 못 갈 것 같아. 괜찮아, 신경쓰지 마.

근본적인 오해가 있구나―료코는 깨달았다. 가시와기 다쿠야의 죽음의 무게에 대해서. 있잖아, 엄마. 나만 그런 게 아니라, 마리코도 그애가 죽은 일로 그리 큰 충격을 받진 않았을 거야.

'죽음'에는 충격을 받는다. 그것이 가까이서, 하물며 학교 안에서 벌어진 일이라는 사실에는. 하지만 가시와기 다쿠야라는 반 친구가 죽었기 때문은 아니다. '반 친구'란 과연 뭘까? 단지 반이 같다는 이유만으로 친구라고 할 수는 없을 것 같은데.

아니면, 역시 내가 이런 딱딱한 생각으로 본심을 감추는 걸까?

료코는 말없이 주방 싱크대에서 머그잔을 닦았다. 구니코가 물었다. "가시와기라는 애, 학교에 안 나왔다며?"

"응. 11월부터."

“괴롭힘을 당했다는 소문은 진짜니?”

“누구한테 들었어?”

“아니, 그냥.” 구니코가 말끝을 흐렸다.

“만약 이번 일이 그거랑 관계가 있다면, 넌 어떻게 생각해?”

수도꼭지를 잠그고 머그잔을 식기건조대에 올리고는 료코가 얼굴을 들었다.

“모르겠어.”

엄마는 말없이 료코를 바라보았다.

“난 가시와기를 잘 몰라. 그러니 어떻게 생각하고 말고 할 것도 없어.”

“넌 가시와기에게 관심이 없었구나.”

관심이 없다. 정확하다. 료코가 미처 찾아내지 못했던 표현이다.

“응. 그런 것 같아. 그애가 학교에 나오든 말든, 같은 반이든 아니든, 나랑은 관계없었어.”

작은 목소리로 왠지 조금 서글프게 구니코가 잇달아 물었다. “왜 관심이 없었을까?”

“그건—”

료코가 소녀다운 쓸쓸한 미소를 지으며 머리칼을 쓸어올렸다.

“더 모르겠네. 친구가 아니었다는 거 아닐까, 말하자면.”

순간 혼날지도 모른다는 생각이 들었다. 그런 냉정한 말이 어디 있느냐고.

그러나 구니코는 화내지 않았다. 그저 앉아서 머그잔의 내용물을 천천히 음미하고는 말했다. “그럼 됐어. 네가 괜찮다는 걸 알았으니 안심이야. 이제 성가시게 묻지 않을게.”

다정한 말투였다. 그러나 료코는 혼난 것보다 훨씬 더 겸연쩍어서 잠시 엄마의 얼굴에서 시선을 떼지 못했다.

## 10

체육관 입구에는 어디서 구해왔는지 어린아이 둘은 너끈히 들어갈 만한 종이상자 두 개가 나란히 놓여 있었다. 그중 하나에는 슬리퍼가 한가득, 다른 하나에는 반투명 비닐봉지가 빽빽하게 들었다. 상자 옆에 서 있던 남자와 여자가 줄지어 체육관으로 들어서는 학부모들에게 그것들을 한 벌씩 민첩하게 건넸다.

여기서 슬리퍼로 갈아신고 벗은 신발은 비닐봉지에 넣으라는 뜻이겠지. 꼭 학생들이 잘 가는 대중술집에 들어가는 것 같다—고 생각하며 후지노 구니코는 그것을 받아들었다. 학부모 중에는 자기 슬리퍼를 들고 온 사람도 있었다. 준비성 한번 철저하다.

—결국 와버렸다.

일을 먼저 챙기라던 료코의 배려는 고맙지만, 이번만은 아무래도 모른 척할 수 없었다.

종이상자 옆에 있는 남녀는 평상복 차림이지만 역시나 교직원인 듯 작업중에도 계속 "안녕하세요" "오시느라 고생하셨습니다"라며 학부모들에게 정중하게 인사를 했다. 한 어머니는 "어머나, 야마다 선생님" 하고 여자에게 친숙하게 말을 건네며 고개를 숙였다.

정문에서도 체육관 입구에서도 누구의 보호자냐고 묻지 않았다. 따로 참석자의 이름을 적을 필요도 없어서 사실상 자유롭게 입장하는 분위기였다.

학교 측에서 매스컴 대책을 세울 거라는 예상은 빗나갔다. 그보다 어디에도 방송국 직원은 보이지 않았고, 대강 훑어봤을 때는 취재기자로 보이는 사람도 눈에 띄지 않았다. 요즘에는 공립학교 학생 하나가 사망한 정도로는 뉴스거리가 안 되는 걸까. 텔레비전을 보지 않아서 모르겠지만, 어쩌면 다른 데서 큰 사건이 터졌는지도 모른다.

손목시계를 보니 일곱시 십 분 전이었다. 맞벌이 가정이 많으니 평일에 최대한 많은 학부모가 참석할 수 있는 시간대를 고른 것이리라.

12월의 이 시간은 저녁이 아니라 이미 밤이다. 구름이 많아 잔뜩 흐린 하늘에는 별이 보이지 않았다. 어둡고 추워 보이는 학교 건물의 모서리가 날카롭게 하늘을 가로질렀다. 운동장은 빈말로도 넓다고 할 수 없지만 밖에서는 이만한 공터도 드물다보니 밤의 밀도가 그만큼 낮아진 듯 보였다. 여전히 운동장을 가득 덮은 눈이 빛을 반사해서일지도 모른다. 건물 1층 절반쯤이 환하게 불을 밝히고 있어서 가장자리로 치워둔 축구 골대가 어렴풋이 보였다.

체육관 천장 형광등의 강렬한 불빛에 구니코는 눈을 살짝 가늘게 떴다. 강당도 겸하는 장소라 직사각형의 정면 한쪽에 무대가 설치되어 있다. 무대는 텅 비었고 조명도 그쪽만 꺼져 있었다. 이 모임에선 교사들이 단상에 오르지는 않을 모양이다.

체육관 바닥에 크기가 미묘하게 다른 코트 세 개가 각각 다른 색 페인트로 그려져 있었다. 하얀색은 배구, 노란색은 농구 코트인가. 제일 작은 빨간색 코트는 무슨 종목일까.

코트들 위에 접의자들이 가지런히 줄지어 있었다. 벌써 반쯤 찼다. 콘서트장과 다르게 사람들은 앞줄을 비워놓고 한가운데부터 자리를 채웠다. 뒤쪽 자리도 인기다. 웅성웅성하지만 물론 밝은 분위기는 아니었다.

게다가 춥다. 공립학교 체육관에 난방설비가 있을 리 없다. 급하게 조달한 듯한 석유 팬히터 두세 개가 보였지만 이 공간을 따뜻하게 데우기에는 역부족이었다. 구니코는 외투를 입은 채 가까운 접의자에 자리를 잡았다. 맨 뒤에서 두번째 줄, 무대에서 보면 왼쪽 가장자리였다.

그 줄의 다른 자리들은 이미 차 있었다. 갈색 염색 머리와 잘 어울리는 가죽외투 차림의 옆자리 여자가 의자에 앉은 구니코를 힐끗 보며 인사를 건넸다. 구니코도 인사했다.

"많이 춥죠?" 여자가 말을 걸었다. "난방이 없으니. 애들도 용케 참고 다닌다 싶어요."

구니코가 웃으며 고개를 끄덕였다. "운동을 하고 있으면 괜찮겠지만, 가만히 있자니 괴롭네요."

"어머, 아니에요. 애들도 춥다고 하는걸요. 여름에는 한증막이고. 에어 컨 정도는 달아줄 만도 한데."

여자는 정말로 추워 보였다. 가죽외투는 바람막이로는 좋지만 온기는 덜하다.

"저는 학교 모임에 별로 참석을 못 했는데, 자주 나오셨어요?"

화제를 돌려보았다. 갈색 머리 여자가 고개를 저었다.

"저도 교내 합창대회 때나 와봤어요. 작년이었나?"

그리고 고개를 살짝 갸웃거리며 말을 이었다.

"여기서 하면 시끄럽다고 이웃의 항의가 빗발쳐서 올해부터는 구민회 관을 빌리잖아요."

"아아, 그렇죠." 구니코가 맞장구를 쳤다. 흐음, 체육관에서 합창대회 를 하는데 시끄럽다는 항의가 들어오는구나. 학교 운영도 꽤나 힘들 것 같다.

"학부모회에도 관심없고." 갈색 머리 여자가 따분하다는 듯이 말했다. "그래도 오늘은 모른 척할 수 없더라고요."

"댁의 자녀분이 죽은 학생이랑 같은 반인가요?"

"아, 아뇨." 여자가 눈을 부릅뜨며 고개를 저었다. "아니에요. 그런데 우리 애가 워낙에 겁이 많아서요. 괜히 무섭다고 난리지 뭐예요. 나더러 가서 얘기 잘 듣고 오래요."

그리고 갑자기 목소리를 낮추더니 구니코에게 얼굴을 가까이 들이댔다.

"집단괴롭힘을 당해서 죽었다는 소문이 있잖아요."

"정말요?"

"네, 학교도 안 나왔다고 하니까요. 불량 패거리랑 말썽이 생겨서."

"아아, 그랬군요."

갈색 머리 여자가 어쩜 그렇게 아무것도 모르느냐는 눈빛으로 구니코를 비스듬히 내려다보았다.

"별일이 다 있어요……"

소곤거리며 이야기를 나누는 사이 거리감이 줄었는지, 갈색 머리 여자가 스스럼없이 감정을 담아 중얼거렸다.

"자식이 학교에서 죽다니, 부모에게 그런 악몽이 없죠. 무슨 일이 있었는지는 몰라도 확실하게 책임을 따져야 해요."

그때 회색 양복을 입은 남자가 접의자 몇 개를 옆구리에 끼고 구부정한 자세로 종종걸음을 치며 옆을 스쳐갔다. 맨 앞줄에서 더 앞으로 나가 학부모석과 마주보게 의자를 늘어놓았다. 교사들 자리인 모양이다. 스탠드 마이크도 놓여 있다.

"일곱시네요." 갈색 머리 여자가 정면 무대 위에 걸린 둥근 시계를 올려다보고 말했다.

장내는 80퍼센트쯤 채워졌다. 대부분 여자—즉 어머니들이지만, 남자도 드문드문 눈에 띄었다.

맨 앞줄의 빈자리도 메워졌다. 의자를 늘어놓았던 양복 차림 남자가 마이크 테스트를 시작했다. 음향이 좋지 않아 소리가 갈라졌다.

그리고 곧바로 말문을 열었다.

"갑작스럽게 연락드려서 대단히 죄송합니다만, 오늘 이렇게 모여주셔서 감사합니다. 이제 곧 보호자 모임을 시작하겠습니다. 잠시만 기다려주십시오."

시간을 맞춘 듯 뒤쪽 출입구에서 몸집이 작은 오십대 전후의 남자를 앞세워 한 무리가 줄지어 들어왔다. 모두 눈을 내리뜨고 재게 걸었다.

—선생님들이 등장하는군.

구니코의 생각대로였다. 그들은 학부모석과 마주보고 놓인 의자에 앉는 대신 그 앞에 나란히 섰다. 그러자 맨 앞줄 가운데쯤 앉아 있던 체격 좋은 남자가 벌떡 일어나 그들에게 다가가서 뭐라고 말을 건넸다. 교사들은 그에게 인사를 했다.

이윽고 몸집이 작은 오십대 전후의 남자가 스탠드 마이크로 다가서서 말을 시작했다.

"늦은 시간에 모여주셔서 감사합니다. 저는 교장 쓰자키입니다."

표정이 침울했다. 학부모석이 조용해졌다.

쓰자키 교장은 일단 마이크에서 물러서더니 고개를 깊숙이 숙였다. 옆에 서 있던 교사들도 가볍게 묵례했다. 세어보니 교장과 회색 양복 남자까지 합해 모두 여덟 명이었다. 그중 둘은 여자였다. 한 사람은 흰색 가운을 입고 있으니 양호선생일 것이다.

"이번에 우리 학교에서 참으로 불행한 사건이 일어났습니다. 이미 알고 계시겠지만, 2학년 A반 가시와기 다쿠야 학생이 어제 아침 학교 뒷문에서 숨진 채 발견되었습니다. 다른 학생들이 얼마나 큰 충격을 받았을지 짐작이 가고도 남습니다. 이런 불행한 사태를 미연에 방지하지 못한 것에 대해 저희 교사 일동은 무거운 책임을 느끼는 바입니다."

그는 말을 끊고 눈을 내리뜬 채 뜸을 들였다. 어눌한 말투에 긴장했는지 입꼬리가 부자연스럽게 일그러져 있었다.

촌스러울 만큼 오래된 디자인의 양복이었다. 옷깃 사이로 검은색 조끼가 엿보였다. 베스트보다는 조끼라고 부르는 게 어울릴 듯하다. 넥타이를 꽉 졸라매서 조그만 몸 위의 목이 한층 답답해 보였다. 앞으로 예상되는 학부모의 질문 공세에 대비해 미리부터 목을 조인 듯 보이기도 했다.

구니코가 사람 좋아 보이는 이 교장의 얼굴을 보는 것은 료코의 입학식 때 이후로 처음이었다. 인상은 변하지 않았다. 친근하게 느껴지지만 위엄은 부족하다. 학생들이 뒷전에서 꽤나 놀릴 것도 같다.

순서상으로 보면 바로 옆에 서 있는 키 큰 남자가 교감이리라. 이쪽은 멋쟁이다. 멀리서 봐도 양복 디자인이 세련됐다는 걸 알 수 있었다. 나이도 쓰자키 교장보다 꽤 젊어 보였다. 그 옆, 교장과 동년배로 보이는 여교사는 학년주임 다카기 선생이다.

쓰자키 교장이 감정을 억누르고서 이야기를 계속했다.

"학생들과 보호자 여러분의 심적 고통과 염려를 조금이나마 덜어드리고자 이렇게 모임을 열게 되었습니다. 이번 불행한 사건이 왜, 어떤 경위로 일어났는지, 현재까지 밝혀진 사항을 최대한 자세히 말씀드리겠습니다."

그리고 옆에 늘어선 교사들 쪽으로 시선을 돌렸다.

"그럼 먼저 학교 측 출석자들을 소개하겠습니다."

키 큰 멋쟁이 남자는 역시 교감이었다. 오카노 선생. 고개를 숙이자 포마드로 매만진 머리칼이 천장의 형광등 불빛에 반짝였다. 다음으로 B반, C반, D반 담임에 이어, 흰색 가운을 입은 사람은 역시 양호실의 오자키 선생, 그리고 의자를 놓고 마이크 테스트를 했던 회색 양복 남자는 사무국장이라는 무라노였다.

"그리고 아직 도착 못 했습니다만, 1학년 담임이자 2학년에서 사회를 가르치는 구스야마 선생도 참석할 예정입니다. 어제 가시와기 군이 발견되었을 때 우연히 현장에 있었던 교사입니다."

쓰자키 교장이 거기까지 말하자, 조금 전 교사들이 들어왔을 때 말을 건넸던 맨 앞줄 가운데의 남자가 일어나 교장에게 마이크를 건네받더니 천천히 돌아서서 말문을 열었다.

구니코는 놀랐지만 체격 좋은 남자가 내뱉은 첫 마디를 듣고 금방 상황을 이해했다.

"이 자리에 모여주신 여러분, 감사합니다. 저는 조토 제3중학교 학부모회 회장을 맡고 있는 이시카와라고 합니다."

짙은 남색 울 재킷에 검은색 하이넥 스웨터. 옷깃에 단 조그만 금빛 배지가 유난히 두드러졌다. 그는 교장보다 훨씬 털털하고 솔직한 말투로 거침없이 말했다.

"오늘의 이 보호자 모임은 학부모회의 강력한 건의로 성사되었습니다. 가시와기 학생 사건은 일부 신문과 텔레비전에서도 다루었고, 좁은 동네이니만큼 여러분의 귀에도 이런저런 소문이 들어갔을 겁니다. 아이들 마음의 상처를 생각해서더라도 이런 불안하고 불투명한 상황을 오래 끄는 건 바람직하지 않겠죠. 오늘 이 자리에서 밝힐 수 있는 것을 최대한 밝혀서 여러분을 안심시켜드리고자 합니다. 또한 앞으로도 3중학교의 건전한 운영을 위해 여러분의 도움을 받고 싶습니다. 잘 부탁드립니다."

그가 정중하게 고개를 숙였다. 짧은 이야기로도 좌중이 압도된 듯했다.

"말 잘하죠." 구니코 옆자리의 갈색 머리 여자가 작게 중얼거렸다.

"저는 처음 뵙는데, 회장님이 참 시원시원하시네요."

구니코의 말에 그녀가 씁쓸하게 웃었다.

"이시카와 씨는 자녀가 넷이에요. 차례대로 전부 이 학교에 들어왔으니 학부모회의 터줏대감인 셈이죠."

"아하……"

"뭐, 귀찮은 일을 도맡아주는 사람이 있어서 다행이지만."

"하시는 일도 있을 텐데 힘들겠어요."

"건축회사 사장님이에요." 갈색 머리 여자가 말했다. "부자죠."

과연, 교사들보다 훨씬 세상 물정에 밝아 보이는 것도 그 때문이리라.

"그러니 학부모회는 취미인 셈이에요."

갈색 머리 여자가 살짝 코웃음을 쳤다. 구니코는 입을 다물었다.

이시카와 회장은 이런 사건이 벌어져 실로 안타깝다고 한차례 한탄하고는 화제를 돌렸다.

"그럼 우선 교장선생님께서 지금까지의 경위를 설명해주시겠습니다. 질의응답은 그후에 하죠. 아 참, A반 학부모님들은 아셨겠지만, 이 자리에 계셔야 할 A반 담임 모리우치 선생님이 결석하셨는데—"

쓰자키 교장이 그에 관해 설명하려는 듯 앞으로 나왔지만 이시카와 회장은 마이크를 놓지 않았다.

"잘 아시는 대로 모리우치 선생님은 신임이라 아직 젊으십니다. 이번 일로 큰 충격을 받아 앓아누우셨다고 합니다. 물론 책임을 느끼셔서겠죠. 그런 까닭으로 이 자리에 못 오셨으니, 부디 양해 부탁드립니다."

그는 할말을 다 하고야 교장에게 마이크를 넘기더니 씩씩하게 제자리로 돌아갔다. 웃으면 안 될 타이밍이지만 구니코는 너무나 우스웠다. 저런 사람은 어디에나 있는 법이다. 그래도 덕분에 편하니 딱히 불평할 수도 없다.

장내 여기저기서 웅성거림이 일었다. 모리우치 선생님이—라는 듯한 대화의 조각들이 들려왔다. A반 학생들의 학부모일 것이다.

마이크를 받고도 쓰자키 교장은 바로 입을 열지 못했다. 이시카와 회장이 앉은 채 몸을 내밀고서 뭐라고 빠르게 말을 건넸기 때문이다. 지시라고 해야 할까, 질타라고 해야 할까. 저렇게까지 간섭을 받다니 역시 믿음직한 교장은 아니라고 구니코는 다시금 생각했다.

"으음…… 그럼."

쓰자키 교장이 겸연쩍은 듯이 헛기침을 하고 양복 안주머니에서 서류를 꺼내 펼쳤다. 이어서 돋보기안경을 코끝에 얹었다. 둥근 얼굴에 둥근 안경알. 조그만 눈이 깜박였다.

"가시와기 군이 발견된 경위를 설명드리겠습니다."

모여 있던 학부모들 사이에 드디어 긴장감이 감돌기 시작했다. 어수선하게 움직이던 머리들이 가만히 쓰자키 교장을 주목했다.

뉴스에서는 가시와기 다쿠야의 시체가 교내에서 발견되었다고만 보도했다. 료코에게 들은 이야기로도 장소가 '뒷문 근처'라는 것밖에 알 수 없었다.

쓰자키 교장이 가시와기 다쿠야는 발견 당시 뒷문 안쪽의 뒤뜰 눈더미에 파묻혀 얼어 있었다고 말했다. 학부모들 쪽에서 놀라움의 탄성이 일었다. 이어서 가시와기를 발견해 교직원에게 알린 사람이 같은 2학년 학생이었다고 밝히자 장내는 더 큰 동요로 술렁거렸다. 모두 처음 듣는 이야기였다. 물론 구니코도 놀랐다. 그애는 지금 어쩌고 있을까.

쓰자키 교장이 손에 들고 있던 서류에서 시선을 들었다.

"학교 측에서는 신중하게 대처해 발견자 학생이 받은 충격이 조금이라도 완화될 수 있도록 도울 생각입니다. 또한 이 모임에 그 학생의 보호자분은 참석하지 않았습니다만, 개별 면담의 기회를 마련해 면밀하게 연락을 주고받을 계획입니다."

110번* 신고, 경찰과 구급차 출동. 등교한 아이들에게 교내 방송을 하고 통지표를 나눠주고 차례차례 하교시킨 것. 쓰자키 교장의 설명이 이어졌다. 이따금 서류를 보긴 했지만 그건 그저 확인을 위해서고, 구니코가 보기에 할 이야기는 이미 머릿속에 다 들어 있는 것 같았다. 미더워 보이지는 않지만 그래도 역시 교장이다. 말투도 차츰 안정되었다.

교장은 절대 '시체'라는 말을 쓰지 않았다. '유해'라는 말조차 입에 올리지 않았다. 한결같이 '가시와기 다쿠야 군'이었다. "가시와기 다쿠야 군을 병원으로 실어보내고" "가시와기 다쿠야 군의 보호자에게 연락하고"—학교에서는 '죽음'이 최고의 금기어구나. 구니코는 생각했다. 어린아이들이 모이는 장소에는 본래 발을 들이는 것조차 허용되지 않는 개념인 것이다.

"가시와기 군의 집에는 저와 담임 모리우치 선생이 찾아뵈었습니다. 댁에는 어머님이 계셨고, 모리우치 선생이 곧바로 가시와기 군이 실려간 조토 병원으로 모셔가 대면하셨습니다."

---

* 한국의 112번에 해당하는 긴급 신고 전화번호.

댁의 자녀분이 죽었습니다. 그런 말을 들으면 기분이 어떨까. 구니코도 지금껏 친척이나 가까운 친구의 죽음을 겪어왔다. 그런 경험에 비추어 상상해볼 수는 있다. 그러나 역시 상상만으로는 부족하다. 어머니에게서 자식에게로 향하는 벡터는 그 어떤 친밀한 유대보다도 강하다. 그 무엇과도 비교할 수 없다. 어머니에게 자식이란 분신이니까. 자기 몸에서 탄생한 생명이니까. 이 세상 어디를 뒤져도 그와 맞먹는 인간의 유대는 존재하지 않는다.

"학생들이 귀가하고 나서 경찰의 교내 검증이 있었습니다."

쓰자키 교장이 서류를 한 장 넘겼다. 가장자리가 스테이플러로 찍혀 있다.

"학교 측이나 경찰이나 가시와기 군이 어떤 사건에 말려들었는지, 혹은 사고를 당했는지 매우 파악하기 힘든 상황이었습니다. 그렇기 때문에 교내 검증이 면밀하게 이뤄졌고, 학교 측은 최대한 협조했습니다."

구니코는 가방에서 즐겨 쓰는 펜과 메모지를 꺼냈다.

"또한 24일에는 특별활동이나 동아리활동 등이 전혀 없었으므로 학생은 한 명도 등교하지 않았습니다. 교직원은 몇 명 나왔습니다만, 오후 다섯시 전에 모두 귀가했습니다. 두고 간 것이 있다는 등의 이유로 학교를 찾은 학생도 없었습니다. 정문은 폐쇄되어 있었고, 교직원들은 뒷문을 이용했지만 그곳도 모두가 귀가한 후 수위 이와사키 씨가 잠갔습니다. 이와사키 씨는 그후 밤 아홉시와 열두시, 두 차례에 걸쳐 교내를 돌아보았습니다."

구니코는 부지런히 펜을 움직였다.

"밤 아홉시 이와사키 씨는 뒷문 근처를 돌아보고서 별다른 이상이 없는 것, 뒷문 자물쇠가 걸려 있는 것을 확인했습니다. 밤 열두시에는 건물 내부만 둘러보았습니다."

교장이 말하기 곤란한 듯 머뭇거렸다.

"혹시 그때 이와사키 씨가 뒷문을 돌아보았다면, 어쩌면 좀더 빨리 발견했을지 모릅니다. 매우 유감스럽고—죄송스러운 일입니다."

글쎄, 과연 그럴까. 가시와기 다쿠야의 사망 추정시각이 밝혀지지 않는 한 단정할 수는 없다. 벌써부터 저렇게 송구스러워할 필요는 없다고 구니코는 생각했다.

"그리고—경찰의 면밀한 검증 결과를 말씀드리자면."

교장은 약간 말문이 막히는 눈치였다.

"교내에 누군가가 침입한 흔적—유리창이 깨졌다거나 하는 흔적은 발견되지 않았습니다. 비품도 이상이 없었습니다. 각 교실의 상황에 대해선 어제 등교한 학생들도 별다른 말이 없었고, 교직원들도 주의깊게 살펴봤습니다만 역시나 이상한 점이 없었습니다. 그런데—"

미간이 점점 좁아졌다.

"학교 옥상으로 올라가는 서쪽 계단, 즉 뒷문 옆 계단의 맨 위쪽에 옥상으로 통하는 문의 자물쇠가 열려 있고, 누군가가 옥상으로 나간 듯한 흔적이 있다는 것을 알아냈습니다. 옥상에도 온통 눈이 쌓여 있어서 발자국 같은 건 없었습니다. 그러나 분명히 자물쇠는 열려 있었습니다."

정확히 구니코의 대각선 자리에 있던 남자가 손을 들더니 자리에서 일어나 뭐라고 물었다. 마이크가 없어서 무슨 말인지는 들리지 않았다. 직원이 핸드마이크를 들고 와서 건네주었다. 쓰자키 교장이 그쪽으로 돌아서며 작은 눈을 다시 조급하게 깜박거렸다. 둥근 돋보기안경이 흘러내렸다.

자리에서 일어선 남자가 마이크에 대고 물었다. "어떤 자물쇠였습니까?"

쓰자키 교장은 고개를 크게 끄덕이더니 마이크 쪽으로 돌아섰다.

"우리 학교 건물은 보시는 바와 같이 낡아서, 옥상으로 통하는 문에도 이른바 통자물쇠를 채워뒀습니다. 열쇠는 수위실 열쇠함에 보관하고 있습니다."

이번에는 가운데쯤에서 한 여자가 앉은 채로 질문했다. 목소리가 높아서 잘 들렸다.

"평소에 옥상을 쓰셨나요?"

"아뇨, 쓰지 않았습니다." 쓰자키 교장이 서둘러 대답했다. "옥상 가장자리에 난간을 쳐두었지만 만일의 위험을 생각해 학생도 교직원도 일절 출입을 금지하고 있습니다."

질문과 그 대답이 일으킨 잔물결이 학부모들 사이를 훑고 지나갔다. 여기저기서 대화를 주고받으며 고개를 끄덕이거나 가로젓거나 하자 나란히 늘어선 머리들이 술렁거렸다. 쓰자키 교장이 안주머니에서 뭔가 하얀 것을 끄집어냈다. 다른 서류가 아니라 손수건이었다. 그걸로 이마를 훔쳤다. 땀을 꽤 많이 흘리는 것 같았다.

웅성거림은 여전했지만 이어지는 질문은 없는 듯했다. 쓰자키 교장은 손수건을 집어넣고 마이크에 얼굴을 가까이 댔다.

"그런 흔적도 있고, 나아가 옥상으로 통하는 계단과 가시와기 군이 발견된 뒤뜰의 위치를 따져볼 때 가시와기 군이 옥상에서 아래로 떨어졌을 가능성이 제기되었습니다. 어떻게 학교 안으로 들어왔고 옥상으로 올라갔는지는 알 수 없으므로 어디까지나 가능성입니다만."

옥상으로 올라가 거기서 아래로 떨어진다. 일부러 감정을 배제한 표현을 골랐다. 올라가서 뛰어내렸다는 게 아니다. 끌려올라가서 떠밀렸다는 것도 아니다. 또는 누군가가 들어올려 아래로 던졌다는 것도 아니다.

누가 따지고 들지 않을까 싶었는데, 맨 처음 질문한 남자가 이번에는 앉은 채로 날카롭게 내뱉었다.

"결국 자살이라는 말이군요?"

한순간 장내가 고요해졌다.

"아, 저는 2학년 A반 스도 아키히코의 아빠입니다." 질문자가 신분을 밝혔다. 하반신은 교직원을, 상반신은 학부모석을 향하고 있다.

"아키히코가 예전부터 가시와기 학생은 반 아이들과 어울리지도 않고 조금 특이한 면이 있다는 얘기를 했었습니다. 학교에도 쭉 안 나왔던 것 같고요. 우리 애는 가시와기 학생이 죽었다는 말을 듣자마자 자살을 떠올렸던 모양인데, 실제로도 그런 거죠? 유서는 없었습니까?"

무자비하리만큼 직설적인 질문의 끄트머리에 마이크가 끼익 하울링을 일으켰다. 마치 여기 모인 학부모들의 심정을 대변하는 것 같았다. 동시에 쓰자키 교장에게는 자비로운 일이기도 했다. 덕분에 귀에 거슬리는 하울링이 완전히 사라질 때까지 시간을 벌 수 있었다.

"아직까지 가시와기 군의 유서로 보이는 것은 발견되지 않았습니다."

교장이 천천히 곱씹듯 대답하자 학부모들 사이에서 수군거림이 일었다. 구니코는 바로 뒤에서 "정말일까" 하고 중얼거리는 소리를 또렷하게 들었다.

"또한 부모님 말씀에 따르면 가시와기 군은 일기를 써왔던 모양인데, 그 역시 찾지 못했다고 합니다. 따라서 최근 심경을 헤아려볼 만한 직접적인 자료는 남아 있지 않은 것으로 보입니다."

손 하나가 올라오고 한 어머니가 일어서서 질문했다. "일기가 없다는 건, 본인이 처분했다는 뜻인가요?"

"알 수 없습니다."

"부모님께서는 뭐라고 하시던가요?"

"그분들도 모르는 모양입니다."

이번에는 명백하게 불만을 표하는 소리가 일었다. 나란히 늘어선 머리의 물결이 거칠어졌다.

계속 마이크를 쥐고 있던 스도 아키히코의 아버지가 좀 전처럼 명료한 어조로 말을 이었다. "부검 결과는 어떻습니까? 유체를 조사하면 사인을 밝힐 수 있잖습니까. 교장선생님께선 알고 계실 텐데요?"

쓰자키 교장의 넓은 이마에 또다시 땀이 솟았다.

"정식 부검 보고서는 아직 나오지 않았습니다."

그리고 스도가 입을 열기 전에 서둘러 뒷말을 덧붙였다.

"다만 어제와 오늘 두 번에 걸쳐 문의해본바, 가시와기 군의 몸에서는 높은 곳에서 떨어졌을 때 생기는 특유의 상처―즉 타박상이나 골절 외의 외상이 발견되지 않았다는 게 경찰의 견해인 듯합니다."

애매모호한 표현이었다. 꼭 변호사 같다고 구니코는 생각했다. 정확성을 기하려면 어쩔 수 없이 그렇게 된다. 아니, 수세에 몰리면 그럴 수밖에 없다고 해야 할까.

"그렇다면 역시 옥상에서 뛰어내렸다는 말 아닙니까."

스도의 힐문에 교장이 눈을 깜박거리며 대답했다. "옥상에서 떨어져서 죽었다는 뜻입니다. 스스로 뛰어내렸는지, 사고였는지, 그 밖의 다른 사정이 있었는지는 아직 모릅니다."

"그 밖의 다른 사정이라니……"

스도가 갑자기 기가 꺾인 듯 어금니가 아픈 것처럼 얼굴을 찡그렸다. 살짝 웃음이 비쳤다.

"교장선생님이 대단히 신중하신 건 좋은데, 우리는 그저 진상을 알고 싶을 뿐입니다. 잘잘못을 따지자는 게 아니니 좀더 솔직히 대답해주시죠."

그리고 스도는 교장에게서 눈을 돌려 학부모들을 바라보았다.

"노골적인 표현일지 모르겠지만, 조금 전에도 말씀드렸듯이 우리 아이 말만 들어보면 가시와기라는 학생은 상당히 까다로운 아이였던 것 같습니다. 여기 와 계신 A반 학생들의 부모님은 어느 정도 아실 테죠. 원래 그런 아이라면, 물론 안타까운 일이긴 하지만, 자살이면 그냥 자살이라고 확실하게 말씀해주시는 게 덜 찝찝할 것 같은데요. 여러분 생각은 어떠십니까?"

구니코 옆의 갈색 머리 여자가 깐깐한 표정으로 고개를 끄덕였다. 턱을 숙이자 목에 깊은 주름이 잡혔다.

"자살일 가능성이 높은 거죠?"

다른 어머니가 자리에 앉은 채 새된 목소리로 질문했다.

"지금은 뭐라 말씀드리기 어렵습니다." 교장은 여전히 신중했다.

"부모님은 어떠신가요? 부모라면 알 수 있잖아요? 자기 아이가 자살할 만한지 아닌지."

서슴없이 헤집고 드는 말투였다. 이시카와 회장이 쓰자키 교장을 대신해 앞으로 나왔다. 그리고 교장의 손에서 마이크를 가로챘다.

"가시와기 학생의 부모님은 당연히 두 분 다 매우 큰 충격을 받으셨고, 어머님은 쓰러지기까지 한 모양입니다. 경찰 조사도 불가능하고 장례식 준비도 제대로 안 될 지경입니다. 그래서 저희도 깊은 이야기는 나누지 못했습니다. 다만."

이 대목에서 목소리에 한층 힘을 주어 덧붙였다.

"그분들이 학교를 비난하거나 누군가에게 책임을 물어 소동을 일으키진 않을 겁니다. 그것은 회장인 제가 보장합니다."

"그래도 담임선생님은 책임을 느끼잖아요? 이 자리에 못 나올 정도로. 도망친 거죠, 모리우치 선생님은."

확언이라기보다 비아냥거림에 가까운 말투였다. 이런 자리에 익숙한 베테랑 회장도 그 말에는 나무라듯 눈썹을 찡그렸다.

"어머님, 그런 식으로 말씀하시면 모리우치 선생님이 너무 딱하잖습니까. 사정이 어찌 됐든 자기가 맡은 학생이 죽었다는 사실 때문에 자책하고 있을 텐데요."

"당연하죠, 담임으로서 책임이 있으니까."

실례합니다, 라고 말문을 열며 구니코가 앉은 줄의 반대편 끝에서 키 큰 남자가 일어섰다. 안경 은테가 형광등 불빛에 빛났다.

"저는 A반 다지마 후사에의 아빠입니다. 요즘 딸아이와 대화를 거의 못 해서 반에 가시와기라는 친구가 있다는 것도 이번 일이 있기 전까지는 몰랐습니다. 하긴 제 딸도 가시와기 학생과는 말 한마디 안 해봤을 정도로 잘 모르는 사이라고 했습니다만."

그때 다른 마이크 하나가 전해졌다. 들고 온 사람은 체격이 좋은 삼십대 남자였다. 그는 다지마 후사에의 아버지에게 마이크를 건네더니 곧바로 교사들이 앉은 줄 끄트머리에 섰다. 아까 교장이 말했던 구스야마 선생이리라.

"아…… 다시 한번 말씀드리겠습니다. 저는 A반 다지마 후사에의 아빠입니다. 발언하겠습니다."

차분하고 정중한 말씨에 구니코는 마음이 놓였다. 이런 자리에는 저런 목소리와 분위기를 가진 사람이 필요하다.

"조금 전 스도 학생의 아버님도 말씀하셨습니다만, 가시와기 학생은 최근 들어 학교에 나오지 않았다고 하더군요. 제 딸아이 얘기로는 반에서는 그 사실조차 별로 신경쓰지 않았다고 합니다. 요컨대 가시와기 학생에게 친한 친구가 없었다는 거겠죠. 그게 사실인가요?"

쓰자키 교장에게 학년주임 다카기 선생이 뭐라고 속삭였다. 교장은 고개를 몇 번씩 끄덕이더니 마이크로 향했다.

"가시와기 군이 11월 중순부터 학교에 나오지 않은 것은 사실입니다. 죄송합니다만, 2학년 A반에서 그 사실을 어떻게 받아들였는지는 이 자리에서 답해드릴 수 없습니다. A반 학생 한 사람 한 사람에게 물어보기 전에는 정확한 답변을 드릴 수 없으니까요. 다만 등교거부를 하는 학생의 심정은 제각각 다 다르고, 주위의 대처도 그에 따라 달라져야 합니다. 예를 들어 친구가 매일 아침 데리러 가거나 수업 필기 공책을 가져다주거나 하면서 적극적으로 대하는 편이 좋은 경우도 있습니다. 하지만 약간의 거리를 두고 지켜보면서, 너무 소란을 부리지 말고 가만 놔두는 편이 좋은 결과를 낳는 경우도 있습니다."

"가시와기 학생은 어느 경우라고 판단하셨습니까?"

"후자입니다. 가시와기 군이 학교에 안 나온 기간이 한 달 남짓으로 비교적 짧기도 하고, 원래 조용하고 과묵한 학생이어서 섣불리 자극하기보다는 당분간 본인이 안정되기를 기다렸다가 천천히 의견을 나누자는 방침을 세웠습니다."

"그렇다면 제 딸아이나 스도 학생의 말대로 가시와기 학생에게 친구가 없었다는 건 사실인가보군요. 적어도 매일 아침 집으로 와서 같이 학교에 가자고 하거나, 전화를 걸어서 학교에 나오라고 달래거나, 필기 공책을 가져다주는 친구는 없었다는 얘기죠."

저어―가녀린 목소리와 함께 손이 올라왔다.

다지마가 그쪽으로 마이크를 넘겼다.

"저는 C반 이치노세 유코의 엄마입니다. 우리 딸은 1학년 때 가시와기 학생과 같은 반이었습니다. 음, 그래서 도서위원도 같이 했고, 친구라고 할 정도로 친했던 것 같진 않지만 비교적 대화를 많이 나누긴 했어요. 네, 그래서, 우리 유코는 이번 일을 슬퍼하며 울기도 했습니다."

"대단히 죄송합니다."

쓰자키 교장이 고개를 숙였다. 그러자 어찌 된 일인지 발언자까지 덩달아 더 깊이 굽실거렸다.

"저어, 그래서, 무슨 얘기였더라."

몹시 흥분했다. 멀리서도 마이크를 쥔 손이 떨리는 걸 알 수 있었다.

"따님과 가시와기 학생이 다소 교유가 있었다고 말씀하셨습니다." 다지마가 구조선을 띄웠다.

"네, 맞아요. 그런데 우리 애는 가시와기 학생이 학교에 안 나온다는 걸 몰랐어요. 2학년 때 반이 갈리고는 교유가 없었으니까요. 그러다가 음, 지난달 말쯤이라고 했나. 길에서 우연히 마주쳤던 모양이에요. 그래서 저기, 음, 잘 지내냐는 그런 말을 건넨 모양인데 무시당해서, 그래서

음, 우리 애는 둔한 건 아닌데 좀 넉살이 좋은 편이라 전에 책을 빌렸다
는 게 생각난 모양이에요. 그전까진 잊고 있었는데, 워낙에 덜렁거리는
성격이거든요. 그래서 가시와기 학생의 얼굴을 보고 갑자기 그 생각이
나니까 책을 돌려줘야겠다 싶어서 학교에 가져가겠다고 했더니, 가시와
기 학생이, 음, 안 돌려줘도 된다, 그 책은 그냥 네가 가지라는 식으로 말
한 모양이에요."

긴장한 나머지 갈수록 말이 빨라지고 내용도 두서가 없어 듣다보니 혼
란스러웠다. 정리하자면 그때 두 사람 사이에 이런 대화가 오갔다는 것
같았다.

—그럼 내가 미안하잖아. 내일 가지고 갈게.

—됐어. 어차피 난 학교 안 가니까.

—어? 학교에 안 와? 왜?

—바보 같아서.

이치노세 유코의 어머니는 뺨과 이마가 새빨개질 만큼 흥분해서 열심
히 이야기를 이었다.

"가시와기 학생과는 그걸로 얘기가 끝났다는 것 같아요. 바보 같아서,
라고 탁 내뱉었으니 우리 애도 무서웠겠죠. 뭐라더라, 말도 못 붙일 정도
라던가요. 어쨌든 굉장히 무서운 표정이었나봐요."

"허어." 장단을 넣은 사람은 이시카와 회장이었다. "그런 일이 있었군
요."

회장은 "네, 그랬어요"라며 이치노세 유코의 어머니가 이야기를 이어
갈 줄 알고 끼어들었을 테지만, 그녀는 갑자기 그대로 자리에 앉아버렸
다. 곁에 있었다면 헐떡이는 그녀의 숨소리까지 들렸을 거라고 구니코는
생각했다.

다들 맥이 빠진 듯 입을 다물었다. 어색한 분위기가 떠돌았다.

"역시 고독하고 고집스러운 면이 있는 아이였던 것 같군요."

이번에도 다지마 후사에 아버지의 침착한 목소리가 장내의 방향키를
바로잡았다.

"그래서 선생님들도 괜히 자극하지 않도록 지켜보았다, 그건 잘 알겠
습니다."

그가 시선을 들더니 살짝 머뭇거리듯 뜸을 들이더니 교장에게 물었다.

"그런데—말이죠. 딸아이에게 들은 바로는 가시와기 학생이 학교에
나오지 않게 된 건 어떤 말썽이 생겨서라고 하더군요. 의자를 휘두르며
누군가와 싸웠다던가요. 딸아이는 그 행동이 평소 가시와기 학생의 모습
과 너무도 달라서 몹시 놀랐다고 했습니다. 그 사정을 자세히 알려주실
수 있을까요?"

구니코가 등을 곧게 펴며 앉음새를 고쳤다. 처음 듣는 정보였다. 료코
는 전혀 그런 말을 하지 않았다.

쓰자키 교장이 다시 다카기 선생과 얼굴을 맞대고 대화를 나눴다. 다
지마 후사에의 아버지는 서서 대답을 기다렸다. 이윽고 다카기 선생이
일어서더니 마이크 앞으로 나왔다.

"2학년 학년주임 다카기입니다. 질문하신 그 일에 관여한 바는 제가
답변하겠습니다. 조금 이야기가 긴데—"

괜찮으시죠, 하고 묻듯이 장내를 돌아보았다. 쓰자키 교장보다 훨씬
침착하고 관록이 있었다. 전형적이라고 할까, 텔레비전 학원 드라마에
나올 법한 베테랑 여교사의 모습 그 자체였다. 저런 선생은 대개 학생들
의 호감을 사지 못한다.

다카기 선생이 또박또박 이야기를 이어갔다.

"질문하신 소동이 있었던 건 맞습니다. 11월 14일 점심시간, 장소는
2층 과학준비실이었습니다. 가시와기 군과 같은 학년 남학생 셋 사이에
말다툼이 벌어졌는데, 일이 심상치 않아지자 같이 있던 A반 학생들이 놀
라서는 때마침 복도를 지나가던 저를 불렀습니다. 아무도 다치지는 않아

서 그 자리에서는 싸움만 말리고 자세한 이야기는 듣지 않았습니다. 방과 후에 네 사람 모두 교무실 제 자리로 오라고 일렀죠."

마이크가 작게 끼익 소리를 냈지만 다카기 선생은 신경쓰는 기색이 없었다.

"교무실에 온 건 가시와기 군 혼자였습니다. 어쩌다 그렇게 됐느냐고 묻자, 혼자 과학실에 있는데 상대 남학생들이 들어와 준비실에서 표본과 실험용 기재를 꺼내들고 장난을 치길래 한마디했다가 싸움이 붙었다고 했습니다. 옥신각신하는 와중에 때마침 A반의 다른 학생들이 들어왔고, 그 모습을 보고 놀라 한쪽에서는 말리고 한쪽에서는 저를 부르러 오고 한 겁니다. 직접적으로 관련된 사람은 자기를 포함해 네 명뿐이라고 설명했습니다."

"그건 가시와기 학생의 얘기죠?" 다지마 후사에의 아버지가 물었다.

"그렇습니다. 싸움 상대였던 세 학생의 주장은 차차 말씀드리겠습니다. 가시와기 군이든 누구든 의자를 휘두르며 난동을 부리는 건 직접 목격하지 못했습니다만, 과학실 책상이 흐트러지고 의자 몇 개가 쓰러져 있고 다른 학생들이 겁을 먹은 걸로 보아 단순한 말다툼이 아니었다는 건 확실한 것 같았습니다. 가시와기 군은 상대가 멱살을 잡고 내동댕이쳤다고 했습니다. 그렇지만 다치지는 않았고 아픈 데도 없으니 신경쓸 필요 없다. 자기는 괜찮다고 매우 의젓하게 말했습니다."

다카기 선생은 도전적인 눈빛으로 장내를 빙 둘러보았다.

"싸움 상대였던 세 남학생은 2학년 A반 학생이 아닙니다. 다시 말해 점심시간이 끝나고 5교시에 과학실 수업도 없는데 준비실에 들어가 멋대로 기재를 만지작거린 셈입니다. 그래놓고 가시와기 군이 한마디하자 폭력을 휘둘렀다, 그것은 올바른 행실이라고 볼 수 없습니다. 저는 가시와기 군에게 그애들을 주의시킨 건 잘했다고 말해주고, 반드시 사과하도록 그 세 명을 단단히 타이르겠다고 약속했습니다. 그 일로 또 무슨 말썽이 생길 것 같으면 바로 얘기해달라고도 했습니다."

그녀는 맑고 선명한 목소리로 말하며 눈을 반짝거렸다. 저 눈빛은 도전적인 게 아니라 화가 난 증거라는 걸 구니코는 알아차렸다. 11월 14일의 사건을 설명하면서 마치 어제의 일처럼 생생하게 분개하고 있는 것이다.

"과학준비실에 무단으로 들어간 세 남학생에게도 곧바로 이야기를 들었습니다.

경위를 확인해보니 대략적인 내용은 가시와기 군이 말한 대로라고 그 애들도 인정했습니다. 다만 가시와기 군이 먼저 싸움을 걸어왔다고 주장했습니다. 상스러운 욕을 하며 무시하는 바람에 발끈했다는 겁니다. 뭐라 하더냐고 물었지만 구체적인 내용은 말하지 않았습니다. 흥분한 기색이 역력했습니다.

사정이 어찌 됐건 볼일도 없는 과학준비실에 멋대로 들어가고 기구나 표본으로 장난친 것은 그애들 잘못입니다. 저는 그 점을 지적했고, 또한 본인들이 가시와기 군의 멱살을 잡고 내동댕이친 사실은 인정했으므로 폭력을 휘두른 부분은 가시와기 군에게 사과하라고 했습니다. 내일 이 시간에 꼭 다시 교무실로 오라고 하고는 집으로 돌려보냈습니다."

그녀는 숨을 훅 내쉬고 등을 곧게 폈다.

"다음날 그 세 학생은 마지못해하면서도 교무실을 찾아왔지만, 가시와기 군은 학교에 나오지 않았습니다. 그것이 지금껏 이어진 등교거부의 첫날이었습니다."

선생의 눈이 또다시 강렬하게 빛나며 노기를 띠었다. 그 몇 분의 일쯤은 아마도 담임 모리우치 선생을 향한 것이리라고 구니코는 짐작했다.

"걱정이 되어 곧바로 가정방문을 했지만 가시와기 군이 자기 방에 틀어박혀 나오지 않는 바람에 문밖에서 얘기할 수밖에 없었습니다. 그애는 이제 학교에 갈 생각이 없다고 매우 확고한 투로 말했습니다. 당연히 과학실 사건이 원인일 거라 생각한 저는 사후처리를 단단히 하겠다, 그애들이 폭력을 휘두른 건 엄연한 잘못이고 너에게 사과해야 마땅하며, 반드시 그렇게 하도록 시키겠다고 했지만, 가시와기 군은 자기가 학교에 안 가는 건 그 때문이 아니다, 그러니 선생님이 뭘 어쩌든 이젠 속수무책이다, 라고 했습니다.”

속수무책이다. 평범한 중학교 2학년 소년이 쓸 만한 말은 아니다.

“가시와기 학생이 정확히 그렇게 말했습니까?” 다지마 후사에의 아버지가 물었다. 아닌 게 아니라 다카기 선생은 메모를 보지 않았다. 아무 준비도 없이 말하다보면 각색한 부분이 있을 수도 있다.

그러나 다카기 선생은 단호했다. “네, 그 아이의 말을 그대로 옮긴 것입니다. 제가 표현을 바꾼 건 아닙니다.”

“그럼 왜 학교에 안 가겠다고 하던가요? 이유가 뭐라고?”

다카기 선생은 한순간 눈을 내리깔았다. 그리고 대답했다. “이 역시 그 애가 말한 그대로입니다. ‘이제 더는 학교라는 것과 엮이기 싫다. 그래서 안 갈 거다.’ 그렇게 말했습니다.”

자리에 모인 보호자들이 한숨을 내쉬며 서로 얼굴을 마주보았다. 구니코는 옆자리의 갈색 머리 여자를 보았다. 뜻밖에도 그녀는 엷은 웃음을 머금고 있었다.

“가시와기 학생의 그런 생각을 교장선생님도 알고 계셨습니까?”

다카기 선생이 돌아보자, 쓰자키 교장이 고개를 끄덕이며 마이크로 다가갔다.

“알고 있습니다. 저도 그 자리에서 같이 들었습니다.”

다지마 후사에의 아버지가 마이크에 들릴 정도로 깊은 한숨을 내쉬었다. 구니코의 눈에는 도저히 믿기지 않아 기막혀하는 것처럼 보였다.

“그후로도 대략 일주일에 한 번꼴로 가정방문을 했습니다만, 가시와기 군은 대화를 거부하다시피 했습니다. 그런 상황에서 바로 커뮤니케이션을 하겠다고 학생을 몰아붙이면 오히려 결과가 좋지 않을 수 있습니다.

그래서 저는 꾸준히 가정방문을 해서 심경의 변화가 없는지 가시와기 군을 지켜보며 기다리기로 했습니다. 물론 다카기 선생과 모리우치 선생도 그렇게 의견을 모았습니다.”

“그렇다면 교장선생님이나 학년주임선생님이나 담임선생님이나 그저 고개를 끄덕이며 가시와기 학생의 주장을 들어줬을 뿐, 야단을 치진 않았군요?”

“그런 경우에는 학생을 질책한들 효과가 없습니다.”

“중학교 2학년 아이가 학교와 엮이기 싫다고 하는데도 말입니까? 그건 건방진 말이고 경솔한 생각이라고 나무라거나 조언하지도 않았습니까?”

보호자들의 웅성거림이 커져갔다. 구니코의 눈에는 그 모습을 지켜보며 우두커니 서 있는 쓰자키 교장과 다카기 학년주임이 연못가에 선 어린아이들처럼 보였다. 연못에 돌을 던지자 수면에 파문이 인다. 그것을 바라보고 있다. 잠잠해질 때까지 지켜본다. 잠잠해지면 어떤 물고기가 튀어오를까 하고 뚫어져라 바라본다.

그때 불쑥 맨 앞줄 가장자리에서 새로운 질문자가 일어났다.

“뭐, 어린애가 둘러댈 만한 핑계긴 하지요.”

굵직하고 쉰 목소리의 남자였다. 통통하고 덩치가 작은 점은 쓰자키 교장과 많이 닮았지만 밀도가 달라 보였다. 저쪽이 콩너구리라면 이쪽은 콩탱크다.

“선생님, 따지고 보면 그 과학실 사건의 대응부터 잘못된 거 아닙니까? 그애는 세 아이에게 또 맞을까봐 두려웠던 거겠죠.”

교장도 학년주임도 대답이 없었다.

“그 녀석들이 누굽니까? 아까부터 이름을 밝히지 않는데, 여러분도 궁금하시죠?”

그는 호응을 구한다기보다 선동하듯이 장내를 둘러보았다.

“하긴 전 우리 애한테 듣고 와서 대강 짐작이 갑니다. 선생님들도 그만 숨기세요. 그 녀석들이죠?"

지금까지와는 종류가 다른 소란이 장내 발치에서부터 스멀스멀 피어올랐다.

"죄송합니다만, 그 학생들 이름은 밝히지 않겠습니다. 과학실에서 생긴 일이 가시와기 군의 사망과 관련있는 것 같진 않습니다."

쓰자키 교장의 말을 가로막듯 쉰 목소리의 남자가 조급하게 손을 흔들더니 한술 더 떠 웃음까지 터뜨렸다.

"왜 이러십니까, 교장선생님. 왜 관련이 없습니까. 이건 집단괴롭힘이잖아요. 가시와기 학생은 오이데가 또 못된 짓을 하는 걸 보고 뭐라고 했다가 찍히는 바람에 괴롭힘을 당한 거 아닙니까. 그래서 학교에 안 나오게 됐고, 혼자 고민한 끝에 자살한 거예요. 요컨대 학교의 대처가 적절치 못했던 거잖아요. 안 그래요?"

교장은 반론하려다가 입을 다물었다. 장내가 소란스러워져서다. 구니코는 현명한 대응이라고 생각했다. 너나없이 저마다 뭐라고 외치거나 옆사람과 대화를 나눴다. 고개를 끄덕이는 학부모도 여럿 보았다. 말의 파편들이 종이 눈처럼 춤추며 솟아오르고 서로 뒤섞이며 장내 온도가 올라갔다.

오이데. 방금 발언자는 그렇게 말했다. 구니코는 그 이름을 기억해두려고 메모했다. 나중에 료코에게 확인해봐야지.

"유명한 애예요." 옆자리의 갈색 머리 여자가 말했다. 그녀는 구니코의 메모를 보고 있었다. 주석을 달아주려는 모양이다. 여자는 여전히 희미한 미소를 머금고 있다.

"오이데라고, 2학년 문제아. 아까 과학실 얘기에 나온 세 남학생이 오이데와 그애의 두 부하예요. 선생님에게 대들질 않나, 수업을 방해하질 않나, 지각은 밥먹듯이 하고, 정말 골칫덩어리죠."

"그런 학생이 있었어요?"

"요즘 세상에 그런 문제아 없는 학교가 어디 있겠어요. 적어도 공립학교라면."

그애의 부모가 여기 있다면―하긴 그럴 리 없겠지. 만약 있다면 자식의 이름이 나온 순간 반론했을 테니까.

웅성거림은 영 잦아들지 않았지만 쓰자키 교장은 마이크를 들고 고개를 숙이며 말했다. "가시와기 군의 등교거부 사태를 개선하지 못하고 이런 불행한 결말을 맞게 되어 교장으로서 막중한 책임을 통감하고 있습니다. 말씀하신 대로 적절한 대처를 못 했습니다. 그러나 가시와기 군의 죽음에 제삼자가 연관되어 있다는 확증이 전혀 없는데 다른 학생을 끌어들일 수는 없습니다. 부디 양해 부탁드립니다."

콩탱크를 연상시키는 남성이 코웃음을 치더니 그대로 장내를 죽 둘러보고는 천천히 자리에 앉았다. 그가 자리에 앉고 나서도 쓰자키 교장은 여전히 고개를 숙인 채였다.

어수선한 공기 속에서 왁자지껄 질문을 던지는 여러 개의 목소리가 겹쳤다. 고함에 가까운 목소리까지 섞여 있었다.

"유서는 정말 없었습니까?"

"설마 숨기는 건 아니겠죠?"

"학교에서는 사실 진짜 원인을 알고 있는 것 아닙니까?"

구니코는 눈이 휘둥그레졌다. 하나같이 강력한 억측이다. 이쯤 되자 교장과 선생들도 당황했다.

"아니, 그런 일은―"

"불리한 상황은 보호자 눈에 안 보이게 감추고―"

"유서는 발견되지 않았습니다. 경찰 조사에서도―"

"부모님은 어떤가요? 사실대로 말하지 말라고 학교에서 압력을 넣은 거 아닌가요?"

"자살인데 유서가 없는 건 이상해요!"

구니코는 어떻게 할지 망설였다. 발언할 생각은 없었지만 이런 혼란을 보고 있자니 저도 모르게 입이 근질근질했다. 끼어들까. 묻고 싶은 게 없는 건 아니니까—

그 순간 침착한 목소리가 울려퍼졌다. 다지마 후사에의 아버지였다.

"여러분, 발언은 순서대로 합시다."

그가 마이크에 대고 지적했다. 브라운 운동을 하는 입자처럼 무질서하게 움직이는 수많은 머리, 수많은 시선. 그는 그것을 자기 쪽으로 끌어들이려고 벌떡 일어섰다. 지금까지 보인 표정 중 가장 험악했다. 누구든 발언 규칙을 어기고 무질서하게 떠들면 즉각 끊어버리겠다는 굳은 의지가 느껴졌다.

가까스로 장내가 조용해졌다. 다지마 후사에의 아버지는 만족스레 그 모습을 둘러보고 다시 교사들 쪽으로 돌아섰다.

"제 질문에 대답해주셨으면 합니다. 자세한 설명은 잘 들었습니다만 한 가지 확인하고 싶은 것이 있습니다. 다카기 선생님."

"네." 다카기 학년주임이 긴장하며 대답했다.

"가시와기 학생에게 폭력을 휘두른 그 세 명은 나중에 사과를 했습니까? 전화를 걸었다거나, 집으로 찾아갔다거나."

다카기 선생이 고개를 가로저었다. "아뇨, 결국 사과하지 않았습니다."

"선생님들은 그나마 문밖에서라도 얘기를 나눴다고 하셨죠. 같은 반 아이들은 그런 적이 없었습니까?"

"없었습니다. 아무도 그애를 찾아가지 않았습니다."

"선생님이나 혹은 담임선생님이 반 학생들한테 가시와기네 집에 같이 가보자고 하신 적은요?"

다카기 선생은 처음으로 머뭇거렸다. "학생들에게 그런 권유를 했는지 모리우치 선생님에게 물어보지는 못했습니다."

"모르시는군요."

"네. 확인해보겠습니다."

"선생님 본인이나 교장선생님은요? 학생들을 그렇게 움직여보려고 생각하신 적 있나요?"

교장과 다카기 학년주임은 시선을 맞추지 못하고 약속이나 한 듯이 아래를 내려다보았다. 교장이 곧 마음을 다잡은 듯 마이크로 향했지만, 그보다 앞서 다지마 후사에의 아버지가 장내 학부모들에게 말했다.

"조금 전 1학년 때 가시와기 학생과 같은 반이었던 아이의 어머님이 발언하셨죠. 그 밖에 자녀가 가시와기 학생과 친했거나 어느 정도 교유가 있었던 보호자분 계십니까?"

쥐죽은 듯 조용했다. 조금 전의 격한 분위기는 어디로 사라지고 어색함마저 감돌았다.

아무도 가시와기 다쿠야를 걱정하지 않았다. 어떻게 지내는지 궁금해하지 않았다. 그의 마음을 헤아리거나 같이 학교에 가자고 하지도 않았다. 어떤 아이도. 어떤 학생도.

그리고 그 아이들의 부모들도.

일 분쯤 기다렸다가 다지마 후사에의 아버지가 말했다. "그렇군요. 알겠습니다. 그럼 마이크를 돌려드리겠습니다."

그가 자리에 앉자 왠지 큰 산 하나를 넘은 듯한 분위기가 퍼졌다. 구니코는 안도했다. 비난받는다—고까지는 할 수 없지만 계속 수세에 몰리기만 하는 학교 측을 저도 모르는 사이 동정하게 되었는지도 모른다.

그러나 안심하기는 아직 일렀다.

"오이데 학생과 친구들에게 알리바이는 있나요?"

여자 목소리였다. 가차없고 직설적인 발언에 장내의 모두가 움찔했다. 지금까지 학부모와 학교 측이 이따금 발리를 주고받기도 하며 신중하게 랠리를 이어왔는데, 거기 느닷없이 라켓이 휙 날아든 느낌이었다.

"네…… 네에? 그게 무슨 말씀이신지."

이마가 번들거리는 쓰자키 교장이 되물었다. 질문자는 앉은 채였고, 학부모석 한가운데쯤 있는 듯했다.

"알리바이 말이에요. 가시와기 학생이 죽은 날 밤의 알리바이. 24일 한밤중이라면서요. 세 학생이 어디서 뭘 했는지 알고 계신가요?"

"그러니까 그게 무슨—"

"그날 가시와기 학생을 학교로 불러내 밀어뜨렸을지도 모르죠. 그애들이라면 열쇠를 훔쳐 옥상에 올라갈 법도 하잖아요. 경찰에서 그애들을 조사하고 있나요?"

쓰자키 교장은 손수건을 꺼낼 새도 없이 손등으로 이마를 훔쳐냈다.

"죄송합니다만, 조금 전에 설명했듯이 가시와기 군이 목숨을 잃은 일에 제삼자가 관련되어 있다는 확증이 없습니다. 그러니 그 질문에는 답변을 드릴 수—"

"너무 의심스러우니까 그렇죠."

날카로운 목소리가 거세게 공격하듯 튀어올랐다.

"진짜 범인이 안 잡히면 우리 애를 안심하고 이 학교에 보낼 수 없어요. 그리고 이런 모임을 열려면 경찰에서도 사람이 나왔어야죠. 이래서야 수사 상황도 모르는데 무슨 의미가 있죠?"

동의하는 목소리가 들끓었다. 거북처럼 단단히 무장하고 신중하게 단어를 고르던 교장의 노력이 그 일격에 물거품이 되어버렸다. 너무 노골적이라 말문이 막히는 게 바로 이런 경우일 것이다. 오이데라는 이름도 여기저기서 들려왔다.

"가시와기 군이 살해당했다는 결론이 난 게 아닙니다." 다카기 선생이 더는 못 참겠다는 듯이 앞으로 나섰다. "그리고 방금 발언은 오이데 군에 대한 오해를 부를 수 있습니다. 범인이라는 말을 가볍게 사용하는 건 삼가주십시오."

여자가 다시 받아쳤지만 안 그래도 새된 목소리가 더 갈라져서 구니코는 무슨 말인지 알아들을 수 없었다. 감싼다고 했나, 속인다고 했나—? 여자 주위의 학부모들만 한층 수런거렸다.

마침내 발언자가 일어섰다. 양손을 허우적대듯 움직여 마이크 줄을 마구 끌어당겼다. 머리를 세차게 흔들었다.

"그렇다니 한마디해야겠군요. 우리 애는 1학년 때 오이데 슌지한테 맞고 계단에서 떠밀려 다리뼈가 부러졌어요! 선생님들도 모른다고 하실 순 없겠죠. 그때도 우리가 고소하겠다고 했더니 제발 조용히 마무리하자고 통사정을 하며 매달렸잖아요. 그런 깡패 같은 애를 제대로 지도하지 않고 놔두니까 결국에는 이런 살인사건까지 벌어진 거 아니냐고요!"

소란. 이번에는 종이 눈처럼 아름답지 않다. 티끌과 먼지가 저 깊은 밑바닥에서부터 피어올라 학부모들이 술렁거렸다.

"그 얘기가 사실입니까?"

"자세히 설명해보세요!"

"그런 얘기는 금시초문이에요."

"학교에서는 대체 뭘 숨기는 거죠?"

일어서서 항의하는 사람도 있었다. 자리에 앉은 학부모들도 엉거주춤 엉덩이를 들었다.

"잠깐 실례합니다."

소란 속에서 아까 도중에 마이크를 들고 들어왔던 체격 좋은 교사가 앞으로 나섰다. 교장과 학년주임 사이로 끼어들어 스탠드 마이크로 다가섰다.

"저는 2학년에서 사회를 가르치는 구스야마라고 합니다. 가시와기 군도, 그와 다툰 세 학생도 잘 압니다. 사건 당일에는 가시와기 군이 발견된 직후로 줄곧 현장에 있었습니다. 유체도 보았습니다."

쓰자키 교장이 그를 말리려 했다. 구스야마 선생은 번거롭다는 듯 물리쳤다.

"뭐 어떻습니까. 계속 덮어둘 것도 아니잖아요."

그는 강하게 항변하고 다시 마이크로 향했다. 그에게 이끌려 학부모들의 무질서한 발언이 가라앉았다. 그 반응에 자신감을 얻었는지 구스야마 선생은 장내 구석구석까지 고루 둘러보고서 말을 이었다.

"가시와기 군의 유체에는 폭행 흔적이 없었습니다. 제가 이 두 눈으로 똑똑히 보았습니다. 얼굴도 평온했습니다. 누군가에게 떠밀린 것으로 보이진 않았습니다. 제 머릿속에 그런 상상이 스친 적조차 없습니다. 게다가—"

괜찮아요, 교장선생님. 그냥 놔두세요. 구스야마 선생이 쓰자키 교장과 경주라도 벌이듯 그를 팔꿈치로 밀어냈다. 교장이 맥없이 뒷걸음쳤다.

"가시와기 군 아버님에게서 말씀을 들었습니다. 어머님은 몸져누우셔서 이야기를 나눌 수 없지만, 아버님은 분명하게 말씀하셨습니다. 등교 거부 전부터 다쿠야의 정신상태가 불안정해서 걱정스러웠다. 이대로 가다간 자살하는 게 아닐까 불안했다고요. 아시겠습니까. 요컨대 아버님은 가시와기 군의 죽음을 자살로 확신하고 계십니다. 경찰한테도 그렇게 말씀하셨습니다. 제가 똑똑히 들었습니다."

구니코는 장내가 순식간에 싸늘해지는 것을 느꼈다. 발치 어딘가에서 마개가 열린 것 같았다.

"유서가 없는 건 맞지만 유서 없는 자살도 있잖습니까. 이곳 옥상에서 뛰어내렸다면 충동적으로 그랬을 수도 있습니다."

구스야마 선생이 숨을 몰아쉬었다. 콧김 소리가 마이크에 잡혔다.

"그러니 오이데든 누구든 다른 학생이 가시와기 군을 괴롭혔다거나, 하물며 죽였다는 것은 오해고 망상입니다! 그런 생각은 버려주십시오."

장내가 쥐죽은 듯 조용해졌다. 하지만 그중에서도 한 사람, 여전히 마개가 열리지 않은 사람이 있었다. 좀 전의 질문자가 쇳소리를 내며 외쳤다.

"그렇지만 우리 애는요!"

"그 일과 이건 별개입니다!"

구스야마 선생이 받아쳤을 때 마이크가 하울링을 일으켰다. 이번에는 제대로 큰 소리가 났다. 아아, 이젠 지긋지긋해, 하며 기계가 항의의 소리를 내질렀다. 거슬리는 금속성 소음에 구니코는 저도 모르게 귀를 틀어막았다.

그래도 옆자리의 갈색 머리 여자가 짧게 내뱉은 말은 똑똑히 들렸다.

"정말 못 봐주겠군."


11

이건 정말 현실일까. 아니면 꿈이 — 오랫동안 마음속에 감춰왔던 꿈이 마침내 뇌 밖으로 흘러넘쳐 나타난 환각일까. 눈을 뜬 채 잠들어 존재하지도 않는 세상에 폭 빠져 있는 걸까.

코끝에 어른거리는 새로 피운 향 냄새. 가시와기 히로유키는 눈을 깜박거리며 정신을 차렸다.

방금 전까지 외삼촌이 옆에 앉아 있었다. 히로유키를 위로하고 격려할 셈으로 쉴새없이 말을 건넸다. 애연가 외삼촌은 그러는 와중에도 줄곧 초조하게 담배를 피워댔다.

이 경야의 광경이 꿈이나 환상이라면 외삼촌의 모습도 그럴 터였다. 그러나 히로유키의 교복 바지 무릎 위에는 외삼촌이 떨어뜨린 담뱃재가 있었다. 손을 움직여 털어내자 하얀 얼룩이 남았다.

외삼촌은 분명 여기 있었다.

—정신 단단히 차려라.

—아버지 어머니를 잘 보살펴드려. 두 분에게는 이제 너밖에 없잖니.

그렇다, 이제 가시와기 집안의 아들은 나뿐이다. 남은 사람은 나다. 다쿠야가 아니다.

녀석은 떠나버렸다.

오늘밤은 경야고, 내일은 장례식이다. 장례식이 끝나면 관은 화장장으로 옮겨지고 녀석은 유골이 된다. 가시와기 다쿠야라는 인간은 사라져버린다.

내 동생. 하나뿐인 남동생이 죽었다.

"히로유키."

부르는 소리에 고개를 들자 외숙모였다. 익숙지 않은 상복 때문에 불편해 보이는 걸음으로 부산스럽게 통로를 지나 다가왔다.

"이제 슬슬 친족 자리로 옮기는 게 어떠니? 십오 분 있다 경야 의식이 시작될 거야."

히로유키가 손목시계로 시선을 떨어뜨렸다. 오후 다섯시 사십오분. 디지털 숫자가 깜박거렸다.

히로유키를 부르러 온 외숙모는 되레 옆에 앉았다. 허리띠가 갑갑한지 무심결에 깊은 숨을 내쉬었다. 보통 상복을 입으면 여위어 보이게 마련인데 외숙모는 반대였다. 옷을 잔뜩 껴입었다.

여자 친척들 중 누군가는 꼭 울고 있고 하나같이 눈가가 붉었다. 외숙모도 예외는 아니었다. 목소리도 쉬었다.

"너, 괜찮니?"

묻는 말에 히로유키는 눈을 내리깔았다. 바지의 얼룩을 바라보았다.

뭐라고 대답해야 할까? 외숙모는 괜찮다는 대답을 바랄까. 나도 죽고 싶다고 해야 할까.

아니면 차라리 내가 죽었어야 했다고 대답하는 게 맞을까.

"사진이 잘 나왔구나."

히로유키가 말이 없자 제단 쪽으로 시선을 돌린 외숙모는 턱을 살짝 쳐들어 한가운데 놓인 다쿠야의 영정사진을 올려다보았다.

"저거 언제 찍은 사진이니?"

영정 속의 다쿠야는 웃고 있지 않았다. 눈이 부신 듯 실눈을 뜨고 있다. 정면을 보고 있지도 않다. 약간이긴 하지만 오른쪽으로 어깨를 틀고 있었다.

기습적으로 찍힌 사진 같았다. 비교적 최근 같지만 정확히 언제인지 히로유키는 알 수 없었다. 동생과는 여름방학 때, 그것도 오본* 연휴에 얼굴을 마주했을 뿐이다. 그때 분위기는 사진을 찍을 만큼 화기애애하지도 않았고, 가족 행사 같은 것도 없었다.

"다쿠야는 사진 찍히는 거 싫어했는데."

외숙모가 혼자서 말을 이었다.

"그래도 저건 잘 나왔네. 저런 표정 보면 영락없이 제 엄마라니까. 눈이랑 눈썹하며, 턱 모양까지."

그러고 보니 그런 것 같기도 했다. 딸은 아버지를, 아들은 어머니를 닮는다고 한다. 그러나 히로유키의 얼굴은 부모님 중 어느 쪽과도 비슷한 부분이 없었다. 다시 말해 다쿠야와도 닮지 않았다.

그래도 우리는 피로 이어진 형제였다.

외숙모가 수선스럽게 뒤돌아보았다. 접의자가 리놀륨 바닥에 미끄러지는 소리가 울렸다.

장례식장 입구는 아직 닫혀 있었다. 그래도 쌍여닫이 유리문 너머 조문객들이 모여 있는 모습이 보였다. 제각기 침울하게 인사를 주고받거나 말없이 유리 너머로 제단을 바라보며 무료하게 서 있었다.

어른들뿐이다. 히로유키의 속내를 짐작한 듯 외숙모가 이쪽을 보며 말했다. "다쿠야 친구들은 모두 내일 장례식에 온대. 학교 측에서 그렇게 결정한 모양이야. 인원도 많을 테니까."

---

* 양력 8월 15일에 지내는 일본의 명절.

친구. 히로유키는 생각했다. 녀석에게 친구가 있었을까? 부끄럽게도 그런 의문이 너무나 자연스럽게 떠올랐다. 다쿠야가 죽어서 이제 어떤 반론도 어떤 비난의 눈빛도 받을 염려가 사라진 지금에야 일방적으로 빈정거리다니, 안 될 일이다.

"자, 그만 자리 옮길까."

외숙모가 일어서며 히로유키의 등에 손을 얹고 재촉했다. 웃옷 너머로 손바닥의 열기가 느껴졌다.

"힘들겠지만 정신 똑바로 차려야 해. 넌 장남이잖니."

히로유키는 묵묵히 외숙모를 따라가 이미 맨 앞자리에서 고개를 푹 숙이고 있는 부모님 옆에 앉았다. 비쩍 마른 어머니는 손수건을 얼굴에 대고 소리 죽여 울고 있다. 아버지는 미간을 찌푸린 채 주먹 쥔 두 손을 무릎 위에 올리고 있다.

폭풍설 속의 비바크다. 히로유키의 머릿속에 별안간 그런 생각이 떠올랐다. 아버지와 어머니는 그들의 시야를 차단하고 앞길을 가로막는 눈보라에 휩싸였다. 그래서 필사적으로 눈 속에 구멍을 파고 함께 그 안으로 숨어들어 꽁꽁 얼어붙은 몸을 맞대고 있다. 참고 견디자. 참고 견디자. 폭풍이 지나갈 때까지.

그러나 히로유키는 거기 없다. 그는 그 등산을 함께 하지 않았다. 눈보라는 그와 관계없는 머나먼 어딘가에서 휘몰아치고 있다.

그런데도 어머니의 오열에 그의 마음은 어지러이 흐트러졌다. 위로하려고 입을 연 순간, 유리문이 열리고 조문객들이 들어왔다.


가시와기 히로유키는 1972년 5월에 태어났다. 가시와기 노리유키와 고코 부부가 간절히 바라던 첫아들이었다.

그 무렵 일가는 노리유키가 일하는 자동차 부품 제조회사의 사택에 살고 있었다. 사이타마 현 오미야 시 교외의 그 사택은 도로 맞은편에 시립 종합병원이 있어 편리했고 히로유키도 그곳 산부인과에서 태어났다. 갑자기 열이 나거나 배가 아프거나, 어린아이와 그 부모를 끊임없이 괴롭히는 사소하지만 걱정스러운 탈이 날 때마다 그곳 소아과로 달려갔다. 이윽고 히로유키가 입학하고 지역 소년 야구팀에 들어가고부터는 그곳 외과에서 찰과상, 창상, 타박상, 염좌 등 온갖 부상을 치료하고 처방을 받았다.

네 살 아래인 다쿠야도 같은 병원 같은 산부인과에서 태어났지만 그후의 과정은 상당히 달랐다. 다쿠야는 갓난아기 때부터 병원을 제집처럼 드나들었다. 감기를 치료하다보면 콩팥이 약해지고, 가벼운 중이염을 치료하다보면 약 때문에 위경련을 일으키고, 해열제를 먹이면 구토 발작을 일으키고―이쪽을 고치면 저쪽에 탈이 났다. 다쿠야는 흡사 섬세한 정밀기계 같았다. 부모는 머지않아 그의 몸 모든 부분을 탈 없이 건강하게 지켜나가려면 근처 종합병원만으로는 부족하다고 판단했다. 그래서 사이타마 현은 물론이고 평판이 좋은 소아과가 있다면 도쿄에까지 걸음했다. 특히 형 히로유키가 소년 야구팀에 들어간 나이인 여섯 살이 된 뒤로 다쿠야의 소아천식 징후가 뚜렷해지기 시작하면서 부모의 번민은 더욱 깊어가고 병원 순례의 범위는 훨씬 넓어졌다. 도쿄를 가로질러 가나가와까지, 그보다 훨씬 먼 지방도시의 병원까지도 좋은 의사가 있다는 소리만 들으면 부지런히 찾아다녔다.

그래서 그 무렵 히로유키의 추억이라고는 빈집을 지키던 것뿐이다. 운동회나 야구 경기에 어머니 아버지가 나란히 응원하러 와준 적은―글쎄, 한두 번이나 되었을까.

빠짐없이 찾아준 사람은 친할머니와 친할아버지였다. 히로유키 가족이 사는 사택에서 걸어갈 수 있는 거리에 아버지의 본가가 있었다. 그래서 부모가 다쿠야를 위해 의료시설 원정을 떠날 때면 히로유키는 할머니 댁에 맡겨졌다. 저학년 소풍은 할머니가 따라갔고, 도시락도 할머니가 싸주었다. 여름방학 공작 숙제는 할아버지가 도와주었다.

사실상 히로유키는 할아버지 할머니 손에 큰 것이나 다름없다.

마음이 불편했던 적은 없다. 아버지가 외동아들이라 히로유키와 다쿠야는 그들에게 단둘뿐인 손자였다. 충분히 사랑해주고, 살뜰히 챙겨주었다.

그래서 히로유키는 자신이 불쌍하다고 생각해본 적이 없었다. 인내와 양보는 당연했다. 특별한 게 아니었다.

"네가 형이잖아. 좀 참아야지."

"동생을 위한 거니까 참아."

"히로유키, 넌 형이잖니."

"형이니까 괜찮지?"

그래, 다쿠야는 몸이 약하니까. 내가 잘해야지. 그런 생각은 히로유키의 제2의 본능에 가까웠다.

그랬다. 가족이 도쿄로 이사한 후 그가 동생과 한 번, 딱 한 번 충돌하기 전까지는.

가시와기 노리유키가 오미야의 제조공장에서 도쿄 본사로 전근한 것은 히로유키가 열세 살, 다쿠야가 아홉 살 때였다. 다쿠야의 소아천식이 절정에 달했을 때라 늘 집안에 떠다니던 약 냄새를 히로유키는 생생하게 기억한다. 동생이 호흡기를 입에 물고 헐떡이듯 쌕쌕거리던 때의 그 고통스러운 숨소리도 잊을 수 없다.

오미야 시 교외에서 도쿄로 통근하긴 충분하니 전근 사실만으로 이사를 고려할 필요는 없었다. 그러나 여전히 건강 상태가 불안정한 다쿠야를 떠안은 고코는, 자동차로 오 분 남짓인 직장에 다니던 남편이 다쿠야의 위급 상황을 알고 바로 달려온다 해도 한 시간은 넘게 걸릴 곳으로 가버리는 것이 몹시 불안했다. 아니, 승진으로 전근한 만큼 갈수록 야근과 특근, 회식 등이 늘어나면서 자연히 다쿠야와는 물론이고 그녀와 함께 병원을 찾아다닐 시간도 없고 마음의 여유도 잃어버린 노리유키가 더 불만이었다고 하는 게 옳을 것이다.

도쿄로 이사하고 싶다. 집을 사자. 그리고 네 식구가 오붓하게 살자. 고코는 남편에게 밝은 미래를 이야기하며 한편으로 강하게 요구했고, 마침내 그 말이 실현되었다.

가족이 도쿄 서민가의 신축 맨션으로 이사한 것은 노리유키가 승진한 지 딱 일 년, 히로유키가 열네 살, 다쿠야가 열 살이 된 해의 3월이었다. 형제는 각각 중학교 2학년에서 3학년, 초등학교 4학년에서 5학년으로 학년이 바뀌는 시기에 전학을 했다. 고등학교 진학을 앞둔 히로유키에게는 아슬아슬한 시기였다. 줄곧 주전으로 활동했던 소년 야구팀에서도 나와야 했다.

툭하면 빈집을 지켜야 했던 초등학교 시절 따뜻하게 보듬어준 할아버지 할머니와도 멀어졌다.

히로유키는 외로웠다. 그런 속내를 입 밖에 내지는 않았지만.

고코는 새집이 마음에 들었다. 그러나 욕심을 부린다면 다쿠야의 주치의가 있는 병원과 좀더 가까운 도심에 살고 싶었다. 그러나 노리유키의 연봉으로는 엄두도 내지 못할 일이었다.

그래서 그녀는 파트타임 일을 시작했다. 다행히 다쿠야의 소아천식 증세는 조금씩 나아졌다. 주치의 말로는 초등학교를 마칠 즈음에는 다 나을 거라고 했다. 실제로 학교에 결석하는 날도 눈에 띄게 줄었다.

그래도 다쿠야가 여전히 병약하니 마음을 놓을 수 없었고, 지금까지는 학교만으로도 힘에 부쳐서 학원 같은 데 다닐 수 없었지만 이제 의료비 대신 교육비를 들여야 했다. 비록 얼마 안 되는 액수라도 수입이 느는 것은 기쁜 일이었다.

그녀는 근면성실하게 일했다.

그런데 채 석 달도 지나지 않아 다쿠야가 집에서 쓰러져 구급차에 실려갔다. 천식 발작이 아니었다. 욕실에서 갑자기 의식을 잃고 쓰러진 것이다.

여러 검사를 했지만 원인은 끝내 밝히지 못했고, 다쿠야는 보름가량 입원한 뒤 퇴원했다. 그러나 이 사건으로 가시와기 가족의 생활은 백팔십도 달라졌다.

지금까지는 적이 또렷이 보였다. 다쿠야의 천식. 혹은 소아기 특유의 병약함. 그러나 이제 적의 정체를 알 수 없었다. 고코가 그토록 신뢰하던 주치의조차 다쿠야 또래의 아이가 느닷없이 졸도를 하고, 게다가 의학적인 검사로도 원인이 밝혀지지 않는 것은 상식적으로 이해하기 어려운 일이라며 고개를 갸웃거렸다.

고코는 이루 말할 수 없이 두려웠다. 무언가가 다쿠야의 건강을 해치고 있다. 무언가가 몸속에서 다쿠야의 생명을 노린다. 소아천식의 고비를 가까스로 넘기고 우리가 잠시 한눈을 판 틈에―내가 방심한 사이 무언가 터무니없이 버겁고, 집요하고, 나쁜 것이 다쿠야에게 들러붙은 것이다. 실제로 신체적인 이상이 발견되지 않는다며 병원에서 퇴원시킨 뒤에도 다쿠야는 이제껏 몇 번이나 컨디션 난조로 갑자기 휘청거리며 쓰러지는 등의 증상을 보이지 않았나.

고코는 파트타임 일을 그만두었다. 도심으로 이사하는 건 어쩔 수 없이 포기했지만 대신 오미야를 떠날 때 팔았던 차를 다시 샀다. 차가 있으면 한밤중이든 새벽이든 다쿠야의 상태가 나빠졌을 때 바로 병원으로 달려갈 수 있다. 고코는 아직 낯설기만 한 도쿄의 서민가를 신용하지 않았다. 구급차를 불러서 잘 알지도 못하는 동네 병원으로 실려가는 건 당치도 않다고 생각했다.

다쿠야를 괴롭히는 증상이 어쩌면 전학에 따른 스트레스 때문일지 모른다고 생각한 고코는 학교 교사와도 열심히 상담했고 추천받은 교육 상담소도 찾아다녔다. 그러나 어디서도 이거다 싶은 조언을 얻을 수 없었다. 담임은 다쿠야의 결석이 잦은 건 분명하니 그로 인해 친구관계가 좁아지지 않을까 걱정했다. 그러나 지금은 성적도 우수하고 몸가짐도 바르고 반 친구들과도 잘 지내니 문제가 있다고 여기지는 않는다고 했다. 결국 표면적인 부분만 볼 뿐 다쿠야가 가슴 깊이 품고 있을 스트레스나 외로움, 불안을 헤아려주려는 마음은 없었다.

교육 상담소 역시 비슷했다. 게다가 엄마의 지나친 걱정이 오히려 역효과를 낳는다며 엉뚱한 소리를 했다. 아이를 자립시키라고? 다쿠야가 건강한 아이라면 당연히 때가 됐을 때 기꺼이 놓아줄 것이다. 자식은 부모 품을 떠나게 마련이니까. 그러나 다쿠야는 건강상의 문제가 있다. 부모가 어떻게 눈을 뗄 수 있겠는가. 그러면 내버리는 것과 다를 바 없지 않은가.

머리가 좋다. 성격도 무난하다. 무엇 하나 부족함 없는 이 아이가 부당하게 빼앗길지 모르는 건강을 나는 무슨 일이 있어도 지켜내야 한다—

반드시 지켜내고 말겠다.

그 결의의 실상을, 지속을, 가시와기 히로유키는 이제껏 자세하게 보았다. 줄곧 지켜보았다.

짧은 기간이었지만 파트타임으로 일할 때 어머니는 무척 밝았다. 불편한 사택에서 벗어나 내 집을 마련했다는 기쁨도 컸을 것이다. 히로유키는 어머니의 그런 심경의 변화를 충분히 읽어내고 헤아릴 수 있을 만큼 성장했다.

어머니가 처음으로 누리는 여유다. 히로유키는 그렇게 생각했다. 어머니는 처음으로 걱정투성이 삶에서 한발 물러나, 밝은 쪽으로 고개를 돌릴 수 있게 된 것이다.

그래서 그 무렵 고등학교 시험을 앞두고 입시라는 형태로 난생처음 '특별'한 자리에 서게 된 자신을 어머니가 따뜻하게 보살펴주는 게 기뻤다. 그런 어머니의 모습이 자연스럽고 '무리'하는 것처럼 보이지 않는다는 게 기뻤다. 학년 초 학부모 면담에도 와주었고 그가 친구와 견학을 다녀오면 이야기도 들어주었다. 어떤 과목 성적이 좋으면 같이 기뻐해주고 부족한 부분은 웃으면서 격려해주었다. 다른 아이들은 당연히 누리고 있을 그런 것들이 그제야 자기에게도 주어져 기뻤다. 그것을 어머니와 함께하는 게 기뻤다.

형으로서의 말없는 인내와 양보는 이제 끝난 것이다. 설령 보답받을 수는 없을지라도.

그러나 그것도 다쿠야가 입원하기 전까지였다.

어머니가 파트타임 일을 그만두고 또다시 다쿠야의 전속 간호사가 돼버리자 모든 것은 원래대로 돌아가고 말았다.

원래대로. 도로 아미타불이다.

그러나 이제는 또 하나의 히로유키가 깨어났다. 맹목적으로 부모의 사랑과 보살핌을 갈구하던 아이가 아니라, 어른의 분별력을 조금씩 갖추기 시작한 냉정한 제2의 히로유키가.

그는 질문을 던졌다. 지금까지 너는 너무 부당한 의무를 강요받지 않았는가?

아무리 병약하다 해도 다쿠야의 행동은 과연 가족의 일원으로 올바른 것인가?

다쿠야에게 휘둘리는 아버지와 어머니가 너에게는 지나치게 무관심하지 않았는가?

목소리를 한층 낮추고, 하지만 또렷이 알아들을 수 있도록 속삭였다.

다쿠야는 정말로 아픈 걸까?

그것은 그의 무기가 아닐까?

무엇을 위한 무기?

부모의 애정과 관심을 끌기 위한 무기.

이 집에서 가장 '가치 있는 아이'가 되기 위한 무기.

그 무서운 속삭임에 히로유키는 마음의 귀를 틀어막고 눈을 감았다.

아무리 저항한들 이미 지나가버린 어린 시절은 되돌릴 수 없다. 다쿠야를 비난하는 것은 도리가 아니다. 그 녀석도 슬프고 고통스럽게—싸워왔으니까.

무엇과? 무엇과 싸웠지?

그야 뻔하지. 병과 싸운 거야. 몸이 약했잖아. 그 때문에 빼앗긴 친구와의 시간이나 학교 활동. 잃어버린 것은 다쿠야가 훨씬 많다. 그 녀석은 줄곧 그런 상실감과 싸워온 것이다.

그렇게 믿어왔다. 스스로를 그렇게 타일러왔다.

하지만, 하지만 딱 한 번—그렇다, 딱 한 번뿐이었다. 그 생각이 흔들렸다. 뿌리째 흔들리며 모든 것을 뒤엎어버렸다.

어느 해 가을날이었다. 중학교 3학년 2학기도 절반이 지난 11월.

진학 상담도 막바지 단계라 지망학교를 정해야 할 시기가 되었다. 1지망, 2지망, 마지막 안전 지망. 다음날에는 그에 대비한 학부모 면담이 있을 예정이었다. 전학생이라 조금 서먹하던 담임과도 이제 비교적 솔직하게 의견을 나누게 되었다. 히로유키의 목표는 현재 성적으로는 조금 힘들 것 같은 상위권 고등학교였다. 지금부터 노력해서 반드시 합격하겠다는 의욕으로 가득했다. 담임도 그런 마음을 이해해주었다. 그러니 네 경우는 2지망 학교가 중요하단다—

"엄마, 내일 학교 면담이야, 안 잊어버렸지?"

집으로 돌아오자마자 어머니에게 물었다. 어머니는 부엌 식탁 위에 묵직한 책을 펼쳐놓고 앉아 있었다. 힐끗 보니 『가정의학』 같았다.

히로유키의 가슴속으로 어두운 예감이 스며들었다.

"왜 그래? 다쿠야가 또 안 좋아?"

대답을 듣기도 전에 고개를 든 어머니의 표정만 보아도 정확히 짚었다는 것을 알 수 있었다.

"오늘 점심시간 지나서 조퇴하고 왔어. 갑자기 어지럽고 속이 울렁거렸대."

"병원은?"

"외래진료는 오전까지라— 다쿠야도 자고 나면 나을 테니 걱정 말라고 하고."

어머니가 다쿠야의 방문으로 시선을 던졌다. 굳게 닫혀 있다.

"열은?"

"약간 있어."

"감기 아냐?" 히로유키가 가방을 털썩 내려놓고 의자를 꺼내 어머니와 비스듬히 보고 앉았다.

"너무 당황할 거 없어."

"그래도 어지럽다니 덜컥 겁이 나잖아. 6월에 구급차에 실려갔던 때랑 똑같아."

어머니는 걱정을 넘어 공포를 느끼는 것 같았다. 6월의 그 일은 아직도 지워지지 않는 악몽인 것이다.

"내일 대학병원에 데려가야겠다. 뇌파랑 심전도 검사를 다시 제대로 해보는 게 좋겠지?"

내일. 히로유키는 얼른 대답이 나오지 않았다. 그의 얼굴색이 바뀐 것을 보고야 어머니는 알아차렸다.

"아 참, 너 진학 상담 날이지."

히로유키는 식탁에 놓인 『가정의학』으로 시선을 떨어뜨렸다. 뇌의 각 부분 명칭을 써넣은 일러스트가 보였다.

"선생님한테 부탁해서 날짜를 바꿀 순 없을까? 네 쪽은 꼭 내일이어야 하는 건 아니잖아."

히로유키의 마음속에 꽁꽁 움츠려 있던 것이 꿈틀거렸다. 정말 잠깐이었지만, 돌이킬 수 없는 순간이었다. 네 쪽. 그 말이 잘못이었을지도 모른다. 내일이어야 하는 건 아니잖아. 그 말 때문이었을지도 모른다.

언제나, 언제나, 언제나 이런 식이다. 나는 이름조차 불리지 못한다. 네 쪽? 그게 대체 무슨 방향인데?

그는 일어서며 거칠게 가방을 집어들었다.

"됐어. 내 쪽은 늘 그래왔으니까. 안 와도 상관없어."

물론 가시 돋친 말투였다. 어머니에게 가시가 박히도록 충분히 겨냥해 입에 담았으니까.

"히로유키—"

히로유키는 서둘러 자기 방으로 향했다. 복도 끝에서 어머니의 목소리가 따라왔다. "미안해. 화내지 마. 어쩔 수 없잖니?"

어머니의 목소리 또한 계산된 것으로, 단지 사과하는 데 그치지 않고 그를 비난하는 의도가 충분히 담겨 있었다.

불쾌했다. 참을 수 없었다. 어딘가로 뛰쳐나가고 싶고, 뭐든 부숴버리고 싶고, 마구 소리치고 싶은 충동이 일었다. 책상에 앉아 참고서와 공책을 펼쳐도 전혀 눈에 들어오지 않고 집중할 수도 없었다.

세수나 하고 오자. 시간이 얼마나 흘렀을까, 어쨌든 그런 생각에 방에서 나와 세면실로 갔다.

미닫이문을 열자 파자마 차림의 다쿠야가 서 있었다. 세면대 거울에 창백한 얼굴을 비춰보고 있다. 형을 보더니 돌아섰다.

슬리퍼도 양말도 신지 않은 야윈 발등의 흰 피부가 눈에 두드러졌다. 파자마는 헐렁했다. 어깨가 축 늘어져 있다.

"몸이 안 좋다며?"

히로유키가 미닫이문 앞에 가로막듯이 서서 물었다.

"엄마가 걱정하더라. 병원 가서 치료 잘 받아. 계속 이러면 초등학교라도 출석 일수가 모자라서 유급될 수 있어."

동생은 아무 대답도 하지 않았다. 다시금 거울을 들여다보며 눈꼬리

언저리가 마음에 걸리는지 손끝으로 살짝 문지르고는 말없이 형 옆을 스쳐지나려 했다.

어른들이라면 귀신이 들렸다고 표현하리라. 해서는 안 될 말이, 억눌러두었던 마음이 스프링 달린 장난감처럼 순식간에 튀어올랐다. 스스로도 무엇이 그것을 건드렸는지 알 수 없었다. 우발적인 충동이었다. 정말 그렇게밖에는 생각할 수 없었다.

히로유키는 말했다. 자기 목소리를 흘려듣는 듯 태연한 말투로. 똑같은 말투로 "형도 걱정이야"라고 할 수도 있었다. 그랬더라면 얼마나 좋았을까.

그러나 화가 났다. 속이 부글부글 끓어올랐다. 그래서 마음속 스프링이 튀어올랐다—

"너 실은 아픈 거 아니지? 학교 가기 싫어서 꾀병 부리는 거지?"

비좁은 세면실 문 앞에 두 사람은 거의 나란히 서 있었다. 다쿠야의 키는 히로유키의 어깨에도 못 미쳤다. 미닫이문에 한 손을 얹은 채 동작을 뚝 멈추더니 고개만 돌려 이쪽을 올려다보았다.

소름 끼칠 만큼 싸늘한 그 눈빛에 히로유키는 흠칫했다.

"뭐, 뭐야."

되받아치듯 물었다. 다쿠야는 여전히 형을 뚫어져라 바라보았다.

"그 표정은 뭐냐고? 그럴 오기가 있으면 조퇴는 뭐하러 해?"

다쿠야는 말이 없었다. 히로유키는 무릎이 후들거렸다. 싸움이다. 나는 꼬맹이 동생과 싸우려는 것이다. 그것만은 절대 하지 않기로 결심하고 이제껏 지켜왔는데. 한 번도 그런 적이 없는데. 녀석은 몸이 약하니까. 내가 지켜줘야 하는 어린 동생이니까.

그런데 저 눈빛은 뭐지? 저게 어린 동생이 형을 보는 눈빛인가?

"네가 아프다 아프다 난리치는 통에 내가 얼마나 성가신 줄 알아?"

불필요한 말에 불필요한 말을 덧붙인 것만이 아니었다. 그 말은 히로유키 스스로를 비참하게 만들었다. 왜냐하면 그건 핑계였으니까. 변명이었으니까.

다쿠야의 눈가가 슬며시 풀어졌다.

그리고 그는 희미하게 웃었다.

히로유키의 마음 한구석이 꿈틀거렸다. 신중하게 쌓아올리며 절대 무너지지 않게 지켜온 것이 기울어졌다.

"그 표정은 뭐야?"

소리가 갈라졌다. 한 발 앞으로 다가갔다. 동생을 벽으로 밀어붙였다.

"왜 웃어? 뭐가 웃겨?"

다쿠야의 웃음이 더 넓게 번졌다. 기뻐하는 것이다. 그리고 비웃는 것이다. 화내는 형을. 자기가 원하는 대로 반응하는 형을.

녀석은 알면서 이러는 것이다. 인식하고 이러는 것이다. 정말로 병약한 게 아니다. 단지 우리를 마음껏 휘두르고 싶은 것뿐이다.

길이 열리는 대신 단단하게 받쳐온 벽이 무너졌고, 그 틈새로 비쳐든 빛의 통찰에 히로유키는 머리로 피가 솟구쳤다.

그뒤의 짧은 시간에 무슨 일이 있었는지는 기억나지 않는다. 동생에게 소리를 지르고 주먹을 휘둘렀고, 다쿠야가 비명을 질렀다. 그런 장면은 남아 있다. 그렇지만 전부 실감이 없다. 다쿠야를 때린 느낌도 없다.

기억나는 것은 어머니의 비명 소리다. 어머니는 그를 다쿠야에게서 떼어내려고 때리고 잡아끌었다. 나중에 살펴보니 뺨에 어머니의 손톱자국이 남아 있었다.

"이게 무슨 짓이야, 넌 형이잖아!"

울면서 소리치는 어머니의 목소리다. 표정이 무너졌다. 목소리도 무너졌다. 히로유키도, 어머니도. 그러나 그 와중에도 다쿠야는 결코 무너지지 않았다. 형에게 맞은 뺨이 부어오르고, 세면실 바닥에 웅크려 앉은 그의 찢어진 입술에선 피가 흘렀지만, 그럼에도 사실 그는 전혀 상처받지 않았다.

엄마에게 도움을 청하고, 두려움에 떨고, 울부짖고, 슬퍼하는 얼굴 바로 아래 그 엷은 웃음을 머금고 있었다.

형을 바라보는 눈에 그 냉혹함이 깃들어 있었다.

발버둥쳐봐야 소용없어. 내가 이겼으니까.

형이 진 거야.

히로유키는 깨달았다. 진작 깨달았어야 하는 진실. 그가 설마설마하며 물러서고, 시선을 피하고, 그럼으로써 점점 더 자라도록 거들어버린 끔찍한 것.

이것이 녀석의 본성이다.


독경 소리가 흐르는 가운데 조문객들이 차례로 분향을 했다.

가시와기 히로유키는 고개를 숙인 부모님 옆에서 동생의 영정사진을 바라보았다.

난생처음 동생을 비난했다. 동생을 때렸다. 평범한 형제간의 다툼마저 봉인되어 있었는데, 그 금기를 깨고 말았다.

그는 그날 밤 집에 돌아온 아버지에게 맞았다.

"약자에게 폭력을 휘두르는 건 비겁한 짓이야."

가정교육 때문이 아니라 잘못에 대한 벌로 맞긴 히로유키도 처음이었다.

그 무렵 그의 체격이나 힘은 이미 아버지 못지않았다. 그러니 마음만 먹었다면 어렵지 않게 맞설 수 있었다. 아버지를 때려눕힐 수도 있었을지 모른다.

하지만 그러지 않았다.

무서웠기 때문이다.

때리고, 난리를 치고, 소리 높여 자기주장을 한들 소용없다. 그랬다간 점점 더 옴짝달싹할 수 없는 덫에 걸려들 뿐이다.

스스로를 억누르는 데는 익숙했다. 히로유키는 주먹다짐 뒤에 이어진 아버지의 바른말—가냘프고 허약하고 힘없고 네 살이나 어린 초등학생 동생을 때린 것을 나무라는 아버지의 설교를 마음을 굳게 닫은 채 들었다.

"내 눈 똑바로 보고 들어!"

따귀가 날아들었고 눈앞이 아물아물했다. 눈물이 나올 것 같았지만 애써 참았다. 이제 눈물을 삼키기는 쉽다. 숱하게 경험을 쌓았으니까.

다만, 너무 무서워서 견딜 수가 없었다. 야단맞고 설교를 듣는 내내 두려움에 떨었다.

싫든 좋든 처음으로 자신이 놓인 입장을 직시해보니, 그것은 아득한 벼랑 끝이었던 것이다.

더 늦기 전에 깨달아서 다행이라는 생각도 들었다. 그 공포는 말하자면 희망과 안도가 낳은 공포였다. 외출에서 돌아와 깜박 잊고 켜둔 석유난로와 바로 그 옆에서 나풀거리는 커튼을 보고 부들부들 떨며 가슴을 쓸어내린다. 그런 경우와 마찬가지였다. 아아, 다행이다. 두 번 다시 이런 실수는 하지 말아야지. 정신 똑바로 차리고 조심하자—

히로유키는 마치 현미경을 들여다보는 생화학자처럼 자기 가족을 관찰하기 시작했다. 관찰은 그에게 여러 가지 사실을 알려주었다. 통찰력을 안겨주었다.

다쿠야를 중심으로 돌아가는 가족. 다쿠야가 핵심인 가족. 다쿠야에 대한 걱정과 배려 없이는 히로유키는 물론이고 자신들의 인생이나 생활도 더는 생각하지 못하는 아버지와 어머니.

그런 시스템을 만들어온 다쿠야.

나는 이 집을 떠나야 한다. 히로유키는 머지않아 그런 결론에 이르렀다. 조용조용 가만히, 누구에게도 들키지 않을 계획을 세워서.

그후로도 다쿠야의 건강은 좋아지지 않았고 부모님의 걱정도 끊일 날이 없었기 때문에 그리 어렵지 않았다.

지망 학교를 조금 바꾸어야 했다. '오미야의 할머니 댁에서 통학할 수 있어야 한다'는 새로운 조건이 생겼으니까.

그런데도 그가 그 학교에 합격하고 앞으로는 할머니 댁에서 통학하겠다, 할아버지 할머니에게도 허락을 받았다고 선언할 때까지 부모는 그 사실을 전혀 알아채지 못했다.

조부모나 부모나 똑같은 말로 설득했다.

"다쿠야에겐 아직 신경을 많이 써야 하잖아요. 아버지 어머니도 스트레스가 쌓일 테고요. 그런데 나도 아직 어려서 내 일만으로도 벅차요. 또 무슨 일로 성질이 나서 다쿠야랑 부딪칠지 몰라요. 그 녀석을 때리다니, 정말 말도 안 되는 짓을 저질렀어요. 두 번 다시 그러고 싶지 않아요. 너무 부끄러우니까. 게다가 할아버지 할머니도 두 분이서 적적하시잖아요? 내가 오미야로 가서 같이 살면 여러모로 좋을 거예요. 우린 가족이니까 어떤 형태로 살든 걱정할 것 없어요."

막힘없는 논리다. 설득력도 있다. 그러나 어차피 입에 발린 소리라는 걸 충분히 알면서도 히로유키는 끝내 이 말만은 할 수 없었다.

'떨어져 살아도 마음만 이어져 있으면 문제없어요.'

이 가정, 적어도 이 부모에게는 히로유키와 이어질 마음 같은 게 없다. 그가 마음 편히 태연한 척하는 사이 마음의 회로를 다쿠야에게 모조리 점령당했기 때문이다.

이왕 이렇게 된 거 이제 스스로를 지키는 게 중요하다. 내가 아니면 그 누가 가시와기 히로유키의 인생을 지켜주겠는가?

지금은 그나마 낫다. 어린 형제가 부모의 애정을 놓고 다투는 건 귀엽게 봐줄 수 있지 않은가. 어른의 문턱에 들어선 히로유키는 이제 와서 새삼 그 문제를 따지고픈 생각이 없었다. 설령 과거에 맛본 고통이 사라지지 않는다 해도. 쿨하고 무관심한 부모. 괜찮다. 문제될 거 없다. 그러면 또 그런대로 잘 지낼 수 있다.

하지만 다쿠야라는 요소가 끼어들면 이야기가 완전히 달라진다. 앞으로 어떤 국면에서, 동생이 철저하게 계산된 그 엷은 웃음을 머금고 히로유키의 인생을 비집고 들어올지 모른다.

요컨대 경제 문제. 지금까지도 어머니는 다쿠야를 위해 얼마나 많은 돈을 썼는가. 의료비는 보험이 적용되니 괜찮다. 그러나 민간요법이나 건강식품은 대상에서 제외되니 모든 비용을 고스란히 부담해야 한다.

본래는 마땅히 히로유키의 몫이어야 하는 지출이 다쿠야의 건강을 지킨다는 대의명분 하에 깎여나갔다. 아니, 그래도 돈은 상관없다. 자기가 필요한 경비쯤은 아르바이트로 그럭저럭 해결할 수 있으니까.

부모가 다쿠야에게만 매달려 히로유키를 방치해도 상관없다. 문제는 이대로 가다가는 아버지와 어머니가 조만간 히로유키의 인생도 다쿠야를 중심으로 돌아가야 한다고 생각할지 모른다는 것이다.

―형이잖아.

―네가 동생을 보살펴야지.

―다쿠야를 지켜줘야 하지 않겠니.

―다쿠야는 몸이 약해. 넌 건강한 체질을 타고났잖아. 다쿠야를 위해 해줄 게 많아.

당치 않은 소리다.

그렇지만 전혀 마음이 흔들리지 않았던 건 아니다.

"나도 항상 너한테 미안했어. 혼자 내버려둬서 외로울 때도 많았겠지. 그러니 적어도 같이 살기라도 했으면 좋겠다. 매일 얼굴 보고, 밥도 같이 먹고. 그런데 왜 너 혼자 오미야로 가겠다는 거니?"

어머니가 울면서 그렇게 말했을 때는 가슴속에 눈물이 그렁거렸다. 엄마는 내 엄마이기도 하니까. 한시도 잊은 적이 없다.

그러나 그 어떤 눈물과 애원도 집에서 나가겠다는 결심을 돌려놓지는 못했다. 그것은 다쿠야 덕분이었다.

그애도 울었다. 울면서 말했다.

"형이 가버리면 외롭잖아. 나 때문이야? 내가 자꾸만 병에 걸려서 그게 옮을까봐 집을 나가는 거야?"

그 말을 듣고 부모님은 더 울었다. 히로유키는 울지 않았다. 최대한 다정하게 동생을 달랬을 뿐이다. 그런 게 아니야. 형이 어떻게 그럴 수 있겠어. 하지만 형도 이제 고등학교에 들어가면 꽤 바빠질 테고, 내가 없어야 엄마가 널 더 잘 돌봐줄 수 있어. 넌 나보다 많이 어리니까.

칭칭 감겨드는 담쟁이덩굴을 뿌리치는 기분이었다.

"다쿠야가 저렇게 서운해하는데도, 넌 동생을 두고 갈 거니?"

어머니가 말했다.

"아빠가 출장이다 뭐다 해서 집을 비울 때 너까지 없으면 엄마나 다쿠야가 불안할 거라는 생각은 안 해봤니? 넌 이제 어른이나 다를 바 없어. 두 사람을 지켜줘야 하지 않겠어?"

아버지가 말했다.

두 사람 다 질척하게 옭아맨다. 그래도 나는 빠져나간다. 더 희생할 수는 없다. 미래를 위험에 노출시킬 수는 없다. 그것이 히로유키의 결심이었다.

그리고 빠져나왔다. 다행히 오미야의 조부모는 별다른 병 없이 건강했고, 손자와 함께하는 생활을 즐거워했으며, 그의 생활을 든든하게 받쳐주었다.

도쿄 집이 단 하루도 머릿속에서 떠나지 않았다. 그러나 돌아가고 싶었던 적은 없었다.

일 년 이 년이 지나자, 세상에는 이런 가족도 있는 법이라며 객관적인 시선으로 바라볼 수 있었다. 지극히 정당한 이유를 계기로 서열과 우선순위가 매겨지고, 머지않아 그것이 당연시되고, 결국 집안 어떤 부분에는 치명적일 만큼 무관심해졌음에도 불구하고 아직 굳게 결속되어 있다고 믿는다―

그리고 이따금 불현듯 생각했다.

다쿠야도 언제까지나 어린애일 수는 없다. 녀석은 어떻게 될까? 어머니 다음, 아버지 다음으로 독점하고 싶은 대상이 나타나면 어떻게 할 생각일까?

아니면 그것은 단지 어린 시절 특유의 현상일 뿐, 녀석의 그런 성향도 실은 이미 사라지고 없는 걸까?

그랬으면 좋겠다……라고도 생각했다. 언젠가 확인해보고 싶다고.

그런데 다쿠야가 죽었다.

무엇을 위한 죽음이었을까. 히로유키는 영정사진을 바라보며 물었다. 덧없는 짓이라는 걸 알면서도 묻지 않을 수 없었다.

다쿠야, 왜 죽었니?

네가 무슨 생각을 했는지 알려줘.

결론은 이미 나왔어. 아버지와 어머니는 네가 자살했다고 생각해. 건강 때문에 항상 불안하고, 그 때문에 학교에도 잘 적응 못 하고, 부모님께 걱정만 끼치는 것이 절망스러워 죽음을 택했다고.

이제 아버지와 어머니는 영원히 네 거야.

네가 원했던 게 그거니?

아니면 너는, 부모님이 모르는 사이 성장해서 부모님이 모르는 뭔가를 원하게 되었니? 그것이 좌절돼 갈등하다 죽음을 택한 거니? 혹은 죽음으로 내몰린 거니?

난 네가 무슨 생각을 했는지 알고 싶어. 네가 뭘 원했는지 알고 싶어.

왜 죽은 거야, 다쿠야.

히로유키는 뺨에 와 닿는 누군가의 시선을 느끼고 사진에서 눈을 뗐다. 별생각 없이 눈을 돌리다가 분향대 앞에 서 있는 조문객과 시선이 딱 마주쳤다.

오십대 전후의 몸집이 작고 얼굴이 둥근 남자였다. 상복으로 입은 검은색 양복이 몸에 잘 맞지 않아 어깨 언저리가 우글쭈글했다. 사람 좋아 보이는 온화한 이목구비는 경야라는 이 자리에 영 어울리지 않았다.

방금 전 느낀 시선의 주인이 이 사람이었던 모양이다. 히로유키를 찬찬히 바라본다.

놀란 눈빛이었다.

다쿠야의 학교 선생님인가? 그렇다면 의아해하는 것도 당연하다. 가시와기 다쿠야에게 형이 있다는 걸 아는 사람은 거의 없었을 테니까.

오십대 남자가 애도의 뜻을 비치며 재빨리 시선을 떨어뜨리더니 깍듯이 인사를 하고 뒤로 물러났다.

히로유키는 고개를 숙여 발밑을 내려다보았다. 다른 많은 조문객들도 그 남자와 마찬가지로 자신이 누구인지 궁금해한다는 걸 깨달았다. 가시와기 군 부모님 옆에 저 교복 입은 남학생은 누구지? 형인가? 형 얘기는 들어본 적 없는데. 사촌형일까?

독경 소리가 흐르는 가운데 차례대로 분향하는 조문객에게 부모님이 기계적으로 고개를 숙였다. 아버지가 이따금 소리 없이 입만 벙긋거려 '고마워'라고 하거나 목례를 건넸다. 회사 동료나 부하직원이겠지. 어머니는 몸을 숙이고 고개를 끄덕이는 것만으로 벅찬지 누구의 얼굴도 보려 하지 않았다.

한 시간 남짓한 경야 의식이 끝나갈 즈음 짙은 남색 교복을 입은 소년 하나가 분향대 앞에 섰다.

그전에도 부모와 함께 온 학생 두 명 정도가 분향을 올렸다. 조토 3중학교 학생들은 내일 온다고 했으니 저애는 아마 다쿠야의 초등학교 친구이리라. 중학교를 사립이나 다른 데로 가서 연락이 끊겼다. 그런데 부고를 듣고 찾아왔다. 그런 상황일 거라고 생각했다.

그러나 소년은 부모로 보이는 어른과 함께가 아니었다. 혼자였다.

처음에는 조금 이상하다고만 여겼는데, 멍하니 그를 바라보는 사이 히로유키는 서서히 묘한 위화감 같은 것을 느꼈다.

서투른 손놀림으로 분향을 마친 뒤에도 소년은 좀처럼 자리를 뜨지 않았다. 대신 다쿠야의 영정사진을 올려다보았다. 한참 동안 유심히 바라보았다.

묻고 있는 거다. 그런 생각이 들었다. 저 소년은 다쿠야에게 뭔가 묻고 싶은 게 있다.

나와 마찬가지다. 저 아이의 표정은 분명 조금 전 내 표정과 똑같다.

왜 죽은 거야, 다쿠야.

그렇게 묻고 있다. 틀림없다. 다쿠야 친구의 마음에 떠오른 의문이라면 그것 말고는 없을 터였다.

하지만—

체격은 평범하나 키에 비하면 조금 마른 편이었다. 매끈한 턱선과 곧게 뻗은 콧날. 여자아이처럼 예쁘장한 얼굴이다. 매끈한 생머리가 천장 조명을 반사해 고리 모양으로 빛났다.

머리칼이 저런 식으로 빛을 반사해 생긴 것을 '천사의 고리'라고 부른다. 어린아이의 머리칼은 모두 그렇다. 상하지 않은 아름다운 머리칼이라는 증거.

소년이 사진에서 시선을 돌리더니 제단 앞 친족석에서 나란히 어깨를 늘어뜨리고 있는 부모님을 바라보았다.

입술이 금방이라도 벌어질 듯하다가—곧바로 다시 굳게 닫혔다. 형식적으로라도 어른스러운 애도의 말을 건네려다가 쑥스러워 그만둔 걸까.

그뿐이었을까.

무슨 말이 하고 싶은 거야? 히로유키는 조바심을 치며 성급한 의문을 품었다. 이봐, 너 지금 무슨 말을 하려 한 거냐고?

다쿠야의 영정 앞에서 저런 표정을 짓는 친구가 있다니.

이윽고 소년이 히로유키의 시선을 알아차렸다. 눈이 마주쳤다. 놀라는 빛을 머금었다. 그러나 아까 그 오십대 남자가 보인 놀라움과는 달랐다. 그 아이는 히로유키가 누구인지 분명히 아는 것 같았다. 그런데도 그가 여기 있는 것을 보고 깜짝 놀랐다―?

숨이 멎을 듯한 한순간의 응시 후, 소년은 부모님이 아니라 히로유키를 향해 고개를 깊숙이 숙였다. 그러고는 빙글 몸을 돌려 분향대 앞을 떠났다.

히로유키는 그 뒷모습을 눈으로 좇았다. 가냘픈 등은 금세 비좁은 실내에 넘쳐나는 조문객들 사이로 묻혀버렸다.

저애는 누구지?

"히로유키."

작지만 날카롭게 나무라는 아버지의 목소리가 들렸다.

"똑바로 앉아 있어라."

야단을 맞고서야 히로유키는 자기가 엉거주춤 일어났다는 걸 알아차렸다. 황급히 자세를 고치고 한손으로 얼굴을 쓱 문질렀다. 그 몸짓은 어찌 보면 고등학교 3학년 청년이 아니라 세상사에 닳고 지친 중년 남자 같았을 것이다.

그것도 무리가 아니었다. 히로유키는 지쳐 있었다. 그는 실제 나이보다 훨씬 노숙했다. 그것으로써 스스로를 무장해왔다.

히로유키는 숨을 한 번 내쉬고 다시 발밑을 내려다보았다. 너무 깊이 생각하지 말자. 다쿠야에게도 진심으로 애도해줄 친구가 없지는 않았겠지. 아까 그 아이도 슬퍼했다. 그뿐이다. 친하게 지내던 아이인데 너무 슬퍼서 학교에서 단체로 조문을 오는 대신 오늘밤 따로 경야 자리를 찾은 것이다. 그리고 왜 혼자 죽었느냐고 다쿠야에게 물은 것이다.

그 대답은―이제 들을 수 없는데.

아니, 정말로 그럴까?

다쿠야의 죽음은 끝난 게 아니다. 이제 막 시작되었다. 아무런 맥락도 없이 불현듯 그런 생각이 들었다. 히로유키는 몸을 바르르 떨었다.


12


다행히 고별식 날 아침은 맑았다. 여전히 춥지만 바람은 잔잔했다. 후지노 료코는 안심했다. 비나 진눈깨비가 내리는 날 외출하기는 싫다. 분향 순서를 기다리는 동안 젖은 신발 바닥의 축축함을 참아내기도 싫다. 매서운 바람에 몸을 움츠리기도 싫다.

그렇지만 고별식을 코앞에 둔 지금도 여전히 그런 생각부터 떠올리는 스스로가 싫었다.

학교에서는 학생들에게 가능하면 경야가 아니라 고별식에 참석하라고 지시했지만, 일단 학교에 나와 다같이 가라거나 장례식장에서 반별로 정렬해 출석부 순으로 호명할 때까지 얌전히 앉아서 기다리라고는 하지 않았다. 그래서 아이들은 대개 친구끼리 모여서 왔다. 엄마와 둘이 온 아이도 있었고, 그렇게 여러 팀이 모여서 다함께 온 사람들도 있었다. 낯익은 동급생도 자기 엄마와 나란히 있으면 평소와 달라 보였다. 반이라는 단위를 벗어나 가족이라는 단위로 묶이면 우리 같은 어린애들은 얼굴 생김새까지 달라지는 건가.

다른 학교 교복 차림의 중학생도 두엇 보였다. 가시와기 다쿠야와 같은 초등학교였다가 사립 중학교에 들어간 아이들일 것이다. 부모와 같이 온 그들은 식장에서 서로 금방 알아보고는 한구석에 모여 작은 소리로 한창 이야기를 나누고 있었다.

"가시와기, 전학생이었대."

료코 옆에서 후루노 아키코가 말했다. 살짝 고개를 들어 떠도는 향 연기를 눈으로 좇고 있다. 오뚝한 코가 두드러져 보였다.

"초등학교 때?"

"응. 5학년 학기 초에 전학 왔대. 그전에는 사이타마에 살았었나봐."

"몰랐네."

두 사람은 이미 분향을 마치고 식장을 나와 로비에 있었다. 조토 3중학교 학생들 거의 모두가 로비에 모여 있었지만 료코와 아키코는 그 무리에서도 조금 거리를 두고 떨어져 있었다.

전날 같이 가자고 먼저 말한 건 아키코였다. 마침 료코도 같이 가자고 할 참이었다. 양쪽 다 부모님은 못 간다고 해서 둘이서만 가기로 정했을 즈음 이야기가 끝나기를 기다렸다는 듯 구라타 마리코가 전화를 걸어 왔다.

"료짱, 우리 어디서 만날까?" 마리코는 그렇게 물었다. 처음부터 료코와 같이 갈 생각이었던 것이다. 이게 바로 마리코의 사고방식이다.

마리코는 대부분의 경우 다정하고 마음씨 착한 친구지만 이따금 성가신 짐이 되기도 한다. 료코 내면의 양심은 그런 표현을 쓰면 안 된다고 주장하지만, 그렇게 느껴지는 걸 어떡하느냐고 되받아치는 본심의 목소리도 못지않게 크다.

"그럼, 아키도 간다니까 셋이 같이 가자."

아니나 다를까 료코의 대답에 마리코는 머뭇거렸다.

"어? 연극부 후루노?"

"응."

"괜찮긴 한데…… 그래, 좋아."

마리코는 후루노 아키코를 부담스러워했다. 후루노는 말투가 쌀쌀맞아. 미인이라 그런가. 성적도 좋고…… 연극 같은 것도 하고, 나중에 배우가 되려는 아이니까 좀 특이한 걸까?

하지만 그것은 마리코의 억측이다. 후루노 아키코는 배우가 되려는 게 아니다. 극작가가 되고 싶어한다. 가끔 솔직하고 가차없이 말하는 건 맞지만, 심성이 못된 것은 절대 아니다.

이런 상황이다보니 마리코는 점점 침울해졌다. 태도에서나 말투에서나 료짱이랑 단둘이 오고 싶었다며 토라진 티가 났다. 아키코도 당연히 눈치챘을 테지만 신경쓰는 기색은 없었다.

오늘따라 왜 이리 마리코가 거추장스러울까. 실은 식장에 오기 전부터 분명 이런 느낌이 들 거라고 확신했다. 료코는 스스로에게 물어보고 곧바로 답을 찾아냈다. 마리코는 선량함을 한껏 발휘해 향냄새를 맡자마자 울상을 짓고, 가시와기 다쿠야의 영정사진을 보고서 눈물을 흘리고, 급기야 료코를 끌어안으며 울려고 할 것이다―보나마나 그럴 게 뻔해서 불쾌했던 것이다.

료코는 그러고 싶지 않았으니까.

그럴 마음이 들지 않을 거란 걸 아니까.

하지만 차갑고 메마른 사람이라는 양심의 가책이 자꾸만 들어서 스스로도 주체할 수 없었으니까.

그러니 똑같이 눈이 메마른 후루노 아키코 옆에 있으면 어깨의 짐을 조금이나마 덜 수 있을 같았다. 그렇다. 가시와기 다쿠야가 죽은 날, 통지표를 받을 때 훔쳐본 다카기 선생님의 눈에서 료코에 대한 이해를 읽어냈을 때처럼.

아마도 그날 아침, 눈이 가득 쌓인 등굣길에서 "3중학교 학생이 죽었다"라는 흉보를 함께 들었을 때부터 료코와 아키코 사이에 새로운 연대감이 생겨나 그전까지의 '마음 맞는 친구 사이'를 넘어섰을지도 모른다. 좀처럼 없는, 있어서는 안 될 상황에서 더욱 잘 보이는 게 있다. 료코와 아키코는 서로의 마음속에서 그것을 발견해냈다.

그런 두 사람과 붙어 있는 게 꽤나 거북했던 모양인지 다행히 마리코는 장례식장에 도착하자 서둘러 자리를 옮겼다. 마리코와 공감하며 같이 울어줄 친구가 와 있었고, 무엇보다 고사카 유키오가 보였기 때문일 것이다.

그래서 지금 료코와 후루노 아키코는 가시와기 다쿠야의 영정이 트럼프 카드만하게 보이는 데까지 물러나 인파를 피하는 한편, 그 속에 가라앉아 말로 표현할 수도 없고 표현하지 않아도 좋을 감정을 공유하고 있었다.

"료짱, 장례식 처음이니?"

청결하지만 차가워 보이는 하얀 기둥에 기대 아키코가 물었다.

"응. 처음이야."

다행히 친가와 외가의 조부모 모두 정정하고, 가까운 친척에게 불행이 닥친 적도 없다.

"난 이번이 세번째야."

"꽤 많네?"

"그렇지. 친할아버지랑 사촌오빠. 사촌오빠는 나보다 다섯 살 많은데 재작년 여름에 오토바이 사고로 죽었어."

"두 번 다 슬펐겠다."

아키코는 곧바로 대답하지 않고 오뚝한 코를 손으로 살짝 쥐었다.

"할아버지 때는 슬펐어. 사촌오빠 때는 좀 복잡했지. 싫어했으니까."

살짝 화난 듯한 말투였다.

"짜증나는 사람이었거든."

"죽었을 때, 오빠는 대학생이었니?"

"응. 학교도 제대로 안 나갔지만."

한밤중에 도로에서 속도를 내다가 운전 미숙으로 전봇대에 부딪혔다는 모양이다. 안타깝게도 그는 혼자가 아니었다. 뒷자리에 여자친구를 태우고 있었다.

"그 여자도 죽었어. 그래서 큰아빠랑 큰엄마는 장례식 내내 고개를 조아려야 했지. 어리석은 우리 아들 때문에 남의 집 귀한 딸이 죽어서 죄송합니다. 그렇다고 못난 아들놈의 장례를 안 치를 수도 없으니 더더욱 죄송합니다, 하고."

자기 목숨을 잃는 동시에, 실수였을지라도 살인자가 되어버린 내 아이.

"집에서 골칫거리였니?"

이런 직설적인 질문도 상대가 아키코라면 안심하고 던질 수 있다.

"전형적으로."

아키코가 대답하고는 살짝 웃었다. 그 맑은 눈동자는 주위 상황을 빈틈없이 관찰하고 있었다. 그래서 웃음은 나노세컨드 만에 사라졌다.

"엄마도 오빠를 싫어해서 친척들이 모일 때면 내 곁에 못 오도록 되게 신경썼어."

"징그러운 사람이었나보네."

"엄청."

아키코가 료코 쪽으로 고개를 돌렸다. 하얀 피부에 머리칼과 눈동자는 아름다운 연갈색이다. 마리코의 추측은 틀렸지만 관찰은 옳았다. 후루노 아키코는 매우 현대적인 미인이다.

"단막극 같은 데 보면 부잣집 도련님인데 막가는 문제아 캐릭터가 나오잖아? 현실에 정말로 있을까 싶은 구제불능. 딱 그거였어."

연기했던 거지, 라고 아키코가 말했다.

"돈 많은 대학생이 되었으니 그런 삶을 모델로 삼아야겠다고 생각한 모양이야. 아니, 그런 게 아니라면 이해가 안 갈 정도로 똑같았어."

"그런 남자라면 언젠가 예쁜 사촌동생에게 손을 댈 수도 있다?"

료코의 논평에 아키코가 진지하게 고개를 끄덕였다.

"엄마는 경계했어. 나도 그렇고."

그는 몰래 아키코의 사진을 찍었다고 한다. 여름에 민소매 원피스를 입은 모습을.

"잡지 투고란에 보냈나봐. 십대 소녀가 취향인 사람들을 노리고."

"봤어? 그 잡지?"

"사촌오빠가 죽은 후에 방에서 나왔대. 큰엄마가 발견하고 우리 집에 사과하러 왔었어."

그의 어머니는 당혹스러웠을 것이다. 죽은 아들을 그리워하며 방을 치우는데 말도 안 되는 것이 나와버렸다. 또다시 손이 발이 되도록 빌어야 한다.

"나 있잖아, 물론 할아버지 때랑은 비교가 안 되지만, 그 오빠 장례식보다는 오늘이 훨씬 슬픈 것 같아."

아키코가 사람 형태를 빌린 까마귀 떼 같은 조문객들 머리 너머로 가시와기 다쿠야의 영정사진을 바라보았다. 료코는 천천히 눈을 깜박였다. 영정은 눈을 마주 깜박이지 않았다. 사진은 움직이지 않는다. 그렇다면 사진과 사자死者는 같은 걸까―그런 엉뚱한 생각이 떠올랐다.

"슬퍼, 쓸쓸해." 아키코가 말을 이었다.

생각해보면 료코와 같이 흉보를 들은 것에 의미를 두지 않는다면 아키코가 굳이 가시와기 다쿠야의 장례식에 올 이유가 없었다. 아니, 없을 줄로만 알았다.

그런데 꼭 그렇지도 않은 모양이다. 료코는 친구의 말을 기다렸다.

"1학년 때 가시와기가, 우리 연극부 교실 공연을 보고 감상을 말해준 적이 있어."

아직 1학년인 아키코는 당연히 무대 뒷일을 맡았다. 그러고 보니 2학년인 지금까지도 그녀가 쓴 각본이 상연된 적은 없다. 아키코가 열심히 희곡 습작을 한다는 걸 아는 사람은 료코를 포함해 두셋 정도일 것이다. 그러나 1학년 때는 불완전하게나마 연출을 담당하는 지금보다 훨씬 뒤쪽으로 물러나 있었다. 그래야 했다. 알고 보면 중학교의 학년 히에라르키는—OB와 OG의 존재를 포함해서—어설픈 사회의 그것보다 훨씬 엄격하다.

조토 3중학교에서 연극을 하는 것은 연극부만이 아니다. 축제 때가 되면 1, 2학년 전 학급이 뭐가 됐든 공연 연습을 해서 체육관에서 순서대로 무대에 올린다. 이때 연극부만을 위해 시간을 따로 내주지는 않는다. 연극부는 특별대우를 전혀 받지 못한다.

다만 1학기와 2학기에 한 번씩, 토요일 오후에 교실을 빌려 공연할 수 있다. 그것이 바로 교실 공연이다. 료코도 1학년 2학기 공연과 올해 1학기 공연을 보러 갔었다. 관객은 상당히 많다. 서서 보는 사람이 있을 정도다. 선생님들도 섞여 있다. 지난번 공연에서 료코는 오자키 양호선생님 옆에 앉았었다.

"나도 봤던 공연이야?"

료코의 질문에 아키코는 고개를 저었다.

"넌 안 봤어. 1학년 여름방학 전이었으니까. 무슨 대회가 있다고 못 왔던 것 같은데."

료코는 기억을 더듬어보았다. 검도부 연습시합에 응원을 갔었나.

"아무튼 그건 볼 필요 없었어."

아키코는 딱 잘라서 재미없었다고 말했다.

"체호프의 「바냐 아저씨」라는 희곡이었는데, 너무 길어서 처음부터 끝까지 다 할 순 없었어. 그래서 후반부 일부만 사십 분 정도로 축약해 만들었지. 관객들이 줄거리를 모르니까 연출가이자 축약본 각본을 쓴 2학년 선배가 시작 전에 나가서 전반부 내용을 설명했어. 텔레비전 예능 프로그램처럼 말이야. 난 안 봐서 잘 모르는데, 조연출이 프로그램 내용을 설명하는 게 있다며? 그런 식으로."

사전 설명도 축약본 연극도 모두 간사이 사투리로 진행되었다. 연출가 겸 각본가는 그게 핵심이라고 했다.

“말이 바뀜으로써 연극의 주제도 바뀐다느니 어쩐다느니 장황하게 설명했지. 하긴 애당초 그것도 그 선배의 의견이 아니라 대학에서 연극을 하는 OB의 의견이었지만. 꼭두각시놀음이었던 셈이야.”

아키코는 아무렇지도 않게 문어적인 표현을 쓰며 어조에 힘을 실었다.

“이루 말할 수 없이 무의미했어.”

1학년이었던 아키코는 그날의 교실 공연을 무대 옆―다시 말해 복도―에서 지켜보았다. 연습 때부터 형편없이 느껴졌는데 실제로 공연해보니 훨씬 더해서 진절머리가 났다고 한다.

“왜 간사이 사투리지? 말이 바뀌면 주제도 바뀐다는 건 또 뭐고? 어떤 논리를 늘어놔도 소용없어. 간사이 출신 개그맨의 흉내를 내는 것뿐이야. 이런 건 연극도 아니라고 생각했어. 하지만 선배들은 만족했어. 중학생이 체호프라. 오오, 대단한데! 그렇게 기대하게 해놓고 간사이 사투리로 웃긴다. 요즘 애들답네. 만만하게 보면 안 되겠어. 어른들은 다 그렇게 감탄할 거라는 거야. 정말이지 한심한 계산이지. 게다가 선생님들은 정말로 그런 반응을 보였으니까.”

어리석고 무의미한 시간이었지만 현명한 후루노 아키코는 누구에게도 그런 말을 하지 않았다. 마음속 깊은 곳에 담아두었다.

공연이 끝나고 교실 정리를 하고 있는데 복도에서 가시와기 다쿠야가 말을 걸었다고 한다.

“반이 달라서 그애가 누군지도 몰랐어. 명찰을 보고 이름을 알았지.”

―연극 봤어. 형편없더라.

난데없이 그런 말부터 꺼냈다.

―‘이 무슨 형편없는 짓인가’ 하는 표정을 짓는 연극부원은 너밖에 없던데. 형편없는 걸 알면서 왜 말을 안 해?

평소에는 당찬 아키코도 놀란 나머지 말문이 막혔다고 한다.

“내가 또 처세에 능하잖아.” 자조적으로 씩 웃어 보이며 아키코는 말을 이었다.

"난 선배들 공연이 형편없는 것 같진 않다고 했지. 그랬더니 가시와기가 히죽 웃으면서 그러는 거야."

─거짓말 마. 뭐, 나랑은 상관없지만.

"그건 그렇고, 넌 왜 내 얼굴을 보고 있었느냐고 물었어. 좀 불쾌했으니까."

─연극보다 네 얼굴 보는 게 더 재미있었어.

"연극에 관심이 있으면 연극부에 들어오라고 했더니, 그런 바보들 무리에 섞일 생각은 없다더라."

하지만 사람들과 섞이지 않고는 연극을 할 수 없다고 아키코는 대답했다. 그러자 가시와기는 고개를 움츠리며 휙 자리를 떴다는 모양이다.

"굉장히 마음에 걸렸어."

아키코가 깊은 생각에 잠긴 눈빛으로 변했다.

"아픈 곳을 찔린 기분이었지. 형편없는 걸 알면서도 왜 말하지 않았나? 1학년이니까 선배 말을 묵묵히 따를 수밖에 없어. 그런 인내도 필요해. 그렇지만 형편없는 건 형편없는 거야."

료코는 지금껏 몰랐던 아키코의 일면을 보았다. 그때 일을 이야기하는 아키코는 단순한 중학교 2학년으로 보이지 않았다. 어른스럽다는 뜻이 아니다. 자기 안에서 진지하게 마주해야 할 무언가를 찾아낸 사람의 얼굴이었다. 거기에는 어른과 아이의 경계가 없다. 료코는 아직 그 무언가를 찾아내지 못했다. 그렇지만 아키코가 찾아냈다는 것은 확실히 알 수 있었다.

"가시와기가 네가 연출을 맡은 후에도 연극 보러 왔었니?"

"올여름에." 아키코가 짧게 대답했다. "그때는 말을 안 걸었어. 찾아봤는데, 끝나자마자 어딘가로 사라져버렸더라."

무슨 말이라도 해주길 바랐는데…… 하며 아키코는 멀리 영정을 바라보았다.

"연극부에 들어올 생각 없냐고 다시 물어보려 했거든. 그런데 결국은 그러지 못했어. 가시와기 생각을 한 건 공연 때뿐이었어. 너무 내 맘대로지."

하지만 그가 죽어서 쓸쓸하다고 아키코는 말했다.

"좀더 이야기를 나누고 싶었는데."

또 '형편없다'라고 했을 것이다. 이제 2학년이니 연극부 중심에서 공연을 이끌어갈 수 있다 해도 3학년과 OB, OG의 의견을 거스를 수 없다는 사실에는 변함이 없다. 고문 선생님 지도도 있다. 아키코는 여전히 자유롭지 못하다.

가시와기 다쿠야는 틀림없이 그 점을 지적했을 것이다. 뭐하는 거야? 넌 다 알잖아. 그런데 왜 선배 의견을 듣는 거야.

그러나 그것은 중학생 나름의 처세술이다. 그래서 아키코는 참아낸다. 아키코가 참는다는 걸 알기에 료코도 비난하지 않는다.

하지만 가시와기 다쿠야는 말했던 것이다. '형편없다'라고.

"미안, 괜한 얘길 했네."

"아냐, 괜한 얘기긴. 들려줘서 고마워."

가시와기를 좀 알게 된 것 같아―라고 말하려다가 그만두었다. 그 또한 진부하고 형편없는 표현이다. 가시와기 다쿠야를 알게 된 게 아니다. 알게 된 건 아키코다.

"이 얘기 아무한테도 한 적 없어." 아키코가 살짝 부끄러운 듯 말했다.

독경이 끝나갔다. 친족들의 분향이 시작되었다. 한데 모여 집중력을 잃어가던 조문객들, 특히 3중학교 학생들이 제단 쪽으로 다시 주의를 돌렸다.

"애들 있는 데로 갈까."

료코가 아키코에게 물었다. 아키코는 그러자고 대답하고 료코와 나란히 걸었다.

그리고 불쑥 중얼거렸다. "가시와기, 연극을 좋아했을 거야. 체호프를 읽어봤던 게 아닐까."


가시와기 다쿠야는 어머니를 닮았다. 상복 차림의 어머니 품에 안긴 영정사진. 사진으로 남은 아들과 그를 안고 있는 어머니. 빼다박았다고 할 만큼 닮은 구석이 많았다.

자식이 죽으면 어미의 일부도 죽는다. 그 사실이 고스란히 눈에 보이는 형태로 드러난 광경이었다. 어머니는 내내 흐느껴 울었다.

상주 인사를 하려고 마이크를 쥔 사람은 아버지였다. 색이 바랜 것처럼 창백한 이마와 뺨에 깊은 주름이 새겨져 있다.

아버지 옆에는 반짝거리는 위패를 안은 교복 차림의 청년이 서 있었다. 고등학생 같았다.

"있지, 있지." 옆에서 마리코가 료코를 찔렀다.

"저 사람, 가시와기 형이지?"

"그런가봐."

"얼굴이 닮았네. 형제가 있는 줄은 몰랐어."

반 아이들 모두 그 사실에 신선한 충격을 받은 듯했다. 어디서 불쑥 솟아나듯 등장한 형. 지금까지는 그림자조차 보이지 않았는데.

"우리 학교 출신은 아니겠지? 선생님들도 모르던데. 알았으면 얘기가 나왔을 법하잖아, 조금이라도."

사립인가, 하며 마리코가 눈을 휘둥그레 뜨고 바라보았다. 눈물을 글썽이다 닦아내고, 말하다 또다시 눈물을 글썽이기를 반복했겠지. 눈가와 코끝이 붉었다.

"가시와기네 동네는 원래 다른 학교에 배정받으니까."

마리코 옆에 있던 고사카 유키오가 말했다. 언제나 그렇듯 약간 멍한 표정이었다.

"정말?" 료코가 그를 돌아보았다.

"응. 주소로만 보면 본래는 2중학교에 가야 한대. 그런데 2중학교는 통학구역이 넓어서 정작 가시와기네서는 여기가 더 가까웠던 거야. 저애는 초등학교 때부터 몸이 약해서 먼 학교는 다니기 곤란하다고 특별히 신청해서 3중학교에 들어온 모양이야."

처음 듣는 얘기였다.

"잘 아네, 고사카."

"1학년 때 가시와기랑 같은 반이었던 친구한테 들었어."

그렇다면 가시와기 다쿠야의 형은 2중학교를 나왔을 것이다.

"죽은 뒤에야 여러 가지를 알게 되는구나." 마리코가 중얼거렸다.

가슴이 메는지 좀처럼 말문을 열지 못하던 가시와기 다쿠야의 아버지가 장례식장 직원의 청을 받고 가까스로 입을 열었다.

"바쁜 연말인데도 오늘 다쿠야를 위해 이렇게 찾아와주신 여러분께 진심으로 감사드립니다."

목소리가 잠겼다.

조문객이 모두 미리 약속이나 한 듯이 고개를 떨어뜨렸다.

"다쿠야의 죽음은 남은 저희 가족이 현실로 받아들이긴 너무 버거운 일입니다. 이런 일이 벌어지기 전에 어딘가에서 길을 바로잡아줄 수는 없었을까 하는 후회가 가슴에 사무칠 따름입니다."

목소리가 갈라졌다. 고통이 고스란히 소리가 되어 나온 느낌이었다. 그래도 아버지는 꿋꿋하게 조문객들에게 인사말을 하고, 찾아준 조토 3중학교 학생들에게도 진심으로 감사한다며 말을 이었다.

어딘가에서 길을 바로잡아줄 수는 없었을까―료코는 생각했다. 가시와기 다쿠야의 길. 그가 어디를 걷고 있는지 대부분은 알지 못했다. 그의 지도는 그만의 것이었다. 부모 형제조차 그 지도에 무엇이 그려져 있는지 몰랐던 걸까.

괴로운 듯 말을 끊은 아버지가 얼굴을 잔뜩 찌푸리더니 고통을 떨쳐내듯 말을 이었다.

"아시는 바와 같이 다쿠야는 11월 중순부터 학교에 가지 않았습니다. 왜 그랬는지, 원인은 무엇인지, 어떻게 하면 아들의 마음을 이해할 수 있을지 저희 나름대로 노력했습니다. 조토 3중학교의 선생님들에게도 도움을 청했습니다. 모리우치 담임선생님을 비롯한 여러 선생님들께서 최선을 다해주셨습니다."

그럼 가시와기 다쿠야의 부모는 학교를 원망하지 않는다는 뜻일까.

입 밖으로는 낼 수 없는 놀라움이 술렁거림으로 바뀌어 조문객 사이에 퍼져나갔다. 여학생들이 한데 모인 언저리에서는 울음소리가 새어나왔다. 쳐다보니 그 중심에 모리우치 선생님이 있었다. 손수건을 얼굴에 대고 흐느끼고 있다. 뭐야, 왔구나.

최선을 다해주었다—그 말에 마음이 놓였나. 료코는 삐딱한 생각이 들었다. 가시와기 다쿠야의 부모가 그렇게 생각한다는 걸 알고 온 건가. 비난받을 염려가 없다는 걸 알고서?

이런 생각만 하는 나, 후지노 료코란 인간은 또 뭔가? 왜 이렇게 삐딱하담.

"다쿠야는 매사를 깊이 생각하는 아이였습니다."

아버지는 고개를 숙이고 마이크에 매달리다시피 말했다.

"때로는 지나치다 싶을 정도였습니다. 어릴 때부터 허약했던 탓에 내면으로 깊이 파고드는 성격이 된 건지도 모릅니다. 나쁘다고 생각하진 않지만 저희로서는 괴로웠습니다. 좀더 편하게 살아도 된다, 인생은 그 자체로 즐거운 거라고 부모 입장에서 몇 번이나 타일렀습니다. 그러나 그 말은 가닿지 않았습니다. 그 아이는 너무 순수했던 건지도 모르겠습니다."

―형편없네.

후루노 아키코에게 그런 말을 했었다. 간사이 사투리로 장난질한 체호프를 보느니 그에 분개한 아키코의 얼굴을 보는 게 더 재미있다고 태연하게 말하던 중학교 1학년생.

"크리스마스이브 밤에 다쿠야가 왜 학교에 갔는지, 왜 옥상으로 올라갔는지 지금은 모릅니다. 그때 다쿠야가 무슨 생각을 했고 어떤 결론에 이르러서 죽음을 택했는지도 모릅니다. 시간을 되돌려 다쿠야의 입으로 그 얘기를 들을 수만 있다면 저는 목숨이라도 내놓을 수 있습니다."

이번에야말로 조문객들 사이에서 쉽게 가라앉지 않을 것 같은 술렁거림이 일었다. 여학생들의 울음소리가 커졌다.

가시와기 다쿠야는 스스로 죽음을 선택했다. 자살이었다. 부모가 인정했다.

―아무래도 자살 같아.

보호자 모임이 그런 분위기더라는 얘기를 료코는 엄마에게 들었다. 결국 일을 제쳐두고 참석했던 것이다.

―부검 결과가 안 나왔으니 단정할 수는 없는 모양이지만, 소문으로 떠도는 집단괴롭힘 같은 건 없었대. 부모님이 그렇게 말한 모양이야.

마찬가지로 부모님이 모임에 참석한 반 친구들도 같은 얘기를 했다. 그래도 장례식 상주 인사에서 이렇게 확실하게 듣게 될 줄은 몰랐다.

"다쿠야는 우리에게 아무 글도 남기지 않았습니다. 모두 혼자 짊어지고 먼 길을 떠나버렸습니다. 걱정을 끼치고 싶지 않다는, 그 아이 나름의 배려였을지도 모릅니다."

착한 아이였습니다―아버지는 신음하듯 말하고 울음을 터뜨렸다. 어머니도 흐느껴 울었다.

그 옆에서 형 혼자만 두드리면 깨질 듯 딱딱한 표정으로 서 있었다.

"짧은 인생이었습니다만 다쿠야가 살아온 십사 년은 의미 있는 시간이었습니다. 그 아이는 저희 가족에게 둘도 없이 소중한 존재였습니다. 다쿠야의 죽음으로 생긴 빈자리는 결코 채워지지 않을 겁니다."

조토 3중학교 여러분—그렇게 부르며 아버지가 얼굴을 들었다.

"부탁이 있습니다. 부디 우리 다쿠야를 잊지 말아주십시오. 여러분은 앞으로 많은 것을 배우며 어른으로 자랄 것입니다. 때로는 괴로운 일도 생기겠죠. 벽에 부딪힐 때도 있을 겁니다. 하지만 그럴 때는 너무 일찍 세상을 떠나버린 다쿠야를 떠올려주십시오. 그리고 살아 있다는 건 멋진 일이라고 다시 이를 악물어주십시오. 아무리 고통스럽고 괴로워도 살아 있다는 건 멋진 일입니다. 생명은 소중합니다. 그것이 다쿠야의 유언입니다. 그 아이도 지금 하늘 위에서 틀림없이 그렇게 확신하고 있을 겁니다. 어쩌면 다쿠야는 그런 확신을 얻기 위해, 구태여 죽음의 세계에 발을 들여놓았을지 모릅니다."

간절히 부탁드립니다. 고맙습니다. 마지막 말은 울부짖음과 뒤섞여 거의 알아들을 수 없었다.


자살이었구나—

"이런 말 하면 안 되겠지만."

여전히 코를 훌쩍거리며 마리코가 말했다.

"조금 안심했다고 하면—안 되겠지?"

당연히 안 되지, 라고 퉁명스레 받아칠 뻔했지만 료코는 말을 삼켰다.

안심하겠지. 모두 안심할 거야. 학교에는, 반 아이들에게는 책임이 없다는 걸 알았으니 안심하고말고. 당사자의 부모가 그렇게 인정했으니 무죄방면된 느낌일 테지.

하지만 그렇게 안심했다면 우는 건 위선 아닌가? 안심했다면서 넌 어떻게 그렇게 울 수 있니?

료코와 마리코, 고사카 유키오, 그리고 노다 겐이치 넷이서 걸었다. 라이브라 로드를 지났다. 아케이드 쇼핑몰이라 공기가 따뜻했고, 연말의 북적거림과 화려한 색채가 장례식의 무게를 씻어주는 기분이었다.

후루노 아키코와는 쇼핑몰 입구에서 헤어졌다. 아키코는 마지막까지 울지 않았지만, 그 어떤 조문객보다도 엄숙하게 가시와기 다쿠야를 떠나보냈다. 적어도 료코 눈에는 그렇게 보였다.

"나 이번 겨울방학에 「바냐 아저씨」를 다시 읽어봐야겠어. 체호프의 다른 작품도 읽어볼 거야."

헤어질 때 아키코는 약속하듯 말했다. 료코의 손을 잡고서 말했다. 료코의 손이 가시와기 다쿠야의 손이라도 되는 양 꼭 부여잡았다.

그건 착각이다. 나는 가시와기가 아니다. 아니, 정말 그럴까? 그때도 아키코가 옳았던 게 아닐까.

지금 후지노 료코에게 가시와기 다쿠야가 씐 게 아닐까?

그렇다. 그애라면 마리코의 행동에 짜증을 냈을 게 틀림없다. 마리코만이 아니다. 마리코로 대표되는 위선. 순간의 기분에 휩쓸린 슬픔. 그애는 그런 걸 경멸할 것이다. 잘 알지도 못하고 관심도 없었던 반 친구가, 죽었다는 사실만으로 난데없이 신성시된다. 갑자기 모두의 마음을 끌어모은다. 다함께 공통의 죄의식을 떠안는다. 그리고 그 죄의식이 구체적인 비난으로 닥쳐오지 않으리라고 밝혀지자 울면서 안도한다.

그런 마음속 모습을 가시와기 다쿠야라면 분명 이렇게 평했을 것이다.

—형편없네.

그리고 메마른 눈동자로 출관을 지켜보고, 그래도 "체호프를 읽겠다"고 다짐하는 후루노 아키코에게는 빙그레 웃으며 이렇게 말할 것이다.

—네 얼굴 보는 게 더 재밌어.

이상하게 료코는 지금 가시와기 다쿠야가 무서웠다. 너무나 무서웠다.

나한테서 얼른 떠나. 그렇게 애원했다. 하지만 그리 쉽게 떠나지 않으리라는 걸 안다. 그렇다. 정확하게 말하면 가시와기 다쿠야는 료코에게

썬 게 아니라, 본래부터 존재하던 료코의 한 일면을 파헤쳐놓은 것이다.

죽음으로.

"어, 료짱."

마리코가 소매를 잡아당기는 바람에 료코는 정신을 차렸다.

쇼핑몰 안 편의점 앞에 오이데 패거리가 모여 있었다. 오이데, 하시다, 이구치, 낯익은 삼인조.

료코의 친구 중에는 오이데 슌지가 멋지다는 아이도 있다. 키가 크잖아. 그리고 중학교나 고등학교 때는 약간 불량스러운 게 멋지지 않니?

사복 차림의 세 사람은 착실하게 교복을 차려입은 료코 일행보다 어른스러워 보였다. 그것이 몹시 아니꼬웠다. 자기가 약하게 느껴졌다.

세 사람이 엷은 웃음을 머금고 이쪽을 바라보았다. 료코는 무표정하게 그들 앞을 지나치려 했다.

"어이."

오이데가 불렀다.

"너희도 장례식 갔다 오나?"

마리코가 료코에게 바짝 달라붙었다. 노다 겐이치는 표가 나게 겁을 집어먹었다.

고사카 유키오가 대답했다. "응, 맞아."

"아까 미우라랑 몇 명 지나갔는데." 이구치가 말했다. 오른팔이 두목의 말을 거드는 꼴이다.

"부모가 울고불고 난리도 아니었다며?"

"그야 당연하지." 성격 좋은 유키오도 살짝 발끈했다.

"바보같이 울긴 왜 울어. 지가 알아서 죽은 거잖아? 그럼 됐지. 본인이 좋아서 한 일인데."

그럼, 그럼, 맞장구를 치듯 하시다와 이구치가 낄낄대며 웃었다. 하시다는 키가 크지만 비쩍 말랐고 이구치는 제법 뚱뚱하다. 본의 아니게 오이데를 더욱 돋보이게 하는 역할이다.

"부모 마음은 그런 게 아냐."

작은 목소리로나마 유키오가 다시 받아쳤다. 노다 겐이치는 표정이 뻣뻣하게 굳어 있다. 겁쟁이.

웅크려 앉아 있던 오이데 슌지가 도저히 중학생 같지 않은 나른한 몸짓으로 꾸물꾸물 일어서더니 여봐란듯이 머리를 쓸어넘겼다. 갈색으로 염색한 머리다. 료코는 그의 손목에서 투박한 금색 손목시계가 번쩍거리는 것을 보았다.

오이데 집안은 부자다. 이 년 전쯤부터 시작된 호경기 덕에 오이데 집성재의 실적은 매우 양호했다. 이웃에 소문이 돌 정도니 상당하겠지. 주택 건설 붐을 타고 떼돈을 벌어들인다고 한다. 이 호경기는 앞으로도 한동안 이어질 거라고 료코의 아빠가 말했다. 경제 이야기를 좀처럼 꺼내지 않는 아빠까지 언급할 정도로 호황인 것이다. 게다가 가파른 상승곡선을 그리는 중이니 이제부터가 절정이라고 했다. 오이데 집성재의 앞길은 탄탄대로다.

그래서 중학생 아들에게까지 고가의 손목시계를 사줄 수 있다. 오이데가 입은 컬러믹스 스웨터도 명품일 게 틀림없다. 통신판매 카탈로그에서 본 적이 있다. 한 벌에 십수만 엔은 하겠지.

오이데가 멋있다는 여자애들은 그의 집이 부자라는 점을 눈여겨보았는지도 모른다.

"뭐, 나야 누명을 벗어서 홀가분하네."

오이데가 료코에게 말했다.

"후지노 아빠한테 체포당할지 모른다는 걱정은 이제 안 해도 되니까."

료코는 아무런 반응도 보이지 않고 그들 앞을 지나쳤다.

一형편없어.

마음속으로 내뱉었다. 자기 목소리만이 아니라, 가시와기 다쿠야의 목소리도 겹쳐 들렸다.


13


묵은해에서 새해로 넘어가기 직전. 냉정하게 생각해보면 '새해'라는 말에는 마법이 있다. 묵은해에 어떤 암울한 일이 있었을수록 해가 바뀌면 모든 게 원점으로 돌아가리라는 기분이 강하다. 눈앞에 펼쳐진 것은 티끌 한 점 없이 새하얀 시트 같은 시간의 평원이다.

가시와기 다쿠야의 죽음과 그를 떠나보내는 장례식이 묵은해의 사건인 것은, 그의 부모님을 포함한 극소수 사람들을 제외하고 대부분의 관계자들에게 다행스러운 일이었다. 시간상으로는 결코 오래되지 않았지만 일단 '새해'가 오고 갖가지 것들을 정리하고 치워버리면 전부 작년 일이 된다. 사건에 붙은 라벨은 새것이라도 사건을 담은 서랍에 붙은 라벨은 작년 1월 1일 것이라 가장자리가 벌써 누렇게 바래기 시작했다. 끝나고 다한, 더는 열어볼 필요 없는 서랍이다. 그렇다, 적어도 앞으로 십 년 이상 흘러 내용물이 '추억'이라는 형태로 완전히 발효되기 전까지는.

조토 제3중학교는 평온한 새해를 맞았다.


후지노 료코는 바쁜 겨울방학을 보내고 있었다.

숙제는 별로 많지 않지만 집안일을 도와야 했다. 이번 겨울 엄마 구니코는 작년 이맘때보다 두 배는 바쁘고—단 한 건의 의뢰 탓이지만—피곤해 보일 때가 많아 걱정이었다. 재산 분배를 둘러싸고 실랑이를 벌이는 그 의뢰인 일가는 정초부터 엄마에게 전화를 걸어왔다. 연휴 때 사무실에 걸려오는 전화는 집전화로 연결해두었기 때문에 연락을 받을 수밖에 없다. 그래도 뻔뻔하기 짝이 없다. 보통은 이런 날은 삼가는 게 상식

아닌가? 모른 척하면 될 테지만, 엄마는 또 일일이 상대를 해준다.

다망하기는 아빠 다케시도 마찬가지였다. 설날에는 간신히 집에 있을 수 있었지만 2일부터는 평소처럼 료코가 일어나면 이미 나가고 없었다.

아빠가 지금 무슨 사건을 맡고 있는지 료코는 자세히 모른다. 아빠가 알려주지 않는다. 그래서 신문 사회면을 보고 추측해보지만 그것도 최근에는 상당히 어렵다. '평범한' 흉악범죄도 줄어들 기미가 없는데다 경기가 상승곡선을 그리기 시작한 후로, 특히 땅값이 폭등한 후로는 부동산 투기에 얽힌 폭력사태나 방화, 살인, 상해사건이 끊일 새가 없기 때문이다.

그러고 보니 놀랍게도 이 동네에서도 살인이 났었다. 진짜 살인사건. 1월 5일이었다.

료코는 그날 아침 역 앞 영화관에서 조조 상영으로 새해 개봉작을 보았다. 후루노 아키코와 그녀의 어머니도 함께였다. "난 그냥 들러리야" 하던 아키코의 어머니가 실은 제일 신난 것 같았다.

보호자가 있으니 안심하고 영화를 볼 수 있었고(북적이는 영화관에 나란히 앉은 료코와 아키코에게 끈적한 시선을 보내는 중년 남자를 아키코 엄마가 찌릿 소리가 날 만큼 매섭게 째려보며 쫓아버렸다), 근사한 점심까지 대접받았다. 흡족한 마음으로 역 앞 터미널에서 버스를 기다리는데, 은회색 세단이 지붕 한쪽에 조그만 경광등을 붙이고 요란하게 사이렌을 울리며 교차점을 쏜살같이 통과하는 광경을 맞닥뜨렸다.

료코가 재빨리 말했다. "저거 기수 차다."

"기수가 뭔데?" 아키코가 물었다.

"기동수사대. 큰 사건이 터졌을 때 초동수사하는 사람들."

아키코의 엄마가 감탄했다. "료코짱, 차만 잠깐 보고도 아니?"

"번호판이 달라요."

"역시 피는 못 속인다더니."

아키코가 불안한 듯이 료코의 팔을 붙잡았다.

"그럼 무슨 일이 생겼다는 거잖아. 우리 동네 쪽으로 간 거 아냐?"

셋이 얼굴을 마주보았다. 료코는 각자의 얼굴에서 '또 3중학교인가'라는 물음을 읽어냈다.

버스를 타고 가는 중에도 앞질러가는 일반 경찰차 두 대를 보았다. 구급차는 보이지 않았다. 료코의 마음속에서 좋지 않은 예감이 부풀어올랐다.

그러나 후루노 모녀와 헤어져 집으로 돌아와보니 아무 일도 없었다. 쇼코는 자기 방에서 음악을 듣느라(내친김에 그에 맞춰 춤까지 추느라) 정신없었고, 도코가 친구를 셋이나 불러와서 거실을 난장판으로 만들어놓은 통에 료코는 서둘러 자기 방으로 피신했다. 그뒤로 경찰차 사이렌은 들리지 않았다. 한 시간쯤 뒤 아키코가 전화를 걸어와 사건이 벌어진 곳이 어디인지는 모르지만 일단 우리 학교는 아니고 집 근처도 아닌 것 같다고 해서 마음을 놓았다.

자세한 사정은 뜻밖에도 저녁에 집으로 돌아온 엄마에게서 들을 수 있었다. 슈퍼마켓에 갔다가 '방송국'이라는 별명으로 유명한 동네 아주머니에게 붙잡혔던 모양이다.

"섬뜩한 일인데."

나란히 저녁 준비를 할 때 텔레비전에 푹 빠진 여동생들 귀에는 들리지 않게 구니코가 목소리를 낮춰 말했다.

"너 혹시 아니? 센다 4가에 도쿄 베이커리 공장이 있잖아."

"할인매장 있는 데? 알아. 애플 페이스트리가 맛있어."

"그 옆에 담배 가게 있잖아. 과자 같은 것도 좀 가져다놓고 파는 곳."

그 가게 여주인이 며느리를 죽였다는 것이다.

"뭐? 지나가다 언뜻 보긴 했는데, 그 가게 할머니 나이가 엄청 많지 않아? 그런 노인이 사람을 죽일 수 있어?"

"일흔 살쯤 됐대. 죽은 며느리는 마흔이 조금 넘었다던가. 부엌칼로 목을 벴대."

며느리를 죽인 여주인은 가게도 열어둔 채 곧바로 집을 뛰쳐나가 한동안 행방을 감추었지만, 얼마 후 근처를 돌아다니다 우연히 마주친 지인의 설득으로 경찰에 출두했다고 한다.

"이유가 대체 뭔데?"

"땅 때문이야." 구니코가 무를 자르면서 씁쓸한 표정을 지었다. "아들 며느리랑 파네 못 파네 실랑이가 있었나봐."

담배 가게 건물은 낡은 2층집이다. 기껏해야 스무 평쯤 되는 작은 크기였을 것이다.

"스무 평도 안 돼. 열예닐곱 평이나 될까." 구니코가 전문가의 표정을 지었다. "그래도 지금 팔면 꽤 큰돈이 될 거야. 며느리는 그 돈으로 신축 맨션으로 이사 가고 싶었던 모양이야. 부동산에서 연락도 받았겠지. 거기가 상업지구잖니. 요즘은 조건만 좋으면 좁은 땅도 업자들이 마구 사들이거든."

담배 가게 할머니는 과부였고 집과 땅은 할머니 명의였다고 한다. 가게도 할머니 혼자 운영했다. 아들은 직장인이었다.

"아들 며느리가 어머니도 이제 나이가 있으니 장사는 그만두고 엘리베이터가 있는 넓고 깨끗한 맨션으로 옮기자고 권했던 모양이야. 그런데 할머니는 그런 얘기를 덜컥 받아들였다간 재산만 뺏기고 자기 혼자 내쫓길 거라고 생각했나봐."

그 결과 칼부림까지 벌어진 모양이다. 그날 아침 일찍부터 할머니와 며느리가 크게 싸우는 소리를 이웃사람들이 들었다. 새해 업무 개시일이라 아들은 출근하고 집에 없었다.

"그 땅, 팔면 얼마나 받는데?"

구니코가 칼질을 멈추고 잠시 생각했다.

“평당 오백만…… 아니, 육백만 엔은 되겠다.”

“그렇게 비싸? 그 작고 낡은 집이?”

“집이 아니야. 땅이지. 하긴 좀 이상해. 지금처럼 땅값이 치솟기 전에는 기껏해야 백만 엔 안팎이었을 테니까.”

값이 올랐을 때 팔고 싶어하는 아들 부부의 마음도 이해 못 할 바는 아니라고 구니코가 말했다.

“이대로 호경기가 계속되면 고정자산세도 커질 테고, 그러다 할머니가 갑자기 돌아가시기라도 하면 상속세로 엄청 뜯길 테니까.”

하지만…… 구니코는 굵게 채썬 무를 냄비에 넣고 얼굴을 찡그렸다.

“담배 가게 할머니에게는 그런 손익계산의 문제가 아니었을 거야. 돈이 아니야. 세상을 떠난 남편과 소중히 꾸려온 가게였을 테니까. 아무리 작고 낡았더라도.”

구니코는 밥 먹기 전이니 적당히 해두겠다는 전제를 붙이고 목소리를 더욱 낮췄다.

“죽은 며느리 머리가 몸에 겨우 붙어 있었대. 살가죽만 덜렁덜렁해선.”

그토록 미웠던 것이다. 돈 욕심에 자기에게서 가게를, 집을, 역사를 빼앗아가려는 며느리가.

“대체 땅값이 왜 이렇게 오르는 걸까.”

료코의 중얼거림에 엄마가 고개를 저었다.

“글쎄다, 왜일까. 어쨌거나 업계 말단에서 일하는 엄마도 실은 잘 모르겠어. 다들 꿈을 꾸고 있는 게 아닐까? 예전 같으면 상상도 못 했을 값어치가 붙었으니까.”

“그럼 이런 경기가 언제까지고 이어지지는 않을 거란 거야?”

“응. 모든 것에는 끝이 있게 마련이니까.”

“아마추어 같은, 문학적인 관측인데. 부동산감정사답진 않아.”

“죄송합니다.” 구니코가 웃었다. 그러더니 표정이 살짝 심각해졌다. “정부가 긴축정책에 나서기만 하면 바로 끝나. 문제는 그게 언제냐는 거지.”

“그러면 빵빵하게 부풀어오른 경기가 펑!” 료코가 손바닥을 쳤다. “터져버릴 수가 있다?”

“바로 그거지. 이런 경기는 거품이나 다를 바 없다는 게 업계의 상식이야. 실체가 없으니까. 게다가 슬슬 하향곡선을 그리기 시작했다고 하는 사람도 있어. 학자들은 냉정하니까.”

펑! 터지는 날이 오면 어떻게 될까? 그때 땅을, 집을 팔았으면 큰돈을 벌었을 텐데 당신이 말리는 바람에 두 눈 멀쩡히 뜨고 기회를 날려버렸잖아—라며, 이번에는 실의에 빠진 며느리가 시어머니를 죽이는 사건이 벌어질까.

“우리는 괜찮아?”

“그게 무슨 소리니?”

“생각해보니 한 반년쯤 됐나, 전화도 자주 오고 부동산에서 사람도 많이 찾아온다 싶었어. 이렇게 허름한 집에 ‘매각 예정이 없으십니까’ ‘부동산 투자 권유차 찾아뵈었습니다’라면서.”

“쓸데없는 걱정 말고 샐러드나 만드셔.” 구니코가 료코를 쿡 찔렀다. “이 엄마는 아빠한테 체포당할 만한 바보짓은 안 해. 설령 이 땅이 일억 엔에 팔린다 해도.”


노다 겐이치의 겨울방학은 겉으로는 조용해 보였지만 실은 하루하루가 괴로운 나날이었다. 엄마의 몸 상태가 또 나빠졌던 것이다.

엄마는 앓아누운 채로 새해를 맞았고, 3일에는 한밤중에 가슴이 답답하다, 숨을 못 쉬겠다고 호소해서 구급차를 부르는 소동까지 벌였다. 이때는 아빠가 집에 있어서 겐이치 혼자 허둥거리지 않았다는 게 그나마 다행이었다.

더욱 다행스러운 건 병원에 실려간 지 얼마 안 가 엄마의 증상이 가라

앉았다는 것이다. 심장발작이 아니라 흔히 말하는 과다호흡 증상이라고
했다.

응급 외래 의사의 소견을 듣고 하늘이 훤히 밝아올 무렵 집으로 돌아
오는 택시 안에서 아빠 다케오는 흔치 않게—정말로 흔치 않게 겐이치
의 어깨를 감싸고 등을 쓰다듬으며 위로해주었다.

"엄마 일로 걱정하게 해서 미안하다."

깜짝 놀란 겐이치의 마음은 그 위로를 받아들이기도 전에 움츠러들
었다.

"괘, 괜찮아. 이 정도쯤이야."

아빠한테서 몸을 빼내자 택시 문에 찰싹 달라붙은 꼴이 되고 말았다.
그래도 아빠는 팔을 내리지 않고 쓸쓸한 빛이 어린 눈을 깜박거렸다.

"아빠는 야근이 많아서 아무래도 집에 신경을 잘 못 쓰잖니. 그래서 너
한테까지 부담이 가겠지."

도대체 뭐라고 대답해야 하나. 응, 그 말이 맞아. 그래도 괜찮아. 이것
이 우등생다운 대답이다. 그래, 나도 이젠 지긋지긋해, 아빠. 그런 말을
들을 각오로 꺼낸 말은 아닐 테니까.

"엄마는…… 마음의 병이야. 정말로 생명이 위태로운 질환이 있는 건
아니야."

알고 있었네. 그럼 어떻게 좀 해보든가. 질환 같은 어려운 말을 써도
한심함이 얼버무려지지는 않는다고.

"지난번에 잠깐 얘기했는데."

다케오가 멍하니 운전석 등받이를 바라보며 중얼거렸다.

"엄마는 너희 학교에서 일어난 사건에 충격받은 모양이더라. 아빠가
생각했던 것 이상으로 심각했나봐."

"사건이라면—가시와기가 자살한 거?"

"응."

“그건 나랑 상관없는 일인걸.” 겐이치는 일부러 목소리에 힘을 주었다. “물론 운이 나빴던 건 맞아. 내가 가시와기를 발견했으니까. 하지만 그뿐이야.”

택시가 덜컹거리는 바람에 계속 좌석 등받이에 걸쳐져 있던 다케오의 팔이 주르륵 미끄러졌다. 겐이치는 슬금슬금 문에서 떨어져 원래대로 등받이에 기댔다.

“엄마 생각은 다른 것 같아. 네 마음에 상처가 남진 않았을까 걱정하고 있어. 그리고—”

아빠가 무슨 말을 하려는지 어슴푸레 짐작이 갔지만 겐이치는 굳이 물었다. “그리고?”

말하기 곤란한 듯 아빠는 뜸을 들였다.

“그 일이 나쁜 영향을 끼쳐서, 너까지 죽으려 들까 걱정이라고.”

부끄러울 게 전혀 없는데도 겐이치는 이상하게 귀가 달아올랐다. “난 자살 같은 거 안 해.”

내가 왜 이러지? 얼굴까지 뜨겁다. 그렇다, 이런 식으로 걱정이 지나친 엄마가 부끄러운 것이다.

“난 이제 갓난애가 아니야. 내 힘으로 생각할 수 있고, 내 앞가림 정도는 할 수 있다고.”

뜻밖에도 빠르게, 그리고 단호하게 다케오가 그 말에 동의했다. “그럼. 아빠 생각도 그래.”

겐이치는 아빠의 옆얼굴을 바라보았다. 이렇게 가까이서 보는 건 오랜만이다. 대부분 그러하리라. 매일 보는 부모의 얼굴은 새삼스레 관찰할 필요가 없다.

하지만 지금은 그런 ‘필요’를 느꼈다. 신중하게 뜯어보지 않으면 놓쳐버릴 것 같은 무언가가 아빠의 표정 속에 있었다.

“넌 야무진 아이야.” 다케오가 말을 이었다. “아빠는 감탄스러워. 말로 표현한 적은 없지만, 늘 그렇게 생각해."

그래서 상의를 좀 하고 싶은데, 라고 말을 꺼냈다.

"실은 네 의견을 듣고 싶은 일이 있다."

다카사키에 사는 외삼촌에게 연락이 왔다고 했다. 시내에서 꽤 크게 부동산업을 하는 엄마의 오빠다.

"외삼촌이 이번에 기타카루이자와에 펜션을 열 모양이야. 물론 외삼촌이 직접 하는 건 아니고 운영자를 따로 두겠지만—"

겐이치는 직감했다. 아빠가 하려는 말이 빤했다.

"아빠, 설마 펜션 운영을 하려고?"

정곡을 찌른 모양이다. 아빠가 쑥스러운 듯 웃었다.

"힘들까?"

"힘들지!" 겐이치가 목소리를 높였다. "멀쩡한 회사를 그만두고 경험도 없는 일에 뛰어들다니, 그게 말이 돼?"

"경험이 전혀 없는 건 아니야. 아빠는 대학교 때 식당에서 아르바이트를 한 적이 있어. 주방 일도 했었고."

아무리 그래도 식당 아르바이트와 펜션 운영은 차원이 다르다.

"엄마에게 생활환경을 바꿔줄 필요가 있을 것 같아서."

기타카루이자와는 공기가 맑고, 물도 좋고, 복잡한 인간관계도 없다. 물론 엄마에게 일을 시킬 생각은 없다. 엄마는 느긋하게 자연을 즐기면 그만이다. 아빠는 펜션 주인으로 일하고, 넌 학교에 다닌다. 전학을 가야겠지만 지금 결정하면 3학년 새 학기부터 다닐 수 있다. 그러면 고등학교 입시에도 지장이 없다—신이 나서 이야기를 늘어놓는 아빠의 얼굴을 겐이치는 어이없다는 듯 바라보았다.

"아빠, 정말로 그게 좋을 것 같아? 정말로? 믿을 수가 없네."

점점 이야기에 열을 올리는 아빠를 겐이치가 거세게 고개를 저으며 가로막았다.

"그런 데로 간다고 엄마가 건강해질 거라곤 생각 안 해. 오히려 더 나빠질걸!"

그제야 아빠도 기가 꺾였다.

"왜?"

"아빠는 몰라." 겐이치는 분노로 뺨이 떨리는 것을 느꼈다. "엄마는 지금 절대 복잡한 인간관계 같은 데 얽혀 있지 않아. 전혀 그런 게 없다고. 이웃하고도 안 어울리고, 학부모회 모임도 안 나가. 매일 집에만 틀어박혀 있어. 실제로 내가—가시와기 일로 조금 충격을 받았을 때도 엄마는 보호자 모임조차 나가려 하지 않았어. 그냥 집안에서 안달복달하는 게 다였다고."

머릿속에서 생각은 정리되어 있는데 막상 말로는 논리정연하게 표현되지 않는다. 겐이치는 조바심이 났다.

"그렇게 틀어박혀 있는 지금도 저 모양인데, 펜션 같은 걸 해서 손님이 들락날락하고 사방이 모르는 사람들 천지면 어떻게 되겠어? 제발 좀 냉정하게 생각해봐."

"그러니까 엄마는 일할 필요가 없다고—"

"일을 하고 안 하고, 거들고 안 거들고의 문제가 아니야. 접객업을 하면 지금보다 일과 집의 거리가 훨씬 줄어들잖아. 그게 문제란 말이야. 지난번 텔레비전에서 보니까 펜션 운영자는 자기 시간이란 게 거의 없어. 잠잘 때 말고는 계속 일해야 해. 손님을 상대해야 한다고. 아빠가 그러는 동안 엄마는 창가에 서서 멍하니 산이나 바라보라고? 아빠랑 직원들이 바쁘게 일하는 걸 본체만체하고 혼자 뚝 떨어져서? 그게 전원요양이야?"

겐이치가 텔레비전에서 본 사례는 직장생활에서 탈출한 부부의 펜션 운영 분투기였다. 삼십대 초반의 맞벌이 부부는 얼마 되지 않는 퇴직금과 은행에서 대출받은 돈을 밑천 삼아 기요사토에서 펜션을 시작했다. 다행히 펜션이 잘돼서 손님이 많지만, 그런 만큼 남편과 아내는 일에 쫓겨 정신이 없었다. 하루 평균 네 시간 정도 자고 휴일도 없다.

그래도 그들은 펜션 운영이 꿈이었다니 크게 문제없다. 둘 다 얼굴이 환했다. 적어도 텔레비전 화면 안에서는. 보람을 느낀다, 살맛난다고 입을 모아 말했다.

그러나 노다 가족의 경우는 근본적으로 사정이 다르다. 겐이치의 엄마는 접객업이라면 죽기보다 싫을 것이다. 하기 싫은 수준이 아니다. 엮이는 것조차 거부할 정도다. 그것은 다시 말해 일가의 기둥인 노다 다케오가 그런 장사를 시작하는 걸 원치 않는다는 뜻이다.

"엄마한테 얘기했어?" 겐이치가 연거푸 따졌다. "상의했냐고? 엄마는 뭐래?"

"아니, 아직 안 했어. 네 의견부터 들어보려고……"

백미러로 택시 기사가 이쪽을 힐끗 보았다. 눈이 마주치면서 겐이치는 그 시선을 알아챘다.

'학생도 참 힘들겠어.'

그런 눈빛이었다. 또다시 뺨이 뜨거워졌다. 이 무슨 창피란 말인가.

"얘기하지 마. 엄마를 위해 결정했다는 식으로 이야기를 꺼내면 엄마는 그저 네네 하면서 찬성할 게 뻔해. 속으로는 아무리 싫어도 아빠 기분이 상할까 무서워서 무조건 받아들일 거란 말이야. 그런데 막상 해보면 전혀 괜찮지 않을 테니 또 말썽이 생기겠지. 그걸 모르겠어? 엄마는 그런 사람이야."

짜증이 나서 말이 점점 빨라지고 감정이 고조되어 스스로도 설득력 있게 들리지 않았다. 그래도 겐이치에게는 그것이 진실이었다. 유일무이하고 명백한 진실. 아빠가 꿈꾸는 장밋빛 미래가 흐물흐물 엉망으로 뭉개지는 광경이 눈에 선했다. 나한테는 보이는데, 아빠에게는 왜 보이지 않을까?

"지금은 또 어떡할 건데? 외삼촌은 장사꾼이야. 그냥 호의에서 그런 얘기를 꺼냈을 리 없어. 돈이 들잖아?"

아빠가 머뭇거렸다. "공동 운영자가 되는 거니까 자금은 필요하지. 하지만 괜찮아. 아빠 퇴직금에다 집을 팔면 제법 목돈이 될 테니까."

집을 판다고! 겐이치는 현기증이 날 지경이었다. 그러나 아빠는 태연했다.

"집만 팔아도 칠팔천만 엔은 될 거야. 모퉁이 땅이니까."

겐이치는 들은 척도 하지 않았다. 설령 맞다손 쳐도 그렇게 낙관적이기만 한  말에는 귀기울이고 싶지 않았다.

"그러다 혹시라도 펜션이 잘 안 되면? 어떡할 거야? 파산하면 어쩔 거냐고?"

"잘돼. 잘될 거야."

이제 노다 다케오는 구구단 못 외는 아이를 반복해서 가르치듯 눌러 참는 투로 말했다. 그게 겐이치의 화를 더 돋운다는 것도 알아채지 못하고.

"아빠도 외삼촌한테 여러 번 설명을 듣고 결정했어. 기타카루이자와는 별장지로 주목받는 곳이야. 건축 붐에다 관광객도 많이 모여들어. 앞으로 점점 더 늘어나겠지. 그런 건 아직 어린 너보다 외삼촌이나 아빠가 더 잘 알아."

그리고—라며 그제야 등을 곧게 펴고 앉았다.

"만에 하나 잘 안 되더라도 넌 걱정할 거 없어. 아빠는 기술직이니 재취업할 곳이야 얼마든지 널렸어. 요즘은 경기도 좋잖니. 어디든 인력이 부족하다고. 신문에서 봤지? 아빠처럼 전문직이 아니어도 대학 졸업생 하나한테 와달라는 회사가 열 군데 스무 군데씩 될 정도야. 괜찮아. 그렇게 큰 모험이 아니니까."

겐이치는 현기증과 한기를 동시에 느꼈다. 이것은 상의가 아니다. 사실 네 의견 따위 아무래도 상관없어. 아빠는 이미 결정했으니까.

그렇다면 나도 최종병기를 꺼낼 수밖에.

"아빠가 꼭 펜션을 하겠다면."

협박하기 위해, 결심을 확실하게 전달하기 위해 겐이치는 최대한 굵은 목소리가 나오도록 복식호흡을 했다. 그런데도 목소리가 떨렸다.

"엄마랑 둘이 가. 난 도쿄에 남을 테니까."

"너 혼자―"

"혼자 있어도 상관없어. 친구 집에서 하숙하면 되니까."

고사카 유키오의 얼굴이 눈앞에 떠올랐다. 그 녀석이라면 의지할 만하다. 순간적으로 뇌리에 영상이 떠오를 정도였다. 고사카네 집에 살면서 잔소리 많은 참견쟁이 아저씨 아주머니의 배웅을 받으며 등교하는 내 모습. 마아짱의 숙제를 봐주는 내 모습. 유키오와 나란히 누워 자는 내 모습.

나쁘지 않다. 심지어 장밋빛으로까지 보인다. 나는 자유로워질 수 있다.

그러나 노다 다케오는 수긍하지 않았다.

"그럴 수는 없어. 그건 부모의 책임을 방기하는 짓이야. 걱정스러워서 안 돼."

황당하게도 아빠는 진심으로 걱정하고 있다. 어처구니없는 다정함이다. 초조감과 실망감과 분노로 눈앞이 캄캄해지는 것 같았다.

책임을 방기하는 건 지금도 마찬가지잖아.

"걱정할 거 없어. 나는 혼자 도쿄에 남는 게 더 좋아. 낯선 데 끌려가서 점점 상태가 나빠지는 엄마 시중을 드는 것보다야 훨씬 나을 테니까!"

대화의 캐치볼이 끊기고, 두 사람 다 입을 다물었다. 겐이치가 던진 공은 아빠의 머리 위를 훌쩍 넘어 울타리 밖으로 날아가버렸다. 아빠가 서글픈 눈으로 그것을 바라본다.

집이 보였다. 노다 가족의 집이. 우리 집이. 마치 그에 힘을 얻은 듯 아빠가 앉음새를 바로 하며 말했다. "아무리 그래도 방금 그 말은 너무 심하구나. 넌 엄마를 우습게보고 있어. 꼭 짐짝인 것처럼 말하잖아. 미안하지 않니?"

죄송해요—라고 말할 수 없었다. 도저히 그럴 수 없었다. 그게 진심이니까. 집에서 가족에게—게다가 '네 의견을 듣고 싶다'며 이야기를 꺼낸 자리에서조차—진심을 말할 수 없다면, 대체 나더러 어쩌란 말인가?

택시에서 내린 겐이치는 아빠가 요금을 내는 동안 등을 돌리고 서 있었다. 만약 운전사와 또 한번 눈이 마주치고 거기서 위로의 빛을 발견한다면 눈물을 쏟을지도 몰랐다.

우리 집. 모르타르를 바르고 지붕널 모양의 세련된 외장재로 마감한 외관. 맵시 있게 기운 지붕. 옛날 도기 기와 대신 알록달록한 새 기와를 썼다. 지은 지 팔 년. 칠천만에서 팔천만 엔이라고? 그러나 아직 대출금이 남아 있지 않은가. 아니면 아빠는 주택자금 대출을 다 갚아도 그만큼 남는다고 계산한 걸까.

최근 일이 년 사이 도쿄 도내 어디나 땅값이 급상승했다. 자기 일이라고 생각해본 적은 없지만 신문과 뉴스, 잡지에는 호경기를 탄 땅부자 이야기가 빈번하게 등장했다. 아빠가 낙관적으로 생각하는 것도 이해는 간다. 팔려고 내놓으면 곧바로 살 사람이 나올 것이다.

바로 그 순간, 아마 부모의 예상보다 훨씬 현실적인 사고가 가능할 겐이치의 머리가 한 가지 가설을 내놓았다.

돌아서서 아빠에게 물었다.

"아빠, 혹시 이 집 외삼촌이 사겠다고 한 거야? 살 사람을 찾는 수고도 덜 테니까."

아빠는 질문의 진의가 무엇인지 생각하는 듯한 표정을 짓더니 천천히 고개를 끄덕였다.

"시세대로 현찰을 내고 바로 사주겠대."

아아, 틀렸다. 겐이치는 절망했다. 퇴로가 차단됐다. 저 어수룩하고 착해빠진 노다 다케오라는 사람은, 장사꾼 외삼촌이 이중삼중으로 자기 이

익만 챙기는 게 아닌지 의심해볼 능력도 없는 것이다.

"외삼촌이 도쿄 진출을 노리나보네."

겐이치는 그 말만 하고 앞장서서 집으로 들어갔다.


14


이 방을 어떻게 해야 하나.

가시와기 고코는 다쿠야의 방 한가운데 주저앉아 있었다. 매일 기나긴 오후를 몇 시간이나 그렇게 보낸다. 다쿠야가 죽은 후 새로 생긴 습관이다.

납골까지는 아직 시간이 있어서 다쿠야의 유골은 거실에 안치했다. 고코는 매일같이 거기에 말을 건넸다. 하지만 다쿠야의 마음이나 영혼은 이 방에 남아 있는 듯한 기분이 들었다. 그애가 마시던 공기, 그애가 살던 현실이 고스란히 보존되어 있는 것은 이 방뿐이다.

바닥에는 정확히 다다미 여섯 장 넓이의 마루가 깔려 있다. 남쪽에 허리 높이로 창문이 났고, 동쪽으로 둔 침대 머리맡에는 사방 30센티미터의 채광창이 나 있다. 오미야에서 도쿄로 올 때 이 맨션을 선택한 이유는 다쿠야가 그 채광창을 마음에 들어했기 때문이었다. 그 외에도 좋은 집이 많았고 여기보다 조건이 나은 신축 맨션도 있었지만, 다쿠야가 "여기 내 방 할래. 내 공부방으로 쓰고 싶어!"라고 외치는 순간 고코의 마음속에서는 이미 결론이 났다.

당시 다쿠야는 열 살이었지만 허약한 탓에 예닐곱 살로 보였다. 어린 마음에도 부모에게 걱정만 끼치는 것이 미안했을 것이다. 철없는 소리는 절대 하지 않는 아이였다. 떼를 쓰는 일도 없었고 음식을 가리지도 않았다. 몇몇 식재료에 알레르기 반응을 보인다는 것을 알고 고코가 식단을 짜는 데 고심하자, 울상을 지으며 이렇게 속삭인 적도 있었다.

"엄마, 미안해. 조금만 크면 뭐든지 먹을 수 있을 거야."

그 말이 더 가슴 아파서 고코는 다쿠야를 끌어안고 울음을 터뜨렸다.

그런 다쿠야가 유일하게 원했던 게 이 방이었다. 어떻게 다른 집을 고를 수 있었겠는가.

"이 작은 창 밑에 침대를 놓으면 아파서 누워 있을 때도 하늘이 보이겠지? 햇빛도 들겠지? 그러니까 여기가 좋겠어."

다쿠야가 원하는 자리에 침대를 놓았다. 반대편 벽에는 책상과 책장. 옷장이 커서 서랍장은 따로 필요치 않았다. 그런데도 빈 공간이 없었다. 다쿠야가 책벌레라 책이 점점 늘어났기 때문이다. 이사할 때 새로 산 책장도 머지않아 가득 차서, 고코는 곧바로 부분적으로 조금씩 덧붙일 수 있는 조립식 책장을 사주었다.

그런데도 지금은 한쪽 벽면을 천장까지 가득 채운 그 조립식 책장에 책이 넘쳐난다. 빈틈없이 빽빽이. 단 한 권도 거꾸로 꽂히거나 쓰러지지 않았다. 책 크기가 제각각이고 내용도 저마다 다르지만 다쿠야 나름의 분류법이 있었을 것이다. 그리고 그 분류법은 옳았다. 잡다하다는 느낌이 전혀 없고 도서관 서가처럼 가지런하고 질서정연했다.

가구들 사이의 작고 네모난 공간에는 부드러운 러그를 깔아놓았다. 고코는 그 위에 앉아 있었다. 다쿠야도 자주 여기 앉아 침대에 등을 기대고 책을 읽곤 했다. 창가 한쪽에는 다쿠야 전용 20인치 텔레비전이 놓여 있고, 비디오와 LD플레이어도 연결되어 있다. 작지만 성능 좋은 오디오 기기도 갖춰놓았다. 그러나 다쿠야는 최근 일 년가량은 텔레비전을 거의 보지 않았고 음악도 듣는 것 같지 않았다. 오로지 책만 읽었다.

물론 공부도 곧잘 했다. 성적은 좋았다. 그렇지만 최선을 다해 노력해서 좋은 성적을 받는다기보다 여유가 있어 보였다. 마음만 먹으면 더 빨리 달릴 수 있다. 그런 자신감이 느껴졌다. 하지만 지금은 아직 그럴 때가 아니니 보통 속도로도 괜찮다—이 아이는 스스로 그렇게 페이스를 조절하는 거라고 고코는 이해했다.

─그 정도로 똑똑한 아이였다.

지나치게 똑똑했던 건지도 모른다. 그래서 이 세상에 사는 게 고통스러웠는지도.

그런 괴로움을 왜 입 밖에 내지 않았을까. 왜 말해주지 않았을까. 그 아이의 가슴속에서 소용돌이치던 사념은 육성으로는 전할 수 없는 것이었을까. 열네 살 소년의 목소리로는 온전히 전할 수 없었던 걸까.

그래서 그애는 그렇게 쉴새없이 글을 썼던 걸까.

일기도 썼다. 초등학교 때부터 꾸준히. 중학교에 들어간 후에도, 학교에 나가지 않을 때도 분명히 계속 썼을 것이다. 그런데 그 일기장이 어디에도 보이지 않았다. 그애가 직접 처분했을까. 아니면 고코가 생각하는 것보다 훨씬 전부터, 일기라는 형태로 자기 마음을 기록하는 것을 그만뒀을까.

그 대신에 그것을─

노크 소리가 들렸다.

고코가 화들짝 놀라 무릎을 짚고 반쯤 일어섰다. 다쿠야가 돌아왔다. 엄마, 내 방에서 뭐하는 거야? 맘대로 들어오지 마.

또 그렇게 신경질을 내겠지.

"엄마."

문을 열고 히로유키가 얼굴을 들이밀었다. 눈이 휘둥그레져 있다.

"여기 있었구나."

히로유키는 복도와 다쿠야의 방 경계에 서 있었다. 흰 양말을 신은 발끝이 문지방 가장자리에 걸쳐 있다.

"히로유키." 고코가 맥 빠진 목소리로 말했다. 귓가에는 여전히 환상 속 다쿠야의 목소리가 남아 있었다.

"무슨 일 있니?"

"그런 건 아니고." 히로유키는 걱정스러운 표정이었다. "엄마 괜찮아?"

"엄마한테 할말 있어?"

"아니, 딱히."

히로유키가 애매하게 대답하며 도망치듯 시선을 피했다. 하얀 레이스 커튼을 뚫고 겨울 햇살이 비쳐드는 창가 쪽으로 고개를 돌렸다.

"그냥 잠깐…… 다쿠야 방을 보고 싶어서. 난 내일 가니까."

오미야의 할머니 댁으로 돌아가는 것이다.

"오랫동안 그애랑 제대로 이야기도 못 해봤잖아. 그래서……"

들어가면 안 돼? 작은 목소리로 물었다.

"들어가도 돼?"가 아니다. "들어갈게"도 아니다. 고코는 순간 그 표현이 묘하게 거슬렸다. 왜 나를 신경쓰는 투로 말하지? 불발탄을 다루는 것처럼 부들부들 떨면서.

그러나 급속하게 솟구친 짜증은 거품이 터지듯 금세 사라졌다. 지금은 그 어떤 감정도 고코 안에서 오래 버티지 못했다. 남아 있는 건 오로지 슬픔―그것도 가슴을 찌르는 생생한 비통함이 아니라 권태감을 닮은 둔중한 슬픔뿐이다. 그것이 다른 모든 감정을 하나로 집어삼킨다.

고코는 히로유키가 들어올 수 있도록 말없이 러그 한쪽으로 조금 비껴 앉았다. 그런데도 히로유키는 발을 들여놓지 않았다. 문간에 선 채로 방 안을 둘러보았다.

고코가 소리 내어 말했다. "들어와. 다쿠야가 어떻게 지냈는지 봐주렴."

고코의 얼굴로 시선을 옮긴 히로유키는 뭔가 읽어내려는 듯 잠시 바라보고는 느리고 신중하게 걸음을 내디뎠다. 마치 섣불리 발을 디뎠다가는 바닥에 물어뜯기기라도 할 것처럼.

이상한 아이다. 동생 방인데. 뭐가 무서운 걸까.

―형이 돼가지고.

고코는 어렴풋이 생각했다. 비탄과 피로의 바다에 목까지 잠겼다. 뭘 하려 하든 기름처럼 무거운 파도를 헤집어야 한다. 손발이 마음대로 움직이지 않는다. 머리도 돌아가지 않는다. 차라리 물속에 잠겨버리면 편할 텐데. 움직이지 않고 가만있다가 자연스레 잠기고 싶다. 하지만 머리가 조금이라도 물 밑으로 가라앉을라치면 꼭 가까이 있는 누군가가 이렇게 말을 걸어오고, 그에 대답하려면 물살을 헤치고 파도 사이로 얼굴을 내밀어야 했다. 왜 날 가만 내버려두지 않는 걸까?

"책이 많네."

히로유키가 눈에 보이는 대로 말했다. 그리고 책장으로 다가가 나란히 늘어선 책등을 손가락으로 더듬었다.

"이걸 다 읽었을까. 꽤 어려운 책도 있는데."

고코는 고개를 숙이고 손끝으로 러그의 털을 쓸어보았다. 그러나 히로유키가 책장에서 책을 빼내려 하자 날카롭게 불러세웠다.

"만지지 마. 가만히 둬."

히로유키가 데기라도 한 듯 재빨리 손을 거두었다. 그리고 고코를 내려다보며 여전히 신중하게 발을 내디뎌 다쿠야의 책장에서―그리고 고코에게서 몇 발짝 떨어졌다. 창가로 다가갔다.

둘 다 말이 없었다. 고코의 귀에 히로유키의 숨소리가 들렸다. 들이마시고 내뿜고. 들이마시고 내뿜고. 건강한 사내아이. 심장 뛰는 소리까지 들릴 것 같다.

"환기 좀 시킬까."

히로유키가 갑자기 묘하게 밝은 말투로 입을 열더니 반달 모양 걸쇠를 풀고 새시창을 열었다.

"계속 닫아뒀지?"

레이스 커튼이 두둥실 부풀어오르고 1월의 냉기가 흘러들었다. 무엇도 거치지 않은 햇살이 러그 위로 곧장 네모나게 비쳐들었다.

"아니야. 매일 청소하는걸."

고코가 억양 없이 말했다.

"그래? 미안. 그래도 잠깐 바깥 공기를 마시고 싶어."

히로유키가 고코에게서 등을 돌려 창틀에 양손을 짚었다. 그럼 밖으로 나가면 되잖아. 엄마를 혼자 놔둬. 다쿠야랑 둘이 있게 놔두라고.

방금 알아차렸다. 히로유키의 어깨 모양, 고개를 살짝 기울인 저 모습은 남편과 똑같다. 뒷모습이 꼭 빼닮았다.

저애는 나를 닮지 않았다. 나를 닮은 건 다쿠야다.

"다쿠야는 무슨 생각을 했을까." 히로유키가 등을 돌린 채 중얼거렸다. "왜 죽었을까. 난 도무지 짐작이 안 가. 그래서 여전히 실감이 안 나."

저애가 무슨 소리를 하는 거지. 나한테 묻는 건가? 다쿠야가 왜 자살했는지 엄마는 짚이는 게 없느냐고?

모두가 고코에게 같은 질문을 했다. 학교 선생님들도, 급히 달려온 친척들도. 낌새는 없었습니까? 어머니, 뭔가 눈치채지 못하셨습니까? 다쿠야가 무슨 의미심장한 행동을 하진 않았니? 죽고 싶다고 말한 적 없었어?

그렇게 고코를 몰아세웠다.

아무 말도 하지 않은 사람은 남편뿐이다. 남편은 자기가 고코와 같은 과실이 있는 '공범자'라고 생각하기 때문이다.

우리 둘 다 그날, 크리스마스이브 날 밤 다쿠야가 몰래 집을 빠져나간 것을 알아채지 못했다. 열한시 반쯤이었을까. 이 방 앞에서 다쿠야에게 말을 건넸다. "잘 자라"라고. 대답이 없었다. 이미 잠들었나 싶어서 그냥 놔두었다. 그렇다. 문을 노크하거나 열어보려 하지 않았다.

그러기만 했어도 다쿠야가 없다는 걸 알아챘을 텐데.

꽁꽁 얼어버린 다쿠야의 유체를 조사한 경찰은 사망 추정시각이 그날 밤 자정에서 새벽 두시 사이라고 알려주었다. 다쿠야의 위에 남은 음식물까지 알려주었다. 그런 것까지 알아낼 수 있다면 좀더 자세하게 밝혀

달라고 고코는 부탁했다. 자정에서 새벽 두시 사이? 그런 대략적인 추정
말고요. 그 아이의 발이 학교 옥상을 떠난 게 새벽 몇시 몇분 몇초였는지
밝혀내주세요. 그 아이가 눈 내리는 밤의 밑바닥으로 떨어지는 데 몇 초
가 걸렸는지 알려주세요. 정확히 언제 그 아이의 숨이 끊어졌는지 알려
주세요, 라고.

그러자 남편이 말했다. 그런 사실은 아무 의미 없어. 나나 당신이나 그
때 그 자리에 없었으니까.

다쿠야가 3중학교 옥상에서 뛰어내렸을 때, 그 몸이 허공으로 날아올
랐을 때, 그 유해 위로 눈이 쏟아졌을 때.

우리 부부는 무엇을 하고 있었을까?

자고 있었다. 태평하게 자고 있었다.

아침에 일어나면 다쿠야의 얼굴을 다시 볼 수 있다 믿어 의심치 않고.

히로유키가 소리 없이 새시창을 닫았다. 유리창에 이마를 갖다대고 지
그시 기대었다.

"어젯밤에 아버지랑 한참 얘기했어."

고코의 귀에는 그런 말이 그저 목소리로만 들렸다. '아버지랑 한참 얘
기했어.' 벌이 붕붕거리는 소리와 다를 바 없었다.

"아버지는 어떤 예감 같은 게 들었었대."

괴로운 듯 숨을 내쉬더니 히로유키가 돌아섰다. 고개를 숙인 고코에게
는 큰아들의 발끝밖에 보이지 않았다.

"그 녀석이 학교에 안 간 게 작년 11월부터지? 그때부터 아버지는 예
감이 안 좋았었대. 뭐랄까…… 다쿠야가 빈껍데기만 남은 듯한 느낌. 뭐
라고 말을 해도 건성으로 듣고, 눈앞에 있어도 알맹이는 다른 데 가고 없
는 것 같았대. 엄마, 듣고 있어? 내 얘기 듣고 있냐고?"

고코는 계속 러그를 쓰다듬었다.

"아버지 사촌형 중에 젊어서 자살한 사람이 있대. 난 처음 들었지만."

고코는 몰랐다. 아니, 들은 적이 있던가. 다쿠야가 등교거부를 시작했을 무렵? 남편이 몹시 괴로운 표정으로 옛날 일을 이야기하지 않았던가.

"아버지는 고등학생이고 그 사촌형은 대학교 2학년이었을 때. 집 근처 공원에서 자동차 배기관에 연결한 호스를 차 안에다 집어넣고 죽었대. 그 형이 죽기 이삼일 전에 만났었나봐. 참고서를 빌렸다던가 뭐라던가. 그때는 형이 자살하리라고 상상조차 못 했지만 역시나 느낌이 이상하긴 했대. 아, 이 사람 텅 비어버린 것 같다, 라고. 그런 느낌 때문에 기억에 남았고. 그리고 얼마 안 가 형이 자살했다는 소식을 들었을 때 놀라긴 했지만 납득이 갔대."

다쿠야의 모습이 그때 사촌형과 많이 비슷했다고 남편이 말했을까.

"아버지 사촌형은 흔히 '5월병'이라고 하는 무기력증이었나봐. 재수까지 하며 죽어라 노력해서 원하던 대학에 들어갔는데, 생각만큼 공부가 잘 안 돼서 고민했던 것 같대. 유서가 없으니 이것도 추측이지만."

다쿠야도 유서를 남기지 않았다.

"그래서 아버지는 굉장히 두려웠던 모양이야. 엄마한테도 다쿠야한테서 눈을 떼지 말라고 했었다며?"

그런 얘기를 했었나. 언제? 남편이 내게 그런 말을 했던가. 기억이 나지 않는다.

나는 항상 다쿠야를 지켜보았다. 그런 말을 듣지 않아도 늘 그래왔다. 그애가 훨씬 어릴 때부터.

"아버지는 나한테 전화하려고 했었대."

히로유키가 창가에서 고코 바로 옆으로 자리를 옮겨 웅크리고 앉았다. 그의 양말이 다쿠야의 러그를 밟았다. 다쿠야가 즐겨 앉던 러그를 짓밟고 있다. 고코는 그 발끝을 바라보았다. 손으로는 여전히 러그를 쓰다듬으며.

"나한테 알린다고 달라지는 건 없겠지만, 온 가족이 모이면 뭐라도 할 수 있지 않을까 하고. 회사를 그만두고 집에 있을 생각까지 했나봐."

그런데—히로유키는 숨을 크게 내쉬고 러그 위에 앉았다. 고코는 살며시 고개를 들어 그를 바라보았다. 무릎을 끌어안고 옹색하게 앉아 있다. 낯빛이 검푸르다.

"가만히 지켜보자니 조금씩이나마 다쿠야의 그—공허함이 옅어지는 것 같았대. 12월 중순쯤에는 거의 원래 모습으로 돌아왔다는 거야. 다시 말해 등교거부 전의 다쿠야로."

그래서 안심하고는 회사도 계속 다니기로 하고, 결국 나한테 전화도 안 했다는 거야. 히로유키의 목소리가 점점 작아져서 끄트머리는 거의 알아들을 수 없었다.

"그런데 그 녀석이 별안간 죽어버렸지."

별안간 죽어버렸지. 그냥 소리다. 의미 따윈 없다. 고코는 러그의 털을 계속 쓰다듬었다. 부드럽게, 부드럽게.

"대체 어디가 어떻게 잘못돼서 이렇게 된 건지 아무도 몰라. 다쿠야가 무슨 생각을 했는지 이제는 알 수 없어."

히로유키가 입을 다물었다. 조용해지자 다시 그의 숨소리가 들려왔다.

히로유키는 다시 어색하고 딱딱하게 말했다.

"아버지한테도 말했어. 다쿠야가 왜 죽었는지, 이유나 원인을 숱하게 생각하겠지. 나도 그럴 정도니까 엄마나 아버지는 온통 그 생각뿐일 거야. 그랬으면 좋았을 텐데, 이랬으면 말릴 수 있었을 텐데. 하지만 두 사람이 그렇게 자책하고 힘들어하는 걸 다쿠야는 절대 원치 않을 거야. 조금 이해하기 힘든 면은 있었지만, 적어도 엄마랑 아버지가 자기를 소중히 아껴줬다는 건 잘 알고 있을 테니까. 엄마랑 아버지가 자책하는 걸 그 녀석은 원치 않을 거라고."

고코가 러그를 쓰다듬던 손길을 멈췄다. 그리고 고개를 들어 히로유키의 눈을 똑바로 바라보았다.

이 아이는 정말 남편을 많이 닮았다. 이목구비도 쏙 빼닮지 않았는가.

"넌 그런 걱정 안 해도 돼."

그 말에 히로유키도 고코를 똑바로 마주보았다.

여전히 같은 표정이다. 이 방에 들어왔을 때와 다르지 않다. 걱정과 근심과 어렴풋한 두려움. 그러나 지금 히로유키 안에서 뭔가가 상처 입은 듯한 소리가 들렸다. 고코에게는 그 소리가 들렸다. 그가 내뱉는 말은 의미 없는 소리로밖에 들리지 않았지만, 그의 마음 한구석이 망가지는 소리는 똑똑히 알아들을 수 있었다.

"나는 걱정 안 해도 된다고?"

그렇게 묻는 히로유키의 입술이 희미하게 떨렸다.

"왜 걱정을 안 해도 돼, 나는?"

"너랑은—"

눈의 초점이 흐려졌다. 마음도 뒤숭숭해지기만 했다. 다쿠야의 얼굴이 뇌리에 떠올랐다. 왜 히로유키가 여기 있지. 나는 여기서 뭘 하는 걸까.

"너랑은 상관없는 일이니까." 고코가 말했다.

히로유키가 숨을 삼키는 걸 알 수 있었다.

이래도 되는 걸까. 이 말이 적절한 걸까. 나는 정말로 이 말을 하고 싶었던 걸까. 좀더 맞는 말을 찾고 있던 게 아닐까.

아아, 하지만 무거운 비통의 파도 속을 쉴새없이 헤엄치는 건 너무 힘겹다.

"그래. 그런 거구나."

히로유키가 내뱉었다. 그 목소리도 아득하다.

"아버지는."

히로유키가 희미하게 떨리는 목소리로 말했다.

"회사를 그만두고 퇴직금으로 캠핑카를 사서 다쿠야랑 둘이 전국을 여행할 생각이었대."

고코는 그런 계획을 듣지 못했다. 왜 나만 따돌렸지?

"그 녀석은 정말 행복한 놈이었어. 안 그래, 엄마?"

히로유키가 주먹을 쥐고 일어섰다. 그 순간 또다시 무언가가 그의 내면에서 덜그럭거리며 무너졌다. 메마르고 금이 가서 가까스로 외형만 유지하고 있던 것이 끝내 한계에 다다라 산산조각났다. 티끌이 되었다.

"자길 위해 아버지가 인생까지 바꾸려 했어. 그만큼 소중히 여긴 거라고. 행복한 녀석 아냐?"

여전히 자리에 앉아 있는 고코 옆에 우뚝 서서 히로유키가 목소리를 쥐어짜냈다. 고코는 그제야 떨리는 그의 목소리에 눈물이 섞여 있다는 걸 알아차렸다.

"게다가 엄마 머릿속에는 온통 다쿠야가 왜 죽었을까 하는 생각뿐이야. 왜 히로유키가 아니었을까. 누군가 꼭 죽어야 했다면, 왜 히로유키가 죽지 않았을까. 그애라면 죽어도 상관없는데. 그렇게 생각하지? 그렇지? 내 말이 맞지?"

고코는 큰아들의 얼굴을 올려다보았다. 떨어져 사는 동안 키가 많이 자랐다. 한껏 올려다보지 않으면 눈을 맞출 수 없다.

"히로유키―"

뭐라고 말하려 했는데 뒷말을 잇지 못했다.

"그만두자, 이런 얘기. 아무 의미 없어. 내가 바보야."

히로유키는 고코 옆을 지나 러그를 가로질러 방에서 나갔다. 여전히 초점이 흐린 고코의 정신이 큰아들을 쫓아가려 했다. 손을 뻗어 그의 내면에서 무너진 뭔가를 그러안아주고 싶었다.

그러나 몸이 움직이지 않았다. 텅 비었다. 그것은 고코 얘기였다. 빈껍데기만 남은 것은 나다. 산산조각난 것은 내 마음이다. 그래서 히로유키를 안아줄 수 없다. 이미 내 몸이 남아 있지 않으니까. 마음을 담을 그릇이 깨져버렸으니까.

울며 도망치듯 나가는 또 한 명의 아들을, 그저 멍하니 바라볼 수밖에.

어느새 배는 저 아이의 연안을 이토록 멀리 떠나왔다.

히로유키는 방안의 공기를 봉인하려는 것처럼 신중하게, 소리도 없이 문을 닫았다.

한순간 문 너머에서 침묵이 흘렀다. 그리고 복도를 뛰어가는 발소리가 들렸다. 고코는 홀로 남겨졌다.

외톨이?

다쿠야랑 둘이 아니라—

고코는 다시 러그의 털을 쓰다듬기 시작했다.


모리우치 에미코의 발걸음은 무거웠다.

가시와기 집이 있는 맨션은 저 모퉁이를 돌아 세번째 건물이다. 가야 한다. 그렇지만 마음은 자꾸만 뒷걸음을 쳤다.

새해가 되면 분향하러 찾아뵈야겠죠? 그녀의 말에 부모님은 입을 모아 동의했다. 그게 성의 표시지. 너는 담임이니까.

장례식은 끝났다. 사건으로서 가시와기 다쿠야의 죽음도 끝났다. 하지만 아직 '성의'를 표해야 하는 의식이 남아 있다. 에미코는 그렇게 생각했고, 부모는 그 판단이 잘못되지 않았음을 보장해주었다.

슬픔의 표출. 애도를 표하는 행위.

불행한 죽음이었다. 너무 이른 죽음이었다. 그가 스스로 택한 죽음에의 길. 더할나위없는 비극이었다.

막을 수 없었다. 노력은 했지만 힘이 닿지 않았다. 그것이 무척 안타깝고 슬펐다. 에미코, 모리우치 담임의 심정은 가시와기 부부도 충분히 이해할 터였다.

출관 때 가시와기의 아버지가 에미코의 손을 붙잡고 말하지 않았나. 고생 많으셨습니다. 여러모로 애써주셨는데 안타까운 결과가 나왔습니다. 화장장에서 유골을 거두는 의식을 기다리는 동안에도 같은 말을 되풀이했다. 그뿐인가, 이런 말까지 입에 올렸다.

—앞날이 창창한 젊은 선생님이 다쿠야 때문에 괴로워하시는 건 안타까운 일입니다. 선생님은 최선을 다하셨습니다. 부디 스스로를 탓하지 마십시오.

기뻤다. 감격했다. 그래서 에미코도 이렇게 대답했다.

"그렇지만 저는 가시와기 군을 잊을 수 없어요. 앞으로 교사 생활을 하면서도 그 아이를 소중히 가슴에 담아두겠습니다."

친척이 적은지 화장장 대기실에 있는 조문객은 겨우 서른 명쯤이었다. 에미코는 학교 관계자 사이에 섞여 고개를 푹 숙인 채 거의 입을 열지 않았다. 그 자리에서는 그것이 올바른 마음가짐이라 생각했고, 실제로 할 이야기도 없었다. 쓰자키 교장은 가시와기 부부와 꽤 오래도록 이야기를 하는 것 같았지만.

차분한 벽돌색 맨션의 외벽이 보였다. 몹시 춥지만 쾌청한 날이다. 창마다 빨래가 널려 있다. 한가로운 한 해의 시작이다. 이 의무만 다하고 나면 내 마음도 편해질 수 있다. 에미코는 스스로를 다독이며 발을 앞으로 내디뎠다.

내키지 않지만 어쩔 수 없다.

거북하지만 가야 한다.

괜찮다. 그렇게 따뜻한 말을 건네준 부부 아닌가. 잠깐 추억이나 나누고 한동안 슬픔을 공유하면 그만이다.

하지만 나는 추억 같은 게 전혀 없는데.

대관절 속을 알 수 없는 아이였다. 마음속에 억눌러두었던 본심이 고개를 휙 쳐들었다. 나는 그애를 좋아하지 않았다. 교사에게도 좋고 싫고가 있다. 인간이니까.

맨션 입구에 다다랐을 때, 별안간 자동문이 양쪽으로 활짝 열리더니 청년 하나가 튀어나왔다. 턱을 바짝 당기고 계단을 쏜살같이 뛰어내려온 그는 에미코와 부딪힐 뻔했다가 아슬아슬하게 옆으로 스쳐지났다.

"앗, 자, 잠깐만!"

순간 청년을 불러세웠다. 얼굴이 낯익었다.

"가시와기 학생 아니니?"

청년이 걸음을 우뚝 멈추고 에미코를 돌아보았다. 틀림없이 가시와기 히로유키다. 다쿠야의 형. 고등학생이라고 했다.

"으음, 나는."

에미코가 손바닥을 가슴에 얹고 고개를 가볍게 숙였다.

"다쿠야의 담임이었던 모리우치라고 해. 장례식 때 만났지?"

가시와기 히로유키가 눈이 부신 듯한 묘한 시선으로 에미코를 바라보았다. 이상했다. 둘이 서 있는 곳은 응달이라 햇빛이 들지도 않는데.

"다쿠야에게 분향이라도 하려고 왔어."

에미코는 입가에 미소를 머금고 말을 이었다.

"들어가도 될까? 부모님은 집에 계시니?"

히로유키가 입구 쪽을 힐끗 보더니 에미코에게 눈길을 주지 않고 짧게 내뱉었다.

"아버지는 안 계세요. 오늘부터 출근이라."

"그렇구나. 슬슬 일을 시작하셔야 할 테니까."

"엄마는 계시지만……"

히로유키가 머뭇머뭇했지만, 에미코는 직감으로 그뒤에 이어질 말을 알았다.

'울고 있어요.'

에미코는 침묵으로 다음 말을 재촉했다. 그는 고개를 숙인 채 발을 살짝 바꿔 디뎠다.

"다쿠야 방에 틀어박혀 있어요."

에미코는 그 모습을 상상했다. 우울해지는 정경이었다.

그건 그렇고, 이애는 엄마랑 싸우기라도 한 걸까. 그래서 저렇게 가시가 돋쳤나? 집안에서 어떤 대화가 오갔을까.

―존재감 없는 형.

가시와기 다쿠야에게 형이 있다는 것은 작년 봄 가정방문으로 처음 알았다. 1학년 때 담임에게서는 형이 있다는 사실을 전달받지 못했다. 아마도 몰랐으리라. 그애 집에서도 말을 꺼내지 않았을 것이다.

에미코가 알아챈 것도 우연한 계기였다. 한창 이야기를 나누던 중에 전화가 걸려온 것이다. 다쿠야의 어머니 고코는 에미코를 의식해 서둘러 전화를 끊으려는 기색이 역력했다. 그래도 대화 틈틈이 상대가 매우 가까운 가족이라는 눈치가 엿보였다.

그때 탁자 맞은편에 앉아 있던 다쿠야가 말했다. "저거 아마도 형 전화일 거예요."

외출한 아이가 집으로 전화를 건다. 전혀 이상할 게 없다. 그렇게 생각했던 에미코가 물었다. "어머, 가시와기 군한테 형이 있었구나. 몇 살 차이니?"

"몇 살이더라. 잊어버렸어요."

다쿠야의 입가에 마음에도 없는 미소가 떠올랐다.

"계속 떨어져 살아서."

하숙이라도 하나 싶었다. 그 역시 상식적인 추측이었다.

"그럼, 형이 대학생인가보네."

"아니에요. 고등학생이에요." 다쿠야가 대답하더니 재미있다는 듯 눈빛을 반짝이며 에미코의 얼굴을 바라보았다.

"형은 가출했어요. 가족이랑 잘 안 맞아서. 우리는 그런 집이에요."

누가 봐도 에미코가 어떻게 받아칠지 기대하는 표정이었다. 도발적이었다. 풋내기 선생님, 이런 집안을 어떻게 생각하나요? 난 문제 있는 가정의 아이라고요.

에미코는 웃음으로 받아넘겼다. "나도 그런 친구가 있었어. 그애도 고등학생 때 아버지랑 크게 싸우고 집을 뛰쳐나왔거든. 반년 정도 우리 집에서 같이 살았지. 내 방에서 나란히 이불을 펴고 잤어. 나름대로 재미있는 경험이었지. 형도 친구 집에서 지내니?"

다쿠야가 에미코의 얼굴에서 슬쩍 시선을 돌리며 엷은 웃음을 머금고 대답했다.

"할머니 댁에 살아요."

그때 통화를 끝낸 고고가 "실례했습니다"라며 서둘러 돌아왔다. 에미코는 상냥하게 대화를 이어나갔다.

스스로 생각하기에도 썩 괜찮은 응수였다. 선생님은 그 정도로 안 놀라. 세상에는 별의별 가정이 있게 마련이니까.

친구 이야기는 거짓말이었다. 에미코가 순간적으로 꾸며낸 것이다. 고등학교 시절 아버지와 통금시간 문제로 싸우고 집을 나온 친구가 에미코의 집에서 하룻밤 신세를 진 건 사실이다. 그러나 다음날 아버지가 데리러 와서 친구는 집으로 돌아갔다. 반년씩이나 함께 살지는 않았다. 그러니 완전한 거짓말은 아니지만 이야기를 부풀린 셈이다.

위기를 돌파했다. 올바른 대처였다. 그렇게 생각했다. 그러나 나중에 다시 가시와기 다쿠야의 시선과 엷은 웃음을 떠올리고는 살짝 오싹했던 것도 사실이다.

─그애, 혹시 꾸며낸 얘기라는 걸 알아챈 걸까.

이런 생각이 들었던 것도 부정할 수 없다.

─마음에 안 드는 애야.

가시와기 히로유키는 동생과 전혀 닮지 않았다. 장례식에서 그를 처음 본 A반 학생들은 역시 다쿠야와 닮았다는 얘기를 주고받기도 했지만, 그건 그저 선입견 때문일 것이다. 에미코의 눈에는 그 형제에게 공통되는 유전자가 하나도 없는 것처럼 보였다. 체격도 다르고 이목구비도 다르다. 애당초 다른 종류의 인간이다.

물고기에 비유하자면, 서식지가 다르다는 느낌이다.

에미코는 대학 시절 스포츠피싱 동아리 활동을 했다. 낚시 실력은 좀처럼 늘지 않았지만 용어는 많이 익혔다. 곱게 자란 아가씨로 보이는 그녀의 입에서 낚시 용어가 튀어나오면 사람들은 대부분 감탄했다. 개성이란 그런 것이다.

"모리우치 선생님, 이시죠."

제 이름을 듣고 에미코는 눈을 깜박였다.

"1학년 때부터 다쿠야 담임이셨나요?"

"아니, 나는 2학년부터. 조토3중학교는 매년 반이 바뀌면서 담임도 달라지거든. 정신없기만 하고 별로 안 좋은 제도라는 비판도 있지만."

"그 녀석은 어떤 학생이었나요?"

갑작스러운 질문에서 히로유키의 깊은 고민이 전해졌다. 눈가가 붉다. 울었는지 모른다. 에미코는 확신했다. 이애는 동생 일로 어머니와 말다툼을 한 게 틀림없다.

에미코의 머릿속에서 상상할 수 있는 여러 정경이 깜박였다. 가시와기네 집은 본래 문제가 있는 가정이었다. 형제가 둘뿐인데 떨어져 살다니 이상하지 않은가.

"얌전한 아이였어."

히로유키는 에미코의 대답에 실망한 것 같았다. 그런 피상적인 말을 듣고 싶은 게 아니겠지. 나도 알아. 하지만 내 입장에서는 피상적인 말밖에 할 수 없어. 네 동생은 자살했으니까. 너라면 이해할 텐데?

마음속으로나마 본심을 털어놓자 에미코는 조금 편해졌다.

"동생 일로 많이 힘들지? 사정이 있어서 따로 살았다는 건 알고 있어. 자세한 얘기는 못 들었지만."

히로유키의 어깨가 축 처졌다. 이번에는 실망한 게 아니라 갑자기 지쳐버린 듯했다. "많이 힘들지"라니, 이 또한 형식적인 위로의 말이지만 이 아이에게는 그마저도 귀중할지 모른다.

솔직히 가엾다는 생각이 들었다.

"어머님은 다음에 찾아뵙는 게 좋을까?"

히로유키가 또 눈이 부신 듯한 시선으로 에미코의 얼굴을 바라보았다. 이 아이는 줄곧 너무 어두운 데만 있다보니 바깥의 모든 것이 눈부신 거라고 에미코는 이해했다.

"잘 모르겠지만…… 음…… 네, 어렵게 와주셨지만 지금 어머니 상태로는 조금 그래요."

"그래. 그럼 방해하지 않는 게 좋겠다. 나중에 전화라도 드리지, 뭐."

찾아뵈려고 했는데 현관에서 마주친 다쿠야 군의 형이 어머님이 피곤해하신다고 해서 그냥 돌아왔습니다. 그렇게 말하면 에미코의 볼일은 끝난다. 매우 만족스럽고 바람직한 처신인 동시에 가시와기 고코와 어색한 시간을 공유하지 않아도 되니 일석이조다.

"─모리우치 선생님."

히로유키는 물론 에미코의 속내를 알아채지 못했다. 제 앞가림도 버거운 기색이었다.

"동생에 대해 좀 알려주실 수 있어요?"

"알려달라고? 뭘?"

"학교에선 어때 보였는지 그런 거요. 그애 11월부터 학교에 안 갔잖아요. 왜죠? 둘 다 자세한 얘기를 안 해줘요. 실은 잘 모르는 것 같아요. 진짜 이유가 뭔지."

아버지, 어머니라는 호칭까지 생략해버린 채 밀고들어왔다. 이 아이는 지금 자기 생각을 말하고 의문을 풀고 싶어서 필사적으로 대상을 찾는 것이다.

차마 매정하게 대할 수 없을뿐더러 그러는 건 연장자로서나 교육자로서나 바람직한 행동이 아닐 것이다. 게다가 살짝 흥미도 생겼다.

"그래, 좋아." 에미코는 말을 골라 싹싹하게 대답했다. "사실은 나도 다쿠야에 대해 알고 싶거든. 그 아이를 좀더 잘 알았더라면 그런 일을 막을 수 있었을 거라는 생각도 들고…… 이제는 아무 소용 없는 얘기겠지만."

어디라도 가서 편히 이야기하겠느냐고 묻자 가시와기 히로유키는 고개를 끄덕였다. 그 몸짓은 동생인 다쿠야보다 훨씬 어린애 같고 미성숙해 보였다. 그래서 더욱 호감이 갔다.

근처 커피숍에 들어가 창가 자리에 앉을 때까지 히로유키는 아까와 딴판으로 줄곧 입을 다물고 있었다. 그렇지만 에미코가 "뭐 마실래? 배는 안 고프니?"라며 말문을 트자 곧 쉴새없이 이야기를 쏟아냈다.

어린 시절 동생과의 관계. 자기가 부모 곁을 떠나 할머니 댁에서 살게 된 사정. 다쿠야가 죽었다는 소식을 들었을 때의 충격과 작년 여름방학에 마지막으로 만났을 때 다쿠야와 주고받은 대화 내용. 봇물이 터지듯 쏟아져나온 이야기가 용솟음쳤고 히로유키는 숨까지 헐떡이며 줄기차게 떠들어댔다.

지금까지 누구에게도 말한 적이 없다.

지금까지 누구도 들어주지 않았다.

굳이 말하지 않아도 에미코는 충분히 알 수 있었다. 그가 한층 가여웠다. 안쓰러웠다.

나는 교사다. 교육자다. 이런 아이를 잘 보살펴 키워주어야 한다.

애초에 가시와기 히로유키는 동생과 다른 인간이다. 에미코와 같은 종류의 인간이다. 지극히 평범하다는 뜻이다. 평범한 인간의 평범한 감정을 느끼며 평범하게 살아갈 수 있는 인간이다.

그리고 그것은 옳다.

히로유키의 이야기를 듣는 사이 에미코는 마음속에서 '가시와기 다쿠야'의 인간상이 굳어지는 것을 느꼈다. 아니, 오히려 확신이 섰다는 표현이 정확할지 모른다. '가시와기 다쿠야'의 인간상은 전부터 견고했다. 다만 이제껏 그것을 직시하지 않으려고 조심스레 회피한 것이다. 다쿠야에 대한 스스로의 감정이나 견해를 정면으로 바라볼 수 없었다. 당연하다, 나는 교사니까. 그 아이의 담임이었으니까.

하지만 이제는 그래도 된다. 정면으로 바라보며 마음 가는 대로 자연스럽게 느껴도 좋다.

등교거부 전의 가시와기 다쿠야는 교실에서 눈에 띄는 학생이 아니었다. 무난하고 얌전했다. 그것은 조금 전 히로유키에게 했던 대답대로다. 거짓은 없다.

그렇지만 왠지 모르게 에미코의 신경을 건드리는 학생이었던 것도 분명하다.

―저 아이는 나를 싫어한다.

담임이 되고 얼마 지나지 않아 그렇게 느꼈다.

―저 아이는 나를 우습게본다.

그런 느낌도 받았다.

'선생이라고 잘난 척하지 마. 네까짓 게 뭘 알아.'

가시와기 다쿠야는 굳이 말하지 않아도 눈빛과 표정, 행동거지만으로 능란히 에미코에게 그런 메시지를 보내는 학생이었다.

그가 오이데 슌지 패거리와 폭력사태를 일으키고 학교에 나오지 않게 됐을 때 에미코는 속으로 새파랗게 질렸다. 신임 교사인 자신에게는 엄청난 시련이었다. 처음 담임을 맡은 반에서 난데없이 등교거부 학생이 나오다니.

화도 났다.

가시와기 다쿠야는 나를 경멸하는 것으로 부족해서 내 발목을 잡으려는 것이다. 그렇게 생각했다. 그것은 모리우치 에미코라는 인간, 교사라는 직업을 선택한 모리우치 에미코라는 한 여자에 대한 부당한 트집이자 희롱이자 도전이었다. 그렇게 생각했다.

하지만 그런 생각을 얼굴에 드러내지는 않았다. 초조해하거나 곤혹스러워하는 모습을 보이면 다쿠야의 속셈에 말려드는 거라고 생각했다.

에미코가 유념한 것은 올바로 행동하고 올바로 대처하는 것뿐이었다.

그래서 쓰자키 교장이나 다카기 학년주임과 함께 가시와기의 집을 열심히 방문했다. 자꾸 다쿠야에게 말을 걸어 방법을 찾아보려고 애썼다. 언제나 온화하고 다정하고 이해심 있는 태도를 보였다.

가시와기 다쿠야는 그런 모리우치 선생에게 냉담했다. 네까짓 게 뭘 아느냐고 마음속으로 말했다. 에미코에게는 그 목소리가 들렸다. 그래서 에미코도 마음속으로 대답했다.

─나한테는 그런 수법 안 통해.

물론 에미코도 뜻한 바가 있어 교사의 길을 선택한 것이다. 이상도 있고, 하고 싶은 일도 있다. 만약 가시와기 다쿠야가 주변에서 우려하듯 집단괴롭힘을 당했거나 학업을 따라오지 못해 괴로워했거나 교우관계로 고민했다면, 방법을 가리지 않고 다가가 상처 입은 그 마음을 어루만지고 다독여 도와주었을 것이다. 문제 해결을 위해 앞장서서 노력했을 것이다. 그게 바로 에미코가 바라는 교사의 역할이니까.

하지만 그는 달랐다.

가시와기 다쿠야는 반역자였다. 때마침 학생이라 학교라는 '체제'에 반역했을 뿐이지, 가령 그가 별 탈 없이 어른이 되었다면 사회라는 '체제'에도 똑같이 덤벼들었을 것이다.

의미 없는 반역이다. 본인에게 의미가 없다는 게 아니라 주위에 피해만 준다는 점에서. 하지만 정작 본인은 주위의 모든 것을 소모해버리는 데서 의미를 찾으니 손쓰기가 쉽지 않다. 에미코는 그것을 꿰뚫어보았다.

누구나 꿰뚫어볼 수 있다. 상식을 갖춘 평범한 인간이라면.

사실은 쓰자키 교장과 다카기 학년주임도 익히 알고 있을 것이다. 그러나 누구도 입 밖에 내지 않았다. 태도에 드러내지도 않는다. 그리고 그 노련한 두 선배 교사도 에미코와 마찬가지로 교육자답게, 연장자답게 인내심을 가지고 가시와기 다쿠야를 대했다.

가시와기 다쿠야가 끝내 자살이라는 극단적인 결론을 내린 것은 그런 주위 반응의 벽을 깨부수지 못하는 게 분해서 이를테면 최종병기를 꺼낸 데 불과하다. 자폭이다.

분명 그로 인해 이쪽—다쿠야가 반역했던 대상들도 모두 심한 타격을 받았다. 담임을 맡은 반의 학생이 자살한 것은 앞으로 에미코의 교사 생활에 지울 수 없는 오점이자 흉터로 남을 것이다.

실제로 에미코는 가시와기 다쿠야가 죽은 다음날 열린 긴급 보호자 모임에 참석하지 못했다. 그 자리에서 수많은 학부모들의 질타와 추궁을 받을 자기 모습을 상상하자 도저히 엄두가 나지 않았다.

그 자리에 빠지면 무책임하다, 도피하지 말라는 비난을 들으리란 것은 잘 알고 있었다. 하지만 그런 손해를 고려해봐도 여전히 나갈 수가 없었다. 너무 부당하다는 생각이 들었다. 무슨 잘못을 한 것도 아닌데, 가시와기 다쿠야가 죽었다고 왜 내가 비난을 받아야 한단 말인가?

충격이 커서 평정심을 유지하기 어렵다고, 쓰자키 교장에게 말 그대로 애원을 한 끝에 그날은 집에 틀어박혀 있을 수 있었다.

그것은 에미코의 패배였다. 나중에 들어보니 쓰자키 교장은 모임 내내 고개를 숙이고 있었다고 한다. 상처받은 것으로 따지면 다카기 학년주임도 마찬가지일 것이다.

그러나 자폭이라는 기술은 한 번밖에 쓸 수 없다. 두번째는 없다. 그리고 산 사람은 상처를 치유하고 오점을 눈에 보이지 않게 차차 덮을 수 있다. 그것을 극복해 귀중한 교훈과 경험이라는 양식으로 삼을 수도 있다.

게다가 에미코와 다른 교사들에게 다행스럽게도 다쿠야의 부모, 가시와기 부부는 학교를 비난하지 않았다. 그 부모는 다쿠야를 제대로 이해하지 못했다. 그러나 이해하지 못한 데 대한 보상을 학교나 불량 패거리에게 떠넘기려 하지는 않았다.

착한 사람들이다.

그러나 그 착한 마음씨가 잘못이었다. 부모의 심성이 그랬기 때문에 가시와기 다쿠야는 학교라는 체제에 들어오기 이전 가정이라는 체제 내에서 제멋대로 군림할 수 있었던 것이다.

그로 인한 최대의 희생자가 여기 있다.

고개를 숙이고 열에 들뜬 듯 줄기차게 고백을 늘어놓는 그의 형.

생각해보면 형제자매 관계도 일종의 체제다. 가정이라는 체제에 흡수되어 있긴 하지만 '독립된 관계성'을 지닌 사회인 것이다. 다쿠야는 그 사회 내에서 폭군처럼 행동했다. 부모의 착한 마음씨를 고스란히 이어받은 지극히 평범한 인간인 형 히로유키는 그 파괴력에 맞설 수 없었다. 휘두르는 대로 얻어맞고 학대당했다.

유일하게 현명했던 행동은 그 사실을 깨닫고 도망친 것이다.

다쿠야가 자폭한 것은 어쩌면 도망간 형에게 약이 올라서인지도 모른다. 놓쳤다고 생각한 게 아닐까. 좀더 오래도록 형을 먹잇감으로 삼으려 했는데. 더 큰 사회로 나가기 전에 형을 토대로 파괴력을 단련하려 했는데. 형의 인생의 기반을 철저하게 무너뜨려 만족을 느끼고 싶었는데.

자살을 하면 적어도 마지막 일격을 가할 수 있다. 내가 죽은 건 형 때문이야. 평생 지워지지 않는 낙인을 찍어줄 수 있다.

가시와기 고코는 다쿠야가 일기를 써왔다고 했는데, 그것을 전혀 남기지 않은 것도 고약하다. 에미코 생각에 주도면밀한 흉계였다. 뭔가를 남기면 그것을 받은 사람은 거기에 적힌 내용에 대해 어떤 반응이나 저항, 항변을 할 수 있다. 변명도 만들어낼 수 있다. 그러나 갖가지 추측만 떠돌고 정작 손에 들어오는 게 없다면 주위는 그저 당혹스러워하며 온갖 생각과 고민에 시달리는 무간지옥에 떨어진다.

실제로 히로유키는 "다쿠야에 대해 알고 싶다"고 했다. 그리고 이렇게 제 심정을 토로하며, 다쿠야가 자기에게 얼마나 괴로운 존재였고 그로 인해 얼마나 힘들었는지 이야기하는 이 순간에도 눈물을 글썽이며 자책하고 있지 않은가.

히로유키가 속이 풀릴 만큼 이야기를 하고 쏟아낼 것을 다 쏟아내고 나면 에미코는 이렇게 말해줄 생각이었다.

넌 하나도 잘못한 게 없어. 너에게는 죄가 없어. 동생에게 일어난 불행은 무척 슬픈 일이지만, 그게 네 탓은 아니야.

에미코는 히로유키를 지켜보며 지금 자기가 느끼는 마음의 동요가 틀림없이 의분이라는 걸 의식했다.

모리우치 에미코는 학창 시절 늘 우등생이었다. 학교라는 사회에 적응을 매우 잘하는 아이였다. 하지만 저절로 그렇게 된 것은 아니다. 항상 노력했다. 머리도 썼다. 사춘기 때 고민도 남보다 배는 심했다. 에미코에게 사춘기란 여전히 일력 한 장의 두께만큼이나 가까운 과거라 세세한 것까지 또렷이 기억났다. 아련한 추억의 안개로 가려지지 않은 선명한 기억이다.

학교는 사회다. 그런 당연한 사실을 깨닫지 못하는 부모와 아이도 많다. 에미코는 자기도 부모도 일찍부터 그에 대해 분별력을 가졌다는 데 자부심을 느꼈다. 사회는 그 일원이 되고 적응하려 노력하는 자에게만 삶의 터전을 제공하지, 그런 노력을 아예 방기하는 자까지 끌어안아줄 이유는 없다.

에미코의 그런 인식으로 보면 가시와기 다쿠야나 불량 학생인 오이데 슌지 패거리나 마찬가지였다. 방향성은 다르지만, 자기 때문에 사회가 희생하길 강요하며 그게 개성이니 개인의 자유니 감성이니 저 편한 변명만 늘어놓는다는 면에서는 똑같은 부류였다.

왜 잘라내지 않지? 왜 굳이 그런 부류에게까지 '교육'을 베풀어야 한단 말인가.

오늘날 교육 현장에 가장 부족한 것은 이런 현실적인 인식이 아닐까?

그래서 에미코는 교사의 길을 택했다. 그 뜻을 품었을 때도 역시나 일종의 의분에 사로잡혀 있었을 것이다.

사회니까 일그러진 곳이 있을 수 있다. 결함이 있는가 하면 제 기능을 못 하는 부분도 있다. 하지만 그렇다고 해서 교육자가 학교 역시 사회라는 사실을 간과하기 시작하면 이 나라는 끝이다.

교육은 아름다운 일이다. 그러나 결과가 아름다운 것이지 처음부터 모든 것을 끌어안고서도 아름다울 거라 생각하는 건 잘못이다.

쓰자키 교장이나 다카기 학년주임도 속으로는 그렇게 생각할 게 분명하다. 그러나 두 사람은 그런 생각을 말하지 못하도록 입을 틀어막힌 세월이 너무 긴 나머지 스스로도 본심을 가려낼 수 없게 된 것 같았다.

그 두 사람만이 아니다. 교사 거의 대부분이 마찬가지다. 틀림없이, 틀림없이.

물론 에미코는 올바르고 상식적으로 행동하는 인간이므로 대놓고 그런 말을 하지는 않는다. 지나치게 과격한 생각이라는 걸 안다. 올바른 것은 언제나 그렇다. 소리 내어 말하면 '지나친 것'이 된다. 개인을 억누르고 건전사회를 양성해온 이 나라의 병은 그토록 깊다.

좋아, 나도 알겠어. 그러면 작전을 짜면 되잖아?

에미코는 앞을 똑바로 바라보았다. 마음속에 정의감이 가득했다. 이상이 넘쳐흘렀다.

우등생이란 그런 존재다.

만약에, 만약에 쓰자키 교장이나 다카기 학년주임에게 이런 본심을 털어놓으면, 정작 돌아오는 대답이 놀랄 만큼 딴판일지도 모른다는 데는—

생각이 못 미쳤다. 그러니 망설이지도 않았다.

당신은 분명 옳지만, 옳은 것이 다가 아니라는 의견은 아직 에미코의 귀에 와 닿지 않았다.

그런 기만이 학교를 비정상으로 만들었다는 에미코의 굳은 확신에는 외부의 그 어떤 이견도 와 닿지 않았다.

그래서 에미코는 지금 자애로운 어머니 같은 눈빛으로 가시와기 히로유키를 바라보고 있다. 괴로운 시기는 끝났다. 너는 자유로워졌다. 스스로를 비난하지 마라. 그건 잘못이다. 그렇게 따뜻한 말을 건네줄 때를 기다리면서.

가시와기 다쿠야의 죽음은 끝나지 않았다. 그 죽음을 그의 도전으로 생각한 에미코도, 본격적인 도전은 지금부터임을 전혀 깨닫지 못했지만.


15


1월 6일에는 오후부터 다시 가랑눈이 흩날렸다.

날이 흐려도 하늘 저편은 어슴푸레 밝다. 작년 크리스마스이브 같은 폭설은 아닐 것이다. 우산을 쓴 사람도 적었다. 작고 가벼운 눈송이는 길 가는 여자들의 머리를 장식하고 아이들의 손바닥에 내려앉아 아주 잠깐 살갑게 현세에 머물다 곧 바람처럼 사라져갔다.

조토 제3중학교에서 서쪽으로 네 블록 정도 떨어진 놀이터 입구에서 한 소녀가 내리는 눈을 올려보고 있었다. 밝은 밤색 더플코트 옷깃 사이로 하얀 터틀넥 스웨터가 보인다. 어깨에 닿을락 말락 한 머리칼을 두 갈래로 묶었다. 머리칼이 억센 탓인지 내려뜨린 머리가 귀 뒤에서 귀엽게 밖으로 뻗쳐서 꼭 목각인형 같다.

추위가 심하다. 소녀는 운동화 앞코를 꼼지락거리며 외투 주머니에 숨긴 양손으로 몸을 비볐다.

소녀의 검붉은 코끝에 눈가루가 내려앉았다.

약속시간은 오후 한시였다. 벌써 오 분이 지났다.

놀이터에는 아무도 없다. 겨울철에는 늘 비어 있지만, 이런 날씨에는 오히려 아이들이 모여들지 않을까 걱정했던 차라 조금 마음이 놓였다. 그러나 꾸물거리면 남들 눈에 띄기 쉽다.

─누가 보면 곤란하겠지?

─당연히 되도록 피하는 게 좋지.

─그렇지만 누군가의 눈엔 띌 텐데.

─우체통에 넣는 모습만 안 들키면 되잖아.

소녀가 서 있는 놀이터 입구 바로 앞에 버스 정류장이 있다. 도쿄 역 야에스 출구행 도영버스가 서는 이시카와 3가 정류장이다.

종점까지 타고 가서 도쿄 역 근처의 우체통을 찾는다. 그리고 편지를 넣는다. 우표는 미리 붙여뒀다. 간단한 일인데 왜 막판에 와서 약속시간에 늦는 거람. 그러니 굼벵이니 얼간이니 하는 소리를 들을 수밖에.

속으로 중얼거린 말이 내면에서 울렸다. 굼벵이, 얼간이.

그리고 또 하나. 호박.

굳이 찾지 않아도 언제나 가까이 있는 말. 말하지 않아도 언제나 귓가에 쩌렁쩌렁 울리는 말.

소녀는 발밑으로 시선을 떨어뜨렸다. 찬바람이 휘몰아쳐 눈이 얼굴로 날아들었다. 어깨 너머로 손을 뻗어 더플코트에 달린 모자를 푹 눌러썼다.

겨울이 싫다. 바깥 기온이 내려가면 얼굴 가득 우둘투둘한 여드름이 빨갛게 도드라진다. 공기가 건조하니 여드름이 안 난 부분은 바짝 말라 허옇게 일어난다. 여드름 치료약을 여드름이 나지 않은 데까지 발라서 피부가 거칠어진 거라고 엄마는 말한다. 하지만 내 얼굴에서 여드름이 없는 부분이란 앞으로 여드름이 생길 부분이다. 그러니 약을 바르지 않을 수 없다.

"주리짱! 미안, 미안."

크게 부르는 소리에 소녀는 깜짝 놀라 고개를 들었다. 아줌마나 입을 법한 두꺼운 솜외투 차림의 아사이 마쓰코가 허둥지둥 길을 건너 달려왔다.

"버스 갔어?"

마쓰코가 숨을 헐떡이며 주리의 팔을 잡았다. 그 힘이 내면 깊숙이 가라앉아 있던 주리의 마음을 난폭하게 현실로 되돌려놓았다.

"아직 안 갔어."

"아, 다행이다."

마쓰코가 요란스럽게 기뻐하며 하얀 숨을 크게 토해냈다. 손으로 부산스레 외투의 눈을 털어낸다.

"날씨가 이래서 늦나?"

주리―미야케 주리는 춤추듯 흩날리는 가는 눈발 너머를 뚫어지게 보았다. 설 장식을 단 승용차 한 대가 오른쪽에서 왼쪽으로 지나갔다. 새해 첫 일요일, 통행량은 적다. 고향에 가거나 놀러갔던 사람들도 모두 돌아왔고 회사는 내일부터 본격적으로 업무를 시작한다.

학교도 내일 개학식이다. 다시 지긋지긋한 나날이 시작된다.

그렇다. 그 말이 맞다. 하지만 우리는 그것을 조금이나마 바꿔보려고 이렇게 일어선 것 아닌가.

"아, 버스 온다."

마쓰코가 익살스럽게 밝은 목소리로 말했다. 주리와 달리 그녀는 눈이 좋다.

"160엔 맞지?" 어린 유치원생처럼 지갑에서 동전을 꺼내 세기 시작했다. 주리는 몹시 짜증이 났다.

마쓰코와 있을 때는 늘 그렇다. 멍청하고 둔해서 이상한 타이밍에 큰 소리로 웃어대고, 시시한 것에 쓸데없이 재미있어하는 마쓰코가 주리는 싫었다. 정말 지독히도 싫었다.

그렇지만 늘 같이 다닌다.

버스 안은 한산했다. 중간 자리에 어른 두엇이 드문드문 앉아 있을 뿐이다. 주리는 곧장 맨 뒷자리로 향했다. 마쓰코가 따라와서 옆자리에 털썩 앉았다.

"자리 있어서 다행이다."

왜 이렇게 신이 난 걸까. 주리는 신기하다기보다 어이가 없어 마쓰코의 옆얼굴을 바라보았다. 지금 왜 도쿄 역으로 가는지, 그 목적을 잊어버린 게 아닐까. 마치 둘이 영화라도 보러 가는 것 같다.

"주리짱, 가지고 왔지?"

주리의 마음속 소리를 들은 양―머리 둔한 이 친구가 그럴 리는 없겠지만―마쓰코가 목소리를 낮춰 물었다. 주리는 또 짜증이 났다. 가져오지 않았을 턱이 없잖은가.

"걱정 마, 잘 챙겨왔으니까."

"어디, 어디? 좀 보여줘."

"여기서 어떻게 보여줘."

주리가 화난 표정으로 마쓰코를 노려보았다. 마쓰코는 마음에 두는 기색도 없이 아, 그렇겠다, 하며 다시 웃었다.

애 바보 아냐? 아, 바보라는 건 처음부터 알고 있었다. 이런 애한테 같이 하자고 한 내가 바보다.

혼자 했어야 했다. 주리는 흔들리는 버스에 몸을 맡기고 후회를 곱씹었다. 불안하다고 해서 마쓰코에게 털어놓은 게 잘못이었다.

곁눈으로 옆에 있는 마쓰코를 힐끗 훔쳐보았다. 양손을 무릎에 얹고 얌전히 앉아 있다. 두툼하게 부풀어오른 솜외투 때문에 훨씬 뚱뚱해 보인다. 그래도 피부는 깨끗하다. 여드름은커녕 잡티 하나 없다. 살짝 붉은 기가 도는 머릿결도 부드럽고 곧다. 그래서 평범한 쇼트커트인데도 머리 모양은 꽤나 세련돼 보인다.

주리는 그것이 부러웠다. 꿈에 나올 정도로 부러웠다.

극단적인 선택지를 떠올려본 적도 있다. 침대에서 잠을 청하며 그런 상상을 하다가 도리어 잠이 달아난 적이 몇 번이나 있다.

만약─이 끈질긴 여드름이 사라진다면, 억세고 새카만 생머리가 부드러운 갈색 머리로 변한다면 그 대신 뚱뚱해져도 괜찮을까?

다시 말해 마쓰코와 바뀌어도 좋을까? 너무 뚱뚱해서 청소년 옷은 엄두도 못 내고 주부들이 가는 가게에서 옷을 사 입고, 때로는 엄마가 물려준 옷도 입는다(엄마도 똑같이 뚱뚱하니까). 그래서 늘 아줌마처럼 촌스러운 옷만 입고 다니는 마쓰코. 체육시간에 옷을 갈아입다보면 흰색 라운드넥 운동복 너머 세 겹으로 접힌 뱃살이 확연히 드러나는 마쓰코. 달리기를 하면 허벅살까지 흔들리는 마쓰코. 교복을 특별주문했는데도(그렇다는 소문이 있다) 불거진 군살 때문에 플리츠스커트 주름이 칠칠치 못하게 펴지는 마쓰코. 턱살이 늘어져서 목이 없는 것처럼 보이는 마쓰코.

그래도 이 저주스러운 여드름만 없어진다면. 고급 미용실에서 비싼 커트를 해도 절대 헤어스타일 잡지의 모델처럼 되지 않고 미용사가 등뒤에서 티 나게 실소를 흘리는─이 대책 없는 머릿결만 좋아진다면.

나는 마쓰코가 되어도 좋다. 마쓰코가 되어 다이어트를 하면 되니까. 마쓰코가 뚱뚱한 것은 노력하지 않기 때문이다. "체질이야"라는 말은 변명이다.

"주리짱."

마쓰코가 주리의 얼굴을 들여다보았다.

"눈이 빨개."

어, 어느새 눈물이 고였네. 주리가 허둥지둥 눈을 비볐다.

"안 돼, 주리짱. 콘택트렌즈 꼈잖아? 그렇게 비비면 눈에 상처 나."

참견하기 좋아하는 마쓰코가 걱정했다. 주리는 말없이 창으로 시선을 돌렸다. 한동안 입 좀 다물고 날 가만 내버려두면 좋겠어. 그러나 마쓰코에게는 통하지 않는다. 오동통한 손이 주리의 손을 더듬어 꼭 움켜쥐었다.

"내가 곁에 있을게. 괜찮아, 걱정 마. 주리짱은 올바른 일을 하려는 거잖아. 무서워할 거 없어."

올바른 일. 땀이 밴 마쓰코의 손에 손을 내맡긴 채 주리는 머릿속으로 말했다. 그렇다, 이건 올바른 행동이다. 잘못된 것을 바로잡으려는 것이다. 그런 생각을 머릿속의 이로 꼭꼭 씹어 머릿속의 위장으로 삼켰다. 소화해라, 소화해. 이제 막판인데 여기서 포기할 순 없어.


종점까지 간 사람은 니혼바시에서 탄 모녀뿐이었다. 다카시마야 백화점 봉투를 잔뜩 든 모녀가 먼저 내리고 주리와 마쓰코가 그 뒤를 따랐다.

가랑눈은 어느새 멈추었다. 도쿄 역 야에스 출구의 휑한 버스 터미널에 거센 겨울바람이 휘몰아쳤다.

"저기 있다, 우체통!"

마쓰코가 버스 터미널 한구석을 가리켰다. 보도와 터미널의 경계에 네모난 우체통이 이쪽을 등지고 서 있다.

그렇지만 바로 옆에 횡단보도가 있으니 신호가 바뀌면 금방 수많은 사람들이 길을 건너 다가올 것이다.

"사람이 좀더 없는 곳을 찾아보자."

주리는 그렇게 말하며 앞장서서 걸었다. 마쓰코가 허둥지둥 따라왔다.

"왜?"

"남이 보는 거 싫으니까."

"여기는 괜찮지 않을까?"

동네 우체국의 소인이 찍히면 안 된다고 한 사람은 주리였다. 그렇다면 버스를 타고 도쿄 역 쪽으로 가자고 한 사람은 마쓰코였다. 마쓰코는 그저 소인만 다르면 된다고 생각한다. 아니, 이치만 따지자면 그래도 문제없지만 심리적으로는 그렇지 않다는 것을 모른다. 신경이 둔한 것이다.

“아, 춥다.”

몰아치는 바람을 맞아 뺨이 빨개진 마쓰코가 중얼거렸다. 지방을 그렇게 두껍게 휘감고도 추우냐고 쏘아붙이고 싶었지만 꾹 참았다.

도쿄 역 앞에서 긴자를 향해 무작정 걸었다. 긴자가 가까워올수록 거리는 밝고 활기가 넘쳤고 색깔도 화려해졌다. 백화점이 많기 때문이다. 조금 전 버스 안에서 봤을 때도 아직 닫혀 있는 오피스빌딩들 사이에서 다카시마야 니혼바시점 주위만 축제 때처럼 흥겨워 보였다.

연인. 가족. 젊은 여자들. 하나같이 즐거워 보인다. 행복해 보인다.

그리고 모두 예쁘다.

나 같은 여드름쟁이는 한 사람도 없다.

마쓰코 같은 뚱보도 한 사람도 없다.

스쳐가는 사람들이 이 장소에 어울리지 않는 두 여중생을 신기한 듯 돌아보았다. 주리 눈에는 그렇게 보였다. 사실 자신들의 행복한 한때를 맛보는 데 푹 빠진 그들은 주리나 마쓰코에게 신경쓸 겨를이 없다. 눈에 들어오지도 않을 것이다. 그런데도 주리에게는 그 남녀들의 마음속 소리가 들렸다.

주리 또래의 여자아이와 엄마가 바로 앞을 가로질렀다. 엄마의 외투 자락과 주리의 외투 자락이 스쳤다. 상대는 알아채지 못했다. 딸과 이야기하느라 정신이 없었다. 그러나 딸은 알아차렸다. 그리고 주리를 쳐다보았다. 순간 그 눈 깊은 곳에 놀라움과 함께 어떤 표정이 어렸다가 곧 사라졌다.

주리는 굴욕감에 뱃속 깊은 곳이 타들어가는 것 같았다.

놀란다? 그건 그나마 낫다. 용납할 수 없는 것은 그 뒤에 혜성의 꼬리처럼 따라붙은 동정과 안도의 빛이다.

어머, 저애 여드름 좀 봐. 안됐다. 내 얼굴은 저렇지 않아서 천만다행이야.

"주리짱, 어디까지 갈 거야?" 마쓰코가 주리의 옷자락을 잡아당겼다. "좀 전에도 우체통 있었어. 그냥 지나쳤지만……"

발밑만 내려다보고 걸어서 못 본 모양이다.

"부르지 마."

주리가 짧고 날카롭게 말했다.

"어?"

"내 이름 부르지 말라고!"

마쓰코는 영문도 모른 채 손을 거둬들이며 "응, 미안해"라고 했다. 풀이 죽은 것 같았다.

우체통은 있었다. 여기저기 있었다. 길가에, 빌딩 앞에. 그렇지만 어디나 사람들이 있었다. 긴자 중심에 가까워질수록 오가는 사람과 차도 많아졌다.

주리는 갑자기 우뚝 멈춰 서더니 오른쪽으로 휙 돌았다. 뒤에서 맥없이 따라오던 마쓰코와 하마터면 부딪힐 뻔했다.

"왜 그래?"

"돌아가자."

"어디로?"

"버스 터미널."

아까 봤던 우체통에 넣을 거냐는 마쓰코의 물음에 그렇다고 대답했다. "에이, 뭐야"라고 투덜거릴 줄 알았는데 예상과 달리 마쓰코는 말없이 따라왔다. 저기압인 주리를 어떻게 대해야 할지 몰라 곤혹스러운 눈치였다.

주리는 울고 싶었다. 큰 소리로 울고 싶었다. 보나마나 또 눈시울이 붉어졌으리라.

이렇게 걷다보면, 싫어도 저절로 생각이 난다.

─우아, 쟤 얼굴 좀 봐라.

천박한 웃음소리가 귓가에 되살아난다.

—더러워. 너 무슨 몹쓸 병이라도 걸렸냐?

셋이서 욕하고 놀리며 주리를 따라다녔다. 학교에서 집으로 돌아가는 길, 주리는 혼자였다. 지나가는 어른들이 있었지만 모두 모른 척했다.

주리는 입술을 꼭 다물고 어금니를 악문 채 아래만 내려다보며 계속 걸었다. 그러면 아무 소리도 들리지 않는다. 저런 녀석들은 상대할 필요가 없다. 무시하면 그만이다.

그랬더니 난데없이 등을 걷어차였다.

푹 고꾸라진 주리는 아스팔트에 얼굴부터 부딪히며 나동그라졌다. 세 사람이 환호성을 지르며 넘어진 주리에게 다가와 이번에는 어깨를 걷어찼다. 일어서려던 주리는 다시 넘어졌다. 입술이 찢어졌다.

"어디서 건방지게 무시해, 호박 주제에!"

주리는 얼굴을 들어 목소리의 주인공을 노려보았다. 오이데 슌지가 한껏 신이 나 넘쳐흐를 듯한 비웃음을 머금고 있었다.

"뒈져라, 호박아!"

욕설과 동시에 책가방이 주리의 옆머리로 날아들었다. 주리의 가방이었다.

"병균 같은 게! 쳐다보지 마, 기분 더러우니까!"

오이데 슌지가 발을 들어올리더니 주리의 얼굴을 정면으로 짓밟으려 했다. 주리는 반사적으로 옆으로 피해 양손으로 바닥을 짚었다. 그러다 뒤에서 교복 칼라를 잡아끄는 바람에 벌렁 나자빠졌다. 이구치나 하시다 둘 중 하나였으리라.

"이게 진짜! 쳐다보지 말라고 했잖아?"

오이데 슌지의 신발 바닥이 눈앞에 있었다.

주리는 얼굴을 짓밟혔다. 코뼈에서 우두둑 소리가 났다. 아픔과 공포로 정신이 아득해졌다. 왁자지껄 조롱하는 소리가 머리 위로 가차없이 쏟아져내렸다.

긴자 거리를 걷던 미야케 주리는 우뚝 멈춰 서서 눈을 부릅떴다. 현실의 시야가 되돌아오고, 회상은 사라졌다. 지금도 피를 흘리는 생생한 회상. 주리에게 깊이 박혀버린 기억.

그걸 지울 수 있는 것은 분노뿐이었다.

"주리짱."

또 이름을 불렀다고 면박당할 줄 알았는지 마쓰코가 한 발 뒤로 물러섰다.

주리는 걸음을 뗐다. 아무 말도, 아무 설명도 없이.

결국 맨 처음 발견했던 버스 터미널 우체통 앞으로 돌아왔다. 우편물을 넣는 입구에 노란색 표시가 붙어 있다. 연하장이 오가는 기간에 볼 수 있는 낯익은 표시다. 오른쪽이 일반 우편물, 왼쪽이 연하장이다.

"다 속달이야?"

세 통의 봉투를 보고 마쓰코가 물었다. 주리가 준비한 것이었다. 우표를 사는 데만 해도 용돈을 적잖이 썼다.

"어느 쪽에 넣어야 하지?"

오른쪽에는 '일반 우편물'이라고만 쓰여 있었다. 이맘때 속달을 보내려면 창구로 직접 가야 하는 걸까.

"오른쪽에 넣으면 돼."

주리는 그렇게 말하며 세 통을 한꺼번에 우체통에 밀어넣었다.

툭 하고 메마른 소리가 들렸다.

다시 생각해볼 틈도 머뭇거릴 순간도 없었다. 막상 해보니 일 초 만에 끝났다.

마쓰코가 주리 대신 한숨을 내쉬었다.

"잘됐다, 주리짱."

그 순간 분노의 절규가 주리의 가슴속 깊은 곳에서 솟구쳐올랐다. 거센 바람 소리와도 비슷한 그것이 주리를 포악스럽게 뒤흔들었다. 열네 살 소녀의 가녀린 몸은 분노의 에너지로 가득 차 금방이라도 폭발할 것 같았다.

잘되긴 뭐가 잘돼! 잘된 건 하나도 없어! 대체 넌 왜 그걸 몰라?

사실 나는 이런 것과 상관없이 살고 싶었다. 이런 심정을 알고 싶지도 않았다.

억지로 알게 된 것이다. 억지로 이런 일을 강요당한 것이다.

주리는 더는 그 분노를 혼자 감당할 수 없었다. 요새는 마음속에서 쉴 새없이 날뛰는 분노 때문에 몸을 추스르기도 힘들었다. 그래서 이 투서를 쓰고 여기에 모든 것을 쏟아부었는데, 왜 분노는 편지가 우체통 바닥으로 사라진 지금도 여전히 남아 있는 걸까.

핵심이 빠져 너덜너덜해진 찌꺼기 같은 목소리로 주리는 말했다. "응, 돌아가자."


"참고서는 있던?"

순간 주리는 어리둥절해 저녁 밥그릇에서 고개를 들고 식탁 맞은편에 앉은 엄마를 보았다. 막 밥을 한입 넣은 참인 엄마가 젓가락 끝을 물고 주리를 멍하니 바라보았다.

"북센터까지 갔다 왔다며?"

맞다, 오후에 나갈 때 엄마가 어디 가느냐고 물어서 마쓰코랑 같이 야에스 북센터에 참고서를 사러 간다고 거짓말을 했다. 근처 서점에는 사고 싶은 게 없다고.

"응, 갔다 왔어. 그런데 안 샀어."

"거기에도 없었니?"

"아니, 너무 많아서 못 골랐어."

엄마가 입안의 밥을 씹으면서 웃음을 머금었다. "어머, 그랬구나."

"돈, 엄마한테 다시 줄까?"

"됐어. 또 금방 필요해질 텐데, 뭐."

주리는 식욕이 없었다.

모녀 둘만의 식탁은 조용했고, 식탁 위에 매달린 펜던트 등의 노란 불빛을 받아 기름진 반찬들이 번들번들 빛났다. 여드름에 안 좋으니 볶거나 튀긴 음식은 먹지 않게 해달라고 그렇게 부탁했는데도 엄마는 메뉴를 바꿀 기미가 없다. 한창 자랄 나이에는 동물성 지방이 필요하다는 논리다. 주리가 샐러드를 먹고 싶다고 하면 몸을 차게 하는 음식이니 너무 자주 먹으면 안 된다고 한다. 채소의 섬유질과 영양분을 효율적으로 섭취하는 데는 샐러드보다 따뜻한 채소가 훨씬 좋다면서. 그리고 다시 볶음, 튀김, 볶음의 연속이다. 따뜻한 채소라면 찜 요리도 괜찮을 텐데 그건 또 손이 많이 간다며 해주지 않는다. 말인즉슨 만들기 쉽고 자기 입에 맞는 반찬만 좋다는 것 아닌가.

피부가 좋아지려면 식생활부터 바꿔야 한다고 여러 미용 서적에서 말한다. 의사선생님이 쓴 믿을 만한 책들이다. 주리가 그런 예를 들며 설득할라치면 식생활을 바꾸려거든 과자부터 끊으라며 문제점을 슬쩍 바꿔버린다. 피부과 전문의의 치료를 받고 싶다고 하면 사춘기 여드름은 병이 아니다, 깨끗이 씻고 되도록 맨얼굴로 공기를 쐬면 저절로 낫는다고 받아친다. 여드름 한두 개쯤은 누구나 나잖니.

"하나도 안 난 애도 있어. 나처럼 심한 애는 우리 학년에 하나도 없다고."

"그건 네가 괜히 신경써서 아무 약이나 바르니까 그렇지. 오히려 더 악화시키는 꼴이야. 시판 약은 못 믿어. 약부터 끊으렴. 그러면 나을 테니까."

이야기의 마무리는 늘 이런 식이다. 엄마랑 아빠, 엄마 아빠의 형제들 중에 여드름이 심했던 사람은 아무도 없었다. 우리 집안은 그런 체질이 아니다. 그러니 주리 너도 아닐 것이다. 신경을 딱 끊으면 금방 낫는다.

넌 너무 예민하다. 그게 피부에 더 안 좋다─일방적으로 그렇게 단죄하고 끝이다.

"결국 문제는 스트레스야. 뭐든 그렇잖아. 좀더 마음을 느긋하고 가볍게 먹어보렴. 그러면 만사가 좋아질 테니까."

주리도 마음을 느긋하고 가볍게 먹고 싶다. 얼마나 간절히 바라는지 엄마는 모른다. 하지만 그러기 위해 피부부터 깨끗해져서 자신감을 얻고 싶은 것이다. 다른 사람의 얼굴을 똑바로 바라보고, 자기 얼굴도 다른 사람들이 똑바로 바라볼 수 있도록. 엄마 이야기는 순서가 틀렸다. 왜 그걸 모를까?

채소볶음에서 젓가락으로 깨작깨작 돼지고기를 골라내며 주리가 물었다. "아빠는 오늘 어디 갔어?"

"요코하마. 이제 곧 신작이 완성된대."

"늦게 들어와?"

"그렇겠지." 엄마가 밥을 먹으며 시계를 힐끗 올려다보았다. "저녁 먹고 온댔으니. 모임 사람들이랑 항상 가는 와인 바에 들른댔어."

주리의 아빠는 일요화가다. 본업이 직장인이니 정의상으로는 분명 그렇다. 그러나 정작 본인은 자신이 '화가'라고 생각한다. 그걸로 생계를 꾸릴 수는 없지만 창작의 자세가 프로 예술가와 다를 바 없으니 단지 취미로만 끼적거리는 일요화가와는 차원이 다르다면서.

딱 한 번 주리가 과도하게 독선적인 아빠의 예술론에 화가 나서 말대꾸를 한 적이 있다. 아빠가 속한 '이광회二光會'는 그림을 취미로 그리는 모임 아냐? 우리 집에 놀러온 회원들은 아무도 자기를 프로라고 하진 않았어. 창작 자세가 어쩌고저쩌고해봤자 돈을 내고 아빠 그림을 사서 자기 집 거실에 걸고 싶다는 사람이 없으면 프로라고 할 수 없는 거잖아. 그러자 아빠는 낯빛이 달라지며 노여워했다.

"시건방진 소리 하지 마. 세계적으로 유명한 화가도 생전에는 다들 그림이 안 팔려서 가난하게 살았어. 고흐의 생애가 어땠는지 아니? 그럼 너는 생전에 그림이 안 팔렸으니 고흐도 예술가가 아니란 소리냐?"

주리는 억지소리라고 생각했다. 엄마나 마찬가지로 논점을 바꿔치기하는 꼴이다. 아빠 얘기를 하는데 왜 난데없이 고흐를 끌어다 붙이는 걸까.

한편 아빠는 주리가 좋아하는 팝아트를 무조건 무시하며 데생도 제대로 못하는 놈들이 벽에 장난삼아 그린 낙서로 큰돈을 벌어들이니까 예술계가 이 모양이 된 거라고 한탄한다. 진짜 화가들이 제대로 숨을 쉴 수가 없다고 한다.

분명 그런 면도 없지 않을 것이다. 높은 평가를 받는 팝아트 작품 중에는 중학생인 주리 눈에도 누굴 바보로 아나 싶은 것이 있으니까. 하지만 설령 그로 인해 화가들이 숨쉴 수 없다 해도 아빠는 거기 해당되지 않는다는 것 역시 잘 안다.

아빠는 젊은 시절부터 그림을 그렸다. 딱 한 번 도쿄 예술대학에 입학시험을 친 적이 있다. 시험을 친 것이다. 붙은 게 아니다. 그래서 일반 대학 경제학부에 들어갔고, 졸업 후 대형 가전회사에 취직했다. 지금도 그곳에 다닌다.

수입도 그럭저럭 되어 일 년에 한 번은 가족을 데리고 해외여행을 간다. 엄마와 주리에게는 단순한 관광이지만 아빠는 다르다. 어디까지나 그림을 그리기 위한, 창작을 위한 여행인 것이다. 그래서 어딜 가든 화구를 꼭 챙긴다. 공항 카운터에서 짐을 맡길 때면 젠체하는 미소를 머금으며, 소중한 화구가 들어 있으니 잘 부탁한다고 묻지도 않는데 굳이 토를 단다. 카운터 여직원이 생긋 웃으며 "어머, 그림을 그리세요?"라거나 "화가세요?"라는 반응이라도 해주면 그야말로 가관이다. 한껏 으스대며 어느 전시회에서 입선했다느니, 이번 여행에서는 어디어디 경치를 그릴 거라느니 멈출 줄 모르고 떠들어댄다. 상대는 그것이 일이라 어쩔 수 없이 맞춰준다는 것도 모른다.

여행 때만이 아니다. 외식이나 쇼핑을 할 때도 틈만 나면 그런 식이다. 주리는 창피해서 최대한 아빠와 멀리 떨어져 있다. 어제오늘 이야기가 아니다. 초등학교 4, 5학년 때부터 그랬다. 아무리 어려도 그 정도 나이가 되면 난처함과 귀찮음을 감추고 짓는 예의상의 미소와, 호의와 존경을 담은 진짜 미소쯤은 구별할 수 있다.

주리의 그런 심정도 모르고 아빠는 그 못 말리는 자기선전에 주리까지 끌어들이곤 했다.

"우리 딸입니다. 주리라고 하죠. 내가 붙인 이름이에요. 세계 어디를 가든 무리 없이 퍼스트네임으로 불릴 수 있게요."

그럴 때마다 주리는 그 자리에서 콱 죽어버리고 싶었다.

어릴 때는 그나마 나았다. 얼굴 어디를 봐도 밋밋한, 딱 토종 일본인처럼 생긴 여자애 이름이 '주리'라니—그런 수치 정도는 참을 만했다. 그러나 6학년 2학기 무렵부터 얼굴에 듬성듬성 피어난 여드름 꽃이 중학교 입학 후 말 그대로 만개하자, 그때부터는 견뎌낼 방법이 없었다.

주리는 2학년에 올라가자마자 부모에게 이름을 바꾸고 싶다고 했다.

조토 3중학교에서는 해마다 반이 바뀐다. 신학기 첫 학급회의에서는 모두 돌아가며 일 분씩 자기소개를 한다. 주리는 다른 소개는 전혀 없이 이름만 말하고 자리에 앉았다. 그런데도 모두—2학년이 되어 주리를 처음 본 아이들뿐 아니라 1학년 때부터 주리를 알던 아이들까지도 낄낄거리며 웃어댔다. 소리 내 말하지 않아도 또렷이 들렸다.

—저런 얼굴로 주리래.

그래서 하다못해 이름이라도 바꾸고 싶었다. 그런데 엄마도 아빠도 건성으로 들었다. 심지어 아빠는 "한자 말고 가타카나*로 쓰려고?"라고 되묻기까지 했다.

---

* 일본의 표음문자로 주로 외래어 표기에 사용함.

그날 밤 주리는 편의점에서 사온 면도칼을 들고 욕실에 들어갔다. 죽을 작정이었다. 그러나 막상 면도칼을 쥐고 손목을 내려다보자 도저히 실행에 옮길 수 없었고, 끝내 소리 높여 엉엉 울고 말았다.

손목 안쪽 피부는 아름답다. 살결이 곱고 새하얗다. 열네 살 소녀의 피부다.

그런데 왜 얼굴만 이 모양일까? 아니, 요즘은 얼굴만이 아니라 목과 등에도 여드름이 난다. 났다가 가라앉기를 반복하는 사이 보기 싫은 흉터가 생겼고, 그것이 지워지기 전에 다시 새 여드름이 났다.

꼭 저주받은 것 같다.

죽으려고 생각한 건 그때가 처음이 아니었다. 중학교에 들어간 지 얼마 되지 않아 그놈들—오이데와 이구치와 하시다 삼인조와 처음 부딪친 순간에도 그랬다. 정신없이 도망쳐 집으로 달려오니 엄마는 시장에 가고 없었다. 혼자 세면대 거울에 얼굴을 비춰보자 지독한 여드름 때문에 부어 보이는 뺨에 오이데의 신발 자국이 선명하게 남아 있었다. 그때 죽기로 결심하고, 세수하고 옷을 갈아입고 신발을 신고 근처 아파트 단지까지 걸어갔다. 높은 곳에서 뛰어내릴 생각이었다.

한 시간쯤 실외계단 꼭대기의 층계참에 서 있었다. 울다 그치다 하다가, 내가 죽어도 그놈들은 좋다고 웃기만 하겠지 싶어 눈물을 훔치고 계단을 내려왔다. 엄마는 시장에 다녀와서도 아무 낌새를 채지 못했다. 신발 자국은 이미 씻어냈으니까.

여드름을 치료하자. 틀림없이 고칠 수 있을 것이다. 그때부터 주리는 도서관과 서점을 열심히 드나들며 미용 서적은 물론이고 몹시 어려운 의학 전문 서적까지 닥치는 대로 읽어댔다. 용돈도 최대한 아꼈다. 전문의의 치료를 받으려면 돈이 필요했다. 그래서 학교에서 완전히 고립되었다. 학교에 있는 시간을 줄이느라 특별활동을 하지 않았고, 원래도 친구를 사귀는 데 서툴러서였다. 그래도 그런 건 상관없었다. 친구는 원래 적었다. 남자애들은 아예 상대도 해주지 않은데다 여자애들은 앞에서는 생글거려도 뒤에서 험담을 했다. 기분 나빠 했다. 미야케 주리 옆에 가면 여드름 균이 옮는다고 했다. 같이 수영장에 들어가기 싫다고 한 것도 주리는 잘 알고 있다.

오이데 패거리는 그후에도 몇 번이나 주리를 괴롭혔다. 한번은 두고 온 물건을 찾으러 도로 학교에 갔다가 교실에 모여 있던 그놈들에게 붙잡히고 말았다.

"어, 재 아직 안 죽었네."

패거리는 저 더러운 얼굴을 씻어주자며 주리를 강제로 남자화장실에 끌고 갔다. 변기에 얼굴을 처박고, 사정없이 짓밟고 걷어찼다.

"주리짱~" 괴롭히는 동안 오이데는 간드러지는 목소리로 불러댔다. "이름이 참 예쁘구나, 주리짱~"

무슨 짓을 해도 주리가 반항하거나 비명을 지르지 않고 가만있자, 세 사람은 결국 싫증이 나는지 오늘은 이쯤에서 봐주자며 주리를 남자화장실 바닥에 자빠뜨리고 나가버렸다. 가까스로 일어난 주리는 살금살금 복도로 나가 도망치듯 학교를 벗어나려 했다. 그런데 뒷문 근처에서 사회를 가르치는 구스야마 선생님과 맞닥뜨렸다. 얼굴이 새파랗게 질리고 교복도 흐트러졌으니 이상해 보였을 게 틀림없다. 그러나 선생님은 순간 흠칫 놀라면서도 무슨 일이냐고 묻지 않았다. 고개를 획 돌리고―그렇다, 마치 실수로 더러운 것을 본 것처럼―"집에 갈 시간 지났다"라고만 내뱉고는 서둘러 지나가버렸다.

그때는 죽고 싶은 생각이 들지 않았다. 지면 안 된다고 스스로를 타일렀다. 여드름을 고친다. 반드시 고친다. 고치면 세상이 바뀔 것이다. 여드름이 나기 전, 초등학교 5학년 때까지는 내성적이긴 해도 얌전하고 착하고 친구도 많은 아이였다. 그 무렵에는 주리라는 이름에도 전혀 위화감이 없었다. 친구들 모두 "주리짱"이라고 다정하게 불러주었다. 이름이 예쁘다고 부러워하는 아이도 있었다.

돌아갈 수 있다. 그 시절로. 노력하면 반드시. 반드시. 반드시. 반드시.

그러나 현실은 어떤가? 아무리 책을 읽고 지식을 쌓아도 그것만으로는 소용이 없다. 엄마는 식단을 바꿔주지 않고, 식이요법에 대해 설명해도 한 귀로 듣고 한 귀로 흘려버린다. 약용 화장품을 사주지도 않는다. 전문의에게 데려가달라고 울며 애원해도 그럴 필요 없다고 일축해버릴 뿐이다.

"그런 생각 할 시간 있으면 공부나 해."

아빠에게도 필사적으로 매달려보았다. 엄마보다는 이야기를 잘 들어줄 것 같았다. 하지만 아빠는 말했다.

"사춘기 여드름 정도로 그렇게 고민할 것 없어. 주리, 넌 예뻐. 좀더 자신감을 가져보렴."

주리는 절망했다. 이보다 더 무자비한 말이 있을까?

아빠, 아빠는 그렇게 그림을 그리면서, 예술이 어쩌고저쩌고 떠들어대면서 아름다운 것과 추한 것도 구별 못 해?

나는 추해, 추해, 추하다고! 당신 딸은 학교에서 '여드름 귀신'이라고 조롱받는단 말이야!

아빠에게는 보이지 않는다. 주리의 얼굴도 모습도 보이지 않는다.

보려 하지 않는 것이다. 아빠는 머지않아 세계적으로 저명한 화가가 될 거라는 말을 몇 년, 몇십 년째 하고 있는 줄 알아? 아빠가 말하는 '머지않아'는 대체 언제야? 그것과 마찬가지다. 내가 예쁘다고? 그건 진실이 아니다. 아빠는 진실을 보려 하지 않는다. 나는 머지않아 세계적인 화가가 될 몸이고, 내 딸은 사랑스럽고 아름답다. 아빠가 보는 건 아빠의 소망일 뿐이다. 소망은 제아무리 진하게 졸여도 진실이 될 순 없다는 것을 전혀 모른다.

아니─아니까 피하는 것인지도 모른다.

어느 쪽이든 주리에게는 마찬가지다. 어느 쪽으로 가든 출구가 없다는
사실에는 변함이 없으니까.

스스로 출구를 만들지 않는 한.

이대로라면 서서히 죽어갈 뿐이다.

그래서 나는―나는―

"주리, 왜 하나도 안 먹니?"

접시에 담긴 음식을 젓가락으로 지분거릴 뿐 주리는 통 먹지 않았다.
엄마는 화난 얼굴이었다.

"날씨가 좋아서 옷을 가볍게 입고 나갔더니 감기 걸렸나봐. 머리가 좀
아파."

주리는 입에서 나오는 대로 둘러댔다. 뭐라고 하든 상관없다. 일단 그
럴듯하게만 들리면 엄마든 아빠든 곧이곧대로 믿으니까.

정말 엄마는 식탁 너머로 손을 뻗어 주리의 이마를 짚어보며 말했다.
"어머, 진짜네. 열이 있는 것 같아."

거짓말. 열은 무슨. 어쩜 이리도 허술할까.

"이제 잘래. 잘 먹었습니다."

엄마는 식탁에서 일어서는 주리를 말리지 않았다. 잘 먹었다고 똑똑히
인사했기 때문일 것이다. 저희는 가정교육에 엄격하답니다. 집에서도 예
의범절을 꼭 지키게 해요. 가정방문을 온 모리우치 선생님에게 자랑스레
그렇게 말했던가.

모리우치! 자기 방을 향해 계단을 오르던 주리는 부르르 몸서리를 쳤
다. 2학년으로 올라갈 때 그 사람과 구스야마만은 담임이 되지 않게 해달
라고 그렇게 빌었건만 신께서는 들어주지 않았다. 신은 주리 따위 안중
에도 없는 것이다.

모리우치! 속으로는 미인이랍시고 으스대는 주제에 겉으로는 '난 그렇
게 오만한 사람이 아니에요'라며 시치미를 뗀다. 학급회의에서 "미모도

개인의 능력 중 하나"라고 내뱉던 그 여자를 주리는 결코 잊을 수 없다. 농담조이긴 했지만 그때 모리우치는 분명 경멸에 찬 시선으로 주리를 바라보았다. 주리는 알았다. 주리가 알았다는 것을 모리우치도 알았다. 알게 하려고 일부러 쳐다본 것이다. 그리고 웃었다. 가엾어서 어쩌나, 라고 말하듯이.

그리고 또 한 사람, 그 자리에서 모리우치와 주리 사이에 오간 시선을 알아챈 아이가 있었다. 후지노 료코다.

료코는 해맑게 웃는 모리우치를 당장이라도 쏘아죽일 듯 매서운 눈으로 응시했다. 주리가 그녀를 바라보자 잠시 후 그 시선을 느꼈는지 이쪽을 바라보았다.

그 순간 료코의 눈빛이 누그러졌다. 그리고 마치 배려해주는 것처럼 슬며시 시선을 피했다.

주리는 그때부터 후지노 료코를 미워했다.

원래도 좋아하지는 않았다. 하지만 그후로는 확실하게 미워하게 되었다.

정의로운 척하지 마. 실은 너도 모리우치랑 같은 부류인 주제에. 내 마음 같은 건 천년이 지나도 모를 거면서 다 이해한다는 표정 짓지 말란 말이야.

얼굴도 예쁘고 우등생에 운동도 잘하고 친구도 많고 괴로움이나 고민이라곤 없다. 하나부터 열까지 특별대우받고 자기도 그걸 빤히 아는 주제에, 난 평범한 인간이야? 나도 그저 열네 살 소녀야? 웃기고 있네.

위선자. 어디 두고 보자.

방으로 들어가 책상 앞에 앉아서 서랍을 열었다. 엄마가 멋대로 서랍을 열어보는 통에 주리는 언뜻 봐서는 모르게 바닥을 이중으로 만들어놓았다. 위쪽 칸에서 수첩과 오려낸 잡지 조각 등을 들어내고 맨 밑에 있는 얇은 합성수지로 된 투명 파일을 꺼냈다.

저절로 미소가 떠올랐다.

처음에는 엄마가 연하장을 쓸 때 사용하는 워드프로세서를 빌릴까 했지만, 프린터가 열전사 방식이라 잉크리본에 인쇄한 글씨가 남는다. 주리가 워드프로세서를 쓰면 보나마나 엄마가 나중에 뭘 인쇄했는지 알아볼 테니 곤란하다.

결국 고전적이긴 해도 자를 대고 삐뚤빼뚤 글씨를 쓰는 방법을 택했다. 시간이 오래 걸려 힘들었지만 결과물은 만족스러웠다.

아무도 이것이 주리의 글씨라고 생각하지 못할 것이다. 복사도 일부러 버스를 타고 역 앞 편의점에 가서 했다. 똑같은 것이 세 통 필요했다.

오늘, 도쿄 역 야에스 출구의 우체통에 집어넣은 속달우편 세 통.

남아 있는 원본은 어떻게 할까. 마음 같아서는 남겨두고 싶지만 위험할 것이다. 이 서랍도 백 퍼센트 안전하지는 않다. 찢어서 버리면 더욱 위험하다. 엄마가 쓰레기통을 비우려고 열었다가 수상쩍게 여길 테니까. 조각을 이어붙여 읽어보려 할지 모른다. 전부가 아니라 단 한 줄만 읽는다 해도 곤란하다.

엄마가 잠들면 아빠 재떨이에서 몰래 태워버릴까. 아니면 잘게 찢어서 화장실 변기에 넣고 물을 내릴까? 하지만 그러다 막히면 곤란하다.

조금만 더―오늘 하룻밤만 더 가지고 있을까.

내일은 개학식이다. 주리가 보낸 속달우편이 그때까지 도착할까. 아니면 소동은 저녁 무렵에나 시작될까.

막상 실행하고 보니 이렇게 간단한 걸, 아사이 마쓰코에게 괜히 얘기했다. 주리는 뒤늦게 후회를 곱씹었다. 그렇지만 처음에는 너무 불안해서 자기 이야기에―지금부터 하려는 일에 설득력이 있는지 없는지, 누군가에게 알려주고 반응을 확인하고픈 충동을 도저히 떨쳐낼 수 없었다. 그리고 그 상대로 마쓰코밖에 떠오르지 않았다.

이야기를 들은 마쓰코는 기겁하고 당황해서는 덜덜 떨었다. 주리짱, 그런 큰일을 혼자 속에 담아두느라 얼마나 괴로웠니. 눈물을 글썽거렸다. 바보다.

만약 피부가 깨끗해져서 자신감을 되찾는다면, 그때도 마쓰코와 친구로 지낸다면, 우리 둘은 후지노 료코와 구라타 마리코의 조합처럼 보이겠지. 여학생들은 후지노 료코가 왜 구라타 같은 애랑 친하게 지내는지 하나같이 의아해한다. 구라타가 매달리는 걸 뿌리치지 못하는 거야. 후지노는 착하니까.

웃기는 소리다. 그애는 잘 알고 있다. 구라타 마리코와 친하게 지내면 콧대 높지 않은, 오만하지 않은, 마음씨 착한 우등생이라는 가면을 가장 효율적으로 만들어낼 수 있다는 사실을.

나도 그렇게 될까. 아니면 후지노 료코보다 훨씬 솔직하게, 마쓰코에게서 멀어질까.

만약 피부가 깨끗해―진다면.

언젠가.

꼭―그렇게 될 것이다.

하지만 지금은 신변의 안전을 지키는 게 먼저다. 이제 두 번 다시 등을 걷어차이거나 남자화장실 변기에 얼굴을 처박히지 않도록. 아래로 떨어지는 자기 모습을 상상하며 아파트 계단 난간에 손을 얹고 한 시간씩 서 있거나, 면도칼을 쥐고 욕조에 몸을 담근 채 울지 않도록.

그리고 나에게 그런 끔찍한 짓을 저지른 세 사람에게 합당한 보복을 해주겠다.

그러기 위해 이것은 피할 수 없는 일이었다. 문장을 고심하고, 자와 볼펜을 놀려 완성해낸 이 고발장.

이것은 올바른 일이다.

왜냐하면 난 봤으니까. 정말로 봤으니까. 그래서 가만있으면 안 된다는 결론을 내렸으니까.

미야케 주리의 입술이 현실세계의 그 어떤 자로도 그을 수 없는 완벽

한 직선을 그렸다. 그것은 정의와 복수 두 점 사이를 최단거리로 연결한
선, 주리만이 시작점과 끝점을 아는 직선이었다.

고발장


조토 제3중학교
2학년 A반 가시와기 다쿠야는
자살한 것이 아닙니다
살해당했습니다
학교 옥상에서 떠밀렸습니다
크리스마스이브였던 그날
저는 그 광경을 보았습니다
현장을 목격했습니다
가시와기는 비명을 질렀습니다
그를 밀어뜨린 사람은
2학년 D반의 오이데 슌지입니다
하시다 유타로와 이구치 미쓰루도 거들었습니다
세 사람은 웃으면서 도망쳤습니다
부탁드립니다
다시 한번 사건을 조사해주십시오
이대로는 가시와기가
너무 불쌍합니다
부탁드립니다
경찰에 알려주십시오
간절히 부탁드립니다

16

후지노 다케시는 그날 아침 여섯시에 귀가했다. 이미 일어난 아내는 부엌 식탁에 앉아서 조간신문을 펼쳐놓고 잠이 덜 깬 얼굴로 커피를 마시고 있었다. 그의 얼굴을 보자 어머, 어서 와, 라고 했다.

"두세 시간만 눈 붙이고, 옷 갈아입고 다시 나갈 거야."

"목욕은?"

"나갈 때 샤워만 할게."

"감기 걸릴 텐데."

"괜찮아."

겉옷을 벗고 아내 맞은편에 앉아 커피 한 잔을 따랐다. 곧 잘 테니 카페인은 필요 없지만 좋은 향에 이끌렸다.

"오늘이 개학식이지?"

"응."

"료코는 어때?"

신문을 내려놓고 일어서려던 아내가 고개를 살짝 갸웃했다.

"그 사건 때문에 물어보는 거야?"

그리고 후지노가 고개를 끄덕이기도 전에 덧붙였다.

"딱히 마음 쓰거나 고민하는 것 같진 않던데. 죽은 가시와기라는 학생과 친하지도 않았다고 하고……"

애써 하품을 참느라 얼굴을 찡그렸다.

"남의 일은 남의 일. 자기 일은 자기 일. 나름대로 잘 나눠서 생각하는 것 같아."

"그렇군."

아내가 아침식사 준비를 시작하고, 후지노는 조간을 대충 훑어보고는 커피 잔을 비우고 부엌을 나왔다. 2층 침실로 올라가 침대로 파고들자 스위치가 꺼진 것처럼 금세 잠들어서 딸들이 일어나는 기척을 느낄 새도 없었다.

눈을 떴을 때는 오전 열시가 넘어 있었다. 암막커튼을 걷자 투명한 겨울 햇살이 한가득 비쳐들었다. 서둘러 샤워를 하고, 면도를 하고, 옷을 갈아입었다.

아이들은 학교에 가고 아내는 출근을 해서 집에는 그뿐이었다. 식탁 위에 아내의 메모가 있었다. 음식은 냉장고, 갈아입을 옷은 소파 위 보스턴백에. 냉장고를 열자 샌드위치가 담긴 접시가 보였다. 아내는 채소 수프도 데워 먹으라고 했지만 귀찮아서 그만두었다. 의자에 앉지도 않고 선 채로 샌드위치를 베어물고 우유를 마셨다.

겉옷을 입고 외투를 집어든 순간, 현관 인터폰이 울렸다. 후지노는 인터폰을 받지 않고 곧바로 문을 열었다.

진녹색 방한복을 입고 헬멧을 눌러쓴 우편배달부가 서 있었다.

"후지노 씨, 속달우편입니다."

편지 한 통을 건네받은 후지노는 감사인사를 하고 문을 닫았다.

지극히 평범한 흰색 이중 봉투였다. 우편번호 위에 빨간색 '속달' 도장이 찍혀 있다.

봉투의 글씨가 후지노의 시선을 끌었다.

몹시 삐뚤빼뚤하다. 그냥 쓴 게 아니라 자를 대고 쓴 것이 분명했다.

받는 사람은 '후지노 료코 님'으로 되어 있고, '후지藤'라는 한자 하나만 유난히 컸다. 자를 대고 획수 많은 한자를 쓰면 대개 이렇게 되게 마련이다. 똑같은 이유로 '노野'의 모양새도 흐트러졌다. 진력이 났는지 '님様'은 아예 한자 대신 가타카나로 썼다.

후지노는 손안에서 봉투를 뒤집었다. 보낸 사람 이름은 없었다.

예감이 좋지 않다.

그는 직업상 이런 편지를 접할 기회가 많았다. 아니, 직접적인 경험이 없고 드라마나 소설에서만 봤다 해도 이렇게까지 노골적이고 전형적인 형태로 맞닥뜨리면 누구든 수상쩍게 생각할 것이다.

내용이 뭘까. 무슨 말이 쓰여 있을까? 설마 '료코쨩, 새해 복 많이 받아. 새 학기에도 잘 부탁해'라는 내용일 리는 만무하다. 게다가 굳이 속달로 보내는 공까지 들였다.

후지노는 외투를 보스턴백 옆에 내려놓고 봉투를 앞뒤로 뒤집어보며 망설였다.

유쾌한 내용이 아니리라는 것은 짐작이 간다. 문제는 어떤 성질의 불쾌함이냐는 것이다. 그리고 자신에게 이 편지를 뜯어볼 권리가 있느냐 없느냐 하는 것이다.

료코가 열 살이라면 '있다'고 단언할 수 있다. 그뿐 아니라 내용에 따라서는 편지가 왔다는 사실까지 숨겨도 상관없다고 후지노는 생각했다. 이것이 둘째딸이나 셋째딸에게 온 편지였다면 봉투의 수상한 글씨를 본 순간 뜯어봤을 것이다. 망설이지 않았을 것이다. 그것은 부모의 권리가 아니라 의무다.

그러나 열네 살은 미묘한 나이다. 부모의 의무와 아이의 권리가 맞서기 시작하는 나이.

후지노는 손가락으로 봉투 전체를 더듬어보았다. 접힌 종이―그것도 얇은―의 감촉뿐 다른 건 없는 것 같았다. 이를테면 면도칼이나 죽은 벌레 같은, 상대를 괴롭힐 목적으로 보내는 편지에 흔히 넣는 것들.

그런 편지는 아니겠고. 혹시 러브레터? 부끄러움이 많은 아이라 글씨체로 자기를 알아볼 수 없게 일부러 자를 대고 썼다면?

전에 동료의 대학생 딸이 한 청년에게서 사귀어달라는 편지를 몇십 통이나 받은 적이 있었다. 매번 절절한 마음을 담은 두툼한 편지와 함께 콘돔이 하나씩 동봉되어 왔다. 급기야 아버지가 나서서 호통칠 때까지 청년은 그것이 자기 호의를 표현하는 가장 솔직한 수단이라 믿었고, 편지를 받은 상대가 어떤 기분일지는 상상도 해보지 않았던 모양이다. 손이 발이 되도록 사과하고 결국에는 울음까지 터뜨렸다고 한다. 악의가 있었던 건 아니니까.

봉투의 글씨가 언뜻 보기에 기분 나쁘다고 해서 꼭 위험하다고 단언할 수는 없다는 뜻이다.

단지 '수상쩍어서 걱정된다'는 이유로 부모가 멋대로 편지를 뜯어볼 권리는 없다.

후지노는 손목시계를 보았다. 열한시 십 분 전이다. 개학날에는 수업이 없으니 학교는 점심 무렵에 끝날 것이다. 하지만 료코는 특별활동을 할 테니 역시 저녁때나 되어야 집에 들어온다.

그때까지 기다릴 수는 없다. 후지노도 지금 집을 나서면 또 며칠 들어오지 못할 테니, 료코의 얼굴을 보고 그 편지는 뭐였느냐고 물어볼 기회는 한참 미뤄지고 만다.

물론 료코도 편지를 읽고 불안하다면 틀림없이 아빠에게 전화해서 말하겠지만—

도무지 마음이 가라앉지 않았다. 속달우편이라는 점이 유독 마음에 걸렸다.

소인을 보니 도쿄 중앙우체국이었다. 그것도 마음에 걸렸다. 료코는 친구가 많은 편이지만, 아무리 그래도 열네 살 중학교 2학년생이 맺는 인간관계의 범위가 다니는 학교의 통학구역을 넘어설 리 없다. 이 편지는 그 범위 바깥에서 왔다. 일부러 그런 것이 틀림없다.

후지노는 결단을 내리기 위해 일부러 콧김을 거칠게 내뿜으며 거실로 돌아갔다. 꼭 화가 난 기분이었다.

"나한테 온 편지를 왜 아빠 맘대로 뜯어?"

눈앞에서 그렇게 항의하는 료코와 맞선 것 같았다.

우뚝 멈춰 서서 가위로 봉투 모서리를 잘랐다.

내용을 읽는 데 이십 초가 걸렸다. 한 번 통독한 것으로 부족해 다시 읽었기 때문이다.

편지를 다시 봉투에 넣고 전화 한 통을 걸었다. 신호음 한 번 만에 부하직원이 전화를 받았다. 미안한데 들를 곳이 생겨서 조금 늦을 것 같다고 간략하게 말했다.

그리고 집을 나섰다. 잰걸음으로 걷자 '후지노 료코 님' 앞으로 온 수상한 편지를 넣은 웃옷 안주머니에서 버석버석 소리가 났다.

조토 제3중학교는 엎어지면 코 닿을 거리다.

학생들이 아직 교실에 있는지 운동장이 휑했다. 휘몰아치는 겨울바람에 휩쓸리는 낙엽들이 살아 있는 것처럼 데굴데굴 뒹굴었다.

후지노는 집에서 더 가까운 뒷문으로 들어갔다. 작년 크리스마스 아침, 눈 속에서 가시와기 다쿠야의 유체가 발견되었던 뒤뜰을 지나 세 계단을 올라갔다. 잠겨 있지 않은 묵직한 금속 미닫이문이 삐걱거리며 열렸다. 눈앞에 긴 복도가 펼쳐졌다. 실내화도 슬리퍼도 없어서 문 바로 안쪽에 깔린 고무매트에 신발 바닥을 털어내고 들어갔다. 교내는 조용했지만 후지노가 막 걸음을 내디디는 순간 머리 위 어딘가에서 아이들의 웃음소리가 일었다. 박수 소리도 들렸다. 시끌벅적한 학급회의 시간이다.

교장실 표시판을 찾아 걸어가는데 때마침 왼쪽 문이 열리더니 남색 사무복을 입은 여자 하나가 나왔다. 후지노를 보더니 깜짝 놀란 표정을 지었다. 후지노는 인사를 건넸다.

"실례합니다. 저는 2학년 학생 후지노 료코의 아버지입니다. 교장선생님을 좀 만나뵙고 싶은데요."

여자는 용건을 듣고 더 놀라는 눈치였다. 표정에 불안한 빛이 어렸다.

"저어, 급하신가요?"

"네. 매우 급한 용건입니다."

불안한 빛이 더욱 짙어졌다. "2학년 후지노 학생의, 아버님이라고 하셨죠?"

"네."

여자는 일단 따라오라는 몸짓을 하고 앞장서서 걸었다. '교장실' 표시판은 그녀가 나온 방에서 두번째 방문 위에 걸려 있었다. 그 옆은 '교무실'이다.

문을 노크하자 "네" 하고 대답하는 소리가 들렸다. 여자가 실례한다며 문을 열어 절반쯤 몸을 들이밀고는, 학부모님이 찾아오셨는데요—라고 말했다.

그 말이 채 끝나기도 전에 후지노는 여자의 머리 너머로 교장실 안을 들여다보았다. 초록색 시트를 깐 커다란 책상 앞에 둥근 얼굴의 쓰자키 교장이 앉아 있다. 책상 맞은편에는 오십대로 보이는 비쩍 마른 여자가 교장을 덮칠 듯한 자세로 서 있었다.

후지노는 쓰자키 교장과 눈이 마주치기 전에 교장실의 광경만 보고도 상황을 파악했다. 아아, 이렇다면 얘기가 빠르겠군.

교장의 책상 위에 편지 한 통이 놓여 있었다. 서류상자, 연필꽂이, 전화기와 도장함, 서류 다발 등이 말끔히 정돈된 책상은 한가운데가 널찍하게 비어 있다. 그 한가운데 봉투가 있었다.

거기서 꺼냈을 편지지를 쓰자키 교장이 양손으로 들고 있었다. 그뿐인가, 후지노가 얼굴을 내미는 순간 부리나케 숨기려 했다.

삐뚤빼뚤한 글씨로 쓴 속달우편이 학교에도 도착한 것이다. 우리 집과 마찬가지로 지금 막 받아 뜯어봤겠지.

"작년 크리스마스 사건 때 뒷문에서 뵈었었죠. 후지노입니다."

교장이 의자에서 엉거주춤 일어서며 "네, 후지노 씨. 경시청에 계신다고 하셨죠"라고 말했다. 책상 앞에 서 있던 여자의 표정이 순식간에 험악해졌다. 그 얼굴도 낯이 익었다. 그녀 역시 가시와기 다쿠야가 발견됐을 때 뒷문 근처에 있었다. 2학년 학년주임이라고 했던가. 아마도 다카기 선생일 것이다.

후지노는 장황한 설명을 늘어놓는 대신 안주머니에서 봉투를 꺼내 슬쩍 들어 보였다. 교장과 학년주임의 안색이 바뀌었다.

"안으로 들어오시죠." 교장이 말했다.

남색 사무복을 입은 여자는 여전히 곤혹스러운 표정으로 물러서며 후지노에게 길을 터주었다. 후지노는 최대한 조용히 문을 닫았다.


'조토 제3중학교 교장 쓰자키 선생님'

학교에 도착한 봉투 겉면에는 그렇게 적혀 있었다. 후지노 료코에게 온 것과 마찬가지로 삐뚤빼뚤한 글씨였다. 보낸 사람 이름은 없다. 봉투도 같다. 속달이라는 점도, 소인도 같다.

안에 든 내용도 같았다. 복사본이다.

"같은 사람이 보낸 거겠죠."

교장실 한가운데의 접대용 소파에 쓰자키 교장과 다카기 학년주임이 나란히 앉고 후지노는 그 맞은편에 앉았다. 탁자 위에는 편지 두 통이 놓여 있다.

"어떻게 생각하십니까?" 후지노가 물었다.

"어떻게라뇨……" 다카기 학년주임이 교장의 얼굴을 보았다.

"여기 적힌 내용을 선생님들도 처음 들으시나요?"

"물론 처음 듣는 얘기입니다." 쓰자키 교장이 힘주어 고개를 끄덕였다. "놀랐습니다."

"교내에 이런 유의 소문이 퍼졌던 적은 없습니까? 가시와기 학생이 옥상에서 떠밀렸다는 소문 말입니다."

이번에는 교장이 학년주임의 얼굴을 보았다. 다카기 선생이 미간을 찌푸렸다.

학년주임의 찌푸린 얼굴을 무시하고 후지노는 쓰자키 교장을 똑바로 바라보며 말을 이었다. "실은 저희 집사람이 가시와기 학생이 죽은 직후에 열린 2학년 보호자 모임에 참석했습니다. 그 자리에서 벌써 누군가 오이데라는 학생의 이름을 들먹였고, 그 무리가 가시와기 학생의 죽음과 관계있는 것 아니냐는 논의가—논의라기보다 상당히 감정적인 대화가 오갔다고 들었습니다. 그게 사실입니까?"

학년주임의 미간의 주름이 점점 더 깊어졌다.

쓰자키 교장이 시선을 떨어뜨리고 고개를 끄덕였다. "사실입니다. 이렇게까지 구체적인 내용은 아니었습니다만, 가시와기 군이 죽은 직후부터 학생들 사이에 그런 소문이 퍼졌던 건 사실입니다."

그런 소문은 들은 적이 없고 있을 수도 없다며 무작정 부정하지 않는 모습에 후지노는 일단 마음이 놓였다. 과거에 다른 사건으로 관계했던 학교 관계자들 중에는 조금이라도 학교 측에 불리한 사실은 인정하지 않는, '알고 있다'고 절대 말하지 않고 말할 수도 없다는 사람이 많았다.

"학교에서 공식적으로—그러니까 학생들에게 가시와기 학생 사망 사건에 관해 자세히 설명한 적이 있습니까?"

"오늘 아침, 개학식 전체 조회에서 말했습니다." 쓰자키 교장이 대답했다.

"자살이었다고 말씀하신 거죠?"

"그렇습니다. 가시와기 군의 부모님이 몹시 슬퍼한다는 얘기와, 자기 목숨과 친구의 목숨 모두 소중히 여겨야 한다는 얘기를 했습니다."

다카기 선생이 여전히 굳은 표정으로 말했다. "교사들 중에는 반대하는 사람도 있었어요. 신학기 개학식에서 굳이 그 사건을 다시 꺼낼 필요는 없다고. 어차피 학생들은 이미 다 알고 있을 테니까요. 장례식에 참석한 동급생들은 가시와기 군의 아버지가 출관 때 하신 인사말을 들었을 테고, 무엇보다 신문에 '자살'이라는 보도가 실렸고요."

후지노도 그 기사를 읽었다. 지면 한 귀퉁이에 자그맣게 실린 속보였다.

“하지만 그건 학교 차원의 마무리가 못 되니까요.” 쓰자키 교장이 말했다. “학생들에게 정식으로 알려야 한다고 생각했습니다. 전체 조회에서 그 얘기를 했을 때 학생들이 크게 동요하지는 않았습니다. 우는 학생도 없는 것 같았고요. 이미 자살이라는 정보가 퍼져서 학생들 나름대로 이해한 거라고 저는 받아들였습니다.”

일 분간 묵념하고, 교장은 이야기를 끝냈다고 한다.

“그래도 만일을 대비해서 교내 상담사를 두는 게 어떨까 겨울방학 동안 의논했어요.” 다카기 선생이 말했다. “공립학교에는 아직 거의 도입되지 않았거든요. 구 교육위원회와 상의해야 하고 예산이나 인원 문제도 있으니 실현이 그리 쉽지는 않겠지만……”

머리가 아픈지 관자놀이를 손가락으로 눌렀다.

“교육위원회에서는 교내 상담사를 두려면 학교 단위가 아니라 교육위원회의 주도하에 운영하는 수평적 기구로 만들어야 한다는 의견이 강합니다. 학교 단위라면—사실 학생들이 편하게 상담을 청하기 어려우니까요. 털어놓은 이야기가 담임선생님 귀에 들어가지 않을까 걱정하거나, 집단괴롭힘의 경우에는 자길 괴롭히는 학생들에게 상담 내용이 새나가지 않을까 염려할 거라는 거죠. 그렇지만 교육위원회에서 주도하는 형태라면 학교라는 단위 내에서 질서가 흐트러진다고 할까, 상하관계를 무시하고, 다시 말해 학생들이 선생님을 거치지 않고 직접 교육위원회에 불만을 말해도 되는 걸로 해석될 위험이 있어요. 교육위원회에서는 그게 ‘신문고’ 역할을 겸비하는 상담실이라고 주장하지만 신문고란 늘 양날의 검이고, 뭐든지 다 교육위원회에 호소한다면 현장의 선생님들이 부당한 압력을 받게 될—”

거기까지 고개를 끄덕이며 들어주던 후지노도 이쯤에선 끼어들 수밖에 없었다.

“잠깐, 잠깐만요. 그런 자세한 얘기는 다음 기회에 듣겠습니다.”

베테랑 교사다운 침착한 분위기와 엄격해 보이는 얼굴에 가려지긴 했지만, 다카기 학년주임은 사실 이 고발장 때문에 무척이나 당혹스러운 상태이리라. 눈앞의 고발장을 직시하고 싶지 않아 다른 문제로 화제를 돌려버리는 것이다.

"시, 실례했습니다."

다카기 선생이 살짝 당황한 듯 말을 더듬으며 사과했다.

"방학 내내 그 문제로 정신없이 뛰어다니다보니, 저도 모르게 그만."

후지노는 말없이 사과를 받아들였다. 확실히 학년주임은 개학날에 어울리지 않게 지쳐 보였다. 아닌 게 아니라 정말 바빴으리라.

"선생님들은 어떤가요? 가시와기 학생이 죽은 이유에 의혹을 느끼는 분은 없습니까?"

쓰자키 교장이 입을 꾹 다물더니 잠깐 생각하고는 대답했다.

"그런 의견은 들은 적이 없습니다. 다카기 선생님 말대로 겨울방학중 저희가 한 일은 이후 대책을 세우는 것뿐이었습니다. 가시와기 군의 일은 자살이라는 대단히 불행한 사건으로 받아들였고―그렇게 결론을 냈습니다."

"방학중 선생님들은 학교에 나오십니까?"

"누구든 나와 있긴 합니다. 아무도 출근하지 않은 것은 설날뿐입니다. 교내 상담사에 관한 논의도 있었고, 3학년 담임선생님들은 곧 고교 입시가 시작되니 이래저래 준비할 게 많아서 거의 매일같이 출근했습니다."

"그렇게 선생님들이 모여도 가시와기 학생의 죽음에 관해 자살 외의 가능성이 거론된 적은 한 번도 없었단 말이죠?"

"없었습니다."

후지노는 고개를 천천히 끄덕이고 두 통의 쌍둥이 고발장으로 시선을 떨어뜨렸다.

"이 고발장을 쓴 사람은 가시와기 학생이 옥상에서 떠밀리는 현장을 목격했다고 주장하는데요."

교장과 학년주임이 후지노를 따라 고발장을 내려다보고 굳은 표정으로 고개를 끄덕였다.

"자꾸 확인해서 죄송합니다만, 지금까지 이런 유의 목격정보를 들으신 적은 없습니까?"

다카기 선생의 목소리가 높아졌다. "말도 안 돼요! 그런 일이 있었다면 어떻게 이후 학교 운영이나 한가하게 논의하고 있었겠어요."

"교장선생님은요?"

쓰자키 교장이 말없이 고개를 저었다. 그리고 후지노의 얼굴을 바라보며 "학생의 보호자가 아니라 현직 경찰 후지노 씨에게 묻고 싶습니다만"이라고 입을 열었다. "이렇게―어떤 사건 하나가 완전히 마무리되고 나서 그것을 송두리째 뒤엎는 새로운 정보가 나오는 경우가 자주 있습니까? 뒤늦게 들어온 정보를 믿어도 될까요?"

후지노가 몸을 일으켜 등을 곧게 폈다.

"첫번째 질문에는 그리 드문 일이 아니라고 답할 수 있습니다. 이유는 여러 가지죠. 사건이 한창 뜨거울 때는 입을 열 용기를 못 낸 사람이 사건이 종식된 후에야 조바심을 내거나 양심의 가책을 느껴서 몰래 수사 관계자에게 접촉해오는 경우도 있고, 단순히 소란을 일으켜볼 심산으로 터무니없는 거짓말을 늘어놓는 경우도 있고요."

교장이 고개를 끄덕였다.

"그러니 두번째 질문에는 케이스 바이 케이스라고 답할 수밖에 없습니다. 적어도 지금 상황에서는요."

쓰자키 교장이 둥그스름한 어깨를 힘없이 떨어뜨렸다. 다카기 선생이 몸을 앞으로 내밀었다.

"하지만 편지 속의 이 '저'는, 우리 학교 2학년 학생이 틀림없을 거예요."

"왜 그렇게 생각하시죠?"

"가시와기 군 사건에 큰 충격을 받은 건 아무래도 같은 2학년들이고, 그애들이 여기 이름이 거론된 오이테, 이구치, 하시다 세 명에 대해서도 잘 아니까요. 게다가 이 편지를 후지노 료코 양 앞으로 보냈다는 것만 봐도 그렇게 단정하는 데 큰 지장이 없을 것 같은데요. 료코 양 아버님이 경찰에서 일한다는 것을 알고 보냈겠죠. 설마 료코 양이 가시와기 군 반의 반장이어서는 아닐 거예요."

그 점은 후지노도 전적으로 같은 의견이었다. 고발장을 쓴 사람이 누구든 학교에서 료코 가까이 있는 인물인 건 확실할 것이다. 그러나 그런 말을 입 밖에 내는 것은 삼갔다. 대신 이렇게 말했다. "타당한 의견이라고 생각합니다만, 어디까지나 하나의 가능성입니다. 그러니 방금 말씀하신 건 당분간 선생님 마음속에만 담아두시는 게 좋을 것 같습니다."

"이 남학생*을 찾아내선 안 된다는 말씀인가요?"

"학생이라고 단정할 순 없습니다. 선생님. 예단하시면 안 됩니다."

다카기 선생이 실눈을 떴다. 뭔가 반론하고 싶은 눈치였지만 후지노가 선수를 쳤다.

"그렇게 썼다고 꼭 남학생일 리도 없고요. 내용의 진위 여하에 관계없이 이 고발장을 보낸 인물은 상당히 겁을 먹었을 테고, 자기 정체가 밝혀지지 않게 나름대로 머리를 썼습니다. 도쿄 중앙우체국 소인이 찍혀 있는 것이 좋은 예입니다. 거주지의 우체국 소인이 찍히는 걸 꺼려 일부러 도심으로 나가 우체통에 넣은 겁니다. 그 정도 머리라면 성별을 속이는 것쯤 충분히 생각해낼 수 있겠죠."

"후지노 씨 말씀이 맞습니다." 쓰자키 교장이 말했다. 학년주임에게 하는 말치고 꽤 정중하다. "너무 서두르시면 안 됩니다, 다카기 선생님."

"그건 알지만……"

<hr>

다카기 선생은 아마도 '저'를 찾아내서 "거기 좀 앉아"라며 마주 앉히고 "대체 어쩌자고 이런 소란을 피웠니? 네가 한 말이 사실이니? 그렇다면 왜 여태껏 입 다물고 있었어? 거짓말이라면, 왜 이런 터무니없는 거짓말을 꾸민 거니?"라며 야단치고 싶어 근질근질한 것일 테다.

"여기 지목된 세 학생은 모두 2학년이죠?"

쓰자키 교장이 대답했다. "네, 그렇습니다."

"셋 다 가시와기 학생과 같은 반입니까?"

"아뇨, 그렇지 않습니다."

다카기 선생이 끼어들었다. "1학년 땐 같은 반이었어요, 교장선생님."

그리고 후지노에게 시선을 돌리고 말했다.

"그때부터 셋이서 몰려다녔죠. 이래저래 문제행동을 많이 일으켜서 2학년으로 올라갈 때 두목 격인 오이데 학생을 다른 반으로 떼어놨어요. 그래도 몰려다니는 건 여전하지만."

"확실히 말해 셋 다 문제아라는 뜻이군요?"

"맞아요. 지도에 애를 먹고 있어요."

"어떤 타입의 문제아입니까? 폭력적인가요?"

"그것도 그렇고 규율을 어지럽힌다는 게 문제예요. 수업을 방해하고, 다른 학생들을 위협하거나 놀리고. 지각하거나 제멋대로 조퇴할 때도 있고요."

"선생님들에게도 폭력적입니까?"

쓰자키 교장과 다카기 선생이 재빨리 얼굴을 마주보았다. 후지노는 어떤 대답이 돌아올지 주의깊게 지켜보았다.

"지금까지 교사에게 폭력을 휘두른 적은 없습니다." 교장이 대답했다. "교내 기물이나 비품을 파손한 적은 있습니다만."

"과거에 이 세 학생과 관련해 조토 경찰서에 신고해서 개입을 요청한 사건은 없었습니까?"

“아뇨, 그런 일은 없었습니다.” 지체 없이 바로 대답이 돌아왔다.

“한 번도요?”

“네.”

“신고를 할지 말지 검토하신 적은요?”

다카기 학년주임이 교장의 얼굴을 보았지만 교장은 시선을 떨어뜨리고 고발장만 뚫어져라 보았다.

“그 정도 사태는 일어나지 않았습니다.”

학년주임의 얼굴에 다른 대답이 떠올랐으나 말이 되어 나오지는 않았다.

“알겠습니다. 다시 말해 3중학교에서 유명한 불량 패거리라고 봐도 되겠군요. 여기에 이름이 올라도―진위에 관계없이 말입니다―누구도 이상하게 여기지 않을 학생들이다?”

교장이 깊은 한숨을 내쉬었다. “안타깝지만 그렇습니다.”

“그러나 예의 소문은 사실무근이고요.”

“그렇습니다. 인상에서 비롯한 무책임한 풍문이었습니다. 실제로 가시와기 군과 그 세 사람의 관계가 그리 깊지 않았다는 것을 아는 학생이 많아서 소문도 오래가지 않았습니다.”

후지노는 료코도 그런 얘기를 한 적이 없다는 것을 떠올렸다.

“오이데라는 학생이 리더예요.” 다카기 선생이 말했다. “나머지 두 사람은 그냥 따라다니는 거지 단독으로는 소란을 일으키지 않습니다. 그럴 패기가 없어요.”

“선생님이 보시기엔 그렇다는 뜻이겠죠.” 후지노가 못을 박았다. 다카기 선생의 뺨이 뻣뻣하게 굳었다.

“저는 직접 그애들을 지도하고 있으니까―”

“네, 그건 잘 압니다.”

후지노는 작년 11월 중순 과학준비실에서 그 세 사람과 충돌한 것이 가시와기 다쿠야가 등교거부를 시작한 계기라는 얘기를 들었다고 말했다.

"가시와기 학생과 세 사람의 관계는 선생님들 눈에도 아슬아슬해 보였습니까?"

"그래 보이진 않았어요. 보호자 모임에서도 말씀드렸지만……"

"네, 그 얘기도 아내에게서 들었습니다. 과학실 사건이 일어나기 전에 가시와기 학생이 딱히 표적이 된 기미는 없었다고 하던데요."

"네."

"세 학생의 보호자는 자녀들에게 갖고 있는 학교 측의 문제의식에 협조적입니까?"

이번에는 교장과 학년주임이 시선을 마주하지 않았다. 그런데도 둘이 똑같은 표정을 지었다. 참을 수 없다. 괘씸하다.

"아뇨. 전혀 아닙니다." 날카로운 목소리로 다카기 선생이 대답했다. "비협조적인 수준을 넘어 오히려 명백히 적대적이라고 말씀드려도 좋을 겁니다."

"그렇게까지 말할 건—"교장이 말을 가로막았다.

"적어도 오이데 군의 보호자는 그래요, 교장선생님." 학년주임이 되받아쳤다.

"그렇다면 이 고발장을 어떻게 할지 더더욱 어려워지겠군요."

교장이든 학년주임이든, 그런 건 후지노가 딱히 알려주지 않아도 애초에 알고 있었다고 말하고 싶을 것이다. 그러나 두 사람은 입을 다물었다.

"솔직히 말씀드리겠습니다." 후지노가 먼저 학년주임의 얼굴을, 이어서 쓰자키 교장의 눈을 똑바로 보았다. 교장도 머뭇거리지 않고 시선을 들었다.

"이번 사태에 어떻게 대처할 것인가, 그 첫 단계는 교내에서 결정할 문제입니다. 학교 자치에 맡길 문제죠. 본래 저는 일개 보호자로서 의견을 밝히는 수준에 머물러야 할 입장입니다. 물론 필요하다면 강력하게 의견을 낼 생각입니다만."

교장이 눈을 질끈 감으며 고개를 끄덕였다.

"다만, 복잡한 문제는 제가 경찰이기도 하다는 겁니다. 게다가 고발장 한 통은 제 딸 앞으로 왔죠. 이렇게 된 이상 보호자 입장에서 학교에 일차적 판단을 맡기고 가만히 지켜볼 수만은 없습니다."

"어떻게 하실 생각이죠?" 다카기 선생이 물었다. 긴장한 목소리였다.

"지금 조토 경찰서에 가서 가시와기 학생의 사건을 담당한 형사를 만나볼 생각입니다. 물론 이 편지도 보여줄 겁니다."

학년주임이 눈에 띄게 당황하는 통에 후지노는 말투를 누그러뜨렸다. 쓰자키 교장은 표정의 변화 없이 조용히 경청했다.

"내용이 외부에 새나가지 않도록 충분히 조심하겠습니다. 조토 경찰서도 저와 같은 생각일 겁니다. 아무런 증거도 없는데 필체를 숨기고 무기명으로 밀고한 편지 한 통 때문에 오이데 학생과 다른 둘이 손가락질당하게 돼서는 안 됩니다. 비록 평소 행실에 문제가 있었다고 해도 말입니다."

"고맙습니다." 쓰자키 교장이 말했다.

학년주임은 아직 당황한 기색이었다. 입가에 댄 손끝이 바르르 떨렸다.

"경찰에는—저희가 대책을 협의한 후에 가면 안 될까요. 그러니까, 경찰에는 저희가 연락하는 걸로요. 당분간은 저희에게 대처를 맡겨주시죠."

후지노가 우려했던 사태가 바로 이것이었다. 그래서 선수를 칠 생각으로 찾아온 것이다.

협의하고 또 협의해서, 혹시라도 조토 3중학교 선생들이 일단 상황을 지켜보자는 결론을 내버린다면? 가시와기 다쿠야는 자살했다, 이 편지는 장난이다, 라고. 그럴 가능성이 매우 높다. 학교가 '저'를 찾아내든 내버려두든 편지는 묵살된다. 극단적인 이야기지만 사실이 그렇다. 후지노는 그것을 피하고 싶었다.

"죄송하지만 그럴 수는 없습니다."

"그렇지만─"

"다카기 선생님, 오해가 있을까봐 말씀드립니다만 전 편지에 '경찰에 알려주십시오'라고 쓰여 있어서 이러는 게 아닙니다. 다시 말해 이 내용을 곧이곧대로 믿지는 않습니다. 학교의 자치권을 존중하지 않는 것도 아니고요. 그러나 저는 경찰입니다. 거짓인지 진실인지는 모르지만, 살인 현장을 목격했다는 증언이 나온 이상 이대로 두고 볼 수만은 없습니다."

"그렇지만 거짓말일지도 모르는데."

"그래서 더더욱 신중하게 조사해야 하는 겁니다. 그리고, 실례일지 모르겠습니다만 이건 선생님들이 다룰 수 있는 성질의 일이 아닙니다."

"아마도," 작은 목소리로 말한 쓰자키 교장이 자기 앞으로 온 고발장을 집어들었다. 그리고 다시 한번, 이번에는 목소리에 힘을 주어 "아마도"라며 말을 이었다. "'저'라고 밝힌 이 인물이 후지노 양 앞으로 편지를 보낸 것도 그런 점을 예측했기 때문이겠죠. 내용의 진위나 '저'의 의도는 알 수 없지만, 어쨌거나 학교에만 보내서는 목적을 이룰 수 없다고 생각했을 겁니다. 상당히 똑똑해요."

후지노는 약간 놀랐다. 솔직한 선생님이다. 학교 측에서 고발장을 묵살해버렸을 가능성을 스스로 인정했다.

"그렇다면 왜 조토 경찰서로는 안 보냈죠?" 다카기 선생이 후지노가 아닌 교장에게 반하고 나섰다. "그게 제일 확실하잖아요."

"지금쯤 도착했을지도 모르죠." 후지노가 딱 잘라 말했다. "그것도 확인해봐야겠군요."

"도착했으면 벌써 연락이 왔을 텐데요."

"경찰에는 발신자 불명의 수상한 우편물이 많이 옵니다. 아직 열어보지 않은 건지도 모릅니다. 아니면 도착해서 개봉했지만 조토 경찰서 역시 어떻게 처리할지 고심하고 있을지 모르고요."

"그러니까!" 다카기 선생이 강조했다. "저희가 이 건을 학교에 맡겨달라고 부탁하면 경찰도 그래주실 거라고요."

"'저'가 굳이 제 딸 앞으로, 아마도 그애 아버지인 제 눈에 들어올 거라 예상하고 고발장을 보낸 이유는 학교나 경찰에만 보내면 일이 그런 식으로 묻혀버릴지 모른다는 불안을 느꼈기 때문입니다. 그렇게 생각하지 않으십니까?"

후지노는 이 말을 하러 교장실을 찾아온 것이었다. 학교에서도 고발장을 받은 것은 요행이었지만, 더 욕심을 내자면 교장 혼자 있는 게 좋을 뻔했다.

"그래도―그건―이런 편지를 그렇게 진지하게 받아들이는 건 이상해요. 보나마나 장난일 테니 그냥 내버려둬도 아무 문제 없을 거예요. 저는 이런 일로 이미 끝난 사건을 다시 문제삼아 학생들을 두려움에 떨게 하고 싶진 않아요."

다카기 선생이 물고 늘어졌다. 후지노는 성실하고 경험이 풍부한 이 선생을 결코 만만하게 보지 않았다. 그러나 지금 이 자리에서는 다카기 학년주임이 거짓말을 하고 있다고밖에 여길 수 없었다. 학생들을 두려움에 떨게 하고 싶지 않다? 그것은 작은 이유 중 하나일 뿐이다. 당신이 이토록 당황하는 가장 큰 이유는 틀림없이 따로 있을 것이다.

학교의 체면. 평판이다. 고등학교 입시를 앞둔 3학년 학생들도 머릿속을 스쳤으리라.

학교에서 자살자가 나온 것만 해도 큰 타격인데, 살인사건이라면 상처의 크기와 깊이의 차원이 달라진다. 학생이 학생을 죽였다면. 사실이 아니더라도 그런 소문이 도는 것만으로.

그러니 더더욱 방치하면 안 된다는 것 아닌가.

"저는 최대한 빠르고 조용히 움직여 이 '저'를 찾아내야 한다고 봅니다." 후지노가 말했다. "편지 내용의 진위를 확인하기 위해서만이 아닙니다. 꾸짖기 위해서도 아닙니다. 아시겠습니까? 이 편지를 쓴 건 조금 전 교장선생님 말씀대로 상당히 머리가 잘 돌아가는 인물입니다."

'인물'이라고 해야 할 부분을 순간적으로 '학생'으로 말할 뻔했다.

"학교가 움직여주지 않는다, 아무도 경찰에 알릴 것 같지 않다 싶으면 곧 다음 행동에 들어갈 가능성이 매우 높습니다. 그러면 학교 측에서 더는 상황을 컨트롤할 수 없을 겁니다."

"다음 행동이라뇨?" 쓰자키 교장이 물었다. 묻긴 했지만 이 사람은 아마 답을 알고 있을 거라고 후지노는 생각했다.

"문제를 학교 밖으로, 지역 밖으로 내놓는 겁니다. 언론사에 정보를 흘리는 거죠. 수단은 얼마든지 있습니다. 편지 한 통. 전화 한 통. 매스컴은 득달같이 덤벼들겠죠. 그리고 조만간 첫 편지를 학교가 묵살했다는 사실까지 밝혀낼 겁니다. 그런 일만은 절대 일어나선 안 됩니다. 그걸 피하려면 한시라도 빨리 직접 '저'를 만나야 합니다."

학년주임은 입을 다물었다. 입가에 경련이 일었다. 쓰자키 교장은 손에 든 고발장에서 눈을 떼지 못했다.

"적어도 지금 단계에서 이 '저'는 학교나 보호자에게 기대를 걸고 있습니다. 그것이 진실을 밝혀주기 바라는 간절한 기대인지, 자기가 꾸며낸 거짓말에 속아 우왕좌왕하기 바라는 심술궂은 기대인지는 알 수 없습니다. 그런 건 본인을 찾아낸 후에 알아내면 될 일입니다. 사실이 어떻든 간에 지금 중요한 건 그 기대를 저버리지 않는 것입니다. 상황을 지켜보자는 식으로 한가롭게 대응할 시간이 없습니다. 하물며 장난이라고 무시해버리는 건 말도 안 됩니다."

"저는…… 저는 잘 모르겠어요. 도무지 이야기를 못 따라가겠어요."

다카기 선생은 목소리까지 떨리기 시작했다. 이젠 당혹스럽기만 한 것이 아니다. 화가 났다. 후지노에게 화를 내고 있는 것이다.

"이런 편지를 어떻게 믿어요! 학생이 쓴 것일 게 뻔합니다. 이제 와서 목격증언을 내놓다니, 영화나 드라마도 아니고 그냥 새빨간 거짓말이에요. 진지하게 받아들이는 건 잘못이라고요."

"다카기 선생님." 쓰자키 교장이 부드럽게 말했다. "후지노 씨는 이 편지가 가짜인지 진짜인지 문제 삼는 게 아니에요. 이상하게 들리겠지만, 그건 이차적인 얘기입니다. 가장 절실한 문제는 우리가 이 편지에 올바르게 대처할 수 있을 것인가 하는 거죠."

"올바른 대처란 어떤 거죠? 소란을 크게 키우는 건가요?"

"다카기 선생님—"

"조토 경찰서도 우리가 간곡히 부탁하면, 이런 소란을 피운 편지를 쓴 학생을 찾아내겠다고 약속하면 조용히 내버려둘 거예요. 안 그래요? 가시와기 군이 자살했다는 결론을 내린 건 경찰이니까!"

다카기 선생의 목소리가 교장실 벽에 부딪혀 되울렸다. 그 잔향이 사라질 때까지 한동안 침묵이 이어졌다.

"곧 학급회의가 끝납니다."

쓰자키 교장이 벽시계를 올려다보며 말했다. 열두시 오분이었다.

"다카기 선생님, 교무실로 가주세요."

통 일어설 생각이 없는 다카기 선생에게 교장은 다시 한번 "부탁합니다"라며 재촉했다.

"그렇지만, 교장선생님."

"자리를 좀 비켜주시죠."

다카기 선생이 가까스로 교장실에서 나갔다. 후지노와 둘만 남자 쓰자키 교장은 잠시 눈을 감고 둥그스름한 손으로 이마를 문질렀다.

그리고 한숨과 함께 입을 열었다. "고맙습니다."

무엇에 대한 감사인지 판단할 수 없어 후지노는 말없이 교장의 얼굴을 바라보았다.

"후지노 씨가 안 계셨으면 이 건에 관해서는 당분간 상황을 지켜보자—다시 말해 이런 소동이나 일으키는 고발장은 묵살해버리자는 결론이 나왔을 겁니다. 학교라는 곳이 원래 그러니까요."

후지노가 일부러 심술궂게 물었다. "만약 제가 이런 말을 꺼내지 않았다면 교장선생님도 골치 아픈 문제는 덮어두자는 쪽에 손을 드셨을 거라는 뜻인가요?"

뜻밖에도 쓰자키 교장은 미소를 지었다. "그랬을지 모릅니다. 그러면 안 된다고 생각하면서도 보나마나 장난일 거라고 치부하는 게 속편하니까요. 그러잖아도 가시와기 군이 죽고 나서 해결해야 할 문제들이 산더미처럼 쌓였습니다. 그쪽이 더 중요하다고 스스로를 설득하는 건 쉬운 일이죠. 그 논지로 경찰을 설득하기도 쉽습니다. 우리 교사들은 상대를 설득하는 데 선수니까요."

후지노도 미소를 지었다. 재미있는 말을 하는 교장이다.

"그런데 그 길은 일찌감치 막혔죠."

"그렇습니다. 막아주셨습니다."

교장이 다시 진지한 표정을 지었다. "구체적으로 당장은 어떻게 대처해야 좋을까요? 저희도 조토 경찰서와 상의할 생각입니다만, 어떤 방법이 있겠습니까? 경찰에서는 어떤 수단을 취하고 싶어할까요?"

이 역시 뜻밖의 질문이었다. 이 선생은 실무가다.

"담당 형사의 생각이 어떨지는 저도 모릅니다. 말씀드릴 수 있는 건 제가 조토 경찰서에 제안하려는 의견뿐입니다."

"그걸 알려주십시오. 의견을 듣고, 이 건에 관한 한은 제가 모든 책임을 지고 대처하겠습니다."

후지노가 눈썹을 살짝 치켜세웠다. "물론 교장선생님이 이 학교의 책임자이신 건 분명하지만."

"다른 직원과는 상의하지 않겠습니다. 고발장 건은 최대한 덮어두겠습니다. 소란을 확대하지 않고 조속하고 적절한 조처를 취하려면 이 일을 아는 교직원을 최소한으로 제한하는 편이 좋을 거라고 봅니다.”

묵살하는 게 아니라 극비리에 해결한다. 분명 이상적이긴 하다.

“그게 가능할까요? 조금 전 선생님도 그렇고.”

“다카기 선생은 저와 다른 이유에서 고발장의 존재를 감추고 싶어할 테니 문제없습니다.”

쓰자키 교장의 뺨에 씁쓸한 미소가 어렴풋이 떠올랐다가 곧 사라졌다.

“제가 전권을 갖고 대책을 세우면 협력할 겁니다. 아니, 협력하게 만들 겠습니다.”

“알겠습니다.”

후지노가 쓰자키 교장의 바로 맞은편으로 자리를 옮겼다. 교장은 책상 에서 사무용지를 들고 와 펜을 들었다.

“아까는 혼란을 불러올 만한 말을 했습니다만 고발장을 쓴 건 틀림없 이 2학년 학생이겠죠. 가시와기 학생이나 제 딸아이와 아주 가까이 있는 아이일 겁니다. 반 친구라고 단정해도 좋을 것 같습니다.”

“저도 그렇게 생각합니다.”

“그러니 그 아이에게 네 고발장은 잘 받았고 학교에서 경찰에 말해 같 이 움직이기로 했다고 알리는 건 어려운 일이 아닙니다. 그렇다고 꼭 가 시와기 학생의 사건에 의심스러운 점이 보여 재수사를 시작했다는 식으 로, ‘저’가 요구한 액면 그대로를 말해줄 필요는 없습니다. 이를테면 앞 으로 이런 슬픈 일을 미연에 방지하기 위해, 가시와기 학생의 불행한 사 건을 하나의 케이스로 연구하기 위해, 또한 학교의 경비 문제를 재점검 하기 위해서도 학교와 조토 경찰서가 협력해 좀더 조사하고 싶은 것이 몇 가지 있다. 어쩌면 경찰 같은 외부 전문가들이 찾아와서 여러분에게 학교생활의 고민 등을 물어볼지 모르니 그때 협조해주면 좋겠다, 비밀 은 확실하게 지킬 테니 염려하지 말라는 식으로요. 그와 동시에 이번 일 로 모두 많은 생각이나 고민을 했을 것이다, 선생님들도 여러분의 마음을 알고 싶다, 담임선생님이든 교장선생님이든 좋으니 자유롭게 편지를 써보지 않겠느냐고도 제안해보는 겁니다. 전용 투고함을 설치해도 좋겠죠."

쓰자키 교장은 단정한 해서체로 놀랄 만큼 빠르게 메모를 받아적었다. 오랜 세월 판서로 단련해온 필력이다.

"'저'는 바로 반응해올 겁니다. 뭘 써서 보낼 수도 있고, 어쩌면 조토 경찰서에 직접 정보를 전하려 들지도 모릅니다. 꼭 그러지 않고 학교 측 이야기에 학생들이 어떻게 반응하는지 선생님들이 관찰하기만 해도 그 남학생, 혹은 여학생을 찾아낼 수 있을 거라 봅니다. 이런 편지를 보내는 아이는 의지는 강할지 몰라도 마음은 약합니다. 지금도 상대가 고발장을 어떻게 받아들일까 이런저런 상상을 하며 몹시 겁을 내고 있겠죠. 적절한 환경을 조금만 마련해주면 틀림없이 그런 태도를 비칠 겁니다."

다 받아적고 나서, 쓰자키 교장이 눈길을 들었다.

"후지노 씨는 이 고발의 진위는 정말로 이차적인 문제라고 생각하시는 모양이군요."

"네, 그렇습니다. 사실은 거짓일 공산이 큽니다."

"왜죠?" 교장이 동그란 눈을 번쩍 떴다.

"사건 당시 조토 경찰서가 얼마나 면밀하게 수사했는지 저는 잘 모릅니다. 그러나 다른 무엇보다 가시와기 학생의 부모님이 사건 전부터 아이가 자살할지 모른다고 걱정했다는 게 가장 큽니다. 상황으로 보아, 이것이 살인사건이었다고 생각하진 않습니다."

그것을 판단의 근거로 삼고, 라며 후지노는 말을 이었다.

"가시와기 학생이 떠밀리는 현장을 봤다, 범인들이 웃으면서 도망쳤다. 이 정도로 자세한 증언치고는 수면에 떠오른 시기가 너무 늦기도 하고 이르기도 합니다. 다시 말해 어중간하죠. 너무 늦다는 건 정말로 그 현장을 봤다면 범인들이 도망치는 모습을 확인하자마자 110번으로 신고

하는 게 평범한 인간의 심리라는 의미에서입니다. 열너덧 살이라도 살인이라는 심각한 사건에 대한 심리적 반응은 이미 어른과 다를 바 없습니다. 어린애가 아니니까요."

교장실 바깥의 복도 스피커에서 학급회의 종료를 알리는 음악이 흘러나왔다.

"너무 이르다는 말은 그 자리에서는 어떤 이유로―공포나 범인들에 대한 동료의식, 혹은 얽히기 싫은 마음 때문에―신고하지 못했지만 가시와기 학생의 죽음이 자살로 결론 나자 더는 입을 다물 수 없게 된 거라고 쳤을 때 너무 이르다는 뜻입니다. 오늘은 개학날이잖습니까. 정말로 사건이 종결됐다는 걸 체감할 때까지 며칠 더 기다리는 게 자연스럽죠. 예를 들어 오늘 아침 교장선생님의 연설을 듣고 고발장을 썼다면 이해가 갑니다. 신문만이 아니다, 소문만이 아니다, 교장선생님까지 저렇게 말한다. 학교는 원래대로 아무 일도 없었다는 듯 새 학기를 시작한다. 사실 가시와기는 살해당했는데 그걸 아는 사람은 이제 자기뿐이라는 생각이 머릿속에 스며들고, 이러고 있을 수 없다며 움직이기까지는 최소한 며칠이 더 필요합니다. 중학생에게 사회 동향이란 신문에 나오는 것들이 아니죠. 학교에서 일어나는 일이 곧 사회입니다. 그것을 체감하려면 일단 학교에 나와야 하고요. 그런데 이 고발장은 학교가 겨울잠을 자던 방학에 만들어졌습니다. 그리고 잠에서 깬 학교가 이제 막 움직이기 시작하는 개학날을 노리고 그날 도착할 수 있게 보냈다. 도무지 자연스럽지가 않아요."

쓰자키 교장이 두 번 세 번 고개를 끄덕이고 후지노의 얼굴을 올려다보았다. 몸집이 작아서 앉아 있어도 눈높이가 낮다. 후지노는 그걸 깨달은 순간 문득 부끄러워졌다. 전문가인 양(실제로 전문가지만) 고자세로 연설을 늘어놓은 것 같아서.

"잘 알겠습니다." 교장의 목소리가 무겁게 가라앉았다. "이것이 거짓이라 해도 사실일 경우와 다름없이 큰 문제입니다. 이 아이는 뭔가 절실한 이유가 있어서 가시와기 군 사건 관계자들의 마음을 흔들어놓으려 하고 있어요. 저는 걱정스럽군요."

"뭐가요?"

"교장인 저와 후지노 씨 외에 다른 사람도 똑같은 고발장을 받았을 가능성이 있다고 봅니다. 조토 경찰서가 아니라, 다른 학생의 집도."

순간 두 사람은 얼굴을 마주보았다.

"가시와기 학생의 부모님 말인가요?"

"네. 그리고 또 한 사람, 가시와기 군을 발견한 노다 겐이치라는 학생이 있습니다. 그 아이도 어떻게 보면 관계자겠죠."

고개를 끄덕이고 한 박자 뜸을 들이고는 후지노가 덧붙였다.

"당사자인 세 학생의 집에도 가지 않았을까요? 네가 한 짓을 다 봤다, 목격했다는 내용의 고발장이."

고발이 날조라면 표적은 오히려 오이테, 이구치, 하시다 세 사람이 아닐까. 눈앞이 갑자기 밝아진 것처럼 그런 생각이 떠올랐다. 잠시 떠돌다가 금방 사라진 세 사람에 대한 나쁜 소문이야말로 이 '고발자'가 다시 부각하려는 대상 아닐까. 쓰자키 교장도 같은 생각을 하는 것 같았다.

교장실과 벽 하나를 사이에 둔 복도에서 학생들의 시끌벅적한 목소리와 발소리가 쏟아졌다.


17


조토 경찰서로 찾아가자 다행히 가시와기 다쿠야의 사건을 담당한 두 형사 모두 서내에 있었다. 한 사람은 회의중이라고 해서 후지노는 우선 사사키 레이코라는 청소년과 여자 형사와 이야기를 나누게 되었다.

물론 후지노가 현역 경찰인데다 본청 형사라는 사실도 작용했을 테지만, 사사키 형사는 이해가 빠르고 대응도 민첩했다. 그녀는 우선 우편실로 가서 현재 경찰서에 도착한 우편물을 전부 조사하겠다고 했다.

"오전중에 도착한 것들은 이미 각 부서에 나눠주지 않았을까요?"

또각또각 구두 소리를 내며 서둘러 복도를 걷는 그녀 옆에서 후지노가 물었다.

"그렇긴 한데, 목록이 있거든요."

"목록?"

"저희 서에서는 우편물이 도착하면 일단 모두 목록에 기록하고 나서 수취인에게 나눠줘요."

세심한 일처리다.

우편실은 경찰서 북쪽, 볕이 들지 않는 싸늘한 방이었다. 사사키 형사의 표현대로 '아무도 하고 싶어할 리 없는' 작업을 하는 사람은 아마도 퇴직을 코앞에 두었음직한 나이 지긋하고 마른 경찰이었다. 사사키 형사가 요청하자 곧바로 오늘 도착한 우편물의 목록을 내주었다.

"혹시 모르니 어제 것도 좀 보여주시겠습니까?"

"그쪽은 제가 살펴볼게요."

우편실 한 귀퉁이에 있는 책상에 목록을 펼쳐놓고 함께 훑어보았다.

"속달이라고 하셨죠?"

"저희 집과 학교로 온 것은 그랬습니다."

발신자 불명의 속달우편은 이틀분의 목록에는 없었다.

"오후에 우편물이 도착하면 저한테 알려주세요. 내선 331번 사사키입니다." 여형사가 우편물 담당자에게 말했다. 후지노는 겉봉투에 자를 대고 삐뚤빼뚤 글씨를 썼다는 설명을 덧붙였다.

"그런 특징이 있다면 금방 눈에 띄겠죠. 보이는 대로 알려드리겠습니다. 연초부터 오늘까지의 목록도 제가 다시 살펴볼게요." 우편물 담당 경찰이 말했다.

우편실에서 나오자 사사키가 작은 목소리로 말했다. "안됐어요. 저 같으면 저런 일은 사흘도 못 견딜 텐데."

사사키 형사의 그 말투로는 이 시스템을 훌륭하게 평가하는 것인지, 멀쩡한 공무원을 우롱하는 처사에 분개하는 것인지 판단하기 힘들었다.

청소년과는 시끄러우니 이쪽으로 오라는 그녀를 따라 조금 전 내려온 계단을 다시 올라가던 중 백발이 섞인 상고머리 남자와 마주쳤다.

"아, 마침 잘됐군."

"회의 끝나셨어요?"

"응. 이쪽이?"

상고머리 남자가 후지노를 가리키며 사사키 형사에게 물었다. 그녀가 고개를 끄덕이자 후지노는 이름을 밝혔다.

"형사과의 나고야입니다." 상대는 상고머리를 살짝 숙이고 눈을 치뜨며 후지노를 보더니 덧붙였다. "사이타마 출신인데, 성은 나고야예요."

남자는 의례적인 웃음을 지었다. 비굴한 것 같기도 하고 후지노를 평가하는 것 같기도 한 독특한 눈빛이었다. 이 서에서는 고참 격일 거라고 후지노는 생각했다.

벽걸이 전화와 책상과 접의자가 전부인 작고 살풍경한 방으로 안내받았다. 문에 '사용중' '비었음'을 표시하는 팻말이 붙어 있었지만, 사사키 형사와 나고야 형사 모두 그쪽에는 눈길도 주지 않고 '비었음'으로 둔 채 안으로 들어가 문을 쾅 닫아버렸다.

담당자 두 사람이 모인 터라 후지노는 다시금 자기 입장과 사정을 설명했다.

"'경찰에 알려주십시오'라고 쓴 걸로 봐서 이게 직접 경찰서에 오지는 않았을 것 같지만, 뭐 여하튼 신경은 써보죠."

나고야 형사가 돋보기안경을 쓰고 후지노가 건넨 고발장을 읽으며 말했다. 태평한 말투다.

"학교 선생님은 어떻게 하겠다고 하십니까?"

후지노는 쓰자키 교장과 나눈 이야기와 자신이 한 제안을 설명했다. 두 형사의 태도에서 확연한 온도차가 느껴졌다. 사사키 형사는 이따금 맞장구를 치며 열심히 들었지만 나고야 형사는 어딘가 절반쯤 '에누리' 해서 듣는 표정이었다.

"저도 고발자에게 편지를 잘 받았다고 알리자는 후지노 씨의 제안에 찬성합니다." 사사키 형사가 말했다. "그 방법으로 학생들과의 면담이나 의견청취 등을 이용하자는 아이디어에도 찬성합니다. 하지만 '저'를 찾아내 적절하게 대처한다, 그 문제에 조토 경찰서가 관여할 수는 없습니다."

딱 잘라 말한 여형사가 갑자기 다른 질문을 던졌다. "후지노 씨는 쭉 형사 생활만 해오셨나요?"

후지노가 눈을 살짝 깜박거렸다. "네, 그렇습니다만."

"청소년과 경험은 없으시죠?"

"없습니다."

"실례되는 표현이겠지만, 그래서 잘 와 닿지 않으실지도 모르겠어요. 경찰이 교내 활동에 관여하는 것은 매우 중대한 사태입니다. 가볍게 할 수 있는 일이 아닙니다. 학교에서도 그런 걸 간단히 허락해선 안 되고요."

여형사는 더할나위없이 진지했다.

"제 제안이 경솔했나요?"

사사키 형사가 힘주어 머리를 가로저었다. "협력하기 싫어서 이런 말을 하는 게 절대 아닙니다. 오히려 적극 돕고 싶어요. 다만 그것이 수사가 아니라 학교가 독자적으로 하는 조사인 이상, 경찰에서 공식적으로 움직일 수 없을뿐더러 움직여서도 안 된다고 말씀드리는 겁니다."

"그럼 어떻게 하면 좋을까요? 고발자인 '저'의 마음을 움직이려면 경찰의 존재가 필요한 것 같은데."

사사키 형사가 진지한 표정으로 생각에 잠기더니 확인하듯 물었다.
"쓰자키 교장선생님은 이 건을 가능한 한 덮어두고 교장 전권으로 대책을 세우겠다고 하셨다고요?"

"그렇습니다. 분명하게 말씀하셨습니다."

"그럼 저는 청소년과 형사의 한 사람으로서, 이런 불행한 일이 일어났을 때 학생들은 어떤 반응을 보이고 또 심리상태는 어떤지 공부하고 싶으니 개인적으로 그 조사를 견학하게 해달라고 교장선생님께 요청해 승낙을 얻는 형식을 취하겠습니다. 그러면 상사한테도 그럭저럭 얘기가 통하겠죠."

"거창하게 말까지 맞춰가며 관여할 일인가?"

나고야 형사가 웃었다. "그렇게 진지하게 상대할 거 없잖아."

"그런가요? 저는 이 '저'를 찾아내서 확실하게 대응할 필요가 있다고 생각해요."

"그래? 난 장난 같은데."

후지노가 두 사람 사이에 끼어들었다. "두 분 다 이 고발장 내용에는 신빙성이 없다고 보시는군요?"

세대도 성별도 다른, 의견이 맞지 않는 두 형사가 동시에 놀란 표정을 지었다.

"네, 물론이죠." 사사키 형사가 먼저 대답했다. "가시와기 학생 건은 자살이라고 결론 내리는 게 맞다고 생각해요."

"무슨 의문이라도 있으십니까?"

"그것을 여쭙고 싶습니다." 후지노가 말했다. "교장선생님께도 여쭤봤습니다만 지금까지 이번 일이 사건일 수 있다는 이야기는 어디서도 나오지 않았습니다. 다만 저는 학부모이기도 한데, 자세한 경위는 아내가 보호자 모임에서 듣고 온 것과 신문에 보도된 내용밖에 모릅니다. 그래서 공개되지 않은 사항—수사 관계상 학교 측에도 얘기하지 않고 놔둔, 예를 들면 목격증언 같은 게 있지 않을까 하는 생각이 들었습니다. 그래서 직접 담당자의 말을 들어보고 싶었습니다."

나고야 형사가 가볍게 양손을 펼쳐 보였다. 다부지고 탄탄한 체구에 어울리지 않게 앙상한 손이었다.

"없습니다, 그런 건."

"뒷문 옆에 주택들이 늘어서 있잖습니까? 거기서 나온 것도 전혀 없습니까?"

"그렇습니다. 일단 탐문수사는 해봤지만." 나고야 형사가 수첩을 펼쳤다. "당사자인 가시와기 학생을 봤다는 증언조차 못 얻어냈어요. 하긴, 날씨가 그랬으니까."

그 눈이 모든 증거―자살을 뒷받침하는 것이든 그 외의 것이든―를 지워버려 사건을 복잡하게 만든 셈이다.

"그렇다면 공개되지 않은 정보는 없다는 얘긴가요?"

"없습니다." 이번에는 사사키 형사가 단언했다. "학생의 부모님은 처음부터 자살이라고 말씀하셨지만 유서가 발견되지 않아서 저희도 상당히 면밀하게 조사했습니다."

후지노가 그녀에게 눈길을 돌렸다. "형사님은 이 사건 전에도 여기 지명된 세 사람의 행실을 알고 계셨습니까?"

사사키 형사가 곧바로 시인했다. "우리 서에서 유명한 애들이에요. 그나마 아직은 흉악범죄에 얽힌 적이 없지만요."

"그럼 어떤 행동으로 유명하죠?"

사사키 형사가 손가락을 꼽았다. "좀도둑질, 심야 배회, 음주 흡연, 자전거와 오토바이 절도, 무면허 운전. 그리고 금품갈취." 한숨을 내쉬었다. "다 적으면 목록이 제 팔보다 길어질 거예요."

"학교폭력은요?"

"조토 3중학교에서 상담이나 신고를 받은 적은 없습니다."

쓰자키 교장도 경찰의 개입을 요청한 적은 없다고 했다. 다만 다카기 학년주임은 그런 사태까진 일어나지 않았다는 교장의 말에 이의가 있는 듯한 표정을 지었지만.

"가시와기 학생의 죽음과 그 세 사람을 연관지어 생각해보신 적은 있습니까?"

사사키 형사가 고개를 저었다. "없어요. 그애들이 가시와기 학생을 괴롭혀 자살로 몰고 간 게 아니냐는 소문이 학교에 돌았다는 건 알아요. 하지만 그 가능성에 대해 여쭤보았을 때 가시와기 학생의 부모님은 곧바로 부정하셨어요."

"딱 잘라서요?"

"네."

"증거는?"

"아들이 등교거부를 시작한 후로 학교 친구 누구와도 만나지 않았다고 하셨어요. 전화가 온 적도, 찾아온 적도 없다. 이따금 외출은 했던 것 같지만 그럴 때도 늘 혼자였다. 외부의 누군가와 연락을 주고받는 일도, 누군가에게 불려나가는 일도 없었답니다. 사건 당일에도요."

"금전이 움직인 흔적은요?"

"가시와기 학생이 집에서 몰래 돈을 가지고 나간 적은 단 한 번도 없었다고 부모님이 단언하셨어요. 누구에게 갈취를 당하거나 돈을 가져오라고 협박당한 기색도 없었고. 최근만이 아니라 과거에도요."

발리를 주고받는 듯한 대화가 이어졌다. 나고야 형사는 느긋하게 그 모습을 구경했다.

잠깐 숨 돌릴 틈을 둔 후 후지노가 물었다. "그렇다면 가시와기 학생의 죽음과 연관지어 그 세 명을 조사한 적은 없는 거군요. 그애들이 당일 어디서 뭘 했는지."

사사키 형사가 눈을 휘둥그레 떴다. 메마른 입술이 뻐끔히 벌어졌다.

"그럴 필요가 있다고 생각하지 않았어요. 누군가를 조사하다니 ─ 애당초 살인을 의심할 이유가 있을까요? 다른 사람도 아니고 부모님이 처음부터 자살이라고 하셨는걸요. 저희가 주변 지역을 면밀하게 탐문했던 건 어디까지나 ─"

"조사하지 않은 거죠?"

사사키 형사가 부당한 힐문에 대한 울분을 나누고 싶다는 표정으로 동료를 바라보았다. 나고야 형사는 반응을 보이는 대신 무심히 후지노의 얼굴을 바라보았다. 어느새 담배를 꺼내 입에 물고 있었다. 불은 붙이지 않았다.

"조사하지 않았습니다." 화가 난 말투로 사사키 형사가 인정했다. "사실을 말하면 그렇습니다. 하지만 가시와기 학생 사건 후에 몇 번 그애들을 만났어요."

"찾아갔나요?"

"아뇨. 늘 번화가에서 어슬렁거리니까 오다 가다 마주치죠. 그러면 말을 건네고. 그쪽도 제 얼굴을 알아요."

"가시와기 학생이 죽고 나서 그애들이 경찰에 잡혀와 보호관찰을 받은 적이 있습니까?"

"없습니다. 다행히도."

"아이들 태도의 변화는요?"

"없습니다. 불행히도."

사사키 형사는 동료가 함께 나눠주지 않은 울분을 다른 표적에 퍼붓기로 한 모양이다. 눈꼬리가 바짝 치켜올라갔다.

"그애들의 경우는 본인이 아니라 가정이 문제예요. 아동학대 중에 양육방임이라는 게 있는데, 오이데, 하시다, 이구치 집의 경우는 교육방임이라고 봐요. 부모가 아이들을 제멋대로 굴게 놔두고 아무렇게나 방치해서 무뢰한으로 자라는 거죠."

“그애들 부모와 면담한 적이 있습니까?”

“여러 차례 했죠. 미성년자를 보호관찰하는 경우에는 당연히 부모를 부르니까.” 사사키 형사가 화를 억누르기 위해서인지 미소를 머금었다. “저는 오이데 슌지의 아버지에게 맞을 뻔한 적도 있어요. 정말로 때리면 저도 충분히 대처할 수 있었지만, 그쪽에서 변호사를 데리고 왔었거든요. 약삭빠른 변호사 선생이 말리고 들었죠.”

이 여형사라면 때린 상대를 맞받아칠 정도는 될 것이다.

“그렇군요.” 후지노의 말투가 누그러졌다. “처음에 말씀드렸듯이 저는 이 고발장이 매우 수상쩍고, 꾸며낸 얘기라고 생각합니다. 오이데를 비롯한 세 학생이 의심받을 이유가 보이지 않으니까요. 가시와기 학생이 죽었을 당시 형사님이 자살 외의 이유를 적극적으로 찾아낼 필요를 못 느꼈다는 점도 이해합니다. 제가 담당했어도 그랬겠죠. 단지 확인해두고 싶었을 뿐입니다.”

사사키 형사가 훅 콧김을 내뿜었다. 긴장은 풀린 듯했지만 여전히 눈매가 날카로웠다.

“어쩐지 구두시험을 치른 느낌이네요.”

“실례했습니다.”

본청에서 나오신 분이잖아, 라고 나고야 형사가 야유하듯 말했다.

“뭐, 그렇다면 나머지는 학교와 사사키 씨에게 맡겨도 되겠군요.” 그가 접의자에서 몸을 일으켰다. “나까지 동원된 건 처음 신고가 들어왔을 때 무슨 범죄사건이면 곤란하다며 윗선에서 신경을 곤두세워서였습니다. 요즘은 학교에서 무슨 일이 생기면 매스컴이 난리니까.”

“네, 알겠습니다. 고맙습니다.” 후지노가 정중하게 대답하고는 물었다. “불은 안 붙이십니까?”

“네?”

“담배 말입니다.”

"아, 지금 금연중이라서요. 입이 심심하면 이렇게 물고만 있죠."

나고야 형사가 나가자 사사키 형사가 얼굴을 찡그렸다.

"저렇게 물고 있으면 필터가 축축해지지 않나요?"

"그렇죠."

"그런데 저 담배를 담뱃갑에 다시 집어넣어요. 절대 안 버리고 다시 쓴다니까요. 계속 그러면 진짜 피우는 것보다 더 몸에 안 좋을 것 같은데."

후지노가 웃었다. 사사키 형사도 씁쓸하게 웃었다. 가까스로 기분이 풀렸다.

"앞으로 쓰자키 교장선생님과 잘 상의해서 구체적으로 어떤 지원을 할 수 있을지 궁리해보겠습니다. 거짓 고발이라면 '저'라는 아이를 찾아내 사정을 묻는 것도 엄연히 제 일이니까요."

후지노는 잘 부탁한다며 고개를 숙였다. 사사키 형사는 얼떨떨한 눈치였다.

"저는 3중학교에 다니는 학생의 아버지이기도 하니까요." 후지노가 말했다.

"아, 그렇죠. 저어……" 잠시 망설이더니 사사키 형사가 물었다. "따님 앞으로 온 편지를 멋대로 뜯어본 것에 대해선 어떻게 생각하세요? 주제넘은 질문일지 모르겠지만요."

"상당한 격전이 예상됩니다." 후지노가 대답했다. 여형사는 웃음을 터뜨렸다.

"이치에 맞게 설명하면 저희 애도 이해할 겁니다. 하지만 문제는 제가 이 봉투를 뜯은 게 이성적인 행동이 아니었다는 거죠. 부모의 마음에서 한 일이니까."

"상대하기 힘든 나이죠."

"그런 것 같아요. 저한테는 아직 어린애인데."

"저희 아버지도 가끔 저를 아직 소꿉놀이나 하고 싶어하는 여자아이로 보는걸요."

늠름하게 등을 곧게 펴고, 멋부리지 않은 정장을 입고, 남자처럼 머리를 짧게 자르고 화장기가 없는 이 사람에게도 '여자아이' 시절이 있었던 것이다.

"저도 주제넘은 질문 하나 해도 될까요?"

그렇게 묻자 사사키 형사가 고개를 살짝 갸웃거리며 후지노를 바라보았다.

"형사님은 사건 후에 오이데 삼인조와 마주쳤을 때, 그들과 가시와기 학생의 죽음에 대해 이야기를 나눈 적이 있습니까? 꼭 무슨 의심을 품어서가 아니라 가시와기에 대해, 동급생이 죽음을 택한 사건에 대해 그애들이 어떻게 생각하는지."

사사키 형사는 눈을 몇 번 깜박거리고는 고개를 끄덕였다.

"작년 마지막 날 라이브라─역 앞의 쇼핑몰인데요."

"네, 압니다."

"거기 있는 오락실에서 그애들을 보고 잠깐 이야기한 적이 있어요. 가시와기 군이 자살했잖니, 라고 말문을 열면서."

사사키 형사가 갑자기 거북해진 눈치로 말을 이었다.

"물론 진심이 아니라 농담으로─이렇게 말하기도 좀 그렇지만, 그때 물어봤어요. 너희 정말로 가시와기 군한테 아무 짓도 안 했느냐고."

"뭐라고 대답하던가요?"

"말도 안 된다고 입을 모아 부정했어요. 그애들은 통 진지할 때가 없어요. 항상 삐딱하게 서서 건들거리죠. 앉아 있든 서 있든 자세가 엉망이에요. 그렇다보니 그 말에만 갑자기 진지하게 대답하진 않았어요. 아니, 혹시 그 자리에서 그애들이 진지한 표정을 지었다면 오히려 경계했겠죠."

"뭐가 있구나, 하고?"

"네. 그래서 말투도 성의 없고 '이 아줌마가 대체 무슨 황당한 소리야'

하는 반응이었지만 셋 다 우리는 관계없다, 아무 짓도 안 했다고 했고, 저는 그 말을 믿었어요. 지금도 믿고요. 그 녀석들이 대책 없는 중학생이고 이대로 놔두면 대책 없는 어른이 될 가능성이 크지만 가시와기 학생의 죽음과는 무관하다고 생각해요."

"의심받고 있는 것에—소문도 퍼졌으니까—겁먹은 기색은 없던가요?"

"물론 불쾌하긴 할 테지만 심각하게 받아들인 것 같진 않았어요. 두려워하지도 않았고."

—학교 친구가 죽은 걸 어떻게 생각하니?

—자살이나 하는 놈이 바보지.

—난 절대 안 죽어.

—죽고 싶은 놈은 맘대로 죽으라고 해.

그런 대화가 오갔다고 한다.

"그러고 보니," 사사키 형사가 말을 이었다. "가시와기가 어떤 아이였냐고 물었더니 평소처럼 귀찮다는 듯 '알 게 뭐야'라는 식으로 대꾸했지만, 조금 마음에 걸리는 말을 했어요. 하시다가."

—왠지 기분 나쁜 녀석이었어.

후지노는 귀가 솔깃했다. "왠지 기분 나쁜 녀석, 이요?"

"네. 후지노 씨는 그애들을 아시나요?"

"아뇨, 전혀 모릅니다. 셋 중 오이데 학생이 보스라는 건 들었지만."

"맞아요. 그 아이는 집이 월등하게 부유하고, 본인도 몇몇 여학생들에게는 인기가 있을 정도로 나름 잘생겼어요. 하시다와 이구치는 그 양옆을 보좌한다고 할까, 매달려 있다고 할까. 하시다는 키는 오이데보다 커도 꼬챙이처럼 말랐어요. 이구치는 반대로 몸집이 작고 뚱뚱한 편이죠. 하시다는 말이 없고, 이구치는 곧잘 두목 말을 거들며 떠들고요."

문제의 그 말은 평소 말수가 적은 하시다가 한 것이었다.

"왠지 기분 나쁜 녀석이었다, 하시다가 그렇게 말하자 오이데와 이구치가 약간 움찔했어요. 이건 제 추측인데, 경찰 아줌마 앞에서 괜히 쓸데없는 소리 하지 말라는 느낌이었죠. 아, 그렇지만."

제 생각이 지나친 걸 거예요, 하며 급히 고개를 저었다.

"어쨌거나 가시와기 학생의 죽음을 마음에 두고 있는 것 같진 않았어요. 이런 표현을 쓰면 가시와기 학생에게 미안하지만, 그때 저는 정말로 저애들은 어떤 형태로든 그 아이의 죽음과 관계없다고 확신했어요."

"왜죠?"

"그애들은—하는 짓은 어른 뺨치게 영악하지만 그래도 어린애는 어린 애구나 싶은 부분이 있어요. 저는 조토 경찰서에 온 지 아직 이 년이 안 되었지만 청소년과는 통산 오 년째예요. 이것도 많은 경험은 아니니 건방지게 들리시겠지만."

후지노는 격려해줄 생각으로 다음 말을 재촉했다.

"비행청소년들은 대단히 큰 사건을 일으켰거나 얽혔을 때 어른처럼 그걸 숨기지 못하는 경우가 많아요. 죄의식에 시달리는 탓도 있지만 반대로 자기가 한 일을 떠벌리고픈 유혹을 못 견디기도 하거든요. 혹은 한 일을 정당화하고 그것을 누군가에게 추인追認받고 싶은 마음도 있는 것 같아요. 혼자 끌어안고 있을 수가 없는 거죠. 마음의 그릇이 어른보다 작다고 하면 될까요. 그러니 그애들이 어떤 식으로든 가시와기 학생의 죽음에 관여했다면 많든 적든 그게 표정이나 태도에 드러났을 거예요. 거듭 말씀드리지만, 그 때문에 상심해서가 아니라 그것을 '공적'인 양—내가 대단한 일을 해냈다고 생각하는 경우에도 말이에요."

고개가 끄덕여지는 이야기다. 성인 범죄자 중에도 마음의 그릇이 작은 사람이 있다. 그들의 태도는 방금 사사키 형사가 말한 그대로다. 그것이 사건 해결의 단서나 전면 자백을 받아내는 실마리가 되기도 한다.

"그렇지만 그 삼인조는 달라진 게 전혀 없었어요. 제가 가시와기 학생 얘기를 꺼냈을 때도 평소처럼 건들거리며 장난을 쳤고, 저에게 적대적이면서도 묘하게 무람없고 넉살좋게 굴었죠. 셋 다 여느 때와 다르지 않았어요. 유일하게 다른 점이라면 하시다가 했던 그 한마디뿐이에요."

─왠지 기분 나쁜 녀석이었어.

"잘 알았습니다. 고맙습니다."

그렇게 말하고 후지노는 자리에서 일어섰다.

"앞으로 같은 경찰 입장에서는 더이상 발언하지 않겠습니다. 한 명의 학부모로서 학교의 대처를 지켜보도록 하죠."

사사키 형사도 일어섰다. 그 순간 벽걸이 전화의 수화기가 갑자기 떨어졌다. 벽에 부딪힌 수화기는 바닥에서 20센티미터 정도 높이에서 코드에 매달려 대롱대롱 흔들렸다.

"정말, 못 살아."

사사키 형사가 중얼거리며 수화기를 들어 제자리에 걸었다.

"여긴 건물도 비품도 다 낡아서 여기저기 덜걱거려요. 경찰이 이렇게 돈이 궁한 관청이라는 말은 아무도 안 해줬는데."

후지노는 그건 본청도 마찬가지라고 했다. 사사키 형사와 마주 웃었지만, 수화기가 갑자기 떨어진 순간 자신이 그랬던 것처럼 그녀의 마음도 철렁 내려앉았는지는 가늠하기 어려웠다.


후지노가 현재 적을 둔 특별수사본부는 시부야 경찰서 내에 있다. 지가 상승에 얽힌 방화살인사건으로 용의자는 건달 이인조였다. 이미 신병을 확보해 심문을 시작했다.

지금까지의 수사로도 이미 그들이 틀림없는 범인임이 밝혀졌지만 수사본부의 궁극적인 목표는 따로 있었다. 두 사람에게 살인과 방화를 청탁한 인물을 찾아내 관여와 공모 사실을 입증하고, 기소에 필요한 자료들을 모아 그자를 법정으로 끌어내야 사건을 완벽하게 해결했다 할 수있었다.

후지노는 담당 심문관은 아니지만 계속 지역 탐문수사를 지휘해왔기에 이 사건을 누구보다 훤히 파악하고 있다는 자부심이 있었다. 그래서 이미 본부에 늦게 들어온 마당에 저녁에 또 집에 다녀오겠다는 말을 꺼내기가 상당히 망설여졌다.

하지만 오늘은 전화로 넘어갈 수 없다. 료코와 얼굴을 마주하고, 문제의 편지를 보여주고 해명할 책임이 아버지인 자신에게 있다.

그런데 좀처럼 짬이 나지 않았다. 맡은 사건이 하나만 있는 게 아니다. 게다가 하필이면 그날 오후, 반년이나 지난 미제 살인사건과 관련된 새로운 정보가 들어와서 관할 경찰서에 들러야 할 일이 생겼다. 시부야 경찰서로 돌아와 시계를 보니 저녁 여덟시가 지나 있었다.

"부장님, 저녁은요?"

아직 먹지 못했다. 망설일 것도 없이 "메밀국수"라고 대답했다. 그 시각에도 본부 여기저기서 전화가 울렸다.

"부장님."

"메밀국수라니까."

"전화 왔어요. 따님이에요."

부하직원이 웃었다. 후지노가 책상을 돌아 전화를 받으러 가는 동안 "금방 바꿔줄게. 료코짱, 잘 지내?"라며 수화기에 대고 말을 건넸다.

후지노는 이 강력3반에서 지휘관 이타미 경감의 보좌 역할을 한다. 반장 다음가는 자리라 부장으로 불린다. 전화를 받은 곤노라는 부하직원은 올봄 3반에 배속된 젊은 형사로 아직 뺨에 여드름 자국이 있는 총각이다. 여름휴가 때 애인도 없고 놀러갈 곳도 없다고 하도 넋두리를 하는 통에 집으로 불러 같이 바비큐 파티를 했는데 그때 처음 료코를 보았다. 그후로 묘하게 친해진 듯했다.

"여보세요?"

"아, 아빠?" 료코의 목소리가 들렸다.

“일하는데 미안. 잠깐 통화 괜찮아?”

“응, 괜찮아.”

고발장은 아직 후지노가 가지고 있다. 료코가 알 리 없다. 그런데 무슨 일이지? 말투가 딱히 평소와 다른 것 같지도 않았다.

“오늘 특별활동 끝나고 교장선생님한테 불려갔다 왔어.”

후지노가 말없이 눈썹을 치켜세웠다. 여전히 이쪽을 보고 있는 곤노에게서 등을 돌렸다.

“사실은 아빠한테 먼저 얘기를 들어야겠지만, 아빠는 너무 바빠서 좀처럼 시간을 내기 어려울 거라고 하셨어. 그리고 앞으로도 교장선생님이 아빠한테 연락할 일이 생길지 모르는데 그럴 때 내가 아무것도 모르면 안 되니까 선생님이 설명을 해주시겠다고.”

쓰자키 교장의 둥그런 얼굴이 눈앞에 떠올랐다. 책상 앞에 앉아 손으로 짠 조끼 자락을 잡아당기며 료코에게 이야기를 할까 말까 고민했을 것이다.

“그럼, 들었니?”

“응. 교장선생님이 양해해달라셨어. 주제넘게 먼저 나서서 죄송하다고.”

정중한 사람이다.

“실은 아빠도 집에 가서 너한테 말하려고 했어. 그런데.”

“시간이 없어서.” 료코가 앞질러 말했다. “나도 알아.”

그래, 하고 후지노가 대답했다.

“아빠, 혹시 그게 나한테 온 러브레터일 거라는 생각은 안 해봤어?”

“잠깐 했지.”

“그런데도 뜯었구나.”

“그래. 미안하다.”

수화기 너머에서 료코가 웃음을 터뜨렸다.

“그렇게 넙죽 사과하면 내가 반항을 못 하잖아. 아이가 부모한테 반항을 너무 안 해도 문제가 생긴대."

후지노는 입을 다물었다.

"이번에는 용서해드리죠." 료코가 말했다.

"그래?"

"응. 만약 내가 그 우편물을 받았어도 봉투에 적힌 이상한 글씨 때문에 바로 아빠한테 상의했을 테니까."

"뜯기 전에?"

"글쎄, 뜯어는 봤으려나? 뭐 뜯기 무서웠을지도 모르고."

나도 모르겠다, 라고 어린애 같은 목소리로 료코가 말했다.

"결과적으로 편지 내용을 아니까 화가 안 나는 걸 수도 있고. 다른 내용이었다면 지금쯤 난리가 났을지 모르지."

"그렇겠지."

"나한테 화낼 권리가 있다는 건 인정해주는 거지?"

"응."

"그럼 됐어."

후지노는 마음이 놓였다.

"교장선생님께서 다른 말씀은 안 하셨니?"

료코가 잠시 입을 다물었다. 대답을 망설이는 것 같았다.

"왜 그래?"

"이런저런 말씀을 하셨는데, 그 얘길 내가 해도 되나? 아빠한테도 따로 연락하실 것 같은데."

"그럴 테지. 그래도 교장선생님이 너한테 무슨 얘기를 했는지 알고 싶구나."

"이래서 형사는 싫다니까." 료코가 짧게 웃었다. 그리고 목소리를 낮췄다.

"있잖아, 그 편지—고발장은 교장선생님이랑 나만 받은 것 같아."

"가시와기 학생 부모님이나 모리우치 선생님한테는?"

"안 왔어. 속달우편은 벌써 도착했을 시간인데 지금까지 못 받았으면 안 보낸 거겠지. 아무도 말이 없는 걸로 봐서 다른 데로는 안 간 것 같아."

쓰자키 교장이 그 사실을 확인하느라 무척 신경쓰고 고심했겠군. 난데없이 "혹시 고발장 안 왔습니까?"라고 물으면 소동만 커질 테니.

"담임선생님한테도 안 왔단 말이지……"

"응. 그 고발자는 모리우치 선생님보다 나를 더 믿었나봐."

"넌 반장이니까."

이번에는 료코가 웃지 않았다.

"그러니까 고발장 얘기는 교장선생님이랑 다카기 선생님, 아빠랑 나, 그리고 조토 경찰서 사람들만 알고 있자고 하셨어. 가만있자, 그럼 몇 명이지?"

"인원수야 어떻든 너도 그중 하나라는 말이구나."

후지노는 내심 놀랐다. "교장선생님이 모리우치 선생님한테도 숨기자고 하셨니? 담임인데?"

"나도 그런 생각은 했는데, 콩너구리가 좀 걱정하는 것 같더라고."

"걱정?"

"모리린은 약하잖아. 가시와기가 죽었을 때도 새파랗게 질리기만 했지 아무것도 못 했어. 요즘 들어 간신히 회복한 것 같더라고. 그래서 교장선생님도 걱정스러운 거 아닐까?"

쓰자키 교장은 곱게 자란 아가씨 같은 모리우치 선생보다 반장 료코를 더 든든하게 생각한다는 뜻일까.

언뜻 어떤 생각이 떠올랐다. 쓰자키 교장은 모리우치 에미코를 걱정한다기보다 그녀의 입을 통해 이 일이 외부로 새나가는 것을 염려한 게 아닐까. 모리우치 선생이 이 사태를 온전히 받아들이고 감당할 수 있을지가 의심스러운 것이다. 그녀는 3중학교 관계자라는 사슬에서 가장 취약한 고리다.

쓰자키 교장의 독단적인 판단이 아니라 세간의 눈을 무던히 신경쓰는 다카기 선생의 뜻도 반영됐을지 모른다. 이런 이야기까지 료코에게 하기는 좀 그랬다.

"또 모리린이라고 하네. 교장선생님한테도 콩너구리가 뭐니."

"뭐 어때. 친근하게 부르는 별명인걸. 그건 그렇고, 아빠 조언대로 곧 무슨 조사 같은 걸 하실 거라던데?"

"그렇구나. 학교 측에서 반응을 보이면 고발장을 보낸 사람도 일단은 진정하겠지."

료코가 흐음, 하고 웅얼거렸다.

"그런 설명을 해줬어."

"해주셨습니다, 라고 해야지."

"해주셨습니다."

"또 물어보신 건 없고?"

"나한테 이런 편지를 보낼 만한 애가 누구일지 짐작 가느냐고."

후지노도 묻고 싶은 것이었다.

"짐작 가니?"

료코가 곧바로 대답했다. "전혀."

"짚이는 데가 없어?"

"그렇다기보다—이런 일을 절대 안 할 거라는 확신이 드는 친구는 있어도 다른 애들은 잘 모르겠다는 뜻이야."

"아빠가 형사라는 걸 아는 친구가 많니?"

"막 말하고 다닌 건 아니야. 친한 애들한테만 했어. 하지만 그런 얘기는 워낙 잘 퍼지니까."

료코의 목소리에 처음으로 불안한 기색이 감돌았다.

"아빠, 교장선생님한테 그 편지 내용이 사실이 아닐 거라고 했다면서?"

"응, 그랬지."

"정말 그렇게 생각해? 형사로서 생각할 때 그래?"

"넌 어떻게 생각하는데?"

"질문에 질문으로 대답하는 부모님은 참 별로야." 료코가 얼버무렸다. "대답은 같아. 모르겠어. 정말 목격자라면 왜 더 일찍 나서지 않았을까 싶기도 한데, 무서워서 말 못 했을 수도 있으니까."

"편지에서 지목한 세 사람이 무서워서란 뜻이니? 자기가 신고한 게 들통나면 보복당할 것 같아서?"

료코는 놀란 눈치였다. "그런 건 아니야. 그냥 휘말리는 게 무서웠을 거라는 뜻인데……"

또 모르지, 라며 목소리를 낮췄다.

"그애들은 정말 무슨 짓을 저지를지 모르니까."

"오이데, 하시다, 이구치."

"맞아. 아, 미리 말해두는데 나한테 못된 짓을 한 적은 없어."

"그래."

"그렇지만 그애들—오이데가 그랬어. 가시와기 장례식이 끝나고 쇼핑몰에서 마주쳤을 때인데."

가시와기 다쿠야가 자살한 게 확실해졌으니 이제 후지노 아버지에게 체포당할 일은 없겠다는 요지의 말을 했다고 료코는 설명했다.

"출관 전에 가시와기네 아버지가 인사하면서 누가 들어도 자살이라고 생각할 법하게 말했었거든. 그런데 그애들 장례식에 안 왔는데. 어떻게 알았을까."

"장례식장에 왔다가 너희보다 먼저 돌아가는 애를 만나 들었겠지."

"아 참, 그러고 보니 그런 말도 했었다."

정보를 얻고 싶어서 누가 지나가길 쇼핑몰에서 기다리고 있었을지 모른다. 충분히 있을 법한 일이다.

"그애들 관할 청소년과에서 유명하더구나."

"당연하지."

"교장선생님을 만났을 때 학년주임 다카기 선생님도 잠깐 같이 계셨어. 그애들이 학교에서 일으킨 소란에 대해 뭔가 하고 싶은 말이 있는 것 같던데."

"심심하면 사고를 쳤으니까. 셀 수 없을 정도야."

"그건 그렇고, 네 생각은 어떠니? 그애들이 가시와기 학생에게 해코지했을 가능성이 있을까?"

료코가 한동안 입을 다물었다. 후지노도 말없이 기다렸다.

"모르겠어."

"그래."

"연결이 안 돼, 그 셋이랑 가시와기는. 하지만 겉보기에만 그런지도 모르지."

"그렇지."

"이번에는 내가 아빠한테 묻고 싶은데, 가족은 자살이라고 생각했는데 자세히 조사해보니 타살이었던 경우가 있었어?"

"딱 떠오르진 않는데."

"그렇구나……"

"드문 일일 거야. 그 반대는 있지만."

부검과 현장검증에서 모든 요소가 자살을 가리켜도 여전히 심정적으로 납득하지 못하는 유족이 간혹 있다.

"기분은 어떠니?"

"답답해. 편지 보낸 사람이 나한테 부탁한 거잖아? '경찰에 알려주십시오'라고."

"그 부탁은 들어줬어."

"아빠가 멋대로 들어준 거지."

살짝 토라진 목소리였다. 료코는 역시 자기가 의식하는 것 이상으로
화가 났을지도 모른다. 후지노는 갑자기 딸이 안쓰러웠다.

"그랬지. 하지만 이제 네가 이 일을 깊이 생각할 필요는 없어. 나머지
는 선생님과 경찰에 맡겨라."

"아빠는?"

"네 아빠 입장에서만 관여할 거야. 교장선생님에게도 그렇게 말했고."

"말씀드렸다. 라고 해야지."

후지노가 웃었다. 료코도 웃었다.

"무슨 일 있으면 또 전화할게." 료코가 급히 말을 이었다. "그런데 또
편지가 오거나 아예 전화가 올지도 모르잖아? 그 '목격자'한테서."

"학교에서 잘 대응하면 그런 일은 없을 거야. 그래도 이상한 게 있으면
아빠한테 바로 얘기해."

"응, 그럴게."

"아빠 때문에 너까지 괜한 고생을 하는구나."

"방금 전에 엄마도 그렇게 말했어. 아, 잠깐만."

수화기를 손으로 막고 가족 중 누군가와 얘기하는 모양이었다. 곧바로
다시 말을 이었다.

"오늘 아빠가 입고 나간 와이셔츠, 소매 단추 떨어져서 없었지? 엄마
가 새로 달 생각이었다는데. 잘 좀 보고 입으래."

전혀 몰랐다.

"그리고 도코가 한자 시험에서 백 점 받았어. 집에 오면 봐줘."

"알았다."

"아빠?"

"왜?"

"내 걱정은 안 해도 돼. 이래봬도 꽤 야무지니까."

하마터면 지금 그렇게 말하는 너도 아빠 무릎에 오줌을 싼 적이 있다

고 말할 뻔했다.

"아빠도 알아."

전화를 끊고 보니 배달시킨 메밀국수가 와 있었다. 곤노는 어느새 거의 다 먹었다.

"료짱은 언제나 귀엽네요."

실실거리는 부하직원을 한번 노려보고 후지노도 차가운 메밀국수로 손을 뻗었다.


18


내 편지는 도착했을까. 주인을 잘 찾아갔을까.

미야케 주리는 자기 방 책상 앞에 앉아 둥글고 작은 손거울을 들여다보고 있었다. 날이 저물고 하늘의 꼭두서니 빛도 이미 사그라져 책상 위 스탠드가 유일한 광원이다.

아무리 열심히 거울을 들여다본들 극적으로 아름답게 변할 리는 없다. 그래서 거울이 싫다. 하지만 지금은 제 얼굴을 바라볼 수밖에 없다. 비밀을 공유하고 번민을 나눌 상대가 없다.

아사이 마쓰코는 안 된다. 주리가 한 일이 어떤 의미인지, 주리가 뭘 하려는 건지 다 안다는 표정만 지을 뿐 사실은 아무것도 이해하지 못한다. 마쓰코는 그저 다정할 뿐이다. 심성이 착할 뿐이다.

오늘 개학식에서 교장선생님은 별다른 말이 없었다. 편지가 아직 도착하지 않은 걸까. 속달로 보냈지만 어제 오후 우체통에 넣었으니 오늘 오후쯤에나 배달될지도 모른다.

그렇다면 지금쯤은—

교장선생님에게는 학교로 보냈다. 집 주소를 몰라서다. 그러니 분명 지금쯤 받아보았을 것이다.

나머지 두 사람은 어떨까?

영 거슬리는 후지노 료코.

정말, 정말, 정말 싫은 모리우치 선생.

그 두 사람은 '고발장'을 읽고 어떤 표정을 지을까? 후지노 료코는 곧바로 자기 아빠와 상의하겠지. 모리우치 선생은 교장선생님에게 전화할 테고.

어쩌면 모리우치 선생은 집으로 보낸 편지를 받아보기도 전에 교장선생님에게 이미 얘기를 들었을지 모른다. 그렇다면 오늘밤 집에 돌아가서 실물을 봐도 기절초풍하진 않을 것이다.

좀 아쉽다. 뒤로 나자빠지길 바랐는데. 교장선생님에게는 하루 늦게 도착하도록 보낼걸.

모리우치 선생은 옆 동네인 에도가와 구에서 혼자 산다. 여름방학에 몇몇 여학생이 그 집에 놀러갔었다. 멋진 맨션이네 어쩌네 떠들어댔다. 베란다에 허브를 키운다나. 멍청하다. 사람 보는 눈이 너무 없다.

어떻게 모리우치 따위를 동경할 수 있을까. 겉모습에 속는 것뿐이라는 걸 왜 모를까.

겉모습이 그렇게 중요한가?

모리우치, 실컷 허둥거리고 새파랗게 질려서 날 위해 열심히 뛰어다녀봐. 고생 좀 하라고. 그 세 놈을 학교에서 쫓아내. 안 그러면 다음에는, 다음에는 훨씬 무시무시한 수단을 쓸 테니까.

미야케 주리는 손거울을 들여다보았다. 학교 측에서 익명의 고발자를 찾아내려 할지 모른다는 걱정은 아직 그녀의 마음에 절박하게 와 닿지 않았다—


프라우코포 에도가와.

모리우치 에미코는 대학을 졸업하고 조토 제3중학교에 일자리를 얻자마자 이곳으로 이사했다. 스기나미 구의 부모님 집에서 통근해도 전혀 문제될 게 없었지만, 취직을 기회 삼아 독립하고 싶었기 때문이다.

큰 회사가 지은 건물은 아니지만, 총 60세대에 달하는 어엿한 분양 맨션이다. 임대로 거주하는 세대는 에미코를 포함해 몇뿐이다. 어린아이가 있는 가족이 많아서 조금 시끄러운 게 흠이지만, 안전 면에서는 어떤 종류의 인간이 사는지 짐작도 가지 않는 임대 전용 맨션보다 훨씬 안심할 수 있었다. 에미코는 이 집이 마음에 들었다.

1월 7일 월요일 저녁 일곱시 사십분. 에미코는 집으로 돌아왔다. 맨션 입구의 묵직한 문을 밀고 공용현관으로 들어섰다. 자동잠금장치가 되어 있는 문을 열고 죽 늘어선 우편함으로 다가갔다. 석간신문이 꽂혀 있는 곳은 에미코의 우편함뿐이었다.

석간 외에도 뒤늦게 도착한 연하장 몇 통과 광고우편물 한 통이 들어 있었다. 우편물을 꺼내 가슴에 안고 엘리베이터로 향했다. 위에서 내려온 엘리베이터에서 낯익은 주민이 내렸다. "안녕하세요?"라고 인사를 주고받고 에미코 혼자 엘리베이터에 올라탔다. 4층 403호다.

엘리베이터에서 내려 걸음을 내디뎠다. 5센티미터 굽에서 나는 경쾌한 발소리가 복도에 울려퍼졌다. 또각, 또각, 또각. 열쇠를 꺼내 문을 열었다. 나 왔어, 우리 집아.

모리우치 에미코의 발소리, 문을 여닫는 소리, 그후의 고요함. 그리고 바로 옆 402호에서 누군가가 귀를 기울이고 있었다.

가키우치 미나에의 생일은 1월 15일이다. 그래서 1월은 늘 우울했다. 1월이 오면 좋든 싫든 나이를 의식하게 된다.

아니, 항상 우울했던 건 아니다. 이토록 심한 우울감에 사로잡힌 것은 불과 이 년 전부터다.

남편이 바람을 피우기 시작한 후부터.

그리고 계속되고 있다. 지금도 여전히. 이 년 일 개월하고도 이십팔 일.

가키우치 노리후미는 오사카에 본사를 둔 일류 증권회사의 직원이다. 몇 년 전부터 시작된 호경기 덕분에 연봉이 급격하게 상승했다. 몇 년 전? 남편은 이런 어중간한 표현을 쓰지 않는다. "플라자 합의 이후"라고 명확하게 말한다. 우수한 증권맨은 집에서도 그런 표현을 쓴다.

그래서 "이혼하고 싶다"는 말도 착각의 여지가 없을 정도로 명료했다. 곤란한 표정조차 그는 짓지 않았다. 말을 우물거리지도 않았다. 아마 고객에게 투자효율을 설명할 때와 똑같은 음성이었을 것이다.

"우리의 결혼이라는 투자는 실패했어. 다른 운용 방안을 생각해보자." 물론 표현은 달랐지만, 미나에의 귀에는 그렇게밖에 들리지 않았다.

가키우치 노리후미는 미나에라는 여자에게 인생의 일부를 투자했다. 그러나 그 결과는 그가 바라던 대로가 아니었다. 그러니 갈아탄다. 당연한 일 아닌가.

버려지는 대상의 손실은 그가 알 바 아니다.

이 년 일 개월하고도 이십팔 일. 미나에는 그 시간만큼 나이를 먹었다. 이 년 일 개월하고도 이십팔 일 전, 남편의 외도를 알아채고 추궁했다가 "당신이 알아챘다면 마침 잘됐군" 하며 대번에 이혼을 선고받은 후로.

그리고 미나에는 이번 생일을 맞아 서른한 살이 된다. 남편이 이혼을 원하고, 그에게 애인이—이 년 일 개월하고도 이십팔 일보다 반년도 전부터 존재했으며 지금도 관계가 지속되는 애인이 있다는 걸 아는 상태에서 맞는 서른한 살.

어떤 여자냐고 미나에는 물었다. 나보다 몇 살이나 어려?

스물여덟 살이라고 남편이 대답했다. 인테리어 디자이너라고 했다. 원래는 고객이었다고 했다.

어엿하게 자립해서 커리어를 쌓았고 경제적으로도 풍족한 젊은 여자다. 그런 여자가 내게서 남편을 빼앗아가려 한다.

미나에는 이혼 요구를 들어주지 않았다. 그러자 남편이 집을 나갔다. 그의 명의로 대출을 받아 매입한 이 맨션에서 나가버린 것이다.

"이 집은 당신이 가져. 위자료야. 이혼서류에 서명해주면 곧바로 양도 수속을 밟아줄게."

그렇게 말하고서. 이 년 전 설 연휴가 끝난 직후였다. 다음날 업무가 시작되는, 도쿄증권거래소의 새해 첫 입회일 전날이었다.

"새해도 됐으니 확실하게 정리하고 싶어."

그리고 애인과 같이 살기 시작했다.

미나에는 홀로 남겨졌다. 지금도 여전히 홀로 남겨져 있다.

앞으로도 이혼을 해줄 생각은 없다. 절대로 하지 않을 것이다. 이렇게 짐짝 취급을 받고도 순순히 따를 만큼 미나에는 어리석지 않다. 남편은 그녀를 우습게봤다. 그에게 그렇게 말한 적도 있다.

그러나 노리후미는, 약간의 위험부담이 있지만 매우 유망한 주식에 겁이 나서 손대지 못하는 고객을 대하듯, 당신을 위한 일인데 안타깝다는 표정을 지으며 말했다.

"난 현실을 직시할 뿐이야. 당신을 우습게보는 게 아니야. 우리 결혼은 실패했고 파탄났어. 그러니 소멸시키자는 거야. 왜 그걸 이해 못 해?"

미나에는 알고 있다. 남편은 유능하다. 예전보다 연봉도 훨씬 올랐고 수완 좋은 직원으로 회사에서 인정도 받는다. 지금은 그저 영업사원이 아니라 '파이낸셜 플래너'라는 직함도 있다. 돈이 남아도니 이런 평범한 패밀리 타입 맨션 한두 채쯤은 미나에에게 넘겨줘도 아무렇지 않은 것이다. 적은 액수지만 생활비도 매달 보내준다. 그리고 돈이 계좌에 들어가는 시기를 가늠해 전화를 걸어온다.

"언제까지고 이렇게 지낼 순 없잖아? 적당한 선에서 접자. 자꾸 완강하게 나오면 나도 강경책을 쓸 수밖에 없어."

"어떤 강경책?"

"재판을 걸 수도 있고."

"얼마든지. 할 수 있으면 해봐. 법원에서 바람피운 남편의 이혼 요구 따위가 인정될까?"

"그 말 진심이야? 요즘은 꼭 그렇지만도 않아. 결혼 생활이 파탄나면 유책배우자의 이혼 요구도 받아주는 쪽으로 바뀌고 있어. 그리고 당신—우리 결혼의 실패 원인이 정말로 나한테만 있다고 생각해? 자기반성은 안 해봤어?"

"난 하나도 잘못한 거 없어!"

"그럼 어쩔 수 없군. 다람쥐 쳇바퀴 돌기야. 하지만 만약 재판까지 간다면 더는 돈도 안 보낼 거야. 당신은 생활력도 없잖아."

그 말이 맞다. 지금도 생활하기 빠듯하다.

그러나 남편은 분명 애인과 함께 호화로운 생활을 하고 있을 것이다. 구체적인 장소는 미나에도 모른다. 노리후미는 마치 악성 세균을 피하듯 미나에로부터 몸을 숨겼다. 근무 지점도 바뀌었고, 미나에가 옛 직장에 물어도 가르쳐주지 않는다. 함구령이 내려진 것이다. 모든 이가 하나같이 남편 편이다. 왜? 어째서?

새해를 맞아 일단락을 짓고 시작한 새로운 인생. 남편에게 미나에는 자기 인생에서 떼어낸 대형쓰레기였다.

"인내심 싸움을 할 생각이라면 우린 상관없어. 그 사람도 혼인신고에 연연하지 않는다고 했고, 일이나 생활에 아무 지장도 없으니까. 쓸데없이 허송세월하면서 인생의 새 출발을 미루는 당신만 손해야."

항상 그런 대화만 오가다 전화는 끊어진다.

미나에의 친정은 멀다. 아버지는 자주 시름시름 앓고, 어머니는 아버지 간호에 여념이 없다. 걱정을 끼치고 싶지 않아 아무 얘기도 하지 않았다. 여름휴가와 설날에도 '해외여행을 간다'며 집에 내려가지 않았다. 제사처럼 꼭 얼굴을 비쳐야 할 때는 늘 미나에 혼자 갔다. 그래도 부모님은 의심 한 번 하지 않았다.

"우리 사위는 워낙 바쁘니까."

그저 그런 지방도시의 이름 없는 회사에 다녔던 아버지는 일류 증권회사에서 활약하는 사위를 자랑스러워했다. 아버지에게 불평만 늘어놓으며 살아온 어머니는 그런 남자를 잡은 딸이 대견했다. 딱히 내세울 것 없는 딸이지만 능력 있는 결혼상대를 낚은 솜씨 하나는 확실했다.

그래서 미나에는 아무 말도 할 수 없었다. 버림받았다는 말을 도저히 할 수 없었다. 말할 필요도 없다. 계속 참아내면 되니까. 혼자 끌어안고 있으면 아무도 모른다. 남편은 너무 바빠 좀처럼 집에 들어오지 못한다고 생각하면 된다. 출장이 잦다고 생각하면 된다. 다른 지역으로 발령이 나서 떨어져 있다고 생각해도 된다. 이렇게 되기 전부터도 노리후미는 정말로 바빠서 늘 한밤중이 되어야 집에 들어왔고, 휴일에도 거의 집을 비웠으니까.

혼자라서 가장 좋은 점은 속일 상대도 자기 하나뿐이라는 것이다.

그런데—어느 날부터 상황이 변했다.

옆집 여자, 모리우치 에미코는 이 년 전 3월에 이사 왔다. 인사를 한다고 왔을 때부터 이상하게 마음에 안 들었다. 이제 막 대학을 졸업한 햇병아리 주제에 너무나 당당하고 자신만만해 보였다. 이 세상에 자기 뜻대로 안 될 건 없다고 믿는 것처럼. 자기가 하는 일은 모두 옳다고 확신하는 것처럼.

게다가 미인이었다. 옷 입는 센스도 좋았다. 첫눈에 거슬렸다.

그래도 당시는 남편이 1월에 집을 나가고 얼마 안 되었을 때라 옆집 여자에게 신경쓸 정신적 여유가 없었다. 마음에 안 드는 이웃쯤이야 아무려나 좋았다. 금세 잊어버렸고, 줄곧 잊고 지냈다. 이웃과 가깝게 지내지 않아도 되는 것이 맨션의 장점이다.

그랬던 그녀가 갑자기 미나에의 생존과 관련된 존재가 되었다. 작년 9월의 일이다. 며칠이었는지 정확한 날짜는 기억나지 않는다. 일요일이었던 건 확실하다. 점심때가 지나 노리후미가 불쑥 찾아왔다. 집을 나간 후로 처음이었다.

옛날 자료를 가지러 왔다고 했다. 회사에 있는 줄 알고 찾아봤는데 없었다. 그러니 아마 여기 있을 거라면서. 말하는 품으로 보아 꽤 중요한 자료 같았다.

남편 방도, 그가 쓰던 서랍장이나 옷장도 모두 그대로 두었다. 언제 돌아오든 곧바로 다시 쓸 수 있도록. 그러나 노리후미는 설령 그것을 알아챘을지라도 얼굴에 드러내지 않았고, 가택수색이라도 하듯 마구잡이로 집안을 뒤지고 다녔다. 미나에가 뭐라고 말을 걸어도 대꾸하지 않았고, 가져다준 커피에 손도 대지 않았다.

쌓이고 쌓인 울분과 분노가 미나에의 내면에서 터져나왔다. 서류를 찾는 남편을 이리저리 따라다니며 매섭게 힐난을 퍼부었다. 남편은 아무런 반응도 보이지 않고 오로지 집을 뒤지는 데만 열중했다. 무시당하면 당할수록 미나에는 더더욱 흥분했다.

바삐 움직이는 남편을 향해 손에 닿는 물건을 집어던졌다. 남편이 맞지는 않았지만 그가 눈을 부릅뜨는 모습을 보니 스스로도 놀랄 만큼 속이 후련했다. 그래서 또 던졌다. 남편은 미나에를 피해 이 방 저 방으로 도망다녔다.

"당신, 진짜 미친 거 아냐?"

남편은 내뱉듯 쏘아붙이고 돌아가려 했다. 미나에는 쫓아가서 그가 현관문을 여는 순간 붙들었다. 온 힘을 다해 남편에게 매달리며 안으로 끌어들이려 했다. 그러는 내내 새된 목소리로 아우성치며 울었다. 남편은 미나에를 뿌리치고 막무가내로 복도로 나서려 했다. 미나에는 질질 끌려나가 나뒹굴듯 넘어졌다.

그때―눈앞에 옆집 여자가 서 있었다.

403호 문을 열고, 손잡이에 한 손을 얹은 채로 이쪽을 살펴보고 있었다. 옆집의 소동에 놀라서 나와본 것이리라.

노리후미가 그녀를 보았다. 그때까지 잃지 않았던 냉정의 한 귀퉁이가 허물어져내리며 이마와 뺨에 피가 솟구쳤다.

"실례했습니다."

그는 짧게 사과하더니 힘껏 미나에의 손을 뿌리쳤다. 제삼자의 등장으로 순간 주춤했던 미나에는 단번에 내동댕이쳐졌고, 문에 머리를 쾅 찧고서 현관 앞에 주저앉고 말았다. 남편은 뒤도 안 돌아보고 뚜벅뚜벅 발소리를 내며 엘리베이터 쪽으로 멀어져갔다.

미나에는 바닥에 주저앉은 채 소리 내어 울었다. 울면서 소리쳤다. "절대 이혼 못 해줘!"라고 외치고 또 외쳤다.

한참이 지나 옆집 여자가 아직 옆에 서 있다는 걸 알았다. 샌들을 꿰신은 발끝이 미나에의 무릎 바로 옆에 보였다.

미나에가 고개를 들었다. 옆집 여자가 그녀를 내려다보고 있었다. 얼굴이 마주쳤다.

옆집 여자는 웃고 있었다.

물론 그 웃음은 눈물로 얼룩진 미나에의 얼굴을 보자 순식간에 사라졌다. 급히 감춘 것이다. 여자는 미나에 가까이 몸을 웅크려 앉으며 말을 건넸다.

"괜찮으세요?"

목소리는 정직하게도 여전히 웃고 있었다. 미나에를 비웃고 있었다.

미나에는 입을 다문 채 기듯이 문 안으로 도망쳤다. 거실로 돌아와 쿠션 밑에 머리를 파묻고 다시 큰 소리로 울었다.

분했다. 노리후미의 행동 때문이 아니다. 그의 그런 태도에는 익숙했다. 어느새 익숙해지고 말았다.

옆집 여자에게 비웃음을 산 것이 분했다. 조롱하는 듯한 그 눈빛이 분했다. 그녀의 눈과 입술은 노리후미와 같은 말을 하고 있었다.

—미친 거 아냐?

그것만이 아니다. 들려줬다. 들켰다. 미나에가 버림받은 아내라는 것을. 버림받았음에도 "이혼 못 해줘!"라며 들러붙는 여자라는 것을. 이제부터는 미나에가 제아무리 애써 자신을 속여도 옆집 여자는 알고 있다. 남편이 돌아오지 않는다는 것을. 미나에가 이혼을 강요당하는 처지라는 것을.

옆집 여자의 존재가 미나에의 머릿속에서 악성종양처럼 부풀어오르며 증식하기 시작했다.

그때까지는 맨션 안팎에서 옆집 여자와 마주쳐도 그냥 고개만 까딱하고 지나갈 수 있었다. 그러나 이제는 달라졌다. 그 여자와 마주치면, 그녀의 시선을 느끼면 미나에는 이제 거기서 늘 일정한 의미를 읽어냈다.

—미친 거 아냐?

—꼴사납고 한심한 여자.

—남편한테 버림받았지?

—이제 그만 포기하지그래?

—당신 같은 아줌마는 버림받아도 싸.

당신 인생은 실패야.

옆집 여자는 언제나 그렇게 말했다. 말하지 않아도, 소리 내지 않아도 미나에는 알 수 있었다.

—난 당신처럼 비참한 아줌마는 안 될 거야. 남자한테 매달려 울부짖는 꼴사나운 여자는 싫어.

옆집 여자의 직업은 교사다. 이사 왔을 때 분명 그렇게 말했다. 작년 여름에는 학생들이 놀러온 적도 있다. 시끄럽게 깔깔거렸다.

옆집 여자는 일을 한다. 사회에 제 자리가 있다. 역할이 있다.

남편의 애인과 마찬가지다.

언제 어디서 마주치든, 그때마다 힐끗 던지는 그녀의 시선과 무던한
인사에서 무언의 조롱을 느꼈다.

낮에 마주치면,

—이혼하려는 남편한테 매달려서 놀고먹다니. 팔자 좋은 아줌마야.

밤에 마주치면,

—아줌마, 어디 놀러갈 데도 없어? 오라는 사람도 하나 없어? 딱하지
만 어쩔 수 없네.

그리고 웃었다. 웃었다. 비웃는 것이다, 미나에를.

—당신이 아무렇지 않게 돌아다녀도 난 다 알아. 당신 버림받은 여자
잖아. 어디에도 설 자리가 없고, 누구도 필요로 하지 않는 여자잖아.

당신은 장애물이야.

만약 미나에에게 그런 상황을 털어놓을 상대가 한 명이라도 있었다면,
그 사람은 충고했을 것이다. 그건 옆집 여자가 한 말이 아니다, 당신이
스스로에게 퍼붓는 비난과 자기혐오일 뿐이다, 라고.

비난받아야 할 건 남편의 안하무인한 행동이고, 그와 싸우고 싶다면
제대로 절차를 밟아 대적할 방법이 있을 거라고. 그리고 미나에는 지금
보다 훨씬 더 스스로를 소중히 여겨야 한다고.

하지만 그럴 상대가 없었다.

집에만 틀어박혀 지내는 것도 좋지 않고, 스스로 생활비를 벌면 남편
에게 대항하기 쉬워질 테니 일을 해보자고도 생각했다. 그러나 막상 찾
아보니 변변한 일자리가 없었다. 호경기라 파트타임 일이나 아르바이트
는 얼마든지 널렸다. 그러나 시급을 받는 일은 싫었다. 파견사원도 안 된
다. 이류 같으니까. 어엿한 일류기업의 정규직원이 되고 싶었다. 경력을
쌓고 싶었다.

그러자 선택지가 확 줄었다. 뉴스나 신문에서는 대학 졸업 예정자에게
온갖 취직 제의가 들어오고 사전 채용계약이 횡행해 규제를 가해야 할 정

도라고 보도했지만, 삼십대 중반에 이렇다 할 기술도 없고 학력이나 경력에서 딱히 두드러지는 구석도 없는 미나에는 그와는 딴판인 냉엄한 현실에 가로막혀 있었다. 인력 부족이니 유례없이 유리한 취직 시장이니 하는 호경기의 표현이 그대로 적용되는 것은 역시나 한정된 인재뿐이었다.

무슨 수를 써서라도 옆집 여자에게 뒤지지 않는 일자리를 구하고 싶었다. 일류 유명기업에서 일하고 싶었다. 미나에는 뭔가에 홀린 사람처럼 그것을 갈구하고 거절당하기를 되풀이했다. 구인 자격조건에 나이나 학력 제한이 있어도 개의치 않고 이력서를 썼고, 새로 마련한 정장을 입고 면접을 보러 갔다. 그리고 씁쓸한 미소와 함께 거절당하고, 다시 다음으로. 다음으로. 다음으로.

여기서도 냉정한 제삼자의 눈이 있었다면 미나에가 경쟁할 상대는 옆집 여자가 아니라 남편의 애인이라고, 그녀의 커리어라고 가르쳐주었을 것이다. 지금 미나에는 그녀의 얼굴조차 보이지 않고 직접 공격할 수도 없으니 가까이 있는 옆집 여자로 대신하는 것뿐이라고—

분하다, 분하다, 분하다!

커리어? 일하는 여자? 웃기는 소리다. 우리 세대는 고등학교나 단기대학을 나와서 고만고만한 회사에 취직해 사오 년 일하고는 결혼상대를 찾아 퇴직하는 게 왕도였다. 나는 그런 왕도를 밟아온 인생의 승리자였다.

그런데 왜 이제 와서 사회의 낙오자 취급을 받아야 한단 말인가?

"죄송합니다만, 저희 회사에서는 서류를 접수할 수 없습니다."

"요즘엔 구인정보가 풍부하니 다른 분야를 찾아보시면 어떨까요? 파트타임 일이라거나."

정중한 거절의 말과 함께 미나에의 이력서를 돌려보내는 인사 담당자에 남편의 모습이 겹쳐 보였다. 그의 말이 겹쳐 들렸다.

—당신이랑 살면 지루해. 당신은 아무것도 흡수하려 들지 않아. 성장하려 하지 않아.

나는 아무것도 할 수 없는 여자라고 남편은 말했다.

그렇지만 내가 가정을 지키길 바란 건 당신이잖아. 내가 집안일을 해치우며 바쁜 당신을 내조해줘서, 당신은 마음 편히 일에 집중할 수 있었잖아?

아이가 있었다면 달랐을까?

난 아이를 원했어. 그렇지만 당신은 아직 아이를 가질 결심이 서지 않는다며 계속 미루기만 했어. 내 부탁을 들은 척도 안 했어.

그건―그건 처음부터 언젠가는 나랑 헤어질 생각이었기 때문이야? 당신이 이 결혼은 실패라고 단념한 건 대체 언제야?

알려줘, 알려줘, 알려달라고.

미나에의 고독한 절규는 혼자 남은 402호의 허공으로 사라졌다. 짙어져만 가는 망상과 번민에 위로의 물을 부어주는 상대는 어디에도 없었다.

나만 제비뽑기에 실패해 부당한 처사를 받고 있다―

옆집 여자가 아니꼽다. 마음에 박힌 가시 같다. 언제 무엇을 할까. 어떤 생활을 할까. 어떤 인간과 친하게 지낼까. 애인은 있을까. 나를 안주 삼아 그 남자와 낄낄거릴 게 틀림없다. 신경이 쓰여서 밤잠을 이룰 수가 없었다.

그러다 갑자기 귀신이 들렸다.

우연히 본 미스터리 드라마가 계기였다. 탐정 역할의 남녀가 수상쩍은 인물의 신변을 조사했다. 그 사람 집으로 몰래 숨어들었다. 책상 서랍과 우편물을 뒤졌다.

아무리 분양 맨션이라도 자물쇠가 걸린 현관문을 아마추어인 미나에가 열 수는 없다. 하지만 우편함이라면?

그렇다, 그 여자한테 온 우편물 정도는 나도 볼 수 있다. 그래서 뭐가 됐든 여자가 숨기고 있는 약점을 찾아낸다면 이번에는 내가 비웃어줄 수 있지 않은가. 시치미떼봐야 소용없어, 난 이미 알고 있으니까―

나는 이 맨션에서 나갈 수 없다. 나가면 남편과 남편의 애인에게 지는 셈이다. 여기서 남편이 돌아오기를 기다려야 한다. 그러려면 내 생활을 되찾아야 한다. 옆집 여자의 약점을 잡아 그녀를 몰아내고 마음의 평정을 되찾아야 한다.

미나에의 이 그릇된 발상을 부추기는 일도 있었다. 작년 크리스마스 무렵, 한동안 여자가 이상하게 풀이 죽어 보였던 것이다. 엘리베이터 앞에서 마주쳤는데 평소처럼 사람을 깔보는 듯한 시선을 던지지도 않고 고개를 숙인 채 서둘러 지나가버렸다. 눈두덩이 부어 있었다. 어쩌면 울고 있었을지도 모른다.

무슨 일이지? 저 여자한테 무슨 일이 생겼나? 알고 싶다. 나는 알 권리가 있다. 제멋대로 품은 확신이 기세 좋게 내달렸다.

이 맨션의 우편함에는 번호식 자물쇠가 달려 있다. 옆집 여자는 미나에를 경계하므로 그녀가 우편함을 열 때 가까이 다가가 훔쳐보기는 어렵다. 이런저런 궁리와 시도 끝에 지극히 간단한 방법이 가장 효과적이라는 것을 알아냈다. 30센티미터짜리 자 끝에 셀로판테이프를 붙여 우편함 입구로 넣으면 안에 있는 우편물을 건져올릴 수 있다. 크고 무거운 우편물은 꺼낼 수 없지만 그런 것은 책이나 통신판매 카탈로그일 것이다. 중요하고 사적인 편지는 가볍다. 이 방법으로도 충분히 원하는 바를 이룰 수 있다.

맨 처음 실행에 옮긴 것은 작년 12월 28일이었다. 별다른 우편물은 없었지만 가슴이 두근거렸다. 그래서 그뒤로 매일같이 시도했다. 우편물은 하루에 두 번, 오전과 오후에 배달되는데, 어느 때든 먼저 그 여자의 동정을 살피고서 실행에 옮겼다. 다른 주민이나 관리인에게 들키지 않게 조심하기만 하면 작업은 수월했다.

훔친 우편물은 바로 살펴보고 하루쯤 가지고 있다가 그 여자의 우편함에 도로 넣었다. 엽서는 그대로 읽을 수 있었고 편지는 봉한 부분에 수증기를 쏘여서 열었다. 잘 열리지 않거나 테이프가 붙어 있을 때는 아무렇게나 가위로 잘라 내용물을 꺼냈다. 우편물을 훔쳐본다는 것만 들키지 않으면 굳이 여자에게 다 돌려줄 필요는 없다.

그녀는 설 연휴 사흘 동안 부모님 집에 가 있는 것 같았다. 그래서 미나에는 그녀에게 온 연하장을 본인보다 먼저 볼 수 있었다. 덕분에 여자가 모 중학교 2학년 A반의 담임이라는 것을 알았다. 학생들이 연하장을 보냈기 때문이다. 또한 그녀가 영어 교사라는 것도, 일부 학생들에게는 '모리린 선생님'이라는 별명으로 불린다는 것도 알았다.

이러길 계속하면 좀더 많은 것을 알아낼 수 있겠지. 매달 내는 전기요금이나 수도요금, 전화요금까지 볼 수 있다. 어디로 전화를 걸었는지 알 수 있으면 더 좋으련만.

1월 5일에는 파리에서 항공우편 한 통이 왔다. 보낸 사람은 여자인데, 대학 시절 친구 같았다. 유학중일까, 아니면 일 때문에 부임한 걸까. 그 여자도 옆집 여자를 '모리린'이라고 불렀다. 새해 인사를 하고 파리의 거리가 아름답다는 내용을 늘어놓고 '골든위크 때 놀러와'라는 말로 마무리지었다.

미나에는 그 항공우편을 찢어버렸다. 이것으로 옆집 여자가 친구 하나를 잃는다면 속이 시원할 것 같았다.

조금 더, 조금 더 확실한 게 없을까. 여자에게 조금 더 타격이 갈 만한 편지는 없을까.

열망은 통했다. 하늘에 통한 건 아니겠지만, 어쨌거나 어딘가에 통해서 결실을 맺었다.

오늘 아침 열시가 지난 무렵이었다. 늦게 일어난 미나에가 신문을 가지러 로비로 내려갔다. 때마침 우편배달부가 와서 로비의 인터폰 패널 앞에 서 있었다. 여자의 우편물이 있을지 모른다는 생각에 미나에는 티나지 않게 그쪽으로 시선을 던졌다.

땡동, 땡동. 우편배달부가 인터폰을 울렸다. 대답이 없다. 그는 우편물 다발을 손에 든 채 몸을 돌리더니 죽 늘어선 우편함 쪽으로 갔다.

미나에는 우편함 뒤에서 귀를 기울이고 있었다.

툭 소리가 들렸다. 틀림없다. 403호 우편함으로 우편물이 떨어졌다.

미나에는 급히 집으로 달려가 우편물 낚시 도구를 가져왔다. 우편배달부가 굳이 인터폰까지 눌렀으니 아마 등기나 간이등기처럼 수취 확인이 필요한 우편물일 것이다. 그렇다면 우편함에 넣은 것은 부재중 배달표이리라. 그것만 손에 넣으면 우체국에 가서 해당 우편물을 가로챌 수 있다. 수입인지는 얼마든지 살 수 있고, 창구에서 주소를 확인할 만한 것을 제시하라고 하면 지금껏 훔쳐서 옆집 여자에게 돌려주지 않은 우편물을 보여주면 된다. 광고우편물 종류지만 본인 확인에는 충분하다. 이런 일이 있을 것 같아 몇 통 보관해두었다.

통화등기면 좋을 텐데―미나에는 생각했다. 돈은 항상 필요하고, 이왕 그 여자한테서 가로챌 거라면 가능한 한 큰 손실을 입히고 싶으니까.

그러나 건져올린 우편물은 흔하디흔한 일반봉투였다.

속달이었다. 그래서 우편배달부가 인터폰을 눌렀고 부재중이라 그냥 우편함에 넣은 것이다.

처음에는 실망했다. 그러나 봉투 겉면을 찬찬히 보다보니 흥미가 생겼다.

삐뚤빼뚤 이상한 글씨였다. 자를 대고 쓴 것이 확실했다. 보낸 사람 이름은―없다.

미나에도 몇 번인가 이런 편지를 쓴 적이 있다. 남편 직장으로 보냈던 편지다. 내용은 당연히 그의 소행을 고발하는 것이었다. 아내의 호소 따위 상대해주지 않는다면 상심한 그녀를 동정해 의분을 느낀 제삼자가 고발하는 식으로 쓰면 될 것 같았다. 받는 사람 이름과 편지 내용 모두 워드프로세서로 썼지만, 그러면 실감이 덜한 것 같아 손으로 써 보낸 적도 있다. 필체를 들키지 않으려고 고심해서 왼손으로 썼다. 자도 이용해 봤다.

몇 번을 보내도 감감무소식이라 별 소득은 없었다. 남편의 직장은 역시 남편 편이었다. 그렇지만 편지를 쓸 때의 흥분은 잊을 수 없다. 딴사람이 된 듯한, 정말로 가엾은 가키우치 미나에를 위해 행동하는 친절한 누군가가 된 듯한 기분이었다. 매우 올바른 일을 한다는 생각이 들었다.

미나에는 삐뚤빼뚤한 글씨가 적힌 봉투를 뜯었다. 수증기를 쏘이는 수고 따윈 생략하고 당당하게 가위로 잘랐다.

내용을 읽었다. 봉투와 마찬가지로 삐뚤빼뚤한 글씨체였다.

'고발장'이라는 제목이 붙어 있다.

조토 제3중학교, 2학년 A반 가시와기 다쿠야?

자살한 게 아니라 살해당했다?

2학년 A반이라면 그 여자의 반이다. 조토 제3중학교였구나. 학교를 알아낸 건 큰 수확이다.

그 여자가 담임을 맡았던 학생이 자살했다. 편지를 쓴 사람은 그것이 실은 살인이라고 고발했다.

'경찰에 알려주십시오'

미나에는 당장 외투를 걸치고 가까운 도서관으로 향했다.

신문을 받아 보긴 하지만 읽는 것은 기껏해야 텔레비전 편성표와 광고 정도였다. 뉴스도 거의 보지 않는다. 여자가 일하는 학교에서 그런 사건이 일어났다는 것은 전혀 몰랐다. 지금까지는 학교 이름도 몰랐으니 어쩔 수 없지만, 좀더 주의깊게 살폈으면 좋았을 텐데. 혹시 작년 크리스마스 무렵 여자가 묘하게 풀이 죽어 보이던 게 이 일과 연관 있는 건 아닐까? 제아무리 오만하고 자신만만한 여자라도 자기 반 학생이 죽었다면 조금은 기가 꺾일 만도 하다.

도서관에서 지난달 신문철을 찾아보자 사정은 금세 확실해졌다.

다른 날도 아닌 크리스마스 아침이었다. 구립 조토 제3중학교에서 그 학교 남학생의 사체가 발견되었다. 옥상에서 추락사한 듯 보이나, 조토 경찰서는 사고와 사건 두 측면에서 수사를 시작했다―당일인 25일 석간에 실린 1보에는 그렇게 쓰여 있었다.

폭설이 내린 아침이다. 미나에도 또렷이 기억한다. 전날인 크리스마스 이브에 내린 눈에 일기예보의 기상 캐스터까지 마냥 들떠서 "로맨틱하네요"라고 떠들어댔다. 그런 인간들은 이 세상에 크리스마스이브에도 홀로 내버려져 아무도 챙겨주지 않는 사람이 있다는 사실을 무시한다. 어리석게도 세상 사람들 모두 자기처럼 만족스럽고 행복하다고 믿는다. 너무 화가 나서 가만히 앉아 있을 수가 없었다. 창밖을 내다보니 미나에를 집안에 가둔 눈에까지 분노가 느껴졌다. 도쿄 어딘가에서 남편과 애인이 웃으며 이 눈을 올려다보고―"로맨틱하네"라느니 어쩌느니 속삭거리고 있을 거라 상상하니 정신이 이상해질 지경이었다.

26일의 각 조간신문에는 속보가 없고, 석간에야 큰 신문사 세 곳에서 '사망한 남학생은 자살인가'라는 내용의 짤막한 기사를 냈다. 남학생은 11월부터 등교거부를 했고 부모도 아들의 불안정한 정신상태를 걱정했던 모양이다.

그리고 이틀 후 고인의 경야와 장례식에 학교 관계자와 동급생 들이 참석해 눈물로 이별을 아쉬워했다는 기사가 실렸다. 신문 보도는 거기까지였다.

큰 소동이 일어나지 않은 걸 보니 자살로 일단락지은 모양이다.

그러나 익명의 고발자는 '살인'이라고 증언했다. 옥상에서 떠밀리는 장면을 보았다, 범인들이 웃으면서 도망쳤다, 라고.

미나에는 도서관에서 나와 동네를 걸었다. 한동안 혼자 유유히 걸어다닌 적이 없었다. 장을 보거나 볼일이 있어서 나갈 때도 잠깐 나갔다 곧바로 돌아왔다. 한눈을 팔지도 않았다. 시야 한쪽에 다정한 연인이나 즐거위 보이는 가족들의 모습이 언뜻 비치기라도 하면 주체할 수 없을 만큼 감정이 흐트러졌던 것이다. 무릎이 후들후들 떨리고 식은땀이 났다.

그러나 지금은—오가는 사람들 사이에 몸을 맡기고 묵묵히 자연스레 걸을 수 있다. 머릿속은 방금 손에 넣은 사실로 가득했다.

이렇게 가슴이 떨리는 건 오랜만이었다. 피가 뜨겁게 느껴졌다.

'고발장'을 보낸 사람은 아마도 같은 조토 3중학교 학생이리라. 아니라면 교사 앞으로 편지를 보내지는 않을 테니까. 그 여자가 맡은 반의 학생일지도 모른다.

편지는 고발인 동시에 구조를 요청하는 비명이기도 했다. 선생님, 도와줘요. 난 진실을 알지만 무서워서 말할 수가 없어요.

누구에게나 즐거운 날일 거라 으레 생각하는 크리스마스이브에 홀로 죽은 아이. 그 죽음의 진상을 알면서도 공포를 이기지 못해 입을 다물었던 아이. 양쪽 다 미나에와 같은 부류라는 느낌이 들었다. 세 사람 다 고독한 우리에 갇힌 수인인 것이다.

길가에 커피숍 입간판이 나와 있었다. 훌쩍 다가가 문을 밀고 들어갔다. 창가 자리에 앉아 블렌드 커피를 시켰다. 카페에 오는 것도 오랜만이었다. 밖에서 혼자 커피를 마시다니, 그런 꼴사나운 짓은 절대 못 할 줄 알았는데. 옆에 있는 손님들 모두 생각하겠지. 저 여자는 혼자네. 남자도 아이도 친구도 없어. 정말 불쌍하고 비참한 여자구나.

이제 그런 건 신경쓰이지 않는다. 창밖으로 눈을 돌린 채 점원이 가져다준 뜨거운 커피를 느긋하게 음미했다.

그건 그렇고, 과연 이 고발의 진위는?

이런 엄청난 거짓말을 하는 아이가 있을 리 없다. '경찰에 알려주십시오'라고 부탁하고 있지 않은가. 꾸며낸 이야기일 리 없다.

선생님, 도와줘요.

도와줄게. 꼭 도와줄게. 그렇지만 구원자는 모리우치 선생님이 아니야. 바로 나야. 너와 마찬가지로 고독에 몸부림치는 나야말로 네게 힘이 될 수 있어.

모리우치 선생님은 믿을 수 없어—

그 말이 떠오른 순간, 미나에의 마음속에서 무질서하게 솟구쳐오르기만 하던 에너지가 하나의 형태를 이뤘다.

잘만 처신하면 고발자의 바람을 들어줄 뿐 아니라, 얄미운 옆집 여자 모리우치 에미코에게 큰 타격을 입힐 수 있지 않은가.

자기 반 학생이 죽었는데 풀이 죽어 있던 건 고작 이틀 남짓이고 연말에는 예전처럼 태연한 얼굴을 되찾았다. 지금도 멀쩡하게 학교에 나간다. 뻔뻔한 것도 유분수지. 본래라면 학생이 죽도록 내버려둔 데 책임을 지고 그만뒀어야 한다.

그런데 그 여자는 여전히 자신만만하다. 학생의 목숨 따위 우습게 여긴다는 증거다.

그렇다—그 여자는 벌을 받아 마땅하다.

학생이 살해당하는 것을 막지 못한 죄로.

아니, 그것만이 아니다. 이 고발장이 없었다 해도, 만에 하나 이 고발이 거짓이라 해도, 학생이 등교거부를 한 끝에 자살했다는 사실만으로 여자의 책임은 막중하다. 교사 실격이다. 인간으로서도 실격이다. 그런데도 모리우치 에미코는 아무 비난도 받지 않고 아무 느낌도 없다.

여전히 행복하다.

여전히 오만하다.

여전히 미나에를 얕본다.

고발장을 갖고 있자.

길게는 아니다. 열흘이나 보름쯤. 그리고 미나에의 손으로 세상에 드러내는 것이다.

이 편지가 버려져 있는 것을 우연히 발견했습니다.

내용이 너무나 심각해서 보냅니다.

경찰? 아니, 그건 너무 미적지근해. 매스컴이 좋겠다. 이런 일을 요란하게 떠들어줄 만한 곳을 찾아봐야지.

조토 제3중학교 2학년 A반 담임, 모리우치 에미코는 학생이 보낸 고발장을 무시하고 버렸습니다.

자, 어떻게 변명하실까?

모조리 망가뜨려줄 테다. 모조리 가로채줄 테다. 두 번 다시 나를 얕보지 못하게 철저히 밟아줄 거다.

가키우치 미나에가 유리창을 향해 빙긋이 웃었다.


19


소리가 퍼져간다. 허공을 어지러이 날아다닌다. 갔다가 돌아오고, 돌아왔다가 다시 되돌아간다. 마음을 싣고, 때로는 예상을 빗나가면서. 가슴속 생각을 전하고, 때로는 거짓을 뒤섞으면서.


*


"형사라고 해서 엄청 무서운 사람일 줄 알았는데, 그렇지도 않더라."

"여자라며?"

"게다가 젊어. 그래도 모리린보다는 많은 듯. 몇 살쯤 됐을까. 서른은 넘었으려나."

"마리짱한테는 무슨 얘기 물어봤어?"

"무슨 얘기라니…… 글쎄."

"원래는 희망자만 하는데, 우리 반만 다 한다는 게 이상하지 않니?"

"그야 우리 A반은 가시와기 반이었잖아. 어쩔 수 없지, 뭐. 다른 이유는 없을걸? 료짱은 생각이 너무 많아."

"그런가…… 짜증나는 질문은 안 했어?"

"짜증나는 질문이라니, 어떤 거?"

"뭐, 가시와기랑 친했었냐거나."

"료짱한테는 그게 짜증나는 질문이구나."

"꼭 그런 건 아니지만."

"왠지 목소리에 힘이 없네. 감기 걸렸니?"

"그런가."

"요새 유행이래. 통화 오래하면 안 되겠다. 얼부터 재봐. 몸조리 잘해."

후지노 료코는 전화를 끊고도 한동안 그 자리에 서서 수화기를 노려보았다. 우리는 가시와기 반이니까, 모두 조사받는 건 어쩔 수 없다. 구라타 마리코의 말이 맞다. 다들 그렇게 생각하고 수긍했을 것이다.

진실은 다른 데 있다. 학교는 이 면담을 통해 고발장을 쓴 학생을 찾아내려는 것이다. 아빠가 분명히 그렇게 말했다. 애당초 아빠가 교장선생님에게 제안한 방법이다. 그러니 넌 모르는 척해야 한다. 네, 알았어요, 아빠. 료코는 입 꼭 다물고 있을게요.

료코 역시 고발장을 쓴 사람은 같은 반 학생일 거라는 추측이 거의 확실하다고 생각한다. 그렇지만 이런 방법까지 써가며 찾아낼 필요가 있을까? 가시와기는 자살했는데. 틀림없는데. 이제 와서 그애가 떠밀리는 장면을 봤다는 목격증언에 신빙성이 생길 리 없다. 뒤늦게 낸 가위바위보나 마찬가지다. 고발장의 목적은 분명 다른 데 있을 것이다. 그걸 쓴 사람이 누구든 단지 소동을 일으켜 주목받고 싶은 마음이 아니었을까? 왜 그런 장난에 반응해줘야 한단 말인가.

더는 이런 일로 학교를 휘젓지 말아줘. 우리를 가만 내버려둬. 그것이 료코의 바람이었다. 그러나 한편으로 료코 자신도 모르는 가슴속 깊은

곳에서는 그 고발장이 자기에게 왔다는 사실을 여전히 강하게 의식하고
있었다.

*

전화가 왔을 때 노다 겐이치는 혼자 저녁을 먹고 있었다. 근처 가게에
서 사온 250엔짜리 연어 도시락이다.

중학생 남자아이 혼자 텔레비전 앞에 앉아서 밖에서 사온 도시락과 인
스턴트 된장국으로 끼니를 때운다. 쓸쓸해 보이는 광경일지도 모르지만
겐이치는 오히려 마음이 편했다.

엄마는 그제 근처 병원에 입원했다. 이번에는 허리가 아파서 혼자 일
어서지도 못할 지경이었다. 디스크가 의심되었고 본인도 격통을 호소해
입원 검사를 하기로 한 것이다.

아빠는 여느 때처럼 야근이다. 출근할 때 얼굴을 보고 밥값을 받았다.
아빠도 엄마가 병원에 있어서 마음이 놓이는 눈치였다. 입 밖으로 내지
는 않지만, 아빠와 아들의 속마음이 같은 듯했다.

그러나 겐이치는 아빠가 기타카루이자와에서 펜션을 운영하겠다는 말
을 꺼낸 뒤로 한시도 경계를 푼 적이 없다. 의심 많은 형사처럼 늘 아빠
를 주시했다. 적어도 자기 딴에는 그랬다. 신중하게 지켜보지 않으면 언
제 어느 때 이런 말을 꺼낼지 모른다.

─겐이치, 전에 얘기했던 펜션 말인데. 역시 결심했다. 봄방학에 이사
할 거야.

아빠는 겐이치에게 상담을 청하고 겐이치의 의견을 들었다. 겐이치는
강하게 반대했다. 그러나 아빠에게 그 반대 의견은 '역시'라는 말 한마디
로 떨쳐낼 수 있는 걸지도 모른다. 충분히 그럴 만하다.

사춘기 아이라면 누구나 한 번쯤은 이 관문을 거친다. 부모에 대한 불

신. 아빠가 사는 이유는 대체 뭐야? 매일 불평만 늘어놓으면서 회사에는 왜 붙어 있어? 엄마는 아빠 험담만 하면서 왜 이혼 안 해? 당신들 부부, 정말 서로 사랑해서 결혼한 거 맞아? 인생이란 뭐야? 인간은 왜 살아? 사는 목적이 뭐냐고?

그러나 겐이치의 경우에는 부모를 향한 불신이 지극히 구체적인 형태를 갖추고 있었다. 그 불신을 그대로 방치하면 발생할 위해가 매우 현실적인 문제라는 점도 불행했다.

─혼자 있고 싶다.

혼자서 묵묵히 저녁밥을 입에 넣으며 겐이치는 생각했다.

─혼자 살고 싶다.

독립할 수 있다면 얼마나 좋을까. 누구에게도 앞으로의 삶을 간섭받지 않고 모든 것을 혼자 결정할 수 있다면.

가출─이라는 말이 언뜻 머릿속에 떠올랐다. 겐이치는 산수 계산을 잘못했을 때처럼 서둘러 그 단어를 지우개로 지웠다. 자유로워지고 싶다는 절실한 소망이 이끌어낸 그 '답'이, 부모와 함께 기타카루이자와로 가는 것에 맞먹을 정도로 몹시 잘못되었다는 걸 아니까.

겐이치는 그런 어리석은 아이가 아니다. 중학교 2학년 아이가 가출해서 뭘 어쩌려고? 거기에 과연 어떤 '삶'이 있나? 한순간의 해방감을 대가로 앞으로 남은 긴 인생을 망치겠다는 건가? 어리석다.

그런데도 수화기를 들어 고사카 유키오의 목소리를 들었을 때 거의 반사적으로 물었다.

"너 혹시 가출하고 싶다는 생각 해봤어?"

유키오는 몹시 놀랐는지 잠깐 머뭇거리다 웃음을 터뜨렸다.

"갑자기 왜?"

"아니, 그냥 잠깐 생각해봤어."

"아버지랑 싸웠니? 그보다 어머니 건강은 어때?"

유키오는 겐이치의 엄마가 입원한 것을 안다.

"검사받는 중이야. 멀쩡해."

"왜 멀쩡한 사람을 입원시킨담. 이상하지 않냐?"

이상한 건 우리 부모님이야, 라고 겐이치는 마음속으로 중얼거렸다.

"가출하고 싶으면 우리 집으로 와." 유키오가 쾌활하게 말했다. "우리 집에서 살면 돼. 학교도 같이 다닐 수 있고, 겐짱이 오면 마아도 좋아할 거야."

그건 바로 겐이치가 아빠에게서 기타카루이자와 얘기를 들었을 때 순간적으로 떠올린 생각이었다. 똑같은 제안이 유키오에게서 나왔다.

겐이치는 오랜만에 기쁨을 느꼈다. 기쁨이란 감정이 이렇게 따뜻한 거였나? 까맣게 잊고 있었다.

"그건 안 되지." 겐이치가 미소지으며 말했다. "폐 끼치는 일이잖아."

"우리 집에? 저언혀. 정말 괜찮은데. 우리 엄마 아빠도 그랬어. 어머니가 입원해서 정신없을 테니 겐짱이 여기 와서 자면 좋겠다고."

내친김에 마아 숙제도 좀 봐줘, 라고 신이 난 듯이 말했다.

계속 이 이야기를 하고 싶다. 실컷 이야기해 구체화하고 싶다. 겐이치의 마음은 그걸 바라지만, 막상 말을 꺼내면 부모님이 절대 허락하지 않으리라는 것도 알고 있었다. 엄마는 겐이치가 고사카 유키오와 친한 것을 탐탁히 여기지 않는다. 그 굼벵이 같은 애―라고 겐이치 앞에서 서슴없이 내뱉은 적도 있다. 성적도 영 엉망이지? 얘, 좀더 나은 친구는 없니? 말도 안 돼, 네가 왜 그런 집에 신세를 져?

아빠는 아빠대로 말할 것이다. 멀쩡한 가정의 아이가 이유도 없이 남의 집에 얹혀사는 건 터무니없는 일이라고. 이유야 있지. 우리는 멀쩡한 가정이 아니잖아. 겐이치가 되받아치면 아빠는 눈을 희번덕거리며 화낼 것이다. 대체 무슨 소리를 하는 거냐고.

아아, 싫다. 부모님한테서 도망치고 싶어서 이러는 건데 도망칠 방법이 떠오를 때마다 당사자인 부모님이 허락할까부터 생각하게 된다.

부모님의 기대를 저버리기는 싫다. 그러니 아예 기대하지 않게 행동하자. 오래전부터 그래왔다. 이제 와서 부모님과 옥신각신하고 싶지 않다. 그러니 내가 먼저 움직일 수는 없다. 나는 겁쟁이다.

─혼자 있고 싶다.

갈망이 갑자기 오열로 바뀌어 솟구쳐올라와 겐이치는 수화기를 꽉 움켜쥐었다.

"─뭔데?"

"어?"

"전화."

겐이치는 갈라진 목소리를 유키오에게 들키지 않으려고 호흡을 골랐다.

"아, 딱히 용건은 없어. 그나저나 너 오늘 불려갔었지?"

"불려가다니, 어딜?"

"어디긴. 가시와기 일로 면담한다는 데."

"아아, 그거."

지난주 초에 모리우치 선생이 갑자기 가시와기 다쿠야 사건과 관련해 개별 면담을 할 거라는 말을 꺼냈다.

"대상은 2학년 전원이에요. 원칙적으로 면담할지 말지는 자유지만, 우리 반은 모두 받을 겁니다. 가시와기 군은 우리 반 친구였으니 여러분도 아직 마음이 복잡해 혼자 감당하긴 힘들 거예요. 그런 얘길 해줬으면 해요."

교실이 술렁거렸다. 새삼스럽게 뭐야, 라는 소리가 들리는가 하면 왠지 마음이 놓인 듯한, 이런 대응을 기다리고 있었던 듯한 분위기도 감돌았다.

"면담 상대는 우리 학교 선생님이 아니에요. 학교 사람이면 다들 편하게 얘기하기 힘들겠죠. 카운슬러 선생님과 오자키 양호선생님, 조토 경찰서의 청소년과 형사님이 여러분 얘기를 들어주실 거예요. 부모님이 면담을 원하시면 모시고 와도 됩니다."

경찰이라는 말에 지금까지와는 또다른 술렁임이 일었다. 왜 형사님이 오느냐는 질문이 나왔다. 모리우치 선생이 웃으며 대답했다.

"무서워할 거 전혀 없어요. 형사님은 그냥 참관하는 것뿐이니까. 조토 경찰서 청소년과에서는 이번 같은 불행한 사건을 막기 위해 앞으로 어떤 일을 해야 할지 여러모로 검토하고 있어요. 그래서 현재 중학생인 여러분의 의견을 듣고 싶다는 거예요. 그러니까 학교에 대한 불만도 맘껏 털어놔도 돼요. 알겠죠?"

웃음소리가 일었다. 모리우치 선생은 그 웃음소리를 들으며 자기 흉을 봐도 좋다고 덧붙였다. 눈곱만큼도 진심이 아닌 주제에, 라고 겐이치는 생각했다.

준비하는 데 이래저래 시간이 걸려서 실제로 면담이 시작된 것은 이번주 월요일이었다. 출석부 순서대로 여자애들은 앞 번호부터, 남자애들은 뒤 번호부터였다. 그래서 노다 겐이치의 순서가 고사카 유키오보다 앞이었던 것이다.

"뭘 물어봐, 겐짱?"

"뭐긴. 별다른 건 없어."

카운슬러 선생님은 겐이치 아빠 또래의 남자로 단정한 양복을 입고 앉아 있었다. 막연한 선입견으로 흰 가운을 입었을 거라 상상했던 터라 조금 놀랐다. 면담 시작 전에 임상심리사라는 일을 한다고 설명해주었다. 조토 경찰서의 형사는 사건 당일에도 만났다. 짧게 자른 단정한 머리와 짙은 눈썹이 인상에 남았다.

사회자 비슷한 역할을 하며 면담을 주도적으로 이끈 사람은 오자키 선생님이었다. 시종일관 상냥했고, 몇 가지 질문을 하고 답변을 듣겠지만 진짜 목적은 현재 너희 마음이나 건강상태를 살펴보는 것이라고 말했다. 평소와 다름없는 오자키 선생님이었다. 그래서 겐이치는 맨 먼저―면담실에 들어갈 때는 그럴 생각이 없었는데─엄마가 또 입원했다고 말하고 말았다. 사실은 털어놓고픈 얘기가 따로 있었다. 선생님, 저는 혼자 있고 싶어요. 혼자 살고 싶어요. 부모님이 저를 놔주면 좋겠어요. 이런 생각을 하는 제가 잘못일까요.

그러나 처음 보는 카운슬러와 여형사 앞에서 할 말은 아니었다.

밤에 잠은 잘 자나요? 막연히 불안해질 때는 없습니까? 혼자 있으면 무서울 때가 있나요? 가시와기 군이 죽은 후로 그애를 떠올릴 때가 있습니까? 아침에 일어나서 머리나 배가 아픈 적은? 학교에 가기 싫다는 생각이 들 때가 있습니까?

면담하는 동안 겐이치는 이 사람들이 나를─노다 겐이치를 다른 학생들보다 주의깊게 관찰하지 않을까 생각했다. 가시와기 다쿠야의 시체를 처음으로 발견한 사람이니까.

그러고 보니 이상한 걸 묻긴 했다.

─가시와기 군과 관련해 누가 무슨 말을 하거나 전화를 하거나 편지를 보낸 적이 있습니까?

무슨 뜻인지 이해가 가지 않았다. 그게 무슨 소리냐고 되묻자, 그런 일이 없으면 됐다고 했다.

─신문에까지 실린 사건이라 가시와기 군을 우연히 발견한 학생에게도 취재 요청이 가지 않았을까 해서. 그런 일은 없었던 거지?

겐이치는 없었다고 대답했다. 카운슬러 선생은 뭐라고 메모를 했다. 오자키 선생님은 생글생글 웃었고 여형사는 고개를 끄덕거렸다.

─가시와기 일은 안타깝게 생각해요. 하지만 그뿐이에요.

겐이치의 말에 이번에는 세 사람 다 고개를 끄덕거렸다.

실제로 겐이치는 가시와기 다쿠야를 거의 잊어가고 있었다. 아니, 얼어붙은 그애 몸의 감촉이나 번쩍 뜬 눈꺼풀에 앉은 눈가루 등은 기억에서 사라지지 않았다. 어쨌거나 사람의 시체를 직접 눈으로 본 것조차 처음이었으니까.

그러니 정확히 표현하면, 가시와기 다쿠야에게 마음을 쓸 여유가 없다—고 말해야 할 것이다. 그애는 죽었다. 이미 편안히 잠들었다. 여전히 현실을 살아가야 하는 겐이치는 그애에게 얽매여 있을 여유가 없다. 미안해.

"별로 긴장되는 분위기는 아니었어." 겐이치가 수화기에 대고 말했다. 이건 거짓말이 아니다.

"오자키 선생님이 있잖아. 차도 주셨고."

"흐음."

"평소대로 하면 돼. 너한테 무슨 고민이 있는 게 아니라면."

"공부가 잘 안 된다고 상담하면 안 될까."

"괜찮을 것 같은데. 내친김에 모리우치가 학생을 편애한다는 말도 해버려."

"넌 했어?"

"설마 했겠냐."

"그럼 불공평하지. 나도 말 못 해."

개인면담 같은 자리에서 솔직한 마음을 털어놓을 녀석이 있을까.

저는 학교란 세상살이를 배우는 장이라고 생각해요. 자기가 어느 정도 되는 인간이고 어느 정도까지 갈 수 있는지 가늠해보는 장이요. 선생님들은 나름의 잣대로 그것을 가늠하고 우리에게 납득시키려 하죠. 그렇지만 납득하면 대부분 패자가 돼요. 선생님들이 '승자'로 뽑고 싶어하는 학생은 극소수니까.

그런 말을 누가 할 수 있을까.

그런 것보다 훨씬 절실하게 알고 싶은 게 있지만, 누가 알려줄 수 있을까.

나에게는 왜 이런 부모가 들러붙어 있는 거죠? 나는 어떻게 해야 여기서 도망칠 수 있죠?

나는 아빠 엄마를 실망시키지 않으려고 최선을 다했어요. 네, 다했고 말고요. 그렇지만 보답을 받은 적은 한 번도 없어요. 어떻게 이런 불합리한 일이 있을 수 있죠? 선생님, 가르쳐주세요. 형사님이든 카운슬러든 누구든 상관없어요. 내가 자유로워지려면 뭐가 필요할까요?

연달아 잡담을 늘어놓는 유키오를 적당히 상대해주고 전화를 끊었다. 손에 남은 뜨뜻미지근한 수화기의 감촉이 불쾌했다.

저녁 도시락은 아직 절반쯤 남아 있었다. 완전히 식어버렸다. 텔레비전은 계속 혼자 떠들어댔다. 뉴스가 끝나고 예능 프로그램이 시작되었다. 경박하고 시시하기 그지없다. 그러나 그 사람들은 즐거워 보이고, 웃고, 웃고, 또 웃어댔다. 네가 있는 그 집만 빼고 이토록 행복이 흘러넘친다고 여봐란듯이 자랑하며.

가시와기 다쿠야는 죽음으로써 도망쳤다.

더 갈 곳이 없는 삶으로부터.

면담 때는 몽상으로조차 떠오르지 않던 생각이 겐이치의 마음을 꽉 움켜쥐었다. 마치 뜨겁게 포옹하듯이.

죽음의 포옹. 팔을 활짝 벌리고, 줄곧 겐이치 바로 뒤에 서 있었다.

하지만 나는 죽고 싶지 않다. 그 품에 안기기에는 아직 이르다. 내게는 내 인생이 있을 것이다. 틀림없이, 틀림없이. 내가 자유로워져서 그것을 찾아낼 때까지 끈기 있게 기다려줄 것이다.

분명히 다른 출구가 있을 것이다.

혼자가―될 수 있는 출구.

엄마 아빠가 사라지면 되지 않을까.

늘 보던 낯익고 지루한 풍경 속에 난데없이 나타난 새 건물을 발견한 것처럼, 겐이치는 불현듯 깨달았다.

집안 어딘가에서 시계가 울렸다.

*

왜 여학생은 남학생처럼 뒤 번호부터 면담하지 않을까. 그러면 미야케 주리의 순서가 더 빨리 돌아올 텐데.

뜬금없이 개인면담이라니. 학생들에게서 무슨 얘기를 캐내려는 것이다. 게다가 교장선생님에게 직접 보내는 '편지함'까지 설치했다고 한다. 이게 주리의 고발장에 대한 반응일까?

면담에는 형사가 참가한다고 했다. 주리의 고발장을 받고 경찰이 나섰다는 뜻일까. 그렇지만 반응치곤 너무 미적지근하지 않은가? 본격적으로 수사를 한다면 개인면담 따윈 필요 없다. 오이데 놈들을 불러다 취조실에 처넣고 텔레비전 드라마에서처럼 호되게 추궁하면 그만이다.

미야케 주리는 숙제가 많다고 둘러대며 저녁도 먹는 둥 마는 둥 하고 자기 방에 틀어박혔다. 뺨에 새로 난 여드름이 가려웠다. 손으로 긁어버리고픈 충동을 간신히 참고 있는 중이다.

지난주에 개인면담을 할 거라는 말을 듣고 주리는 거의 패닉에 빠졌다. 마쓰코의 성은 '아사이'이니 면담 순서가 앞에서 두번째다. 멍청한 마쓰코가 뭐라고 주절댈지 알 수 없다. 함께 편지를 보낸 일은 비밀이라고 단단히 입막음을 해두었다. 그러나 마쓰코는 주리가 왜 당황하는지조차 모르는 눈치였다.

"선생님들한테 전달됐으면 된 거 아닌가? 아니야?"

그런 바보 같은 질문까지 했다.

"우리가 보낸 걸 들키면 곤란하잖아!"

그렇게까지 쉬운 설명을 듣고 나서야 마쓰코는 겨우 "아아, 그렇겠네"라고 반응했다. 나도 참 바보다. 주리는 제 머리를 쥐어박고 싶었다. 어쩌자고 마쓰코 같은 애한테 도와달라고 했을까. 좀더 눈치 빠르고 좀더 머리 좋은 친구가 있었으면 좋았을걸.

면담이 끝나고 무슨 질문을 받았느냐고 다그쳐 물어도 마쓰코는 역시나 기대를 저버렸다. 선생님들이 친절하더라. 그런 소리만 해댔다. 가시와기에 대해 뭐 기억나는 것 없냐고 해서, 조금 멋지다고 생각했다고 말해버렸지 뭐야.

―그랬구나. 그 아이의 어떤 점이 멋있었니?

―오이데 같은 애들한테 안 지고, 음, 교실에서 책을 많이 읽었는데 그게 다 어려운 것들이라 머리가 좋나보다 생각했어요.

―가시와기 군하고 얘기해본 적 있니?

―전 뚱뚱해서 남자애들이 싫어하니까 말은 못 걸어봤어요.

―그렇게 단정하면 안 돼. 얘기도 안 해보고 싫어하는 줄 어떻게 아니? 안 그래?

그런 대화를 주고받았다고 기쁜 듯이 알려주었다. 시시한 수다다. 게다가 얼마 전 구라타 마리코랑 같이 다이어트를 하기로 약속했다는 쓸데없는 소리까지 꺼냈다.

"구라타는 착한 애야. 지금까지 그애는 후지노하고만 친한 줄 알았는데, 아닌가봐."

"그애는 후지노 친구야."

"아니야, 주리짱. 그리고 후지노도 그렇게 나쁜 애는 아니야. 같이 도서관에 가서 좋은 다이어트법이 나온 책을 찾아보자고 했어. 도와준다고."

"네가 속은 거야."

후지노 같은 애랑 어울려다니면 절교하겠다는 주리의 말에 마쓰코는 곤혹스러운 눈치였다.

"나랑 절교하면 넌 친구가 한 명도 없어. 알아들어? 널 상대해줄 사람은 아무도 없을 테니까."

"하지만 구라타가―"

"뚱뚱한 애들끼리 친구 하겠다고? 볼만하겠다. 정말 가관이겠어. 죽고 싶을 만큼 창피할걸, 너희 둘이 나란히 걸어가면.”

마쓰코가 결국 울음을 터뜨리는 통에 주리는 겨우 기세를 누그러뜨렸다. 절교하겠다는 말은 진심이었지만 그렇게 되면 자기도 곤란해질 터였다. 주리와 관계가 끊기면 그때야말로 마쓰코가 누구에게 무엇을 폭로할지 알 수 없다.

“마쓰코 단짝은 나야. 내 단짝은 마쓰코고. 그렇지?”

마쓰코를 달래는 것쯤 쉬운 일이다. 주리는 대수롭지 않게 여겼다.

문제는 개인면담이다. 선생님들은 과연 무슨 꿍꿍이일까. 모리우치는 그 천연덕스러운 표정 뒤에 무슨 생각을 숨기고 있을까.

내가 왜 이렇게 애태워야 하지? 난 그저 억울하게도 너무 끔찍한 일을 당했고, 더는 그런 끔찍한 일을 당하고 싶지 않고, 그래서 열심히—

시선의 방향이 정확한지 아닌지는 차치하고, 자기 내면을 들여다보는 데 익숙한 주리는 상상력도 풍부했다. 어린 그 마음의 창조 에너지는 한계라는 걸 몰랐다. 오른쪽으로 돌면 공상, 왼쪽으로 빠지면 망상에 가까워지는 상상의 힘으로 주리의 마음의 눈은 언제든 원하는 대로 선명한 영상을 떠올릴 수 있었다.

지금도 보인다. 떠오른다. 교장과 모리우치, 심각한 표정의 형사가 나란히 앉아 있고 주리가 의자에 앉자 일제히 차가운 미소를 머금고서 말한다.

―그 편지는 미야케 네가 쓴 거지?

―이 거짓말쟁이.

―정말로 봤니? 증거가 있어?

눈을 깜박이자 영상이 바뀌었다. 교장과 모리우치와 형사가 주리를 칭찬하며 어깨를 감싸안는다.

―용케 용기를 내서 고발했구나.

―이제 가시와기 군도 편히 잠들 수 있겠어.

─미야케, 넌 훌륭해.

─경찰 수사에 협조해줘서 고마워요. 학생에게는 경시총감이 감사장을 내릴 거야.

바보, 바보, 바보. 둘 다 현실이 될 리 없다. 그 정도는 안다. 표면에 나서지 않고 뒤에서 은밀히 선생들을 움직일 수 있다면 그걸로도 충분하다.

면담을 잘 넘겨야 한다. 태연한 표정을 지으면 그만이다. 그런데 태연한 표정이 어떤 거지?

설령 아무도 모른다 해도, 마쓰코마저 모른다고 가정해도 나는 내가 한 일을 안다. 그것이 내 안에 뿌리를 내렸다. 하늘이 모르고 땅이 몰라도 나는 안다. 주리는 그런 속담을 몰랐다. 다만 그 비슷한 체감과 실감에 빠져들 뿐이다.

후지노 료코는 고발장을 못 봤나? 그 우등생은 대체 뭘 하는 거지? 곧바로 아버지에게 상의하지 않았나? 학교에도 알리지 않았나?

전화라도 걸어볼까?

불현듯 그런 생각이 떠올라 주리는 혼란스러웠다. 후지노한테 전화해서 뭘 어떻게 묻겠다는 거지? 내가 보낸 고발장을 버렸냐고?

잠깐, 잠깐. 틀림없이 더 좋은 방법이 있을 거야. 생각을 해봐. 미야케 주리의 타고난 머리를 돌려보란 말이야.

예를 들면─그래, 예를 들면. 나한테 이상한 편지가 왔다고 상의하는 건 어떨까. '고발장'이 왔다고. 가시와기 사건 얘기가 쓰여 있어. 그게 살인이었대. 얘, 너희 아빠가 경찰이랬지? 이럴 때는 어떡해야 하니?

좋아. 꽤 괜찮아. 그런데 그 편지를 보여달라고 하면? 원본은 아직 가지고 있지만 실물을 보여줄 순 없다. 어떤 계기로든 주리가 만들었다는 걸 알아챌지 모르니까. 무서워서 바로 찢어버렸다, 그런데 자꾸 신경쓰여서 너와 상의하려는 거다. 그래, 그러면 설득력이 있다.

미숙함은, 젊음은 모두 같은 약점을 가지고 있다. 기다리지 못한다는 것. 어떤 일을 하면 금방 결과를 보고 싶어한다. 인생이란 곧 기다림의 연속이라는 교훈은 평균수명의 절반 이상을 살아보지 않고는 체감할 수 없다. 그리고 진절머리 나는 일이지만 그 교훈이 진실이라는 걸 깨달으려면 아마도 남은 인생 전부를 바쳐야 할 것이다.

미야케 주리도 기다리지 못했다. 그래서 제 딴에는 충분히 생각했다고 믿었지만 그저 수박 겉 핥기 식 생각이었다.

주리는 자기 방에 있는 전화기로 다가갔다. 무선전화기라 통화 버튼을 누르면 거실 전화기의 표시등도 켜져서 부모님이 주리가 통화한다는 걸 알게 된다. 통화가 길어지면 보나마나 엄마가 들어올 것이다. 고민이 있어 친구에게 의논하는 것처럼 행동해야 한다. 후지노 료코의 아버지에게 이야기가 전해지면 주리의 부모에게도 연락이 올 가능성이 충분하다. 재수 없는 우등생 후지노 료코는 주리가 꼭 비밀을 지켜달라고 부탁해도 절대 들어주지 않을 테니까. 뭐든 선생에게 부모에게 쪼르르 달려간다! 그리고 조잘조잘 고자질을 하겠지. 미리 각오해둬야 한다.

―주리, 언제 그런 편지가 왔니?

―지난주 금요일에.

―왜 말 안 했어?

―미안해. 걱정 끼치고 싶지 않았어.

눈물 한 방울쯤 글썽거리면 아빠 엄마도 금세 믿어주겠지. 그리고, 그리고, 그다음에는―

그다음에는 어쩌지? 자문자답하면서도 주리는 책상 서랍에서 비상연락망 프린트를 꺼냈다. 후지노의 전화번호가 적혀 있다. 머릿속은 이미 전화 생각으로 꽉 차 있다. 얼른 후지노 료코와 통화해서 후련해지고 싶은 마음뿐이었다.

심장 고동소리가 귓가에 들렸다. 손끝이 떨렸다. 번호를 잘못 눌렀다. 다시 눌렀다.

이번에는 제대로 걸었다. 신호음이 울리기 시작했다. 뚜르르, 뚜르르 르르―

찰칵.

"네, 후지노입니다!"

어린 여자애 목소리였다. 초조한 마음에 료코가 받을 거라고 믿어 의심치 않았던 주리는 순간 할말을 잃었다.

"여보세요, 후지노입니다."

초등학생 같다. 후지노 료코에게 여동생이 있었나? 주리는 수화기를 귀에 딱 붙이고, 료코 있나요, 라고 말하려고 숨을 들이마셨다.

"후지노인데, 누구시죠?"

시끄러워, 이 꼬맹아.

그 순간, 분명 틀림없이 회전이 빠른 주리의 머리가 한 가지 질문을 던졌다.

미야케 주리에게 고발장이 왔다? 왜? 선생님도 아니고, 가족 중 경찰이 있는 것도 아닌데. 원래 가시와기 다쿠야와 친하지도 않던 미야케 주리에게? 이상하잖아.

그렇게 의심하면 어떻게 한담? 뭐라고 설명하지?

주리는 가시와기 다쿠야와 얘기를 나눠본 적도 없다. 관심이 없다. 다가가려 한 적도 없다. 그건 누구나 안다.

모두가 빤히 아는 과거를 거슬러올라가 있지도 않은 말을 꾸며낼 수는 없다. 그건 고발장에 쓴 거짓말과 근본적으로 다르다.

주리는 수화기를 내동댕이쳐 전화를 끊었다. 식은땀이 흥건했다.

머리 좋은 내가 말도 안 되는 실수를 저지를 뻔했다. 내가 왜 이러지. 왜 이러는 거야.

위험했다. 정말로 위기일발이었다. 주리는 몇 번씩 심호흡을 하고 양팔로 몸을 문질러 가까스로 엷은 웃음을 띨 수 있을 만큼 스스로를 추슬렀다.

현실은 아무것도 변하지 않았고 주리가 꾸며낸 거짓은 여전히 움직이고 있지만, 그런 것은 지금 머릿속에 떠오르지 않았다.

*

"왜 그래, 잘못 온 전화니?"

씻고 나온 료코가 수건을 뒤집어쓴 채 동생에게 물었다. 도코가 수화기를 들고 뾰로통한 표정을 지었다.

"끊어버렸어."

"이상한 소리 했어?"

"이상한 소리가 뭔데?"

"징그러운 말 같은 거."

"징그러운 말이 뭔데?"

료코가 도코에게 수화기를 빼앗아 전화기에 내려놓았다.

"아빠 엄마랑 약속했잖아. 넌 아직 함부로 전화 받으면 안 돼. 알았지?"

"언니는 받잖아."

"쇼코도 안 받아. 난 중학생이니까 괜찮아."

"바로 옆에 있었는데 어쩌라고."

"그럼 엄마를 불러야지."

료코는 가능한 한 여동생들이 전화를 받지 않도록 신경쓴다. 이유는 두 가지다. 첫번째로 아빠 일 때문에 집으로 중요한 연락이 올지 모르는데 그럴 때 쇼코나 도코가 받으면 못 미더우니까. 두번째로 세상에 우글대는 한가하고 어리석은 족속들이 불쾌한 장난전화를 거는 경우가 있으니까. 실제로 한동안 계속 그런 전화가 걸려오기도 했다. 어린 여동생들한테 그런 전화를 받게 하고 싶지는 않다. 정말 속 깊은 언니 아닌가.

"정말 곧바로 끊었니?"

"응. 근데 헉헉거렸어."

"헉헉거려?"

료코가 얼굴을 잔뜩 찌푸렸다. 역시 장난전화야.

"기분 나빴어?"

도코가 손가락으로 자기 코끝을 가리키며 물었다. "나?"

"괜찮으면 됐어. 자, 너도 얼른 씻어."

그렇게 그 전화는 잊어버렸다.

*

미처 전하지 못한 목소리가 밤의 어딘가로 떨어져내렸다. 어디인지는 아무도 모른다. 목소리의 캐치볼은 끝났고, 바람에 윙윙대던 전화선도 잠잠해졌다.

해가 떠오르고, 해가 저문다. 하루는 빠르게 지나간다. 약속대로 스위치가 소리도 없이 슬며시 켜질 때까지 시간은 아무 일 없이 흘러간다. 오늘 할 일은 다 했다. 누구나 그렇게 믿기에 편히 잠들 수 있다.

20

외래진료가 없는 일요일이라 병원 정문은 닫혀 있다. 사사키 레이코는 뒷문으로 들어가 지나가던 간호사에게 경찰 신분증을 보이며 말을 걸었다. 외과 응급실이 어느 쪽인가요?

발밑의 파란 선을 따라가라고 일러주었다. 통로에 사람이 없어 레이코는 얼마 안 가 뛰기 시작했다. 뛰면서 외투를 벗었다. 손목시계를 보았다. 막 세시가 되려는 참이었다.

세번째 모퉁이를 돌았을 때 통로에 서 있는 쇼다와 마주쳤다. 파란 선은 계속 이어졌지만 양쪽으로 여닫는 문 위의 표시판에 '응급치료실'이라고 쓰여 있었다. 여기가 틀림없다.

"지금 어머님이 안에서 담당의와 얘기하는 중이야." 쇼다가 말했다.

막 서른이 된 그는 레이코보다 두 살 아래지만 청소년과 경력이 엇비슷해 후배가 아니라 동료에 가깝다. 일에 열심이고 유능하다. 청소년과처럼 일만 많고 성과가 나지 않는 곳은 하루빨리 떠나고 싶다며 늘 소극적으로 구는 과장 같은 사람보다 훨씬 믿음직스럽다.

"상황은 어때?" 레이코가 물었다. 무선호출기로 쇼다의 연락을 받고통화는 했지만 피해자의 부상 정도까지는 묻지 못했다. 쇼다는 이렇게말했다―오이데 녀석들이 일을 냈어. 피해자는 구급차로 병원에 실려갔대. 그 정도만 들어도 레이코에게는 충분했다.

"실려왔을 때는 얼굴이 온통 피범벅이었어."

쇼다가 갸름한 자기 얼굴을 손으로 어루만지는 시늉을 했다.

"귀에서도 출혈이 있는 것 같아서 면밀하게 검사했나봐. 자세한 건 나도 의사 말을 들어봐야 알겠지만 일단 의식은 확실히 돌아왔어. 대화도가능하고."

"구급차에 탔을 때는 어땠는데?"

"의식은 있었는데 멍한 상태였대."

피해자의 이름은 마스이 노조무. 조토 제4중학교 1학년 남학생이다.

"본인이랑 얘기해봤어?"

"아직. 구급대원이랑 어머님한테 얘기만 들었어. 다행히 학생을 발견하고 구급차를 부른 사람이 친절할 뿐 아니라 눈치도 빠른가보더군. 혹시상황 설명이 필요하면 연락하라면서 구급대원에게 명함을 전했더라고."

쇼다가 손에 들고 있던 수첩을 펼치고 말을 이었다.

"다가와 미노루, 오카야 증권 직원이야. 휴일특근 때문에 회사에 나가던 길이었나봐. 오늘 저녁 일곱시까지 일한다니까 나중에 들러봐도 될 테지. 시스템 엔지니어라는군."

오카야 증권은 원래 가부토초에 있다가 작년 조토 구에 완공한 신사옥으로 이전해온 대형 증권회사다. 아직 그런 현대적인 오피스빌딩이 드문 조토 구에서는 멀리서도 눈에 확 띄었다.

"110번으로 신고는 안 했던데."

"어쩔 수 없지. 현장보존하러 갔으니까 염려 마."

레이코가 아랫입술을 깨물었다. "이번만은 그냥 불량학생의 금품갈취예요, 죄송합니다, 하는 선에서 못 넘어가겠네. 물론 갈취도 나쁘지만."

쇼다가 고개를 끄덕였다. "이 정도면 엄연한 강도야."

"나쁜 놈들." 레이코는 독설을 내뱉고픈 심정이었다. "왜 그런 바보짓을 저질렀담. 왜 이렇게까지 어리석을까."

"그런 건 본인들한테 물어봐야지."

쇼다가 딱 잘라 말했다. 그는 청소년과에 단골로 드나드는 불량청소년, 비행청소년들을 절대 차갑게 대하지는 않지만 레이코보다는 약간 거리를 두는 면이 있다.

"오이데 패거리인 줄은 어떻게 알았어?"

"아직 몰라. 피해자 학생이 급히 달려온 어머니에게 세 명한테 당했다, 그중 하나는 3중학교의 오이데라는 녀석이다, 라고 했대. 어쨌든 큰일이다 싶으니 어머니는 경찰서에 전화했지. 그러니 정확하게 말하면 아직 오이데 놈들 짓으로 밝혀진 건 아니야."

하지만 레이코는 다른 가능성을 생각할 수 없었다.

"전부터 아는 사이였을까?"

"그럴지도. 마스이라는 학생이 그 녀석들과 얽힌 게 처음이 아닐지 모르지."

있을 법한 얘기다. 생각할수록 한심하고 화가 났다.

한 시간쯤 전이었다. 구립 종합병원으로부터 걸어서 십오 분가량 걸리는 아이카와 수상공원 옆길에서 오카야 증권 직원 다가와 미노루 씨가 한 소년을 발견했다. 소년은 공원 출구에서 비틀비틀 걸어나와 길바닥에 웅크려 앉았다. 얼굴과 옷에 피가 묻어 있는 것이 언뜻 보기에도 심상치 않아서 가까이 다가가 말을 걸었다. 소년은 일어서기는커녕 고개도 들지 못했다. 놀란 다가와 씨가 근처 가정집으로 뛰어들어가 전화를 빌려 구급차를 불렀다. 그리고 구급차가 올 때까지 소년을 안아주며 옆을 지켰다. 소년은 외투와 겉옷도 없이 스웨터 바람이었고, 신발 한 짝이 벗겨지고 없었다. 전화를 빌려준 집의 부부가 담요를 들고 나와 소년에게 덮어주었다. 구급차를 기다리는 오 분 남짓한 시간 동안 소년은 계속 토했다.

구급차가 도착하자 다가와 씨는 출근중이었다고 설명하고 교대시간이라 가봐야 한다며 구급대원 한 명에게 명함을 건네고는 자리를 떴다. 구급대원이 소년을 태우고 이름을 물었다. 소년은 마스이 노조무라고 이름을 밝히고 주소와 전화번호도 말했다.

"어쩌다 다쳤니?" 대원이 물었다.

"맞았어요." 마스이는 그렇게 대답하고 엄마한테 전화해달라고 했다. 머리가 아프다며 괴로워하는 눈치라 구급대원은 그 이상 질문은 하지 않았다.

마스이가 들것에 실려 응급실로 옮겨지자마자 그의 어머니가 병원으로 달려왔다. 병원에 도착하고 어머니의 얼굴을 보니 마스이는 마음이 놓인 모양이었다. 아이카와 수상공원을 걷고 있는데 오이데라는 조토 3중학교 2학년생과 그의 친구들이 시비를 걸고 때리며 돈을 빼앗았다고 울먹이며 말했다. 여럿이 달려들어 두들겨 패는 통에 잠깐 기절했던 것 같다. 정신을 차려보니 온몸이 아프고 춥고 현기증이 나면서 속이 울렁거

렸다. 일단 집으로 돌아가려고 걸음을 내디뎠지만 겨우 공원만 벗어나고
서 더는 다리가 움직이지 않아 주저앉고 말았다. 겉옷과 신발이 어디 갔
는지는 모른다.

이야기를 들은 어머니는 조토 경찰서에 신고했다. 그래서 레이코와 쇼
다가 온 것이다.

"어머니 말로는 도서관에 다녀오는 길이었대." 쇼다가 말했다. "집은
그애가 발견된 공원 출구에서 두 블록 정도밖에 안 떨어진 곳이야. 공원
을 가로지르는 게 도서관으로 가는 지름길인 모양이지."

아이카와 수상공원은 운하를 매립해서 만든 공원이다. '수상'이라는
이름이 붙은 것도 그래서다. 나무와 풀숲이 많고 운하의 물줄기를 살려
만든 수로도 있어서 산책하기엔 안성맞춤이지만 공원 안이 복잡해 후미
진 곳이 많다. 예전부터 금품갈취나 날치기, 치한사건 등이 잦았다. 그래
서 여자나 아이 들은 날이 저문 후에 들어가는 걸 꺼린다.

마스이가 당한 것은 한낮이다. 그러나 겨울철이라 공원에 사람이 많지
는 않았을 것이다. 목격자를 찾긴 힘들겠다고 레이코는 생각했다. 혹시
누가 봤다면 그길로 신고했겠지. 아니, 그렇지도 않은가. 엮이기 싫어서
모른 척해버렸을 수도 있을까. 당하는 쪽이 소년이고, 때리는 쪽도 소년
들이라는 걸 알아도. 요즘 세상에 사람들이 제일 무서워하는 건 아이들
과 외국인이다.

"형사님."

부르는 소리에 쇼다와 레이코는 돌아보았다. 응급치료실 입구에 연녹
색 수술복을 입은 의사가 서 있었다.

"들어오시죠. 짧게는 이야기할 수 있습니다. 그래도 너무 흥분시키지
는 마세요."

레이코가 키 큰 의사에게 다가갔다. "용태는 어떤가요?"

왜인지 의사는 레이코가 아니라 쇼다의 얼굴을 보며 대답했다. "뇌파

에 이상이 없고 CT도 깨끗하니 머리에 큰 장애가 남을 염려는 없습니다. 뇌진탕의 영향이 한동안 가겠지만요. 그리고 안저출혈. 특히 오른쪽 눈이 심합니다."

레이코는 심장 언저리가 뜨끔했다.

"시력에 영향은—"

"글쎄요, 경과를 봐야 하니 지금 당장 뭐라고 말하긴 힘듭니다. 실명의 위험은 없겠지만 시력은 떨어질 수도 있겠죠."

"골절은요?" 쇼다가 물었다.

"오른쪽 옆구리 쪽 뼈 세 개가 균열골절입니다." 의사가 자기 옆구리를 가볍게 두드렸다. "위치로 보아 넘어지면서 부러진 것 같진 않습니다. 폭행을 당했다고요?"

한쪽 눈썹을 치켜세우며 다시 쇼다에게 물었다.

"그런 것 같습니다."

"발로 차였나……"

담담하게 중얼거리듯 말했다.

"얼굴과 몸에도 맞은 자국이 있습니다. 눈언저리는 주먹 형태를 알아볼 수 있을 만큼 선명해요. 아 참, 증거 사진을 찍으실 거면 간호사에게 미리 말씀해주십시오."

이런 일이 익숙한 듯 보였다.

"타박상이 많으니 곧 부어올라서 통증이 상당할 겁니다. 진통제를 넣었으니까 본인이 자고 싶어하면 억지로 깨우지 말아주시죠. 충격을 받아서 안정하고 휴식을 취해야 합니다."

"내장에는 이상이 없습니까?"

"미량의 혈뇨가 보입니다. 검사상으로는 그 이상 심각한 이상은 없습니다만, 그것도 경과를 관찰해봐야죠."

레이코의 정장 윗주머니에서 무선호출기가 울렸다. 황급히 꺼냈다.

"전원은 꺼주세요."

의사가 엄하게 지적하고 자리를 떴다. 레이코는 쇼다에게 경찰서에서 온 연락이라 말하고 전화기를 찾아 로비로 돌아갔다.

아이카와 수상공원의 수풀 속에서 마스이의 것으로 보이는 점퍼가 발견되었다는 보고였다. 단순히 더러워진 것만이 아니라 앞부분에 칼날로 찢긴 자국이 있다고 했다. 신발 한 짝은 아직 찾지 못했다.

"오이데 슌지, 하시다 유타로, 이구치 미쓰루." 레이코가 내뱉듯이 세 사람의 이름을 열거했다. "그애들을 좀 찾아주시겠어요?"

순찰대에 알려 번화가를 돌아보겠다는 대답이었다. 세 사람 다 지금 집에 없다. 보호자는 아이들이 어디 갔는지 모른다. 이쪽에서는 아직 자세한 사정을 알리지 않았다. 신중한 대처가 필요한 상황이다.

그 억세고 사나운 오이데 집성재 사장이 제 아들이 저지른 이번 실수에 어떻게 대응할지 볼만하겠구나. 전화를 끊은 레이코는 생각했다. 실수? 그래, 오이데 마사루는 보나마나 그렇게 표현하고 싶어하겠지. 아니면 장난이라고 하려나? 하지만 이번 건은 그런 수준이 아니다. 범죄다. 흉기까지 쓴 것 같다지 않은가.

전화기 옆을 뜨려던 레이코는 생각을 고쳐 다시 수화기를 들었다. 조토 3중학교로 전화를 걸자 신호가 간 지 한참 만에 수위가 받았다. 급한 일이라 밝히고 쓰자키 교장의 자택 연락처를 물었다.

쓰자키 교장은 신호음 두 번 만에 전화를 받았다. 레이코가 먼저 휴일에 죄송하다는 인사를 건네는 사이에도 수화기 너머 그의 긴장감이 전해졌다.

"무슨 일이 생겼습니까?" 교장이 물었다.

레이코가 사정을 이야기했다.

교장이 이 초쯤 침묵했다. 그리고 거침없이 말했다.

"지금 학교로 가겠습니다. 교무실에서 대기할 테니 언제든 연락주십시오. 학년주임 다카기 선생님에게도 나오라고 일러두겠습니다."

"네, 부탁드립니다."

선생 노릇도 쉽지 않구나―레이코는 저도 모르게 중얼거렸다.


응급치료실에는 커튼을 둘러친 침대 세 개가 늘어서 있었다.

마스이 노조무의 침대는 제일 안쪽이었다. 밝은 풀색 카디건을 입은 중년 여자가 침대 발치에 서 있었다. 어머니리라. 두 형사를 보고는 곧 가까이 왔다.

"조토 경찰서 청소년과의 쇼다와 사사키입니다."

경찰 신분증을 보여주며 인사하자 어머니는 몇 번씩 고개를 숙였다.

"노조무 군의 상태는 어떤가요? 잠깐 이야기 좀 나눌 수 있을까요?"

"그러세요, 네."

대답하는 어머니의 목소리가 쉬어 있었다. 치료가 끝나고 검사 결과도 들었겠다, 최악의 사태는 피했다는 안도감에 맥이 탁 풀려버린 모양이었다.

"졸리다고는 하는데 괜찮을 거예요."

"어머님은 괜찮으세요?" 레이코가 어머니의 팔을 살며시 붙잡았다. "앉아 계시겠어요? 아니면 로비에서 잠깐 쉬시는 게."

"아뇨, 여기 있을게요. 아들 곁에 있어야 하니까."

"다른 가족분들한테는 연락하셨습니까?" 쇼다가 물었다.

"남편은 오늘 골프 치러 갔어요. 단골 거래처 손님과요."

"아, 그럼 바로 연락이 닿긴 어렵겠군요. 어머님 혼자 힘드시겠네요." 위로하듯 쇼다가 고개를 끄덕였다.

"누나는 특별활동 때문에 학교에 갔는데, 아직 못 알렸어요. 저도 너무 정신없이 오느라."

"노조무 군에게 누나가 있군요."

"네, 연년생이에요."

"같은 4중학교 학생입니까?"

"맞아요."

어머니가 주먹을 입가로 가져갔다. 눈매가 험악해졌다.

"4중학교는 조용한 곳이라 안심하고 있었어요. 큰 문제도 없고, 딱히 걱정할 게 없었죠. 그런데 다른 학교 애한테 당할 줄이야……"

레이코는 마스이 노조무의 침대로 다가갔다. 침대는 마치 아무도 없는 듯 판판했다. 소년은 몹시 작아 보였다. 눈꺼풀이 감겨 있었다. 숨을 쉴 때마다 콧구멍이 떨렸다.

얼굴이 부어올랐다. 오른쪽 눈에 안대를 해서 귀에 건 하얀 고무줄이 코 위에 걸쳐 있는데 그것마저도 아파 보였다. 얇은 이불을 덮고 있어 목 아래 상태는 알 수 없지만 요도 카테터를 꽂은 것 같았다. 막 사춘기에 접어든 사내아이에게는 민망한 처치였을 것이다. 침대 발치에 매달린 비닐봉지 안 소변 색은 적어도 아마추어인 레이코의 눈에는 정상으로 보였다. 마음이 놓였다.

오른팔에 링거주사가 꽂혀 있었다. 주사액이 일정한 속도로 떨어졌다. 레이코는 명칭을 읽어봤지만 무슨 약인지 짐작할 수 없었다.

잠든 것 같았다—레이코는 말을 걸지 않고 한동안 그의 얼굴을 지켜보았다. 순간, 소년의 눈꺼풀이 희미하게 움직이는가 싶더니 반쯤 올라갔다.

"마스이 군." 레이코가 작은 목소리로 불렀다. "난 조토 경찰서에서 나온 경찰이에요. 말할 수 있겠어요?"

반쯤 올라간 눈꺼풀 밑으로 눈동자가 움직이고, 언저리에 불그죽죽하게 멍든 입이 부들부들 떨리며 열렸다.

"형사님이세요?"

날숨에 파묻혀버릴 듯 가녀린 목소리였다.

"그래. 큰일날 뻔했구나. 무서웠지? 이제 괜찮아."

소년의 눈꺼풀이 내려와 실룩실룩 떨렸다. 약기운을 누르고 눈을 뜨려 애쓰는 것 같았다.

"억지로 말하려고 애쓰지 마. 의사선생님도 그러셨으니까. 널 때리고 돈을 빼앗은 세 사람을 경찰이 찾고 있어. 안심해도 돼."

마스이 노조무의 눈꺼풀 틈새로 눈동자가 보였다. 레이코를 바라보고 있었다. 레이코는 고개를 끄덕여 보였다.

"오이데." 소년이 말했다.

"오이데 슌지." 그렇게 이름만 부르려다 잠깐 망설인 후 다시 말했다. "오이데 슌지 군 말이지? 3중학교 2학년."

"—네."

"그애 혼자였니?"

"친구랑 있었어요. 항상 같이 다니는 두 명."

"마스이 군은 그애들을 잘 알아?"

콧구멍이 커졌다 작아지며 숨이 새나왔다.

"학교에서 들었어요."

"4중학교에서?"

"네."

"마스이 군 말고도 그애들한테 갈취당한 4중학교 학생이 또 있단 얘기야?"

"네."

"그럼 4중학교에서도 유명하겠구나."

조토 3중학교와 4중학교에는 같은 초등학교에 다녔던 학생이 많다. 오이데 슌지는 초등학교 시절부터 문제아였으니 조금만 소문이 나도 금세 퍼졌을 것이다.

"그래서 마스이 군도 그애들 이름을 알았니?"

"그놈들이 서로 이름을 불렀어요."

"널 위협하고 폭력을 휘두르면서?"

"네."

바보들. 레이코는 속으로 내뱉었다. 오이데 삼인조는 못될 뿐 아니라 그만큼 어리석다. 그게 참을 수 없이 화가 났다.

수첩에 끼워둔 세 명의 학생증 복사본을 꺼내 마스이 노조무에게 하나씩 보여주었다. 마스이 노조무는 조그만 증명사진 속 얼굴을 확인했다.

"이애들 맞아요."

"마스이 군한테 뭐라고 하면서 위협했지?"

소년이 베개 위에서 머리를 움직였다. 입술이 떨렸다.

"아이카와 공원에서 마스이 군 점퍼를 찾았어. 칼에 찢긴 자국이 있다던데, 그것도 이애들이 한 짓이니?"

"네."

"칼을 들이대면서 위협했구나. 돈 내놓으라고."

"맞아요."

"장소는 어디쯤이었니?"

"산책로 다리 옆이요. 가메이 다리."

아이카와 수상공원 출구 근처에 있는 작은 다리다.

"그래서 넌 어떻게 했지?"

"도망쳤어요."

"그러다 붙잡혔구나."

"네. 때렸어요. 발로 차고."

"돈은 얼마나 가지고 있었니?"

"―천 엔 정도."

"그걸 가져갔니?"

"없어졌어요."

"가져가는 건 못 봤어?"

"기절했으니까."

"그럼 그뒤의 일은 잘 기억이 안 나? 공원에서 도로로 나와 구급차가 올 때까지."

"정신을 차려보니 수풀 속이었어요."

"습격당한 건 공원 산책로였던 거지? 그런데 눈을 떠보니 수풀 속이었다고?"

"네."

마스이 노조무의 머리가 또다시 살짝 움직이고, 숨을 후우 내쉬듯이 콧구멍이 커졌다. 숨결도 떨리는 것 같았다. 반쯤 뜨고 있던 눈이 꼭 감겼다. 지쳤을 것이다.

혼자 걷는 마스이 노조무를 발견하고는 셋이서 에워싸고 칼을 들이대며 위협한다. 점퍼를 찢는다. 도망치는 아이를 때리고 걷어차고 쓰러뜨려서 정신을 잃으면 옷을 뒤져 쓸 만한 것을 빼앗는다. 점퍼는 그때 벗긴 걸까. 신발은 마스이 노조무가 도망칠 때 벗겨진 건지도 모른다.

그리고 의식을 잃은 마스이 노조무를 수풀 속에 숨겨두고 가버렸다— 포악하고 악질적이다. 레이코는 목구멍이 따끔거렸다.

등뒤에서 누가 어깨를 가볍게 두드렸다. 돌아보니 쇼다가 귓가에 대고 속삭였다.

"순찰대가 오이데 슌지를 찾았나봐. 보호자와 같이 경찰서로 출두하라고 할게."

레이코가 고개를 끄덕였다. "나머지 둘은?"

"바늘 가는 데 실 가지. 같이 있대."

"어디라는데?"

"오락실. 라이브라에 있는."

놀고 있었다는 말인가. 붙잡힐 리 없다고 안심했겠지.

침대 위로 눈을 돌렸다. 마스이 노조무가 조용히 숨을 쉬고 있다. 한 번 더 나지막이 불러봤지만 대답이 없다. 그만 자게 해주자.

침대를 떠나 응급치료실 통로로 나오자 쇼다가 기다리고 있었다.

"경찰서로 가자."

자제를 한다고 했는데도 레이코는 자기 목소리가 전투적으로 날카로워진 것을 느낄 수 있었다. 바보 놈들. 도저히 구제불능인 멍청이 삼인조. 이번만은 절대 훈계로 넘어가지 않겠어.

21

청소년과로 들어가자 안에 있던 동료가 곧바로 "큰 방이야"라고 말해주었다. 위층에 있는 대회의실이라는 뜻이다.

"과장님도?"

사사키 레이코가 주인 없는 과장석을 힐끗 보며 물었다.

"들어갔어. 저기압이야."

레이코는 서둘러 외투를 벗고 사무철을 챙겨들고서 쇼다와 함께 계단을 올랐다. 대회의실이 있는 층에는 서장실과 브리핑 룸도 있다. 평소에는 서내에서 제일 조용한 층이다.

그러나 레이코가 대회의실 문에 손을 얹는 순간, 기다리기라도 했다는 듯 안에서 욕설이 터져나왔다.

"아니 도대체, 왜 처음부터 우리 아들 짓으로 단정하는 거냐고!"

레이코가 쇼다의 얼굴을 보았다. 그가 미소를 머금고 작게 말했다.

"벌써 시작하셨네, 아버님."

레이코는 "실례합니다" 하고 말하며 대회의실로 들어섰다. 순간 자기에게 날아드는 여러 개의 시선이 느껴졌다. 폭풍우 속으로 들어서는 기분이었다.

면면들이 모두 모였다. 큼지막한 직사각형 탁자의, 레이코가 들어간 문에서 먼 쪽 끄트머리에 오이데 슌지, 하시다 유타로, 이구치 미쓰루 삼인조가 의자를 뒤로 빼고 단정치 못하게 앉아 있다. 탁자 맨 앞, 흔히 '상석'이라 불리는 자리에 진을 친 사람은 슌지의 아버지 오이데 마사루. 방금 전의 호통은 그의 목소리다. 레이코에게는 익숙한 고함 소리였다.

슌지는 아버지 바로 옆, 그러니까 탁자 모서리에 해당하는 자리에 앉아 있다. 하시다 유타로와 이구치 미쓰루는 그들 부자와 조금 떨어져 입구 쪽으로 등을 보이고 앉았다. 소년들에게서 좀더 거리를 두고 하시다의 어머니와, 레이코는 처음 보는 중년 남자가 앉아 있었다. 하시다의 집은 편모가정이니 저 사람은 분명 이구치 미쓰루의 아버지일 것이다. 미쓰루한테서 여분의 지방을 제거하고 탈수기에 넣어 한 번 더 짜낸 듯한 외모였다.

레이코는 조금 놀랐다. 지금껏 미쓰루가 무슨 소동을 벌이거나 경찰서에 불려와도 아버지가 찾아온 적은 없었다. 레이코가 만나는 사람은 늘 어머니였고, 게다가 그녀는 무슨 일이든 울며불며 "죄송합니다"라는 말밖에 할 줄 모르는 사람이었다.

"또 당신들이군."

오이데 마사루가 노골적으로 적의를 드러내며 레이코와 쇼다를 노려보았다. 오이데 집성재 주식회사의 사장은 키가 크고 가슴팍이 넓어 꽤 덩치가 있다. 아들 슌지 역시 키가 큰 편이지만 아버지 옆에 있으면 가냘파 보였다.

일요일이라 양복 대신 화려하고 큼직한 무늬의 스웨터를 입었다. 왼쪽 손목에 번쩍거리는 금색 시계가 보인다. 롤렉스다.

"대관절 우리 애한테 무슨 원한이 있는 거야?"

오이데 마사루가 으르렁거리는 목소리로 달려들었다. 레이코는 그 질문에는 대답하지 않고 실내에 있는 사람들을 향해 가볍게 목례를 했다.

"청소년과 사사키입니다. 이쪽은 쇼다고요. 오시느라 고생하셨습니다."

일부러 하시다의 어머니와 이구치의 아버지를 향해 말했다. 하시다의 어머니는 시선을 피했고, 그러잖아도 고개를 떨어뜨리고 있던 이구치의 아버지는 등을 더욱 움츠렸다.

"사정을 설명드리던 참이야."

쭉 늘어앉은 소년과 보호자 들 맞은편에서 사토나카 과장이 말했다. 표정은 부드럽지만 눈빛에 불쾌한 기색이 감돌았다. 얼핏 봐도 확연히 드러났다. 옆에는 나고야가 앉아 무심한 표정으로 담배를 물고 있었다. 늘 그러듯 불은 붙이지 않았다.

청소년과의 유명인, 요주의 인물이 일으킨 듯한 사건이니 과장이 나서는 건 당연하다. 그러나 나고야가 얼굴을 내민 것이 레이코는 약간 의외였다. 정작 본인은 레이코에게 눈길도 주지 않고 탄력 좋은 등받이에 기대 소년들의 얼굴을 번갈아 바라보고 있었다.

"'배틀 스테이션'에 있었다며? 많이 놀랐겠네."

레이코가 환한 표정으로 소년들에게 말을 건넸다. 조금 전 전화로 그들이 라이브라 로드의 오락실에 있었다는 보고를 들었다. 두 군데 있는 오락실 중 '배틀 스테이션'이 그들이 즐겨 찾는 가게다.

아무도 대답이 없었다. 세 소년은 각자 맡은 역할에 어울리는 반항적인 태도를 취했다. 오이데 슌지는 엷은 웃음을 머금고서 유들거리고, 키다리 하시다 유타로는 눈을 뜨고 잠든 것처럼 무반응, 몸집이 작고 통통한 이구치 미쓰루는 눈알을 굴리며 레이코를 힐끗댔다. 그럴듯한 심술궂은 대답이라도 떠오르면 당장 되받아치고 싶지만 떠오르지 않는 것이다. 떠오른다 해도 섣불리 대답했다가는 두목 슌지에게 혼날 테니―가능한 한 뚱하게 있어야 한다.

"순찰대가 찾았어. 그 자리에서 바로 보호자에게 연락했고. 그래서 같이 오신 거야."

절차에 문제가 없었음을 강조하듯 사토나카 과장이 말했다.

"황금 같은 휴일인데, 정말 성가시게 하는군."

오이데 마사루가 내뱉었다. 빈틈없이 고루 그을린 얼굴에 오른손 손등만 하얗다. 골프 때문이다. 골프 칠 시간은 있어도 아들의 불찰을 수습하는 데 할애하는 시간은 아깝다는 뜻인가요, 라고 레이코는 속으로 물었다.

"정말 죄송합니다." 레이코가 정중히 말했다. "하지만 상황은 과장님에게 들으신 대로입니다. 쇼다와 제가 입원한 피해자를 만나고 왔는데, 부상이 상당히 심각했습니다."

"그런데 왜 우리 아들을 의심하는데?"

"과장님이 설명했겠지만, 피해를 입은 소년이 또래 남학생 세 명에게 당했다. 그 세 명이 서로를 '슌짱' '하시다' '이구치'라고 불렀다고 증언했습니다."

무두질한 가죽 빛깔을 띤 오이데 마사루의 뺨에 피가 확 솟구쳤다. 억센 주먹으로 탁자를 힘껏 내리치자 한구석에 밀어놓았던 알루미늄 재떨이가 퉁 튀어올랐다. 이구치의 아버지가 흠칫 놀랐다.

"그따위 말을 어떻게 믿어! 어차피 당신들 멋대로 의심하는 거잖아."

"오이데 씨." 레이코가 오이데 마사루의 얼굴을 똑바로 보며 목소리를 한층 누그러뜨렸다. "피해자 소년에게 오이데 군을 비롯한 세 명의 사진을 보여주고 확인했습니다. 이건 예삿일이 아닙니다. 그래서 본인들 이야기를 들어보려고 어려운 걸음을 부탁드린 겁니다."

"우리 애는 아무 짓도 안 했다니까!"

아버지의 고함을 들으며 슌지가 히죽 웃었다. 그가 웃는 것을 보고 이구치 미쓰루도 키득거리기 시작했다. 하시다 유타로는 여전히 허공만 바라보고 있었다.

"오늘 오후에 어디 있었는지 얘기해볼래?" 쇼다가 소년들에게 말했다. 세 사람을 죽 돌아보다가 오이데 슌지의 얼굴에서 시선을 멈췄다.

"대답할 필요 없어." 오이데 마사루가 득달같이 가로막았다. "곧 변호사가 올 테니까."

"변호사를 부르셨습니까, 오이데 씨?"

"왜? 부르면 안 돼? 하긴 당신들한테야 불리하겠지."

"그런 뜻이 아닙니다." 쇼다가 미소지었다. "만약 저희가 자녀분들에게 사정을 묻는 걸 원치 않으시면 변호사님에게 부탁할 것까지도 없습니다. 지금 자리에서 일어나 돌아가시면 됩니다. 저희에겐 못 가게 막을 권리가 없으니까요."

오이데 마사루가 조급하게 눈을 깜박였다. 이마가 땀으로 번들거렸다.

"그런 수법은 안 통해."

"그런 수법이라뇨?"

"그 말을 곧이곧대로 듣고 우리가 애들을 데려가면 마음대로 조서를 날조해 체포할 속셈이잖아? 당신네들 수법이야 빤하지."

쇼다가 동의를 구하듯 레이코의 얼굴을 보더니 미소를 거둬들이고 말을 이었다.

"오이데 씨, 솔직히 말씀드리죠. 슌지 군은 지금까지 몇 번이나 보호관찰을 받았습니다."

오이데 마사루가 반박하려는 것을 쇼다가 손으로 제지했다.

"그때마다 저희 조토 경찰서에서, 방금 오이데 씨가 말씀하신 것처럼 엉터리로 일처리를 했다는 건가요?"

"항상 엉터리야. 우리 애가 하지도 않은 짓을 날조해대지 않나."

"그렇다면 이번에는 그런 일이 없도록 정확히 사실을 확인하고 싶은데, 어떻습니까?"

이번에는 사토나카 과장이 쇼다를 노려보았다. 분명 방금 그 말은 '이제까지는 엉터리였다'는 식으로 들린다. 그러나 어디까지나 말이 그렇다는 것이다. 일일이 예민하게 반응하지 말라고.

"그 때문이라도 변호사님이 올 때까지 기다리죠. 저희는 피해자 소년뿐 아니라 여기 세 학생도 지켜주고 싶으니까요."

입에 물고 있던 담배를 손가락으로 옮긴 나고야가 유유히 끼어들었다.

"아까는 미처 말씀 못 드렸습니다만, 저는 청소년과가 아니라 형사과 담당입니다."

뭐야, 저 꼰대는—그런 눈빛으로 나고야의 얼굴을 힐끗 보는 슌지의 시선을 레이코는 알아챘다.

"이번 건은 강도상해사건입니다. 피해자 증언에서 이 학생들의 이름이 나와 청소년과에서 다루고 있지만 본래는 저희 형사과가 맡아야 할 사건이죠. 아닌 게 아니라 여기까지 얘기를 들어본바 오이데 군, 하시다 군, 이구치 군이 범행을 했다는 증거는 전혀 없습니다. 피해자의 증언뿐이니까요. 다른 사람이 범인일 가능성은 충분합니다. 그러니 이 자리에서는 모쪼록 흉악한 강도상해사건 수사에 협력한다는 차원에서 말씀해주셨으면 합니다."

"거짓말로 아무 이름이나 대고 성가시게 구는데, 협력은 무슨 협력."

나고야가 담배를 겉옷 주머니에 넣었다.

"피해자가 거짓말을 했다면, 그건 명백하게 이 학생들에게 악의를 품고 있다는 뜻일 겁니다."

"그러게 내가 처음부터 말했잖아!"

또 주먹으로 탁자를 내리쳤다. 하시다 유타로가 눈을 크게 뜨고 딸각딸각 경쾌한 소리를 내는 재떨이를 바라보았다.

"오이데 군 입장에서 보면 정말 어처구니없는 일이죠. 그러니 아버님, 왜 이런 피해를 당해야 하는지 확실하게 밝히고 싶지 않으십니까? 어쨌거나 보통 일이 아니지 않습니까. 흉악한 강도상해사건이에요."

"우린 관계없어."

"그래도 이건 강도상해사건입니다. 하마터면 피해자가 죽었을지도 모를……"

레이코가 속으로 살짝 웃었다. 나고야가 몇 번이고 '강도상해사건'을 반복하는 것은 오이데 마사루가 들으라고 그러는 게 아니다. 표적은 하시다의 어머니와 이구치의 아버지다.

효과는 있었다. 두 사람은 떨궜던 고개를 들고 어느새 나고야를 바라보고 있었다. 조심스러운 시선에 구체적인 불안의 빛이 감돌기 시작했다.

"말씀을 하라시면……"

하시다 유타로의 어머니가 우물쭈물 말꼬리를 끌며 입을 열었다. 그녀의 말투는 늘 이렇다. 젊은 여자들의 전매특허인, 끈적거리는 반의문형.*

"무슨 얘기를 하라는 거죠."

하시다 미쓰코라는 이 여자에 대해 레이코는 적지 않은 것들을 알고 있다. 그녀가 필요 이상으로 신상 이야기를 해주기 때문이다.

미쓰코는 스물두 살에 결혼했다. 곧 첫아들이 태어났지만 그 아이가 초등학교에 들어가는 해에 남편이 교통사고로 사망했다. 홀몸으로 아이를 키우게 된 그녀는 물장사를 시작해 그 세계에서 무던히 고생했다고 한다.

그후 일하던 술집에서 알게 된 손님과 재혼해 유타로와 그 아래로 딸 하나를 얻었다. 그러나 두번째 남편과도 삼 년 전에 헤어졌다. 첫 남편과의 사이에 태어난 큰아들은 고등학교 졸업 후 취직해서 집을 나갔고 현재는 셋이서 산다. 동네에서 '아즈사'라는 꼬치구이 집을 운영하고 있다. 성냥갑같이 작은 조립식 건물이다. 가족이 사는 집은 가게 2층이다.

레이코는 그 가게에 식사를 하러 간 적은 없지만 청소년과 형사로 방문한 적이 있었고, 지나는 길에 들여다본 적도 몇 번 있다. 꼬치구이 집

---

* 수시로 단어 끝을 올려 의문형처럼 말하는 투.

이라기보다 선술집에 가깝다. 장사가 아주 잘되는 것 같진 않아도 단골 손님이 있는 듯 주말 저녁 같은 때는 제법 시끌벅적하다. 하시다 미쓰코 는 보통 하나로 묶은 머리에 앞치마 차림인데, 그래도 화장만은 공들여 하고 나온다.

보호자로서 그녀는 오이데 마사루처럼 경찰에 적대적이지 않다. 다만 변명이 많다. 그 변명이 신세타령으로 이어지는 것이다.

"아버지가 없다보니……"

걸핏하면 그 얘기다.

"엄마라서 아들 속을 잘 몰라요."

이 말도 단골 멘트다.

'아즈사'는 헤어진 남편이 하던 가게라고 한다. 물론 그녀도 일을 거들 었다. 그래서 가게 운영을 그대로 이어받은 것이다.

"어쩔 수 없잖아요. 그 사람은 훌쩍 집을 나간 뒤로 감감무소식이에요. 아이들과 셋이 먹고살려면 어쨌든 가게 일을 꾸려나갈 수밖에 없었어요. 임대라서 월세 내고 나면 생활하기도 벅차요."

요컨대 헤어졌다고는 하지만 정식으로 이혼한 것은 아니다. 남편이 멋 대로 집을 나갔고, 그녀는 아이들과 함께 버림받은 것이다.

입을 삐죽 내밀고 푸념을 늘어놓을 때면 하시다 미쓰코는 몹시 지쳐 보인다. 그러나 이야기를 하는 사이 점점 생기를 되찾는다. 레이코는 그 아들의 행실이나 학교생활이 궁금해 방문하는 것인데 어느새 혼자 떠들 어대는 그녀의 말상대를 해주고 있을 때가 많다. 하염없이 늘어놓는 고 생담을 중간에 끊기 어렵기도 하지만, 그런 얘기를 듣다보면 하시다 유 타로가 그토록 말이 없고 무뚝뚝하고 무기력한 소년으로 자란 이유, 한 편으로 난폭하고 다혈질인 오이데 슌지와 어울리게 된 이유를 찾아낼 수 있을지 모른다는 생각 때문이었다.

"저는요, 사사키 씨. 이날 이때껏 여자 혼자 몸으로 죽어라 고생하면서 살아왔어요.”

미쓰코는 입버릇처럼 말한다. 자상하고 성실했다는 첫 남편을 그리워하며 그 사람만 살아 있었어도 인생이 이렇게 꼬이지는 않았을 거라고 억울해한다. 헤어진 두번째 남편의 험담도 서슴지 않았다. 여자만 밝히고 툭하면 폭력을 휘둘렀다. 게으른 주제에 씀씀이는 헤펐다. 사라져줘서 오히려 속이 시원하다—그러면서도 곧바로 우리 세 사람은 버림받았다며 자기 연민에 빠진다.

냉정하게 생각하면 어떤 타입의 여성의, 어떤 타입의 전형적인 ‘인생 실패’라고 볼 수도 있을 것이다. 그러나 꼭 ‘실패’라고 단정해도 될까, 레이코는 그런 생각도 들었다. 이러니저러니해도 그녀는 두 아이를 키우며 그럭저럭 손님이 찾아오는 가게를 꾸려나가고 있는 것이다.

하시다 미쓰코의 진짜 ‘실패’는 오히려 지금부터 찾아오지 않을까. 아이들이 잘못된 방향으로 성장함으로써.

그러나 유타로에 대한 하시다 미쓰코의 생각—그의 문제행동이나 지금까지의 비행을 어떻게 생각하는지는 애매모호하기 짝이 없었다. 레이코는 그게 궁금해서 면담하는 것인데, 미쓰코는 언제나 아들 문제를 자기 인생에 닥친 뜻밖의 재난이나 결핍의 일부로 치부했다.

그러나 오늘, 보호관찰과 훈계만으로 끝나지 않을 이번 사태에 직면해서—세상사에 밝은 그녀라면 이 정도는 능히 짐작할 것이다—미쓰코는 과연 어떻게 나올까. 뭐라고 할까. 레이코는 턱을 당기고 하시다 미쓰코의 궁상맞은 옆얼굴을 바라보았다.

“우리 애는 보시다시피 영 숫기가 없고 말주변도 없어요.”

시선을 탁자 위로 떨어뜨린 채 입을 연 미쓰코는 ‘우리 애’라고 할 때는 눈을 치켜뜨고 유타로를 보았다. 당사자인 아들은 여전히 멍하니 허공만 보고 있다.

“어쩌면 지금도 여기 왜 불려왔는지 모를 거예요. 저도 대체 뭐가 뭔지—"

쇼다가 점잖게 질문했다. "어머님, 유타로 군이 오늘 점심 무렵부터 세 시까지 어디 있었는지 아십니까?"

"그게……" 미쓰코가 눈을 깜박거렸다. 일요일은 가게가 쉬는 날이라 화장기가 전혀 없다. 레이코가 익히 보던 얼굴보다 훨씬 크고 윤곽이 흐릿해 보이는 것도 그 때문이리라. 마스카라도 아이섀도도 바르지 않아 평소보다 작아 보이는 눈이 움푹 꺼졌다.

"집에 있었을…… 텐데요. 그렇지?"

"그렇지?"라는 말은 유타로를 향한 것이었다.

아들이 그제야 어머니를 바라보았다. 아니, 눈길을 주었다. 초점은 어머니에게서 미묘하게 벗어나 있다.

일동이 마른침을 삼키며 그의 대답을 기다렸다. 레이코가 들어온 뒤로 세 소년은 아직 한마디도 하지 않았다. 사토나카 과장이 상대할 때도 아마 그랬을 것이다. 뭐라고 말을 하든 화를 내든 반응을 보인 사람은 오이데 마사루 한 사람뿐이었을 게 분명하다.

"집에 있었어." 하시다 유타로가 말했다.

"그것 봐!" 오이데 마사루가 갑자기 힘을 얻은 듯 몸을 앞으로 내밀었다. "우리 애도 집에 있었어. 나랑 같이 점심 먹고 계속 집에 있었다고."

쇼다는 오이데 마사루를 무시하고 하시다 유타로에게 물었다.

"그럼 라이브라 로드에 간 건 몇시쯤이니? 셋이서 '배틀 스테이션'에 놀러간 거 말이야."

유타로는 뼈가 앙상한 어깨를 으쓱했다. 요즘 십대 아이들은 이런 몸 짓에 익숙하다. 영화나 텔레비전 드라마를 보고 배운 걸까.

"아들 말로는 가게에 들어서자마자 경찰한테 붙잡혔다고 했어. 전혀 나쁜 짓 한 게 없는데 난데없이 말이야. 일요일 한낮이니 중학생이라고 오락실에 못 갈 이유가 없잖아."

오이데 마사루가 목소리를 높였다. 슌지는 여전히 엷은 웃음을 머금은 채 열을 올리는 아버지를 바라보았다.

"오이데 군, 정말이야?" 쇼다가 재빨리 시선을 돌려 슌지에게 물었다. "순찰대가 너희를 찾은 건 오후 세시 삼십오분이었어. 그때 막 오락실에 들어간 참이었니?"

슌지가 입을 열자 비로소 히죽거리는 미소가 사라졌다. 그는 쇼다에게 대답하지 않고 자기 아버지에게 물었다. "변호사 오기 전에는 말하지 말라며?"

순간 오이데 마사루의 얼굴에 새로운 노기가 떠올랐다. 아들을 향한 노기가 확실했다.

"네 무죄를 입증하는 말은 해도 돼."

슌지가 흐음, 하고 맥 빠진 소리를 흘리며 놀랍다는 표정을 지었다.

"전 집에 있었어요, 형사님." 쇼다에게 대답했다. 또다시 얼굴 가득 미소를 머금었다.

"집에서 잤어요."

"'배틀 스테이션'에 갔었잖아. 그게 몇시쯤이었냐고 묻는 거야."

"시간은 기억 안 나요."

그는 느릿느릿 대답하고 의자를 삐걱거리며 몸을 일으키더니 이구치 미쓰루의 얼굴을 바라보았다.

"기억 안 나지?"

"응, 전혀 안 나."

이구치 미쓰루가 기다렸다는 듯이 고개를 끄덕였다. 기세 좋게 입을 벌리며 말하는 바람에 침이 튀었다.

"오락실 들어가서 아직 동전도 바꾸기 전인데 경찰이 떠밀잖아."

"경찰이 너희를 때렸다고?" 이번에도 오이데 마사루가 달려들듯 말했다. "몇 대나 맞았냐? 말해봐. 고소해버리게!"

"순찰대는 자녀분들에게 폭력을 휘두르지 않았습니다." 쇼다가 말을 잘랐다.

"그 자리에 있지도 않았으면서 뭘 안다고 지껄여!"

"보고를 받았습니다."

"그따위 보고는 다 날조야!"

레이코는 이런 식의 응수에 진절머리가 났다. 오이데 마사루는 원래 이런 아버지고 이런 사회인이다. 그래서 하시다 미쓰코만 눈여겨보았다. 미쓰코는 유타로의 표정을 살피고 있었다. 뭔가 읽어내려는 걸까. 아니면 뭔가 전하려는 걸까. 그러나 아들은 전혀 눈치채지 못한 기색으로 졸린 듯이 고개를 숙여버렸다.

"우리 집은 작은 장사를 해서."

갑작스럽게 그런 말이 끼어들었다. 이구치 미쓰루의 아버지였다. 다소 톤이 높은 목소리가 아들과 닮았다.

"오이데 씨와는 견줄 수가 없습니다. 상가번영회의 유력자시니까요. 하지만 그건 장사 얘기고, 어른끼리의 관계입니다. 우리 아들까지 오이데 씨 아드님한테 의리를 지켜야 할 이유는 없어요."

볼만해졌다. 한순간이지만 오이데 마사루의 입이 딱 벌어졌다. 그는 곧바로 맹렬한 기세로 다그쳤다. "이봐, 이구치 씨. 그 말은 그냥 못 넘어가겠어. 의리를 지킨다는 게 무슨 뜻이야? 엉?"

이구치 미쓰루도 허둥지둥 아버지를 말리려 했다. "가만있어, 아빠!"

그러나 당사자인 아버지는 입을 다물지 않았다. 격분하는 오이데 마사루에게는 눈길조차 주지 않고 아들 미쓰루를 향해 얼굴을 획 돌렸다.

"너 정말로 형사님들이 말한 짓을 했냐? 강도라니, 너한테 그런 배짱이 어딨어? 오이데 군이 따라오라고 했고 넌 옆에서 거들기만 한 거지?"

이구치 미쓰루가 순식간에 창백해졌다. 그와 대조적으로 오이데 마사루는 폭발 직전이었다. 얼굴이 시뻘겋게 달아올랐다.

"우린 친구야!" 이구치 미쓰루에게서 비명에 가까운 소리가 터져나왔다. "친구라고! 나랑 슌짱은 친구란 말이야!"

레이코는 알아차렸다. 오이데 슌지가 아래를 내려다보며 애써 웃음을 참고 있다. 그래, 우습기도 하겠지. 그에게 하시다 유타로나 이구치 미쓰루는 단지 하인일 뿐이다. 하인의 필사적인 항변이 못 견디게 우스운 것이다.

레이코의 시선을 느꼈는지 오이데 슌지가 얼굴을 들었다. 눈 속 깊은 곳에 분노가 깃들어 있다. 뭐야? 아줌마. 그런 얼굴로 보지 마.

"맞아요." 그가 난데없이 입을 열었다. 이구치 미쓰루의 아버지를 향해. "우리는 친구예요."

침착하기 그지없는 말투였다. 누군가를 놀릴 때 이 녀석은 늘 그런 식이다.

"우린 친구라고요."

"마, 맞아. 그러니까 조용히 해, 아빠."

이구치 미쓰루가 진땀을 뺐다. 아버지는 지친 듯 몇 번 눈을 깜박였다.

"거짓말이야. 넌 보나마나 또 오이데 군한테 끌려간 게 뻔해. 그런데 같이 붙잡혀와서 같이 강도범이 되고 같이 소년원에 가겠다고? 넌 어째 친구 사귀는 것도 그 모양이야?"

"뭐야?" 오이데 마사루가 의자를 걷어차며 펄쩍 뛰었다. "보자 보자 하니까 아까부터 무슨 개소리야? 감히 누구 아들한테 강도라고 지껄여!"

"오이데 씨!" 쇼다가 황급히 일어나 이구치의 아버지에게 달려드는 오이데를 말렸다. 사토나카 과장도 끼어들었다. 하시다 미쓰코는 자리에서 일어나 피했다.

미쓰루의 아버지는 아들에게 지뢰 같은 존재였다. 열어서는 안 될 뚜껑이었다. 난동을 부리다가 과장과 쇼다에게 겨우 저지당하는 오이데를 그는 짐승 보듯 바라보았다. 반쯤 일어난 자세였다. 그 어깨를 밀치고 미쓰루가 침을 튀기며 열변을 토했다.

“무슨 소리 하는 거야? 무슨 바보 같은 소리냐고! 집에 가. 아빠가 여긴 뭐하러 왔어? 만날 경륜장만 다니는 주제에 여긴 왜 어슬렁어슬렁 기어나왔어!”

보기 애처로운 광경이다. 오직 한 사람, 오이데 순지만 낄낄거리며 웃고 있다. 웃으면서 팔을 뻗어, 그만해, 아버지, 하며 아버지의 옷자락을 잡아당겼다.

“취소해! 방금 그 말 당장 취소해! 우리 아들한테 사과해! 이 자식, 가만 안 둘 테다!”

오이데 마사루가 계속 아우성쳐대는 동안 이구치의 아버지는 고집스레 자리를 지켰다. 쉴새없이 욕설을 퍼붓는 오이데 집성재 사장과 식은 땀을 흘리며 멍청한 아빠라고 비난하는 아들의 얼굴을 번갈아 볼 뿐이다. 하시다 미쓰코는 탁자를 빙 돌아 몸을 피하더니 유타로 옆에 앉았다. 껑충하니 키가 크고 앙상한 아들에게 착 달라붙어 겁에 질린 모습이 엄마라기보다 여자 같았다. 유타로는 의자에 앉아 그 소동을 방관할 뿐이었다.

“일단 아, 앉아주세요. 진정하시고!”

쇼다가 가까스로 오이데 마사루를 끌어당겨 앉히고는 헐떡이며 말했다.

“서내에서 폭력을 행사했다간 사실 해명도 아드님의 무죄 증명도 다 소용없어집니다.”

오이데 마사루의 콧구멍이 두 배로 커져 있었다. 그가 뿜어내는 콧김과 숨결의 열기로 실내가 뜨거워진 착각이 들 정도였다.

“야, 이 자식아!” 그는 이구치의 아버지에게 굵은 손가락을 뻗더니 배 속 깊이부터 요동치는 듯한 소리를 내질렀다. “네 아들놈이 우리 애 덕을 얼마나 보는지도 모르면서 감히 남의 집 귀한 아들을 범죄자 취급 해? 뭐하자는 짓거리야? 네 아들이 학교에 다닐 수 있는 것도 다 우리 아들이 보살펴준 덕이야!”

"뭘 어떻게 보살펴줬는지 난 모르는 일입니다." 이구치의 아버지가 말했다. "너한테 뭘 어떻게 해주던? 오이데 군이?"

질문을 받은 미쓰루의 얼굴이 붉으락푸르락했다. 땀으로 흥건했다.

"제발 입 좀 다물어, 아빠."

울먹이는 목소리로 말했다. 하시다 유타로가 그런 '친구'를 물끄러미 바라보았다.

"미쓰루, 네 엄마 불러!" 오이데 마사루가 남의 집 아들에게 명령했다. "저 얼간이하고는 말이 안 통해. 네 엄마는 뭐하고 있는 거야!"

충성스러운 미쓰루는 "죄송해요, 엄마는 오늘 나가고 없어요"라고 고분고분 대답했지만 당황한 기색이 역력했다.

"경찰이 찾아왔을 때 가게에 아빠뿐이라 아빠가 나온 거예요. 죄송해요."

이구치 미쓰루의 집은 라이브라 로드에서 잡화점을 운영한다. 그래서 순찰대는 세 명을 찾아내고 나서 전화로 연락하는 대신 이구치의 보호자를 직접 찾아갔다. 때마침 가게에 있었던 이구치의 아버지는 평소 같았으면 아내에게 미루거나 모른 척 도망갔을 테지만, 경찰이 직접 데리러 오자 아무래도 그러지 못하고 경찰서까지 따라온 것이다.

이구치 미쓰루의 어머니는 무슨 일이 생기면 곧장 울면서 사과하고 두 번 다시 이런 일이 없도록 하겠다며 쉽게 다짐하지만 돌아서면 금세 잊어버렸다. 어떤 불상사든 문제행동이든 일단 그 자리만 모면하면 그만이었다. 하시다 미쓰코와는 표현방식이 또 다르지만 아들의 문제행동을 진정으로 마주할 생각이 없다는 점은 마찬가지였다.

그렇다보니 지금까지 삼인조가 함께 경찰서에 잡혀올 때마다 오이데 마사루만 더없이 유리한 상황이었다. 고함을 지르고 반론을 퍼부어대며 혼자서 자리를 쥐락펴락했다. 두 어머니가 그에게 대드는 것은 있을 수 없는 일이었다.

그래온 만큼 이런 상황에서 오이데 마사루가 미쳐 날뛰는 것도 그의 입장에서는 무리가 아니다. 레이코는 치밀어오르는 웃음을 참느라 애썼다. 마스이에게는 미안하지만, 이번 사건은 이 삼인조의 토대를 흔들어놓을 절호의 기회일지 모른다.

"나는 패기가 없어놔서."

주위가 가까스로 진정되자 이구치의 아버지가 입을 열었다. 말을 하니 입술 가장자리에 허연 거품이 끼었다.

"툭하면 고함을 지르거나 폭력을 휘두르는 건 반대입니다."

쳇, 하며 오이데 마사루가 비아냥거렸다.

"무슨 같잖은 소리야, 노름꾼 주제에."

이구치의 아버지가 경륜에 푹 빠져 집안에 다툼이 끊이지 않는다는 사실은 레이코도 안다. 미쓰루가 아버지 험담을 자주 하는 것도 안다. 빨리 죽어버리면 좋겠다고 공공연하게 떠드는 것도. 우리 아빠는 죽기 전에는 도움이 안 돼. 죽으면 보험금이라도 나오니까.

"조용히 좀 해."

미쓰루가 한층 간곡하고도 나지막하게 중얼거렸다. 고개를 푹 숙이고 있다. 여전히 오이데 슌지의 얼굴을 장식하고 있는 웃음 아래 분노가 깔렸다는 것을 알아챈 것이다.

나중에 무슨 일을 당할지 모른다. 슌지에게든, 그의 아버지에게든.

"어쨌든 폭력은 안 됩니다. 오이데 씨, 부탁드립니다." 사토나카 과장이 달렜다.

"따지고 보면 이게 다 당신들이 우리 애를 부당하게 체포해서 벌어진 일이야. 어디서 충고질이야."

"부당하게 체포했다뇨, 오이데 씨. 슌지 군은 체포당한 게 아닙니다. 아까도 설명드렸을 텐데요."

"슌지 군."

쇼다가 아무 일도 없었다는 듯 온화한 목소리로 슌지에게 말했다.

"협조 좀 부탁한다. 지금 네 소지품을 보고 싶은데. 주머니 안에 있는 것들을 꺼내줄래?"

다시 오이데 마사루의 자리가 비었다. 거구가 순식간에 대회의실을 가로질러 쇼다의 멱살을 움켜쥐었다. 욕설과 노성에 유리창이 바르르 떨렸다. 하시다 미쓰코는 양손으로 귀를 틀어막았다.

"오이데 씨, 오이데 씨, 이러시면 안 됩니다!"

과장까지 끼어들어 세 사람이 실랑이를 벌였다. 오이데 슌지는 아랑곳 않고 바지 주머니에 손을 찔러넣더니 탁자 위에 소지품을 하나씩 던져놓기 시작했다. 열쇠고리, 지갑. 에나멜 카드케이스. 껌 종이.

레이코가 일어서서 그와 이구치 미쓰루 사이로 끼어들었다.

"이게 전부니?"

"네, 아줌마."

오이데 슌지는 청바지와 두툼한 면 셔츠, 어깨와 팔꿈치에 가죽을 댄 울 점퍼를 입고 있었다. 언제나처럼 상당히 값이 나가 보이는 옷들이었다.

"점퍼 주머니에는?"

"아무것도 없어요."

뒤엉켜 있던 어른 셋이 탁자 위의 물건을 보았다. 오이데 마사루의 관자놀이에 시퍼런 힘줄이 곤두섰다.

"슌지! 왜 이놈들 말을 들어!"

"귀찮아." 아들이 시끄럽다는 듯이 대답했다. "뭐 어때, 난 아무 짓도 안 했는데. 소지품쯤 보여줘도 괜찮아."

오이데 마사루는 성큼성큼 아들 곁으로 돌아갔다. 쇼다가 넥타이를 고쳐 맸다. 멱살을 잡힌 탓에 얼굴이 달아올랐다.

"오이데 씨, 자꾸 이렇게 나오시면 저희도 문제를 제기할 수밖에 없습니다."

"입 닥쳐, 이 멍청아!"

오이데 마사루가 의자를 걷어찼다. 의자가 요란한 소리를 내며 대회의실 창가까지 미끄러졌다.

좋아, 좋아, 좀더 날뛰어봐. 레이코가 마음속으로 부추겼다. 좀더 불합리하고 폭력적으로 나와보라고. 멍청한 건 당신이야. 하시다 미쓰코와 이구치의 아버지가 지금 어떤 눈빛으로 당신을 보고 있는지 전혀 모르잖아.

늘 자기 이야기만 머릿속에 가득하던 하시다 미쓰코도, 이구치 아버지의 발언이라는 신선한 바람에 아주 조금이나마 눈이 뜨인 것 같았다. 오이데 부자를 바라보는 그녀의 움푹 꺼진 눈에 또렷한 혐오의 빛깔이 섞였다.

"우리 것도 보여줘요?"

말이 끝나기가 무섭게 이구치 미쓰루가 일어서더니 후줄근한 면바지 주머니로 손을 집어넣었다. 아버지가 그 손목을 움켜잡았다.

"가만있어."

"왜!"

"굽실굽실 따라 하지 마."

미쓰루가 아버지의 손을 뿌리치더니 주머니에서 지저분한 손수건을 끄집어냈다. 이어 접힌 천 엔짜리 지폐와 동전 몇 개가 나왔다. 휴지 뭉치도 나왔다. 보풀투성이인 헐렁한 풀오버 주머니에도 손을 넣었지만 아무것도 나오지 않았다.

하시다 유타로도 앉은 채 말없이 주머니의 내용물을 꺼내기 시작했다. 그 역시 청바지를 입었고 티셔츠 위에는 라운드넥 스웨터를 입었다. 겉옷은 없다. 주머니에서 나온 건 휴대용 휴지와 동전지갑뿐이었다. 어머니가 그 물건들을 불안한 눈빛으로 바라보았다. 쓰다 남은 휴지와 온천여관 기념품처럼 보이는 싸구려 동전지갑에 몹시 흉악한 수수께끼라도 숨겨져 있다는 듯이.

"보라고, 엉? 대체 뭐가 있다는 거야?"

오이데 마사루가 위풍당당하게 서서 승리감에 우쭐대듯 과장과 형사들을 내려다보았다.

"중학교 2학년이 들고 다니면 안 되는 거라도 있어? 응, 형사님들?"

바로 그때 대회의실 문을 노크하는 소리가 들렸다. 레이코가 서둘러 문을 열었다. 한 여경 뒤에 양복 차림에 넥타이를 매고 반백의 머리를 단정하게 빗어넘긴 오십대 남자가 서 있었다.

오이데 집안에서 고용한 가자미 변호사다. 세번째로 보는 레이코에게 아, 안녕하십니까, 하고 스스럼없이 인사를 건넸다. 딱히 못마땅한 표정도 아니고 싸우려는 기색도 없다.

"수고 많으십니다."

레이코도 인사하고 그를 안으로 들였다. 변호사가 회의실에 들어서자 오이데 마사루가 괴성을 지르며 달려갔다.

"왜 이리 늦었습니까, 선생님. 뭐하느라 이제 오세요. 보십쇼, 이 지경입니다. 슌지는 부당하게 체포당했어요. 이거 엄청난 일 아닙니까?"

레이코는 잠깐 탁자에서 멀어진 틈을 타 깊은 한숨을 내쉬었다.

오이데 마사루는 저래봬도 한 회사의 사장이고 게다가 그 회사는 크게 번창하고 있다. 회사 이름 오이데 집성재는 선대에게 물려받은 것일 뿐이고, 현재 취급하는 업무 중 집성재 제조는 극히 일부에 불과하다. 오이데 집성재가 지금처럼 성공한 것은 들끓는 고급주택 건축 붐에 재빨리 편승한 덕분이다.

최근 몇 년간 호경기를 넘어 '초'호경기라 할 만한 경제상황은 필연적으로 주택 건축 러시를 불러왔다. 사람들은 1960년대의 '내 집 마련' 열풍과는 또 근본적으로 다른, 훨씬 호화로운 열기에 들떠 있다.

땅값과 주가가 하루가 다르게 치솟는 요즘이라고 해서 너도 나도 대출만 받으면 제 집을 가질 수 있는 건 아니다. 온 세상이 부자가 된 것처럼 보이지만 단순한 착각일 뿐이다. 지역을 가리지 않고 땅값이 치솟은 통에 일반 서민에게 내 집 마련은 머나먼 꿈이 되었다. 그러나 경기가 좋으니 저축에 매달릴 필요도 없다. 그래서 주택자금으로 모을 돈을 소비에 돌렸다. 그 결과로 언뜻 모두가 마음껏 윤택함을 누리며 살아가는 것―처럼 보일 뿐이다.

그렇기 때문에 이런 상황을 감안하고도 집을 갖고자 하는 사람들이 원하는 것은 이미 단순한 내 집 수준이 아니다. 호화저택이나 억대 분양 맨션이다. 보이지 않는 곳에도 물론 돈이 들지만, 그 이상으로 겉모습에 돈을 듬뿍 쏟아부어 남들한테 보여주기 위해 짓는 집이다. 그러니 예산이니 절약이니 하는 말은 무의미하다. 돈을 들이면 들일수록 가치가 높아진다. 업자들에게는 그야말로 호박이 넝쿨째 굴러들어오는 고마운 시대다.

오이데 마사루는 그런 시대의 흐름과 돈의 움직임을 민감하게 읽어내고 대형 주택건축회사를 공략했다. 정상적인 경기에서는 고작 원자재나 매매하는 소규모 목재회사에 큰 이익이 날 리 없다. 그러나 지금은 놀라울 만큼 돈이 남아도는 이상현상의 한복판이다. 다른 데서는 구하지 못하는 최고급품을 취급한다는 간판만 내걸면 회사 규모나 과거 거래 실적과 상관없이 대기업에서도 흥미를 갖게 마련이다.

본인이 자랑삼아 한 말이니 조금 감안해서 들을 필요가 있겠지만 그는 도코노마*의 기둥 하나가 오천만 엔을 호가하는 집의 건축에도 관여했던 모양이다. 그것도 한두 채가 아니다. 진짜 부자들은 그런 게 가능하다고 했다. 그 오천만 엔이라는 가격에 오이데 집성재를 포함한 업자 몫의 수익이 얼마나 포함되어 있는지는 알 수 없지만.

---

* 일본 전통 가옥에서 다다미방 정면에 바닥을 한 층 높여 만든 곳. 꽃이나 족자, 도자기 등을 장식한다.

오이데 마사루는 장사꾼이다. 레이코도 그 점은 인정한다. 그 장사가 호경기가 지나간 후에도 통할 만큼 실속이 있는지는 제쳐두더라도 그가 돈을 버는 재주가 있고 이재에 밝다는 것은 인정하지 않을 수 없다.

그러나 한 명의 사회인으로서는 어떤가? 보호자로서는 어떤가? 저것이 상식이 있는 어른의 행동일까? 자식 양육에 전적으로 책임을 져야 할 부모의 행동일까?

"곤란합니다, 이런 방식은."

가자미 변호사의 목소리에 레이코는 뒤를 돌아보았다.

"이렇게 혼란스러운 자리에서는 아무리 수사에 협조하려 한들 힘들어요. 프라이버시가 전혀 없잖습니까. 순지 학생뿐 아니라 누구의 권리도 지킬 수 없습니다."

"그럼 한 명씩 얘기를 들어볼까요?"

이쪽도 바라던 바다―쇼다가 레이코에게 눈짓으로 말하며 일어섰다. 레이코가 고개를 끄덕였다.

처음부터 세 사람을 따로따로 심문했다면 사태의 심각성을 깨닫고 파랗게 질린 이구치나 하시다―무너진다면 이구치가 제일 먼저이리라―가 자기들이 저지른 일을 털어놓더라도 또 오이데 마사루가 날뛸 구실이 생긴다. 이른바 날조를 주장할 것이다. 이구치는 거짓말쟁이야. 멍청한 하시다가 우리 아들을 함정에 빠뜨릴 속셈이라고. 당신들 경찰은 그걸 알면서도 아이들을 포섭해서 거짓 증언을 시켰어! 고발해버릴 테다!

경찰이야 고발당해도 상관없지만, 그런 식으로 친구 사이가 크게 벌어지다보면 이구치와 하시다는 앞으로 뿌리깊은 불안을 품게 된다. 나중에 증언을 뒤집을 위험도 있다. 이때도 이구치가 좀더 위험하다. 오이데 순지가 없는 자리에서는 저부터 살겠다고 자백을 하더라도, 순지와 얼굴을 마주하면 그에게 영합하는 게 신상에 좋다는 것을 빛보다 빠르게 떠올릴 테니까.

그래서 처음에는 일부러 세 사람을 모아놓고 오이데 마사루가 실컷 난리치게 두고, 이구치와 하시다의 보호자에게 그 모습을 똑똑히 확인시킨다. 그리고 오이데 마사루 측에서 개별 심문을 요구하게 만든다. 그사이 우리는 이번 건이 지금까지의 사건과 차원이 다르다는 것을 충분히 설명한다. 그런 작전이었다. 여기에 이구치의 아버지라는 변수가 덧붙었고, 그것이 뜻밖의 원군이 되어 이구치 미쓰루를 심하게 동요시켰다. 가장 냉정하게, 자기 보호자보다 차분한 눈으로 사태를 관찰한 하시다 유타로에게도 어느 정도 영향을 미쳤을 것이다. 지금까지 몇 번이고 그에게 물었으나 대답을 듣지 못했던 질문도 다시 정면으로 던져볼 수 있다. 하시다 군, 너는 왜 오이데 같은 애와 같이 다니니? 너에게 오이데란 존재는 뭐야? 왜 그애랑 어울려 문제를 일으키지? 넌 원래 그런 애가 아닌 것 같은데.

준비는 끝났다. 됐어. 레이코는 마음속의 주먹을 불끈 쥐었다.


22

원래 도서관 열람실에서는 자리를 맡아두지 못하도록 되어 있지만 그 규칙을 지키는 사람은 아무도 없다. 그래서 후지노 료코도 옆자리 책상에 가방을 올려놓았다.

일요일 오후 한시 오분이 지난 지금 열람실 자리는 70퍼센트 정도 차 있었다. 거의 학생이지만 어른도 띄엄띄엄 섞여 있다. 이 열람실은 이용객이 큰 책상에 둘러앉는 게 아니라 세로로 늘어선 좁은 책상에 모두 같은 방향을 보고 앉게 되어 있다. 그래서 자리에 앉으면 같은 열람실에 있어도 등이나 뒤통수밖에 볼 수 없다.

구라타 마리코는 약속시간을 지킨 적이 없다. 십 분이나 십오 분 늦는 건 예사고 거의 한 시간 가까이 지각한 적도 있다. 그래서 어제는 전화로 못을 박아두었다.

"시험이 얼마 안 남았으니 도서관에 사람이 많을 거야. 마리쨩이 너무 늦으면 자리 맡아줄 수 없어. 꼭 시간 맞춰서 와."

료쨩은 걱정도 많다며 마리코가 웃었다.

아니야, 난 너보다 꼼꼼할 뿐이야, 라고 받아치고 싶었다. 물론 말은 하지 않았다. 대신 두 번 세 번 다짐을 두었다.

그런데도 마리코는 역시나 늦었다. 그 탓에 료코는 공부에 집중할 수가 없었다. 언제 마리코가 올지 모르니, 사람이 하나둘 열람실에 들어설 때마다 옆자리에 올려둔 가방이 못 견디게 신경쓰였다. 여기 사람 있냐고 물으면 안 되는데.

료코는 기본적으로 규칙을 어기는 것을 싫어한다.

'기본적'이라는 말이 붙은 이유는, 규칙 중에도 학교에서 정해놓은 치마나 앞머리 길이처럼 너무 과해서 그대로 따르면 오히려 우스워 보이는 종류가 있기 때문이다. 그러나 많은 사람이 한곳에서 원만하게 살아가기 위해 지켜야 하는 그 밖의 규칙은 당연히 존중해야 한다고 생각한다.

도서관에서 자리를 맡아두면 안 된다는 규칙도 그중 하나다. 도서관은 공공장소니까. 그런데 마리코랑 다니다보면 마치 당연한 일인 양 규칙을 어기게 된다. 뭐 어때, 료쨩. 다들 그러잖아?

아니라고 료코는 속으로 생각한다. 그렇지만 그런 얘길 하거나 얼굴에 드러내면 너무 딱딱하다고 불평을 듣는다. 당연하지, 난 경찰의 딸인데. 그렇게 받아치면 마리코는 웃는다. 다른 친구들도 웃는다. 웃지 않는 사람은 후루노 아키코뿐이다. 아키코는 료코의 기분을 이해한다. 그애도 규칙을 어기는 인간을 싫어한다.

"료쨩이랑 같이 공부하면 모르는 걸 금방 배울 수 있으니 마음이 놓여."

그럼 같이 우리 집에 가서 하자고 말하면 마리코는 또 머뭇거린다. 료짱 집에는 동생들이 있잖아. 난 도서관이 더 좋아. 열람실 책상에 앉아 있으면 료짱처럼 똑똑해지는 것 같거든.

료코는 마리코를 뿌리치지 못한다.

하나를 보면 열을 안다. 마리코에게만 그런 게 아니다. 왜 그런지 늘 주위에 질질 끌려다닌다. 료코는 속으론 반대하더라도 그 의사를 밖으로 드러내기가 힘들었다.

나는 소심한 것이다. 그래서 잘못된 것을 잘못됐다고 말하지 못한다. 그런 주제에 마리코가 기대면 기분이 좋다. 나르시시스트니까. 비겁하다. 떳떳지 못하다.

그녀가 스스로를 그렇게 생각한다는 것을 알게 되면 부모님 선생님 친구들 할 것 없이 다들 깜짝 놀랄 것이다. 후지노 료코는 우등생이다. 타고난 능력이 좋을뿐더러 부모의 가정교육도 빈틈이 없다. 틀림없이 좋은 시민으로 성장할 싱그러운 새싹이다. 어른들 눈에는 흠잡을 곳 하나 보이지 않는다.

아무도 료코의 내면에 괸 자기혐오와 뿌리깊은 분노를 모른다. 저 깊숙한 곳에 감춰져 있으니까. 그렇지만 이따금, 이를테면 도서관 자리를 맡는 사소한 문제를 계기로 자욱하게 피어올라 료코의 마음을 휘감는다.

요즘 들어 그럴 때가 많아졌다. 료코 스스로도 이유는 모른다. 가시와기 다쿠야의 죽음이 계기일까. 그때 혼자만 눈물을 흘리지 않은 게 아직까지 마음에 걸려서일까.

그때 료코는 자신의 본심을 보았다. 가시와기 다쿠야는 학교사회의 룰을 지키지 않았고, 마음대로 살다가 마음대로 죽었다. 그런데 다들 눈물을 짜내며 애도했다. 료코는 그게 마음에 들지 않았다. 왜 불쌍해하는 거지? 왜 그애가 희생자라고 생각하지? 그애는 그저 패배자잖아.

그래서 눈물이 나오지 않았다. 다카기 선생님만이 그 사실을 알아차리고 료코를 인정해주었다. 그렇게 생각할 수도 있다고. 선생님은 이해한다고.

그러니 이제 다 끝난 일인데.

료코의 내면에서 뒤늦게 무언가가 쿡쿡 쑤셔댔다. 넌 그렇게 훌륭하니? 가시와기 다쿠야를 패배자라고 단정지을 만한 자격이 있어? 넌 조금도 뛰어나지 않고 강하지도 않아. 단지 융통성이 없고 인간에게 필요한 따뜻함이 없을 뿐이야―

"여기 비었어요?"

말소리에 료코가 눈길을 들었다. 또래 여자애였다. 모르는 얼굴이다. 사복 차림에 큼지막한 책가방을 메고 있다. 가방에 4중학교 배지가 달려 있다.

"아뇨, 친구가 곧 올 거예요."

료코의 대답을 들은 여자아이가 얼굴을 홱 돌렸다. 그리고 빈자리를 찾아 열람실 안쪽으로 들어갔다.

료코는 고개를 푹 숙이고 수학 문제집에 시선을 떨어뜨렸다. 집중하자. 공부에 정신을 쏟고 있으면 말을 걸기 힘들 것이다.

잇달아 문제를 풀어나갔다. 막히는 문제는 거의 없다. 이번 시험은 3학기 기말시험이다. 2학기 때만큼 출제 범위가 넓지 않아 편하다. 크게 고생하지 않아도 좋은 성적을 낼 수 있을 것이다. 들리는 소문으로는 3학년에 올라갈 때 이번 시험 결과를 토대로 능력별 반 편성을 한다고 한다. 이번에는 후루노 아키코와 같은 반이 되면 좋을 텐데. 마리코와는 조금 멀어지고 싶다. 능력별로 편성한다면 가능성이 있다. 두 사람의 학력 차는 크니까.

이런 생각을 하면 안 된다. 초등학교 때부터 친구로 지내온 마리코를 모욕하는 짓이다.

하지만 사실이잖아? 마리코는 공부를 잘 못한다. 뭘 시켜도 느릿느릿하다. 물론 성격은 밝고 착하지만―

그래도, 그래도 진정한 친구로는 좀더 보조가 맞는 상대가 좋겠지.

머리가 거침없이 돌아가며 수학 연습문제를 풀어나간다. 공식을 쓰고 계산한다. 반면 마음은 여전히 료코가 '비겁하다'고 혐오하는 본심을 쏟아내고 료코의 우월감으로 부풀어올라 료코의 자기혐오를 자극한다.

질풍 같은 속도로 문제를 다 풀고는 써내려간 공식을 다시 보며 검산을 마쳤다. 다음은 응용문제 편이다. 책장을 넘기다 말고 고개를 휙 들어 숨을 내쉬었다. 물속 깊이 잠겨 있다가 호흡을 위해 떠오른 기분이었다.

그때, 낯익은 얼굴 하나가 보였다.

이 도서관은 넓은 한 층에 열람실과 개가식 서가가 나란히 붙어 있다. 사이를 나누는 파티션이 천장까지 닿아 있지만 윗부분이 투명수지라서 열람실에서도 서가 일부가 내다보인다.

그 옆얼굴은 노다 겐이치였다.

료코의 자리에서 10미터쯤 될까. 서가에 가지런히 꽂힌 책들을 보며 천천히 옆으로 옮겨가는 중이었다.

문득 멈춰 서더니 손을 뻗어 책 한 권을 빼내려다 재빨리 주위를 두리번거렸다. 일요일이라 서가도 붐볐지만 그의 근처에는 아무도 없었다.

노다 겐이치가 주위를 확인하고 목표했던 책을 뽑아들었다. 사전처럼 상당히 묵직한 책이었다.

료코는 시력이 매우 좋지만 이 거리에서 책 제목까지는 알아볼 수 없었다. 그러나 열람실에 드나들 때 겐이치가 서 있는 서가를 자주 지나다녀 대강 짐작은 갔다. 저긴 '화학' 서가다.

흐음…… 의아했다. 시험공부도 안 하고 뭘 찾아보고 있지. 꽤나 여유롭네.

노다 겐이치는 성적이 딱 중간 정도이고, 반에서 BGM 같은 존재다. 료코의 표현이 아니다. 남학생들이 하는 얘기였다. 얌전하고, 좋고 싫고도 없고, 자기주장도 없다. 머릿수만 채워주는 그런 학생은 학교 입장에서도 속된 말로 '안전빵'이다. 카페에 흐르는 BGM이나 마찬가지다. 뭐 어떤가, 그런 존재도 필요하다. 그렇게 될 수만 있다면 오히려 편할 것이다.

노다 겐이치는 묵직한 책을 펼쳐 읽으면서도 자꾸만 주위를 의식했다. 가녀린 등을 웅크리고 고개를 푹 숙여 손에 든 책을 몸으로 감추려는 것 같았다. 도서관의 장서를 읽는 게 아니라 편의점에 놓인 야한 잡지를 훔쳐보는 것처럼.

뭘 보는 거지? 료코는 흥미가 생겼다.

그때 별안간 누가 옆자리 의자를 빼냈다. 료코는 화들짝 놀라 하마터면 벌떡 일어날 뻔했다.

"어? 이거 네 가방이니?"

올려다보니 커다란 배낭을 멘 젊은 남자가 이쪽을 내려다보고 있었다. 키가 껑충하게 크고 목이 길고 어깨가 넓다. 료코의 머리 위로 덮쳐들 듯한 느낌이다.

료코는 반사적으로 가방을 집어 무릎에 올려놓았다. 남자가 히죽 웃었다.

그리고 "고맙다" 하며 자리에 쿵 걸터앉았다. 검은색 터틀넥 스웨터에 청바지. 자리에 앉을 때 료코와 어깨가 스쳤다.

료코는 열람실을 둘러보았다. 이용객이 늘었지만 아직 빈자리는 있다. 굳이 여기 앉을 건 뭐람.

마치 마음속 그 소리를 들은 것처럼 옆자리 남자가 작게 말했다. "자리 맡아두면 안 되지."

료코가 바라보자 그가 배낭에서 교과서와 공책을 꺼내며 슬쩍 곁눈질을 했다. 료코는 황급히 앞을 보았다. 좋지 않은 예감에 심장이 쿵쾅거리기 시작했다.

남자는 책상 위에 필요한 것들을 늘어놓더니 몸을 숙여 의자 다리 사이로 배낭을 밀어넣었다. 그때 또 료코와 어깨가 스쳤다. 료코는 비좁은 의자 위에서 최대한 멀리 피해 앉았다. 무릎의 가방도 내려놓고 싶었지만 자칫하면 남자에게 몸이 닿을 것 같아 꼼짝할 수 없었다.

하는 수 없이 그 상태로 응용문제를 풀기 시작했다. 읽고 또 읽어도 문제 내용이 머리에 들어오지 않았다. 눈만 글씨 위를 오락가락할 뿐이다.

그러던 중 옆자리 남자의 오른쪽 팔꿈치가 료코의 옆구리를 스쳤다.

키가 크고 덩치가 있으니 어쩔 수 없다. 일부러 그러는 게 아니다. 그저 조금 무신경할 뿐이다.

애써 그렇게 생각하려 했다. 샤프를 꼭 움켜쥐고 문제집으로 눈을 돌렸다. 집중하자, 집중.

옆자리 남자가 몸을 가까이 붙여왔다. 그리고 굼지럭굼지럭 앉음새를 고쳤다. 낡은 운동화 발끝이 료코의 운동화 뒤꿈치를 가볍게 찼다.

이번에는 료코가 곁눈질을 했다.

옆자리 남자는 책을 펼치고 있었다. 그리고 료코의 시선을 알아채고 반응하듯 힐끗 이쪽을 보며 눈을 마주쳤다. 딴생각을 하는 듯 초점이 맞지 않았다.

료코는 허겁지겁 고개를 숙였다. 손에서 샤프가 미끄러졌다. 서둘러 다시 쥐었다.

그 순간 남자의 팔꿈치가 또 료코의 몸에 닿았다. 아끼는 카디건에 감싸인 볼록한 가슴 언저리에.

일부러 이러는 것이다.

료코는 부스럭거리며 문제집을 덮고 필기구를 정리했다. 그동안 내내 숨을 참고 있었다. 절대 옆을 보지 않았다. 그런데도 남자가 히죽거리는 것을 알 수 있었다.

가방을 들고 일어나 자리를 뜨는 순간, 남자가 팔을 붙잡을까봐 오한이 들었다.

실제로는 아무 일도 없었다. 료코는 발소리를 내며 열람실을 벗어났다. 서가로 나가자 투명 파티션 너머로 조금 전까지 앉아 있던 자리가 보였다.

옆자리 남자가 일어서고 있었다. 여전히 얼굴에 기분 나쁜 웃음을 매단 채.

료코는 목이 타들어갔다. 카펫이 깔린 바닥을 밟고 서둘러 '화학' 서가로 달려갔다.

노다 겐이치는 아직 거기 있었다. 좀 전과 다른 책을 들고 있다. 인기척을 느끼고 고개를 들더니 료코를 보고는 용수철이 달린 값싼 장난감처럼 폴짝 뒤로 물러섰다.

"노다."

료코는 정신없이 그의 옷자락을 움켜잡았다. 거머쥔 손안에 부드러운 울의 감촉이 느껴졌다.

"미안한데, 나랑 같이 밖으로 좀 나가줘."

겐이치는 눈에 띄게 당황했다. 료코가 그의 팔을 잡아당겼다. 그 바람에 겐이치가 들고 있던 책이 묵직하게 털썩 소리를 내며 바닥에 떨어졌다.

순간 두 사람은 책을 내려다보았다. 표지가 위로 향한 채 떨어져 제목이 보였다.

『일상 속의 독극물 사전』

겐이치의 눈이 그 제목에 고정되었다. 료코도 우두커니 멈춰 섰다.

일상 속의 독극물 사전.

등뒤에서 인기척이 느껴졌다. 돌아보니 아까 그 남자가 열람실을 나와 통로 이쪽으로 다가오고 있었다. 어느새 두어 걸음 앞이었다. 히죽거리는 웃음이 점점 짙어졌다.

"야, 너!"

거리낌없이 료코에게 손가락질을 했다.

"뭔가 오해한 모양인데. 그럼 내가 곤란하잖아."

료코가 재빨리 웅크려 앉아 『일상 속의 독극물 사전』을 주워 노다 겐이치에게 내밀었다. 그는 얼떨결에 뒷걸음치며 책을 받아들었다. 료코는 그대로 도망치려 했다. 그런데 그 순간, 있는지 없는지 잘 보이지도 않는 조그만 울대뼈를 꺼떡 움직이며 겐이치가 남자 쪽으로 돌아섰다.

"저어, 우리한테 무슨 볼일 있으세요?"

남자가 멈춰 섰다. 금방이라도 료코를 만지려고 뻗던 팔을 멈췄다.

"넌 뭐야?" 남자가 되물었다. 천박한 웃음은 변함없지만 목소리가 낮고 날카로웠다.

"난 이 여자애한테 볼일이 있어."

"제 친구인데요." 겐이치가 료코 앞으로 나섰다. 그의 가냘픈 어깨가 료코를 지켜주듯 남자를 가로막았다. 겐이치는 료코와 키가 거의 같았고 몸은 오히려 료코가 더 탄탄했지만 료코는 그 순간 그가 믿음직스러웠다. 그의 등이 굳센 벽으로 보였다.

"같이 도서관에 왔어요."

겐이치의 목소리가 긴장으로 떨렸다.

"할 일을 다 해서 같이 돌아가려던 참이에요. 그치?"

겐이치가 어색하게 료코를 돌아보려 했지만 목이 뻣뻣하게 굳은 듯 잘 움직이지 않았다. 그러나 료코는 남자의 얼굴을 쳐다보며 고개를 끄덕였다. 두 사람의 눈은 새카만 눈동자가 한껏 커져 흡사 두 쌍의 총구멍 같았다.

남자가 묘하게 긴 팔을 들어올리더니 부스스한 머리칼을 어루만지듯 움직였다. 다른 한 손은 바지 뒷주머니에 찔러넣었다.

"뭔지 모르겠지만, 기분이 영 안 좋아." 마치 초등학생이 선생님에게 고자질하듯 입술을 삐죽 내밀고 말했다.

"뭐가요?" 겐이치가 되물었다. 조금 전보다 차분해진 목소리다.

"저 여자애 말이야." 남자가 다시 료코를 손가락으로 가리켰다. 료코는 몸을 움츠리고 싶은 것을 꾹 참았다.

"날 치한으로 착각한 것 같단 말이지."

"뭔지 알 수 없는 건 우리예요. 우린 이제 갈 거고, 이애는 아무것도 안 했어요. 열람실에서 공부만 했지."

겐이치가 료코를 가리켜 '이애'라고 말했다. 굉장히 신선하게 들렸다.

"네가 알든 모르든 내 알 바 아니야." 말투가 거칠어진 남자가 한 발짝 내디뎠다. "너한테는 볼일 없다고."

겐이치는 용감하게도 고개를 꼿꼿이 들고 버텼다.

"사과해." 남자가 료코에게 다가섰다. 숨결이 느껴졌다. "미안하다고 사과해."

그 순간 갑자기 료코 안에 잠들어 있던, 부모에게 물려받은 강직함이 맹렬히 고개를 들었다. "내가 왜 사과를 해요? 잘못한 것도 없는데."

여자애가 되받아친 게 의외였는지 남자는 살짝 기가 꺾였다.

"날 치한 취급 했잖아."

"그런 적 없어요."

"그랬잖아. 아니면 왜 갑자기 뛰쳐나가? 사과해."

내가 더 만지게 가만있었어야지―그게 당신 생각이지? 나는 좀더 만지고 싶었는데 도중에 도망치다니. 그러니까 사과해. 여자들이 실은 만져주길 바란다는 거 다 알아.

이 세상 어떤 여자도 너 같은 남자가 만지는 건 죽기보다 싫을걸.

"우리는 갈 때가 돼서 가는 것뿐이에요." 겐이치가 단호하게 말했다. 야윈 가슴을 당당하게 폈다. "자기보다 어린 여자한테 시비를 거는 건 남자답지 못한 행동이에요."

남자의 표정이 순식간에 무너져내렸다. 평범하던 얼굴이 눈 깜짝할 사이에 일그러졌다. "뭐가 어째?"

분노의 반문이었을 테지만 료코의 귀에는 비명으로 들렸다. 심장이 사정없이 뛰었다. 반은 흥분으로. 반은 공포로. 한 가지 생각이 섬광처럼 번쩍였다. 어쩌면 저 사람은 그저 기분 나쁜 치한이 아니라 정신병자일지도 모른다. 주머니에 꽂고 있는 손. 만에 하나 저 손이 움직여 칼이라도 빼든다면.

"거기."

서가 사이에서 목소리가 들렸다.

"여기는 도서관입니다. 정숙하세요."

책이 가득 실린 수레를 밀고 온 도서관 직원이었다. 덩치가 크고 안경을 쓴 중년 여자다. 접수 카운터에서 자주 봤다. 관장까지는 아니지만 틀림없이 꽤 높은 사람일 것이다. 확연한 비난의 눈빛을 보내고 있지만 시선의 표적은 료코와 겐이치가 아니라 상대 남자였다.

남자가 몸을 빙글 돌렸다. 그러고는 성큼성큼 열람실로 돌아갔다. 너무도 민첩한 후퇴에 료코는 안심하기에 앞서 어이가 없었다. 역시나 진짜 어른 앞에서는 찍소리도 못 하는군.

"죄송합니다." 노다 겐이치가 여자에게 고개를 숙였다. 료코도 한 박자 늦게 고개를 숙였다.

"무슨 문제라도 있었니?" 여직원이 물었다.

겐이치가 괜찮으냐는 표정으로 료코를 보았다. 료코는 다 말해버릴까 망설이다가 그냥 "열람실 자리 때문에요"라고만 대답했다. 생각만큼 큰 소리로 말하지 못하는 자신이 한심했다.

"아, 그랬구나." 양손으로 책 수레 손잡이를 쥔 채 여직원이 살짝 눈을 들어 열람실 쪽을 보았다.

"가끔 있는 일이지. 서로 양보하렴."

"네." 료코와 겐이치가 동시에 대답했다.

"그럼 실례."

여직원이 책 수레를 밀며 나아갔다. 료코도 걸음을 뗐다. 열람실은 더 돌아보지 않았다. 그래도 노다 겐이치가 서둘러 책을 꽂아놓고 뒤따라오는 건 알 수 있었다.

료코는 잡지와 신문을 읽는 어른들로 붐비는 로비를 가로질러 출입구로 향했다. 자동문이 이중으로 되어 있다. 바깥쪽 문이 열리자 2월의 매서운 바람이 얼굴 정면으로 휘몰아쳤다. 하지만 지금은 그마저 상쾌했다.

노다 겐이치가 뒤따라 나왔다. 료코와 나란히 서지 않고 한 발짝 뒤로 물러나 있다. 료코는 걸음을 멈추고 고개를 돌려 그를 바라보았다.

"정말 고마웠어."

겐이치는 또 아까처럼 당황해 어쩔 줄 몰라 했다. 료코는 그 모습이 우스워 풋 웃음을 터뜨렸다. 좀 전까지는 그렇게 믿음직하더니만.

"별로 한 것도 없는데."

"아니야."

두 사람은 나란히 걸었다. 도서관 앞에서 버스가 다니는 큰길까지는 외길이다. 한쪽에는 구청 시설과 공원이 있고, 맞은편에는 슈퍼마켓도 있다. 색색으로 포장된 보도를 많은 사람들이 한가로이 거닐었다. 춥긴 해도 날씨가 맑아서이리라. 쇼핑백을 든 사람도 많았다.

"이상한 놈이더라."

"치한이야." 료코가 내뱉듯이 말했다.

"불쾌한 일을 당했구나."

"패주고 싶어."

"패주지 그랬어." 겐이치가 진지한 표정으로 말했다. "넌 세잖아."

료코가 다시 웃었다. 그제야 겨우 마음 깊숙한 바닥까지 휘저어진 느낌이 들었다. 가라앉아 있던 나쁜 찌꺼기들이 빠져나갔다.

"하나도 안 세. 무서웠어. 그놈이 따라오는 걸 보니까 소름 끼쳐서 꼼짝도 못하겠더라. 치한을 처음 마주친 것도 아닌데."

"진짜?" 중대한 고백이라도 들은 양 겐이치의 눈이 휘둥그레졌다. "또 언제?"

"재작년 여름방학에 전철에서. 도 대회 예선전 응원하러 애들이랑 같이 후추府中에 갔었거든. 그때."

1학년들은 거의 응원 담당이라 모두 운동복 차림이었고 죽도와 호구도 들고 있지 않았다. 대략 열다섯 명 정도가 한 차량에 탔고, 같은 차량에 탄 고문 선생님은 조금 떨어져 손잡이를 잡고 서 있었다. 료코는 문가에 있었다. 그러다 우르르 타고 내리는 승객들에게 떠밀려 어느새 부원들과 멀어졌고, 낯선 사람들에게 겹겹으로 에워싸였다.

그들 중 누군가가 운동복 위로 료코의 엉덩이를 만진 것이다.

료코는 꺅 소리를 질렀다. 주위에 친구들이 많았고 선생님도 함께여서 무섭지는 않았다. 료코의 목소리를 듣고 부원들이 다가왔다. 선생님도 료코 쪽을 보았다. 료코는 주위 어른들의 얼굴을 둘러보았다. 모두 무표정했다.

"왜 그래?"

"발 밟혔어."

료코가 웃으며 승객들 사이를 빠져나왔다. 하지만 가까이 있던 친구들에게는 "치한이야"라고 속삭였다. 부원들이 술렁였다. 치한이래, 치한. 뭐? 어떤 놈이야? 남자 부원이 팔을 걷어붙였다. 속삭임이 퍼져나갔다.

"때마침 전철이 역에 도착했어. 사람들이 우르르 내리고, 그걸로 끝."

"못 잡았구나."

"안타깝게도."

그때는 혼자가 아니라서 마음의 여유가 있었다. 오늘은 혼자였고 그래서 다른 어떤 감정보다 공포감이 앞섰다.

나는 나약하다. 그런 생각이 가슴을 흔들었다. 혼자서는 아무것도 못한다. 나는 스스로도 생각지 못했을 만큼 겁쟁이인 것이다.

"여자애들은 힘들겠구나." 노다 겐이치가 말했다. 제법 진심으로 위로

하는 말투였고, 진정성이 느껴졌고, 그래서 왠지 재미있었다. 료코는 까르르 소리 내 웃었다. 료코의 얼굴을 잠깐 살피던 겐이치가 쑥스러운 듯이 미소지었다.

"아까 그놈이 물러나지 않으면."

"응?"

"내가 말하려고 했어. 이애 아버지가 경찰이라고."

료코는 그 생각까진 못 했었다.

"그래도 효과는 없었겠지. 그놈이 안 믿었을 테니까."

"그럴 가능성이 크지."

"그 자식, 눈 보니까 완전 맛이 갔던데. 오늘이 처음도 아닌 것 같아. 상습범일 거야."

"그럴 가능성도 있어. 왠지 능숙했어. 시비 거는 방식도 그렇고, 직원이 오자마자 부리나케 내뺀 것도 그렇고."

둘이서 큰길로 나왔다. 때마침 반대 방향 버스가 출발한 참이었다.

료코는 노다 겐이치의 집이 어디인지 몰랐다. 근처일 테지만 생각해보면 도서관에서 마주친 것은 처음이었다.

"노다, 집에 어떻게 가?"

"걸어가. 넌 버스 타니?"

료코 혼자서는 자전거로 오갈 수 있는 거리다. 그러나 오늘은 마리코와 같이 집에 갈 생각이었던 터라 버스를 타고 왔다. 마리코는 자전거를 못 탄다.

"얼른 들어가. 기분이 별로일 테니까. 집에 가면 진정될 거야."

배려심이 느껴지는 어른스러운 말이었다. 여전히 조심스럽게 약간 뒤에서 걷는 노다 겐이치의 옆얼굴을 료코는 훔쳐보았다. 좀 전에 옆자리 남자를 살펴보던 것과는 정반대의 흥미를 품고.

흐음. 노다가 이런 애였구나.

료코의 시선을 느꼈는지 그가 눈을 깜박거렸다. 바람에 나부끼는 얇은 블라인드처럼 가볍고 조급한 움직임이었다.

"왜, 왜 그래?" 목이 멘 소리로 물었다.

"아무것도 아니야."

료코가 빙그레 웃었다. 남자아이 백 명이면 백 명 모두, 분명 아무것도 아닌 건 아닌데 절대 나쁜 것도 아님을 알 수 있는—그런 '빙그레'였다. 어떤 나이대에서 일정 기준 이상으로 예쁜 여자애만 할 수 있는 마법의 '빙그레'였다.

"실은 오늘 도서관에서 마리짱을 만나기로 했었어." 료코가 말했다.

"구라타?"

"응. 근데 바람맞았어. 잊어버렸나봐."

"아아, 구라타라면 그럴 수도 있겠다." 겐이치가 또 조숙한 목소리로 말했다. "항상 태평해 보이니까."

"그렇다니까. 지금 가서 혼내주려고. 마리짱 집은 센카와초인데, 넌 어느 쪽이야?"

그것은 요컨대 방향이 같으면 계속 같이 가자—는 권유다. 만약 노다 겐이치가 총명한 사내아이였다면 설령 집이 전혀 다른 쪽이더라도 이 상황에서는 "같은 방향이야"라고 대답했을 것이다. 그것이 세련된 태도다.

그러나 경험이 없고 재치도 부족한 겐이치는 바보스러울 만큼 정직하게 대답했다. "우리 집은 반대 방향이야."

료코는 실망했다. 그것이 표정에 드러났다. 경험이 없고 재치도 부족한 겐이치는 바보스러울 만큼 정직하지만 바보는 아니었다.

"그렇지만 같이 갈게. 좀 걱정되니까."

어찌나 허둥거리는지 혀를 깨물 것 같았다.

"음, 이젠 걱정할 거 없겠지만. 그래도 만약을 위해서."

목소리가 점점 작아졌다. 료코가 웃으며 고개를 끄덕였다.

"응. 고마워."

료코가 힘차게 걸음을 내디뎠다. 기뻤다. 마음이 들떴다. 지금껏 시야 한구석에 있었을 뿐 거의 모르는 사이였던 동급생 남자아이가 뜻하지 않게 빛이 돼주었다. 생각지도 못한 그의 좋은 면을 발견했다. 그런 발견의 기쁨이 료코의 뺨에 미소를 띄웠다.

"노다, 마리짱이랑은 자주 얘기하지?"

교실에서 본 적이 있다. 대개는 고사카 유키오와 함께였다.

"고사카가 그애랑 소꿉친구니까." 그가 대답했다.

"그렇다더라. 그런데 난 고사카를 잘 몰라. 마리짱이랑 초등학교 때부터 같이 다녔는데."

"넌 우등생이니까." 겐이치가 웃으면서 고개를 숙였다. "고사카나 나랑은 마주칠 일 없는 게 당연하지."

료코가 입을 다물었다. 자전거를 탄 엄마와 아이가 스쳐지났다.

"사실 그거 심심해."

"응?"

"친구를 많이 사귀는 게 당연히 재밌잖아? 그런데 잘 안 돼. 왜 그런지 모르겠지만."

마지막 말은 거짓이었다. 료코는 왜 그런지 안다. 노다 겐이치도 알 것이다. 그래서 이번에는 그가 입을 다물어버렸다.

같은 학년이나 같은 반이라고 모두가 격의 없이 지내는 건 아니다. 현실은 반대다. 성적. 외모. 운동신경. 적절한 상황에 재치 있는 말을 던지는 능력. 밝거나 어두운 성격. 학생들은 서로 온갖 잣대로 측정하고 측정당한다. 그렇게 해서 친하게 지낼 상대를 정한다. 선생님은 모든 인간이 평등하다고 하지만 그건 거짓말이다. 어른의 사회에 구별이나 격차가 있듯 학교에도 그런 것이 존재한다. 아이들은 누구나 그것을 안다. 이해한다. 인정한다.

안 그러면 살아갈 수 없다.

료코와 마리코는 그런 기준에서 보면 어울리지 않는다. 실제로 료코는 마리코가 버거워지려는 참이었다. 마리코가 매달리면 귀찮을 때가 많았다.

료코가 지금까지 마리코와 친구로 지내온 것은 자기 안에 있는 그런 우월감 같은 것을 인정하고 싶지 않았기 때문이다. 뛰어난 아이와 떨어지는 아이. 위쪽 아이와 한가운데 아이와 아래쪽 아이. 그런 구별을 인정하고 싶지 않다는 일종의 정의감이 있었기 때문이다.

그런데 중학생이 되자 그것도 조금 피곤해졌다. 오늘만 해도 혼자 공부했다면 도서관에 가지도 않았을 테고, 그런 기분 나쁜 일도 당하지 않았을 것이다.

하지만―도서관에 가지 않았다면 이렇게 노다 겐이치와 같이 걸을 기회도 없었겠지. 그의 용감한 일면을 발견하고 기뻐하는 일도 없었을 테고.

료코는 스스로 체감하는 것 이상으로 혼란스러웠다. 노다 겐이치와 가까워지다니, 이런 건 아마 여기서뿐이겠지. 그래도 지금은 이 순간을 소중히 여기고 싶다. 이런 마음을 뭐라고 표현해야 할까.

"노다, 도서관에 자주 가니?"

대답을 듣기까지 조금 기다렸다.

"그냥 가끔."

"희한한 책을 읽던데? 좀 놀랐어."

이번에는 좀처럼 대답이 들리지 않았다. 걸으면서 돌아보니 겐이치의 얼굴이 창백했다.

"뭐 찾아볼 게 있었어?"

어색한 분위기를 얼버무리려고 료코가 물었다.

"그런―건 아니야." 겐이치가 시선을 떨어뜨리더니 급히 걸음을 옮기며 대답했다. "그냥 돌아다니다가 마침 그쪽 서가가 비어 있길래 한번 훑어본 거야."

거짓말 같았다. 겐이치는 꽤 오랫동안 '화학' 서가 앞에 서 있었다. 주위 시선을 의식하면서도 책 내용을 찬찬히 음미하는 것처럼 보였다.

료코에게 그 제목을―『일상 속의 독극물 사전』이라는 책의 표지를 들킨 순간 그가 보인 반응도 심상치 않았다. 눈이 튀어나올 지경으로 놀랐다. 어쩌다가 위험스러운 책을 보다 들켜 겸연쩍어하는 수준이 아니었다.

한번 훑어봤다? 료코는 좀더 구체적이고 가벼운 대답을 예상했다―이를테면 어떤? 추리소설에 나온 독극물을 알아봤다거나, 드라마에서 본 약 이름을 찾아봤다거나. 그런 식이라면 있을 법한 일이지 않나?

그래. 그리 기묘한 일은 아니다. 독극물을 조사해볼 필요를 느낀 중학교 2학년이 전혀 없진 않을 테니까.

"우리 집에도 그런 사전 있어. 아빠 책꽂이에."

"아아." 겐이치가 얼빠진 듯한 소리를 냈다. "수사 자료구나."

"그런 것 같아. 책꽂이에 꽂아서 자물쇠로 잠가뒀어. 혹시라도 여동생들이 볼까봐."

"넌―봐도 돼?"

"미리 허락만 받으면. 지난번에 텔레비전에서 염소 계열 세제를 섞어 쓰면 위험하다는 특집을 했었는데, 거기 나온 약품 이름을 찾으려고 화학사전을 뒤져본 적 있거든."

꾸며낸 이야기가 아니다. 사실이다. 워낙 바빠 시간을 절약할 요량이었겠지만, 료코의 엄마는 청소든 빨래든 여러 표백제를 섞어 쓰거나 무턱대고 많이 넣는 경향이 있었다. 텔레비전을 보고 엄마의 그런 습관이 위험하다는 것을 알게 된 료코가 조리 있게 설득하려고 알아보았던 것이다.

큰길에서 벗어나 보도가 없는 길로 들어섰다. 휘어진 가드레일이 띄엄

띄엄 이어졌다. 겐이치는 계속 료코 뒤에서, 그것도 가드레일을 사이에 두고 바깥쪽으로 걸었다.

"경찰에선 당연히 그런 약품 감정 같은 것도 하지? 그래서 지식이 필요하겠네."

"기초적인 건. 정식 감정이나 분석은 따로 전문부서에서 하고."

"감식반 같은 데서?"

"응. 그리고 대학교 법의학 연구실이나 과수연 같은 데서도 해."

과학수사연구소 말이지, 라고 겐이치가 고쳐 말했다.

"전문가들은 모르는 게 없겠구나."

"그렇겠지."

"범죄자가 독극물을 사용하면 경찰에게 오히려 큰 실마리를 제공하는 셈이겠네."

료코에게 묻는 게 아니라 혼잣말 같았다. 게다가 불만스러운 기색이다. 고민하는 듯한 느낌도 풍긴다. 료코는 그것이 마음에 걸렸다. 그러나 자기가 느끼는 의문을 어떤 말로 표현해야 좋을지 몰랐다.

아무리 그래도 단도직입적으로 물을 순 없잖아? 노다, 너 누구한테 독이라도 먹일 생각이니? 라고.

눈앞에 마리코의 집이 보였다. 모르타르를 바른 낡은 2층집으로, 주위를 빙 두른 나지막한 콘크리트 담 너머로 메마른 화단이 보인다. 바로 맞은편 모퉁이에 조그만 어린이공원이 있어서 휴일이면 아이들이나 가족들이 많이 찾는다. 가까워지니 시끌벅적한 소리가 들려왔다.

"저쪽, 저기가 마리짱네 집이야."

창밖 차양 밑에 널어둔 빨래가 힘차게 펄럭거렸다. 료코가 그쪽을 손가락으로 가리킨 순간, 창문에서 불쑥 얼굴이 나타났다.

"아, 료짱!"

마리코가 팔이 떨어져라 흔들어대며 소리 높여 불렀다.

"미안, 미안! 이제 막 도서관에 가려던 참이야!"

저런 말을 참 태평하게도 한다 싶어 료코가 쓴웃음을 머금었다. 손나발을 하고 소리쳤다.

"이 바람맞히기 대장아!"

"미안, 정말 미안해."

마리코가 난간을 넘어올 것처럼 몸을 쑥 내밀고 환하게 웃었다. 그리고 조금 더 큰 소리로 외쳤다.

"어? 노다랑 같이 있었니?"

"도서관에서 만났어." 료코가 계속 손나발을 한 채 대답했다. 노다 겐이치는 한껏 움츠러들었다. 두 소녀가 큰 소리를 질러대는 게 부끄러운 모양이다.

"데이트한 거야?"

"네가 안 오니까 그렇지!"

"글쎄, 미안하대도. 얼른 들어와. 빨리, 빨리!"

료코가 돌아보자 겐이치는 얼떨떨한 듯 손가락으로 자기 콧등을 가리키며 "나도?" 하고 물었다.

"그냥 가면 마리짱이 상처받을걸. 뭐 어때, 고사카도 부르면 되지."

그 말에 겐이치도 안도한 듯했다. 그렇겠다, 라며 소심하게 웃었다.

엄마 아빠는 일하러 갔고, 할아버지 할머니는 친척 집에 갔어. 마리코가 부산하게 설명하며 두 사람을 집안으로 들였다.

"다이키는?"

여러모로 건방진 마리코의 남동생이다.

"축구 시합. 저녁때까지 안 들어올 거야."

노다 겐이치는 현관에 들어설 때, 신발을 벗을 때, 거실로 안내받을 때, 그리고 의자에 앉을 때까지 총 네 번이나 "실례합니다"라고 말했다. 실내에 있는 잡다한 가구와 가전제품 전부를 향해 변명이라도 하는 듯했다.

마리코네 집은 늘 어수선하다. 이 집 사전에는 정리정돈이라는 말이 없다. 사실 료코가 마리코 집에 거의 놀러오지 않는 건 그게 싫어서였다. 하지만 오늘은 이런 가정적인 어수선함이 포근하게 느껴졌다. 불쾌한 치한이 뿜어낸 나쁜 기운을 구라타 가족의 일용품들이 빨아들이는 것 같았다.

"마침 잘됐네, 마침 잘됐어."

마리코가 노래하듯 말하며 냉장고에서 종이팩을 꺼내 머그잔 세 개에 코코아를 나눠 따랐다.

"잘되긴 뭐가 잘돼? 약속도 잊어버려놓고."

"아이참, 그래서 사과했잖아. 약속을 잊어버릴 만큼 빅뉴스가 있었다니까."

그리고 머그잔을 전자레인지에 넣더니 다 데워질 때까지 못 기다리겠다는 듯 거실로 쪼르르 달려왔다.

"있지, 내가 점심때 슈퍼마켓 갔다가 이쿠미짱이랑 마주쳤거든? 너 기억나니? 초등학교 3학년 때 같은 반이었잖아. 4중학교에 간 이쿠미짱."

기억이 어슴푸레하지만 얼굴은 안다.

"엄청난 소식을 들었어. 그 얘기에 완전 정신 팔려서, 고사카랑 다른 애들한테도 전화로 알리다 그만 도서관 가는 걸 깜박했지 뭐야. 노다, 너도 들어봐. 진짜 빅뉴스야."

오이데 슌지 삼인조가 결국 경찰에 잡혀갔다는 얘기였다.

"지난주 일요일에 4중학교 애를 때리고 돈을 빼앗아서 체포됐대. 걔들 이번주 계속 학교에 안 나왔잖아."

그랬던가? 금방 떠오르지는 않았다. 워낙 상습적으로 지각 조퇴를 일삼는 터라 학교에서 보이지 않는 게 별일은 아니기 때문이다.

"제일 키 큰 녀석," 겐이치가 말했다. "하시다였나. 그 녀석은 봤어."

"어? 언제, 언제?"

"그제—였나. 체육 시간에 운동장 나왔던데. 창문으로 내다본 거지만."

"어머, 그럼 셋 다 잡혀간 건 아니네." 마리코의 눈이 휘둥그레졌다. "어떻게 된 거지? 아무튼 엄청 큰 사건이었나봐. 이번이야말로 오이데가 소년원 갈 거라던데. 틀림없대."

부엌에서 달콤한 향기가 풍겼다.

"마리짱, 코코아 다 데워진 것 같은데."

료코가 재촉했다. 마리코가 튀어오르듯 일어나서 부엌으로 달려갔다. 노다 겐이치는 심란한 눈빛으로 펄럭이는 빨래를 바라보았다.

오이데 슌지 패거리가 정말로 소년원에 간다면 3중학교의 큰 골칫거리 하나가 해결되는 셈이다. 료코가 깊은 한숨을 후 내쉬었다. 고사카도 부르자며 마리코는 잔뜩 신이 났다.

"과자도 꺼내야겠다. 기쁜 일이잖아. 파티하자, 축하 파티!"

료코가 겐이치의 얼굴을 보았다. 그는 아주 잠깐 료코의 시선을 마주하고는 부끄러운 듯 눈을 돌렸다. 이제 더는 믿음직스러워 보이지 않았고, 료코의 가슴속을 가득 채웠던 새로운 발견의 기쁨도 사라졌다. 료코는 여기 오기 전까지 매료되어 있던 황금의 마법이 풀렸다는 것을 깨달았다.


## 23


만원사는 주택가에 있는 조그만 절이었다. 본당 앞 좁은 주차장은 자동차 네 대만으로 꽉 찼다. 옆에 아담한 묘소가 있고, 그 입구 옆에 오래된 관음상이 서 있었다. 양옆으로 아름다운 흰 국화가 한가득 꽂혀 있다.

입구 언저리에서 우연히 모리우치 선생과 마주쳐 같이 들어갔다. 그녀도 시간이 촉박해 서둘러 달려온 것 같았다. 검은색 고급 캐시미어 롱코트가 새하얀 얼굴과 보기 좋게 대비를 이루었다. 최근 십 년간 여름만 빼고는 라이너 트렌치코트 한 벌로 버텨온 사사키 레이코는 살짝 부러웠다. 똑같은 지방공무원인데다가 레이코보다 나이도 어리니 월급이 그리 많지 않을 텐데—

하긴, 미인이니 조금만 꾸며도 예쁘고 뭐든 잘 어울리는 것이리라.

"아아, 다행이에요. 같이 들어가서. 혼자만 늦는 줄 알았어요."

모리우치 에미코가 레이코의 얼굴을 보며 명랑하게 말했다. 레이코가 온 것을 의아하게 여기는 기색은 없다. 쓰자키 교장에게 이야기를 들었을지도 모른다.

"날씨가 좋아서 다행이네요."

"그러게요. 바람은 좀 세지만—"

2월 말의 푸른 하늘 아래 메마른 가로수 가지들이 세찬 겨울바람에 휘휘 소리를 냈다.

"눈이라도 왔으면 괴로웠을 텐데. 잘됐어요."

두 사람은 슬리퍼로 갈아신고 복도 안쪽 대기실로 걸음을 서둘렀다. 다다미 열 장 정도 넓이의 공간이 참례 온 친척들로 북적거렸다. 가시와기 다쿠야의 부모 바로 옆에 있던 쓰자키 교장이 주위 사람들에게 레이코와 에미코를 소개했다.

가시와기 부부는 적어도 외관상으로는 장례식 때와 거의 변한 게 없었다. 안색이 나쁘고, 뺨이 야위고, 눈도 움푹 꺼졌다. 부부에게는 호전된 것이 전혀 없다는 뜻이다. 시간은 여전히 멈춰 있다.

안내하는 스님을 따라 줄지어 본당으로 이동했다. 레이코는 부부와 인사를 나눌 새가 없어서 되레 마음이 편했다.

본당에는 참례객용 파이프 의자가 세 줄로 늘어서 있었다. 레이코는 맨 뒤쪽 구석자리에 앉았다. 쓰자키 교장과 모리우치 선생은 둘째 줄, 가시와기 부부의 바로 뒷자리다.

독경이 시작되었다. 얼마쯤 듣다보니 정토진종이라는 걸 알았다. 고향 집에서 믿는 종파와 같아서 불경이 귀에 익었다. 지금까지 종파 같은 건 생각해본 적도 없는데.

이 독경의 배웅을 받는 가시와기 다쿠야 소년도 자기 집의 불교 종파 같은 건 아마 모르지 않았을까. 그 아이는 친척 누군가의 제사에서 이 자리에 앉아본 적이 있을까. 다쿠야는 누구의 유골과 함께 잠들게 될까.

다쿠야의 어머니 가시와기 고코가 흐느껴 울기 시작하고, 옆에 앉은 한 부인이 그녀의 등을 어루만지며 같이 코를 훌쩍거렸다.

쓰자키 교장과 모리우치 선생은 나란히 고개를 숙이고 있다.

레이코는 본당의 높은 천장으로 피어오르는 푸르스름한 선향 연기를 올려다보았다. 눈이 살짝 따끔거렸다.

생각을 정리하려 들면 아무것도 떠오르지 않고, 아무것도 생각하지 않으려 들면 무언가가 떠올랐다. 그러나 그 생각의 대부분은 가시와기 다쿠야가 아니라 지금도 멀쩡하게 살아서 말썽만 일으키는 삼인조—오이데 슌지, 하시다 유타로, 이구치 미쓰루에 대한 것이었다.

엄숙하게 독경이 흐르는 가운데 사사키 레이코는 명복을 비는 대신 잡념에 빠져 있다. 가시와기 다쿠야의 영혼은 그런 그녀가 못마땅할까. 잘은 몰라도 그렇진 않을 거라고 레이코는 생각했다.

가시와기 다쿠야의 죽음은 자살이다. 떠도는 소문처럼 오이데 삼인조에게 살해당한 게 아니다. 자살의 원인에, 이를테면 정신의 화학변화 과정중 주위에 불량학생이 있었다는 사실이 하나의 요소로 영향을 미쳤을 수는 있다. 하지만 세 명은 그 이상 구체적으로 관여하지 않았다. 레이코는 그것만은 확신했다. 주위에도 그렇게 공언했고, 누가 의견을 구하면 분명하게 말했다.

처음에는 채 불안을 씻어내지 못하던 쓰자키 교장도 이제 완전히 의혹을 버린 것 같았다. 3중학교에서 떠돌던 나쁜 소문도 시들해졌다.

그렇게 가까스로 가라앉던 참에 그 세 녀석이 또 어처구니없는 짓을 저질렀어, 가시와기 군. 레이코가 마음속으로 말했다. 강도상해야. 4중학교 아이가 크게 다쳤어. 게다가 붙잡아왔더니 빤한 거짓말을 해대며 빠져나가려 들어. 부모도 그 모양이고―

조토 4중학교 1학년 마스이 노조무의 일은 결국 사건으로 취급되지 않았다.

레이코 딴에는 최선을 다했다. 심문에도 공을 들였고, 작전도 완벽했다. 이번이야말로 오이데 슌지를 따끔하게 혼내주겠다. 그게 그애를 위해서도 좋은 일이다. 그렇게 믿었다.

그런데 사건이 일어난 지 채 사흘도 되지 않아 마스이의 부모가 피해 신고를 취하해버린 것이다. 상대방과 합의가 끝났다고 했다. 게다가 마스이의 아버지는 이런 말까지 했다.

"금품갈취도 아닐뿐더러 하물며 강도라니 과장이 심합니다. 애들 싸움이 조금 과했을 뿐이죠. 사내 녀석들 아닙니까."

레이코는 순간적으로 자기 입장을 잊고 화를 냈다. 아버님, 진심이세요? 진심으로 그런 말씀을 하시는 건가요? 정말로 노조무 군이 그 셋과 다툰 거라고 생각하시냐고요.

"노조무가 그렇게 말했습니다. 본인도 반성하고 있어요."

거짓말이다. 레이코는 몇 차례나 병원을 찾았었다. 노조무와 대화도 나눴다. 그애는 두려움에 떨었다. 자기가 당한 일에 분개하기도 했다. 그런 아이가 왜 자기 입으로 그냥 싸움이었다고 하겠는가.

"노조무 군에게 충분한 설명 없이 사건을 종결하면 부모님과 노조무 군의 신뢰관계를 해칠지도 모릅니다. 그건 아시겠죠."

"아 글쎄, 노조무도 인정했다니까요."

목구멍까지 힐문이 솟구쳤다. 오이데 마사루에게 협박당했나요? 아니면 돈이라도 두둑이 챙기셨나요? 돈에 눈이 멀어 아드님에게 참으라고 강요하셨나요? 진심으로 그게 올바른 일이라고 생각하나요?

그러나 말할 수 없었다. 정말로 인정한 거 맞죠, 하고 덧없는 다짐을 받는 수밖에 없었다.

그 잘난 오이데 삼인조는 무죄방면되었다. 게다가 아니꼽게도 오이데는 경찰의 위법 수사로 정신적인 타격을 받았느니 어쩌느니 하며 한동안 학교를 쉬었다. 물론 항상 오이데를 따라 하는 이구치도 마찬가지였다. 하시다 유타로만 평소처럼 등교했고, 레이코는 그것에 한 가닥 희망을 품고―하시다가 오이데에게서 벗어나려는 게 아닐까 하는―몇 번인가 대화를 시도했지만 소득이 없었다. 셋이 몰려다닐 때도 그랬지만 혼자가 되자 하시다는 훨씬 과묵했다. 돌부처가 된 것 같았다.

이 일로 쓰자키 교장에게도 상당히―결과적으로는 피해를 주고 말았다. 오이데 마사루가 교장실로 쳐들어가 난리를 피운 것이다. 쓰자키 교장과 3중학교는 이 사건과 직접적인 연관이 없었지만 오이데 마사루는 무작정 거센 항의를 퍼부었다. 슌지가 등교를 못 하는 건 학교 측에서 아무 대응을 하지 않아서다, 게다가 당신들은 경찰과 짜고서 있지도 않은 사건을 날조해 슌지를 곤경에 빠뜨리려 하지 않았느냐, 운운하면서.

그리고 보호자가 항의를 하면 학교라는 곳은 자세를 낮출 수밖에 없다. 설령 그 항의가 말도 안 되는 생트집이라도.

요즘 들어 레이코가 교장을 자주 만난 것은 그런 말썽들 때문이었다.

레이코는 독경을 들으며 남몰래 쓴웃음을 지었다. 꼭 너한테 푸념을 늘어놓으려고 온 것 같구나. 그 세 명과 의자를 휘두르며 싸웠다는 너는 오이데 패거리가 얼마나 구제불능인지 누구보다 잘 알 테니까.

―왠지 기분 나쁜 녀석이었다.

하시다 유타로가 가시와기 다쿠야를 평한 말이다. 오이데와 이구치는 말이 없었지만 하시다의 표현에 이견이 있는 것 같진 않았다. 동의의 빛을 보였다.

그 세 사람은 네 어떤 점이 기분 나빴을까. 넌 어땠니? 특히 오이데 슌지를 어떻게 생각했지?

가시와기 다쿠야와 오이데 슌지는 자석의 양극이다. 한쪽은 외곬으로 고민하다 끝내 죽음을 택했고, 다른 한쪽은 현세에서 극단적으로 쾌락을 좇으며 눈곱만큼도 반성할 줄 모른다. 둘을 합해 절반으로 나눌 수만 있다면 가시와기 다쿠야는 죽지 않았을 테고, 오이데 슌지는 경찰서에 오지 않아도 됐을 것이다.

자기중심적이라는 점에서는 두 사람이 같지만 그것은 또래의 다른 아이들 모두 마찬가지다. 그렇지 않으면 오히려 이상할 정도다. 십대 초반에서 중반까지는 철저하게 자기중심적이면서도 그 사실을 감출 만한 신중함이나 교활함은 아직 갖추지 못한 나이다. 그래서 뼈아픈 경험을 통해 자기중심주의의 한계를 깨닫고 사회와 타협하는 방법을 배워나가는 시기다.

다만 문제는 세상의 중심에 있는 자기 자신의, 또 그 중심에 있는 무언가일 거라고 레이코는 생각한다.

가시와기 다쿠야의 중심에 있었던 건 뭘까.

오이데 슌지의 중심에 있는 건 뭘까.

살아 있으면 좋았을 텐데, 가시와기 군. 레이코는 소리 없이 가시와기 다쿠야에게 말을 걸었다. 나이도 같고 환경도 같던 너의 눈, 버릇처럼 내면으로 파고들던 그 눈동자로 구제불능 문제아 오이데 슌지의 마음속에 뭐가 있는지 알아보고 내게 알려주면 좋았을 텐데.

네 눈에는 틀림없이 보였을 테니까.

너 같은 사람이 어른으로 잘 자라면서 그런 눈빛을 더욱 갈고닦았으면 했는데. 안타깝구나, 가시와기 군. 너무나 안타까워.


"겨우 다 끝난 것 같네요. 사십구재 날짜도 꽤 많이 지났는데……"

식당을 나와 걸으면서 모리우치 에미코가 숨을 크게 몰아쉬며 말했다.

"이제 좀 마음이 놓여요. 여러 가지로 피곤했거든요."

레이코는 저도 모르게 주위를 둘러보았다. 가시와기 가의 친척이 아직 주위에 있을지 모른다.

사십구재 의식이 끝난 후 근처 식당으로 자리를 옮겨 가볍게 식사를 했다. 법요를 마치고 함께 하는 회식은 경우에 따라 무례하다 싶을 만큼 떠들썩해지기도 하는데 아무래도 오늘 자리는 분위기가 무겁고 대화도 자꾸 끊겨 한 시간 정도 만에 서둘러 끝낸 참이었다.

그런 침울한 자리에서 막 벗어난 터라 레이코도 긴장이 조금 풀려 있었다. 그러나 방금 모리우치 선생이 한 말은 좀 지나치다 싶게 무례했다. 무엇보다 가시와기 다쿠야에게 너무 냉정하지 않은가. 아아, 이제야 성가신 일이 끝나서 후련하다, 라는 식으로 들렸다.

쓰자키 교장은 온화한 말투로 고생했다고만 대꾸했다.

"교장선생님이랑 사사키 씨는 JR 역으로 가시나요? 같이 갈까요?"

모리우치 에미코는 밝고 태평했다. 레이코가 딱딱하게 대답했다. "저는 잠깐 교장선생님과 할 얘기가 있어서요."

아, 하며 에미코가 눈을 크게 떴다. "그럼 전 이만 실례할게요. 고생 많으셨어요."

그러고는 가벼운 걸음으로 보도를 나아갔다. 아, 끝났다, 끝났어, 남은 휴일은 보람차게 보내야지, 하는 느낌이었다.

돌아보니 쓰자키 교장이 미소짓고 있었다.

"그럼, 가실까요."

레이코는 고개를 끄덕이고 걸음을 내디뎠다. 두 사람이 향하는 곳은 조토 제3중학교다.

레이코는 예의 고발장에 대처하기 위해 쓰자키 교장의 동의를 얻어 학생들의 면담에 참석했다. 지난주 끝난 면담 결과를 오늘 쓰자키 교장에게 보고할 예정이었다. 때마침 이날 가시와기 다쿠야의 사십구재가 겹쳐 왠지 모를 운명이 느껴졌다.

"학교에 이 차림새로 가면 눈에 띌 텐데, 죄송합니다. 우리 집은 시끄러워서요. 딸이 손주를 데리고 놀러와서……"

"손주가 있으시군요."

쓰자키 교장이 기쁜 듯이 활짝 웃었다. "네, 첫 손주입니다. 여자아이예요. 다음달에 첫돌이죠."

그가 늘 입고 다니는 니트 조끼는 부인이 손수 뜬 것이라 했다. 손녀에게도 할머니가 짜준 귀여운 스웨터와 조끼와 양말이 가득하겠지.

"오늘은 농구부가 2중학교와 연습시합을 해서 학교도 시끌벅적할 겁니다."

"설마 교장실까지 공이 날아오진 않겠죠." 레이코가 웃으며 말했다. "혹시 날아와도 괜찮아요. 제가 받아서 도로 던져줄게요. 중학교, 고등학교 내내 농구부였거든요. 고등학교 때는 전국 고교 대항전까지 나갔어요."

"호오." 쓰자키 교장의 눈이 휘둥그레졌다. "지금도 운동 좋아하십니까?"

"서내에 경식야구 동호회가 있어요."

"투수시죠?"

"어머, 어떻게 아셨어요?"

"엄청난 강속구를 던지실 것 같은데요."

대화를 나누는 사이 학교에 도착했다. 정말로 체육관에서 함성이 들려왔다.

수위 이와사키에게 인사를 하고 안으로 들어섰다. 교장실은 조용하고 어스름했다. 쓰자키 교장이 천장의 형광등을 켜고 레이코에게 자리를 권하고는 자기도 앉았다. 으쌰 소리를 냈다.

"피곤하세요?"

"제자를 앞서 보내는 건 몇 번을 겪어도 괴로운 일이니까요."

노크 소리가 들리더니 이와사키가 얼굴을 내밀었다. 들고 있는 포트를 레이코가 받아들었다. 교장실에 다기가 갖춰져 있었다.

"제가 할게요."

레이코는 둘이 마실 차를 끓였다. 경찰서와 어슷비슷한 접대용 차다.

단순작업을 하는 동안 레이코는 호흡을 가다듬었다. 지금 쓰자키 교장에게 보고할 조사 결과는 꽤 무거운 내용이다. 그걸 어떻게 처리할지는 레이코도 나름의 생각이 있었다. 쓰자키 교장과는 어느 정도 마음이 통하고 신뢰하는 관계지만, 앞일은 신중하게 의논해야 한다.

"아까는 모리우치 선생님이 조금 경솔했죠."

쓰자키 교장의 말에 레이코가 미소지었다.

"불쾌하신 눈치더군요. 모리우치 선생님은 명랑한 사람인데 이따금 조심성이 없을 때가 가끔 있어요."

들켰나.

"좀 냉정하다 싶었어요. 설령 속으로는 그렇게 생각하더라도 입 밖에 내는 건 삼가야 하지 않을까요."

"제 생각도 그래요."

쓰자키 교장의 말투는 그리 엄하지 않았다.

"모리우치 선생님의 버릇이라고 할지, 성향이겠죠. 저도 신경쓰일 때가 있습니다."

"성향이요?"

"마음에 안 드는—잘 안 맞는 타입의 학생에게는 냉담할 때가 꽤 있어요. 너 같은 애는 아무려나 좋아, 선생님은 관심 없어, 하듯이."

레이코가 탁자 위에 찻잔을 내려놓고 천천히 고개를 끄덕였다.

"학생들도 그런 성향을 눈치채고 있어요. 면담 때 모리우치 선생님 얘기가 많이 나왔거든요. 선생님이 정말 좋다는 지지파와 불공평해서 싫다는 반발파로 나뉘었어요."

쓰자키의 둥그런 눈에 긴장의 빛이 감돌았다. "음, 시작할까요."

"네."

옆에 내려둔 가방을 끌어당긴 레이코는 안에서 큰 봉투를 꺼내 탁자에 올렸다.

"이번 조사 결과입니다."

무거운 것은 내용만이 아니었다. 두툼한 보고서가 묵직했다.

"앞으로의 일은 학교의 관리책임자이신 교장선생님 생각에 달려 있지만, 제가 제안하고 싶은 것도 있습니다. 보고하면서 그 얘기를 드려도 될까요?"

쓰자키가 망설임 없이 대답했다. "그러죠. 이것부터 좀 보겠습니다."

봉투를 집어들어 입구를 열고 내용물을 꺼냈다. 두툼한 파일이었다.

"사사키 씨가 제안할 게 있다는 말은, 요컨대 면담 조사에서 어느 정도 성과가 있었다는 뜻이겠죠?"

"네, 결과가 나왔습니다."

쓰자키가 파일을 손에 든 채 레이코의 얼굴을 바라보았다.

"고발장을 쓴 학생을 찾아낸 것 같습니다. 2학년 A반—즉 가시와기 군과 같은 반의, 미야케 주리라는 여학생의 얼굴이나 특징이 곧바로 떠오르시나요?"


24


쓰자키는 이번에는 곧바로 대답하지 않았다. 잠시 동그란 눈을 끔벅거렸다. 그러다 물었다. "아버님이 화가이신? 그 미야케 학생 말인가요?"

레이코는 놀랐다. "아버님이 화가세요? 그 얘기는 처음 듣네요."

"유명하지는 않지만 아주 아마추어 수준도 아닌 것 같더군요. 가정방문 때 모리우치 선생님이 부모님 두 분을 다 뵙고 왔어요. 그래서 저도 얘기를 전해들었는데, 무슨 큰 상도 받았다던데요."

이것도 레이코에게는 새로운 정보였다. 미야케 주리는 면담 때 부모 얘기를 거의 하지 않았다. 유도를 해봐도 화제를 돌렸다. 마음에 걸렸다. 지금은 더 마음에 걸린다.

"미야케 학생은 누가 언뜻 봐도 강한 인상을 받을 특징이 있어요. 선생님도 아시죠?"

쓰자키는 쉽게 떠올리지 못하는 것 같았다. 아아, 남자 선생님이지. 게다가 나이도 있고. 레이코는 생각했다. 알아채지 못한 것이다. 미야케 주리의 그 강렬한, 낙인과도 같은 특징을.

"얼굴에 온통 심한 여드름이 났어요. 목 주변까지 퍼졌던데요."

그제야 생각난 듯 쓰자키가 고개를 크게 끄덕였다. "그것 때문에 남학생들이 놀리기도 해서 다카기 선생님이 한동안 꽤 마음을 썼죠."

"그래요?"

의외였다. 다카기 선생은 그런 데 무관심한 사람일 줄 알았는데, 역시 여자다.

"다카기 선생님은 그런 면에 세심하게 신경쓰세요. 엄하기만 한 선생님이 아닙니다."

그럴지도 모른다. 그러나 당사자인 미야케 주리에게는 그 마음이 전해지지 않은 모양이다. 주리는 다카기 선생에 대해 전혀 긍정적으로 얘기하지 않았다.

"미야케 학생도 그 문제로 걱정이 많은 것 같아요. 살아가면서 외모나 체형을 가장 많이 의식하는 시기니까 그게 당연한데 일부러 신경 안 쓰는 척, 강한 척하는 느낌이더라고요."

"붙임성이 좋은 편은 아닙니다. 사회성이 부족한 학생이에요."

쓰자키는 이제 감싸는 투로 말했다.

"친구도 적은 것 같고 특별활동이나 학생회 활동도 안 합니다. 야무진 성격이지만 여럿이 몰려다니는 게 싫은 거겠죠."

레이코는 느꼈다. 단지 싫은 것 이상의 적극적인 거부와 부정, 도피를.

"미야케 학생은 말할 때 절대 상대의 눈을 보지 않아요."

상대가 보는 게 싫어서 자기도 보지 않는 것이다.

"계속 주위를 경계하고 흠칫거리죠. 고슴도치처럼 방어 태세를 취해요. 그 아이의 얼굴을 보는 순간 그렇게 느꼈어요."

쓰자키의 얼굴에 놀라움의 빛이 스쳤다. "설마, 그래서 미야케 양이 고발장을 썼다는 건 아니겠죠? 그 정도 근거만으로는."

레이코가 고개를 강하게 가로저었다. "물론 아닙니다. 순서대로 말씀드리겠지만─그전에 먼저 파일 첫 페이지를 봐주세요."

쓰자키가 돋보기안경을 쓰고 황급히 파일 표지를 젖혔다.

"거기에 개요를 정리해뒀어요. 전원이 참가한 A반을 제외하면 이번 조사에 참가한 2학년 학생 수는 40퍼센트를 밑돕니다. 그중 대부분이 가시와기 군이 죽은 후 자신의 현재 생활이나 장래에 막연한 불안을 느끼게 되었다고 털어놓았어요. 가시와기 군처럼 자기도 죽음을 택하게 되지 않을까 이따금 불안해진다고 말한 학생도 셋이나 있었습니다."

쓰자키의 눈썹이 슬픈 듯이 처졌다.

"자세한 내용은 같이 철해둔 임상심리사 사토 선생님의 보고서를 봐주세요. 단 그런 불안을 밝힌 학생들의 경우는 오자키 양호선생님을 중심으로 학교에서 지속적으로 지원하면 대처할 수 있다는 게 사토 선생님의 생각입니다. 굳이 외부에서 카운슬러를 부르거나 하면 오히려 학생들이 겁먹을 가능성이 있어요."

그리고 선생님, 하며 레이코가 목소리를 살짝 높였다.

"좋은 소식도 있어요. 3중학교 학생들은 가시와기 군의 갑작스러운 죽음이 불러온 각종 불안과 의혹을 친구끼리 이야기를 나누며 달래는 식으로 해결해가고 있어요. 전보다 친구 사이가 좋아졌다, 반 아이들이나 친구의 소중함을 생각하게 되었다는 말이 많이 나왔습니다. 그러니 저 역시 이 부분에 대해선 크게 불안해하지 않아도 될 거라고 봅니다."

그렇습니까, 하고 쓰자키가 말했다. "그럼 우리 교사들은 학생들의 그런 움직임을 방해하지 말아야겠군요."

"선생님이 학생들에게 해주신 연설도 긍정적으로 작용한 것 같아요. 교장선생님이 우리를 진심으로 걱정해준다는 걸 느꼈다는 의견도 있었어요."

쓰자키가 말없이 고개를 두세 번 끄덕거렸다. 뭔가를 깊이 음미하는 듯한 고갯짓이었다.

"그러니까 문제는—"

레이코는 어떻게 이야기를 이끌어나갈지 고심했다.

"선생님, 마찬가지로 2학년 A반 학생인 아사이 마쓰코를 아시나요?"

"그 통통한 학생 말이군요." 쓰자키가 대답했다. "음악부예요. 성격이 둥글고 착한 아이죠."

"제가 받은 인상도 그랬습니다. 개인적으로는 조금 다이어트를 하면 좋을 것 같았지만."

쓸데없는 말이었다.

"그 학생과 미야케 학생이 친한 모양이에요. 정확히 말씀드리면 단순한 친구 사이라기보다 미야케 학생이 아사이 학생을 지배하는 듯한 성향이 보였습니다."

"왜 그렇게 생각하셨나요?"

여기부터가 본론이다. 레이코가 앉음새를 고쳤다.

"2학년 A반 여학생은 출석부 순서로 불렀기 때문에 아사이 학생을 먼저 만났어요. 붙임성이 좋고 협조적이었지만 구사하는 어휘나 표현력은 그다지 풍부하지 않았습니다. 부끄러움도 많이 타는 것 같았고요."

쓰자키가 고개를 끄덕였다.

"게다가 몹시 긴장한 것 같았어요. 가시와기하고는 거의 모르는 사이였다, 자살은 무섭다고 띄엄띄엄 말하긴 했지만 좀처럼 긴장을 못 풀길래 순진한 아이인가보다 싶었죠."

그런데 차츰 위화감이 들었다.

"대화를 나누다보니 왠지 아사이 학생이 뭔가 의식한다는 느낌이 들었습니다. 하고 싶거나 묻고 싶은 말이 있는 눈치였다고 할까요. 그런 와중에 쉴새없이 '주리짱, 주리짱' 하며 친구 얘기를 하더군요. 나랑 친한 주리짱은 이렇다, 주리짱은 그렇다, 온통 그 얘기뿐이었어요. 그러다가 그만 조심스럽지 못한 질문을 던지고 말았죠."

―사사키 씨는 경찰에서 나오셨죠? 경찰에서 조사하는 거예요? 이거 수사 맞죠? 주리짱이 그랬는데 경찰이 움직이면 분명히 수사래요.

"그게 무슨 소리지? 하고 전 시치미를 뗐어요. 아사이 학생은 질문의 심각성을 모르는 것 같았고 제가 시치미를 떼서 얘기가 나아가진 않았죠."

아사이 마쓰코의 조사는 그것으로 끝났다. 레이코는 머릿속 한구석에 굵은 글씨로 '주리짱'이라고 적어넣었다.

"그리고 미야케 학생의 순서가 돌아왔어요. 깍듯이 인사했고 몸가짐도 발랐어요. 그렇지만 절대 제 눈을 보려 하지 않았죠."

쓰자키가 몸을 살짝 앞으로 내밀었다. "미야케 양은 분위기가 어떻던가요?"

"처음에는 가시와기의 죽음이 이해되지 않는다고 했어요. 자살이든 사고든 부자연스러운 느낌이 든다고. 하지만 그 이상은 말하지 않았죠."

"그 이상이란 요컨대―살인이라거나?"

"맞아요. 눈치를 살피면서 신중하게 단어를 골라 우리 쪽에서 먼저 그 말이 나오게 하려는 것 같았어요. 그런 의혹을 가지고 있진 않은지 떠보는 느낌이었죠."

그리고 또 한 가지, 하며 레이코가 손가락을 세웠다. "그애 역시 마쓰코란 이름을 쉴새없이 연발하면서 아사이 학생이 면담 때 무슨 얘길 했는지 궁금해하더군요. 상당히 직접적이랄까, 다급한 태도였죠. 아사이 학생이 우리에게 무슨 얘길 한 건 아닐까, 자기는 숨기고 싶은 걸 입 밖에 낸 건 아닐까 불안하고 초조해 보였어요. 저만 그렇게 느낀 게 아니었어요. 오자키 선생님과 사토 선생님도 똑같은 말을 했죠."

쓰자키는 파일을 펼친 채 입을 다물어버렸다.

"저는 그애가 궁금해하는 걸 알려주지 않고 대충 얼버무리면서 살짝 시험해봤어요. 적당한 선에서 면담을 끝내고는 혹시 불안한 게 있으면 언제든 다시 와라, 부담 갖지 말고 가볍게 찾아오라며 돌려보냈어요."

미야케 주리가 고발장을 쓴 장본인이라면 레이코가―학교 측이 어떻게 움직일지 궁금해 안달이 날 것이다. 다시 올 게 틀림없다. 그것을 시험해보려고 한 것이다.

"그애가 돌아가고 오자키 선생님에게 미야케 학생과 아사이 학생의 관계가 어떤지 여쭤봤어요. 두 사람이 대등한 친구 사이가 아니라 미야케 학생이 아사이 학생을 지배하는 것 같다―적어도 미야케 학생은 그렇게 생각하는 것 같다는 말을 그때 들었죠."

"아사이 마쓰코 양은 친구가 없는 아이가 아닙니다." 쓰자키가 말했다. 목소리는 작았다. "학년 제일의 인기인 타입은 물론 아니죠. 하지만 음악부 활동에 열심이고 부원들끼리 팀워크도 좋아 보이던데요."

레이코가 고개를 끄덕였다. "오자키 선생님의 의견도 같았습니다. 아사이 학생이 마음씨가 착해서 여러모로 고립된 미야케 학생 곁을 지키며 어울려주는 것 같다고."

그후 일주일쯤 지나 미야케 주리가 두번째 면담을 하러 왔다.

"왔었습니까?" 쓰자키가 물었다.

"네, 왔어요. 사실 좀더 일찍 올 줄 알았는데, 용케 일주일이나 버텼구나 싶더군요."

두번째 면담에서 미야케 주리는 눈에 띄게 불안해하며 안절부절못하고, 겁을 먹은 것도 같고 화가 난 것도 같아 보였다.

"도무지 불안이 가시지 않아서 다시 찾아왔다고 했지만, 자기 심정을 말하기보다 조급하게 이쪽 얘기를 끌어내려 했어요. 인내심이 한계에 달했겠죠."

가시와기는 정말로 자살했나. 경찰과 학교가 일부러 진상을 덮으려고 하는 건 아닌가. 중요한 증거를 숨기고 있는 건 아닌가.

"만약 자기가 중요한 사실을 안다면 당장 선생님이나 경찰에 알릴 거라고 하더군요."

레이코는 미야케 주리를 상대하는 게 괴로울 지경이었다. 그녀의 태도는 큰 소리로 외치는 것이나 다름없었다. 내가 고발장을 썼어요. 그러니 그후에 어떻게 됐는지 알고 싶어요. 알려주세요.

"그래서 말해봤죠. 혹시 가시와기 군의 죽음에 대해 뭔가 안다면 안심하고 알려달라, 비밀이 절대 다른 데로 새나가지 않도록 경찰로서 책임지고 대처하겠다고. 그러자 입을 다물어버렸어요. 그러더니 좀 갑작스럽게 아사이는 친구로서 부족한 면이 있다는 얘기를 꺼내더군요. 그 아이에 대해 상당히 나쁘게 말했어요. 딱 잘라 '도움이 안 된다'고 말해놓고 그게 무슨 뜻이냐고 묻자 애매하게 얼버무렸어요."

쓰자키가 신음하듯 한숨을 내쉬었다.

"조금 과하다는 생각도 들었지만, 두번째 면담이 끝나고 미야케 학생에게 경찰서 직통 전화번호를 알려줬습니다."

"전화가 왔습니까?"

"아뇨, 전혀요. 세번째 면담을 하러 오지도 않았고요."

낙담했을 것이다. 이쪽에 기대해봐야 가망이 없다고 단념했을지도.

"그후에 오자키 선생님과 사토 선생님을 만나 상의했어요. 셋의 의견이 일치했죠."

고발장을 쓴 것은 미야케 주리다. 아사이 마쓰코는 그것을 도왔거나, 돕지 않았더라도 주리가 썼다는 사실을 알고 있다. 알면서도 주리를 편들어 입다물고 있는 것이다.

"면담 순서는 아사이 학생이 먼저였으니까, 미야케 학생은 여느 때처럼 아사이 학생을 이용해 우리에게서 정보를 캐내려 했겠죠. 하지만 잘되지 않았어요. 그에 대한 불만이 '도움이 안 된다'는 표현으로 나타났고, 특히 두번째 면담 때 그 아이가 성급해진 원인이 되었을 거예요. 동시에 아사이 학생이 우리에게 고발장 얘기를 하거나 고자질한 건 아닐까 두려웠겠죠. 뭐, 그건 그애의 기우였지만."

고발장에 얼마나 관여했든지 간에 아사이 마쓰코는 미야케 주리를 배신하지 않았다. 오히려 주리를 걱정하고 있었다.

쓰자키가 예리한 질문을 던졌다. "사사키 씨는 아사이 양이 그 고발장 내용을 믿고 있다고 생각합니까?"

"믿는지 안 믿는지는 판단할 수 없습니다. 다만 알고 있는 건 확실하겠죠. 일단 안다면 반신반의하면서도 친구의 주장을 들어준다―아사이 학생은 그런 아이 아닌가요?"

쓰자키가 괴로운 듯 고개를 끄덕이고는 말했다. "그럴 겁니다."

"미야케 학생은 머리가 좋은 아이예요." 레이코가 말을 이었다. "우리 움직임을 보고 학교에서 고발장을 받았다는 걸 알았죠. 확실하게 알아차렸어요. 하지만 자기가 바라고 꾸민 대로 오이데 삼인조를 곧장 살인사건 용의자로 추궁하는 사태로는 발전하지 않았어요. 그렇다면 이제는 자기가 거짓 고발장을 썼다는 사실이 들통나는 게 가장 두렵겠죠. 아사이 학생의 입단속도 한층 단단히 했을 거예요."

"거짓 고발장." 쓰자키가 중얼거렸다. "거짓이라 단정해도 될까요?"

새삼스럽게―하며 레이코가 웃었다. 이 상황에서는 웃어도 실례가 되지 않을 것이다.

"그건 꾸며낸 얘기예요. 내용이 너무 부자연스럽잖아요. 제가 미야케 학생을 안 지는 얼마 안 되었지만 오이데, 하시다, 이구치 삼인조라면 진저리가 날 정도로 잘 알아요. 그애들은 그런 짓 안 했습니다. 가시와기 군을 죽이지 않았어요."

레이코가 손을 활짝 펼쳐 보였다.

"자칭 목격자가 현장을 본 게 사실이라면 그때 어디 있었을까요? 같은 현장에 있어야겠죠. 그렇다면 그 사람은 왜 크리스마스이브 한밤중에 학교 옥상에 올라갔을까요? 살인 현장을 봤다면 왜 그때 바로 110번으로 신고하지 않았을까요? 가시와기 군을 구하러, 왜 구급차를 부르지 않았을까요?"

쓰자키는 고개를 숙였다.

"오자키 선생님 말로는 3학기 들어 미야케 학생의 건강상태가 급격히 나빠졌다고 합니다. 양호실을 자주 찾았고, 등교하자마자 몸이 안 좋다고 달려온 적도 있는 모양이에요. 원래 많던 얼굴의 여드름도 최근 들어 더 심해졌다고 하고."

스트레스가 원인이에요, 하고 레이코가 말했다. "비밀이 있다는 게 부담이었겠죠."

한동안 침묵이 이어졌다.

"미야케 양은 왜 그런 고발장을 썼을까요?"

쓰자키가 목소리를 쥐어짜내듯 중얼거렸다.

"왜 오이데 군과 친구들을 곤경에 빠뜨리려 했는지……"

"선생님은 아실 텐데요." 레이코가 말했다. "조금 전 남자애들이 여드름 때문에 미야케 학생을 놀린 적이 있다고 하셨죠. 그 학생들 중 오이데 군 삼인조가 있었던 게 아닐까요."

아니, 아예 그 세 명이 주동자가 아니었을까.

"남녀를 불문하고 문제행동을 보이는 학생이 괴롭힐 대상을 고르면서 제일 먼저 꼬투리를 잡는 게 상대의 신체적 특징이에요. 뚱뚱하거나, 키가 작거나, 못생기거나. 끔찍한 얘기지만 잔혹한 현실이죠. 미야케 학생은 틀림없이 그 세 명에게 폭언이나 폭행을 당했을 거예요. 본인은 필사적으로 숨겨왔겠지만 참는 데도 한계가 있죠."

그래서 가시와기 다쿠야의 죽음을 이용해 오이데 삼인조에게 반격하려 했다. 가능하다면 그 셋을 3중학교에서 없애버리려 했다.

"앙갚음, 복수죠. 어쩌면 아사이 학생 역시 오이데 패거리에게 괴롭힘을 당한 경험이 있어서 관여한 건지도 몰라요."

"그게 동기인가요?"

레이코가 고개를 끄덕였다. "저와 오자키 선생님, 사토 선생님이 내린 결론입니다."

교장실이 시체안치소처럼 조용해졌다.

"그래서 제안이—아니, 부탁이 있습니다."

쓰자키가 눈길을 들어 레이코의 얼굴을 바라보았다.

"미야케와 아사이 학생 일을 한동안 덮어주실 수 있을까요? 고발장의 존재를 아는 선생님에 한해서만 밝혀주세요. 면담 조사 결과 보고와 불안을 호소하는 일부 학생들에 대한 대응 방식은 물론 선생님 재량에 맡기겠습니다."

"그건—애초에 고발장의 존재를 아는 선생님이 몇 안 되니—어려운 일은 아닙니다만."

쓰자키의 시선이 불안하게 흔들렸다. "어떻게 하실 생각입니까?"

"제가 미야케 학생과 접촉해보겠습니다. 오자키 선생님도 발 벗고 나서서 도와주시기로 했고요. 어떻게든 사실을 이끌어내야죠."

"어떻게요? 당신은 교사가 아닌데."

"이 경우에는 교사보다도 경찰인 제가 미야케 학생의 마음을 더 쉽게 열 수 있을 겁니다. 그애의 믿음을 얻기 수월하니까요. 지금으로선 그애가 기대를 거는 건 학교가 아니라 경찰이에요."

그렇게 말하는 것으로 간접적으로나마 미야케 주리가 3중학교 교사들에게 품고 있는 불만과 환멸을 대변한 셈이다. 선생님들은 나를 도와주지 않아. 그래서 어떻게든 내 힘으로 해보려고 한 거야. 쓰자키는 그 말뜻을 알아채지 못했다. 혹은 알아챘어도 무시했다.

"간단한 일은 아닐 겁니다."

"그걸 알고 부탁드리는 겁니다."

"오히려 아사이 양과 얘기해보는 건 어떨까요? 그애가 더."

레이코가 곧바로 말을 가로막았다. "안 됩니다. 아사이 학생은—격한 표현을 써서 죄송하지만—아사이 마쓰코는 주범이 아닙니다. 섣불리 다가서면 사이에 끼어 아사이 학생은 곤란해질 테고, 미야케 학생에게는 유리한 변명을 할 빌미를 주게 됩니다."

"유리한 변명?"

"예를 들어 고발장을 쓴 사람은 아사이이고 자기는 부탁받고 도와준 것뿐이다, 혹은 나중에 이야기를 듣고 감싸준 거다, 라는 식으로요."

충격을 받았는지 쓰자키의 눈언저리가 하얘졌다.

"죄송합니다만, 그 두 사람의 교우관계, 역학관계를 고려하면 충분히 나쁜 쪽으로 상상해볼 수 있습니다." 레이코가 말했다.

쓰자키가 낙담한 듯 어깨를 떨어뜨렸다.

"알겠습니다."

힘없는 목소리였다.

"사사키 씨에게 맡기죠."

"고맙습니다."

레이코가 의자에 앉은 채 몸을 깊숙이 숙이며 고개를 조아렸다. 큰 산을 하나 넘어 가슴속에 막혀 있던 것이 씻겨내려간 기분이었다.

"미야케와 아사이 학생에게 나쁜 결과를 안기지 않도록 최선을 다하겠습니다. 순진한 소녀들이라 시간이 좀 걸리겠지만요."

쓰자키가 곧바로 대답했다. "네, 시간은 충분히 가지세요. 서두르면 안 됩니다."

레이코가 고개를 끄덕이고는 교장의 동그란 눈을 바라보았다. 새삼스러운 말이 하고 싶어졌다.

"이번 오이데 학생 건으로 실책을 범하는 바람에 본의 아니게 선생님께도 폐를 끼쳤어요. 그런데도 제 의견을 받아들여주셔서 정말 감사합니다."

쓰자키가 살짝 어리둥절한 표정을 지었다. 문제가 너무 많아서 현기증이 날 지경이리라.

"4중학교 마스이 노조무라는 학생의—"

"아하, 그 일은 사사키 씨 탓이 아니에요." 쓰자키가 그렇게 말하고는 걱정스러운 표정을 지었다. "상사에게 혼나진 않았습니까?"

"무작정 덤벼들다 꼴좋게 됐다고 혼났어요. 수비가 허술하다고."

이번이야말로 수비부터 탄탄히 다져야 한다.

"저도 사춘기 때는 여드름이랑 주근깨 때문에 고민이 많았어요. 자기 힘으로 어찌할 수 없는 겉모습으로 평가받는 게 얼마나 괴로운지, 그로 인해 괴롭힘을 당하거나 놀림받는 게 얼마나 억울한지 뼈저리게 느꼈죠. 아직도 잊을 수 없어요. 미야케 학생에게 그런 제 마음을 솔직하게 전한다면 틀림없이 통할 겁니다."

"잘 부탁드립니다."

쓰자키도 고개를 숙였다가 퍼뜩 생각난 듯 말했다. "어쨌거나 우리는 그 금품갈취사건도 확실히 처리해야 합니다. 전화위복이라고 표현하면 마스이 군에게 미안하지만, 이번 일을 뼈아픈 교훈 삼아 오이데 군과 친구들의 길을 바로잡을 수 있도록."

말하는 도중에 교장의 책상에서 전화가 울렸다. 둘 다 놀라서 몸을 살짝 일으켰다.

쓰자키가 쓴웃음을 지으며 가뿐히 일어나 전화를 받았다.

"네, 교장 쓰자키입니다."

동그란 눈이 또 조급하게 깜박거렸다.

"죄송한데, 전화 감이 좀 멀군요."

대답하는 목소리가 커졌다.

"네?"

눈이 휘둥그레지고 등이 곧게 펴졌다. 쓰자키가 레이코를 힐끗 보았다.

"〈뉴스어드벤처〉? 아, 네. 텔레비전 프로그램이라고요."

레이코는 알고 있었다. HBS라는 전국네트워크 키스테이션에서 토요일 저녁에 방송하는 보도 프로그램이다. 주로 범죄사건을 객관적인 시각으로 다룬다. 그러고 보니 교육문제나 학교 이야기도 자주 나왔다.

레이코가 안다는 표시로 교장에게 고개를 끄덕여 보였다. 쓰자키가 "잠시만 기다려주십시오"라고 재빨리 양해를 구하더니 송화구를 손으로 막고 말했다. "그 프로그램의 취재기자랍니다."

"취재 요청인가요? 가시와기 학생 건으로?"

"그런 모양입니다." 쓰자키가 얼굴을 찡그렸다. "뭘까요? 무슨 투서를 받았다는데."

"투서?"

"일단 만나서 이야기를 들어보고 싶답니다. 거절하긴 힘들 것 같아요."

쓰자키가 간단히 통화를 마치고 전화를 끊었다. 레이코는 어느새 반쯤 일어나 있었다.

"지금 오겠다고 합니다."

"대체 무슨 투서인데요?"

"모르겠습니다."

"학교 문제를 자주 다루는 프로그램이에요. 그래서 저도 알고요."

공립학교에서 등교거부를 하던 학생이 자살한 것만으로도 보도 프로그램에서 다룰 만한 이유는 된다. 그런데 이상하게 마음이 어수선했다.

"저도 같이 만나볼게요."

쓰자키가 단호하게 말했다. "아뇨, 그건 안 됩니다. 어떤 취재든 간에 그 자리에 난데없이 관할 경찰서 형사가 와 있으면 그것만으로도 이상해 보일 겁니다. 안 그래요?"

그런가. 레이코가 입술을 깨물었다.

"걱정 마세요. 나중에 무슨 얘기인지 알려드리겠습니다."

레이코는 미련을 떨쳐버리지 못한 채로 교장실을 나왔다. 맑게 갠 하늘에 작지만 불온한 먹구름이 보이는 듯했다.

25

취재기자는 의외로 젊은 남자였다.

그러나 동안과 둥근 테 안경에 속은 것인지도 모른다. 몸집도 작다. 쓰자키와 키가 엇비슷하니 저 나이대라면 학창 시절 꽤나 콤플렉스에 시달리지 않았을까. 아니, 방송사라는 화려한 업계에 몸담고 있는 지금이 더 할까.

"기획보도부의 모기라고 합니다."

정중한 인사와 함께 건넨 명함에는 이름 옆에 '뉴스어드벤처 취재기자'라고 적혀 있었다.

모기 기자는 불과 삼십여 분 전만 해도 사사키 레이코가 앉아 있던 자리에 앉아 쓰자키와 마주보았다.

"교장선생님은 원래 휴일에도 자주 학교에 나오십니까?"

"늘 나오는 건 아닙니다. 오늘도 우연히 들렀어요. 말씀하신 가시와기 다쿠야 군의 사십구재에 참석하고 돌아오는 길입니다."

"사십구재라면 납골 말씀인가요?"

의아해하는 표정이었다. 날짜가 훌쩍 지났으니 이상하겠지.

"그렇습니다. 부모님이 유골을 떠나보내는 게 많이 아쉬우셨나봅니다. 그 심정은 저희도 충분히 이해가 갑니다."

모기 기자가 두세 번 고개를 끄덕이더니 지체 없이 겉옷 안주머니에서 수첩을 꺼내 메모했다. 겉감은 적갈색이고 안감에 밝은 체크무늬가 들어간 세련된 재킷이다. 비슷한 색깔의 넥타이를 맸지만 정장 차림이 아니라 재킷도 흔히 말하는 오드 재킷이고 바지는 무늬 없는 고급 모직이다. 쓰자키가 아는 몇 안 되는 패션용어 중 가장 적합한 표현을 찾는다면 '트래디셔널 풍'이라고 해야 할까.

기자는 전화상으로 말했듯이 혼자였다. 카메라는 없다. 그래도 녹음기 정도는 꺼낼 거라 예상하고 거부할 참이었는데, 그런 기미도 보이지 않았다.

"갑작스럽게 부탁드렸는데 시간 내주셔서 감사합니다."

수첩에서 얼굴을 들고 쓰자키의 눈을 똑바로 바라보며 말했다. 렌즈 너머의 둥근 눈동자는 악의가 없는 것처럼 보이기도 하고 예리한 것처럼 보이기도 했다.

"여쭙기 전에 먼저 실물을 보여드리는 게 좋을 것 같습니다."

그러고는 옆에 내려둔 커다란 가죽가방을 열더니 A4 크기의 새 크라프트지 봉투를 꺼냈다. 그 안에서 그보다 좀더 작은 크라프트지 봉투가 나왔다. 살짝 때가 탄데다 구겨지고 가장자리 일부가 찢어져 있었다.

"이것이 문제의 투서입니다. 한번 살펴보시죠."

봉투를 건네받은 쓰자키는 우선 겉면을 보았다. 손글씨였다. 'HBS 뉴

스어드벤처 귀중'. 달필이라고 할 수는 없지만 새카맣고 굵게 또박또박
썼다.

"이래도 배달이 됩니까?"

방송사 주소도 없고 우편번호란도 비어 있다.

"네, 프로그램 이름만 써도 옵니다. 이런 편지나 투서가 꽤 많아요."

"붓펜으로 썼군요."

눈에 보인 것을 쓰자키가 무심코 중얼거렸다. 사인펜이나 매직으로 쓴
필적이 아니다. 글씨를 치친 획이나 끝맺은 부분에서 붓펜의 특색이 묻
어났다.

"어쩌면 진짜 붓글씨일지도 모르죠."

"아뇨, 이건 붓펜입니다. 구분이 갑니다."

"아, 그렇군요." 모기 기자가 눈을 크게 깜박거리고는 살며시 웃었다.
"하긴 선생님들은 잘 아시겠네요."

"오랫동안 국어를 가르쳤거든요."

그뿐만이 아니라 쓰자키는 서예를 좋아했다. 실은 지금도 배우고 있
다. 마흔에 시작해 어느새 십 년이 훌쩍 넘었다. 붓글씨는 사람의 마음을
비춰준다고 생각한다. 그래서 해마다 겨울방학에 들어가기 전 종업식에
서, 정성을 다해 새해 첫 다짐을 적어보라고 아이들에게 말해왔다.

그러고 보니 작년 교내 방송으로 종업식을 했을 때는 그 얘기를 빠뜨
렸다. 지금에야 떠올랐다.

찬찬히 겉면을 살펴보고는 뒤집어보았다. 당연히 아무것도 쓰여 있지
않았다.

"내용물을 봬주십시오." 모기가 재촉했다.

예의 봉투가 나왔다. 고발장이다. 다른 두 통과 마찬가지로 겉면에 자
를 대고 삐뚤빼뚤 글씨가 쓰여 있었다. 할퀸 상처와도 비슷한 서체.

모리우치 에미코 님. 주소는 모리우치 교사의 자택으로 되어 있다. 소

인은 중앙우체국이고 날짜는 1월 6일. 속달. 앞선 두 통과 같았다.

그런데 결정적으로 다른 점이 있었다. 이 봉투는 한가운데쯤에서 정확히 둘로 찢어져 있었다.

쓰자키가 눈길을 들었다. 모기 기자가 응시하고 있었다.

"이건…… 안의 편지도 이렇게 되어 있었습니까?"

"그렇습니다. 일부러 그대로 가져왔습니다."

둘로 찢어진 봉투 안에서 찢어진 내용물을 꺼냈다. 예의 복사지가 나왔다. 이것으로 세 통째.

내용은 조금도 다르지 않았다.

개학식 날 이 고발장을 처음 봤을 때, 쓴 사람이 누구든 간에 고발장 한 장과 겉봉투 두 통(그 시점에서는)을 이런 글씨로 써내려갈 수 있다면 잘 모르는 사람이 봐도 알아챌 수 있을 만큼 정서불안일 거라고 생각했다. 울적함과 부정적인 에너지가 어지간해서는 이런 글씨를 써내려갈 수 없다. 약간의 악의나 상심이라면 써내려가는 사이 스스로가 싫어질 것이다. 틀림없이 그렇다. 글씨란 마음을 비추는 거울이니까. 만약 학생이라면 면담할 것도 없이 넌지시 관찰만 해도 누구인지 알아낼 수 있을 터였다.

하지만 그때는 그런 말을 입 밖에 내지 않았다. 신념이 확고한 수사관 후지노 다케시 앞에서 글씨 타령을 하며 서예 애호가 같은 말을 한들 통하지 않았을 테니.

사사키 레이코는 고발장을 쓴 사람이 미야케 주리가 틀림없다고 단언했다. 면담에 참석한 세 사람의 의견이 일치했다고.

쓰자키는 조토 3중학교 모든 학생의 얼굴과 이름과 성격을 안다고 호언할 생각은 없다. 대부분은 문제가 없고 눈에 띄지 않고 신경쓸 일 없는 학생들이다.

교장이라는 직책은 현장 교사들의 장長인 동시에 말 그대로 학교의 장이지만, 지역 교육계의 최고 자리는 절대 아니다. 교육위원회가 머리를 무겁게 짓누르고 있다. 거기서 내려다보면 교장은 교육위원회와 학교 현장 사이에 낀 일개 중간관리직에 불과하다.

유감이지만 교장의 머릿속의 적어도 절반은 항상 상부의 지휘와 압력이 차지한다. 학생들 개개인에게 돌릴 주의력은 한정되게 마련이다. 그러니 좋은 의미에서든 나쁜 의미에서든 튀는 학생이 아니면 쓰자키의 머리와 마음에 새겨지지 않는다.

미야케 주리도 신경쓸 일 없는 대다수의 학생 중 하나였다. 단체행동을 싫어하고 사회성이 조금 부족한 정도로는 문제아라 할 수 없다. 그래서 그애가 심한 여드름으로 고민하고 그 때문에 남학생들에게 놀림받는다는 다카기 선생의 보고를 받았을 때도, 물론 마음속에 메모는 했지만 거기에 밑줄을 긋거나 포스트잇을 붙이지는 않았다.

그런데 고발장을 쓴 사람이 그 아이라고 한다.

'모리우치 에미코 님'

삐뚤빼뚤한 글씨 하나하나가 미야케 주리의 마음속 상처로 보였다.

미야케 주리는 거짓 고발을 하면서까지 오이데 슌지 삼인조를 조토 3중학교에서 쫓아내고 싶었던 것이다. 그 정도로 궁지에 내몰려 있었던 셈이다.

바로 그 마음속 절규가 둘로 찢어져 있었다.

게다가 담임선생님 앞으로 보낸 것이.

"첨부한 편지를 읽어주십시오. 사정을 아실 수 있을 겁니다."

경악하고 곤혹스러워하는 쓰자키는 아랑곳 않고, 모기 기자는 더없이 냉정했다.

크라프트지 봉투 안에 반으로 접힌 B5 복사지가 들어 있었다. 꺼내서 펼쳐보았다.

워드프로세서로 쓴 가로글씨가 빽빽하다. 쓰자키는 읽어내려갔다.

배계拜啓

귀사의 프로그램을 늘 시청하고 있습니다. 진지한 보도 자세에 감탄을 표합니다.

저는 도쿄 도내에 거주하는 교육자입니다. 얼마 전 집 근처를 산책하던 중 쓰레기 수거장 옆에 떨어져 있는 편지를 발견했습니다.

평소에는 길에 뭐가 떨어져 있든 신경쓰지 않습니다만, 다시 쓰레기 수거장에 넣을 생각으로 일부러 주워들었습니다.

제가 주웠을 때 이미 반으로 찢어진 봉투에서 안의 편지지가 비어져 나와 있었습니다. 그래서 내용을 읽고 말았습니다.

읽어보면 아시겠지만 편지 내용이 대단히 심각합니다. 누가 보낸 건지는 모릅니다. 그러나 편지를 받은 모리우치 에미코라는 사람은 찢어서 버렸습니다.

그냥 넘어갈 수 없다고 생각했습니다.

편지에 나오는 '조토 제3중학교 2학년 A반 가시와기 다쿠야'는 작년 크리스마스에 그 학교 옥상에서 뛰어내려 자살한 것으로 보도된 가시와기 다쿠야 군일 겁니다. 편지 내용은 엉터리가 아닙니다. 실제로 일어난 사건입니다.

저는 마음에 걸려서 일단 편지를 보관하고 조토 제3중학교에 전화를 걸어 모리우치 에미코라는 사람이 있는지 문의했습니다.

2학년 A반의 담임교사라고 했습니다.

더더욱 간과할 수 없는 일입니다.

모리우치 선생이 이 고발장을 찢어서 버린 걸까요? 혹시 학교 측에서 그렇게 하라고 시켰을까요? 조토 제3중학교는 학생의 죽음과 관련해 뭔가 은폐하고 있는 게 아닐까요?

귀사의 프로그램에서 조사해주시길 간절히 바라며, 문제의 고발장을 동봉합니다.

날짜도 서명도 없었다.

쓰자키가 말없이 눈길을 들었다. 모기 기자도 말없이 기다리고 있었다.

말문을 열기 전에 쓰자키는 한 번, 두 번 고개를 가로저었다. 그리고 말했다.

"있을 수 없는 일입니다."

모기 기자의 눈이 반짝했다. "뭐가 있을 수 없는 일이라는 겁니까?"

"만약 모리우치 선생님이 이 고발장을 받았다면 절대 찢어서 버렸을 리 없습니다. 저와 학년주임에게 보고하고 어떻게 대처할지 의논했을 겁니다. 이 고발장은 모리우치 선생님이 찢은 게 아닙니다. 선생님의 손에 들어가지 않았을 겁니다."

쓰자키는 확신이 있었다.

"그렇지만 속달인데요."

"배달사고였을 수도 있습니다. 수취인 서명이 필요한 우편물은 아니니까요."

"그거야 조사해보면 나오겠죠."

기자는 대번에 일축했다.

"솔직하게 여쭙겠습니다만, 모리우치 선생님은 어떤 분입니까? 교사 경험이 많으신가요?"

"교직에 발을 들인 지 아직 이 년밖에 안 된 젊은 교사입니다. 처음으로 담임을 맡은 것이 2학년 A반입니다. 성실한 선생님이고, 학생들도 잘 따릅니다."

조급하거나 변명하는 것처럼 들리지 않도록 쓰자키는 조심스럽게 말했다.

"그러니 아직 경험은 많지 않아요. 새내기 교사입니다. 그래서 더더욱 있을 수 없는 일이라는 겁니다. 모리우치 선생님이 고발장을 받았다면 도저히 혼자서는 처리할 수 없습니다. 반드시 보고하고 상의했을 겁니다.”

쓰자키와 막상막하로 태연하고 침착한—게다가 그러는 데 노력이 전혀 필요치 않은 듯한 기자가 되받아쳤다.

“도저히 처리할 수 없는 곤란한 문제고 게다가 자기에게도 이로울 게 없으니 없애버리려 했다고 볼 수도 있습니다.”

“모리우치 선생님은 그런 교육자가 아닙니다.”

기자가 눈을 가볍게 깜박거리며 쓰자키의 주장을 슬쩍 넘겼다.

“뭐 좋습니다. 그렇지만 교장선생님, 문제는 그것만이 아닐 텐데요. 생각해보면 이 고발장 내용이 더 큰 문제 아닙니까?”

쓰자키가 등을 곧게 펴고 조끼 자락을 살짝 잡아당겼다.

“가시와기 다쿠야 군의 자살에 대해 저희 학교가 감출 건 전혀 없습니다. 그러니 확실하게 말씀드리죠.”

그리고 고발장과 연루된 지금까지의 경과를 순서대로 설명했다. 다만 학생들의 심리상태를 파악하고 향후의 지도 방침을 세우기 위해 면담 조사를 실시했다고는 했지만, 미야케 주리의 이름은 물론이고 고발장을 쓴 사람을 찾아낼 수 있을 듯하다는 말은 꺼내지 않았다. 말할 필요도 없을 뿐더러 미야케 주리를 보호하기 위해 절대 누설해서는 안 되는 정보였다.

“가시와기 군의 유체가 발견된 상황이 상황이니만큼 조토 경찰서에서 면밀하게 수사를 진행했습니다. 저도 그 결과를 들었습니다. 가시와기 군은 자살했습니다. 대단히 불행한 일이고, 우리 교사들의 지도력이 부족했고 보호 감독이 미비했던 것은 틀림없습니다만, 살인사건은 아닙니다. 가시와기 군이 당시 등교거부중이었지만 그리 오랜 기간이 아니었고 집단괴롭힘이 원인이었던 것도 아닙니다. 고발장에서 실명이 거론된 세 학생은 가시와기 군의 죽음과 전혀 무관합니다. 여기 적힌 내용은 사실무근입니다. 그건 조토 경찰서의 수사 결과나 가시와기 군 보호자의 의견으로도 입증할 수 있을 겁니다.”

말하고 난 후에야 쓰자키는 몹시 후회했다. 방금 한 말은 마치 가시와기 부부를 취재해보라는 뜻으로 들리지 않는가.

서둘러 덧붙였다. "가시와기 부부는 여전히 심적 고통을 받고 있습니다. 부디 이 일로 부부를 방문하는 일만은 삼가주십시오."

모기 기자가 메모를 하느라 쓰자키의 얼굴은 보지 않고 물었다. "그렇다면 고발장이 전부 세 통이었다는 얘긴데, 가시와기 부부는 받지 않았군요?"

"받지 않았습니다. 받았다면 분명히 저희에게 연락을 해왔겠지요. 그래서 저희도 쓸데없이 그분들을 괴롭힐 필요는 없다고 판단해 고발장 얘기를 전하지 않았습니다."

"고발장의 존재를 아는 사람은 교장선생님과 조토 경찰서 관계자뿐입니까?"

"2학년 학년주임도 알고 있습니다."

"그 학년주임 앞으로는 고발장이 안 왔나요?"

"안 왔습니다."

"교장선생님, 모리우치 선생님." 모기가 일부러 그러는 것처럼 천천히 헤아렸다. "그럼, 나머지 한 통은 누구에게 왔죠?"

쓰자키가 조금 전 설명에서 '학교 관계자'라고만 밝힌 사람을 묻는 것이다.

"그건 말씀드릴 수 없습니다."

"호오." 기자는 동그란 안경 뒤로 눈을 휘둥그레 떴다. "왜죠? 학교 관계자라면 이럴 경우 개인의 사생활보다 관계자로서의 책임을 우선해야 한다고 봅니다만."

쓰자키가 입을 다물었다. 대답하지 않아도 금방 들킬 것이다.

예상대로였다. 모기가 말했다. "아하, 그렇군. 학생이군요."

쓰자키는 쓸쓸함을 곱씹으며 둘로 찢어진 고발장을 다시 집어들었다.

가운데 부분에서 얌전하게 찢어져 있다. 아무렇게나 찢은 느낌이 아니다. 버려져 있었던 것치고는 비교적 말끔하기도 했다.

"정말로 버려진 걸까요?" 자문하듯 말했다. 모기 기자가 그에게 시선을 돌렸다.

"찢어진 건 분명하지만, 이음매가 빈틈없이 맞고, 받는 사람과 고발장 내용도 또렷하게 읽을 수 있습니다. 특히 받는 사람 이름 부분은…… 여기 보세요."

교장이 모기 앞으로 봉투를 내밀면서 손가락으로 가리켜 보였다.

"성과 이름의 딱 중간이 찢어져 있습니다."

'모리우치'와 '에미코'로 나뉜 것이다.

모기 기자가 빙긋이 웃었다. "무슨 말씀을 하고 싶으신 겁니까?"

"이 고발장을 받은 사람이―모리우치 선생님은 아니라는 건 단언할 수 있습니다―정말로 이걸 무시하려 했다면 과연 이런 식으로 처리했을까요? 찢을 것도 없이 그냥 내버리거나, 이왕 찢을 거라면 좀더 잘게 조각내서 버리지 않았을까요?"

기자가 안경다리를 손가락으로 살짝 밀어올리고는 미소를 머금고서 말했다. "그런 부분은 억측하기보다 모리우치 선생님에게 직접 물어보는 게 가장 좋지 않을까요."

"제가 책임지고 본인에게 확인하겠습니다." 쓰자키가 강하게 말했다. "지금까지 가시와기 군의 담임이었던 모리우치 선생님에게 고발장의 존재를 감춰온 것은 교장 입장에서 그편이 좋겠다고 판단했기 때문입니다. 그런 전후사정을 포함한 정확한 설명 없이 무작정 찢어진 고발장부터 들이대면 모리우치 선생님도 혼란스러울 겁니다."

"정말로 모리우치 선생님이 버린 게 아니라면 말이죠."

모기 기자가 못을 박았다. 음성이나 억양에 비아냥거리는 기색이 전혀 없이 담담한 게 오히려 더 불쾌했다. 역시 겉모습과 다르게 만만치 않은 상대다.

"그럼 저는 답변을 기다리겠습니다." 기자가 다시 가죽가방을 열었다. "실물을 드릴 순 없으니 이걸 받으시죠."

고발장과 함께 보낸 편지와 크라프트지 봉투를 한 벌 복사해서 철한 것이었다. 준비성이 철저하다.

이쪽의 심리상태 때문일까. 쓰자키는 그가 서류들을 건네주는 게 아니라 눈앞에 들이미는 듯한 느낌을 받았다.

"명함에 인쇄된 전화번호는 저희 프로그램 스태프룸 번호입니다. 거기 없을 때는 개의치 말고 언제든 무선호출기로 연락주십시오. 바로 전화드리겠습니다."

그의 말대로 명함에는 손글씨로 호출기 번호가 적혀 있었다.

"알겠습니다. 기자님은 이제부터 어떻게 하실 예정이시죠?"

"어디로 취재하러 가느냐는 말씀이신가요?"

"여쭤보면 안 됩니까?"

"아뇨, 상관없습니다." 또다시 빙긋이 웃었다.

"조토 경찰서로 갈 겁니다. 가시와기 군 사건을 상세히 재검토해볼 필요가 있으니까요."

재검토라는 표현에 약간 화가 났지만, 쓰자키는 애써 억눌렀다.

"그러시면 담당 형사님을—"

"아뇨, 안 알려주셔도 됩니다. 제가 알아보죠." 기자가 교장의 말을 가로막았다. 온화하지만 저의가 확연히 느껴졌다. 쓰자키가 알려주는 담당자라면 학교 측과 미리 입을 맞췄을 게 틀림없다고 말하는 듯한.

이쯤 되자 아무래도 화가 치밀었다. "학생들 면담 때 협력해준 사람은 조토 경찰서 청소년과의 사사키라는 형사님입니다. 아직 젊은 여형사인데, 아주 열심히 도와주셨죠."

"그렇군요. 그럼 만나보죠."

금방이라도 일어설 것 같던 모기 기자는 "아 참" 하며 쓰자키를 바라보았다.

"저도 난데없이 이 얘기를 꺼내 학생들을 혼란에 빠뜨릴 생각은 없습니다. 안 그래도 가시와기 군의 죽음으로 아직 안정을 못 찾았을 테니까요……"

"그 말씀이 맞습니다. 면담에서 불면이나 불안을 호소하는 학생이 많았습니다."

"그래서 교장선생님께 여쭙고 싶은데, 여기 지명된 세 사람—2학년 D반의 오이데 슌지 군, 하시다 유타로 군, 이구치 미쓰루 군은 어떤 학생입니까?"

정보를 제공하지 않으면 학생들에게 물어보고 다니겠다는 말이나 다름없었다.

쓰자키는 결심을 굳혔다. 이 자리에서 무난한 말로 얼버무린다 해도 모기 기자가 조토 경찰서에 찾아가면 세 명의 보호관찰 내역을 단번에 알아낼 수 있다. 가장 좋은 방법은 진실을 말하는 것이다.

"문제행동을 일으키는 학생들입니다."

"세 명 다요?"

"네. 각자의 보호자와 의논하고 저희 나름대로 신경써서 지도하고자 합니다만 아직까지는 큰 진전이 없습니다."

대답하는 와중에도 쓰자키의 머릿속에서 갖가지 일들이 경보기처럼 깜박거렸다. 가시와기 다쿠야가 자살하기 한 달 전, 등교거부를 하기 직전에 과학준비실에서 의자를 휘두르며 그 셋과 크게 싸운 것. 세 사람의 평소 행실이 바르지 못했고 교내에서 다른 학생들에게 폭력을 휘두른 사건이 몇 차례나 있었던 것.

그리고 불과 얼마 전이라 아직 채 식지 않은 4중학교 학생 공갈상해사건. 그에 덧붙여 보호자들의 비협조적인 태도. 무책임한 교육 방침.

모두 심정적으로는 고발장의 내용을 입증해줄 만한 것뿐이다. 어디까지나 심정적일 뿐이지만 그래서 더더욱 위험하다. 그 세 사람이라면 그럴 만도 하다고 여길 테니까.

실제로 3중학교에서는 그런 소문이 돌았다. 가까스로 불길을 잡아 진화했다. 그것이 조만간 다시 들쑤셔질 게 틀림없다.

사실이 아니라 사라진 소문이었다. 그러나 경우에 따라서는 사실이기 때문에 더더욱 묻어버렸다고 볼 수도 있다. 세간에는 그렇게 보고 싶어 하는 공기가 떠돈다는 것, 역시 유감스럽게도 학교라는 폐쇄공간이 이제 껏 무사안일주의로 그와 비슷한 나쁜 전례를 남겨 세간을 떠들썩하게 만들었다는 것을 쓰자키도 잘 알고 있었다.

"하지만 그 아이들은 가시와기 군의 죽음과 무관합니다. 가시와기 군은 스스로 죽음을 택했습니다. 그것을 막지 못한 것은 우리 어른들의 책임입니다. 이 세 사람이 아닙니다."

모기 기자가 안경 너머 표정 없는 눈빛으로 쓰자키를 보았다. 그리고 이번에는 정말로 자리에서 일어섰다.

"실례했습니다."

쓰자키 교장은 기자가 나가고 나서야 비로소 깊은 한숨을 내쉬었다. 그리고 탁자에 남겨진 종이 묶음 앞에서 머리를 감싸며 깊은 고뇌에 빠졌다.


모기 기자는 학교 건물을 나서자마자 외투부터 걸쳤다. 겨울바람이 거세게 밀려들었다. 콧속이 마른데다 운동장을 휩쓸고 온 바람에 흙먼지가 섞여 있어서 세 번이나 재채기를 했다.

쓰자키 교장의 추측대로 그는 겉보기와 달리 수완이 좋고 노련한 기자였다. HBS 직원은 아니다. 〈뉴스어드벤처〉가 현재의 방송 시간대로 승격하기 전, 시청률이 낮은 토요일 심야에 편성돼 이름을 알려나갈 때부터 프로그램에 관여했던 편집 프로덕션의 일원으로 현재는 조사와 취재 전문 스태프로 참여하고 있었다.

원래부터 교육문제에 관심이 있었던 건 아니고 애당초 방송업계 사람도 아니었다. 지금도 자유기고가로 더 잘 알려졌고 사 년 전에는 책을 한 권 내기도 했다. 사건 사고만 집중적으로 다룬 책이었는데, 특히 그의 관심사는 교통사고 감정鑑定이었다. 지금 소속된 프로덕션을 통해 〈뉴스어드벤처〉와 인연을 맺은 것도 그가 추적 취재를 계속해오던 한 교통사망 사고가 프로그램에서 거론되었기 때문이었다.

교육문제로 눈을 돌리게 된 계기는 〈뉴스어드벤처〉에서 다뤘던, 한 아이가 집단괴롭힘 때문에 자살한 사건이었다. 사이타마 현의 공립중학교 1학년 남학생이 자기 방에서 목을 맨 것이다. 그는 입학 후 반 친구들에게 지독한 괴롭힘을 당했다. 가당치도 않게 거기에는 담임교사까지 연루되어 있었다.

교장과 학년주임도 그 사실을 다 알고 있었다. 그런데도 문제가 불거지자 모르쇠로 일관했다. 확실한 증거, 제삼자의 명백한 목격증언, 담임교사의 지시에 따라 학생들이 '성토문'이라는 명목으로 자살한 남학생에게 쓴 끔찍한 작문집까지 남아 있었지만—"○○야, 얼른 죽어버려" "어디로든 사라져"—그럼에도 끝까지 시치미를 떼려 했다.

인간은 거짓말을 한다. 활자가 됐든 영상이 됐든 저널리즘에 몸담아 십 년 넘게 생계를 유지해온 올해 서른다섯 살의 모기도 모르는 바가 아니었다. 그러나 그토록 빤하고 헛되고 어리석은, 수치심이 아예 결여된 거짓의 나열과 맞닥뜨리긴 처음이었다. 게다가 새빨간 거짓말을 늘어놓고도 천연덕스럽게 아닌 척하는 그 무리는 하나같이 교육자였다.

그후로 모기는 학교에서 일어난 사건이나 사례를 적극적으로 취재하게 되었다. 〈뉴스어드벤처〉에서 다룬 사건만 해도 벌써 세 건이었다.

예의 고발장이 동봉된 투서는 〈뉴스어드벤처〉 앞으로 쇄도하는 우편물 틈에 한 달 가까이 묻혀 있었다. 투서의 개봉과 점검이 날마다 쏟아져 들어오는 속도를 따라가지 못하기 때문이다. 투서의 80퍼센트 정도는 도저히 방송에 내보낼 거리가 못 되지만, 나머지 20퍼센트에는 금광이 잠들어 있다. 그래서 모기는 아르바이트 보조원에게 우편물 점검을 맡기지 않고 가능한 한 시간을 들여 직접 살펴본다.

그리고 발견한 것이다.

정확히 둘로 찢어진 고발장을 보는 순간, 혈압이 올라갔다. 모리우치 에미코라는 인물이 분명 조토 3중학교 교사이며 가시와기 다쿠야의 담임이었다는 사실을 확인하니 불경스럽게도 가슴이 설레었다. 여기 엄청난 무관심과 무책임이 있다. 추적을 시작하면 반드시 엄청난 거짓이 모습을 드러낼 것이다—

모기는 눈을 가늘게 뜨고 안경 너머로 조토 제3중학교의 회색 건물을 돌아보았다.

가시와기 다쿠야는 저 옥상에서 몸을 날렸다.

아니, 누군가에게 떠밀렸는지도 모른다.

진실은 여전히 어둠 속에 있다. 그러나 여기 많은 것이 부옇게 가라앉아 있다. 교장의 그 머뭇거리는 태도란. 소인배다. 도저히 교육자의 그릇이 아니다.

모기는 어깨에 힘을 주지도 고자세를 보이지도 않고 내면에 은밀히 투지를 감춘 채 조토 3중학교를 떠났다.

그러나 곧장 조토 경찰서로 향하지는 않았다. 가시와기 다쿠야의 집주소는 이미 알아두었다. 부모를 만나기엔 아직 너무 이른 단계지만—딱히 쓰자키 교장의 부탁 때문은 아니다—그가 살던 집을 두 눈으로 직접 보고 싶어 그쪽으로 발길을 돌렸다.

화창한 일요일의 해도 이미 기울기 시작했다. 나들이를 다녀오는 가족들 옆을 지나 축구와 야구 장비를 등에 짊어지고 운동복을 맞춰 입은 한 무리의 소년들과 건널목에 나란히 섰다. 모기는 묵묵히 걸음을 옮겼다.

가시와기 가족은 이렇다 할 특징이 없는 아담한 맨션에 살고 있었다. 아버지는 회사원이고 어머니는 전업주부. 따로 사는 고등학생 형이 있다.

작년 크리스마스에 중학생이 학교 옥상에서 뛰어내려 자살했다는 소식을 들었을 때 모기는 구미가 당겼다. 보도부와 연락을 취해 기초적인 취재를 해두었다. 그래서 가시와기 가족의 집주소와 다쿠야의 프로필 정도는 알고 있었다.

경야와 장례식에도 참석했다. 매스컴에서 나온 티를 내지 않고 눈에 띄지 않게 행동하면 어려운 일이 아니다. 가시와기 다쿠야를 애도하는 마음은 충분했으니 불경하다고 할 수도 없었다.

그리고 출관 때 아버지의 인사말을 들었다.

부모는 우리 아들은 자살했다, 그 원인은 지나치게 섬세한 내면 때문이었다고 인정했다. 상당히 명료한 내용이었다.

그후 모기의 관심은 일단 그 사건에서 멀어졌다. 다쿠야가 등교거부를 했다는 점이 마음에 걸렸지만 이 경우 자살의 결정적인 원인은 아닌 듯했다.

젊은이의 자살은 불행한 일이다. 그러나 나이브한 정신상태가 죽음을 재촉했다면 그것은 자신이 추적할 일이 아니다.

그런데 그 투서와 함께 온 고발장이 국면을 완전히 바꿔놓았다.

모기는 지금까지의 경험을 통해, 자식이 자살한 경우 남겨진 부모가 그 사실을 인정하고 소화하기까지 얼마나 큰 고뇌를 겪는지 조금은 이해할 수 있었다. 그들이 시달리는 죄책감의 정도는 제삼자가 헤아릴 수 있는 것이 아니다.

그러나 학교 측의 명백한 잘못이 있었거나 주위가 자식을 죽음으로 내몰았을 경우 부모는 태도를 싹 바꾸고 눈물을 멈추고 일어선다. 죽은 자식의 명예를 위해, 그 원통함을 씻어주기 위해 싸우러 나선다.

그런데 가시와기 부부는 그러지 않았다. 다쿠야의 아버지는 출관 때 장례식에 와준 교사와 학생 들에게 감사인사를 하고 다쿠야 몫까지 충실한 인생을 살아달라고 했다.

몹시도 학교를 신뢰한다고 생각했다. 보기 드문 경우다.

그러나 지금은 생각이 달라졌다. 가시와기 부부는 사건의 전모를 모르는 게 아닐까. 학교 측에서 교묘하게 눈속임을 한 게 아닐까.

모기는 이런저런 생각을 하며 맨션 현관 앞을 한동안 서성거렸다.

사십구재 법요는 그리 먼 곳에서 치르지 않았을 것이다. 그 자리에 참석했던 교장은 이미 학교에 와 있다. 다쿠야의 유골을 묘지에 묻고 가시와기 부부는 텅 빈 집으로 돌아왔을까. 아니면 적막함을 견딜 수 없어 아직 집을 비워두었을까.

어느 쪽이든 오늘 가시와기 부부를 방문하기에는 아직 준비가 부족하다. 발길을 돌려 돌아가려는 순간—

바로 옆 전봇대에서 인기척이 느껴졌다.

눈이 마주쳤다. 중학생쯤 되어 보이는 사내아이였다. 점퍼에 청바지. 보통 체격—이라기에는 조금 마른 편일까. 눈매가 시원하고 턱이 갸름하다. 모기를 보더니 놀란 듯 멈칫했다.

모기도 놀랐다. 가시와기 다쿠야를 골똘히 생각하고 있던 터라 순간 그의 환영인가 하는 착각이 들었다.

말을 걸 틈도 없이 소년은 휙 돌아서서 가버렸다. 아이가 길모퉁이를 돌아 사라질 때까지 모기는 그 뒷모습을 눈으로 좇았다.

반 친구일까.

오늘이 납골이라는 걸 알고, 참례를 못 한 대신 집으로 작별인사를 하러 온 걸까.

모기는 안경을 벗어 손수건으로 알을 깨끗이 닦으며 방금 마주친 소년의 얼굴과 표정을 마음속에 단단히 새겨넣었다. 그리 오래지 않아 다시 만날지도 모른다.


26


조토 3중학교 3학년은 여름방학을 끝으로 각종 특별활동을 중단한다. 그뒤로는 2학년이 주축이 되어 활동을 이끌어간다.

그렇지만 해가 바뀌고 2월 중순이 되면 3학년 중 몇몇은 사립학교 추천입학 등으로 진학할 학교가 결정되고 그 대부분이 특별활동을 재개한다. 후지노 료코가 속한 검도부도 사정은 마찬가지라 여름 이후 '황제' 노릇을 하던 2학년들이 입시에서 해방되어 의기양양하게 돌아온 3학년에게 호된 훈련을 받는 광경이 요즘 심심찮게 보였다.

2월 22일 금요일. 도쿄에서도 이른 아침에는 기온이 영하로 떨어지는 추운 날이었다. 아침 연습 때 기합을 받고, 점심시간에 회의, 방과후 또다시 훈련. 료코는 완전히 녹초가 되었지만 그래도 기분은 상쾌했다. 몸을 움직이며 땀을 흘리는 게 좋았다. 그리고 고등학교가 결정되어 돌아온 3학년 선배와 다시 같이 연습할 수 있어서 기뻤다.

바로 나카마 데쓰로라는 선배다. 키도 료코와 별 차이가 없고 비교적 마른 체형이라 남학생치고는 작은 편이다. 그러나 동작이 민첩하고 힘이 좋아서 대외 시합에서 패한 적이 없는 에이스였다.

연습이 끝나서 도구를 정리하고 탈의실로 가려는데 그 나카마 선배가 료코를 불렀다. 야, 후지노, 라고 말을 건네서 순간 가슴이 철렁했다.

검도부에는 여학생이 적다. 3학년과 1학년은 한 명도 없고 2학년도 료코를 포함해 세 명뿐이다. 옆에 있던 두 아이가 재빨리 마주보더니 키득키득 웃으며 료코를 쿡쿡 찔렀다.

"뭐해. 너 부르잖아, 료코."

"파이팅!"

파이팅은 무슨, 하고 받아치면서도 료코는 뺨을 붉혔다.

지난주 목요일 14일은 밸런타인데이였다. 상의 끝에 료코네 집에 모인 여학생 셋은 초콜릿쿠키를 구워서 모든 부원에게 나눠주었다. 료코와 친구들이 처음 시도하는 일은 아니고 여자가 워낙 적은 검도부의 전통이었다. 물론 담당 선생님에게도 드렸다. 모두 기쁘게 받았다.

그때도 나머지 여자 부원 둘이 료코를 실컷 놀려댔다. 사실 료짱이 초콜릿 주고 싶은 사람은 딱 한 명이지?

그 사람이 바로 나카마 데쓰로다. 료코는 기를 쓰고 부정했지만 아니라고 우기면 우길수록 거짓말 같아서 부끄러웠다.

"우리는 검도부에 진짜로 주고 싶은 사람이 없거든."

"그러니까 이 쿠키도 어디까지나 의리로 주는 거지. 하지만 료짱은 좀 다르잖아?"

"그럼, 그럼. 그러니까 우리가 열심히 도와줄게."

료코가 나카마 선배에게 남몰래―호감을 품고 있는 건 분명했다. 1학년 때부터 그랬다. 그래서 어쨌다는 것도 아니고, 그래서 어쩌고 싶은 것도 아니다. 그저 호감을 느낄 뿐이다.

그러나 옆에서는 그렇게 소극적이면 안 된다고 부추겼다.

"선배는 이제 곧 졸업하잖아. 료짱, 무슨 말인 줄 알아? 이게 마지막 기회라고."

"글쎄, 나는."

"글쎄 뭐? 밸런타인데이에 일단 슬쩍 흘렸다가 졸업식 날 질러버려. 교복 단추 달라고 해."

질러버리라는 말은 '당신을 좋아합니다'라고 고백하라는 뜻이다. 집에서는 그런 표현이나 줄임말을 몹시 싫어한다. 여동생들이 만화영화인가 어디서 본 말을 별생각 없이 쓰다가 아빠한테 야단맞은 적이 있다.

그렇지만 중학생의 짝사랑에는 '고백'이라는 딱딱한 말보다는 '지른다'라는 가벼운 표현이 더 걸맞은 것 같기도 하다.

"분명히 통할 거야. 나카마 선배도 널 좋아하니까."

"그걸 어떻게 아니?"

두 아이는 손을 맞잡고 "그야 척 보면 알지롱~" 하며 깔깔거렸다.

"뭐해, 빨리 가보라니까!"

"료쨩이 하도 우물쭈물하니까 선배가 먼저 털어놓으려는 걸지도 몰라."

등을 떠밀린 료코가 "네!" 하고 대답하며 선배에게 뛰어갔다. 오늘 방과후 연습은 달리기와 웨이트트레이닝 위주라서 다들 도복이 아닌 평범한 운동복을 입고 있다. 선배는 큼직한 수건을 목에 두르고 있었다.

"수고하셨습니다!"

고개를 꾸벅 숙이자 나카마 선배가 "응"인지 "아아"인지 모를 소리로 대답했다. 왠지 쑥스러워하는 것 같다면 지레짐작일까.

"저어, 할 얘기가 있는데." 나카마 선배가 말했다.

또 심장이 쿵쿵거렸다. 료코를 응원하고 놀려대던 여학생 둘이 이쪽을 힐끔힐끔 보면서 서로의 팔을 잡아당기며 체육관을 막 나서는 참이었다.

"좀 이상한 얘기라 미안하지만. 옷 갈아입고 뒷문에서 기다릴게."

네, 하고 료코는 다시 고개를 꾸벅 숙였다. 이상한 얘기? 괜히 혼자 앞서나갔나?

서둘러 탈의실로 달려가자 목을 길게 빼고 마른침을 삼키고 있던 두 아이가 캐물었다.

"모르겠어. 할말이 있다는데, 이상한 얘기래." 료코가 솔직하게 말했다.

두 사람이 야단법석을 떨었다.

"진짜 먼저 지를 건가봐!"

"맞아. 나카마 선배라면 왠지 일부러 그렇게 말할 것 같지 않니? 부끄러움을 잘 타니까."

"우아, 료짱은 짝사랑이 아니었구나. 부럽다."

료코는 무작정 기뻐할 수 없었다. 저기, 이상한 얘기라니까?


특별활동을 마치고 돌아가는 학생들은 뒷문으로 많이 지나다닌다. 그 곳에서 나카마 선배와 만났으니 자연히 보는 눈이 많았다. 선배는 전혀 신경쓰는 것 같지 않았지만 료코의 마음속 저울은 현기증이 날 정도로 오르락내리락했다. 저울이 이토록 심하게 출렁거리건만 그 위에 뭐가 올라가 있는지 모르니 더더욱 심란했다.

같이 걷기 시작했다. 선배보다 반 발짝 뒤에서 따라가는 료코는 시선이 자꾸만 아래로 향했다.

"미안해. 누구랑 같이 가기로 약속했었니?"

태평스러운 물음에 아니라고 고개를 저었다. 목 근육이 마비될 것 같았다.

"으음, 사실 이런 걸 너한테 물어봐도 소용없을지 모르지만."

소용없다니, 뭐가?

"후지노 너 말이야"라고 입을 열었다가 뒤에서 "안녕~" 하며 둘을 앞질러가는 3학년 여학생에게 손을 흔들어주었다.

"같은 반에 노다라는 녀석 있지?"

료코는 무심코 "에?" 하며 멍하니 되묻고 말았다. 나중에 돌이켜보니 얼굴에서 불이 날 만큼 창피했다.

"노다 말이야, 노다. 작고 허약해 보이는 애."

노다 겐이치 말인가? 작고 허약해 보인다면 달리 떠오르지 않는다.

"네, 저희 반이에요."

양손을 앞에 모아 가방을 들고 얌전히 걸어가며 고개를 끄덕였다.

"너랑 친하지?"

료코는 우뚝 멈춰 섰다. "저랑 노다가요?"

"응. 1학년 때 같이 도서위원 했잖아?"

그렇긴 한데, 선배가 어떻게 그런 걸 다 기억하지?

"도서실에서 자주 같이 책 정리를 하던데."

그걸 봤나? 그러고 보니 나카마 선배는 책을 무척 좋아해 도서실을 부지런히 드나들었다.

"그렇긴 한데, 친하다고 할 정도는 아니에요. 올해 저는 청소위원이고."

노다는 아직 도서위원인가?

"그렇구나."

나카마 선배가 바짝 깎은 머리를 마구 긁적거리더니 가방을 등에 둘러멨다.

"후지노, 우리 집 무슨 가게 하는지 알지?"

약국이다. 흔히 보이는 대형 체인점이 아니라 옛날부터 동네에서 운영해온 개인 약국. 나카마 선배의 아버지가 약사라 선배도 나중에 약대에 들어가 자격증을 따서 가게를 물려받을 거라는 이야기를 들은 적이 있다.

"그제 오후에 그 녀석이 우리 약국에 왔었어."

노다 겐이치가 나카마 약국으로 약을 사러 갔다는 것이다.

"네시쯤이었나? 난 그제 오후 고등학교에 제출할 서류가 있어서 학교에 안 갔거든. 그래서 집에 있다가 잠깐 가게를 봤지."

나카마 약국은 처방전도 받기 때문에 영업시간에는 약사인 아버지가 자리를 비울 수 없다. 그때는 아주 잠깐 근처에 볼일을 보러 나간 것이었다. 그래서 나카마 선배는 가게에 온 중학생 손님에게 처방전을 그쪽 상자에 넣고 잠시 기다리라고 했다.

그런데 그 중학생은 처방약을 받으러 온 것 같지 않았다. 목을 잔뜩 움츠린 채 그리 넓지 않은 약국 안을 불안한 눈빛으로 두리번거렸다.

"상대가 중학생이라 편하게 물었지. 뭘 찾느냐고. 그때 알아봤어. 얘 도서위원 노다 아닌가? 하고."

나카마 선배가 조용히 코를 훌쩍거렸다.

"그애를 딱히 잘 아는 건 아닌데 너랑 친해 보여서 얼굴을 기억했거든."

그렇군요. 료코가 대답하자 나카마 데쓰로가 응, 하며 무료한 듯 가방을 다른 손에 바꿔 들었다. 만약 그 자리에 료코를 놀리고 격려해준 여자 부원들이 있었다면 한마디했을 것이다.

—료코, '그렇군요'가 뭐야!

—제대로 반응을 보여야지. 나카마 선배는 별 관심도 없던 노다를 기억했다고. '너랑 친해 보여서' 그랬다잖아. 무슨 뜻인지 모르겠어?

"그런데 말이야." 료코 때문에 말이 끊긴 나카마 선배가 말을 잇지 못하고 머뭇거렸다.

"그 녀석은 날 모르는 것 같았어. 도서실에서 꽤 자주 봤을 텐데. 노다는 성적이 어때?"

"좋지도 않고 나쁘지도 않아요."

"그럼 바보라서 그런 건 아니군."

노다 겐이치는 그저 매사에 의욕이 없는 거라고 이제껏 료코는 생각해왔다. 그래서 도서관에서 치한을 만난 날 도움을 받았을 때 더더욱 감격했던 것이다. 그것도 오래가지 않았지만.

"내가 다시 한번 뭘 사러 왔냐고 물으니까, 당장이라도 도망칠 것처럼 잔뜩 긴장하는 거야."

손에 메모 같은 것을 움켜쥐고 있는 걸 보고 필요한 약 이름을 적어왔나 싶어서 나카마 선배가 그건 뭐냐고 물었다고 한다.

"그랬더니 양손을 뒤로 돌려 감추더라고."

그러고는 갑자기 피식 웃었다.

"다른 녀석이었으면, 예를 들어 우리 반 호리타나 2학년 오이데 패거리였다면 금방 짐작이 갔을 거야. 아, 또 '브로스' 사러 왔구나 하고. 하긴 그 녀석들은 나랑 마주치면 안 될 테니 우리 가게에는 안 오지만."

“‘브로스’라면 기침약 말인가요?”

“응. 한 병을 원샷하면 약 하는 거랑 느낌이 비슷한가봐. 중학생은 잘 없어도 고등학생은 자주 사러 와. 우리 아버지는 그때마다 버럭하고 쫓아버리지만 그래봐야 다른 가게에 가면 쉽게 살 수 있고 더 나쁜 것도 돈만 내면 얼마든지 구할 수 있으니까 소용없는 일이지.”

료코가 눈이 휘둥그레져서는 나카마 선배의 얼굴을 보았다. 키 차이가 5센티미터 정도밖에 나지 않아서 시선이 정면으로 마주쳤다.

“고등학생이나 중학생이 약을 한다고요?”

“그런 놈들도 있지.” 나카마 선배가 망설임 없이 고개를 끄덕였다. “세상에 멍청한 놈이 너무 많다고 아버지가 엄청 씩씩대. 앞으로는 그런 놈들이 더 늘어날 거라고.”

나카마 선배가 조금 의아하다는 듯 고개를 갸웃거렸다.

“너희 아버지는 그런 얘기 안 하시니? 제일 잘 아실 것 같은데.”

“아빠는 마약 전문이 아니니까요.”

“아, 살인이나 강도랬나.”

“맞아요. 진짜 싫죠.”

딱히 싫다고 생각한 적은 없는데 얘기하다보니 무심코 그런 말이 튀어나왔다.

“그런데 노다는 대체 무슨 약을 사러 왔던 거예요?” 료코가 물었다. 말로 표현할 수 있을 만큼 명확하지는 않지만 마음속에서 불길한 예감 같은 것이 응어리지기 시작했다.

그날 도서관에서 마주친 노다 겐이치는 『일상 속의 독극물 사전』이라는 책을 읽고 있었다. 열심히, 그러면서도 주위 시선을 피해가며. 그리고 료코가 묻자 어쩌다 뒤적여본 것뿐이라고 거짓말을 했다.

그런 겐이치가 이번에는 약국에 나타나 안절부절못하며 수상하게 굴었다—

"으음, 원예용." 나카마 선배가 얼굴을 찡그렸다. "농약이 있느냐고 물었어."

"농약이요?" 도대체 오늘 몇 번이나 가슴이 철렁하는지. 그러나 지금까지의 '철렁'과는 의미가 전혀 다르다.

"어떤 종류요?"

똑같은 농약이라 해도 정원수에 생기는 해충을 퇴치하는 살충제가 있는가 하면, 곰팡이 제거제도 있다. 제초제도 있다.

"그런데 동네 약국에서 농약 같은 것도 팔아요?"

료코의 질문에 나카마 선배가 웃었다.

"내 말이. 원예용품점에 가는 게 빠르지. 하긴 약국에도 전혀 없지는 않겠지만, 적어도 우리 가게에는 없어. 실내 화분에 쓰는 스프레이식 살충제가 다야."

약국집 아들 데쓰로는 노다 겐이치에게 그쪽이 더 빠를 거라고 알려주었다.

"그리고 물어봤어. 올해는 원예위원을 맡았냐?"

노다 겐이치는 멍한 표정을 지었다고 한다.

"그래서, 너 도서위원 노다지? 난 검도부 나카마야, 도서관에서 자주 봤잖아, 라고까지 설명해줬어."

그러자 겐이치의 얼굴에서 핏기가 가셨다.

"난 그런 표정 처음 봤어."

그때의 놀라움이 아직도 가시지 않은 말투였다.

"작년에 우리 형이 오토바이 사고 났다고 경찰에서 전화 왔을 때, 엄마가 순식간에 창백해진 적은 있었지. 그래도 그 정도로 새파랗게 질리진 않았거든."

맞다, 나카마 선배에게는 형이 있다. 불량스럽고 오토바이 마니아고, 본 적이 있는 친구들 말로는 '키도 크고 잘생기고 멋진' 모양이지만 공부는 영 아니라 고등학교도 중퇴했고, 여하튼 공부도 운동도 잘하는 동생과는 정반대인 듯했다. 그래서 약국도 동생이 물려받기로 내정된 것이다.

"그 녀석은 그전까지 내가 자기를 아는 줄 몰랐나봐. 말을 듣고도 여전히 내 얼굴을 못 알아보는 것 같았어."

그럴 상황이 아니다—라고 하는 것 같았다며 선배는 말을 이었다.

"자기 문제로 머릿속이 꽉 차서 눈빛이 흐려져 있었어. 평소에는 그런 녀석이 아니었는데."

료코의 가슴속 술렁임이 거세졌다. 흥분해서가 아니다. 폭풍우의 전조처럼 습하고 불길한 두근거림이다.

노다 겐이치는 『일상 속의 독극물 사전』을 새겨읽었다. 뭔가를 적은 메모를 움켜쥐고 약국으로 농약을 사러 갔다. 그 메모를 들키지 않으려고 등뒤로 감췄다. 그리고 약국을 지키는 사람이 같은 학교 선배라는 걸 알자 낯빛이 변했다.

"그러고는 뭐라고 중얼중얼 변명을 하더니 가버렸어."

말 그대로 도망가버렸다. 나카마 선배는 계산대 밖으로 나와 겐이치가 도망치면서 부딪히는 바람에 엉망이 된 위장약 선반을 정리해야 했다.

"이상한 얘기지?" 나카마 선배가 입을 삐죽 내밀었다. 그런 표정을 지으니 유치원생 남자아이 같았다.

"그래서 곧 들어온 아버지한테 이런 일이 있었다고 얘기했지. 그랬더니 난리가 난 거야."

아버지는 단순히 이상한 수준이 아니다, 그애가 무슨 일을 저지를지 모른다고 말했다고 한다.

"저지르다뇨?"

그 말이 료코의 목구멍을 겨우겨우 비집고 나왔다. 도서관 서가 앞을 서성거리며 자기 몸으로 『일상 속의 독극물 사전』을 감추고 거기에 심취했던 노다 겐이치의 모습이 머릿속에 떠올랐다. 료코가 말을 걸자 뭘 훔치다 들킨 것처럼 까무러치게 놀랐다.

'그래, 그때도 노다는 책을 숨기려 했어.'

"이름이 뭐였지. 그래, 가시와기." 나카마 선배가 말했다. "그애도 너희 반이었지. 자살한 애 말이야. 그런 일이 일어난 지 얼마 안 됐으니 더더욱 위험하다고 아버지가 그러더라. 그런—뭐라더라, 노이로제? 암튼 자살은 학교처럼 폐쇄적인 공간에서 연쇄적으로 일어나기 쉽다는 거야. 안 그래도 약해져 있던 아이가 자살한 애의 영향을 받아서."

노다 겐이치라는 그 학생은 농약을 먹고 죽을지도 몰라. 나카마 선배의 아버지는 그렇게 말했다.

—농약을 찾는 손님이 중학생이 아니라 어엿한 어른이라도 네 얘기처럼 수상하게 군다면 난 틀림없이 의심했을 거다.

"너무 야단스럽다, 지나친 생각이다, 라며 난 웃었지. 하지만 아버지도 완강했어."

—이십 년 동안 한길을 걸어온 약국 주인의 눈을 우습게보지 마.

결국 버럭 화를 냈다고 한다.

"약국 주인의 눈이라니, 실제로 본 건 나지 약국 주인이 아니잖아. 어쨌든 학교에 연락하겠다는 걸 간신히 말렸어. 정말 힘들었다니까. 거의 매달리다시피 했지."

두 손으로 누군가에게 매달리는 시늉을 해 보이는 선배를 보고 료코는 살짝 웃었다. 그러나 웃고 있는 뺨이 뻣뻣하게 경직되어 실룩거리는 것이 느껴졌다.

"하지만 그냥 모른 척하기도 뭣해서, 내가 노다랑 친한 아이한테 확인해보겠다고 약속했어. 안 그러면 아버지를 말릴 방법이 없어서."

또다시 머리를 긁적였다. 그리고 쑥스러운 듯 료코의 얼굴을 곁눈으로 보았다.

"노다 말이야, 최근에 우울해하진 않냐? 학교를 빠진다거나. 너 혹시 눈치챈 거 없어?"

표정이라는 것은 보통 의식하고 짓지 않는다. 어지간히 특별한 상황이 아니면 거의 반사작용처럼 떠오른다. 호흡과도 비슷하다.

그렇지만 지금 료코는 의식적으로 표정을 만들려 애쓰고 있다. 몸속에서 솟아오르는 불안, 선배의 걱정을 덜어주고 싶은 마음, 하지만 노다를 그렇게 잘 알지는 못한다는 변명(왜 변명해야 하는지는 잘 모르겠지만), 나카마 선배 아버지의 걱정을 웃어넘기는 건 실례라는 고지식한 생각. 모순되는 여러 감정들을 어떻게 하나의 표정으로 종합해서 표현할 수 있나.

그건 무리다.

그래서 료코는 일단 한숨을 내쉬었다. 후유 내쉬는 숨결에 따라 나오는 감정이 무엇인지 확인하기 위해. 맨 처음 나와버린 그것은 무시하고 표정에 반영하지 않아도 된다.

그런데 아무것도 나오지 않았다. 한숨을 내쉰 그만큼 마음속에서 소용돌이치던 감정이 더 진하게 졸아버린 것 같았다.

그런 기색은 없었어요.

그런 대답은 무책임하다. 료코는 노다 겐이치를 유심히 본 적이 거의 없다.

글쎄요, 잘 모르겠어요.

그런 대답은 냉혹하다. 선배 아버지의 걱정을 나 몰라라 하는 거나 마찬가지다.

확실히 뭔가 이상해요. 글쎄, 지난번에 도서관에서 봤는데 이상한 책을 읽고 있더라니까요.

그런 대답은 실제보다 노다 겐이치와 친하다는 인상을 줄 것이다. 그건 싫다. 사실이 아니니까. 료코가 친해지고 싶은 사람은 선배다. 솔직히 말해 노다 겐이치는 고려 대상이 아니다.

고려 대상이 아니다. 감정을 느낄 만한 대상이 아니다.

정말 그럴까?

도서관에서 도움을 주었을 때 그애가 조금 달리 보이긴 했다. 지금 이렇게 마음이 술렁이는 것도 그애가 걱정되기 때문이 아닐까?

현실에서는 기껏해야 십 초 정도가 흘렀겠지만, 료코는 한 시간도 넘게 복잡한 마음속 미로를 헤맨 기분이었다.

그사이 나카마 선배는 말이 없었다.

"제가 노다랑 얘기해볼게요."

결국 그렇게 대답했다. 이번에는 나카마 선배가 후유 한숨을 내쉬었다.

"그래. 부탁한다. 괜찮을까?"

뭐가 괜찮은 거고, 어떻게 되면 괜찮지 않은 걸까?

"모리우치가 담임이지?"

"네."

"아버지는 그애 담임한테 얘기하라더라." 선배가 콧등을 찡그렸다. "하지만 그러면 꼭 고자질하는 것 같잖아. 모리우치가 좀 부담스럽기도 하고."

료코의 마음 한구석, 지금 이 갈등이 자리한 곳과는 전혀 다른 아주 작은 지점에서 밝은 불빛이 팡 켜졌다. 그렇구나, 선배도 모리린이 부담스럽구나. 남학생들 중에는 모리린이 섹시하다며 정신 못 차리는 애도 많은데, 나카마 선배는 그런 취향이 아니었어.

기쁘다—라고 말하고 싶었는데 다른 얘기가 튀어나오고 말았다. "모리우치 선생님에게는 말 안 하는 게 좋을 거예요. 그 선생님은 별로 도움이 안 돼요. 노다처럼 눈에 안 띄는 학생은 진지하게 챙겨주지 않으니까."

나카마 선배가 의외라는 듯 목소리를 높였다. "우아, 후지노도 은근 가차없네."

그럴 생각은 없었다. 혹시 심술궂게 보였을까.

"그리고 선생님에게 말하면 일이 너무 커지잖아요. 혹시 별일 아니면 노다한테 미안하고요."

"응, 내 생각도 그래. 우리 아버지가 신경과민이야."

선배의 얼굴이 환해졌다. 료코에게 맡겨서 마음이 편해진 걸까. 넘겨받은 료코는 기뻐해도 좋은 걸까.

그후로는 별다른 얘기 없이 료코의 집 근처에서 헤어졌다. 혼자 남은 료코는 선배와의 거리감은 전혀 좁히지 못한 채 성가신 일만 떠맡았다는 우울감에 휩싸였다. 아아, 귀찮아.

그러나 마음속 저 깊은 곳에서는 분명 불안을 느끼고 있었다. 지나친 생각이라고, 지레짐작이라고 떨쳐버리려 해도 사라지지 않는 불안을.

홧김에 소리 내 중얼거렸다.

"쳇, 고백은 누가 무슨!"

흥 콧방귀를 뀌고 현관문을 열었다.


료코는 그후로 며칠 내내 기분이 언짢았다.

아니, 언짢다는 건 너무 강한 표현이다. 좀더 애매하게, 불안정하다는 표현이 좋겠다.

노다랑 얘기해볼게요. 말은 쉽다. 그러나 행동으로 옮기긴 어렵다. 뭐라고 말을 걸지? 노다, 나카마 선배 약국에 농약은 왜 사러 갔니? 어디 쓰려고?

아닌 밤중에 홍두깨처럼 물어볼까? 그런다고 제대로 된 대답이 돌아올까.

"어머니(노다 겐이치는 남 앞에서 '엄마'라는 말을 쓰지 않는다. 틀림없이 '어머니'라고 할 것이다)가 텃밭을 가꾸시거든."

심약해 보이는 그 얼굴로 긴 속눈썹을 깜박거리며 마당에 무를 심었는데 벌레가 많아 걱정이라고 대답한다면 료코는 어떤 표정을 지어야 할까? 나카마 선배한테 가서 노다는 무에 생긴 해충을 퇴치하고 싶었던 모양이라 말하고 함께 웃어야 하나?

그건 아주―아주―로맨틱하지 못한―아니, 이런 경우에는 뭐라고 해야 하지?

그래, 찬물을 끼얹는 꼴이다. 그렇지 않은가?

그러나 혹시 만에 하나, 노다 겐이치가 료코의 질문에 당황하며 실은 죽으려 했다고 눈물을 뚝뚝 흘리면서 털어놓는다면?

만약 그런다면, 료코의 의도와는 전혀 관계없이 겐이치와 너무 가까워지지 않을까?

그러잖아도 후지노 료코의 일상은 바쁘다. 료코뿐 아니라 열심히 공부하고(수업시간에 가끔 졸긴 하지만), 활발히 특별활동을 하고, 친구와 어울리고, 집에서도 명랑한 중학생이라면 누구나 시간에 쫓긴다. 이렇게 어찌하기 어려운 문제까지 생기면 난감하다.

모리우치 선생님―물론 그 방법도 다시 생각해보긴 했다. 그러나 금세 후보에서 제외했다. 그 선생님은 안 된다. 섣불리 상담했다가는 노다 겐이치의 심리상태보다 그애를 걱정하는 료코에게 더 흥미를 보일 것이다. 그것도 놀리는 듯한 눈빛으로.

그것은 검도부 여자애들이 나카마 선배를 두고 료코를 놀리는 것과 차원이 다르다. 뭐랄까, 왠지 료코를 의심하는 듯한 눈빛. 분명 그런 눈빛으로 볼 것이다. 모리린은.

어쩌면 모리린도 선생은 선생이니 책임감을 느끼고 노다 겐이치와 대화를 시도해볼지 모른다(지금 상황에서는 그런 경우도 생각하는 게 공평하겠지). 하지만 결과는 절대 좋을 리 없다. 가령 노다 겐이치에게 어떤 고민이 있고 자살 가능성이 있다면, 모리린이 "노다 군, 농약 같은 걸로 뭘 할 생각이었니? 똑바로 설명해봐"라고 추궁할 경우 오히려 더 위험해진다.

'노다도 모리린을 안 좋아하는 것 같으니까.'

그리하여, 자타가 공인하는 현명한 두뇌의 소유자 후지노 료코는 결국 어떻게 하기로 했나 하면.

나카마 선배와 같은 방법을 썼다. 노다 겐이치와 친한(료코보다는 확실히 친한) 고사카 유키오의 힘을 빌리기로 한 것이다.

나카마 선배에게서 이야기를 들은 다음주 수요일이었다. 매주 수요일은 특별활동이 없으니 6교시가 끝나면 시간이 있다. 그전에는 기회를 잡지 못했다. 그렇다, 료코는 바쁜 중학교 2학년이다.

노다 겐이치는 얼른 집으로 가버리고 교실에는 고사카 유키오를 비롯한 몇 명만 남아 있었다. 고사카는 앞자리의 구라타 마리코와 즐겁게 얘기를 나누고 있었다. 둘은 사이좋은 소꿉친구다.

료코는 약간 망설였다. 마리코가 있으면 말하기 곤란하다. 그렇지만 유키오랑 단둘이 있는 것도 내키지 않기는 마찬가지다. 유키오에게 말하면 보나마나 마리코에게 전해질 테고, 그러면 마리코가 "노다한테 무슨 일 있어?"라며 집요하게 캐물을 게 뻔하다.

에잇, 그럴 바에야 두 사람에게 한꺼번에 떠넘겨버리자.

"고사카, 마리짱."

말을 걸며 두 사람 옆 빈자리에 앉았다.

"실은, 좀 상의할 게 있어."

마리코가 "뭔데, 뭔데?" 하며 눈빛을 반짝거렸다. 고사카 유키오는 조금 놀란 눈치였다.

"꼭 비밀로 해줬으면 하는데."

"알았어, 알았어. 괜찮지, 고사카?" 마리코의 특기인 경솔한 약속이다.

마리코와 유키오는 '상의'라는 말에 딱히 두근거리는 기색이 없었다.

"무슨 일 있니?"

온화한 목소리로 물었다.

"너희 둘 다 노다랑 친하지?"

"응." 마리코가 조심성 없이 해맑게 대답했다. 유키오의 표정은 변하지 않았다.

"요즘 들어 노다가 고민 있는 것 같지 않니? 무슨 얘기 못 들었어?"

진짜야? 마리코가 요란한 반응을 보였다. 왜 이리 호들갑이람. 료코는 속으로 발끈했다. 아아, 이러면 안 되는데. 요즘 들어 툭하면 마리코에게 화가 난다.

유키오가 물었다. "후지노, 겐짱이 그래 보였어?"

"아, 아니."

"료짱, 요즘 노다랑 친해?" 마리코가 적극적으로 나섰다. 료코가 황급히 손을 내저었다.

"그런 게 아니라……"

"에이, 그런데 왜 그렇게 신경써?"

난처하다. 전부 말해야 하나?

"내가 아니라 다른 사람이 궁금해해서. 노다한테 무슨 고민이 있는 것 같다고. 내가 같은 반이니까 짚이는 게 없냐고 물어보더라고."

"지난번에 우리 집에 같이 놀러왔었잖아."

도서관에서 돌아오는 길에 마리코네 집에 들렀던 때 이야기다. 료코는 억지웃음을 지으며 마리코에게 고개를 끄덕여 보였다.

"재미있었지! 또 같이 모여서 놀자."

"그래."

아아, 역시 지금의 료코에게 마리코는 너무 벅차다. 대화가 끊어졌다. 그러자 유키오가 마리코에게 부드럽게 말했다.

"마리짱, 교무실 안 가도 돼?"

"어? 뭐였더라?"

"감상문 돌려받을 거라며."

다음달 한 출판사에서 주최하는 중학생 독후감 대회가 있다. 3중학교에서는 희망자만 응모하기로 했는데 마리코도 의욕을 부려 제출한 것이다. 그런데 내고 나서야 고치고 싶어졌다. 다행히 마감까지는 아직 열흘쯤 남았다. 그러니 일단 돌려받고 다시 써낼 거라고 했다.

"어제도 잊어버리고 그냥 갔잖아. 기다리고 있을 테니 다녀와."

맞다, 맞다, 하고 마리코가 의자를 덜컹거리며 일어섰다.

"나 올 때까지 얘기하지 마."

그 말을 남기고 마리코는 급하게 뛰어나갔다. 자기가 맡아주겠다며 유키오가 마리코의 책가방을 책상 위에 턱 올렸다.

"마리짱은 참 정신없어."

비난하는 것도 심술궂은 것도 아닌 말투로 유키오가 웃으며 말했다. 그리고는 마리코가 나가자 표정이 심각해져서는 물었다.

"후지노, 노다한테 무슨 이상한 점이라도 느꼈니?"

그리고 료코가 대답하기 전에 말을 이었다.

"나도 요즘 들어 좀 걱정했어. 겐짱 분위기가 이상해서."

"너도?"

료코는 두 가지에 놀랐다. 노다 겐이치와 친한 유키오도 그의 이변을 눈치챘다는 것이 하나였고, 유키오의 '어른'스러운 느낌이 또다른 하나였다. 마리코가 자연스럽게 자리를 뜨게 해서 료코가 말하기 편한 분위기를 만들어주었다.

지금까지 고사카 유키오에 대해선 별생각이 없었다. 지난번 마리코네 집에서 만났을 때도 그저 마리코와 친하다는 것 말고는 아무 느낌도 없었다. 솔직히 말해 료코는 마리코와 달리 넷이 모인 자리가 '즐겁지' 않았다. 거북하고 지루할 정도였다.

자기와는 맞지 않았다. 그는 겐이치보다 훨씬 얌전한, 사실 별 볼일 없는 남자아이다.

그런데 가까이서 바라본 그의 눈동자에는 뜻밖에도 사려 깊은 빛이 깃들어 있었다. 겐이치를 걱정하는 말도 결코 입에 발린 소리 같지 않았다.

"난 노다를 잘 몰라. 지난번 도서관에서 치한을 쫓아줬을 때는 솔직히 너무 뜻밖이었고 그래서 놀랐어. 다른 아는 애가 있었다면 틀림없이 그쪽에다 도움을 청했을 거야."

노골적으로 말해버렸다.

유키오가 다시 미소지었다. "응, 그럴 만도 하지. 겐짱은 그런 타입이 아니니까. 나도 그렇고."

후지노가 우리보다 더 셀걸. 비아냥거리는 투가 아니라서 료코도 스스럼없이 웃으며 고개를 끄덕였다.

"그렇지만 도서관 때는 아마 순간적으로 괴력을 발휘했을 거야. 뭐랄까, 겐짱은 후지노를 존경하니까."

"존경? 말도 안 돼."

"그런가. 그럼 동경하는 건가?"

아아, 지금 이런 얘기를 할 때가 아닌데. 혼자서 쑥스러웠다.

"넌 노다의 어떤 점이 걱정돼?" 료코가 화제를 되돌렸다. "고민 상담이라도 받았니?"

유키오가 큰 머리를 가로저었다. "그렇게 확실한 건 아니야. 하지만 겐짱 집이 전부터 힘들어서."

어머니가 몸이 안 좋으셔서, 라고 말했다.

"병이 있으시니?"

"뭐, 그렇다고 해야지. 하지만 몸속 어디가 나쁘신 건 아니야. 굳이 나누자면 마음 쪽이지. 그게 몸으로 드러나서 환자로 보이는 거야. 매일같이 누워 지내다시피 하시나봐."

그래서 겐이치는 집안일을 거들며 그런 엄마를 보살핀다고 했다.

"그런 게 싫어서 우리 집에서 살고 싶다는 말도 가끔 했어. 그래도 반쯤 농담이었는데 요새 살짝 진심이 섞이기 시작했어."

지난주였나, 아니 좀더 전인가? 유키오가 천장의 형광등을 힐끗 올려다보며 말했다.

"우리 집에서 같이 공부하는데 겐짱이 갑자기 묻는 거야. 혹시 우리 부모님한테 무슨 일이 생겨서 자기 혼자 남으면 정말로 너희 집에서 살 수 있느냐고."

그리고 허둥지둥 고쳐 말했다고 한다.

―아, 혼자 살아도 괜찮은데 가끔 밥이나 같이 먹을 수 있을까 하는 뜻이야.

"가볍게 말해보는 것 같았지만 진심이 느껴졌어. 그래서 어머니 건강이 많이 안 좋으시냐고 물었지. 정말로 위중한 병인가 해서."

료코가 고개를 끄덕였다. 이제 교실에는 둘뿐이었다. 창밖 운동장에서 학생들의 외침과 웃음소리가 이따금 들려올 뿐이었다.

그런데도 목소리를 낮췄다. "그랬더니 뭐래?"

"확실한 대답은 안 했어. 그냥 혼자가 되면 어떨까 생각해봤대. 그뿐이었어."

혼자가 된다.

자살과는 좀 다른데.

"그거랑 별개로 겐짱 요즘 아버지하고도 사이가 안 좋은 것 같아."

며칠 전 일이다. 유키오가 집으로 전화를 걸자 겐이치가 받았다. 통화 중에 뒤에서 뭐라고 말하는 겐이치 아버지의 목소리가 들렸다.

"그랬더니 겐짱이 '시끄러워!'라던가 뭐라던가 아무튼 큰 소리로 받아쳤어. 겐짱이랑 오래 알고 지냈지만 아버지에게 그렇게 난폭하게 소리치는 건 처음이었어. 더구나 '시끄러워!'라니. 내가 전화했을 때 분명 둘이 싸우던 중이었을 거야."

유키오가 더 당황해서 서둘러 전화를 끊었다고 한다.

"요즘은 나랑 같이 다니려고도 잘 안 해. 오늘도 바로 가버렸잖아. 그리고 도서관에 틀어박혀서 수상쩍은 책만 읽어."

료코는 깜짝 놀랐다. "수상쩍은 책이라니, 어떤 책?"

"범죄에 관한 책."

독극물 사전. 도서관에서 본 낡은 책표지가 머릿속에 떠올랐다.

그 순간 유키오가 갑자기 웃음을 터뜨리는 바람에 료코는 맥이 탁 풀렸다. "왜, 왜 웃어?"

"미안. 근데 사실 난 대충 짐작이 가."

"짐작이 가?"

"겐짱이 범죄 책을 열심히 읽는 건 네 주의를 끌고 싶어서일 거야. 너희 아버지가 호랑이 형사라는 건 유명하잖아. 너랑 이야기할 거리를 찾으려고 범죄를 자세히 공부하는지도 몰라."

그 말에는 료코도 웃고 말았다. "설마. 그리고 난 범죄 얘기는 같이 못 해. 아빠가 형사인 건 맞지만 범죄 같은 데 관심없어."

그렇구나, 라며 유키오가 고개를 끄덕였다. 료코는 오른손을 살짝 오므리고 입가에 갖다댔다. 지금부터 하는 얘기가 만에 하나라도 퍼지지 않도록.

"저기, 실은 노다가 약국으로 농약을 사러 갔었나봐―"

27

정말 할 수 있을까.

내 손으로 이걸 할 수 있을까.

노다 겐이치는 자기 방에서 공책 한 바닥 가득 써놓은 '계획'과 마주하고 있었다.

겐이치는 오른쪽을 살짝 올려 글씨를 쓰는 버릇이 있다. 그래도 깔끔한 편이다. 빽빽이 써도 가지런해 보인다. 각 항목과 주석 부분은 색연필을 달리해 구분했다. 레이아웃도 깔끔하다. 진행표 페이지는 뒤늦게 사소하게 변경하거나 추가할 것이 생각날 때마다 아예 새로 썼다. 글씨가 테두리 밖으로 튀어나가는 게 싫었다.

이 계획을 세우려고 산더미 같은 자료를 읽었다. 짚어둬야 할 포인트가 많아서 다섯 색깔이 한 세트로 된 포스트잇 중 세 가지 색깔을 다 써버렸다.

완벽하다. 한 치의 빈틈도 없다.

이대로만 한다면 반드시 성공한다. 실패 가능성은 제로다.

나는 자유의 몸이, 혼자가 될 수 있다.

더는 엄마의 우는소리를 상대해주지 않아도 된다.

더는 엄마 걱정을 하지 않아도 된다.

더는 엄마의 겁먹은 눈빛을 신경쓰지 않아도 된다.

주문을 외듯 입 밖으로 작게 말해보았다.

더는 어수룩하고 사람 좋기만 한 아빠의 인생 개조 계획에 끌려다니지 않아도 된다.

그렇게 분명히 '싫다'고 말했는데. 외삼촌에게 속는 거라고 알려줬는데. 그런데도 아빠는 외삼촌의 감언이설에 넘어가 직장을 그만두고 펜션 운영을 시작하겠다고 한다. 도쿄를 떠나 기타카루이자와로 가겠다고 한다.

최종 통보는 보름 전쯤이었다. 여느 때처럼 엄마는 먼저 잠자리에 들었다. 차가운 저녁밥을, 이 또한 여느 때처럼 혼자 먹으려고 겐이치가 막 식탁 앞에 앉았을 때 아빠가 들어왔다. 아아, 아직 안 늦었구나. 오늘은 아빠랑 같이 먹자. 긴히 할 얘기가 있어.

그리고 또 펜션 이야기를 꺼냈다. 그뒤로 외삼촌이랑 충분히 상의하고 엄마하고도 의논했다, 겐이치. 아빠는 역시 하기로 결심했어.

―다함께 인생을 바꾸는 거야.

배시시 미소를 띠고 만족스러운 표정을 지은 채 넋이 나간 듯 태평한 목소리로 아빠가 말했다.

―우리 가족 한 사람 한 사람의 인생 개조 계획이야.

아빠는 맥주를 마시고 있었다. 그러나 알코올에 취하기도 전에 자기 말에 취해 있었다.

그 순간 겐이치는 포기했다. 틀렸다. 이제 완전히 두 손 들었다. 제아무리 조리 있게 반박해도, 감정에 호소하며 애원해도 이 사람 귀에는 들리지 않는다. 아빠는 꿈을 꾸고 있다. 그 꿈으로 자기 인생도 엄마의 건강도 내 장래도 모두 나아질 수 있다고 굳게 믿고 있다.

다 큰 어른이면서도 꿈이 현실의 자본이 되지 못한다는 사실을 모르는 것이다.

이 집과 땅을 팔면 적어도 칠팔천만 엔은 들어온다. 펜션 건물은 외삼촌의 중개로 이미 알아봐두었고 그쪽 금융기관에서 대출받을 수도 있다. 이야, 정말 놀라울 정도로 일이 술술 풀린다니까. 살다보면 언젠가 기회가 온다는 말이 이런 뜻인가보구나.

의기양양하게 떠들어대는 아빠를 보며 겐이치의 마음은 은하계 저 너머로 멀어져갔다. 절대영도의 진공 속으로.

나는 외톨이다.

어리석고 제멋대로인 부모라는 사슬에 묶인 외톨이다.

그렇다면 정말로 혼자가 되자.

결단했다, 결심했다, 남은 건 실행뿐이라며 신이 난 아빠의 얼굴을 바라보면서 겐이치 역시 결단을 내렸다.

그래서 조사와 준비에 착수했다.

겐이치가 모르는 사이 아빠의 책꽂이에는 직장을 탈출한 사람들의 체험 수기나 『당신도 오너가 될 수 있다!』 『꿈의 펜션에 오신 걸 환영합니다』 같은 책들이 늘어 있었다. 좀더 일찍 알아차렸더라면—겐이치는 씁쓸한 후회를 곱씹으며 그 책들을 한차례 훑어보았다. 매뉴얼 책에는 성공 사례뿐이었고 체험기는 시럽처럼 달콤해서 개미가 꾀지 않는 게 이상할 정도였다. 그런데도 꾹 참고 읽어나간 것은 현재 아빠의 심리와 기분 상태를 잘 알아둬야 했기 때문이다. 안 그러면 제대로 된 계획을 세울 수 없다.

그뒤로는 진짜 필요한 자료를 닥치는 대로 읽어나갔다. 현실에서 일어난 범죄 기록을.

두 사람이 고통스러운 건 싫다. 화가 나고 원망스럽긴 하지만, 이건 화풀이로 하는 일이 아니니까.

정당방위다.

어떻게 해야 두 사람이 조용히, 깨끗하게 죽을까? 겐이치는 그것이 절실하게 알고 싶었다. 그에 더해 자신의 심신도 지켜내야 한다. 단 한 순간도 의심받아선 안 된다. 혐의를 피하기 위해 위험을 무릅쓸 수도 없다.

그래서 방화라는 수단은 제일 먼저 버렸다. 화재가 난다고 반드시 부모가 죽으리라 단정할 수 없다. 확실성이 부족하다. 요컨대 평범한 화재로는.

그렇다고 확률을 높이려고 휘발유 같은 것을 뿌리면 혼자만 살아남을 (예정인) 겐이치는 순식간에 의혹의 눈길 한복판에 내던져질 것이다. 너무 위험하다.

그럼 다른 수단으로 부모가 죽게 만들고 그뒤에 불을 내면? 모든 것이 타버리거나 물을 뒤집어쓰면 증거를 찾아내기 힘들지 않을까.

아니, 역시 아니다. 현대의 법의학 기술로는 유체가 타더라도 부검으로 사인을 밝혀낼 수 있다. 화재의 원인도 알아낼 수 있다. 조금이라도 부자연스러운 점이 보이면 경찰이 물고 늘어질 것이다.

강도가 들었다고 말을 꾸며낼까? 누구나 생각할 수 있는 거짓말이다.

그러니 안 된다. 경찰은 그런 거짓말에 이골이 났을 것이다. 자기부터 그런 계획에는 마음이 움직이지 않았다. 영화나 소설에서 익히 봐왔다. 그리고 연기하기도 어렵다. 픽션에서는 흔할지라도 현실에서 그런 방법으로 주위를 속이려면 엄청난 연기력과 집중력이 필요하다. 과거 실제 사례를 봐도 그런 수법을 썼던 범인이 연기임을 들키지 않은 경우가 없다.

겐이치는 매일같이 도서관을 드나들었다. 대형 서점을 돌아다녔다. 증거로 남을 테니 책을 사지는 않았다. 서점에서 서서 읽으며 내용을 확인하고 제목을 기억해뒀다가 도서관에 가서 읽었다. 자료, 자료, 자료. 다행히 범죄 논픽션은 국내외 할 것 없이 풍부했다. 보안 관련 책도 역이용하면 유용하므로 참고가 되었다.

도서관에서도 책을 빌리는 부주의한 행동은 하지 않았다. 도서관 사람들은 누군가의 대출 기록을 감시하거나 다른 곳에 유출하는 일이 없다고 한다. 절대로 어길 수 없는 규칙이라고. 하지만 대출 카운터에 앉아 있는 사람은 몇 되지 않으니 그중 누군가는 겐이치가 매일같이 드나들며 범죄 관련 책만 빌려가면 빠르든 늦든 알아채게 마련이다. 알아채면 가만있지 않을지도 모른다. 외부에 알릴 수도 있지 않은가.

그래서 책은 반드시 열람실에서 읽고 필요한 부분만 공책에 베껴 썼다. 물론 잘못해서 공책 내용을 들키는 일이 없도록 주위 시선도 신경 썼다.

그런데도 딱 한 번 난처한 일이 생겼다. 독극물 사전을 보고 있을 때 하필이면 후지노 료코와 맞닥뜨린 것이다. 치한이 따라붙어 곤란한 상황이었다.

그때 치한을 쫓아버릴 용기를 낸 것은 스스로 생각해도 신기했다. 나는 지금 일생이 걸린 중대한 일을 앞두고 있다. 너 같은 인간쓰레기에게 질 수 없다. 그런 투지가 불타올랐던 걸까.

후지노는 그때 내가 무슨 책을 읽고 있는지 알아챘을까.

멍청했다. 열람실에 아는 사람이 없는지부터 확인했어야 했다. 그 독극물 사전을 뽑아든 것은 다른 게 아니라 그저 약품 이름 두세 개를 찾아보기 위해서였다. 그래서 서서 읽었던 것인데, 하필 그때 반 아이를 맞닥뜨리다니.

게다가 다른 사람도 아닌 후지노 료코를. 그애 아버지는 형사다. 살인 사건이나 강도 전문.

그애가 기억한다면? 책 제목을 보고 수상쩍어한다면? 노다 가족에게 불행한 사건이 일어난 후 그때 일을 떠올린다면? 머리가 좋은 그애는 재빨리 상황을 파악하고 자기 아버지에게 알릴지도 모른다.

그에 맞먹을 정도로 어처구니없는 실수는 나카마 약국을 찾아갔던 것이다. 체인점이 아닌 개인 약국에 가야 남들 눈에 띄지 않을 줄 알았는데 정반대였다. 대체 왜 그런 곳에 우리 학교 학생이 있는 거지? 게다가 어떻게 내 얼굴까지 알고 있는지.

오래된 자료를 참고한 탓에, 옛날에는 손쉽게 구할 수 있었던 농약이 지금은 시판되지 않는다는 사실을 나중에야 알게 되었다. 자살이나 살인에 쓰인다는 것이 규제 이유였다. 전례를 보고 사용하려 한 건데, 전례 때문에 길이 막혀버렸다. 멍청했다.

그런 실수를 저질렀으므로 농약이든 살충제든 염소 계열 세제든 여하튼 독극물을 쓰는 방법은 포기했다.

범인이 외부인이고 세 식구 모두 피해자인데 겐이치만 운 좋게 살아남는다는 시나리오도 버렸다. 아무리 교묘하게 계획을 짜도 그런 시나리오로는 의심받을 가능성을 제로로 만들 수 없다.

안타깝지만 악인을 만들어낼 수밖에.

아빠, 밖에 없겠지.

겐이치의 '계획'을 정리한 공책. 가지런한 손글씨 문장에 같은 단어가 몇 번이나 등장한다. 어느 항목에서는 굵은 글씨로, 어느 항목에서는 형광펜으로, 어느 항목에서는 빨간 밑줄과 함께. 마치 군사 퍼레이드의 하이라이트, 앞뒤로 행진하는 군인들 사이에서 영광스럽고 화려하게 전진하는 최신형 미사일처럼 유독 두드러져 보이는 그것.

동반자살.

아빠가 엄마를 죽이고, 본인도 뒤따른다.

나는―홀로 남겨진다.


방침을 정한 겐이치는 기다렸다. 인내심이 중요하다. 허둥거리면 안 된다. 서두르면 안 된다.

아빠는 들떠 있다. 인생 개조 계획으로 의욕이 충만하다. 아직 회사에 사표를 내진 않았지만 그 순간을 고대하고 있다. 알코올이 들어가면 겐이치에게 끊임없이 이야기를 늘어놓았다. 나는 이 회사를 나갈 겁니다, 내 인생의 키를 내 손으로 잡고 이끌어나갈 겁니다, 이제 더는 당신에게 고개 숙이지 않을 겁니다, 그렇게 말하면 부장은 과연 어떤 표정을 지을까? 겐이치, 이게 바로 인생의 진짜 묘미란다.

그런 사람인지 몰랐다.

아빠가 회사를 그런 식으로 생각했다니, 상상도 못 했다.

그럭저럭 만족하는 줄 알았다.

겐이치에게는 뜻밖의 발견이었고, '계획'을 생각하면 곤란한 상황이었다. 직장 탈출을 눈앞에 두고 제2의 인생 출발에 가슴이 부푼 남자가 아내와 함께 자살하는 것은 너무 부자연스러우니까.

그러나―그토록 잔뜩 부풀어오른 꿈을 방해한 일이 생겼다면?

어떤 방해? 자금 문제? 외삼촌과의 의견 대립? 회사의 만류?

실제로 그런 일이 일어나면 얼마나 좋을까. 거의 정한 마음을 되돌려 몇 번이나 그런 상상을 해보았다. 은행에서 대출을 거절한다면. 아빠가 외삼촌의 꿍꿍이를 눈치채고 의심하며 다툰다면. 회사의 누군가가 아빠에게 충고하며 퇴사를 말린다면.

그런 일은 일어나지 않는다. 아무도 말리지 않는다.

그러니 겐이치가 손을 더럽히는 것 말고는 길이 없다.

이왕 더럽힐 바에는 확실하게 해야 한다.

기다려야 한다. 계기를. 기회는 반드시 온다. 아무리 사소한 것이라도 좋다. 아빠의 생각대로 풀리지 않는 것. 작은 차질. 그거면 충분하다. 겐이치는 기다리고 또 기다렸다.

그제와 어제, 아빠와 엄마가 연이어 싸웠다.

특히 어젯밤의 말다툼은 요란했다. 부모가 언쟁을 벌이는 중에 겐이치는 몰래 밖으로 나가보았다. 옆집 대문 언저리에서도 아빠의 고함소리와 엄마가 울면서 뭐라고 하는 소리가 들렸다. 이웃사람들이 귀를 쫑긋 세우고 듣고 있겠지.

겐이치는 마음속에서 차갑게 굳어 '계획'의 토대를 이루던 것이 한층 묵직하고 탄탄하게 뿌리내리는 느낌을 받았다. 그 깊은 곳에서 속삭임이 들려왔다.

기회야.

'계획'이라는 설계도를 그리기 시작한 뒤로 겐이치는 잠시 잊고 있었다. 엄마가 얼마나 변덕이 심하고 그때그때 기분과 몸상태에 휘둘리는 사람인지.

아빠 역시 자신의 인생 개조 계획에 열중한 나머지 엄마라는 위험한 불확정요소를 잊어버렸겠지. 그 아버지에 그 아들이다. 아니, 인간이란 죄다 그런 걸까.

엄마가 이제 와서 '싫다'고 말한 것이다. 펜션은 하고 싶지 않다. 도쿄를 떠나고 싶지 않다. 아빠가 직장을 그만두는 게 싫다. 안정된 생활을 버리기 싫다. 전부 다 없던 일로 하고 싶다.

처음에는 웃으면서 대꾸해주던 아빠도 지치는지 목소리가 차츰 변해갔다. 흥분했다가 가라앉고, 높아지나 싶더니 끙끙댔다. 열심히 달래다

벌컥 화를 냈다.

"당신 대체 왜 이러는 거야? 내가 그렇게 설명했잖아. 당신 지병 때문에 이러는 거라면 걱정할 것 없어. 거기도 좋은 병원이 있다고!"

"계속 진료받던 선생님을 떠나기 싫어."

"계속이라니 대체 언제부터 계속인데? 당신은 지금껏 몇 번이나 병원을 바꿨어. 초진만 받고 느낌이 안 좋다면서 두 번 다시 안 찾아간 의사도 있었어."

"그런 적 없어. 멋대로 꾸며대지 마."

"꾸며대는 게 아니야. 난 똑똑히 기억해. 우리 부장이 아는 의사 병원이었잖아? 부장이 소개해준 곳이었다고. 그런데 당신이 딱 한 번 가고 발길을 끊어서 나중에 내 입장이 얼마나 난처해졌는지 알기나 해!"

"그런 얘길 왜 지금 꺼내? 당신은 내 건강보다 부장 비위 맞추는 게 더 중요해?"

"그런 뜻이 아니잖아!"

"그런 뜻이야!"

겐이치의 마음속에서 '계획'이 일어섰다. 마치 살아 있는 생물처럼. 손발이 생겨난 것처럼. 벌떡 일어서서―고개를 쳐들었다.

이용하자. 이 대립을 이용하자.

겐이치의 마음속에서 '계획' 아닌 다른 부분이 생각했다. 엄마가 이대로 끝까지 고집을 부린다면, 변덕을 부리고 떼를 쓰며 밀고 나가준다면 나는 부모를 죽이지 않아도 된다. 아빠는 절대 엄마를 못 버릴 테니까. 엄마가 끝까지 '싫다'고 우기면 인생 개조 계획을 포기할 수밖에 없을 테니까.

그럼 재미없잖아. '계획'이 속삭였다. 넌 나를 만들어냈어. 그리고 여기까지 완성시켰어. 도중에 내팽개치기 없기야, 이 꼬맹아.

내팽개치는 게 아니다. 중단이다. 계획에는 으레 중단이 따르게 마련이다. 예정은 미정이다.

예정을 미정으로 끌어내리는 건, 자기 인생을 스스로 개척하지 못하는 겁쟁이나 하는 짓이야.

"도쿄를 떠나면 당신 건강도 틀림없이 좋아질 거라니까."

"나는 그렇다 쳐도 겐이치는 어쩌고? 그애는 곧 3학년이야. 고등학교 입시가 코앞이라고. 이런 시기에 전학을 가면 입시에 불리하단 말이야."

"글쎄, 그 얘기도 벌써 했잖아. 지금 겐이치 성적이면 그쪽 현립 고등학교에 들어갈 수 있어. 내가 다 조사해봤다니까."

"전학하면 성적이 떨어질지 몰라. 환경이 바뀌고 선생님도 바뀌잖아. 진도도 다를 거야. 보나마나 도쿄에서보다 뒤처질 거라고."

"그럼 겐이치한테 더 유리하지."

"대학 입시에는 불리해."

"그건 겐이치가 얼마나 노력하느냐에 달렸어!"

"겐이치는 섬세한 아이야! 한창 예민한 시기에 환경이 바뀌면 잘하던 공부도 못하게 된다고!"

잘 알아둬, 엄마가 저렇게 불평하는 건 널 위해서가 아니야. 불평하고 싶어서 불평하는 거야. 넌 단지 구실이라고.

나도 알아—겐이치는 '계획'에 답했다. 엄마와 아빠가 한마음으로 장밋빛 꿈을 꿀 때는 정반대 소리를 하면서 함께 기뻐했어. 난 똑똑히 들었어. 전학이 겐이치한테 좋은 자극이 될 거야. 도쿄에서 이상한 사립학교에 가느니 지방 현립 고등학교 수준이 더 높으니까 대학 입시에도 유리할 테지.

아는구나, 꼬맹아. 엄마의 주장은 언제 다시 뒤집힐지 모른다는 거지.

그러니까 믿으면 안 돼.

기대 따위 하지 마.

이용만 하면 돼.

알아. 알아. 다 안다고.

이용하자. 이용하자. 이용하는 거야, 꼬맹아. 이건 다시없는 기회야.

아빠가 분노에 눈이 멀어 엄마를 죽인다.

제정신이 돌아오면 자기가 저지른 끔찍한 짓을 깨닫고 자살한다.

그러면 이 '계획'은 완성된다.

알겠니, 꼬맹아? 넌 그저 부모를 죽게 놔두는 것뿐이야. 엄마를 죽이는 사람은 아빠고, 아빠는 제 손으로 죽는 거라고.

그리고 넌 자유로워지는 거지.


노다 겐이치는 자기 방 벽시계를 올려다보았다.

밤 열시 이십분.

아침에 나가면서 아빠는 오늘 늦을 거라고 했다. 꼭 참석해야 하는 회식이 있어. 아직은 회사를 그만두는 게 알려지면 곤란하니 윗사람 비위를 맞춰야지.

다음주부터 아빠는 야간근무다. 그러면 다시 기회를 기다려야 한다. 아빠가 밤새워 일을 하고 들어오는 새벽에, 밖에는 신문배달부가 달리는 시각에 엄마가 자지 않고 기다렸다가 아빠와 말다툼을 할 리는 없을 테니까. 상식적으로 우리 집에서 그런 일은 상상하기 힘드니까.

―몇시쯤 들어와?

―열한시는 돼야겠지. 자정은 안 넘길게.

노다 겐이치는 일어섰다. 살며시 웅크려 앉아 침대 매트리스 밑에서 아빠의 넥타이를 끄집어냈다. 오늘 학교에서 돌아오자마자 엄마 눈을 피해 아빠 옷장에서 꺼내온 넥타이를.

엄마는 이미 잠들었다.

그렇지만 너무 빨리 죽게 하진 마. 경찰이 사망 추정시각이니 뭐니 따지고 들 테니까. 아빠가 들어오기 두세 시간 전에 죽어버리면, 아빠가 엄마를 죽이고 자기도 그후에 곧바로 죽었다는 이야기가 성립되지 않을 테니까.

그럼 '계획'을 완수하지 못해.

노다 겐이치는 넥타이를 움켜쥐었다. 잡아당겨 손에 감아보았다. 페이즐리 무늬 넥타이다. 색깔은 수수한 감색. 아빠는 이런 색깔 넥타이가 많다. 나중에 조사해도 모르겠지. 아무도 눈치채지 못할 것이다. 네, 노다 주임은 어제 이 넥타이를 매고 있었습니다. 이걸로 부인을 목 졸라 죽였나요? 알 턱이 없다. 겐이치가 아빠 목에서 넥타이를 풀어 옷장에 넣는 것만 잊지 않는다면.

그것도 '계획'에 쓰여 있다.

바로 그거야, 꼬맹아. 난 완벽해. 네가 날 완벽하게 만들었으니까. 그러니 넌 나만 따라오면 돼.

죽게 놔두는 것뿐이야. 죽이는 게 아니라고.

그렇다, 죽이는 게 아니다.

하지만—겐이치는 멈춰 섰다. 방문 손잡이를 향해 손을 뻗은 채 얼어붙었다.

정말로 할 수 있을까.

내 손으로 이런 짓을 할 수 있을까.

할 수 있다니까, 꼬맹아. '계획'이 군침을 삼키며 겐이치에게 바짝 다가섰다. 이젠 체온까지 있는 완벽한 생명체다. 그러나 얼굴은 아무것도 없이 밋밋했다.

네가 나를 완수하지 않는 한, 내게는 얼굴이 없어.

나는 얼굴이 갖고 싶어.

나에게 빨리 얼굴을 만들어줘.

손잡이를 돌려 문을 열었다. 집안은 쥐죽은 듯 조용했다.

어제 아침도 오늘 아침도 엄마는 부은 눈에 부루퉁한 표정이었다. 아빠 얼굴은 푸르죽죽하고 핼쑥했다.

그렇게 큰소리를 내며 싸워놓고 두 사람 다 겐이치에게는 아무 설명도 해주지 않았다. 아무 일도 없었던 것처럼 행동했다.

즉 겐이치 역시 아무 일도 없었던 것처럼 행동하라는 뜻이었다.

그래서 그렇게 했다. 그러면서 오늘밤이 절호의 기회임을 곱씹었다. 겐이치가 들키지 않으려 노력한 것은 그런 생각이었다.

노다 겐이치는 한 발 내디뎠다. '계획'이 다음 발걸음을 재촉했다.

문을 열었다. 복도로 나갔다.

아빠가 늦는다고 했으니 엄마는 틀림없이 오늘밤 '토라져서 일찍 자는' 작전을 취할 것이다. 수면제를 잔뜩 먹고 일찍 잠들 심산이리라.

사흘 연속으로 싸우느라 흥분해서 밤을 지새웠으니 병약한 네 엄마의 심장은 쉽게 멎겠지.

잠들었어. 잠들었어. 편안하게.

간단히 죽게 해줄 수 있어, 꼬맹아.

괴롭진 않을 거야. 엄마는 살아 있는 게 더 괴로울 테니까.

엄마가 죽으면 똑바로 눕히고, 머리칼을 매만져주고, 이불을 잘 덮어주고서 아래로 내려가는 거야.

아빠가 오기를 기다리는 거지.

다녀왔어—틀림없이 아빠는 거나하게 취해 들어오겠지. 그때 네가 아빠를 맞는 거야. 엄마는? 자요. 그래, 너도 그만 자라.

밥은? 필요 없어. 그래? 난 마침 야식 먹으려던 참인데. 이번 주가 시험이라 공부 더 하다 자려고.

그럼 같이 먹을까. 뭐가 있니?

컵라면뿐인데. 일단 차부터 끓일게.

그리고 넌 민첩하게 손을 움직이는 거야. 엄마의 소중한 약상자에서 슬쩍해온 수면제를 아빠의 찻잔에 넣는 거지. 괜찮아, 진한 차에 녹이면

쓴맛을 못 느낄 테니까.

사실 엄마는 자는 게 아니야.

아니, 영원히 잠든 거지.

하지만 아빠가 알 리 없잖아. 안 그래? 신경 안 쓰잖아?

엄마 몸이 안 좋은 거야 늘 있는 일이니까.

엄마가 주절주절 불평을 늘어놓는 것도 늘 있는 일이고.

그러니 신경쓰지 말라고 언젠가 나한테도 말했잖아? 아빠도 실은 신경쓰지 않는다. 절반 정도밖에 신경쓰지 않는다. 엄마가 거짓말을 하는 건 아니지만, 꾀병을 부리는 것도 아니지만 그래도 진짜 병자는 아니잖아. 100퍼센트 진심으로 대할 필요는 없다. 그게 아빠의 본심이라니까.

그래, 본심은 따로 있다.

아빠가 직장을 그만두려는 건 엄마가 건강해지길 바라서가 아니야. 자기가 그만두고 싶은 거지. 그뿐이야. 엄마는 구실이라고.

그러니 괜찮겠지? 신경 안 쓰겠지? 엄마가 깊이 잠든 게 아니라 숨을 쉬지 않는다 해도.

약기운에 아빠가 깊이 잠들면 옷을 벗기고 물이 가득 찬 욕조에 끌어다 넣고는, 숨이 끊어질 때까지 나는 어떻게 누르고 있어야 할까?

할 수 있을까, 그런 일을?

다 끝내고 나서 잠들 수 있을까.

날이 밝아올 무렵에는 모든 걸 악몽이라 생각하고, 내가 한 일이 아니라 생각하고, 겁먹고 두려움에 떨고 비명을 지르며 110번에 신고할 수 있을까?

할 수 있어, 꼬맹아. '계획'대로잖아. 네가 만들어낸 주도면밀하고 훌륭한 '계획'.

완료해. 해치워버려. 그래서 내게 얼굴을 만들어줘.

노다 겐이치는 넥타이를 손에 감고 복도를 걸었다. 부모님의 침실로.

아직은 그저 깊이 잠들어 있을 엄마에게로.

빨리 안 하면 아빠가 온다니까. 얼른 해, 꼬맹아, 꼬맹아, 꼬맹아. 재촉하는 부드러운 목소리는 콧노래처럼 가볍고 경쾌하다. 마음속에서 들려오는 소리. 신기하다. 지금 내 마음은 멈춰 있는데 어떻게 소리가 솟아날까. 내가 언제 마음의 비상전원을 가동시켰을까. 그럴 필요 없는데, 언제 스위치를 켰을까?

침실 문을 열었다. 자, 가자, 꼬맹아. 나는 너의 충실한 파트너야. 나는 너를 버리지 않아. 난 이 세상에서 단 하나, 너의 슬픔을, 너의 괴로움을, 너의 바람을 한 톨도 남김없이 온전히 이해하는 존재니까. 너는 나고, 나는 너야.

그러니 괴로워하지 마. 두려워하지 마. 이쪽으로 등을 돌리고 베개에 머리를 묻고 깊이 잠든 엄마. 규칙적인 숨결이 평화롭군. 너도 알잖아? 이렇게 잠들어 있는 것이야말로 엄마에게 최고의 행복이야. 그러니 너는 엄마가 계속 잠들어 있을 수 있도록 도와줘야 해.

과거에 단 한 번도 나처럼 너를 이해하려 한 적 없는 엄마.

과거에 단 한 번도 나처럼 너의 말에 귀기울여준 적 없는 남자의 아내.

겐이치는 침대 옆에 서서 머리칼이 헝클어져 있는 엄마의 목덜미로 시선을 떨어뜨렸다.

아아, 그렇다, 아빠의 유서가 없으면 경찰이 의심할지 모르는데―별안간 이성의 빛이 번뜩였다. 단념해. 단념해. 이런 게 통할 리 없어. 이건 이상해. 근본적으로 이상해. 내가 이런 짓을 할 리 없어.

아니야, 꼬맹아. 넌 할 수 있어. 하는 거야. '계획'이 속삭였다. 유서 따윈 필요 없어. 경찰도 신경 안 써. 네가 경계하는 만큼 녀석들 머리가 좋지는 않아. 너는 착한 아이고 다정다감한 아들이고 게다가 내일 아침에는 겁에 질려 있을 거야. 혼자 남겨져 넋이 나갔을 거라고. 그런 널 누가 의심하겠니?

그런 생각 말고 빨리 내 얼굴부터 만들어줘. 빨리, 빨리, 빨리 —

빨리 죽여!

전화벨이 울렸다.

집전화다. 귀에 익은 소리다. 노다 겐이치의 눈이 휘둥그레졌다. 양손 사이에 넥타이가 팽팽하게 당겨져 있었다. 페이즐리 무늬가 눈에 어른거렸다.

우물쭈물하지 마, 이 애송이 자식! 빨리 엄마한테 올라타 목을 졸라!

저멀리서 전화벨이 울리고 있다. 겐이치의 마음속에 눈부신 불빛이 깜박였다. 불이 켜지자 소리가 들렸다. 빨리, 빨리, 빨리 내게 얼굴을 줘!

'계획'이 겐이치의 숨통에 달려들었다. 그 순간 겐이치는 그것의 얼굴을 보았다. 이미 얼굴이 있었다.

노다 겐이치는 도망쳤다.

전화벨이 울리고 있다. 끊이지 않고 울린다. 경쾌한 전자음이 뽑아내는 구명줄. 이쪽으로 뻗은 구조의 손길. 잡아, 잡아, 이 손을 붙잡아.

복도를 달리며 벽에 부딪히고, 계단에서 고꾸라지고, 난간에 매달리고, 층계참에서 미끄러지고, 허리를 거세게 부딪혀 소리도 나오지 않을 만큼 아팠다.

넥타이는 어딘가로 사라져버렸다.

아우성치려 했다. 절규하려 했다. 하지만 목소리는 나오지 않고 그저 숨소리만 목구멍에서 흘러넘쳤다. 그런데도 전화벨은 여전히 울렸다. 아직 멈추지 않았다. 구명줄은 바로 코앞에서 한들한들 흔들리고 있다.

겐이치는 일어서고, 다시 미끄러지고, 벽에 손을 짚고 울부짖으며 전화기 쪽으로 달려갔다.

수화기를 들었다. '계획'이 사악하게도 마지막 발악을 하며 겐이치의 손가락 힘을 앗아갔고 수화기는 바닥으로 굴러떨어졌다.

"여보세요?"

목소리가 새나왔다.

"여보세요? 노다 씨 댁이죠? 너무 늦은 시간에 죄송합니다. 아주머니 세요? 아저씨세요? 겐짱? 겐짱이니?"

고사카 유키오의 목소리였다.


현관 벨이 울렸을 때 후지노 료코는 막 집에 들어온 아빠를 위해 된장국을 데우던 중이었다. 후지노 가족은 하루 한 번은 된장국을 먹는다. 된장국이 일본인의 건강을 지켜준다는 게 엄마 구니코의 주장이다. 오늘은 아침에 빵을 먹어서 저녁에 된장국을 먹는 것이다.

그 엄마는 지금 목욕중이다. 료코는 욕실 문 너머로 아빠가 왔다고 전했다.

"어머, 아빠 오셨니?"

"곤노 씨도 같이 왔어. 먹을 것 좀 달래."

"아, 정말. 미리 전화 한 통 해주면 어디가 덧나나."

"밥 먹고 곧장 본청으로 가신대. 걱정 마, 내가 시중들게."

료코는 아빠의 부하직원 곤노가 자기를 보고 "료짱은 참 귀엽네요" 했다는 걸 안다. 곤노 씨는 료코 취향이 아니지만 그래도 귀엽다는 말을 듣는 건 나쁘지 않다. 실제로도 귀엽고 여자답게 보이는 건 더더욱 나쁘지 않다.

그때 벨이 울린 것이다.

"내가 나갈게."

아빠가 말하며 현관으로 나갔다. '내가'라니? 후지노 다케시 씨, 평소 가족들 앞에서는 늘 '아빠'라고 자칭하잖아요. 곤노 씨 때문에 아직 일하는 기분이 남아 있는 건가?

쇼코와 도코는 곤노 씨가 놀아주자 깔깔거리며 좋아했다. 도코는 이제 잘 시간인데.

“료코.” 아빠가 불렀다. 모습은 보이지 않았다. 현관에서 큰 소리로 부른 것이다. “잠깐 나와봐라.”

앞치마에 손을 닦으며—이러니까 진짜 주부 같다—료코는 현관으로 나갔다.

활짝 열린 현관문 앞에 창백하게 질린 고사카 유키오가 서 있었다. 두툼한 더플코트를 입었지만 운동화 속의 발은 맨발이었다.

“고사카!”

어떻게 된 거야, 라고 묻기도 전에 후지노 다케시가 끼어들었다. “너희 반 친구니?”

“으, 응.” 료코는 슬리퍼를 신은 채 현관 바닥으로 내려갔다. 아빠가 료코의 팔을 휙 움켜잡았다.

“죄송합니다. 정말 죄송합니다.”

고사카 유키오가 양손을 내민 채 뻣뻣하게 굳어서는 턱만 덜덜 떨며 사과했다.

“이런 시간에, 이상하다는 건 저도 알지만, 어떻게 해야 할지 몰라서요. 죄송, 죄송합니다.”

“집에 무슨 일 있니?”

후지노 다케시가 물었다. 표정은 험악하지만 나무라는 투는 아니다. 고사카 유키오는 고개를 세차게 저으며 료코에게 울먹이며 말했다.

“겐짱이 이상해.”

“겐짱?”

“노다 겐이치라는 애야. 우리 반.” 료코가 설명했다. 목소리가 갈라지고 쉬어서 스스로 듣기에도 흥분한 것 같았다. 왜 이러지? 내가 왜 이렇게 당황하지?

“오늘 학교에서도 영 이상했잖아? 말 한마디 안 하고. 얼굴은 새파랗게 질렸고. 그래서 집에 와서 몇 번이나 전화했어요. 그런데 계속 안 받았더라고요. 너무 걱정되는 마음에 오늘중에 잠깐이라도 통화하고 싶어서 방금 전에 또 전화를 걸었는데."

료코에게 말하다가 어느새 존댓말로 바뀌었다.

"그래서? 어떻게 됐는데?"

"이상해요. 겐짱이 간신히 전화를 받긴 했는데 우는 것 같았어요. 수화기를 멀찍이 떼고 엉엉 울었어요."

후지노 다케시가 료코를 돌아보았다. "노다라는 학생은 어떤 애니?"

료코는 유키오의 얼굴에 시선을 고정한 채 얼어붙었다. 대답이 나오지 않는다.

"료코!" 아빠가 팔을 흔들자 그제야 눈앞이 맑아졌다.

"노다라는 아이가 정말 요새 이상해 보였니?"

"이상했어." 료코가 몇 번이나 고개를 끄덕거리며 아빠의 얼굴을 올려다보았다. 붙잡히지 않은 쪽 팔로 아빠의 셔츠 자락을 꼭 움켜쥐었다.

"그래. 여러 가지로 이상해. 약국에 농약을 사러 가고, 범죄 책도 읽고. 그런 애가 아니었는데. 그치?"

묻는 말에 유키오가 어정쩡하게 고개를 끄덕였다. "전화가 끊어지지 않아서 그냥 됐어요. 오늘 저희 부모님 두 분 다 야근이라 집엔 여동생이랑 할아버지 할머니뿐이에요. 저 혼자 어떻게 해야 할지 몰라서, 우리 집에는 다른 전화가 없으니까 안 끊으면 다시 걸 수도 없고. 죄송해요, 불쑥 찾아와서. 그런데 정말로 어떡해야 좋을지 모르겠어요."

단숨에 쏟아내는 유키오의 말에 이끌려 료코도 거들었다. "나카마 선배네 아버지는 그애가 자살하려고 농약을 사러 온 것 같다고 했대. 하지만 그렇다고 뭘 어떻게 할 수도 없고, 방법도 생각 안 나고, 그래서 난—"

"너 그애 집 아니?" 후지노 다케시가 유키오에게 물었다.

"네, 알아요."

"그럼 같이 가보자."

"죄송합니다, 정말 죄송합니다."

"죄송할 거 없어. 어이, 곤노!"

그리고 잠깐 나갔다 올 테니 집에 있으라고 부하직원에게 말하면서 신발을 신었다. 료코는 현관 옆 옷걸이에서 외투를 집어 걸치고 나가는 아빠의 모습을 우두커니 바라보고 있었다. 그러다 겨우 정신을 차렸다.

"나도 갈래!"

괜찮을 거야, 정말로 이상한 짓은 안 했을 거야. 주문처럼 읊조리면서 아빠와 유키오를 따라 달려갔다.

노다 겐이치의 집은 그리 멀지 않다. 하지만 정확한 위치는 모른다. 한밤중에 바보처럼 하얀 입김을 내뿜으며 동네를 달리고 있자니 비현실적인 느낌이 몰려들었고, 곧이어 다음 순간 현실감이 돌아왔다. 어쩌지, 노다네 집에서 과연 무엇을 보게 될까. 난 왜 자꾸 이런 일에 휘말려드는 걸까. 겨우 오 분 전까지만 해도 토란과 무를 넣은 된장국 생각뿐이었는데.

"저 집이에요."

고사카 유키오가 가리킨 집에는 불이 켜져 있었다. 현관 등도 켜져 있다.

후지노 다케시는 망설임 없이 달려가 벨을 눌렀다. 아빠, 혹시 고사카가 억측한 거라면, 혹시 그냥 장난친 거라면 우리 입장이 몹시 곤란해지지 않을까?

몇 번이고, 몇 번이고 차임벨이 울렸다. 고요한 거리에 경쾌한 "딩동" 소리가 울려퍼졌다. 울리고 또 울렸다. 이웃사람들이 알아채겠지. 이상하게 여기고 창밖을 내다보겠지. "무슨 일이에요?"라고 물으면 아빠는 뭐라고 대답할 생각이람? 아아, 그렇게 문손잡이를 흔들어대면 어떡해.

"잠겼군." 후지노 다케시가 중얼거렸다.

내내 달린 터라 고사카 유키오는 아직 거친 숨을 몰아쉬고 있었다. 그래, 고사카는 운동을 잘 못하지.

찰칵 손잡이가 돌아가는 소리가 들렸다.

문이 안쪽으로 아주 조금 열렸다. 기껏해야 10센티미터 정도 되는 틈. 그 틈으로 노다 겐이치의 얼굴이 보였다.

온통 눈물로 얼룩졌다. 망가졌다. 료코 눈에는 그렇게 보였다. 사람의 얼굴이 망가진다? 그렇다고 눈이나 코나 입이 없어진 건 아니다. 가죽이 벗겨져 뼈가 보이는 것도 아니다.

그러나 망가졌다. 탄내까지 떠도는 것 같았다. 온갖 감정이 순식간에 얼굴을 통과하는 바람에 용량을 초과했다. 그렇다, 합선이 일어나 전부 타버렸다. 남은 것은 그저 싸늘히 식어가는 것뿐.

겐짱. 유키오가 불렀다.

노다 겐이치는 그의 얼굴을 바라보았다. 지금 눈에 들어오는 것은 언제든 마음 편히 대할 수 있는 소꿉친구의 얼굴뿐이다. 료코도 후지노 다케시도 보이지 않았다. 다른 것들은 마음이 포착하지 못했다.

"―였어."

겐이치가 뭐라고 말을 했다. 입술이 달싹거리자 그것을 계기로 머리가, 어깨가, 몸이 조금씩 떨리기 시작했다.

후지노 다케시는 눈을 가늘게 뜨고 가만히 노다 겐이치를 바라보았다. 료코는 그런 두 사람을 바라보았다. 겐이치는 고사카 유키오를 바라보았다. 유키오는 겐이치만 바라보았다.

겐이치에게 한 발 다가서며 유키오가 물었다. "응? 뭐라고 했어, 겐짱?"

나였어. 료코에게는 그렇게 들렸다. 노다 겐이치는 그렇게 말했다.

"나였다고."

이번에는 모두에게 또렷이 들렸다.

"나였어. 그놈은 나였어. 내 얼굴이었어."

일어서서 목덜미로 덤벼들던 '계획'은 노다 겐이치의 얼굴을 하고 있었다.

"괜찮니?"

손을 뻗어 겐이치의 어깨를 어루만지고 그가 도망치지 않는 것을 확인
한 후지노 다케시는 좀더 손에 힘을 주고 다가서며 물었다.

"집안에서 무슨 일 있었니?"

노다 겐이치가 고개를 저었다. 처음에는 천천히. 차츰 빠르게. 그저
고개만 흔들어댔다. 그리고 끊임없이 중얼거렸다. 나였어, 나였어, 나였
다고!

실패했구나, 꼬맹아.


28


분수의 물보라가 겨울 햇살을 튕겨내며 반짝거린다. 손으로 만지면 아
직 얼음처럼 차갑겠지만 벤치에서 바라보고 있자니 그 반짝임에 밝은 봄
기운이 섞여 있는 것 같다. 달력은 3월. 오늘은 추위도 한풀 꺾였다.

그래서일까. 히비야 공원에는 료코가 예상했던 것보다 훨씬 사람이 많
았다. 공원을 가로지르는 외투를 걸친 샐러리맨과 유니폼 차림의 직장
여성들. 나란히 맞춰 입은 두툼한 스웨터 깃을 세우고 여유롭게 산책하
는 노부부도 보인다. 여고생 한 무리가 벤치를 독차지하고서 떠들썩하게
수다를 떤다.

오늘 아침 학교에 가니 방과후 긴급 교직원회의가 열리는 관계로 특별
활동은 모두 쉰다는 공지가 있었다. 수업은 5교시로 끝났다.

료코는 곧바로 아빠에게 연락했다. 후지노 다케시는 딸을 위해 시간을
냈다.

료코의 손목시계는 지금 오후 세시 반을 가리키고 있다. 아빠가 외출
할 수 있는 건 기껏해야 한 시간일 것이다. 곧장 본론으로 들어가야 한
다. 그러나 아빠와 나란히 앉아 캔커피를 마시고 있자니 그것만으로도

이상하게 마음이 놓여서 입을 떼기가 더 어려웠다.

후지노 다케시는 료코의 그런 마음을 알아챈 것 같았다. 빈 캔을 발밑에 내려놓고 먼저 말문을 열었다.

"긴급회의 내용이 뭔지는 너희에게 안 알려주지?"

료코가 응, 하며 고개를 끄덕였다.

"마음 쓸 거 없어. 무슨 일인지는 몰라도 노다 학생 때문은 아닐 거야. 그 일이 학교에 전해질 리 없으니까."

"……그럴까."

"그럼. 누구 입에서 새나가겠니? 노다 씨가 말할 리도 없고."

겐이치의 아빠 노다 다케오 씨를 말한다.

"고사카도 그러긴 했어. 그애 매일 노다네 집에 들르더라. 수업 필기도 갖다주고. 아 참, 나도 필기 정리 돕는 중이야."

후지노가 미소를 머금었다. "착하구나."

"응. 고사카는 마음이 따뜻해."

"너도 그래."

아빠에게 칭찬을 듣자 새삼 부끄러웠다. 그래서 쇼코가 늘 파더 콤플렉스라고 놀리나. 료코는 눈을 내리뜨고 남은 커피를 단숨에 마셨다.

"마음이 복잡하겠지만." 후지노가 천천히 말을 이었다. "아빠는 노다 씨도 훌륭한 부모라고 생각한다. 적어도 일이 벌어진 후의 대처방식은 훌륭해."

정확히 일주일 전이다. 그날 밤 집으로 달려온 료코 일행 앞에서 노다 겐이치는 현관 앞에 웅크려 앉아 유치원 아이처럼 엉엉 울었다. 세 사람은 그를 둘러싸고 다독이거나 침묵을 지키면서 그가 진정하기를 진득하게 기다리는 수밖에 없었다.

―나였어. 나였어.

―잘못했어요, 잘못했어요.

울음소리에 섞여 반복되는 몇 마디 말로는 대체 무슨 일이 일었던 건지 짐작도 할 수 없었다. 요즘 들어 분위기가 심상치 않다는 걸 조금이나마 알고 있던 료코도 그랬으니 후지노 다케시는 말할 것도 없다. 그런데도 함께 기다려주었다.

한 시간쯤 지나 겐이치의 울음이 가까스로 잦아들었을 무렵 겐이치의 아버지가 돌아왔다. 문을 열자마자 외동아들이 눈물범벅이 된 채 현관 앞에 웅크리고 있고 낯선 남자 한 사람과 남자아이와 여자아이가 그 주변을 에워싼 광경을 마주했다. 소스라치게 놀라는 게 당연하다. 그런데 더더욱 놀랄 일이 벌어졌다. 노다 겐이치가 아버지의 얼굴을 보자마자 벌떡 일어서더니 쏜살같이 밖으로 뛰쳐나가려 한 것이다.

그것을 후지노 다케시가 끌어안아 막았다. 겐이치는 팔다리를 버둥거리며 몸부림치다가 사람을 제지하는 요령을 아는 후지노를 도저히 당해낼 수 없겠다 싶었는지 갑자기 힘을 빼고 축 늘어졌다. 울음도 그쳤다. 멍한 눈으로 고개를 떨어뜨린 그를 가까스로 집안으로 옮겨 1층 거실 소파에 눕혔다. 겐이치는 눕자마자 금세 잠들었다. 지금 생각해보면 그것은 도피의 잠이었을 것이다.

후지노 다케시는 재빨리 이름을 밝히고 노다 다케오에게 사정을 설명했다. 그때는 경찰이라는 말은 하지 않고 그저 료코의 아빠인데 마침 집에 있던 터라 아이들을 따라왔다고만 했다. 그리고 덧붙였다.

"이애들이 저보다 사정을 잘 아는 것 같습니다만, 그 얘기를 듣기 전에 우선 집안에 별 이상이 없는지 살펴봐주시겠습니까?"

노다 다케오는―아마 당황해서 영문도 모른 채 자기보다 침착한 인물의 지시를 저도 모르게 따랐을 뿐이겠지만―시키는 대로 집안을 살펴보고 곧 다시 돌아왔다. 특별히 눈에 띄는 이상은 없었다. 다만 한 가지.

"2층에서 집사람이 자고 있는데……"

"주무신다고요?"

“네. 한동안 입원했다가 지금은 집에서 요양중입니다. 수면제를 먹고 잠들어서 안 깼을 거예요. 깨우는 게 좋을까요?”

“아뇨. 그냥 주무시게 놔두죠. 그건?”

노다 다케오가 손에 들고 있는 것을 가리키며 후지노가 물었다. 페이즐리 무늬 넥타이였다.

노다 다케오가 넥타이를 들어올리며 불안한 듯 표정을 흐렸다.

“이게 침실 바닥에 떨어져 있었습니다. 아내 침대 바로 옆에요. 분명히 옷장 안에 있었을 텐데. 도둑일까요……?”

“아뇨, 그런 것 같진 않습니다.”

후지노는 대답을 하고 왠지 몹시 안도하는 표정을 지었다. 료코는 그때는 아빠의 표정이 바뀐 이유를 알 수 없었다. 하지만 지금은 안다. 아빠는 우리의 단편적인 이야기와 착란을 일으킨 듯한 노다의 모습을 짜맞춰보고 그 시점에서 이미 사태를 파악한 것이다. 노다가 무슨 짓을 하려 했는지를. 그리고 그것이 미수로 끝났음을 확인하고 비로소 안심한 것이다.

그러나 료코는 그 말을 입 밖에 내기가 무서워 아직까지 묻지 못했다. 아빠, 아빠는 그때 어쩌면 집안 어딘가에 노다 엄마의 시신이 있을지 모른다고 생각했던 거지? 그래서 바로 살펴보라고 한 거지?

그뒤 유키오와 료코는 자기들이 아는 이야기를 털어놓았다. 유키오는 원래 말주변이 없는데다 당황한 탓에 자꾸 횡설수설해서 료코가 옆에서 열심히 거들었다.

노다 다케오는 완전히 핏기를 잃고 옆 소파에 잠든 아들을 바라보며 눈에 띄게 부들부들 떨기 시작했다.

“농약이라니…… 대체 무슨 일이죠. 이애가 자살하려고 한 건가요. 오늘밤에 죽으려고. 그래서 제 넥타이를 꺼냈을까요? 목을 맬 생각으로?”

고사카 유키오가 나지막이 훌쩍이고 료코는 말없이 잠든 노다 겐이치를 바라보았다. 자살 시도. 그런 것 같기도 하고 아닌 것 같기도 하고, 그

말로는 설명이 충분하지 않은 것 같기도 하다. 하지만 알고 있었다. 그런 생각은 입 밖에 내면 안 된다는 것을.

이야기가 일단락되자 후지노는 유키오와 료코를 집으로 돌려보내겠다고 했다.

"가족 일이니 본래는 이 이상 남이 참견해선 안 되겠죠. 그러나 아드님이 걱정되고, 노다 씨도 많이 당황하신 것 같군요. 저라도 괜찮으시다면 돌아와서 뭐든 도와드리겠습니다."

오늘밤은 아들에게서 눈을 떼지 않는 게 좋겠다고도 덧붙였다.

노다 다케오는 몸을 떨면서 연신 고개를 끄덕거렸다. "한심하게 들리겠지만, 뭘 어떻게 해야 하는지 저도 잘 모르겠습니다. 우리 애가 깨면 또 죽으려 할 수도 있겠죠?"

"그건 모르겠지만, 어쨌든 옆에 계시는 게 좋겠죠."

"저어, 그렇다면 좀 도와주십시오. 저 혼자서는 말리기 힘들 겁니다. 후지노 씨는 학부모회 임원이신가요?"

그렇다면 부탁해도 괜찮겠지만 그렇지 않다면 미안하다는 투였다. 료코는 노다의 아버지 역시 노다처럼 이런 상황에서도 미련하리만큼 고지식하다고 생각했다.

너희는 이제 걱정할 거 없어. 노다 학생은 괜찮아. 푹 자고 내일은 평소처럼 학교에 가라. 집으로 돌아가는 길에 후지노가 유키오와 료코에게 타일렀다. 그리고 덧붙였다.

"노다 학생을 위해, 오늘밤 일은 학교에서 얘기하기 없기다?"

고사카 유키오가 목이 떨어져나갈 듯이 세차게 고개를 끄덕였다. 눈물이 그렁그렁했다.

"아저씨, 겐짱이 깨어나면, 제가 겐짱이 죽지 않아 다행이라고 했다고 전해주실래요?"

"꼭 전해주마." 후지노가 유키오의 어깨를 토닥이며 부드럽게 말했다.

“노다 집에 전화하길 잘했어. 우리 집으로 알리러 온 것도 잘한 일이고. 네가 그애를 구한 거야.”

급기야 유키오가 울음을 터뜨렸다. “치, 친구니까요.”

“그래, 좋은 친구지. 밤늦게 나왔으니 너희 부모님에게도 설명해드려야 하지 않니?”

“아뇨, 아니에요. 괜찮아요. 두 분 다 야근이니까. 할아버지 할머니한테는 제가 말할게요. 겐짱 상태가 좋아질 때까지 아무한테도 말 안 하고 입다물고 있을게요.”

“그렇다고 혼자서만 고민하면 안 돼. 또 연락하마.”

료코에게도 그렇게 다짐을 두었다.

결국 후지노는 다음날 아침까지 돌아오지 않았다. 적어도 료코가 학교에 갈 때까지는. 통화도 그날 밤에야 했다. 외근중에 연락한 모양이었다.

“나중에 본인이랑 얘기해봤어. 노다 학생은 역시 고민에 시달리다 죽으려고 했던 모양이야. 하지만 이젠 아니니까 걱정할 거 없어. 아버지와 찬찬히 대화를 나누고 진정한 것 같아.”

고사카에게도 말해줘야 하니 전화번호를 알려달라는 아빠의 말에 료코가 말했다.

“고사카한테는 내가 전화할게. 아빠가 전화 걸면 깜짝 놀랄 테니까.”

“얘기 잘 전해주렴.”

“걱정 말고 맡겨. 고사카, 오늘 학교에서 좀 졸려 보이긴 해도 평소와 똑같았어. 노다가 결석한 건—”

“노다 아버님이 선생님께 전화해서 독감 때문에 학교에 못 간다고 얘기했어.”

“그 얘기 듣고 나도 안심했어. 독감이라면 한동안 안 나와도 이상하지 않으니까.”

노다가 이대로 쭉 학교에 오지 않는 건 아닐까, 마음 한편에선 그런 생각이 들었다. 아니면 전학을 가거나. 당연히 우리랑 마주치기 싫을 테니까.

그럴지 어떨지 지금으로서는 알 수 없다. 공식적으로 노다 겐이치는 아직 독감으로 결석하는 것으로 되어 있다. 담임 모리린은 아무 의심도 품지 않는 것 같았다.

다만 요 며칠 모리린이 웬일로 기분이 언짢다. 말수도 적고, 별일도 아닌데 금세 화를 냈다. 초조해 보였다. 다른 선생님이랑 싸우기라도 했나. 아니면 다카기 선생님한테 야단맞았든가.

"그래서?"

정신을 차려보니 아빠가 웃음을 머금은 눈빛으로 료코를 보고 있었다.

"요 칙칙한 아빠 얼굴을 보니 불안한 게 좀 풀렸니?"

료코가 웃었다. "응. 긴급 교직원회의라는 말을 들으니까 막 안 좋은 상상이 떠오르잖아. 그래서 갑자기 아빠가 보고 싶어졌어. 미안해, 바쁠 텐데."

후지노가 웃옷 주머니에서 담배를 꺼내 불을 붙였다.

"어, 끊은 거 아니었어?"

"한동안 끊었지."

"엄마한테 이른다."

"엄마도 알아. 알면서 모르는 척해주는 거야."

담배를 피우는 아빠의 옆얼굴을 보고 있으니 말이 목구멍까지 밀려올라와서 결국 입을 열었다.

"실은 아빠한테 묻고 싶은 게 있었거든."

후지노가 연기를 내뿜으며 한쪽 눈썹을 치켜세웠다.

"노다 말이야, 그냥 자살하려고 한 게 아니었지?"

"마음에 걸리니?"

"응. 계속 걸려."

"고사카도?"

"그애는 아니야. 자살미수라는 말을 철석같이 믿었으니까."

"순수하고 좋은 아이구나."

"나는 좀 달라. 미안해."

료코가 발치로 시선을 떨어뜨렸다.

"노다가 자기 아빠나 엄마를―그러니까, 으음."

죽이려 했던 것 아니냐고, 간신히 내뱉었다.

"왜 그런 생각을 했니?"

막연한 직감―이유를 들자면 그게 가장 적합하다. 하지만 료코는 그 말 대신, 그날 밤 노다 겐이치의 엄마가 무사하다는 것을 알고 아빠의 표정이 누그러진 걸 봐서라고 했다. 아빠는 최악의 상황을 상상했던 거지?

"너, 추리소설을 너무 많이 읽는 거 아니냐?"

"읽긴 하지. 좋아하니까. 그렇지만 너무 많이는 아냐."

료코의 아빠는 담배를 발밑에 던지더니 신발로 비벼끄고는 다시 주워서 빈 커피캔에 넣었다.

"궁금해서 답답하니?"

"모르겠어. 난 그냥 호기심 많은 구경꾼일지도 몰라. 그렇지만 이해 못한 채로 마음에 담아두긴 싫어."

아빠의 시선이 느껴져서 료코는 얼굴을 들었다. 시선이 마주쳤다.

"만약 네가 말한 그대로가 사실이라면, 넌 어떻게 생각하니?"

조금 치사한 질문이다.

"난 이해 못 해. 부모님한테 그런―그런 짓을 하려 들다니."

"그렇구나."

"원래 노다에 대해서도 잘 모르고."

"평소에 안 친했어?"

"아니. 전혀. 아, 그런데."

도서관에서 도움을 받았던 이야기를 했다.

"남자다운 아이구나."

"그치? 나도 깜짝 놀랐어. 그냥 얌전하기만 한 애인 줄 알았거든."

한숨을 한 번 내쉬고, 후지노 다케시가 말했다.

"아무래도 네 상상이 맞는 것 같다."

아아, 역시. 가슴에 뭉쳐 있던 응어리가 내려가는 동시에 문득 한기가 들었다.

"노다 학생과 부모님 사이에 의견이 안 맞는 문제가 있었던 모양이야. 소통이 부족했겠지."

"그래서 노다가 고민한 거야?"

"노다 씨가 직장을 그만두고 펜션을 운영하려 했나보더라. 그러면 당연히 도쿄를 떠나야 하겠지. 노다 학생은 그게 싫었고."

료코는 말없이 고개를 몇 번인가 끄덕거렸다.

"아이들은 그런 거 못 참겠지?"

"경우에 따라 다르겠지만, 사실 그렇긴 해. 부모님 사정 때문에 자기 인생이 바뀌는 거니까. 노다 부모님은 그애 의견을 전혀 안 들어준 거야?"

"그런 모양이야. 노다 씨가 무척 많이 반성했어."

그후로는 회사를 쉬면서 노다 겐이치 옆에 있다고 한다. 이런저런 대화를 나누면서.

"노다 씨는 맨 먼저 겐이치에게 사과했어. 미안했다고 고개를 숙이더라."

"엄마는?"

후지노가 살짝 떨떠름한 표정을 지었다.

"병약하신 모양이더구나. 그래서 아직 아무것도 알리지 않았어. 노다 학생이 자살하려다 실패했다는 얘기든, 또 한 가지―그, 진짜 의도든 그애 어머니가 도저히 감당 못 할 것 같아서."

"사실을 안 받아들이는 거네. 좋겠다. 완전 편하잖아."

료코가 빈정거렸다. 그런 소동이 벌어지는 와중에도 쿨쿨 잠만 자던 노다의 엄마라는 사람에게 도저히 좋은 인상을 품을 수 없었다.

"그렇지만 료코, 그런 문제는 제삼자가 이러쿵저러쿵할 수 없어. 어느 집이든 그 집의 사정이 있는 거니까."

료코가 입을 삐죽 내밀었다.

"그 집에서는 노다 씨가 아버지와 어머니 역할을 모두 떠맡았던 모양이야. 그렇게 그럭저럭 가정을 지켜온 거지."

"하지만 언제까지 그럴 수는 없잖아. 그러니까 노다가 나쁜 생각을 한 거잖아?"

"원인은 그뿐만이 아닌 것 같아. 노다는 부모님을 많이 배려해왔어. 지금까지 이런저런 책임을 떠맡으며 잘 참았지. 그렇게 참아온 게 조금 갑작스럽게 폭발한 셈이지. 추가 과하게 흔들린 거야."

지금까지 말다툼 한 번 하지 않았던 것 같다고 후지노 다케시가 나지막이 덧붙였다.

"만날 싸우는 우리 집은 건전한 거네."

"좀 시끄러운 게 탈이지만."

둘이서 잠깐 웃었다.

"아까도 말했지만, 아빠는 노다 씨가 훌륭하다고 생각해."

"눈을 떴다는 거지? 하지만 좀 늦었잖아."

"늦어도 괜찮아. 아예 못 뜨는 것보다야 낫지. 미수로 그쳤어도 자식이 그런 시도를 했다는 사실 자체를 못 받아들이는 부모도 있으니까."

"못 받아들이면 어떡해? 도망쳐? 자식이 무서워서?"

"그렇지."

"너무해! 자기 자식 문제잖아!"

"그런데도 어떤 부모들은 도망쳐. 특히 아버지는 약해. 그래서 노다 씨가 훌륭하다는 거야. 겐이치를 똑바로 마주 대하고 있으니까."

료코, 하는 아빠의 힘있는 목소리에 료코는 "응" 하며 얼결에 등을 곧 게 폈다.

"노다 학생이 학교에 나오면, 다시 얼굴을 보게 되겠지?"

"으, 으응."

"그냥 예전처럼 대해줘."

그럴 수는 없다고 받아치려고 하는데, 아빠가 먼저 말했다.

"예전처럼 별로 친하지도 않고 잘 알지도 못하는 사이로 대해주라는 말이야. 넌 아무것도 기억 못 하고 아무것도 모르는 거야. 네 학교생활은 변하지 않아."

"그러면 돼?"

"되는지 안 되는지는 모르지. 이런 일에 제일 알맞은 처방전은 없으니 까. 다만 아빠는 네가 취할 수 있는 태도 중에서는 그게 가장 친절하다고 생각해."

친절, 이라.

"그리고 만에 하나. 혹시라도 노다 학생이 너에게 무슨 얘기를 했는 데―사과든 변명이든 설명이든 뭐든― 혼자 감당하기 어려우면 언제든 네가 원하는 상대에게 말해. 그럴 수 있지?"

료코가 아빠의 얼굴을 똑바로 쳐다보며 고개를 끄덕였다. "아빠한테 얘기할게."

"벌써부터 정할 필요 없어. 조만간 남자친구가 생길지도 모르잖아."

"그래도 난 아빠한테 얘기할 거야."

"고맙다."

쑥스러움을 넘어 뺨이 뜨거워지고 눈물에 눈앞이 흐려져서 료코는 부 랴부랴 얼굴을 문질렀다.

"그나저나 역시 대단하네. 그 내성적인 노다한테 어떻게 사실을 캐냈 어? 아니면 노다네 아빠가 알아낸 거야?"

후지노 다케시가 웃음을 터뜨렸다. "아, 그건 네 덕분이야."

"내 덕분?"

그날 새벽녘에 눈을 뜬 겐이치는 아빠 곁에 있는 낯선 남자가 후지노 료코의 아버지라는 걸 알자 숨이 넘어갈 듯 모든 것을 털어놓기 시작했다고 한다.

"죄송합니다, 잘못했어요. 저를 체포하세요, 라면서. 묻고 말고 할 것도 없었어. 단숨에 모조리 쏟아냈으니 본인도 마음이 편해졌겠지만."

"그럼—"

"겐이치는 내가 경시청 사람이라는 걸 알고 있더구나."

그렇다. 그것이 뜻밖의 상황에서 효과를 발휘한 것이다.

"기분이 좀 이상해."

"뭐 어때. 결과가 좋은 쪽으로 나왔는데."

하긴 그런가. 료코가 일어섰다.

"난 이만 들어갈게."

"혼자 괜찮겠니?"

"새삼스럽게 무슨. 참, 모처럼 나왔으니 라칸에서 케이크라도 사갈까 봐. 엄마가 좋아하니까."

그렇게 말하며 오른손을 내밀었다. 후지노 다케시가 딸의 볼을 쿡 찌르며 안주머니에서 지갑을 꺼내 펼쳤다. 가죽지갑이 낡아서 후줄근했다. 올해 아빠 생일선물은 결정됐다, 잘 기억해둬야지, 하고 료코는 생각했다.


후지노 부녀가 히비야 공원 양지에 앉아 있던 그 시각, 조토 제3중학교 교무실에서는 쓰자키 교장을 중심으로 교사들이 모여 있었다.

긴급 교직원회의다. 교사들을 보고 선 쓰자키 교장의 얼굴에 표정이 없다. 한편 교장 옆 접의자에 앉은 모리우치 에미코의 얼굴에는 불안과 초조함이 확연히 드러났다. 눈물도 그렁그렁했다.

벽시계를 보고 쓰자키 교장이 말문을 열었다. "갑작스럽게 모여달라고 해서 죄송합니다. 우리 학교에 매우 중대한 문제가 발생한 관계로 여러분에게 먼저 알리고 함께 대응책을 논의하고 싶습니다."

교무실 한쪽에서 손이 올라왔다. 구스야마 선생이었다. "교장선생님, 문제라는 게 혹시 요즘 이 주위를 캐고 다니는 기자와 관련된 겁니까?"

모인 면면들의 절반 이상이 놀란 듯 술렁거렸다. 나머지는 얼굴을 찡그리거나 눈을 내리깔거나 고개를 푹 숙인 모리우치 선생을 보았다.

쓰자키가 눈을 깜박거렸다. "선생님에게 기자가 찾아왔습니까?"

구스야마 선생이 의자에서 일어섰다. "네, 왔습니다. HBS의 모기라는 기자가요. 지난 일요일에 난데없이 집에 들이닥쳐서 깜짝 놀랐어요."

"어떤 내용을 취재하려 하던가요?"

"가시와기 군에 관해서였습니다. 작년 말에 자살한 2학년 A반 학생 말입니다."

다른 교직원들이 힐끗힐끗 시선을 주고받았다.

"저는 모기 기자라는 사람에게 분명하게 말했습니다. 가시와기 학생 일은 불행한 사례였지만, 학교 측은 최선을 다했다고."

올바른 공식적인 설명이다.

"그런데 듣다보니 얘기가 좀 수상쩍은 쪽으로 흘러가는 겁니다. 어찌된 영문인지 자꾸 모리우치 선생님에 대해 물으려 들었어요. 게다가 가시와기 학생 일에 관해 내가 모르는 게 있다고 은근슬쩍 흘렸고요."

모리우치 선생이 의자에 움츠린 채 몸을 떨었다. 그 모습을 보고 구스야마 선생이 목소리를 한층 높였다.

"교장선생님, '고발장'이라는 게 대체 뭡니까?"

표정이 바뀔 뻔하는 걸 쓰자키는 간신히 억눌렀다. "그 질문에 대답하기 전에 여러분께 먼저 여쭙겠습니다. 다른 선생님들 중에도 모기 기자가 접근한 분이 계십니까?"

띄엄띄엄 앉은 네 사람이 손을 들었다. 둘은 2학년 담임이고, 나머지 둘은 각각 1학년과 3학년 학년주임이었다.

"알겠습니다. 그럼 우선 이걸 봐주십시오."

쓰자키의 말에 2학년 학년주임 다카기 선생이 앞으로 나와 자료를 나눠주었다. 쓰자키 앞으로 온 고발장과 겉봉투의 복사본이었다. 겉봉투는 후지노 료코 앞으로 온 것도 있었다.

쓰자키는 자료가 채 다 돌아가기도 전에 교직원들 사이로 경악의 물결이 퍼져나가는 것을 보았다. 구스야마 선생은 복사지를 물어뜯을 기세로 눈을 부릅떴다.

"뭡니까, 이게?"

"3학기 개학식 날 아침 교장실로 배달된 속달우편입니다. 내용은 보시는 바와 같습니다."

물결이 높다란 파도로 바뀌었다.

"보시는 바와 같다니, 이건 살인 고발 아닙니까!"

낯빛이 변한 구스야마 선생을 손짓으로 제지하고 쓰자키는 애써 침착한 목소리로 말했다. "구스야마 선생님, 자리에 앉아주세요. 사정을 설명하겠습니다."

그리고 말했다. 고발장을 받은 직후 후지노 료코의 보호자이자 경시청에 근무하는 후지노 다케시와 의논한 것. 그후 조토 경찰서의 사사키 형사와도 협의한 것. 그 결과 고발장을 쓴 사람은 3중학교 2학년 학생이거의 확실하지만 내용의 신빙성은 지극히 낮다고 판단한 것. 그리고 그 근거.

"다만 보낸 이의 심정을 고려할 때 우리가 이 고발장을 확실히 받았다는 반응을 보여야 한다는 결론에 다다랐고, 그래서 선생님들도 잘 아시는 대로 2학년을 대상으로 면담 조사를 실시한 겁니다."

구스야마 선생뿐 아니라 다른 몇몇 선생의 얼굴에도 분노의 빛이 떠올랐다. 곤혹이라는 이름의 잿더미 아래서 이글이글 피어오르는 숯덩이 같은 분노.

"면담에 그런 목적이 있었다니, 우리는 전혀 모르고 있었습니다!"

"제 판단으로 알리지 않은 겁니다. 이 고발이 진실이라 여기지 않는 한 일을 키우는 건 현명한 처사가 아니라고 생각했으니까요."

"형사까지 면담에 합류시켰잖습니까! 우리는 그냥 소란만 일으키지 아무 도움이 안 된다는 겁니까?"

구스야마 선생의 얼굴이 상기되었다. 불현듯 쓰자키는 그에게서 아들의 문제행동 때문에 학교에 불려올 때마다(혹은 먼저 쳐들어올 때마다) 고함을 질러대는 오이데 마사루를 보았다.

"그런 뜻이 아닙니다. 당시나 지금이나 저는 그저 이 신빙성 없는 고발장으로 학생들을 동요시키고 싶지 않을 뿐입니다. 그래서 가능한 한 조용히 처리하려 한 겁니다. 고발장의 존재를 아는 사람이 적을수록 좋다고 판단했죠. 그래서 저는 당시 2학년 A반 담임이었던 모리우치 선생님에게도 고발장에 대해 알리지 않았습니다."

그 말을 들은 순간 구스야마 선생은 굵은 숨을 토하며 그제야 자리에 앉았다. 곁눈질로 모리우치 에미코를 노려보았다. 업신여기는 눈빛이었다. 모리우치 선생은 뻣뻣이 굳은 채 아래를 내려다보고 있었다.

쓰자키가 여전히 침착하게 말을 이었다. "선생님들도 아시겠지만, 면담 조사에서 얻은 것이 몇 가지 있습니다. 학생들이 가시와기 군의 죽음에 충격을 받는 한편 서로 의지하며 스스로의 힘으로 마음을 추스르려 애쓴다는 사실입니다."

2월 24일 가시와기 다쿠야의 사십구재 법요 후 교장실에서 사사키 레이코와 협의한 쓰자키는 그 다음주 바로 면담 조사 보고서를 발췌해 모든 교사에게 나눠주었다. 교직원회의도 열어, 전 직원에게 그 내용을 전달했다.

다만 고발장의 존재와 그것을 쓴 사람을 찾아냈다는 것—미야케 주리와 아사이 마쓰코의 이야기는 제외했다. 그때 사사키 레이코와 약속한 대로 비밀을 굳게 지켰다.

"안타깝게도 조사에서 고발장 작성자와 관련된 정보는 얻지 못했고, 어떤 추측도 해볼 수 없었습니다. 그러나 저는 그 또한 하나의 성과라고 봅니다. 고발장을 보낸 사람이 우리 학교 학생이 아닐 수도 있다는 거니까요. 다시 말해 소란을 일으키려는 외부인의 소행이다, 혹은 역시 우리 학교 학생일지라도 장난으로 한 짓이고, 우리가 반응을 보이자 놀라서 숨어버렸다. 그런 가능성이 제기되었습니다."

쓰자키는 교직원들에게 말하면서 교무실 뒤쪽에 서 있는 오자키 양호 선생의 모습을 흘끗 보았다. 오자키 선생도 쓰자키 교장을 바라보고 있었다.

모기 기자의 취재 목적을 알아낸 쓰자키는 곧바로 오자키 선생과 의논했다. 사사키 레이코와도 상의했다. 그리고 방침을 세웠다. 이렇게 된 이상 고발장의 존재를 다른 교직원들에게도 밝힐 수밖에 없지만, 미야케 주리와 아사이 마쓰코에 대해선 덮어두기로 한다. 면담 조사에서 고발자를 찾아냈다는 것은 무슨 일이 있어도 비밀로 한다.

고발장의 존재가 공개되는 것만으로도 죽은 가시와기 다쿠야를 비롯해 오이데 슌지, 하시다 유타로, 이구치 미쓰루가 많은 사람들의 입방아에 오르게 된다. 거기에 그 두 사람까지 더해서는 안 된다.

"가시와기 다쿠야 군이 죽은 직후 그 죽음에 오이데 군과 친구들이 연관되어 있다는 소문이 퍼졌던 것은 선생님들도 잘 아실 겁니다. 고발장을 보낸 이는 그 소문을 다시 부각하려 했습니다. 소문의 내용이 사실이라고 굳게 믿고 있습니다. 그런 의미에서 보면, 장난이라는 표현은 적절치 않을지 몰라도 여하튼 고발장은 우리가 새삼스레 가시와기 군의 죽음의 진상을 의심할 만한—하물며 오이데 군을 비롯한 세 사람을 의심할 만한 근거는 절대 못 됩니다."

여교사 하나가 손을 들었다. "고발자는 못 찾아낸 거네요?"

"못 찾았습니다."

"사사키 형사가 참여했는데, 실마리도 못 잡았나요?"

"사사키 씨는 수사를 위해 조사에 참여한 게 아닙니다. 공무가 아니라 견학으로 온 거죠. 면담 조사에 응해준 학생들에게서 고발장의 존재나 그 내용에 대한 언급은 한마디도 나오지 않았습니다. 학생들은 아무것도 몰랐습니다."

숨을 내쉬고 쓰자키는 이야기를 이었다. "여기서 한 가지 부탁드릴 게 있습니다. 교장인 저뿐만 아니라 2학년 A반 후지노 료코 양도 고발장을 받았습니다. 복사본을 보면 일목요연하겠지만 동일인물이 보낸 것입니다. 많은 학생 중 왜 하필 후지노 양이 선택되었는가. 그 또한 보낸 이에게 물어보지 않는 한 모르겠지만, 조금 전에 말씀드린 대로 후지노 양의 아버님은 경시청 소속의 사법경찰관입니다. '경찰에 알려주십시오'라는 문장으로 추측건대 후지노 양이 선택된 이유는 그 때문인 것 같습니다. 또 한 가지, 후지노 양은 2학년 A반이니, 요컨대 죽은 가시와기 다쿠야 군의 반 친구이자 반장이라는 점도 이유였을지 모릅니다."

교사 몇몇이 고개를 끄덕였다.

"저는 후지노 양에게도 고발장의 존재를 아무에게도 말하지 말아달라고 부탁했습니다. 아버지와 의논한 후지노 양은 제 의도를 이해하고 부탁을 들어주었습니다. 비밀을 지켜준 것입니다. 아시는 선생님도 있겠지만, 후지노 양은 매우 야무지고 우수한 학생입니다. 하지만 그래봤자 열네 살 소녀입니다. 이런 큰 비밀을 떠안는 게 부담스러웠을 겁니다. 그런데도 잘 지켜주었습니다. 저는 그 학생에게 감사하고, 감탄하고 있습니다."

교무실 안이 조용해졌다.

"선생님들은 이 일을 비밀로 한 제 판단에 이론을 제기할 수 있습니다.

그럴지라도 제 말에 따른 후지노 료코 양을 비난하는 것만은 엄중히 삼가주시기 바랍니다. 후지노도 한 명의 학생입니다. 그 아이 또한 학교의 보호가 필요하다는 겁니다. 부디 그 점을 잊지 말아주십시오."

쓰자키가 그 자리에서 고개를 숙였다. 한참을 그러고 있었다.

"그렇다면—"

구스야마 선생의 낮은 목소리가 울려퍼졌다.

"모리우치 선생님은 무슨 연관이 있는 겁니까? 모리우치 선생님도 사정을 전혀 몰랐다면 그 기자는 왜 그리 집요하게 선생님 얘기를 캐내려는 거죠?"

모리우치 에미코가 의자 위에서 한층 움츠러들었다.

"당시 그 밖의 학교 관계자에게서는 고발장을 받았다는 보고가 없었습니다. 그래서 저는 고발장이 두 통만 존재한다고 판단했습니다. 제 앞으로 온 것과 후지노 료코 학생 앞으로 온 것, 이 두 통 말입니다."

쓰자키가 앞쪽 책상에 올려둔 복사본을 가볍게 두드렸다.

"가시와기 군의 부모님은 고발장을 받지 않았나요?"

3학년 담임교사가 질문을 던졌다. 의아하다는 듯이 미간을 찌푸리고 있다.

"저도 그게 몹시 불안했습니다. 먼저 여쭤봐야 할지 망설였습니다만, 받지 않았을 경우 자식을 잃은 지 얼마 안 된 가시와기 부부에게 또다시 상처가 될 것 같았습니다."

"그럼 먼저 묻진 않았군요."

"혹시 발신자 불명의 편지가 오지 않았냐고만 여쭤보았습니다. 그런 적이 없다고 하셨고 고발장을 받지 않았다고 판단해도 좋을 것 같아 그냥 덮어두었습니다."

"그건 은폐 아닙니까."

구스야마 선생이 작게 중얼거렸다. 쓰자키는 못 들은 척했다.

"고발장은 두 통. 저는 그런 줄로만 알았습니다. 그런데."

위 언저리에 또 통증이 느껴졌다.

"세번째 고발장이 있었던 겁니다. 같은 날 모리우치 선생님 자택으로 배달되었습니다. 그러나 모리우치 선생님은 못 받았습니다."

쓰자키는 HBS의 모기 기자가 알려준 일련의 경위를 설명했다. 이번에야말로 모여 있는 교직원들 사이로 거센 충격이 휩쓸고 지나갔다. 충격에 발밑부터 흔들리기 시작했다. 모두가 모리우치 선생을 주목했다. 경악, 분노, 망연자실.

"그게 대체―"

구스야마 선생의 목소리도 떨렸다.

"그게 말이 됩니까? 모리우치 선생님, 정말로 그런 얘기가 통할 것 같아요?"

모리우치 에미코가 오들오들 떨면서 고개를 들었다. "하지만 정말이에요. 저는 못 받았어요. 교장선생님에게 뒤늦게 이야기를 듣고도 그저 놀랐을 뿐이에요."

"속달우편이잖아요."

"우편사고도 있을 수 있죠."

상황에 어울리지 않게 태연한 목소리가 들렸다. 2학년 담임 기타오 선생이었다. 운동복 차림에 목에 호루라기를 걸었다. 3중학교의 베테랑 남교사로 불량학생 지도에 능해서 쓰자키 교장에게 높이 평가받고 있다. 물론 오이데 슌지 패거리 때문에도 고생이 많다.

"교장선생님, 그럴 가능성은 알아보셨나요?"

쓰자키가 고개를 끄덕였다. "모기 기자의 이야기를 듣고 곧바로 관할 우체국에 문의해보았습니다. 바로 대응해주어서 조사과에서 정식 보고를 받았습니다만."

옆에 있는 모리우치 에미코의 떨림이 전해지는 듯했다. 그러나 괴로워도 사실을 왜곡할 수는 없다. 쓰자키가 말했다. "그 보고에 따르면, 1월 7일 오전 열시 무렵 모리우치 선생님 자택 맨션의 현관 우편함에 속달우편 한 통을 배달했다고 합니다. 겉봉투가 특이해서 배달원의 기억에 남았던 모양입니다. 인터폰을 눌렀지만 응답이 없어서—선생님은 이미 학교로 출근하셨으니까요—우편함에 넣었다고 했습니다."

간이등기나 등기가 아닌 속달우편은 수취인이 부재중일 경우 그냥 우편함에 넣어도 된다.

교무실의 공기가 달라졌다. 쓰자키가 느끼기엔 실내 온도가 순식간에 5도쯤 내려간 것 같았다. 곤혹스러움이나 모리우치 선생을 향한 동정, 동정에 앞서 판단을 보류하는 마음들까지 사라져버렸다.

"그럼, 제대로 간 거잖습니까!"

구스야마 선생은 거의 포효했다.

"받았잖아요!"

"못 받았어요!"

더는 못 참겠다는 듯 모리우치 에미코가 소리를 높였다. 휘청휘청 일어섰다. 오른손에 손수건을 움켜쥐었다.

"전 못 받았어요. 혹시 그런 우편물이 왔다면 절대 버리지 않았을 거예요. 바로 교장선생님에게 보고했을 거라고요. 정말 안 왔어요."

큰소리를 지르며 붉어졌던 뺨이 순식간에 핏기를 잃었다.

"어린애 변명거리도 안 되는 그런 얘기를 누가 믿습니까? 부끄러운 줄 아세요!"

"저는—"

여교사가 끼어들었다. "광고지 같은 데 섞여서 모르고 버린 건 아닐까요?"

구스야마 선생이 큰소리로 받아쳤다. "바보 같은 소리 집어치워요!"

모리우치 선생이 외쳤다. "버리지 않았어요!"

"글쎄, 달리 생각할 여지가 없잖습니까!"

"잠깐만요, 구스야마 선생."

다시 기타오 선생이 나섰다. 몹시 성가시다는 표정이었다.

"그렇게 소리만 질러대면 대화가 안 되잖습니까. 무엇보다 모리우치 선생님이 왜 고발장을 버려야 하죠? 선생님 개인을 비판하거나 중상모략하는 내용이 아닌데요."

구스야마 선생은 물러서지 않았다.

"글쎄, 뭘까요? 모리우치 선생님 생각은 모르죠. 어쨌거나 신인류니까."

상황에 어울리지 않는 나지막한 실소가 터져나왔다. 신인류? 대체 언제 적 유행어야. 아니, 정작 그런 소리를 듣고 자란 건 저 구스야마 선생 세대 아닌가?*

그런 실소도 본인에게는 들리지 않는 듯했다. 그가 위압적으로 말했다. "그냥 귀찮아서 버린 거 아닙니까? 모리우치 선생님은 더러운 거나 성가신 걸 싫어하잖아요. 교육은 아름다운 일이라고 생각하실 테니까."

"구스야마 선생님, 말이 지나치십니다."

다카기 선생이 짧게 말했다. 얼굴이 굳었고 눈은 충혈되어 있었다.

"이런, 실례했군요. 하지만 그런 생각밖에 안 드는데요. 어머, 이게 뭐지? 가시와기 학생은 이미 자살로 정리됐는데, 골치 아프게 누가 이런 장난을 친담, 하면서 본 척 만 척 내버린 거죠."

"저는 그런 무책임한 짓을 하지 않았어요."

손수건을 움켜쥐고 다시 의자에 앉은 모리우치 에미코가 울음을 터뜨렸다.

"울든 떼를 쓰든 사실은 사실입니다. 상식적으로 생각해 당신이 거짓말을 한다고 볼 수밖에 없어요. 아닙니까?"

---

* '신인류'는 1980년대에 젊은이를 가리키는 말로 유행했던 용어다.

기타오 선생이 포기했다는 듯 눈을 돌렸다. 교무실 가득 음울한 침묵이 깔렸다. 모리우치 에미코의 울음소리만이 신경에 거슬리는 작은 잡음처럼 희미하게 들려왔다.

"어떻게 하실 겁니까, 교장선생님."

구스야마 선생이 으름장을 놓았다. 쓰자키는 모리우치 선생뿐 아니라 다카기 선생까지 창백해져서 몸을 떨고 있다는 것을 알아차렸다.

"모기 기자라는 사람은 이 문제를 들춰내 텔레비전에 내보낼 생각이잖아요? 벌써 취재를 시작했고요. 어떻게 대처하실 거죠?"

"우리는 사실대로 대답할 수밖에 없습니다. 학생들을 지켜야 합니다."

"참 나, 어린애가 봐도 거짓말이라는 게 빤한 핑계로 학생들을 어떻게 지킨다는 겁니까!"

누군가 "함구령을—" 하고 중얼거리자 구스야마 선생이 고함을 치며 반박했다. "지금 농담하자는 겁니까? 그런 대처는 역효과를 낳을 뿐이에요."

"그래도 취재 거부는 가능하잖아요?"

"우리야 그렇죠. 하지만 학생이나 보호자에게까지 강제할 순 없어요. 가시와기 다쿠야가 등교거부 끝에 자살한 걸 보면 우리 학교를 더는 못 믿겠다는 학부모도 있어요. 소란은 가라앉았지만 불신은 뿌리깊게 남아 있단 말입니다. 아직도 집단괴롭힘 때문에 생긴 일이라고 의심하는 사람이 있어요. 오이데 놈들도 꾸준히 말썽을 일으키고."

"방송사와 교섭하겠습니다." 쓰자키 교장이 변함없이 온화하게 말했다. "어떤 취재가 됐든 학생들을 동요시켜선 안 됩니다."

"하지만 그러면 '적'은 우리 학교가 진실을 봉인하려 한다고만 생각할 거예요."

진실 말입니다, 구스야마 선생이 강조했다.

"그러니까 모리우치 선생님이 중요하단 겁니다. 이보세요, 선생님. 사실대로 말하세요. 배달사고가 아닌 이상 기억이 안 난다고 아무리 주장한들 앞뒤가 맞지 않아요. 합리적으로 생각하면 당신이 거짓말을 한다는 결론밖에 안 나온단 말입니다. 속달우편에 발이 달려서 도망갔을 리는 없으니까."

"저는 거짓말하지 않았어요—"

"그걸 못 믿겠단 말입니다. 말이 되는 소립니까? 교장선생님, 이 사람의 이런 엉성한 주장으로는 도저히 우리 학교 명예와 학생들을 지킬 수 없습니다!"

모리우치 선생은 모리우치 에미코라는 한 여자로 돌아가 울기 시작했다. 구스야마 선생은 떡하니 서서, 쓰자키 교장은 눈을 내리깔고, 다카기 학년주임은 어금니를 악문 채 제각각 침묵에 휩싸였다.

한가롭고 맑은 이른 봄날 오후, 조토 제3중학교는 남몰래 조금씩 흔들리고 있었다.


29


고급 외투를 입고 광을 낸 가죽구두를 신은 작은 체구의 남자가 학교에서 돌아가는 남자아이 셋에게 말을 건넸다. 그가 친밀한 미소를 머금자 이른 봄날 햇살을 받은 둥근 안경테가 반짝거렸다.

"얘들아, 안녕?"

대화를 나누며 여유롭게 걸어가던 중학생들이 걸음을 멈추고 뒤를 돌아보았다. 목 부분 단추를 풀고 책가방에 큼지막한 스포츠백까지 멘 그들은 농구부원들이었다. 두 명은 안경 쓴 남자보다 머리 하나쯤은 더 컸고, 나머지 한 명 역시 신고 있는 운동화 높이를 빼고도 남자보다 컸다.

"학교 마치고 집에 가는 길이지? 잠깐 얘기 좀 할 수 있을까?"

몸은 한창 자라는 중인데 얼굴은 아직 아이처럼 천진한 세 학생에게

다가서며 남자는 자연스럽게 말을 건넸다. 둥근 테 안경을 쓰고 체구가 작은 그는 마법학교 학생과 친한, 아는 척하기 좋아하는 램프의 요정처럼 보였다. 나는 뭐든 다 알아. 나는 뭐든 다 꿰뚫어봐. 그런 내가 너희에게 묻고 싶은 게 있단다. 대신 뭔가 대단한 걸 알려줄지 모르지.

"뭔데요?"

키 큰 학생 하나가 변성기에 접어든 남자아이 특유의 목소리로 물었다. 스스로도 자기 목소리를 조절하기 어렵다. 아침에 막 일어났을 때는 초등학생 때처럼 높다. 활동을 시작하면 차츰 아버지와 비슷한 어른 목소리로 변한다. 수업과 특별활동이 끝나고 녹초가 된 방과후에는 어중간하게 쉰 아이 목소리로 돌아간다.

"너희 조토 3중학교 학생들이지? 저기, 저 학교 말이야."

안경 쓴 남자가 엄지를 세워 어깨 너머로 아이들이 막 나온 학교 뒷문을 가리켰다. 한 10미터 정도 거리다.

"그런데요."

"집에 늦으면 안 되니까 걸으면서 얘기할까?"

안경 쓴 남자가 그렇게 말하더니 대답을 기다리지도 않고 앞장서서 서둘러 걷기 시작했다. 남학생들은 얼굴을 마주보았다. 그중 덩치가 작은 아이가 '뭐야, 저 아저씨?' 하듯이 친구들에게 피식 웃어 보였다.

"2학년, 농구부 맞지?"

"그런데요……"

"아하, 마키무라, 아사노, 노리야마구나."

그들이 멘 스포츠백에 학년과 이름이 적힌 태그가 붙어 있었다.

"사실 나는—"

안경 쓴 남자가 잰걸음으로 걸으며 외투 안쪽에 손을 집어넣었다.

"이런 사람인데 말이야."

꺼낸 것은 명함이었다. 그것을 중학생들의 코앞에 들이댔다. 보여주기만 할 뿐 건네지는 않았다. 세 사람이 얼굴을 맞대고 명함을 들여다보는 것을 확인하자 곧바로 다시 집어넣었다.

"〈뉴스어드벤처〉? 어, 나 아는데!" 아사노가 소리를 높였다.

"그래? 정말 고맙다!"

안경 쓴 남자는 그 말만으로도 칭찬을 들은 양 기뻐했다.

"본 적은 없지만……"

"괜찮아. 안 보는데도 프로그램 이름을 안다는 게 방송사에는 더 좋으니까."

현장에서 프로그램을 만드는 입장에서는 또 다르지만. 그는 스스럼없이 웃어 보였다.

농구 재밌니? 몸싸움이 힘들 텐데. 연습은 많이 하니? 대회 준비하는 거야? 남자는 연신 말을 붙이며 성큼성큼 걸어 세 사람을 뒷문에서 충분히 떨어진 곳까지 데려갔다.

"서서 얘기하긴 좀 그러니 저기 패스트푸드점에 갈까? 내가 살게."

세 명의 표정이 흔들렸다. 불이 붙은 양초 세 개가 나란히 한곳에서 불어오는 바람을 맞아도 불꽃이 흔들리는 모습은 미묘하게 다르다. 지금의 세 사람도 그랬다. 빠르게 흔들리고, 크게 흔들리고, 불꽃이 기울며 꺼져든다.

—텔레비전 방송국 기자가.

—우리한테 무슨 볼일이지?

—게다가 자기가 산다잖아.

"저어."

맨 처음 "뭔데요"라고 대답했던 노리야마가 말문을 열었다. 이번에 목소리가 갈라진 것은 변성기 때문만은 아니었다.

"우리는 하굣길에 군것질하면 특별활동 정지 먹어요. 맥도날드 같은 데도 안 돼요. 그래서—"

앞서 걷던 남자가 돌아서더니 그를 올려다보며 손을 활짝 펼쳐 보였다. 놀랐을 뿐 아니라 감동까지 했다는 듯이.

"아, 정말? 요즘 찾아보기 힘든 운동부구나. 담당 선생님이 엄하신가봐. 기타오 선생님이지, 아마?"

셋 중 덩치가 제일 작은 아사노가 한 발짝 뒤에서 '쳇, 아깝다' 하는 표정을 지었다. 아까부터 두 친구와 달리 대답은커녕 고개도 끄덕이지 않던 마키무라가 입을 열었다.

"우리 학교를 잘 아시네요."

순수한 놀라움과 희미하게 묻어나는 경계심. 안경 쓴 남자는 그 질문에 기죽지 않고 밝게 대답했다.

"응, 실은 조사중이거든. 취재할 게 있어서."

세 학생이 다시 서로 얼굴을 마주보았다. 또다시 촛불이 흔들렸다. 이번에는 그 모습만으로 바람이 어느 쪽에서 불어왔는지 알 수 없다. 제각각이니까.

"무슨 취재요?"

"뭘 조사하는데요?"

각기 묻는 말에 남자는 소리 없이 웃었다. 노리야마가 걸음을 멈췄다.

"혹시 가시와기 일인가요?"

남자는 다시 한번 감탄했다. "눈치가 빠르구나!"

그걸로 단숨에 '판'이 벌어졌다. 학생들의 입이 풀렸다.

"A반의 그 가시와기요?"

"작년 크리스마스에 옥상에서 뛰어내렸던."

"그랬지. 안타까운 일이야. 너희는 가시와기 군을 잘 아니?"

"몰라요. 친구도 아니었고."

"그애 특별활동은 뭘 했더라?"

"아무것도 안 했을걸? 학교도 안 나왔던 모양이던데."

"어, 같은 반 아니었니?"

"우리는 같은 반 아니에요."

"노리야마는 1학년 때 같은 반이었잖아?"

질문을 받은 노리야마는 말없이 걷기만 했다. 무거운 듯 스포츠백을 고쳐 멨다.

안경 쓴 남자가 노리야마를 힐끗 쳐다보았다. 붙임성 있는 미소는 여전하다.

"가시와기와 안 친했어도 무슨 소문 들은 적은 없어?"

"무슨 소문이요?"

"음, 예를 들어 자살이 아니었다거나."

어? 그런 소문이 있어요? 모르는데, 그게 진짜예요? 마키무라와 아사노가 떠들어대는 소리를 노리야마는 뚱하게 듣고만 있었다. 남자를 바라보는 그의 눈에 차가운 빛이 감돌기 시작했다.

"이거 무슨 취재죠?"

"아, 그렇게 서두를 것 없어."

"우린 아무것도 모르는데."

"응, 그래. 알았어. 그래도 상관없어. 사실 너희에게 묻고 싶은 건 가시와기 얘기가 아니니까."

가시와기 담임이 모리우치라는 여선생님이잖아. 남자가 말문을 열었다.

"젊은 선생님이지? 미인이라며? 학생들한테 인기가 많다던데."

노리야마가 입을 열려는 친구들을 말리며 남자를 내려다보고 재빨리 받아쳤다.

"우리는 그런 거 몰라요."

그만 가자—노리야마가 마키무라와 아사노를 재촉해 걷기 시작했다. 아사노는 영 우물쭈물했다.

남자의 미소에는 여전히 흔들림이 없다.

"그래? 이상하네, 모리우치 선생님이 농구부 부담당 아니야?"

아사노가 친구들의 뒷모습과 안경 쓴 남자를 번갈아보며 반쯤 돌아보았다.

"그렇긴 한데, 부담당은 이름뿐이에요."

"아하, 그렇구나. 지도는 안 해?"

"지도는 기타오 선생님이 해요. 고등학교 때 전국체전까지 나간 선수였어요."

"그럼, 부담당 선생님은 정말로 아무것도 안 하니?"

"뭐, 상담 역할이라고 할까, 그냥 같이 있는 것뿐이에요. 여자애들은 우리처럼 기타오 선생님한테 말하기 힘든 게 있을 수 있으니까. "

"음, 그렇구나. 형식적이란 말이지. 그럼 실질적으로 3중학교 농구부는 여학생이나 남학생이나 기타오 선생님 혼자 코치한다는 소리네."

남자는 어느새 메모지를 꺼내 받아적었다. 아사노가 들여다보려고 가까이 가자 재빨리 피했다.

"맞아요. 어쨌든 성적을 내야 하니까. 그렇지만 모리우치 선생님도 경기 때는 늘 응원하러 와줘요."

"흐음. 열심이군."

"막 소리지르면서요."

아사노는 그게 기뻤던 모양이다. 그 말을 듣고 남자도 활짝 웃었다.

"그거 좋겠네. 미인 글래머 선생님이 치어리더를 해주다니."

"글래머인가? 뭐, 가슴은 꽤 큰 거 같기도 하고. 잘은 모르지만 학교 선생님 누구랑 사귀는 것 같던데."

"그래? 귀가 솔깃한데."

"소문이긴 한데요, 1학년 수학—"

"야!" 노리야마가 불렀다. "그만 가자니까."

아사노는 그런 노리야마를 시끄럽다는 듯이 힐끗 보고 남자에게 속삭거렸다.

"저 녀석은 모리우치 선생님을 별로 안 좋아해요."

"오, 그래?" 남자도 목소리를 낮췄다. "왜 그럴까?"

"앵앵대는 게 싫대요. 여자애 중에도 있긴 해요, 그런 애들."

"인기가 많은 사람은 보통 그렇지. 남이 좋아하지도 싫어하지도 않는다는 건 별 볼일 없다는 뜻이니까."

재빨리 수첩을 덮은 남자가 외투 안에서 뭔가를 꺼냈다. 그러더니 열 발짝쯤 떨어진 곳에서 이쪽을 바라보고 있는 두 사람에게 보이지 않도록 슬쩍 아사노에게 건넸다.

"이건 내 개인 명함이야. 집 전화번호랑 무선호출기 번호."

직책 없이 이름과 연락처만 찍혀 있는 명함이었다.

"뭐 생각나는 게 있거든 연락해. 언제든 상관없어. 아주 작은 것도 괜찮아. 협조해주면 큰 도움이 될 거야."

아사노가 알았다며 교복 주머니에 명함을 집어넣었다. 만족스러운 웃음이 얼굴 가득 번졌다. 조금 어른이 된 듯한 착각이 자존심의 표층으로 스며들었다.


"있지, 이건 좀 다른 얘기인데."

간드러지는 소녀의 목소리가 말했다. 마찬가지로 간드러지고 혀 짧은 목소리가 대답했다.

"뭔데?"

"어제 집에 가는 길에, 이상한 기자 같은 사람이 말을 걸더라."

"─이상한 기자?"

"안경을 썼는데, 이상하게 계속 실실 웃는 거야. 텔레비전 방송국 사람이래."

"어머, 그게 뭐야? 혹시 스카우트?"

"에이, 아냐. 근데 그 사람이 자꾸 모리우치 선생님에 대해 묻더라고."

"모리린? 으, 모리린을 스카우트하는 건가?"

"그런 여자한테 무슨 스카우트니."

"너 몰랐어? 고등학교랑 대학교 때 연극부였대."

"거짓말, 말도 안 돼! 배우 되려고 했대?"

"영화 오디션도 봤다던데. 떨어졌지만."

"네가 그런 걸 어떻게 알아?"

"마코짱네 가정방문 가서 말했대. 왜, 마코짱이 초등학교 때 해바라기 극단 단원이었잖아."

"말도 안 돼! 난 그것도 몰랐네. 마코라면 시로타 마사코? 그애 못생겼잖아."

"그래도 광고 같은 데 나왔던 모양이야."

"난 걔 싫어. 어쩐지 잘난 척 심하더라."

"그건 그렇고, 모리린에 대해서 뭘 물어봤는데?"

"어떤 선생님이냐고."

"그래서 뭐라고 했어?"

"명랑하다고 했지."

"진짜? 맨날 짜증난다고 불평했으면서."

"그치만 기자잖아. 험담했다가 들키면 어떡해. 내신 성적에도 영향이 갈걸. 모리우치라면 충분히 그럴 수 있어. 원래 차별도 심하고."

"그런 말은 안 했어?"

"네가 해봐. 그 사람, 조만간 너한테도 찾아갈지 몰라. 여러 학생 이야기를 들어보는 중이라고 했어."

"텔레비전에 모리린이 나오나? 왜 NHK 같은 데 그런 프로그램 있잖아. 일반인 나오는 거."

"그런 좋은 쪽은 아닌 것 같던데. 느낌이 좀 달랐어. 분위기로 봐서는 모리우치가 분명 무슨 큰일을 저지른 것 같아. 내 생각이지만."

"큰일이라니?"

"가시와기라는 애가 죽었잖아."

"자살이라며?"

"그 기자가, 학교 학생이 자살한 건 선생님 책임이라고 했어."

"흐음……"

"우리 엄마도 그랬어. 모리우치 선생님이 젊고 경험이 없어서 가시와기라는 애가 그렇게 된 거라고. 선생님이 잘했으면 학생이 절대 자살 같은 걸 할 리 없잖아."

"그치만."

"너 지금 모리우치를 감싸는 거니?"

"그런 건 아니고, 난 그게 집단괴롭힘 때문이라는 소문을 들어서."

"아, 오이데 패거리?"

"응. 아니야?"

"나도 몰라. 그 녀석들이라면 그럴 만도 하지. 그치만 오이데 패거리가 가시와기를 괴롭혔고 그래서 가시와기가 죽었다 해도 그걸 못 막은 건 모리우치 책임이잖아. 화장만 잘하면 뭐해, 머릿속이 텅 비었는데."

"그런 말도 했어?"

"왜 하냐? 내신 성적이 있는데. 너라면 하겠어, 바보야? 하지만 내가 말 안 해도 조만간 알게 될 거야. 다들 아는 사실이니까."

"왠지 무섭다."

"무섭긴 뭐가. 모리우치 따위 어떻게 되든 난 상관없어."

"그게 아니라, 혹시라도 텔레비전에 우리 학교가 안 좋게 나오면 창피하잖아. 전국 사람들이 조토 3중학교를 수준 낮다고 생각할 텐데?"

"그럴 리 없다니까!"

"있어! 전에 어디서 읽었어. 신문이었나. 어느 시골 중학교에서 한 학생이 집단괴롭힘에 시달리다 자살했는데, 선생들이 그걸 감추려고 말도 안 되는 거짓말을 한 걸 주간지에서 밝혀냈대. 그랬더니 그 학교 학생 추천입학을 받아주는 고등학교가 하나도 없었다는 거야!"

"진짜?"

"진짜로 진짜야. 그래서 난 가시와기 죽었을 때 큰일났다 싶었다고."

"너 추천입학 지원하려고?"

"가능하다면……"

"좋겠다, 성적 좋아서. 나 같은 열등생은 추천입학이랑 상관없거든."

"나도 성적이 아주 좋은 건 아니야."

"됐어. 사실인데 뭐. 아무튼 그래서 내가, 학교 선생님들한테는 취재 안 하느냐고 물어봤거든? 그랬더니 벌써 시작했다는 거 있지. 콩너구리가 당황하고 있대."

"교장선생님이?"

"지난번에 긴급 교직원회의 했었잖아. 그것도 그것 때문이래."

"그건…… 좀 심하잖아."

"뭐 어때, 우리가 나쁜 짓을 한 것도 아닌데. 모리우치 안 잘리나? 잘리면 좋을 텐데."

"나는……"

"엇? 네에, 네. 알았다고요. 엄마가 잔소리하니까 이만 끊을게."


"네, 후지노입니다."

"후지노 씨 댁이죠? 료코 학생 있습니까?"

"언니는 나가고 없어요."

"아, 너 료코 학생 동생이니?"

"네, 맞아요."

"몇 살?"

"초등학교 5학년이에요."

"그래, 똑똑하구나. 언니는 몇시쯤 들어올까?"

"으음…… 잘 모르겠어요. 오늘은 연습시합 가서."

"그렇구나. 언니가 무슨 운동 하는데?"

"검도부예요."

"오호, 멋진데! 언니가 잘해주니?"

"저어, 그런데, 누구세요?"

"아, 나는—아니, 그럼 어머니는 지금 집에 계시니?"

"네, 있어요."

"잠깐 전화 좀 바꿔줄래?"

"엄마아, 전화!"

"네, 후지노입니다."

"여보세요? 조토 3중학교 2학년 A반 후지노 료코 학생 어머님이시죠?"

"네, 그런데요."

"갑작스럽게 연락드려서 죄송합니다. 저는 HBS텔레비전 〈뉴스어드벤처〉의 모기라고 합니다."

"네, 무슨 일이시죠?"

"작년 말 료코 학생과 같은 반 학생 가시와기 다쿠야가 자살했죠. 학교 옥상에서 뛰어내려서."

"—네."

"그 사건과 관련해서 말이죠, 올해 초 학교로 고발장이 온 걸 어머님도 아십니까?"

"저, 무슨 용건이신지?"

"일단 제 얘기부터 들어주시죠. 그 고발장이라는 게 실은 가시와기 학생 일이 자살이 아니라 살인이라는 내용이었습니다. 범인 이름까지 대면서요. 아무래도 보낸 이는 사건의 목격자인 것 같고요. 그런데 그 고발장이 총 세 통인데, 한 통은 쓰자키 교장선생님, 또 한 통은 담임 모리우치 선생님, 그리고 마지막 한 통이 댁의 따님인 료코 학생 앞으로 갔습니다. 어머님도 물론 아시겠죠?"

"아뇨, 저는 모릅니다."

"그래요? 그럴 리가 없을 텐데. 료코 학생은 공부도 잘하고 평소에도 똑 부러진다고 들었는데요. 남편분이 경시청에서 일하시죠? 고발장을 쓴 사람은 아무래도 그 사실을 알고 료코 학생에게 보낸 것 같습니다. 어머님은 문제의 고발장을 보셨습니까?"

"죄송합니다만, 이렇게 갑작스럽게 잘 모르는 분과 전화로 얘기할 내용은 아닌 것 같습니다."

"료코 학생 아버님도 이 건에 관여하고 계시죠? 그나저나 걱정되시겠어요. 료코 학생이 충격을 받진 않았나요?"

"실례지만, 이만 끊겠습니다."

"한번 시간을 내주시면 천천히 말씀을 드리고 싶습니다. 이 일에 대해 어머님은 물론이고 대부분의 보호자들이 아직 모르는 내막이 있습니다. 담임 모리우치 선생님이 그 고발장을 찢어서 버린 겁니다. 말도 안 되는 일 아닙니까? 성가시다고 묵살해버린 거예요. 게다가 쓰자키 교장선생님은 그걸 알면서도 시치미를 떼고 있고요. 우리 〈뉴스어드벤처〉에서는 그 진상을 밝혀낼 생각입니다. 이대로는 가시와기 학생이 고이 잠들 수 없을 테니까요. 안 그렇습니까, 어머님? 자식을 둔 같은 어머니로서 가시와기 학생의 부모님 심정을 생각해보면 정말 참을 수 없는 일 아닙니까? 그분들은 학교에 속고 있어요. 아들이 자살했다고 믿고서, 학교를 원망하기는커녕 다쿠야 때문에 고생이 많았다며 선생님들에게 감사인사까지 하셨습니다. 어머님, 그런 기만을 용납할 수 있습니까?"

전화가 끊겼다. 뚜, 뚜, 소리가 울리는 수화기를 움켜쥔 채 모기 기자는 빙긋이 웃었다.

떠들썩한 〈뉴스어드벤처〉 제작실에서 그의 만족스러운 미소를 본 사람은 없었다.

모기가 옆에 있는 조연출에게 말을 건넸다.

"어이, 다나카. 나중에―아니, 어쩌면 좀 있다 바로 경시청의 후지노라는 사람이 연락해와 날 찾을 거야."

"네, 후지노 씨요."

"연락받으면 내가 이따가 전화한다고 전해. 그쪽에서 뭐라고 캐물어도 내가 연락할 거라고만 하고 끊어버려."

"알겠습니다. 아, 모기 씨 나가고 안 계실 때 쓰자키 씨라는 분한테 몇 번이나 전화가 왔었는데요."

"응, 메모 봤어. 그쪽은 무시해. 한동안 모른 척할 거니까."

"상당히 다급해 보이던데요."

"안달이 났겠지. 됐어, 그 노인네는 그냥 놔둬. 바짝 졸 때까지 기다려야지."

모기가 어수선한 책상 위를 헤집어 휴대용 녹음기와 새 테이프를 찾아내서 가방에 집어넣었다. 카메라에도 필름을 끼웠다.

조연출은 모기의 책상 앞에 있는 코르크보드로 시선을 돌렸다. 모기는 현재 진행중인 취재에 관계된 것들을 모조리 그곳에 핀으로 꽂아두는 버릇이 있다.

사진이 몇 장 보였다. 대부분이 스냅사진이고 한 장만 학생증 사진을 확대복사한 것 같았다. 선이 가늘고 얌전해 보이는 남자아이의 증명사진이다.

그 또래 학생을 찍은 나머지 사진들 속에서는 피사체가 움직이고 있었다. 교복 차림에 가방을 들고 친구와 나란히 웃으며 걷는 여자아이. 총명하고 승부욕이 있어 보이는 밝은 얼굴이다. 다른 사진은 그와 대조적으로 딱 봐도 불량스러운 소년인데, 편의점 앞에서 몇몇 친구들과 담배를 물고 앉아 있다. 단정치 못하게 걸친 화려한 재킷은 한눈에 알아볼 수 있는 명품 브랜드다.

그 바로 옆에 꽂혀 있는 것은 학생이 아니라 젊은 여자의 사진이었다. 어느 역 앞인 듯하다. 트렌치코트에 심플한 검은색 바지. 커다란 토트백도 검은색이다. 걸어가는 중이라 사진이 살짝 흔들렸다. 머리칼이 바람에 날려 옆얼굴이 귀까지 훤히 보인다. 미인에다 몸매도 좋아 보였다.

"모기 씨, 요새 뭐하세요? 이번에도 교육문제 같은데."

모기가 회전의자에서 일어서며 속에서 우러나는 웃음을 머금었다.

"맞아. 그렇지만 이번에는 다른 것과 비교가 안 될 정도로 큰 사건이지. 기대해도 좋아."


30


"그런 데 붙이지 말라니까요! 아, 정말."

동전 교환기 옆에서 사사키 레이코가 고개를 돌렸다. 그녀보다 머리 하나만큼 크고 머리칼이 부스스한 점원이 잔뜩 화가 난 눈초리로 노려보고 있었다.

"어머, 점장님한테 허락받았는데?"

그러면서 레이코는 작업을 계속했다. 조토 경찰서 청소년과에서 직접 만든 청소년 선도 포스터다.

'밤놀이는 어른이 된 후에!'

큼지막한 글씨 아래 사람처럼 표현된 초승달과 별이 오락실에 들어가려는 아이들에게 손가락을 치켜들며 "안 돼, 안 돼!" 하고 나무란다.

"동전 교환 안내문이 가려지잖아요. 위치 좀 봐가면서 붙여요."

"안 가려, 나란히 잘 붙였잖아. 자, 봐."

"그딴 포스터, 애들은 쳐다도 안 봐요."

"그럼 그쪽이 알아서 단속해주면 되겠네. 미성년자는 밤 여덟시 이후로 출입금지라고."

"글쎄, 겉으로 봐선 미성년자인지 아닌지 모른다니까요."

"그런 걸 꿰뚫어보는 것도 점원의 임무 아냐?"

쳇 소리를 내뱉으며 점원이 가버렸다. 레이코는 싱긋 웃고 포스터를 매만지며 잘 붙었는지 확인했다.

점원의 말대로 늦은 밤 집을 나와 오락실로 편의점으로 몰려다니는 아이들에게는 이런 포스터가 쇠귀에 경 읽기다. 무엇보다 그 부모가 신경쓰지 않거나 아예 모른다. 자식이 밤늦게 외출하거나 말거나, 한밤중까지 잠자리에 들거나 말거나. 경찰에서 아이를 데려가 집으로 연락하면 이런 식이다.

"어머, 너 나갔었니? 아직 안 들어온 거야?"

"항상 있는 일이니까 일일이 상관하지 마세요. 남한테 피해를 주는 것도 아닌데."

"우리는 아이의 자율을 존중한다고요."

가정교육 대신 넉넉한 용돈을 받은 아이들은 돈만 주면 놀 장소를 내주는 세상으로 희희낙락 몰려나간다. 바쁜 부모는 스스로에게나 아이에게나 관대하다. 그렇다, 관대하다는 말은 어느새 '루스하다'와 같은 뜻이 되어버렸다.

이런 시대에 불평 한마디 없이 열심히 포스터를 붙이고 다니는 청소년과 형사를 누가 칭찬이라도 안 해주나.

다음 가게로 가려고 자동문 밖으로 나왔다. 옷차림이 화려한 사십대 남자가 딱 봐도 여고생 같은, 그러나 옷과 화장은 어른보다 더 어른스러운 소녀를 팔에 매달고 엇갈리듯 가게로 들어섰다. 함께 크레인게임 코너로 향했다.

레이코는 순간 걸음을 멈췄다. 말을 걸어볼까. 손목시계를 보았다. 오후 세시가 지난 참이었다. 저 두 사람이 어떤 관계든 오락실에 온 것만으로 문제삼기는 어려운 시간대다.

그때, 봄 재킷 안주머니에서 무선호출기가 울렸다.

꺼내보니 조토 3중학교 양호실이었다. 교내의 다른 전화와 달리 여긴 직통으로 연결된다. 다행히 맞은편에 전화부스가 보여서 레이코는 잰걸음으로 들어가 수화기를 집어들었다.

오자키 양호선생이 곧바로 전화를 받았다.

"어머, 빨리 연락 주셨네요. 근무시간에 죄송해요."

"아뇨, 괜찮아요. 마침 학교에서 그리 멀지 않은 곳에 나와 있어요. 라이브라요."

잘됐네요, 하며 오자키 선생이 기뻐했다.

"실은 지금 한 학생이 사사키 씨를 만나고 싶다고 해서요."

"저를요?"

"네." 오자키 선생은 그렇게 대답하고 목소리를 살짝 낮추더니 "사사키 씨야"라고 말했다. 옆에 있는 그 학생에게 알려주는 모양이다.

"잠깐 시간 좀 내주실 수 있을까요?"

"네, 물론이죠. 지금 바로 찾아뵐게요."

레이코의 머리가 빠르게 돌아갔다. 누구지? 누가 왔을까?

그런 의중을 간파한 듯 오자키 선생이 태연하고 부드러운 말투로 덧붙였다. "사사키 씨, 혹시 기억나세요? 면담 때 보셨던 2학년 미야케 주리 양이에요."

레이코는 순간 숨이 멎는 것 같았다. 수화기 너머에서 오자키 선생이 "바꿔줄까?"라고 말했다. 지금 통화해보겠느냐고 주리에게 물은 것이리라.

주리가 거절한 것 같았다. 다시 오자키 선생의 목소리가 말을 이었다.

"만나뵙고 얘기하고 싶은가봐요."

"알겠습니다. 아, 선생님."

"네, 네."

"미야케 학생 상태는 어때요?"

"같이 수다 떨면서 기다리고 있을 테니 서두르지 말고 천천히 오세요."

"네, 잠시 후에 뵙죠."

전화부스에서 나온 레이코는 재킷 옷깃을 바짝 세우고 성큼성큼 걸었다. 가슴이 술렁이고 급해져서 금세 잰걸음으로 바뀌었다.

쓰자키 교장에게 "미야케 주리와 접촉해보겠다"며 큰소리쳤어도 그것은 예상보다 훨씬 어려운 일이었다. 그 아이의 상담에 응해주고 마음을 풀어주고 싶은 생각에는 변함이 없지만 그런 만큼 더 안타깝고 갑갑했다.

면담 결과 검토니 현상 파악이니 하는 이런저런 명목으로 3중학교를 부지런히 드나들었다. 덕분에 오자키 선생과는 매우 친해졌다. 그러나 미야케 주리에게 다가갈 기회는 좀처럼 잡지 못한 채 오늘에 이르렀다.

물론 기회가 적으리란 것은 각오했다. 그러나 미야케 주리의 학교생활은 레이코가 예상했던 것보다도 더 폐쇄적이었다. 레이코가 수업이 끝나는 시간에 맞춰 학교로 찾아가면 그애는 이미 집에 가고 없었다. 다른 학생들처럼 특별활동이나 학생회 활동도 하지 않을뿐더러, 방과후에 남아 친구들과 수다를 떨거나 도서실에 들르지도 않았다. 수업을 마치면 우리에서 풀려난 것처럼 쏜살같이 집으로 돌아간다. 그것이 주리의 생활 패턴이었다.

그런데 웬일이람. 그애가 먼저 다가왔다. 레이코는 걸음을 서둘렀다. 조토 3중학교 건물이 보였다.

주리가 이렇게 나오는 건 〈뉴스어드벤처〉 모기 기자의 취재활동 때문은 아닐까. 외딴섬 같은 미야케 주리의 귀에도 모기의 행동이 들어간 걸까. 학교 측에서 아무리 제지해도 교직원이나 학생들 주위를 살금살금

캐고 다닌다고 하니.

그 때문에 겁을 먹고 초조해진 주리는 이 일에 대해 소문 수준이 아닌 확실한 정보를 얻어내기로 결심하고, 그 정보원으로 면담에 참석했던 사사키 레이코를 선택한 게 아닐까. 레이코는 경찰이고, 무엇보다 외부인이다.

만약 그렇다면 단번에 핵심을 파고들 수 있을지도 모른다. 어쩌면 주리는 이런 예상치 못한 일. 자신의 의도와는 전혀 다르게 텔레비전이라는 매스미디어가 움직이기 시작한 것이 무섭고 불안해서 자기가 고발장을 썼다는—쓰고 말았다는—것을 고백할 생각까지 한 게 아닐까. 제아무리 주도면밀하고 굳은 결의로 고발장을 썼다 해도 아직 열네 살 소녀다.

〈뉴스어드벤처〉에 어떻게 대처하느냐 하는 난항에 부닥쳐 머리를 싸매고 동분서주하는 쓰자키에게 레이코는 아무 힘이 되지 못한다. 쓰자키 자신도 말했듯이 섣불리 움직이면 오히려 모기 에쓰오의 의혹만 깊어질 뿐이다. 의견 정도는 낼 수 있지만 그것이 타당한지는 자신이 없다.

그렇지만 지금 시점에서 단순한 추측이 아니라 쓴 사람의 입을 통해 고발장이 아무 근거 없는 엉터리라는 사실을 확인할 수 있다면 크나큰 도움이 된다. 가시와기 다쿠야는 살해당한 게 아니다. 조토 3중학교는 학생이 살해된 사건을 은폐한 게 아니다. 모기 기자는 교육문제에 강할지 몰라도 이 일에 관한 한은 영 엉뚱한 의심을 품고 있다. 그렇게 똑똑히 주장할 수 있다.

레이코는 발걸음을 늦추고 호흡을 가다듬으며 정문을 지났다. 운동장 여기저기서 특별활동을 하는 학생들이 보이고 온갖 종류의 구호와 크고 작은 공들이 날아다녔다. 건물 어딘가에서 3중학교의 교가 연주가 들려왔다. 음악부가 졸업식 연습을 하고 있는 것이다.

양호실 문을 노크하기 전에 레이코는 머리를 대강 매만지고 한 번 심호흡을 했다.

"실례합니다."

인사를 건네며 문을 열었다.

오자키 선생이 책상 앞에 앉아 있었다. 그 옆 의자에 미야케 주리가 앉아 있다가 레이코의 얼굴을 알아보고 벌떡 일어섰다.

그 순간 레이코의 마음속을 차디찬 바람이 스치고 지나갔다.

어쩜 이리도 불행한 얼굴일까. 흡사 달의 뒷면 같다. 빛이 없다. 광채도 없다. 온기도 없다.

"안녕하세요, 사사키 씨."

오자키 선생이 일어나 미야케 주리의 어깨를 살짝 어루만졌다.

"잘됐다, 미야케. 사사키 씨가 와주셨어."

미야케 주리는 미동도 없이 서 있었다. 창을 등지고 있어서 얼굴에 그늘이 지긴 했지만 여드름이 면담 때보다 훨씬 심해졌다는 것을 알아볼 수 있었다.

"안녕?"

레이코는 싹싹하게 인사하고 미소지으며 주리에게 다가갔다.

"미야케 양이지? 날 기억해줘서 고마워."

주리는 레이코의 얼굴에서 시선을 떼지 않은 채 어설프게 고개를 까딱여 인사했다.

"저쪽에 앉으세요."

오자키 선생이 안쪽 침대 옆에 있는 의자를 가리켰다.

그러고서 주리에게 확인했다. "나도 같이 얘기 들어도 되지?"

"아, 네에." 주리가 목멘 소리로 대답했다.

"그럼 여기 있을게. 이 시간에는 특별활동 하다가 다친 아이 말고는 올 사람 없으니까 안심해."

오자키 선생이 생긋 미소를 건넸지만 주리는 말이 없었다. 그저 딱딱하게 긴장한 채로 앉음새를 고쳤다.

"잘 지냈어? 면담 때, 가시와기 군을 생각하면 이따금 굉장히 슬퍼진다고 했지?"

"제가 그런 말을 했나요?"

"응. 그때 네가 너무 괴로워 보여서 조금 걱정했어. 내가 어떻게 해줄 수 없었을까 자책했잖아."

거짓말이 아니다. 주리는 실제로 그렇게 말했다. 진심에서 우러나온 게 아니라 그렇게 말해야 한다고 머릿속으로 계산한 듯 보였을지라도.

"전 면담을 두 번이나 해서."

"응, 그랬지."

"애들이 이상하대요."

레이코가 약간 과장스럽게 놀라는 척했다.

"어머, 왜? 두 번 한 애 많은데."

"그래요?"

"그럼. 그냥 수다 떨러 세 번, 네 번씩 찾아온 애도 있는걸."

"그렇군요……"

뒤이을 말이 떠오르지 않는 모양이다. 주리의 마음은 딴 곳을 헤매고 있다. 무슨 말을 꺼내려는 걸까. 무슨 말을 들어도 놀라지 않기 위해 레이코는 신중하게, 그리고 주리에게 들키지 않게 준비 태세를 취했다.

"저어…… 죄송해요."

"응?"

"여기까지 오시라고 해서."

"아냐, 전혀. 마음 쓰지 마. 그뒤로 오자키 선생님한테 자주 놀러오는걸. 그렇죠, 선생님?"

오자키 선생이 웃는 얼굴로 고개를 끄덕였다. 양호실의 '비밀 허브티'를 준비하는 중이었다.

"일하다 지치면 여기 와서 몰래 쉴 때도 있어."

"정말요?"

"그럼, 정말이지. 낮잠까지 잤는걸."

오자키 선생이 허브티가 담긴 머그잔을 들고 왔다. 따뜻한 향기가 코를 간질였다.

"와, 신난다. 향이 정말 좋네요."

레이코는 진심으로 기뻤다. 주리는 머그잔 손잡이를 꼭 움켜쥐었다.

"미야케, 이제 얘기해보렴."

오자키 선생이 부드럽게 재촉했다. 아래를 보고 있던 주리가 살며시 눈을 치켜떴다.

"저어……" 작은 목소리로 말문을 열었다.

레이코는 짐짓 태연한 척 허브티를 마셨다.

"경찰이 가시와기 사건을 다시 조사한다는 게 사실이에요?"

레이코가 머그잔을 입에 댄 채 눈을 휘둥그레 떠 보였다. 주리는 허둥지둥 말을 이었다.

"소문을 들었어요. 그, 텔레비전 방송국에서 취재한다고. 제가 취재를 당한 건 아니지만 애들이 얘기해서요."

"텔레비전 방송국?"

"네. 일이 커질 것 같다고 했어요. 가시와기는 사실 자살한 게 아니라 살해당했고 범인이 누군지도 아는데 학교에서 숨겼대요. 저기, 모리우치 선생님이요."

레이코가 오자키 선생의 얼굴을 바라보았다. 선생은 수수께끼 같은 미소를 머금고 가만히 입을 다물고 있었다.

주리가 몸을 앞으로 내밀었다.

"정말이에요? 가시와기가 살해당했어요? 사사키 형사님에게 물어보면 알 것 같아서요."

가까이서 본 주리의 눈동자에는 긴장의 빛을 능가할 만큼 강렬하고 짙은 흥미와 흥분이 감돌고 있었다.

"그런 소문이 돌아서 불안하겠구나."

"네. 저는―" 입술을 재빨리 핥더니 주리가 얼굴을 들었다.

"혹시라도 그게 사실이라면, 제가 아직 말하지 않은 게 있어서…… 이렇게 된 이상 용기를 내 제대로 밝히는 게 좋겠다고 생각했어요. 그래서 형사님에게 상의하려는 거예요."

"―말하지 않은 게 있다고?"

부드럽게 되묻자 주리가 고개를 끄덕였다. 눈은 허공을 향해 있었다.

"전 처음부터 가시와기가 자살한 게 아니라고 생각했어요."

조금 전 레이코가 미야케 주리에게서 '불행'을 느낀 것은 착각이었을지 모른다. 이 아이는 새로운 전개의 파도를 타고 오히려 한 걸음 앞으로 나아가려는 것인지도. 레이코는 마음을 다잡았다.

"자세히 말해줄 수 있겠니?"


말해줬다. 결국 말해버렸다.

그도 그럴 것이 텔레비전 방송국이 움직인다고 하니까. 정말로 취재기자가 찾아왔다고 하니까. 이런 기회를 놓칠 수는 없잖아.

물론 고발장을 보낸 사람이 나라고 솔직하게 고백하지는 않았다. 또다른 이야기를 새로 꾸며냈다.

―제가 직접 들은 적이 있어요. 언제였더라, 음, 아마 작년 가을 무렵이었을 거예요. 수업 마치고 교실에서 오이데 삼인조가 숙덕거리고 있었어요.

―가시와기 자식이 영 마음에 안 든다. 언제 손 좀 봐주자고. 그러고 얼마 안 가 과학준비실에서 싸움이 났고, 가시와기가 학교에 안 오게 됐어요.

—가시와기가 죽고 하굣길에서 그애들이 잘됐다며 웃고 떠들어대는 걸 들었어요. 저는 무서워서 안 들키게 도망쳤지만 분명히 똑똑하게 들었어요.

—지금까지 아무한테도 이런 얘기 안 했어요. 얘기해야 될 것 같았고, 그래서 면담도 했지만 역시나 무서워서 말을 꺼낼 수 없었어요.

—그렇지만 요즘 아이들이 수군거리는 소문을 들으니까 역시 입다물고 있으면 안 되겠다 싶었어요. 경찰이 가시와기 사건을 다시 조사한다, 사실은 살인이라는 걸 알아냈다고 하니까요. 무슨 확실한 근거가 없는데 경찰이 움직일 리 없잖아요? 무슨 증거가 있으니까 방송국에서도 기자가 나온 거겠죠? 분명히 저 말고도 어떤 중요한 사실을 아는 사람이 있다는 뜻이겠죠?

오자키 선생과 사사키 형사는 진지한 얼굴로 내 이야기를 들어주었다. 그리고 지금 해준 이야기는 수사에만 참고하고 아무도 모르게 할 테니 안심하라고 했다.

말해줘서 고맙다며 칭찬해주었다.

뭐야, 간단하네. 어른들을 조종하기가 이렇게 쉽다니.

선생들 입에서 고발장 이야기는 나오지 않았다. 그러니 이번 소동이 어떤 계기로 일어났는지 아직 나는 모른다. 하지만 고발장이 원인인 게 틀림없다. 아니면 또다른 뭔가가 있는 걸까?

이 소문을 좀더 자세히 알려면 누구에게 물어봐야 할까. 마쓰코는 전혀 도움이 되지 않는다. 역시 후지노 료코일까. 고발장을 받았으니까. 지금까지도 시치미떼고 있지만.

정말 싫은 애지만…… 어쩔 수 없지. 그전에 텔레비전 취재기자가 나를 찾아와주면 얼마나 좋을까. 그러면 여러 가지를 알아낼 수 있다.

아무래도 기자에게까지 꾸며낸 이야기를 하는 건 위험하다. 선생들과는 다르니까. 내가 한 이야기를 폭로할지도 모른다. 아빠는 늘 매스컴을 신용할 수 없다고 했다. 아빠는 어설프고 독선적인 말을 잘하지만 그 말만은 사실이다. 텔레비전만 봐도 알 수 있다.

기자한테야 고발장을 보여주면 충분하겠지. 하지만 조심해야 해. 그걸 쓴 사람이 나라는 걸 들키지 않도록.

앞으로 과연 어떻게 될까. 오이데 패거리가 잡혀들어갈까. 모리우치 선생이 학교에서 잘릴까.

잠깐? 혹시…… 모리우치 선생이 감췄느니 어쩌느니 소문이 도는 그게 내가 보낸 고발장인가? 그 선생이라면 그럴 만도 하다. 하지만 교장과 후지노 료코에게도 보냈으니 혼자 감춰봐야 아무 소용 없는데.

아아, 궁금해 미치겠다! 모리우치가 대체 무슨 일을 저지른 거지?

미야케 주리의 마음은 점점 달아오르기만 했다.


31


"그래서—"

가시와기 히로유키는 시선을 들어 거실에 어깨를 나란히 하고 앉은 면면들을 보았다. 쓰자키 교장, 다카기 학년주임, 그리고 다쿠야의 담임이었던 모리우치 선생.

"선생님들은 저희에게—아니, 저희 부모님에게 뭘 어쩌라는 거죠?"

어머니 고코는 이 모임이 시작되었을 때부터 줄곧 고개를 숙이고 어깨를 늘어뜨린 채 앉아 있었다. 교사들이 찾아온 지 한 시간이 지났지만 아직 한마디도 하지 않았다.

아버지 노리유키는 야윈 턱이 가슴에 닿을 정도로 고개를 깊이 숙인 채 눈을 감고 있었다. 역시 말이 거의 없었다.

부모님이 지칠 대로 지쳐 갈수록 말수가 없어지는 것도 무리는 아니었다. 히로유키는 이런 자리가 정확히 몇번째인지 알 수 없었지만 3중학교 교사들이 하는 말은 그들 가족이 듣기에 의심스럽기 그지없는 동시에 전혀 쓸모가 없었다. 부모님에게 이야기를 들을 때마다 어처구니없는 시간 낭비라는 생각이 들었다.

2월 말에 가까스로 다쿠야의 납골을 마치고 한고비 넘어섰다고 생각했는데 마치 기다렸다는 듯이 새로운 문제가 생겼다. 그렇다, 학교 측이 보기에는 문제다. 그러나 가시와기 가족 입장에서는 사건이다.

3학기가 막 시작된 1월 7일에 다쿠야의 죽음이 자살이 아니라 살인이라고 주장하는 편지가 왔다고 한다. 익명의 고발자는 그 현장을 목격했고, 다쿠야를 살해한 것이 같은 2학년의 불량학생 오이데 슌지, 하시다 유타로, 이구치 미쓰루라며 실명을 밝혔다.

그런데 쓰자키 교장은 고발장을 숨겼다. 가시와기 가족에게는 사정을 밝히지 않고 그저 수상한 편지가 오지 않았느냐고 물었을 뿐이다. 그것만으로도 용서가 안 되는데, 심지어 모리우치 에미코는 자기 앞으로 온 고발장을 찢어서 버렸다고 한다.

이런 내막이 세상에 드러난 것은 순전히 요행이었다. 모리우치 선생이 버린 고발장을 우연히 주운 사람이 이렇게 중요한 내용을 그냥 보고 넘길 수 없다는 생각으로 HBS의 〈뉴스어드벤처〉라는 프로그램에 투서를 한 것이다. 제삼자의 그런 행동이 없었다면 부모님도 히로유키도 영원히 모르고 넘어갔을 것이다.

텔레비전 정보 프로그램의 기자가 움직이자 쓰자키 교장은 새파랗게 질렸다. 곧바로 연락해와선 어떻게든 당사자의 분노와 불신을 누그러뜨려 사태를 원만하게 해결하려고, 교장의 표현을 빌리자면 '설명과 사죄와 부탁'을 되풀이했다. 표현은 그때그때 달랐지만, 요컨대 모기 에쓰오라는 담당 기자의 취재에 응하지 말고 이 일의 처리를 전적으로 조토 3중학교에 맡겨달라는 요구였다.

학교 측 움직임은 신속(이라기보다 다급하다는 말이 어울릴 것이다) 했지만, 〈뉴스어드벤처〉의 모기 기자는 좀처럼 가시와기 가족에게 접촉해오지 않았다. 3월 중순 무렵이 돼서야 비로소 만나뵙고 싶다는 편지를 보내왔다. 히로유키가 부모님에게 직접 이 이야기를 들은 것도 그때였다. 학교와의 교섭은 그렇다 치고 매스컴 관계자를 둘이서만 만나기는 불안하니 그 자리에 함께 해달라고 부탁한 것이다. 히로유키는 부리나케 달려갔다. 다쿠야의 죽음으로 초췌해진 부모님이 또다시 혼란에 휩싸여 시달리고 있었고 특히 어머니 고코는 고목처럼 바짝 말라 있었다. 그 모습을 보니 가슴 깊은 곳에서 피가 거꾸로 솟는 듯했다.

세 식구가 함께 모기 기자를 만났다. 텔레비전에서 본 적 있는 얼굴이었다. 그의 설명은 명쾌하고 이해하기 쉬웠으며 취재 의도도 명확했다. 조토 제3중학교는 다쿠야의 죽음에 대한 진실을 은폐했다. 우리는 그것을 폭로하려 한다. 다만 중대 사안이니만큼 사실관계를 최대한 정확히 파악하고 내막을 알아낸 후에 유족에게 취재를 부탁드려야 한다는 생각에 지금까지 시간을 들였다―

그에 비해 쓰자키 교장은 시종 책임을 회피하는 소리만 했다. 고발장 내용의 신빙성은 지극히 낮다. 누가 보냈는지는 명확지 않지만 만약 학생이라면 이런 날조를 할 만한 이유가 있었을 것이며 그 이유를 참작하지 않으면 사태가 오히려 악화된다. 가시와기 부부에게도 괜한 심려를 끼칠 뿐이다. 그래서 지금까지 덮어왔다. 듣기에 따라서는 마치 배려했다는 투다. 그것에 너무 화가 난 히로유키는 이번에 처음으로 학교 측과 부모가 만나는 자리에 동석한 것이다.

세 교사도 하나같이 야위었지만 그중에서도 모리우치 선생의 변화는 놀라웠다. 유령처럼 창백하고 비쩍 말라 있었다. 화장이나 차림새에 신경쓸 여유도 없었으리라. 늙어 보였다. 그렇다고 안됐다는 생각이 들지는 않았다. 다만 히로유키는 예전에 우연의 장난으로 이 사람과 마주쳐 둘만의 자리에서 아무에게도 말한 적 없는 다쿠야를 향한 감정의 한 자락을 털어놓은 적이 있다. 지금 돌이켜보면 어리석은 행동이지만 그때는 자기 얘기를 들어준 모리우치 에미코 덕분에 어느 정도 구원받은 기분이었다. 그래서 더 억울했다. 아무리 잠깐 패닉에 빠졌었다 해도 저런 경솔한 사람에게 마음을 허락하다니.

"어쩌라는 거냐니, 무슨 뜻입니까?"

부모님 맞은편에서 장례식 때보다 더 공손하게 앉아 있는 쓰자키 교장이 물었다.

"말 그대로예요. 학교의 견해가 이러이러하니 무조건 믿으란 말입니까? 그러니 방송국 취재에는 더 응해주지 말라는 거냐고요."

"그런 뜻이 아닙니다."

"그럼 무슨 뜻인데요?"

"우리는 다쿠야 군 부모님을 혼란스럽게 하고 싶지 않아서ㅡ"

히로유키가 고개를 저으며 교장의 말을 가로막았다. "그 말은 벌써 몇 번이나 들었어요. 저희 부모님도 물리도록 들었단 말입니다."

쓰자키 교장이 기가 꺾여 눈을 내리깔았다. "결과적으로는 매우 유감스럽게 생각합니다."

침묵을 지키던 다카기 학년주임이 갑자기 히로유키를 보고 말했다. "학생은 다쿠야 군의 형이죠? 미안합니다. 심정은 충분히 이해하지만, 조금 진정하고 잠시 부모님과 대화하게 해줄 수 있을까요?"

히로유키의 가슴속에서 불꽃이 튀었다. "난 아직 어린애니까 중요한 얘기를 할 수 없다, 그러니까 입다물고 물러나라, 이겁니까?"

"아니, 그럴 리가요."

"아니긴 뭐가 아니에요. 저희 부모님은 보시다시피 이 일 때문에 완전히 지치셨어요. 걱정돼서 견딜 수가 없습니다. 다쿠야는 제 동생이고, 저도 가족의 일원이에요. 아니, 가족의 대표예요. 제가 하는 말이 저희 집안의 의견이고 주장이란 말입니다."

어색한 침묵 속에서 전화벨이 울렸다. 아버지가 천천히 일어나 수화기를 들었다. 목소리를 낮춰 통화하더니 금세 끊었다.

"실례했습니다. 회사에서 연락이 와서요."

"번번이 시간을 빼앗아서 정말 면목없습니다."

쓰자키 교장이 다시 사과했다. 상관없어요, 선생님. 아버지는 다쿠야를 위해 회사를 그만둘 생각까지 했으니 이 정도는 아무것도 아니에요. 순간 그런 생각이 들었다. 지금 이 상황에서 왜 그런 생각이 떠오르는 걸까, 히로유키는 스스로에게 화가 났다.

히로유키는 지금도 오미야의 조부모님 댁에서 살고 있다. 다쿠야가 죽고 적적해진 부모님이 집으로 돌아오라는 얘기를 꺼내지는 않을까―그렇게 말해주지 않을까 기대한 적도 있다. 하지만 그런 일은 없었다. 부모님은 둘이서 다쿠야를 잃은 슬픔 속에 잠겨 있을 뿐이다. 이번 일이 없었다면 계속 그렇게 지냈을 것이다.

다쿠야는 죽었지만, 여전히 이 집에 있다. 부모님 곁에 있다. 부모님이 히로유키를 부른 것은 지치고 피곤에 겨워 도움이 필요해서였다. 단지 그뿐이다. 아플 때 의사를 부르는 것처럼. 가전제품이 고장났을 때 수리공을 부르는 것처럼. 히로유키의 존재 의의는 여전히 그 정도였다.

아아, 제길! 왜 자꾸만 생각하는 걸까. 조금 전에 나도 가족의 일원이고 가족의 대표라고 했을 때 아무 반응이 없었던 부모님이 왜 신경에 거슬리는 걸까.

"교장선생님, 묻고 싶은 게 있습니다."

히로유키는 내면의 소리를 지우려고 저도 모르게 큰 소리로 말했다.

"뭡니까?"

"선생님들은 지금껏 오이데 슌지라는 학생을 비롯한 세 명이 다쿠야의 죽음과 연관 있을 거라고 의심해본 적 없습니까?"

쓰자키가 히로유키를 똑바로 보며 대답했다. "없습니다."

"고발장을 보고도 여전히 의심이 생기지 않나요?"

"네."

"지금도 다쿠야가 자살했다는 생각에는 변함이 없으신 거군요."

"네."

다카기 학년주임이 뭐라고 말을 하려 했지만 히로유키가 먼저 고압적인 어조로 말을 이었다. "선생님들은 고발장을 쓴 사람이 누군지 짐작이 가세요?"

이번에는 곧바로 대답하지 않았다. 망설인 것이 아니라 어떻게 대답할지 생각하기 위해서다.

"문장의 내용, 그리고 한 통을 다쿠야 군과 같은 반 학생에게 보낸 걸 보면 2학년 학생이거나 혹은 외부인이라도 우리 학교를 잘 아는 사람이리라고 추측합니다."

"그 같은 반 학생, 후지노 료코라는 아이는 반장이라면서요."

"네, 똑똑한 학생입니다. 다만 후지노 학생은—"

당황한 기색이 역력한 쓰자키 교장을 보자 히로유키가 곧바로 말했다. "걱정 마세요. 고발장이 온 걸 숨겼다고 후지노라는 그 아이까지 비난할 생각은 없습니다. 중학교 2학년 여자애가 조용히 있으라는 선생님의 지시를 거스를 수 없을 테니까요. 그 아이도 선생님들 은폐공작의 희생자예요. 동정할지언정 화를 내진 않습니다."

고맙습니다. 쓰자키 교장이 기어들어가는 목소리로 말했다.

"짐작 가는 사람이 없다." 히로유키가 목소리에 힘을 주어 말했다. "그래도 찾으려고 시도는 하셨겠죠? 면담 조사도 그 때문이고."

쓰자키 교장은 대답하지 않았다. 다카기 학년주임은 고개를 숙인 채였다. 모리우치 에미코는 금방이라도 사그라질 것 같았다. 실제로도 이 자리에서 사라져버리고픈 심정이겠지.

“그런데도 못 찾았나요?”

“―못 찾았습니다.”

“정말로요?”

“네.”

히로유키는 거짓말이라고 생각했다. 내 영혼을 걸 수도 있다. 교장과 선생들은 고발자를 찾아낸 게 틀림없다. 고발장은 숨겼지만―아니, 숨 겼으니 더더욱 필사적으로 누가 보낸 건지 찾아봤을 게 분명하다.

“믿기지 않습니다. 진실을 알고 싶어요.”

“저희는 진실을 말씀드렸습니다.”

쓰자키 교장의 얼굴과 목소리에서 배어나는 것은 피로와 고뇌와―자 책의 감정일까. 문득 교장이 낡은 양복 안에 입은 수수한 색깔의 니트 조 끼가 히로유키의 눈에 들어왔다. 손으로 뜬 것 같았다.

갑자기 가슴이 아팠다. 화가 치밀어오르고 눈앞의 쓰자키 교장이 안쓰 러웠다.

저 사람에게도 가족이 있다. 이 소동에 애를 태울 게 틀림없다. 창백하 고 수척해져가는 남편을, 아버지를 걱정할 것이다. 조끼를 떠준 사람은 누구일까. 오늘 아침 저걸 입고 나가는 저 사람에게 무슨 말을 건넸을까. 조심하세요. 아니면 힘내세요, 였을까.

어쩌다 이 지경이 되었을까. 왜 우리는 이렇게 괴로워해야 할까. 화내 고, 비난하고, 서로에게 상처를 주고. 대체 누구 때문일까.

해답은 히로유키의 가슴속에서 들려왔다. 그 목소리가 옳고 그름을, 진위 여부를 넘어서서 크게 울렸다. 히로유키의 귓속이 먹먹해질 만큼.

이게 다 다쿠야 때문이 아닌가.

“모리우치 선생님.”

이름을 부르자 예상과 달리 모리우치 에미코가 얼굴을 들고 히로유키 를 바라보았다. 눈물이 고여 있었다.

"모리우치 선생님, 저 기억하세요?"

"기억해요."

대답하는 목소리가 떨렸다.

"잠깐 얘기를 나눴었죠. 새해에. 저희 집에 오셨잖아요."

"네, 그랬어요."

"저랑 다쿠야 사이에 이런저런 문제가 있었다고 얘기했었죠. 선생님은 제 이야기를 다 들어주고 저를 위로해줬고요."

교장과 다카기 선생이 얼굴을 마주보고는 놀란 듯 모리우치 선생을 바라보았다. 몰랐던 모양이다.

"그런 일이 있었습니다." 히로유키가 두 사람에게 말했다.

"너, 대체 무슨 소릴 한 거야?" 별안간 아버지가 끼어들었다. 밑바닥에 힐난의 빛이 깔린 말투에 히로유키는 발끈했다.

"아버지랑 엄마는 한 번도 들어주지 않았던 이야기예요!"

아버지가 깜짝 놀라 움찔했다. 어머니는 전혀 반응이 없었다. 그것도 화가 났다. 그러나 새삼 화낼 일도 아니다. 어머니다운 반응 아닌가. 머릿속이 늘 다쿠야로 꽉 차 있다. 그런데도 여전히 억울해하는 자신이 한심했다. 목소리가 더 거칠어졌다.

"그때 전 참 좋은 선생님이라고 생각했어요. 제 이야기에 진지하게 귀 기울여주는 사람을 처음 만났고, 그래서 한결 구원받은 기분이었죠."

모리우치 선생이 한 손으로 입가를 눌렀다. 금방이라도 울음을 터뜨릴 것 같았다.

"그래서 더더욱 이해가 안 돼요. 저에게 그토록 친절했던 선생님이 어쩜 그런 어처구니없는 행동을 하실 수 있죠? 다쿠야는 이미 죽었고, 장례식도 치르고 모든 게 끝났으니 아무래도 좋다는 건가요?"

"히로유키 군, 그런 게 아니에요."

쓰자키 교장이 이름을 불러서 히로유키는 조금 놀랐다. 기억하고 있었네, 내 이름을.

"모리우치 선생님은 고발장을 버리지 않았습니다. 애초에 받지도 못했고요."

"하지만 배달사고가 아니라면서요? 그럼 본인이 받아서 버렸다고밖에 생각할 수 없잖아요!"

히로유키가 내지른 고함의 여운이 사라질 때까지 아무도 입을 열지 않았다.

"저도 모르겠어요."

마침내 모리우치 선생이 입을 열었다.

"정말 모르겠어요. 편지를 왜 못 받은 건지 도무지 짐작이 안 가요. 그렇지만 혹시 제가 고발장을 받았다면, 절대 찢어서 버리진 않았을 거예요. 믿어달라고 부탁하는 것 말고는 달리 어쩔 도리가 없어요."

못 믿겠다면 자기도 어쩔 수 없다는 뜻이다.

"모리우치 선생님도 여전히 다쿠야가 자살했다고 생각하세요? 다른 가능성을 생각해보진 않았나요?"

모리우치 선생이 주뼛주뼛 교장의 안색을 살폈다. 교장이 격려하듯 고개를 끄덕여 보였다.

"네, 없어요."

그녀가 가까스로 히로유키를 올려다보며 대답했다.

"그날 히로유키 군과 얘기 나눴을 때와 똑같아요. 다쿠야 군은 순수해서 외곬으로 빠지기 쉬운 성격이었어요. 그애의 자살을 막지 못한 데는 저도 책임을 느껴요. 하지만 다쿠야 군이 누군가에게—하물며 고발장 내용처럼 오이데와 그 친구들에게 살해당했다고 생각하진 않아요. 세 사람이 문제행동을 많이 저지른 건 분명하지만, 다쿠야 군이 그애들과 엮여 목숨까지 잃게 됐다고는 생각 안 해요."

갑자기 질문투로 바뀌었다.

"히로유키 군은 형이지만 다쿠야 군이 죽기 직전에 만날 기회가 없었죠? 부모님 곁을 떠나 살았으니까 당시 다쿠야 군의 상황을 가까이서 지켜본 건 아니잖아요."

무슨 말을 하려는 걸까? 그게 잘못이란 말인가? 그때는 내가 조부모님 집으로 도망칠 수밖에 없었던 사정을 충분히 이해한다더니.

"나는 다쿠야 군이 학교에 나오지 않으면서부터 이따금 집으로 찾아왔어요. 세 사람의 학교생활이 어땠는지도 알고요. 내가 아는 한, 다쿠야 군과 오이데 학생들이 엮일 일은 없었어요. 학교 밖에서 따로 만났을 것 같지도 않아요. 하물며 죽음까지 불러올 말썽 같은 건."

"그래서 고발장이 아예 거짓이라 생각하고 찢어서 버렸다고요?"

"버리지 않았어요. 믿어줘요!"

끝내 모리우치 선생의 뺨에 눈물이 흘러내렸다. 히로유키는 시선을 돌려 쓰자키 교장을 바라보았다.

"그래요. 전 다쿠야가 죽기 직전에 어땠는지 잘 몰라요. 같이 안 살았으니까."

쓰자키 교장은 미동도 없이 히로유키의 시선을 조용히 받아들였다. 다카기 선생은 얼굴을 찌푸리며 울음을 터뜨린 모리우치 선생과 그를 번갈아 보았다.

"그렇지만 부모님은 다쿠야가 자살했다고 생각했어요. 자책했죠. 그래서 저도 그렇게 믿었어요. 나보다 부모님이 다쿠야를 훨씬 잘 아니까."

장례식 때 아버지 인사말 들으셨죠? 어느새 히로유키 혼자 연설하는 모양새가 되었다.

"그걸 듣고 모두 수긍했잖아요. 저도 그랬고요. 그런데 이제 와서 흔들려요. 모든 게 밑바닥부터 흔들리고 있다고요."

아무도 입을 열지 않았다. 마음이 이렇게 아픈데 왜 계속 열을 내는 걸까, 히로유키는 생각했다.

다쿠야. 넌 어떠니? 내 이런 마음을 넌 어떻게 받아들일까. 고마워, 형, 이럴까. 아니면 죽어서도 우리를 옭아매 괴롭히는 너의 강한 영향력에 기뻐할까.

난 결국 너에게서 벗어날 수 없어.

"히로유키 군의 말이 맞습니다."

괴로운 듯이 얼굴을 일그러뜨린 채로, 그러나 시선을 똑바로 들고서 쓰자키 교장이 말했다.

"그러나 저희로서는 모든 걸 좋은 쪽으로 해결하려고 내린 판단이었습니다."

"하지만 결과가 전혀 좋지 않잖아요, 선생님!"

히로유키가 의자에서 벌떡 일어섰다. 이제 됐다. 이제 그만두자.

"선생님들과 저희 가족은 계속 엇갈릴 뿐이에요. 어느 쪽에도 진실이 보이지 않아요. 그럴 바에야 차라리 이번 기회에 〈뉴스어드벤처〉에서 철저하게 조사하도록 놔두죠. 현재 상황에서 유일하게 신뢰할 수 있는 제삼자는 모기 기자니까."

"그렇지만, 히로유키 군."

"그만 돌아가주시죠."

히로유키는 현관문을 가리키는 대신 고개를 숙였다.

"선생님들과 더는 할 얘기가 없어요. 저희는 저희 생각대로 할 겁니다. 그만 돌아가주세요. 그리고 앞으로는 저희를 그냥 내버려두세요."


교사들이 떠나자 거실에는 다시 침묵이 찾아들었다. 히로유키는 다쿠야의 존재를 느꼈다. 여기도 저기도, 그애는 집안 어디든 있었다.

"그렇게 말해도 괜찮을까?"

아버지가 어머니에게 다가가며 중얼거렸다.

"괜찮고 말고 할 것도 없어요. 저자들이 우리를 속였잖아요."

"히로유키, 너—"

"앞으로는 내가 알아서 할게요. 나도 이제 대학생이고 어엿한 어른이에요. 아버지 엄마는 가만있어도 돼요. 나한테 맡겨요. 너무 힘들잖아요?"

어머니가 불쑥 얼이 빠진 목소리로 중얼거렸다.

"다쿠야가 자살한 게 아니야?"

히로유키가 아버지를 보았다. 아버지가 어머니의 어깨를 어루만졌다.

"다쿠야가 누구한테 살해당한 거라고?"

"그건 몰라요, 엄마. 이제 밝혀낼 거예요."

"누가 죽였어?"

"글쎄, 엄마—"

히로유키가 무릎을 꿇고 어머니의 얼굴을 살폈다. 그 눈동자 속 공백을 보았다. 다쿠야의 죽음으로 생겨난 공백. 현실을 전혀 비추지 않는 공허. 그것이 한가득 부풀어올라 눈동자를 온통 채워버렸다.

"응? 누가 죽였어?"

"꼭 밝혀낼게요, 엄마. 내가 진실을 찾아낼게요. 이젠 아무에게도 속지 않을 거예요."

공허한 눈동자가 눈을 깜박거렸다. 공허가 초점을 맞추고 히로유키를 바라보았다.

"넌 아니지?"

아버지가 기겁하며 숨을 들이마셨다. 핏기가 가셨다. "당신, 지금 무슨 소릴 하는 거야!"

어머니의 단조로운 목소리는 멈추지 않았다. 미끄러지듯 가볍게 이어졌다.

"넌 아니지? 히로유키. 넌 다쿠야를 싫어했잖아. 미워했잖아. 그래도 넌 아니지? 넌 다쿠야의 형이니까. 다쿠야를 해치진 않겠지?"

어머니는 제정신이 아니다. 제정신으로 묻는 게 아니다. 충격에 충격이 겹쳐 스스로도 무슨 생각을 하는지 모른다. 히로유키는 주문을 외듯 생각했다. 심각하게 받아들이면 안 된다. 어머니는 지금 좀 이상한 상태니까.

그런데도 쓰라린 눈물이 고였다. 몸을 숙이면 이 일격으로 무참히 조각난 심장이 남김없이 쏟아져나올 것 같았다.

"난 아니야."

히로유키가 어머니의 팔에 손을 얹고 꽉 움켜쥐며 대답했다. 아버지는 더는 못 보겠다는 듯이 고개를 돌렸다.

"내가 그런 짓을 할 리 없잖아. 난 아니야."

무슨 일이 있어도 진실을 밝혀내겠다. 히로유키는 속으로 결심했다. 진실을 밝히지 못하는 한 끝나지 않는다.

"미안하다, 미안하다, 히로유키. 엄마는 자기가 무슨 말을 하는지 몰라. 엄마는 망가졌어—"

고개를 저으며 그 말을 가로막은 히로유키가 아버지의 손도 꽉 잡았다. 아버지는 물에 빠진 사람처럼 히로유키의 손에 매달렸다.


## 32


쨍그랑하고 요란한 소리가 났다.

고다마 유리는 화들짝 놀라 펄쩍 뛰는 바람에 외투에 감추고 있던 비디오카메라를 떨어뜨리고 말았다.

방송국 기자재가 아니라 모기의 개인 물품이다. 학교 운동회나 가족여행 때나 쓸 만한 가정용 비디오. 모양새가 콤팩트하고 가볍지만 약간 값싸 보인다.

허겁지겁 주워서 이상이 없는지 확인했다. 그러는 와중에도 집안에서는 뭔가를 떨어뜨리거나 내던지는 소음과 함께 고함소리가 튀어나왔다.

"다시 한번 지껄여봐, 이 또라이 자식아!"

모기의 목소리가 아니다. 도대체 어찌된 영문일까. 유리는 무릎이 후들후들 떨렸다. 엄청난 일에 휘말린 게 아닐까. 어쩐담, 이런 상황을 찍어도 되나?

유리는 HBS와 계약한 사무 관계 인력파견회사의 직원이다. 말이 좋아 사무지 실상은 잡무 담당이라 주로 우편물을 관리한다. 파견 나와 삼 개월 동안 쭉 기획부에 있다가 지난주부터 기획보도부에서 일하게 되었다. 업무 내용은 변함없으니 어려움은 없을 거란 말을 믿고 가벼운 마음으로 옮겼다.

그런데 난데없이 이런 상황이다.

모기는 기획보도부에서 가장 유능한 기자다. 계약 기자지만 정직원보다 활약상이 뛰어나다. 누구나 인정하는 바다. 그러나 단독행동을 잘하고 항상 자기 실적을 최우선으로 두기 때문에 사내에서 곱게 보지 않는다는 소문이 있다. 실제로 유리도 매번 인사를 무시하고 우편물을 멋대로 헤집어놓는 그에게서 좋은 인상을 받지 못했다.

그런 모기가 오후 늦게 방송국에 나타나더니 유리의 책상으로 성큼성큼 다가왔다. 그러고는 지금 당장 비디오를 들고 따라나서라, 뭘 찍을지는 취재 현장에 도착해서 지시하겠다고 말했다.

유리는 어이가 없었다. 하마터면 웃을 뻔했다. 왜 파견직 사무원에게 촬영을 시키는 거지?

"왜 멍하게 앉아 있어. 빨리 나와."

재촉하며 의자에서 끌어내더니 비디오카메라를 반강제로 손에 쥐여주었다.

"저, 저는 촬영을 해본 적이 없는데요."

"가정용 비디오야. 녹화 버튼 누르고 렌즈만 피사체를 향하게 하면 돼."

"저어, 촬영이라면 카메라맨을—"

"거참 시끄럽네. 아직 제작진이 끼어들면 곤란한 단계라고. 그게 아니면 너한테 시키지도 않아."

막무가내다. 너무 놀라 얼어붙어 있는데 선배 아르바이트생이 눈짓을 보냈다. 잔말 말고 가봐, 거절하지 말고, 라는 뜻 같았다.

유리는 울며 겨자 먹기로 모기를 따라 주차장으로 내려가서 그의 차에 올라탔다. 낡아빠진 폭스바겐이다. 게다가 노란색. 제작진이 출동하면 곤란하다면서 이렇게 눈에 띄는 차를 타고 가도 되나?

"지금부터 어느 집을 방문할 거야."

모기가 운전을 하면서 웃음기 없이 딱딱하게 말했다.

"큰 목재회사를 운영하는 사장 집인데, 자택 부지 안에 공장과 사무실이 같이 있어. 내가 집안으로 들어가면 그사이에 그 건물을 촬영해놔. 물론 직원들과 주위도 한차례 찍어놓고. 단 들키지 않게. 너처럼 멍청해 보이는 여자라면 촬영을 해도 크게 신경쓰는 사람이 없긴 할 텐데, 혹시라도 누가 묻거든 적당히 얼버무려. 알았지? 카메라는 절대 들키면 안 돼."

적당히 얼버무리라니, 뭘 어쩌라는 건가.

당혹스러워 아무 대꾸도 못 하고 있는데 모기가 계속 명령조로 말을 이었다.

"본격적으로 취재를 시작하면 상대가 방어적으로 나올 테니 일상적인 그림을 잡기 힘들어. 지금 찍어둬야 해. 기회는 이번뿐이니까 망치지 마."

"저기, 그런데요,"

"그리고 내가 집에 들어가서, 음, 아마 삼십 분쯤 지나면 반드시 소동이 일어날 거야. 그것도 찍어. 무슨 일이 있어도 꼭."

"저어, 그게,"

"뭐야? 내 말 듣고 있는 거야?"

"전 촬영 같은 거 못해요."

"안 하려고 하니까 그렇지. 달리 할 사람도 없으니까 잔말 말고 해."

"이건 제 일도 아니고—"

"아르바이트 주제에 일을 가려? 분수를 알아."

정말이지 눈물이 쏟아질 지경이었다.

모기가 몇 번 공적을 세운 프로그램은 〈뉴스어드벤처〉다. HBS 보도 분야에선 인기가 있는 편이다. 유리도 모기가 취재기자로 나온 방송분을 본 적 있다.

화면에 비친 모기는 지적이고 침착한데다 정중한 태도에 말솜씨도 좋아 이상적인 기자로 보였다. 몸집이 작고 이목구비가 오밀조밀해 카리스마는 없지만 그래서 오히려 시청자에게 신뢰감을 주었다. 옷차림이 크게 독특하진 않지만 세련된 것도 장점이다.

교육문제에 특히 두각을 나타내 매번 집단괴롭힘을 당한 학생이나 학교에 배신당한 보호자 편에 섰다. 부정을 파헤치는 더없이 믿음직스러운 모습이 약자를 돕고 강자를 규탄하는 사회 목탁의 대표 격으로 보였다. 그래서 기획보도부에 와서 그를 처음 만났을 때 유리는 감동으로 들뜨기도 했다.

그러나 곧 일련의 험담이 드문드문 귀에 들어왔다. 모기 씨는 겉과 속이 다른 사람이야. 화면에 비치는 얼굴은 방송용이니까 안 믿는 게 좋아.

소문은 사실이었다. 약자의 편이라니 어림없는 소리다. 힘없는 파견직에게 멍청하다느니 무능하다느니 폭언을 퍼붓는 주제에 무슨.

하지만 지금껏 어느 직장에서도 이런 대우를 받아본 적 없던 유리는 모기의 고압적인 태도에 완전히 주눅든 나머지 뭐라고 말대꾸를 하지도 대들지도 못했다. 시키는 대로 하지 않으면 고함소리가 더 커진다. 오로지 그 생각으로 비디오카메라를 양손으로 꽉 움켜쥐었다.

차는 도심을 가로질러 동쪽 서민가로 향했다. 모기는 목적지까지 가는 길을 잘 아는지 망설이는 기색이 없었다.

이윽고 마을 한 귀퉁이에 차를 세웠다. 주택가 같은데 작은 가게나 공장도 여기저기 보였다. 왠지 모르게 어수선한 동네다.

"우물쭈물하지 말고. 얼른 따라와."

두 블록 정도 지나서 모기가 앞에 보이는 커다란 간판을 가리켰다. 주식회사 오이데 집성재. 외부를 콘크리트로 마감한 건물은 지붕 곳곳에 수리한 흔적이 보였다. 바로 앞쪽은 자재를 부려두는 공간인지 칩 모양의 자재가 든 커다란 깡통과 나이테가 드러나도록 자른 목재가 쌓여 있었다. 짙은 나무향이 감돌았다. 제재소 안에서는 윙윙 기계 돌아가는 소리가 들렸다.

공장 안쪽에 집이 있었다. 커다란 제재소 건물에 가려 보이지 않았던 것이다. 오래된 2층짜리 목조건물이지만 자세히 보니 꽤 번듯하다. 한눈에도 사장님 집이라는 분위기가 풍겼다.

"길어야 한 시간이야. 허둥대지 말고 제대로 찍어."

그리고 모기는 냅다 사장 집으로 들어가버렸다.

불합리한 처사에 여전히 마음이 편치 않았지만 혼자 남으니 오히려 진정되었다. 알았어, 알았다고. 찍으면 될 거 아냐. 나중에 정식으로 항의할 테니 두고 봐.

녹화 버튼을 누른 비디오를 외투 안쪽에 감추고 이리저리 돌아다녔다. 눈에 띄는 제재소 직원만 해도 너덧 명이고 사람들도 끊임없이 지나다녔지만 아무도 유리를 수상쩍게 보지 않았다. 인정하기 싫어도, 아닌 게 아니라 남들의 눈을 피하기에는 모기 말대로 촬영진보다 유리 같은 아마추어가 제격인 것 같다. 화질은 절대 보장할 수 없지만.

그렇게 그럭저럭 한차례 촬영을 마쳤을 즈음 소음과 욕설이 들려온 것이다.

소리가 나는 곳은 사장의 집이었다. 공장 직원들도 일손을 멈추고 서로 얼굴을 마주보며 그쪽을 살폈다. 한 사람이 집으로 달려가 현관 안으로 들어갔다. 유리는 그 모습도 찍었다.

바로 그 순간, 한 번 닫혔던 현관문이 덜커덩 소리와 함께 다시 활짝 열렸다. 건물 자체는 근사하지만 지은 지 삼십 년은 되어 보이는 이 2층 집에 어울리지 않는 서양식 문이었다. 최근에 새로 단 게 분명했다. 세차게 열리는 바람에 사자 머리 모양의 노커가 절거덩거렸다. 멀리 떨어져 있는 유리에게도 그 소리가 들렸다.

모기가 나왔다. 나왔다기보다 내동댕이쳐진 느낌이다. 땅바닥에 넘어져 안경이 날아갔다.

현관문에는 연녹색 작업복을 입은 덩치 큰 남자가 우뚝 서 있었다. 얼굴이 이루 말할 수 없이 벌겋게 달아올랐다. 혈관이 터지기 일보직전이다.

남자가 침을 튀겨가며 발밑에 쓰러진 모기에게 고함을 질렀다.

"한 번만 더 그따위 정신 나간 소리를 하면 죽여버리겠어! 알았나? 엉, 알았냐고!"

모기는 태연하게 일어나 남자가 고함과 함께 집어던진 자기 외투를 받아냈다. 놀랍게도 얼굴에 여전히 미소를 머금고 있었다.

"심정은 이해합니다, 오이데 씨."

똑바로 일어서며 예의 방송용 목소리로 말을 건넸다.

"그렇지만 아무리 화를 내신들 상황이 달라지진 않습니다. 저는 사실을 규명하고 진실을 알아내고 싶을 뿐이지 무턱대고 댁의 아드님을 의심하는 게 아닙니다. 다만 학교 측에서 은폐공작을 한다는 사실—"

입 닥쳐! 남자가 다시 으르렁거리며 막 몸을 일으킨 모기에게 달려들더니 멱살을 움켜쥐었다. 그리고 사정없이 흔들어댔다. 두 사람의 키 차이가 20센티미터는 되어 보였다. 모기는 까치발을 디딘 꼴이었다.

"아직도 정신 못 차리고 지껄여? HBS고 뭐고, 너 내가 누군지 알고나 이래? 감히 누구 아들한테 시비야! 엉?"

그 와중에도 모기는 여전히 미소를 잃지 않았다.

"댁이 누군지는 잘 압니다. 오이데 집성재의 사장이고, 오이데 슌지 군의 보호자죠. 그래서 제가 만나뵈러 온 것 아닙니까. 아드님이 받고 있는 혐의에 대해—"

작업복 차림의 남자, 오이데 사장이 모기를 사정없이 후려쳤다. 조그만 몸이 1미터 가까이 허공으로 떠올랐다가 등부터 바닥에 떨어졌다.

"여보, 그만 좀 해요!"

새된 목소리와 함께 비쩍 마른 여자가 뛰어나오더니 오이데 사장의 등에 매달렸다. 세련된 스웨터와 치마를 입은 중년 여자다. 분명 아내일 것이다. 멋지긴 해도 낡아버린 전통가옥에는 어울리지 않는 사자 머리 노커처럼, 오이데 사장과 아내도 서로 제짝이 아닌 듯한 부부였다.

"때릴 것까진 없잖아요!"

"당신은 아무렇지도 않아? 이 자식이 지껄이는 거 못 들었냐고?"

"들었어요, 그래도 이렇게 소란 피울 일은 아니잖아요!"

이제는 직원과 지나가던 이들뿐 아니라 이웃사람들까지 창문이나 문으로 얼굴을 내밀었고, 몇몇은 아예 밖으로 나와 난데없는 소동을 물끄러미 바라보고 있었다.

격분한 오이데 사장도 그제야 이 멋쩍은 상황을 알아챈 듯했다. 물에서 나온 곰처럼 몸을 한 번 부르르 털더니 바닥에 주저앉은 모기를 매섭게 노려보았다.

"변호사를 선임할 테니 그리 알아. 방송국이고 뭐고, 해볼 테면 어디 한번 해보라고. 고소해버릴 테니까!"

그렇게 내뱉고는 등뒤에 아내를 달고 집안으로 들어갔다.

쾅! 문이 닫혔다.

곧이어 사자 머리 노커가 바닥에 툭 떨어졌다.

지금까지의 충격에 대한 반동으로 순식간에 웃음이 솟구쳤다. 유리는 도저히 참지 못하고 키득키득 웃고 말았다. 주위를 돌아보니 얼어붙은 듯 서 있던 이웃사람 몇몇도 고개를 숙이고 애써 웃음을 참고 있었다.


"그래, 찍었나?"

유리는 다시 모기의 차 안에 있었다. 맞아서 부어오른 그의 얼굴을 찍고 있다.

"네. 집 주변이랑 공장도 찍었어요."

"그거 말고. 내가 맞는 현장을 찍었냐고?"

"어, 아, 그건."

카메라가 그쪽을 향하긴 했지만 찍혔는지는 알 수 없다. 갑작스레 벌어진 상황이 얼떨떨했던 터라 녹화 시작 타이밍도 놓쳤다.

모기가 세게 혀를 차다가 부어오른 곳이 아픈지 얼굴을 찡그렸다.

"그럼 무슨 소용이야. 내가 몇 번을 말했는데."

"하지만 전 아마추어라……"

"처음에는 다 아마추어야. 현장에서 일을 배워나가는 거라고. 넌 일할 생각이 있기는 한 거야? 얼렁뚱땅 개기면서 방송국에서 일합네 잘난 척하고 월급이나 챙겨가면 그만이야?"

이런 악담까지 듣게 되자 유리는 도저히 참을 수 없었다. 모기가 오이데 사장에게 맞고 멱살 잡히는 광경을 본 것도 영향을 미쳤다. 이 사람한테 그렇게 겁먹을 거 없어!

"저는 사무직이에요. 카메라맨도 저널리스트도 아니고, 될 생각도 없어요. 모기 씨한테 그런 소리를 들을 이유가 없다고요!"

비디오카메라를 획 내밀었다.

"전 그만 갈래요."

재빨리 차에서 내렸다. 있는 힘껏 차문을 닫았다. 아까 노커처럼 차문도 확 떨어져버리면 좋으련만.

모기는 붙잡지 않았다. 유리가 내리자마자 시동을 걸고 순식간에 차를 출발시켰다. 어디로 가는 거람? 다음은 학교 차례라던가 뭐라던가 하지 않았나? 오이데 사장이 틀림없이 학교에 들이닥쳐 난리를 칠 거라고.

큰길로 나와 지나가는 사람에게 제일 가까운 역을 물어보았다. 지하철 역이 있었다. 유리는 그길로 HBS에 돌아갔다.

기획보도부에 들어서자마자 파견직 선배가 달려왔다.

"유리짱, 괜찮아?"

"안 괜찮아요."

〈뉴스어드벤처〉 조연출도 함께였다. 둘이 대화중이었던 모양이다.

"많이 난처했지? 모기 씨 폭주하는 건 하나도 안 변했네."

"폭주하는 건 자기 맘이지만 다른 사람은 안 끌어들였으면 좋겠네요."

자기 말을 들어줄 사람이 생겨 마음이 놓이자 억울함에 눈물이 났다.

"아마추어한테 난데없이 비디오카메라를 들이밀고 이거 찍어라, 저거 찍어라, 이 멍청아 지금 뭐하는 거냐, 너무 심하잖아요."

둘이서 "그래, 그래" 하며 고개를 끄덕였다. 선배가 유리의 등을 어루 만져주었다.

"그 사람 예전에 나한테도 갑자기 화낸 적이 있어. 전혀 내 책임이 아 닌 일을 갖고."

"텔레비전에서 보던 거랑 완전히 다른 사람이에요."

"그렇지? 완전 가식 덩어리야. 그래도 취재는 잘하는 모양이더라. 온 몸을 던져서."

확실히 온몸을 던지긴 했다.

"하긴 오늘은 자기가 직접 찍을 수 없는 상황이었겠지. 그래서 도와줄 사람이 필요했을 테고……"

유리의 이야기를 들은 조연출이 생각에 잠겼다. 뭔가 아는 눈치다.

"평소에 이런 사전준비는 하나부터 열까지 모기 씨 혼자서 다 하거든."

"이번에는 왜요? 혼자서 안 되면 어드벤처 촬영 스태프를 쓰면 되잖아요."

조연출이 목소리를 낮추고 유리 쪽으로 몸을 수그렸다.

"이 얘기는 비밀로 해줄래? 새나가면 내 입장이 곤란해지니까."

유리는 약속했다. 선배도 고개를 끄덕였다.

"지금 모기 씨가 기를 쓰고 덤비는 소재가 어제 기획회의 때 보류됐어."

자신만만했던 모기는 몹시 흥분했다고 한다.

"그 사람 특기인 학교문제야. 중학생 자살인데……"

"또 집단괴롭힘인가요?"

"그게 미묘하단 말씀이야. 아아주 미묘해."

조연출은 살짝 익살을 떨었다.

"학교뿐 아니라 죽은 아이의 부모도 집단괴롭힘은 없었다고 주장하는 케이스거든. 그런 이유로 자살한 게 아니라며 부모가 학교를 비난하지 않는 거야. 아니, 지금까지는 그랬지. 상황이 바뀐 건 그게 자살이 아니라 그애를 괴롭히던 패거리가 저지른 살인사건이라는 이상한 고발장이 나와서였어."

바로 우리 앞으로 시청자가 그 고발장을 투서했다는 것이다.

"제가 오고 나서 생긴 일인가요?"

"아니, 유리짱은 아직 없을 때야. 모기 씨는 시청자가 보낸 편지를 닥치는 대로 읽잖아?"

정리하는 옆에서 멋대로 봉투를 뜯기도 하고, 옛날 것을 꺼내와 다시 읽기도 한다. 못 보고 지나친 게 있을지 모른다고.

어쨌든 간에 모기에게는 그 하나가 증거로 충분했던 모양이다. 그러나 프로그램 연출자와 진행자는 그것만으로는 납득하지 못했다.

"학교 측의 움직임이 수상한 건 맞아. 죽은 아이의 담임이 자기한테 온 고발장을 찢어서 버렸으니까."

어머, 너무 무책임하네. 선배가 맞장구를 쳤다.

"응. 그런데 본인은 그런 적이 없다고 주장하나봐. 여하튼 고발장에서 살인범으로 지목된 학생들이 실제로 학교를 다니고 있고 평소 행실도 별로 안 좋은 것 같으니, 의심해볼 여지는 있는 거지. 그런데 결정적인 근거가 없단 말이야."

"경찰은요?"

"자살. 전혀 흔들림이 없나봐. 학교랑 입을 모아서, 고발장은 다른 학생의 짓이고 아무 근거 없는 거짓말이라고 주장해. 아마 그걸 쓴 학생도 찾아낸 것 같아."

애매하기 그지없는 상황이지, 라고 말했다.

"지금 상황에서는 모기 씨 주장대로 집단괴롭힘의 연장선상에서 일어난 살인사건을 학교 측이 은폐했다고 보긴 어려워. 그렇지만 방송으로 내보내면 아무래도 그런 식으로 비칠 테고, 모기 씨도 그걸 바라는 거잖아? 텔레비전의 임팩트를 이용해서 말이야. 그러니 윗사람들도 신중해질 수밖에 없어. 만에 하나 사실이 아니라면 문제가 커질 테니까. 위험성이 너무 큰 거지."

그 결과 모기의 기획이 받아들여지지 않았다고 한다. 그래서 오늘 취재에도 촬영진을 데려갈 수 없었던 것이다.

그 바람에 불똥이 엉뚱한 유리에게 튀었다.

"그래도 모기 씨는 포기하지 않은 거네요."

"물론이지. 어제도 회의 끝날 때 코웃음 치더라. 어디 두고 보라면서."

완전 독불장군이군. 유리는 속으로 험담을 퍼부었다.

"모기 씨는 확실치 않은 건도 진짜 사건으로 만들어버리니까."

조연출이 담배에 불을 붙이며 아무렇지도 않게 무서운 말을 내뱉었다.

"예전에도 아슬아슬했던 적이 있었지. 이번에도 왠지 예감이 안 좋아. 그 사람 행동력 하나는 끝내주니까."

정의의 용사라서, 하며 웃었다.

"지금쯤 기획을 통과시킬 결정적인 근거를 찾고 있을걸……"

그 말이 옳았다.

모기는 그때 조토 제3중학교 운동장에 있었다. 이미 몇 번 와본 터라 교장실과 교무실의 위치는 머릿속에 들어 있고 촬영 지점도 정해놓았다. 몸집이 작은 모기는 운동장 쪽으로 난 교장실 창문 아래 화단으로 감쪽같이 숨어들었다.

이 학교는 정문과 뒷문이 활짝 열려 있고 사람 좋아 보이는 수위는 일하는 게 영 허술해서 교정을 드나드는 건 일도 아니다. 수업이 끝난 시간이라 운동장 여기저기 운동부 학생들이 흩어져 있다. 다행히 담당 교사의 모습은 보이지 않았고, 학생들도 운동에 열중하고 있어 모기를 수상쩍게 보지 않을 것이다.

교장실 안에서는 실로 재미있는 광경이 펼쳐지고 있었다.

모기의 예상대로 일단 집안으로 들어간 오이데 사장은 삼십 분도 지나지 않아 뛰쳐나와선 곧장 자가용에 올라탔다. 집 뒤쪽 차고에 세워둔 벤츠였다. 집에서 나올 때까지 삼십 분 동안 뭘 했는지는 몰라도(어쩌면 정말 변호사와 통화라도 했을까) 작업복 차림 그대로였다.

그리고 3중학교에 도착하자 정문 안까지 차를 몰고 들어오더니 냅다 건물 안으로 뛰어들어갔다. 모기가 들키지 않도록 뒤쫓아 촬영 지점에 도착하자마자 창문 너머에서 고함소리가 들려왔다.

"당신들 한패가 돼서 우리 애를 범죄자로 만들 셈이지? 엉? 그게 선생이란 작자들이 할 짓이야!"

모기는 저도 모르게 웃었다. 이 얼마나 미련하리만큼 솔직한 반응인가. 이래서 머리 나쁜 인간들은 재밌다.

살며시 몸을 일으켜 안을 들여다보았다. 쓰자키 교장의 옷깃을 움켜잡은 오이데 사장이 얼굴을 바짝 들이밀고 꽥꽥 소리를 질러댔다. 교장의 얼굴에 침이 튀었다. 가엾은 교장은 허공에 대롱대롱 매달렸고 트레이드마크인 손뜨개 조끼도 겉옷 밑으로 비어져나왔다.

"자, 잠깐만요—"

쓰자키 교장이 괴로운 듯 신음했다. 오이데 사장은 한층 격앙되었다.

"또 무슨 변명을 하려고, 이 대머리야! 죽고 싶냐? 엉?"

교장실 문이 열리고 교사들이 뛰어들어왔다. 한 사람은 여자로 2학년 학년주임이다. 눈앞의 광경에 놀라 우뚝 멈춰 선 그녀를 밀치고 운동복에 운동화를 신은 남자 교사가 앞으로 뛰쳐나갔다. 교장의 멱살을 틀어쥔 오이데 사장을 떼어내려 했다.

"지금 뭐하는 겁니까! 폭력은 그만두세요!"

"이 자식은 또 뭐야!"

오이데 사장은 쓰자키 교장을 내동댕이치더니 남자 교사에게 달려들었다. 한바탕 드잡이가 벌어졌다. 교장실 안의 의자가 쓰러졌다. 두 사람 다 거구인데다 머리끝까지 피가 솟구친 마당이다. 누가 누구를 제압하려는 건지 알 수 없는 상황이었다. 두 사람이 쿵 소리나게 벽에 부딪히자 캐비닛이 기우뚱했다. 뒤따라 들어온 남자 교사들이 가세했지만 오이데 사장은 발광을 멈추지 않았다.

"경찰, 경찰을 불러요!"

학년주임이 외쳤다. 숨을 헐떡이며 가까스로 몸을 일으킨 쓰자키 교장이 쉰 목소리로 제지했다.

"잠깐만요. 신고는 안 됩니다."

교장은 힘이 빠져 바닥에 주저앉은 채 오이데 씨, 오이데 씨, 하고 불렀다. 그러나 난투중인 무리에게 들릴 리가 없었다. 기다시피 다가간 교장이 그들이 휘두른 팔다리에 부딪혀 다시 나동그라졌다. 말 그대로 아수라장이었다.

모기는 그 모습을 계속 촬영했다. 하나도 남김없이 모조리. 군침이 흘러나올 지경이었다. 바로 이런 광경을 기다렸다.

누군가가 등을 두드렸다. 촬영하는 데 급급해 무시했다. 다시 두드렸다. 카메라에서 살짝 눈을 떼고 보니 등뒤를 학생 대여섯 명이 반원형으로 에워싸고 있었다. 한 아이는 축구공을 들었다.

"뭐하는 거예요?"

축구공을 든 학생이 물었다.

정신을 차려보니 운동장 한가득 흩어져 있던 학생들이 여기저기 무리 지어 있었다. 모두의 시선이 이쪽을 향해 있다. 하나같이 불안해 보인다. 하긴 이 정도 소동이라면 아이들도 들었겠지.

"교장선생님이 큰일났어."

빙긋 웃으며 돌아선 모기가 비디오카메라를 등뒤로 숨겼다. 학생들이 발돋움을 하거나 깡충거리며 교장실 안을 들여다보았다. 놀라서 목소리도 나오지 않는 모양이었다. 무리도 아니다. 너희도 참 선생 복이 지지리 없구나.

"110번으로 신고하는 게 좋겠다."

친절한 척 충고하며 재빨리 그 자리를 피하려 했다. 다른 학생들은 그에게 신경쓸 여유가 없어 보였지만 처음 질문한 학생은 달랐다. 잽싸게 그의 소매를 붙잡았다.

"그게 아니라, 아저씨는 뭘 했냐고요?"

"뭘 했긴, 아무것도 안 했어."

뒤늦게 교장실로 뛰어든 선생들이 오이데 사장을 가까스로 제압하는 상황을 모기는 곁눈으로 확인했다. 그래도 고함소리는 여전했다. 이 인간 같지도 않은 작자들아! 니들이 무슨 선생이야! 고소해버릴 테다!

"그거 카메라 아니에요?"

축구공을 든 학생은 눈치가 빨랐다. 모기에게서 비디오카메라를 가로채려 했다. 모기는 냅다 뛰기 시작했다.

"다 너희를 위한 거야!"

그러고는 차를 세워둔 곳으로 뛰어갔다. 등뒤 학생들에게까지 소란이 번졌다. 거기 서요, 아저씨! 축구공을 든 아이가 따라왔다.

"언젠가 알게 될 거야! 난 너희 편이니까."

어깨 너머로 그렇게 외치며 모기는 정문을 빠져나왔다. 날아온 축구공이 정문 기둥에 부딪혔다 튀어올랐다.


HBS 기획보도부로 돌아오자 사무실에 모인 스태프들의 차가운 시선이 날아들었다. 고다마 유리는 대놓고 그를 노려보았다. 모기는 빙긋 미소를 던지고 모니터 룸으로 들어갔다. 누가 들어오면 성가실 테니 아예 문을 잠갔다.

비디오는 성공적이었다. 고다마 유리가 찍은 부분을 보니 처음 몇 분은 떨림이 심했지만 오이데 마사루가 난동을 부리는 장면은 제대로였다. 거봐, 아가씨. 하면 되잖아.

누군가 시끄럽게 문을 두드렸다. 모기 씨, 모기 씨, 하고 불러댔다. 무시해버렸다.

만약을 대비해 비디오의 복사본을 떴다. 작업을 끝내고 스위치를 끈 후 짐을 끌어안고서 밖으로 나서자 조연출 한 명이 기다리고 있었다. 노나카라는 남자로, 십 년 전 〈뉴스어드벤처〉를 처음 만들었을 때부터 함께 일한 스태프다. 이만한 성과를 거둔 간판 프로그램 제작에 참여하면서도 여전히 잔심부름이나 하는 조연출 신세다. 기획회의에서 쓸 만한 안건 하나 발표한 적이 없다. 요컨대 시키는 일밖에 못 하는 셈이다.

그런 인사가 화난 표정 하나는 그럴듯하게 짓고서 앞을 가로막았다.

"뭐야?"

"뭐긴요. 사무직 고다마 씨를 끌고 나가 촬영을 시켰다면서요."

"도움을 좀 받은 것뿐이야."

노나카가 턱짓으로 모기가 품에 안고 있는 비디오를 가리켰다. "도움을 받았다는 게 그겁니까?"

"이게 뭐 어쨌다고?"

"어제 회의에서 보류된 소재죠? 저도 이 바닥 물을 꽤 먹었으니 모기 씨 생각 정도는 짐작이 갑니다. 대체 무슨 일을 벌이려는 거죠?"

"짐작이 가면 물어볼 필요도 없을 텐데."

모기는 옆으로 빠져나가려 했다. 노나카가 콧김을 내뿜으며 따라붙었다.

"또 교육문제죠? 모기 씨가 자신 있는 분야라는 건 압니다. 그렇지만 어제 얘기를 들어본 바로는 우리가 다루기엔 무리가 있어요. 섣불리 저질렀다간 프로그램의 신빙성을 해칠 수 있단 말입니다."

"섣부를 것 없어."

"뭘 찍어왔습니까?"

팔을 붙잡는 노나카를 뿌리쳤다. 마주보고 섰다. 키가 더 큰데도 모기가 똑바로 노려보자 노나카는 금세 기가 죽었다. 이렇게 근성이 없으니 제 힘으로 프로그램 하나 못 만들지.

"지금 내 취재에 불평이라도 하겠다는 거야?"

"그런 게 아니라—"

"기획이 통과되든 안 되든 취재는 계속해야 해. 방송 나갈 게 확실한 안전한 소재만 고르고 살 거야? 이건 예능 프로가 아니야. 보도라고."

"그렇지만 규칙 위반은."

"뭐가 규칙 위반이야?"

"고다마 씨에게 촬영을 시켰잖습니까. 그 사람은 사무원이에요."

"사무원이라 해도 기획보도부 소속이니까 다른 일을 도와줄 수 있잖아. 네가 노조 대표라도 돼?"

"그 사람에게 심한 말을 하신 모양이던데요. 바보라고 무시하고."

모기는 고다마 유리를 찾아보았다. 책상 앞에 웅크려 훌쩍거리고 있다. 이러니까 요즘 젊은 아가씨들은 바보라는 거다. 바보한테 바보라고 하는 게 뭐가 잘못인가?

그는 고다마 유리가 얼굴을 들고 자기를 바라볼 때까지 집요하게 기다렸다. 유리가 눈물을 훔쳐내며 힐끗 시선을 던졌다가 황급히 다시 고개를 숙였다.

"아까는 현장이라 언성이 조금 높아졌을지도 몰라."

모기는 마음가짐을 바꾸었다. 그리고 침착하게 온화한 목소리로 말했다.

그는 어떤 상황에서든 순식간에 태도를 바꿀 수 있다. 취재기자로 활동하는 그의 대외적인 얼굴만 아는 사람들은, 그가 이따금 주위를 신경 쓸 것 없다고 판단할 때 드러내는 또하나의 얼굴—사람을 인격체로 보지 않고 필요한 곳에 쓰는 일회용으로만 여기는 표정과 태도를 상상도 못 할 것이다. 그 사람이 설마 그럴 리가. 농담하지 마요.

실제로 두 얼굴을 다 아는 노나카조차 갑작스러운 그의 변환에 번번이 당황했다.

"고다마 씨 기분이 상했다면 미안합니다. 사과하겠습니다."

지나치다 싶을 만큼 공손하게 유리를 향해 고개를 숙여 보였다.

"하지만 이건 중요한 취재야. 아직 미숙한 기획거리긴 해도 분명히 결실을 맺을 거야. 아니, 꼭 그래야 해. 살해당한 중학생을 위해서."

모기가 유리에게 말했다. 그녀는 여전히 몸을 움츠리고 아래를 내려다보고 있었다.

"열네 살이야. 겨우 열네 살밖에 안 된 소년이 목숨을 잃었다고. 누군가가 그 억울함을 파헤쳐서 대변해주지 않으면 이 세상에서 정의는 사라질 거야. 학교 측은 골치 아픈 일을 무조건 덮어버리고 모르쇠로 일관하니까."

정의요? 노나카가 중얼거렸다. 미심쩍은 표정이지만 힘이 빠진 목소리다.

"그래, 정의. 보도가 추구해야 할 가치지. 아냐?"

"그렇지만 사실 검증은 객관적으로 해야죠."

"물론이지. 그러니까 취재가 필요한 거라고."

과장스럽게 손을 펼쳐 보였다.

"내 경솔한 언동으로 상처받았다면 사과할게. 부족하면 몇 번이라도. 시말서가 필요하다면 얼마든지 쓰고. 고다마 씨, 미안해. 이제 마음이 좀 풀려?"

먼저 냉정하고 정중한 태도를 보여 상대가 필요 이상 호들갑을 떤 것처럼 보이게 한다. 그와 동시에 형식적이고 그럴듯한 주장을 내세워 문제의 본질을 흐려버린다. 모기의 특기였다.

고다마 유리가 푹 숙인 고개를 까딱하는 것으로 대답을 대신했다. 노나카는 한숨을 내쉬었다.

"그럼 이만 일한다."

모기는 싱긋 웃고 옷깃을 매만지며 책상으로 향했다.

"질렸어. 완전 이중인격자네."

나지막이 중얼거리는 여자 목소리가 들렸다. 알 바 아니다.


혹시나 하고 교장실에 전화를 걸어보았지만 아무도 받지 않았다. 교무실로 걸자 여자가 받아서 교장은 급한 볼일이 생겨 외출했다고 했다. 기분 탓인지 당황하는 것 같았다.

쓰자키 교장이 어디 다치기라도 했나.

이어서 조토 경찰서 청소년과의 사사키 형사에게 전화해보았다. 그녀도 외출중이었다. 보나마나 3중학교로 달려갔겠지. 오이데 사장은 여전히 씩씩거리고 있을까?

이제부터 그들이 어떻게 나올지가 문제다. 일단 포석은 깔아두었다.

쓰자키 교장은 솔직한 면이 있었다. 자기가 먼저 사사키 형사의 존재를 알렸다. 하긴 그 정도는 협조하는 편이 유리하다고 나름대로 판단했으리라.

하지만 그런 '친절'에는 반드시 이면이 있게 마련이다. 그래서 모기는 처음 사사키 형사를 찾아갔을 때부터 경계를 늦추지 않았다.

그녀는 모기의 질문에 적극적으로 답했다. HBS로 온 투서에 대해서는 '불행한 우연'이라고 평했다.

그 세 사람―고발장에서 지목한 무리가 문제아인 건 맞지만 가시와기 다쿠야의 죽음에 관한 한 전적으로 결백하다고 손짓 발짓까지 해가며 지나칠 정도로 솔직하게 열변을 쏟았다. 감싸면 감쌀수록 수상쩍어 보인다는 걸 전혀 몰랐다.

뭔가 숨기고 있는 게 틀림없다.

그 세 사람이 지금까지 구체적으로 어떤 문제행동을 일으켰는가. 조토 경찰서에서는 어떤 조치를 취했는가. 모기는 일단 형식적인 질문들을 던져보았다. 그녀는 당사자가 미성년자이므로 알려줄 수 없다는 판에 박은 답을 내놓았다. 그리고 또다시 가시와기 다쿠야 건은 살인사건이 아니라고 열띠게 말했다.

"근거가 뭡니까?"

"가시와기 군이 죽었을 때의 상황이 명백하게 보여주죠."

"그렇지만 당시는 처음부터 자살이라고 생각했으니 경찰에서 제대로 수사를 하지 않았을 텐데요? 물증은 시간이 지나면 사라져버릴 테고요."

"그애들이 죽인 게 아니에요."

"그건 대답이 안 됩니다."

"모기 씨, 저는 그애들을 잘 압니다. 만약 살인을 저질렀다면 그렇게 아무렇지도 않은 얼굴로 나다닐 수 없어요. 불량하지만 아직 미숙한 어린애들이에요. 사악한 살인자가 아니라고요."

"그렇지만 동급생에게 폭력을 쓴 적이 있나보던데요."

"그런 얘기는 누구한테 들으셨죠?"

"제보를 받았습니다. 저도 가만히 노는 건 아니니까요."

빙글빙글 똑같은 대화가 되풀이되었다. 그래도 상관없다. 사사키 형사의 태도가 어떤지 알아냈으니까.

교장과 한통속이다.

그들은 이해관계를 같이한다. 쓰자키 교장은 자기 책임하의 교내에서 학생이 학생을 죽인 사건이 일어났다는 사실을 죽어도 인정하고 싶지 않을 것이다. 사사키 레이코 역시 조토 경찰서의 직원으로서, 자신들의 경솔한 예측수사가 중대한 살인사건을 간과하고 말았다는 사실을 죽어도 인정하고 싶지 않을 것이다. 그러기 위해서라면 살인범도 충분히 감쌀 수 있다. 정말 대단하신 형사님이다.

양쪽 모두 오로지 자기들 체면만 생각한다. 아이들의 생명과 인권은 뒷전이다.

이걸 방치하면 가시와기 다쿠야는 두 번 살해당하는 것이나 다름없다.

용납할 수 없다.

오이데 사장을 만날 때 모기는 녹음기를 감추고 있었다. 지금 그것을 재생하며 취재 수첩에 메모를 하는 중이었다. 스태프 중 누구도 모기의 책상 근처에 얼씬거리지 않았다.

오이데 슌지, 이구치 미쓰루, 하시다 유타로.

수첩에 굵은 글씨로 적힌 세 사람의 이름.

일단 오이데는 처리했다. 예상대로 난폭하고 천박하고, 자식의 응석을 받아줄 줄밖에 모르는 아버지였다. 다음은 이구치. 미성년자라 본인을 만날 타이밍을 잡기 어렵다. 그리고 이런 케이스에서는 일단 보호자와 부딪쳐보는 게 모기의 방식이었다. 부모를 보면 자식을 알 수 있다. 이구치 미쓰루의 부모는 어떤 사람일까.

오이데와 이구치라면 하나같이 나쁘게 말하던 학생이나 보호자도 하시다 유타로에 대해선 태도가 약간 달랐다. 근본이 못된 건 아니라는 의견도 있었다. 최근 들어 두 사람과 덜 어울린다는 소문도 들렸다.

그것이 사실이라면, 하시다 유타로가 가시와기 다쿠야 살해사건을 푸는 중요한 열쇠가 되어줄지 모른다. 오이데와 이구치를 멀리하는 것이 가시와기 다쿠야를 죽인 죄책감 때문은 아닐까. 그렇다면 입을 열 가능성이 높다.

모기는 투지로 불타올랐다.

하지만 그 스스로도 알아채지 못했다. 지금의 투지는 취재를 시작했을 때에 비하면 그 근원이 조금 다르다는 것을.

어제 기획회의에서 그간의 취재 상황을 보고할 때까지 모기의 마음속에는 오로지 가시와기 다쿠야 죽음의 수수께끼를 풀고 싶다는 열의뿐이었다. 살인이라는 의혹이 짙었지만 자살 가능성도 완전히 버리지는 않았다. 그가 문제삼으려 했던 것은 조토 3중학교가 모든 국면에서 사실을 숨기고 학교 체면을 지키려고 한 탓에 사건이 쓸데없이 복잡해졌다는 점이었다.

그런데 연출자와 진행자가 보고를 일축하고 이 건을 방송에서 다루지 않겠다고 선언한 순간 그의 마음의 빛깔이 변했다.

이런 중대한 문제를 '잘못 다루면 위험하다'는 소극적인 이유로 묻어버리겠다는 것인가? 그것이 저널리즘에 관여하는 자들이 할 말인가?

그뿐인가, 진행자 하나는 "자꾸 학교문제만 다루면 시청자가 싫증 낸다"라는 말까지 했다.

싫증을 내고 자시고 할 것도 없다. 이건 보도 프로그램이다. 오락이 아니다. 한 아이가 살해당했는데—설령 백 보 양보해 표면적으로는 자살이 맞다 해도, 밥그릇 지키기에만 급급한 무능한 교사들 때문에 죽음으

로 내몰렸다면 이것은 엄연한 '살인'이다. 그런데 '시청자가 싫증 낸다'
는 한마디로 묵과하겠다는 건가?

말도 안 된다. 내가 해낼 테다. 반드시 진상을 규명해서, 가시와기 다
쿠야의 죽음에 죄와 책임이 있는 자들을 낱낱이 밝혀내 고발할 것이다.

절대로, 절대로 추적의 고삐를 늦추지 않을 것이다.


# 33


형사과에는 여느 때처럼 코를 찌르는 담배 연기가 자욱했다.

나고야 형사가 의자 등받이에 기대앉아 언제나처럼 불을 붙이지 않은
담배를 물고 있었다. 책상을 보고는 있지만 반쯤 잠든 것처럼 눈빛이 멍
하다.

다른 책상에는 아무도 없다. 과장 자리도 비어 있다.

"왔어?"

레이코를 보더니 표정과 다를 바 없이 늘어지는 목소리로 알은체를 했
다. 양복 앞섶을 풀어헤친 채였다. 넥타이도 없고 셔츠 자락은 허리띠 밖
으로 비어져나왔다.

"누가 피운 거죠?"

사사키 레이코는 연기에 얼굴을 찡그렸다. 정신없이 어질러진 옆자리
책상에서 의자를 살며시 빼내 앉으려는데 책상 위 서류와 파일 더미가
눈사태처럼 무너져내리는 바람에 서둘러 손을 뻗어 막았다.

"조금 전까지 여럿이 모여 있어서 그래."

"이러면 금연하는 의미가 없잖아요, 선배."

의자를 원래 자리로 돌려놓고 나서야 가까스로 눈사태를 막을 수 있었
다. 레이코는 결국 우두커니 서 있는 꼴이 되었다.

“마음이 중요하지.”

나고야가 씩 웃더니 침으로 필터가 끈적해진 담배를 발아래 휴지통으로 휙 던졌다.

“다들 본부로 갔나요?”

“그쪽도 지금 아무도 없을걸. 한창 현장 수사중일 테니까.”

오늘 새벽 관할 지역 식당에서 강도살인사건이 발생했다. 특별수사본부가 경찰서 회의실에 차려졌고, 형사과 주력 인원은 모두 그쪽으로 이동했다.

“선배는요?”

“전화 담당. 누구 하나는 남아야 하니까.”

나고야가 늘어져라 하품을 했다. 이가 누렇다. 니코틴 색깔이다.

“그건 그렇고, 무슨 일이야. 눈에 쌍심지를 켜고.”

하다못해 ‘눈을 부릅뜨고’라고 표현해주면 안 될까.

“쇼다가 그러는데 선배한테도 HBS 기자가 찾아왔다면서요?”

보도 프로그램 〈뉴스어드벤처〉의 모기라는 사람이다. 교육문제에 강한 프로그램의 간판 기자다.

“그 프로그램 본 적 있어?”

“몇 번요.”

“화면보다 영 없어 보이더라.”

그런 쓸데없는 소리나 듣자고 온 게 아니다.

“뭘 물어보던가요?”

나고야가 입꼬리만 올려 씩 웃더니 책상 위의 납작해진 담뱃갑에서 새 담배를 한 대 꺼내 입에 물었다.

“그렇게 신경 곤두세울 거 없어. 별다른 얘기는 안 했으니까.”

무슨 말이 저렇담. 레이코는 발끈했다. 마치 레이코가 세간에 밝혀지면 곤란한 일을 입막음하려고 왔다는 식 아닌가.

"자넨 만나봤어, 그 기자?"

"여러 번 만났어요. 전화도 심심하면 오고."

〈뉴스어드벤처〉는 강경파 프로그램이고 보도 자세는 호감이 간다. 그러나 레이코는 전부터 모기 기자에게 조금 '지나치다'는 인상을 받았다. 취재기자치고 감정이 과하다는 생각도 들었다. 이번 조토 3중학교의 가시와기 다쿠야 건으로 처음 직접 대면하고서 그 감상이 틀리지 않았음을 알았다.

"그 사람, 아무래도 살인사건으로 만들고 싶은가봐요. 가시와기 일을."

"그런 것 같더군."

나고야는 태평했다.

"취재라면서 이쪽 얘기는 전혀 들으려 하지 않잖아요? 이미 단정을 지은 거죠."

"어쩔 수 없지. 고발장을 찢어서 버린 건 잘못이니까."

"하지만 모리우치 선생님은 부정하는데요."

"그런 주장이 통할 것 같아?"

나고야의 말이 옳다.

"그러지 말고 좀 앉아, 사사키 씨."

나고야가 옆의 의자를 아무렇게나 빼내자 급기야 서류와 파일이 우르르 무너졌다.

"여기 누구 자리예요?"

"내 영역이야. 짐이 많아서."

"정리 좀 하시죠."

"전부 진행중인 사건인걸."

나고야가 차라도 마시겠느냐고 물었지만 레이코는 거절했다. 보나마나 내가 끓여와야 할 텐데, 뭐.

"조바심 내봐야 소용없어. 텔레비전에서 이렇게 적극적으로 나서면 더

막을 방법이 없으니까. 일단 마음껏 설치게 놔두고 나중에 해결하는 수
밖에."

전화벨이 울렸다. 나고야가 수화기를 들었다. 예이, 하는 대답에서 긴
장감이라곤 찾아볼 수 없다. 그뒤로도 계속 "네, 네"로 일관해서 용건을
짐작할 수 없었다. 여기가 정말 조토 경찰서 형사과 맞나? 시골 파출소
아니고? 그것도 삼십 년쯤 옛날의.

"네, 알겠습니다" 하며 전화를 끊더니 나고야가 조심스레 레이코를 쳐
다보았다. "역시 차 한 잔 마시는 게 좋겠는데."

레이코는 한숨을 내쉬며 전기포트와 다기가 있는 쪽으로 갔다. 커다란
찻주전자 뚜껑을 열어보니 흐물흐물해진 차 찌꺼기가 안에 남아 있었다.

나고야가 굵고 탁한 목소리로 물었다. "학교 쪽은 많이 당황하나?"

"대혼란이에요."

어제 오후 모기 기자가 이 건을 정식으로 프로그램에서 방영하겠다고
알려와 쓰자키 교장이 구 교육위원회를 찾아갔다. 레이코는 오늘 아침
교장의 전화를 받고 그 사실을 알았다.

"교육위원회 선생들은 뭐래?"

"질겁하긴 마찬가지죠. 무슨 조언 같은 걸 하겠어요. 쓰자키 선생님한
테 책임을 모조리 덮어씌울 생각일걸요."

"그쪽으로는 취재가 안 갔어?"

"아직인 것 같지만 시간문제겠죠."

"교장선생님, 잘릴까?"

나고야가 친절하게도 손가락으로 목을 베는 시늉을 해 보이며 찻잔을
받아들었다.

"모르죠. 프로그램 내용에 달렸지만."

레이코가 맛없어 보이는 누런 녹차로 시선을 떨어뜨리며 말했다. 끙끙
대는 듯한 소리가 나오고 말았다.

"당연히 그 기자는 3중학교 선생들의 책임을 추궁할 거야. 문제의 불량학생들을 제물로 삼을 순 없으니까. 미성년자잖아."

그렇게 말하더니 나고야는 고개를 갸웃거렸다.

"그 녀석들 부모는 어쩌고 있을까?"

"취재를 받았대요."

"호오."

"모기 씨가 얻어맞았다나봐요."

나고야가 웃음을 터뜨렸다. "그 목재상 사장한테? 오이데 씨라고 했나?"

"웃을 일이 아니에요. 게다가 그 장면을 비디오로 찍었대요."

이 역시 모기 기자가 쓰자키 교장에게 전한 정보였다. 취재를 받고 격분한 오이데 마사루는 그길로 당장 3중학교 교장실에 쳐들어가 교장에게까지 폭력을 휘둘렀다. 그 광경도 몰래 촬영되었을 가능성이 있다. 때마침 운동장에 있던 학생들이 비디오카메라를 든 모기를 목격했던 것이다.

"그럼 다행이네. 학교만 잘못한 게 아니라 애당초 부모가 문제라는 게 만천하에 드러날 테니까."

어쩜 저리도 태평한 소리가 나오는지 레이코는 도저히 이해할 수 없었다.

"지금 3중학교에 들렀다 오는 길이에요."

"그래? 분위기 살피러?"

"회의중이라 선생님들은 못 만났지만……"

수위 이와사키 씨와 대화를 나눌 수 있었다. 뜻밖에도 그는 이번 일에 관한 정보를 속속들이 파악하고 있었으며 쓰자키 교장과 모리우치 선생을 걱정했다.

"이와사키 씨가 그러는데, 모리우치 선생님이 휴직원을 냈나봐요."

"저런." 나고야가 조그만 눈을 휘둥그레 떴다. "그건 아니지. 적어도 프로그램이 방송될 때까지는 현장에 있어야 하는데. 이런 경우에는 도망치는 게 최악의 방법이야."

"제 생각도 그렇지만, 거의 노이로제 상태인 모양이라."

"물론 거짓말쟁이도 노이로제에 걸릴 수 있어. 거짓말이 안 통하면 스트레스를 받을 테니까."

그 말이 레이코의 귀를 파고들었다. 그 통증 덕분에 굳이 이런 아저씨를 찾아온 진짜 용건이 떠올랐다.

여드름투성이에 해골처럼 비쩍 마르고 사춘기 소녀다운 발랄한 면은 눈곱만큼도 찾아볼 수 없는 미야케 주리의 얼굴이 눈앞에 떠올랐다. 머릿속에서 다시금 거침없고 경박한 그녀의 거짓말이 들려왔다.

—제가 직접 들은 적이 있어요. 언제였더라, 수업 끝나고 교실에서 오이데 삼인조가 숙덕거리고 있었어요.

—가시와기 자식이 영 마음에 안 든다.

"실은 의견을 듣고 싶어서 왔어요. 나고야 선배는 경험이 많으실 테니까……"

아무래도 선뜻 말이 나오지 않아 머뭇거렸다.

"어떤 사건의 관계자가 하는 말을 믿을 수 없어서 그 사람의 거짓을 밝혀내려는데, 그 와중에 또 새로운 거짓말을 들고 나오는."

내가 지금 무슨 소리를 하는 거람.

"그런 만만찮은 거짓말을 맞닥뜨린 적 있으세요?"

나고야가 여전히 느긋한 자세로 실눈을 뜨며 레이코를 바라보았다.

"그 관계자란 게, 바로 그 고발장을 쓴 사람인가?"

놀랐다. 어떻게 알았지?

나고야가 히죽 웃었다. 웃는 모습까지 느긋하기 짝이 없었다. "맞나보군."

"어떻게 알아요?"

"뭐, 나야 워낙에 귀가 밝잖아."

부러 그러는 듯 귓구멍에 손가락을 넣고 파는 시늉을 했다.

"설마 쇼다가 그러던가요?"

"자네, 그 얘길 쇼다한테 했어?"

레이코가 입을 다물었다. 이미 인정한 것이나 다름없다.

"안심해. 그 녀석은 아니야. 말했잖아, 내 귀는 귀신같다고. 그런 무서운 표정 지을 것 없어. 다른 사람한테는 절대 말 안 할 테니까."

그러더니 레이코가 뭐라고 받아치기도 전에 대번에 말을 이었다.

"그 학교 여학생이지?"

완전히 나고야의 페이스에 말렸다.

"네, 뭐."

"그 불량학생 삼인조에게 무슨 원한이라도 있나."

"아마 그럴 거예요." 레이코가 아래를 내려다보며 한숨을 내쉬었다. "그 심정은 저도 이해해요."

희한한 소리가 들렸다. 피식 하고 방석의 공기가 빠져나가는 듯한 소리였다. 나고야도 한숨을 내쉰 것이다.

"물러터졌구먼."

"하지만."

"동기가 뭐든 간에 거짓말은 안 돼. 나쁜 짓을 하면 합당한 벌을 받아야지. 안 그러면 사회가 유지될 수 없어."

지극히 옳은 의견이라 레이코는 한순간 자기 눈을 의심했다. 이 사람 정말로 그 나고야 선배가 맞나?

틀림없는 나고야다. 떠도는 먼지와 니코틴 냄새.

"자네 같은 청소년과 사람들은 입만 열면 건전한 청소년 육성이라느니, 학교는 성역이라느니, 아이들에게는 가소성이 있으니 엄벌주의는 옳지 않다느니 하는데 내가 보기엔 다 의미 없는 넋두리야. 우리가 현장에

나가 처리하는 사건들 태반이 당사자를 더 일찍 부모나 선생이 따끔하게 교육했더라면 막을 수 있었던 일이야. 굳이 말하자면, 당신들은 그런 걸 감싸려 드는 셈이라고."

"감싸는 거 아니에요. 소년법 정신을 준수할 뿐이죠."

"그럼 그 불량학생들이 일으킨 강도상해사건이 흐지부지되는 걸 말없이 보고만 있었던 것도 소년법 정신에 따른 거였나?"

레이코는 살짝 놀랐다. 나고야의 말투에 희미한 분노가 섞여 있었다. 이 아저씨, 의외로 그 사건에 집착하는 눈치다.

"그것과 이건 얘기가 달라요."

"아하, 그래? 그럼 더 드릴 말씀이 없겠군."

나고야가 또다시 무지러진 담배를 꺼내 입에 물었다. 역시나 불은 붙이지 않았다.

"저는 다만—만만찮은 거짓말쟁이—라도 처음부터 악의가 있었던 게 아니라 한번 뱉은 거짓말을 계속 끌고 나갈 수밖에 없는 궁지에 몰려서, 그 거짓말에 다른 누구보다 자신이 제일 상처받고 있는 여자애를 어떻게 해야 좋을지 고민하는 것뿐이에요."

말도 안 돼. 고민한다는 말까지 해버렸다.

"그래서 웬일로 그렇게 기특한 표정까지 지으면서 내게 조언을 구하는 거야?"

맞는 말이긴 하지만, 너무 노골적으로 저러니 비위가 상했다.

나고야가 의자를 삐걱거리며 레이코 쪽으로 몸을 살짝 내밀었다. "자, 그럼 가르쳐줄까."

레이코는 몸을 젖혔다. 기분상으로는 의자에 앉은 채로 3미터쯤 물러난 것 같았다.

"자네가 늘 상대하는 오이데 같은 애송이들은 자기가 나쁜 짓을 한다는 걸 알아. 아무리 근성이 썩었어도 자기가 하는 짓이 잘못됐다는 걸 알지. 알지만 멈출 수 없는 거야. 마음이나 정신의 배선이 글러먹었으니까. 그 배선을 바로잡아주지 않는 한 아무리 시간이 가도 스스로 뻔히 아는 나쁜 짓을 하고 들통나면 거짓말로 속이려 들지. 속일 수 없으면 미안하다며 굽실굽실하거나 정색하고 욕설을 퍼붓는 식이야. 그러길 반복해."

나고야가 담배를 손가락으로 옮기더니 그 끝을 레이코의 얼굴에 들이밀었다.

"그렇지만 자네가 말한 여학생, 고발장의 장본인은 그런 불량학생들과 차원이 달라. 근본적으로 다르지."

레이코는 저도 모르게 진지하게 물었다. "뭐가 어떻게 다르다는 거예요?"

나고야가 레이코의 눈을 바라보며 대답했다. "그애는 자기 행동이 잘못되었다고 생각하지 않아. 나쁜 짓이라고도 생각하지 않아. 올바른 일이라고 생각하지. 정의는 자기편이라고 생각하는 거야. 그래서 누가 뭐라고 추궁해도 입을 안 열지."

반박할 수 없었다. 레이코는 입을 다물고 그저 가만히 있었다.

"이 기회에 고름을 짜내야 해. 모기라는 그 기자가 샅샅이 조사하게 놔둬. 양동이를 엎어서 썩은 물을 쏟아내고 깨끗이 비워내야지. 뒷일은 그다음에 생각해. 내 조언은 그게 다야. 자, 이만 가봐."

레이코는 의자에서 일어섰다. 그 기세에 회전의자가 뒤로 미끄러져 어딘가에 부딪혔다가 멈췄다.

꼿꼿이 자리를 뜰 생각이었다. 나고야의 의견은 터무니없다. 세세한 사정은 전혀 참작하지 않았다. 범죄자의 심리, 하물며 성장과정에 있는 청소년의 복잡한 심리 같은 건 조금도 생각하지 않았다.

그런데도 레이코는 형사과 문 앞에 멈춰 서고 말았다.

"나고야 선배."

나고야는 못 들은 척했다.

"그건 자살이죠? 가시와기 군은 자살한 게 틀림없죠? 선배도 거기 의
혹을 품은 적은 없었죠?"

나고야는 한껏 풀어져서 기대앉아 형사과 천장을 올려다보았다.

"이제 와서 무슨 소리야."

그 말이 맞다. 부끄럽고 분해서 레이코의 뺨과 귀가 뜨거워졌다. 이번
에는 정말로 등을 돌려 또각거리며 복도를 걸어가는데, 뒤에서 누가 큰
소리로 불렀다.

"사사키 씨, 여기 있었어요?"

여경 한 명이 잰걸음으로 다가왔다.

"손님이 와 계세요."


—이 사람, 이러다 정말 죽는 거 아닐까.

모리우치 에미코를 마주한 레이코는 제일 먼저 그런 생각이 들었다.
말랐다는 말만으로는 부족하다. 존재 자체가 바닥을 드러내고 있다.

두 사람은 소회의실로 갔다. 청소년과에는 다른 직원들이 있었다. 이
지경이 된 모리우치 선생을 누가 보면 안 되는데. 괜한 생각일지 몰라도
레이코는 일단 몸을 감싸듯이 부축해 데려갔다.

"혼자 오셨어요?"

하얀 블라우스에 검은 치마를 입고 검은 가방을 가슴에 끌어안은 모리
우치 에미코가 움츠러들 듯이 고개를 끄덕였다. 레이코와 눈을 마주치려
하지 않았다.

"연락도 없이 찾아와서 죄송해요."

목소리가 떨렸다. 갑자기 체력을 잃은 사람은 안정된 발성을 하지 못
한다.

"괜찮아요. 전혀 상관없어요. 몸은 괜찮으세요?"

화장기가 없고 눈썹 정리도 하지 않은 모리우치 에미코를 보긴 처음이

었다.

"저어…… 실은."

속눈썹 밑에서 눈동자가 흔들렸다.

"사사키 씨에게 부탁이 있어서."

"네, 무슨 부탁이죠?"

모리우치 에미코가 메마른 입술을 핥더니 마음을 다잡은 듯 숨을 내쉬고 말했다. "수사를 해주실 수 있을까요?"

"네?" 엉겁결에 되묻고 말았다. "수사요?"

"네. 저, 아무래도 우편물을 도둑맞은 것 같아요."

레이코는 족히 오 초쯤 여선생의 얼굴을 멍하니 바라보았다. 그녀의 말을 이해하기까지 그만큼이 걸렸다.

"고발장 말씀이시죠?"

고개를 끄덕인 모리우치 에미코가 매달리듯 손을 뻗어 레이코의 왼쪽 손목을 부여잡았다.

"전 정말 못 받았어요. 우체국에서는 우편함에 넣었다는데 제가 확인했을 때는 없었어요. 그럼 제가 보기 전에 누가 가져간 걸지도 모르잖아요."

열심히 주장하는 입가에 침이 고였다. 레이코는 슬며시 오른손을 움직여 모리우치 에미코의 손 위에 얹었다. 손이 차디찼다.

"정말 그럴 수도 있겠네요."

미처 생각 못 했지만 전혀 가능성이 없는 것도 아니다.

모리우치 에미코의 눈에 희미한 빛이 감돌았다. "그렇죠? 수사해주실 수 있어요?"

"잠깐만요. 선생님 에도가와 구에 사시죠?"

"네."

"그러면 저희 관할이 아니에요. 그 지역 경찰서에 요청해야 해요. 그렇지만—어쨌거나 경위가 경위이니만큼 그리 순순히 움직여주지는 않을 거예요."

모리우치 에미코의 눈에 깃들었던 빛이 순식간에 사그라졌다. 레이코가 서둘러 말을 이었다. "그래서 말인데, 다른 일은 없었나요? 선생님 집에서 뭘 도둑맞았다거나, 전에도 우편물이 사라진 적이 있다거나."

"생각해—봤지만."

힘없이 고개를 가로저으며 말했다.

"잘 모르겠어요. 집중할 수도 없었고."

지금의 몸상태나 심리상태로 봐선 무리도 아니다.

"그럼 선생님, 선생님에게 그런 장난을 치거나 스토킹을 할 만한 사람은 없어요? 짐작 가는 데라도."

모리우치 에미코가 흔들던 고개를 멈췄다. 눈이 한곳을 응시했다.

"—틀림없이 그애예요."

"그애?"

가시와기 다쿠야요, 모리우치 에미코가 말했다.

레이코는 순간 한기를 느꼈다.

"선생님, 가시와기 군은 죽었어요. 고발장이 왔을 때 이미 이 세상에 없었다고요."

"네, 그렇지만."

이번에는 단호하게 고개를 젓더니 레이코에게 달려들 기세로 몸을 내밀며 말했다.

"그애가 한 짓이에요. 자기가 죽고 나서 이런 소동이 일어나도록 꾸민 거예요."

질리거나 놀라기에 앞서 레이코는 진심으로 겁이 났다. 자, 잠깐만요, 하며 손을 부여잡았지만 모리우치 에미코의 넋이 나간 목소리는 멈추지 않았다.

"그애는 절 싫어했어요. 업신여겼어요. 무능력하다고 경멸했어요. 선생 자격이 없다고. 전 분명히 알아요. 항상 느꼈어요. 그래도 얼굴에 드러내지 않으려고 애썼죠. 저는 담임이고 어른이니까. 그런데 그애는 그런 제 입장을 이용해 더 위압적으로 나왔어요.”

“모리우치 선생님!”

“물론 공범이 있을 거예요. 그애 부모가 한패일지 몰라요. 고발장을 써서 내 앞으로 보낸 척하고 그걸 찢어서 방송국에 보낸 거예요. 전부 그애가 꾸미고 시킨 거예요. 틀림없어요. 그런 쪽으로는 지독하게 머리가 잘 돌아갔으니까.”

단숨에 쏟아내더니 숨을 삼키듯 입을 다물었다. 회의실 창밖으로 차소리가 들렸다.

“정말로 그렇게 생각하세요?”

레이코의 질문에 모리우치 에미코가 시선을 피했다. 그리고 레이코의 손을 슬쩍 뿌리치더니 자기 몸을 끌어안았다.

“—선생님, 밤에 잠은 잘 주무시나요?”

대답이 없다. 모리우치 에미코가 힘없이 축 늘어졌다. 조금 전 나고야처럼 편안히 느즈러지는 게 아니다. 에너지가 거의 바닥나서 온전한 인간의 기능이 멈출 지경인 것이다.

“선생님이 힘드신 건 저도 잘 알아요. 의사한테 심리상담을 받아보면 어떨까요?”

역시 대답이 없었다. 꽤 시간이 흐른 뒤에야 모리우치는 가까스로 나지막이 말했다. “수사 못 해주세요?”

“죄송해요. 아까도 말씀드렸지만 이런 일로는 경찰이 좀처럼 나서지 않아요. 게다가 우체국에서 이미 조사를 했고요. 관할 지역이 다르니 제가 섣불리 나설 수도 없고.”

이번에는 말 대신 모리우치 에미코의 눈물이 뚝 떨어져내렸다. 그것이 레이코의 가슴으로 스몄다.

"하지만 선생님, 조사해보려는 건 좋은 생각이에요. 꼭 경찰이 아니라 조사대행사무소 같은 데 의뢰해보는 방법도 있어요. 맨션 관리실에도요. 방범카메라 영상만 확인해도 실마리가 잡힐지 몰라요."

레이코가 손을 뻗어 모리우치 에미코의 팔을 어루만지며 부드럽게 흔들었다.

"정신 차리세요. 지면 안 돼요. 선생님은 거짓말하는 게 아니잖아요? 정말로 고발장을 못 받은 거잖아요. 그럼 이렇게 울면 안 돼요."

아무도 믿어주지 않아요—모리우치 에미코가 말했다. 자칫 숨소리로 들릴 만큼 희미한 중얼거림이었다.

가방을 안고 스르륵 일어섰다. 고개를 숙였다.

"괜한 소리를 해서 죄송해요. 저도 알아요. 저 이상하죠. 이제 됐어요. 그만 가볼게요."

"—선생님."

"전 교사를 그만둘 거예요. 더는 못 견디겠어요."

레이코도 허둥지둥 일어나 모리우치 에미코의 어깨를 감싸고 경찰서 현관으로 데려갔다. 지나가는 택시를 잡아서 태웠다. 모리우치 에미코는 고개를 떨어뜨린 채 한마디도 하지 않았다.

그제야 레이코의 무릎이 후들후들 떨리기 시작했다.

—틀림없이 그애예요.

뭔가에 씐 것이다. 모리우치 선생은 가시와기 다쿠야의 망령에 사로잡힌 것이다. 거짓말 같은 현상이 정말로 일어났다.

—아니, 모리우치 선생님만이 아니야.

우리 모두. 관계자 전원, 학교 전체가 고스란히 귀신에 씌었다.


*

운동장의 벚꽃이 피고 조토 제3중학교 3학년 학생들은 졸업식을 맞았다. 졸업생들은 각자의 미래를 향해 출항했다. 재학생들은 3학기 종업식을 마치고 봄방학에 들어갔다.

물밑에서 어떤 불온한 움직임이 있든 일상은 계속된다. 여기저기서 이는 잔물결이나 작은 소용돌이는 아직 표면에 드러나지 않았다. 그러나 어렴풋이 증상을 자각할 즈음에는 이미 체내에 뿌리내린 성가신 질병처럼, 사태는 서서히 진행되며 형체를 드러냈다.

지기 시작한 벚꽃 꽃잎이 마당 가장자리로 날아드는 화창한 오후, 오랜만에 집에 있던 쓰자키는 HBS의 모기 에쓰오에게 전화를 받았다. 모기는 단도직입적으로 전했다. 특집 방영일이 정해졌다. 4월 13일 토요일 오후 다섯시, 〈뉴스어드벤처〉에서 조토 제3중학교의 문제를 다룰 거라고.

통화는 짧았다. 용건뿐이었다.

쓰자키는 아무것도 할 수 없었다.

한동안 창가에 서서 마당을 내다보다가 서재로 들어갔다. 오랜 세월 애용해온 책상에 앉아 서랍을 열었다. 흰 봉투와 편지지, 그리고 자그마한 연적을 꺼냈다. 서예 스승에게 물려받은 소중한 연적이다.

물을 떠와야겠군.

부엌에 걸어둔 세시기歲時記 달력에는 봄철의 행사와 제철 음식, 봄에 쓰는 하이쿠* 시어들이 적혀 있다. 봄은 희망의 계절이다. 재출발의 시기다.

개학식은 4월 8일이다. 동그라미로 표시해두었다.

물그릇을 들고 다시 책상 앞에 앉은 쓰자키는 천천히 먹을 갈았다. 문밖에서는 작은 새들이 지저귀고 있다.

먹이 충분히 갈렸을 즈음 붓을 찍어보았다. 붓끝을 조심스럽게 가다듬었다.

---

* 5·7·5의 3구 17음절로 된 일본 고유의 단시.

그 붓으로, 쓰자키는 사표를 써내려갔다.


34


화면 한가득 책상이 클로즈업되었다. 가지런히 정리되고 말끔하게 닦인 책상 위를 천장 불빛이 비춘다.

카메라가 조금씩 물러난다. 그에 따라 책상 주변이 보이기 시작했다. 과목별로 정리해 받침대로 괴어둔 교과서와 참고서. 볼펜과 샤프가 꽂힌 연필꽂이. 두툼한 사전 몇 권. 책상에 딸린 책꽂이 위에는 자명종과 연습 문제집, 모의고사 문제집 등이 늘어서 있다.

책상 왼쪽 벽에는 달력이 걸려 있다. 1990년 12월.

그때 화면 밖에서 여자 목소리가 들려온다.

"이 방은 계속 그대로 둘 생각이에요. 달력도 넘기지 않았어요. 지금도 다쿠야가 여기 있는 것 같아서 청소를 하거나 환기를 시킬 때 말을 걸어보곤 해요."

바닥에는 악센트 러그. 창문에서 하얀 커튼이 하늘거린다. 싱글침대와 책상과 의자. 옷장 손잡이에는 교복이 옷걸이에 걸려 있다. 침대 발치에 가지런하게 놓인 파란 슬리퍼.

그 영상 위로 낮고 조용한 효과음과 함께 제목이 떠오른다.

'가시와기 군에게 무슨 일이 일어났는가―검증·어느 중학교 2학년의 죽음'


"시작했어."

부르는 소리에 후지노 료코는 눈길을 들어 텔레비전을 바라보았다.

"얘, 똑바로 앉아서 봐. 놀러온 거 아니잖아."

엄마 구니코가 다그치자 료코는 마지못해 자리에 앉았다. 텔레비전 바로 앞이라 제목과 정면으로 마주쳤다.

엄마 사무실에서 함께 〈뉴스어드벤처〉를 보기로 정했을 때는 그리 무거운 기분이 아니었다.

그런데 막상 방영 시간이 가까워오자 가슴 언저리가 꽉 막힌 듯 숨을 들이마시기도 힘겨워졌다. 보고 싶지 않다―그런 생각이 목구멍까지 차올라 자리를 잡고 호흡을 방해했다.

"아까 목소리, 가시와기 어머님이겠지?"

엄마가 말했다. 눈은 텔레비전을 향해 있다.

화면에는 조토 3중학교 건물과 운동장이 비쳤다. 낮시간 같은데 운동장에는 아무도 없다. 언제 찍었을까.

"작년 12월 24일, 수도권에는 많은 눈이 내렸습니다."

또다른 내레이션이 흘렀다. 남자 목소리다.

"아름다운 화이트 크리스마스였습니다. 이튿날 25일 아침, 이곳 구립 조토 제3중학교 뒷문에는 지난밤 내린 눈이 30센티미터 넘게 쌓여 있었습니다. 그리고 눈 속에서 한 남학생의 유체가 발견되었습니다."

스냅사진 한 장이 나왔다. 입학식이 끝나고 찍은 사진일까. 가시와기 다쿠야였다. 조금 크다 싶은 새 교복을 입은 다쿠야가 카메라를 향해 눈이 부신 듯 실눈을 뜨고 있었다.

"가시와기 다쿠야 군. 십사 년 오 개월의 짧은 인생이었습니다."

다쿠야의 어머니가 등장했다. 자막이 떴다.

'가시와기 고코 씨 43세.'

인터뷰어의 모습은 보이지 않지만 그녀의 시선은 분명하게 상대를 향했고, 가볍게 고개를 끄덕이고는 이야기를 시작했다.

"첫 연락은 학교에서 왔어요. 교장선생님이 직접 전화하셨죠. 우리 애가 오늘 학교에 갔느냐고 물었던 것 같아요."

내레이션. "가시와기 군은 11월 중순부터 학교에 나가지 않았습니다."

가시와기 고코가 말을 이었다.

"오전 여덟시가 조금 지났을 때였을 거예요. 등교를 하지 않으면서부터 다쿠야는 아침 늦게 일어나 보통 열시 무렵까지 방에서 꼼짝하지 않았기 때문에, 그때까지 저는 다쿠야의 얼굴을 못 봤어요. 혹시 갑자기 학교에 갈 마음을 먹었을지 모른다는 생각에—2학기 종업식 날이었으니까—올라가봤더니 방이 비었더라고요."

말하는 목소리에 차츰 눈물이 어렸다.

"다쿠야가 집에 없다고 말씀드렸더니 큰일이 생겼다며 바로 이리로 오겠다고 했어요."

학교 뒷문이 비치고, 다쿠야의 유체가 눈에 묻혀 있던 언저리를 카메라가 죽 훑었다. 내레이션이 깔렸다.

"가시와기 군은 부모님에게 아무 말도 하지 않고 전날 밤늦게 집을 나섰습니다. 그리고 이튿날 유체로 발견된 것입니다."

수사 결과 경찰은 옥상에서 떨어진 추락사이며 자살 가능성이 높다는 결론을 내렸다고 했다.

화면에 다시 가시와기 고코가 등장했다.

"당시 저와 남편은 다쿠야의 등교거부 때문에 걱정이 많았어요. 몇 번이나 대화를 해봤지만 그애는 걱정 말라고만 했죠. 지금은 그냥 학교에 가기 싫은 거라고. 갑갑하고 재미없어서 안 가는 것뿐, 공부는 집에서 알아서 할 거라고요. 하지만 때때로 혼자 멍하니 있곤 하는 게 몹시 마음에 걸렸어요. 표정이 전혀 없었거든요. 요즘은 젊은이나 아이도 우울증인 경우가 많다니까 혹시 그런 게 아닐까 싶어서. 아니면 원래부터 몸이 약했던 아이니 학교 다니기가 체력적으로 버거운 건 아닐까, 아무튼 여러가지로 생각해봤어요. 일단 지켜보다가 해가 바뀌면 병원에 데려가볼 생각이었죠."

다쿠야의 사진 앨범이 비쳤다. 그녀의 손이 앨범을 한 장씩 넘겼다.

"담임선생님과 교장선생님이 가정방문을 오셨지만 다쿠야는 만나려고 하지 않았어요. 선생님들도 억지로 학교에 나오게 하려는 분위기는 아니었고요. 조급해 말고 천천히 마음을 풀어주자고 했죠."

거기까지 말하고 가시와기 고코는 목이 멘 듯 눈물을 삼켰다.

"집단괴롭힘이나, 학교생활에 문제가 있었다는 얘기는 전혀 없었어요."

가시와기 씨 부부는 다쿠야 군이 자살했다고 생각했습니다―내레이션이 이어졌다.

"중학생 아이가 학교도 안 가고, 친구들과도 어울리지 않고, 집에만 틀어박혀 있었으니 정상적인 상태가 아니었던 건 맞아요. 우리에게도 말 못 할 사정이 있어서 고민하는 줄 알았어요. 다쿠야는 매사를 너무 깊이 생각하는 아이였고, 그러면서 싫은 게 있어도 부모에게는 절대 말을 안 했어요. 혹시라도 걱정을 끼칠까봐서요. 그런 아이였어요. 고집이 세지만 착했어요."

가시와기 고코의 눈에서 눈물이 흘러내렸다.

"자살을 할 정도로 심각한 고민이 있을 줄은 몰랐어요. 남편이나 저나 스스로가 너무 한심해서 다쿠야한테 미안하다, 미안하다 하며 하루하루를 눈물로 보냈어요."

거기서 화면이 바뀌어 양복 차림에 숄더백을 메고 길을 걷는 남자가 나왔다. 늠름한 표정으로 걷다가 이윽고 조토 3중학교 정문에 이르자 화면, 즉 시청자 쪽으로 돌아서서 입을 열었다.

"〈뉴스어드벤처〉의 모기입니다."

이제껏 잠깐씩 나오던 내레이션도 그의 목소리임을 알 수 있었다.

"이렇듯 당초 가시와기 다쿠야 군의 죽음에는 특별히 사건으로 다룰 만한 점이 보이지 않았고 자살로만 받아들여졌습니다. 중학생의 자살은 그 자체로도 크나큰 비극이며 저희 〈뉴스어드벤처〉의 학교문제 취재팀이 해명해야 마땅한 문제지만, 이 시점에서는 가시와기 군의 죽음을 신속하게 추적하지 못했습니다."

말투는 또박또박했지만 그것이 얼마나 경솔한 판단이었는지 표현하려는 듯 표정은 잔뜩 찌푸려졌다.

"그런데 해가 바뀌고 2월도 중순으로 접어들 무렵, 취재팀으로 한 통의 투서가 날아들며 사태가 완전히 바뀌었습니다."

료코는 뒤이어 화면에 비친 고발장을 뚫어져라 응시했다.


"어! 뭐야, 저게?"

구라타 마리코가 별안간 소리를 질렀다. 옆에 찰싹 달라붙어 앉아 있던 마아가 따라 했다.

"뭐야, 저게에."

"마아, 까불지 마. 오빠랑 언니 진지하게 텔레비전 보는 중이니까."

"진지하게에?"라며 마아가 웃었다. 자기랑 잘 놀아주는 마리코가 집에 와서 마냥 신이 나는 것이다.

새 학기가 시작되자마자 3중학교는 텔레비전 프로그램 건으로 또 한번 크게 흔들렸다. 교장선생님의 말씀이 있었고 보호자에게 사정을 설명하는 프린트도 받았지만, 고사카 유키오는 부모님에게 전하지 않았다. 아직까지도 알리지 않았다. 둘 다 일하느라 바쁜데다 이래저래 큰 집안일도 있었다. 지난달 할아버지가 위궤양으로 입원하면서(다행히 큰 문제는 없었지만) 병원비도 들었고, 힘들게 간병하던 엄마의 건강까지 나빠진 것이다.

학교에서 무슨 문제가 일어나든 유키오는 활달했고 공부도 열심히 했다. 성적이 좋다고는 할 수 없지만 나름대로 노력중이고 학교생활도 그럭저럭 즐겁다. 다시 말해 무슨 일이 나든 자기와는 관계없으니 굳이 말할 필요가 없다고 생각했다.

토요일 오후. 평범한 직장인의 가정이라면 가족끼리 단란한 한때를 보낼 시간이지만 고사카 가족은 다르다. 인쇄공장 쪽에서 철컥철컥 요란한 소리가 들려왔다. 원래는 유키오도 일손을 거들어야 했으나.

"딱 삼십 분만. 텔레비전 뉴스 보고 감상문을 쓰는 숙제가 있거든."

자기가 생각하기에도 그럴듯한 핑계를 대고 거실에 앉았다.

"정말이니? 거짓말하고 만화책이나 보는 건 아니겠지?"

엄마가 무서운 표정을 지어도 유키오는 끝까지 시치미를 뗐다. 나중에 숙제한 걸 확인하겠다고 했지만 신경쓸 것 없다. 보나마나 하룻밤 지나면 잊어버릴 테니까.

여동생 마사코를 보살피는 의무는 피할 수가 없어서 마아가 좋아하는 그림 그리기를 같이 해주며 곧 시작할 〈뉴스어드벤처〉를 기다리고 있는데, 안녕하세요, 하며 구라타 마리코가 찾아왔다.

"엄마가 돼지고기 구웠다고 맛 좀 보시래요."

마리코가 엄마에게 그렇게 말하는 참이었다. 큰일이다! 유키오는 부리나케 달려나가 마리코를 거실로 끌고 들어왔다.

"마리짱, 지금 뭐해? 숙제 잊어버렸어? 텔레비전 시작했잖아."

공장으로 통하는 문을 닫고, 거실 문도 닫고, 식은땀을 훔쳤다.

"숙제? 무슨 숙제?"

사실은, 하고 설명해주자 마리코가 천연덕스럽게 웃었다. 우아, 진짜 괜찮은 핑계구나. 이럴 때는 이해가 빠르다.

"나도 엄마 아빠한테 아무 말 안 했어. 프린트도 그냥 버렸고."

"어, 그래도 돼?"

"뭐 어때. 나랑 관계없는걸. 유키오짱도 마찬가지잖아."

두 사람은 소꿉친구고 가족끼리도 가깝게 지낸다. 그래서 집에서는 서로 '유키오짱' '마리짱'이라고 부른다. 초등학교 시절 그런 둘을 본 아이들이 "너희 부부냐?" "뚱보 부부네"라며 야유하고 놀려대는 바람에 그

뒤로 밖에서는 '고사카' '구라타'라고 부른다.

"텔레비전도 볼 생각 없었는데, 네가 본다면 같이 볼래."

이러쿵저러쿵하는 사이에 프로그램 앞부분이 지나가버리고, 두 사람이 겨우 자리를 잡고 텔레비전으로 눈을 돌렸을 때 문제의 고발장이 나온 것이다.

고발장 내용은 내레이션뿐 아니라 자막으로도 나왔다. 다만 몇 군데가 가려졌다. 아마도 가시와기 다쿠야를 죽였다는 사람의 이름인 듯했다. 유키오는 가슴이 뛰기 시작했다.

곧이어 〈뉴스어드벤처〉에 익명으로 고발장을 보낸 사람이 쓴 편지도 소개되었다. 찢어진 고발장이 클로즈업되었다.

유키오가 옆을 보니 마리코는 여전히 태평한 얼굴이었다.

그리고 화면에 교장선생님이 등장했다.

"우아, 콩너구리다."

리포터가 잇달아 질문을 던지고 교장선생님이 대답했다. 평소에는 달변인 교장선생님이 여기선 영 어눌하다. 때때로 손에 든 메모를 내려다보고, 말이 막히는 듯 "그게……" "아니, 그게 아니라" 하는 소리를 되풀이했다.

교장선생님이 땀을 흘리네. 이마가 번들거려.

"유키오짱, 저게 무슨 소리야?"

곁눈으로 텔레비전을 힐끔거리며 그림 그리는 마아를 상대하는 곡예를 펼치면서 마리코가 태평하게 물었다.

"잘 모르겠는데…… 가시와기가 자살한 게 아니라 살해당했다고 주장하는 사람이 있나봐."

"어머! 그게 무슨 소리야? 살인사건?"

"살인사거언?" 마아가 따라 했다.

"마아짱은 그런 무서운 말 몰라도 돼. 와, 잘 그렸네. 여기다 꽃을 좀더 그려볼까. 빨간 꽃이 좋겠지?"

두 사람에게 맞춰주며 진지하게 텔레비전을 보는 것도 쉽지 않은 곡예다. 그러나 유키오는 처음보다 기분이 훨씬 심각해졌다.

유키오는 스스로도 알고 있듯이 그리 우수한 학생이 못 되었다. 공부는 영 아니다. 뚱뚱한 탓인지 아니면 타고났는지 동작이 굼떠서 운동도 못한다. 그나마 음악이나 미술이라도 잘하면 멋질 텐데 그쪽도 전멸이다. 도무지 잘하는 게 없다.

그래서 3중학교 선생님들에게 인기가 없다. 학년주임 다카기 선생님은 원래도 좀처럼 웃지 않지만 유키오의 얼굴만 보면 금세 눈매가 날카로워질 정도고, 사회를 가르치는 구스야마 선생님은 처음부터 포기한 듯하다. 아예 유키오의 이름도 모르는 것 같았다. 늘 '뚱보'라고 부르니까.

2학년 담임이었던 모리우치 선생님은 훨씬 노골적이었다. 교실에서는 완전 무시. 생활통지표나 시험지를 나눠주며 어쩔 수 없이 유키오와 일대일로 마주할 때는 얼굴 한가득 '짜증나'라고 쓰여 있는 게 보였다.

그렇지만…… 교장선생님은 조금 다르다. 그런 것 같다.

1학년 때 수업을 마치고 교실에서 청소를 하는데, 무슨 일인지 교장선생님이 그 옆을 지나갔다. 주위에서 떠들고 있던 반 아이들은 교장선생님에게 뭐라고 장난을 걸고 선생님도 웃으며 상대해주었는데 숫기가 없는 유키오는 끼지 못하고 비질만 했다. 그런데 교장선생님이 자리를 뜨려다 말고 "고사카 군" 하고 불렀다. 그러고는 말했다.

"넌 참 성실하구나. 그건 아주 중요한 거란다."

초등학교에서 삼 년간 담임을 맡았던 시나가와 선생님이 떠올랐다. 역시 젊은 여선생님이었지만 모리우치 선생님과는 전혀 달랐다. 단 한 번도 '짜증나'라는 표정을 짓지 않았다. 통지표 알림장에 '고사카는 반 아이들 모두에게 친절하고 노력파입니다'라고 써주었다. 몇 번이나, 몇 번이나 그렇게 써주었다. 그래서 유키오는 그것이 자기 장점이라는 걸 알았고 그 장점을 소중히 지켜가기로 마음먹었다.

교장선생님도 그런 느낌이었다. 그뒤로 유키오는 교장선생님의 연설에 열심히 귀기울였다. 찬찬히 들어보면 이해하기도 쉽고 좋은 말도 많았다.

교장 자리에까지 올랐으니 쓰자키 선생님은 선생님 중에서도 특별히 머리가 좋았을 것이다. 그러니 유키오와는 비교도 안 된다. 하지만 교장선생님도 둥글둥글하고 약간 뚱뚱한 편이니까 젊을 때도 멋지고 인기가 많지는 않았을 것이다. 그래서일까. 공부나 운동 같은 게 아니어도, 눈에 확 띄는 게 아니어도 누구에게나 좋은 점이 있다는 걸 알고 있는 듯했다. 잘 들어보면 연설중에도 늘 그런 말씀을 하신다. 다른 애들도 좀더 열심히 들으면 좋으련만, 유키오가 무슨 말을 해도 마리코와―그래, 겐짱 정도밖에 귀를 기울이지 않는다.

아, 빠뜨리면 안 되지. 후지노는 들어준다. 그애는 여러모로 특별하다.

그런데 텔레비전에 나오는 교장선생님은 딴사람 같았다. 당황해서 허둥댔다. 게다가 인터뷰어인지 기자인지 저 사람 말투는 왜 저리 심술궂은 걸까. 교장선생님에게 실례 아닌가.

나랑은 관계없다고 생각했지만, 교장선생님이 몹시 곤란해지는 일이라면 싫은데.

마리코는 이제 텔레비전에서 완전히 시선을 떼고 마아와 그림을 그리는 데 정신이 팔려 있다. 유키오는 살짝 불만스러웠다. 마리짱, 가시와기 장례식 때는 눈물 콧물 범벅이 되게 울었잖아. 그건 뭐였니? 그냥 장례식이라 슬펐던 거야?

"아, 모리우치 선생님이다."

잠깐 딴생각을 하고 있는데 마리코가 어깨를 흔들었다. 이럴 때만 민감하다니까.

교장선생님과 달리 모리우치 선생님은 이름이 나오지 않고 '가시와기

군의 담임선생님'이라고만 소개되었다. 카메라도 의자에 앉아 있는 선생
님의 얼굴 아래쪽만 잡았다. 흡사 목이 잘린 것 같았다. 모자이크 처리를
하면 될 텐데 이상한 방식이다. 음성변조를 해서 말할 때 코맹맹이 소리
가 났다.

그러고 보니 새 학기 들어서 모리우치 선생님을 못 봤네―

인터뷰어가 여전히 심술궂은 투로 물었다.

"당신이 고발장을 찢어서 버린 거 아닙니까?"


오이데 슌지는 아버지의 차를 닦고 있었다.

봄이긴 해도 저녁엔 아직 쌀쌀한데 세차는 왜 시키는 거야.

가시와기 다쿠야의 죽음 때문인지 학교가 술렁거린다. 슌지도 알고 있
었다. 선생들이 들썩거리니 누구라도 눈치채겠지. 게다가 방송국에서 취
재를 왔네 어쩌네 하면서 이번 주 초에는 교장까지 집에 다녀갔다.

그때 오락실에 있었던 슌지는 자세한 사정을 모른다. 밤늦게 집에 오
자 아버지가 난데없이 고함을 질러대며 당분간 학교에 가지 말라고 했
다. 엄마는 역시 공립은 문제가 많다며 편입 가능한 사립학교를 찾아보
겠다고 여기저기 돌아다녔다.

뭐하러 교장이 왔냐고 물었더니 아버지는 너랑은 상관없다며 또 버럭
신경질이다. 자꾸 캐묻자 급기야 주먹이 날아들었다.

"너 지금 내가 얼마나 바쁜지 알기나 해? 오이데 집성재가 한 단계, 두
단계 더 성장하느냐 마느냐 하는 길목에 서 있어. 중요한 거래가 산더미
처럼 쌓였다고. 이 중요한 시기에 왜 쓸데없는 데 힘 빼게 만들어!"

그러니까 내가 대체 뭘 어쨌는데? 난 아무 짓도 안 했어. 그러나 흥분
하는 아버지가 무서워서 차마 말대꾸를 할 수 없었다. 지난번 경찰서에
잡혀갔을 때도 반쯤 죽다시피 두들겨 맞았으니까.

"삥 뜯고 도둑질하고, 어디서 배워먹은 짓거리야! 누가 보면 내가 용

돈도 안 주는 줄 알잖아!"

돈 때문만이 아니란 걸 아버지는 모른다. 자기도 하청회사 영업사원한 테 콧대 세우면서. 그것과 마찬가지다. 겁쟁이 바보 녀석들을 괴롭히면 재미있으니까. 그거 말고 재미있는 게 뭐 있나.

아버지는 입만 열면 세상 사람들 전부 바보라고 한다. 선생들도 바보 집단이란다. 학교 공부 따위 사회에선 아무짝에도 쓸모없다. 그러니 선 생들 감언이설에 속지 마라. 넌 나를 본받아 배짱 좋고 담력 센 남자로 크면 된다. 내 뒤를 이어야 하니까.

그럼 상관없잖아. 내가 아버지 뒤를 이을 때까지 심심풀이로 무슨 짓 을 하든.

무슨 일인지 몰라도 이번주에는 유난히 변호사가 들락거리고, 집에만 있기 심심해 나가려 했더니 아버지가 버럭 화를 내고, 이래저래 열받는 일만 생긴다. 아까 또 가자미 선생이 왔던데. 다섯시부터 텔레비전이 어 쩌고저쩌고하기에 나도 보려고 했더니 나가서 차나 닦으라나.

정말 짜증난다. 미쓰루 녀석도 엄마 잔소리 때문에 오늘은 못 나오겠 다고 하고, 하시다는 요즘 들어 통 우리와 어울리지 않는다. 그래, 하시 다야말로 선생들 감언이설에 넘어간 거 아냐? 툭하면 재수없게 쳐다보 는 구스야마를 한번 손봐주기로 했는데 그 녀석 때문에 자꾸 미뤄지고 있잖아.

이번에는 경찰에 안 들키게 해야지. 사사키 아줌마가 끼어들면 성가시 니까.

역시 후지노 료코와 다시 부딪쳐봐야 할까. 새침한 게 마음에 안 들지 만 아버지가 형사니까 포섭해두면 손해는 아니겠지. 여자애들은 따끔한 맛 한번 보여주면 금방 숙이고 들어오니까.

오이테 마사루의 고성에 온 집이 쩌렁쩌렁했다. 뭣 때문에 누구에게 화를 내는지는 몰라도 갈라지고 탁한 그 목소리를 들으니 위장이 꼬이는 것 같았다. 슌지는 수도꼭지를 끝까지 비틀어 호스에서 세차게 뿜어져나오는 물소리로 아버지의 고함소리를 지워버리려 했다.

"슌지, 너 여기서 뭐하니?"

돌아보니 가까이에 할머니가 있어 흠칫 놀랐다. 집에서 언제 나왔지?

4월이라도 아직 저녁 바람이 싸늘한데 발뒤꿈치까지 내려오는 나풀나풀한 면 원피스 하나만 입었다. 게다가 맨발이다.

"물장난하다 또 아빠한테 야단맞을라."

할머니가 초점 없는 눈동자로 허공을 헤매며 비틀비틀 다가왔다. 오이데 집의 주차장은 부모 차 두 대와 왜건을 세워도 여유가 있을 만큼 넓다. 할머니는 오른쪽으로 휘청거리다 차에 기대고, 왼쪽으로 비틀거리다 벽에 손을 짚으며 천천히 다가왔다.

좀비가 따로 없네. 혐오감에 팔뚝에 소름이 돋았다.

손이 닿을 만큼 가까워지자 팔을 휙 휘둘러 뿌리쳤다.

"시끄러워, 할망구. 저리 가!"

슌지의 할머니, 오이데 마사루의 어머니는 이 년 전쯤부터 치매 증상을 보였다. 아버지나 엄마나 처음에는 그저 '노망이 든 거'라며 병원에 데려갈 생각도 하지 않았다. 그러나 이상 행동은 갈수록 늘어만 갔다. 툭하면 뚱딴지같은 소리를 하고, 한밤중에 혼자 돌아다니고, 내버려두면 사흘 내도록 옷도 갈아입지 않고, 찬물로 목욕을 하고, 젖은 빨래를 걷어 옷장에 넣고, 하루에 네다섯 번씩이나 밥을 먹어 가족을 성가시게 했다. 결국 감당이 되지 않아 가자미 선생의 소개로 병원에 데려갔더니 알츠하이머병 진단이 나왔다.

그후로 오이데 가에는 부부싸움이 끊일 날이 없다. 엄마가 혼자 힘으로는 할머니를 보살필 수 없다고 불평을 한다. 그러면 아버지는 화를 낸다. 둘이 그렇게 싸우는 동안 할머니는 냉장고에서 음식을 죄다 꺼내 손으로 먹어치우거나, 이웃에 훤히 보이도록 마당 한쪽에서 용변을 보기도 한다.

일 년 전쯤부터는 도우미인지 간호사인지 하는 사람이 할머니를 돌보러 왔다. 하지만 그것도 일주일에 사흘뿐이고 다른 때는 여전히 할머니 혼자라 정초에는 길에서 어슬렁거리다 차에 치일 뻔하기도 했다.

"차라리 치여서 콱 죽어버릴 것이지. 명만 질긴 빌어먹을 노인네."

엄마는 온갖 욕설을 퍼부었다. 할머니가 저 모양이라 창피해서 손님 한번 집에 못 부른다는 불평도 했지.

아버지는 왜 할머니를 병원에 보내지 않을까? 돈이 썩어날 만큼 많다고 자랑하면서 할머니한테 쓰기는 아까운가?

아, 또 고함질이다. 작작 좀 하라고! 무심코 귀를 막으려는데 할머니가 믿기지 않을 만큼 날쌘 동작으로 호스를 휙 가로챘다.

"물장난하면 못써, 마사루. 그러다 감기 걸린다."

이제 나와 아버지도 구별 못 하는 모양이다.

뭐 이런 집구석이 다 있어. 정말 돌겠네.


미야케 주리는 부모와 함께 텔레비전을 보고 있었다.

아빠와 엄마는 이런 상황에서 이상적인 보호자란 어떤 모습인지 보여 주듯 비통한 표정을 짓고 있다. 그 사이에서 주리는 속마음을 얼굴에 드러내지 않으려고 무진 애를 썼다.

너무 기뻐서 춤이라도 추고 싶은 심정이었다.

세 식구가 식탁으로 쓰는 탁자 앞에 앉은 터라 부모 눈에는 주리의 다리가 보이지 않는다. 신이 나서 발끝이 마구 들썩거리는 통에 하마터면 엄마의 발을 찰 뻔해서 식은땀이 흘렀다.

너구리 같은 교장이 쩔쩔매는 모습도 재미있었지만 제일 볼만한 건 역시 모리우치였다. 허영 가득에 잘난 척 자신만만. 자존심만 강하고 속은 텅 빈 저 여자는 방송에서 얼굴과 이름을 밝힐 용기도 없단다. 목 아래만 나오는 게 오히려 가짜 정보 제공자처럼 수상쩍어 보였다. 순 바보네. 이 럴 때는 눈 질끈 감고 당당하게 나오는 게 낫다는 걸 모르나. 벌벌 떨면서 숨을 생각밖에 못 하고. 어리석은 겁쟁이.

게다가―저 인터뷰 내용은 또 어떤가!

꿈만 같았다. 그래, 모리우치가 제 손으로 바보짓을 했구나. 이제 겨우 수수께끼가 풀렸다. 갑갑하던 가슴이 뻥 뚫렸다.

〈뉴스어드벤처〉에 익명으로 편지를 보낸 사람은 과연 어디 사는 누구일까. 정의의 아군이다. 신의 대변인이다.

"다시 한번 묻겠습니다. 정말로 고발장을 못 받았습니까? 찢어서 버리지 않았다는 겁니까?"

인터뷰어가 추궁했다. 모기라는 저 기자는 처음부터 전투 태세였다. 멍청한 모리린은 그것도 모르고 상대가 남자이니 살랑살랑 교태를 떨거나 애원하며 매달리면 고삐를 늦춰줄 줄 알았을 것이다. 그러나 전혀 먹히지 않았다.

모리린, 내가 중요한 거 하나 알려줄까? 너 정도 여자의 매력으로는 저 널리스트를 구워삶을 수 없어.

"정말 못 받았어요."

급기야 울음을 터뜨렸다.

"만약 받았다면 절대 버리지 않았을 거예요. 믿어주세요."

화면은 매정하게 바뀌어 3중학교 건물이 나오고, 기자의 내레이션이 깔렸다.

"그러나 배달사고의 가능성은 부정되었습니다. 이 찢어진 고발장의 수수께끼는 여전히 풀리지 않았습니다."

이것은 결국 모리우치가 거짓말을 하고 있다는 선언이다. 주리는 이를 악물고 웃음을 참았다.

그뒤로 전개된 내용은 훨씬 반가웠다. 이름은 가렸지만 주리가 고발장에 쓴 세 사람이 도마 위에 오른 것이다.

행실이 불량한 세 학생. 잦은 지각과 수업 방해. 보호관찰 횟수는 셀 수 없을 정도고 동급생과 하급생에게 폭력을 휘둘러 다치게 한 적도 있다. 동네 경찰서의 유명인.

게다가 고맙게도 취재를 위해 찾아간 모기 기자를 오이데 아버지가 때리기까지 했다!

"고소해버릴 테다! 감히 어디 와서 개수작이야!"

건실한 인간이라면 도저히 입에 담지 못할 욕설이 텔레비전에서 흘러나왔다.

"뭐 저런 사람이 다 있담."

주리의 엄마가 미간을 찌푸리며 보기에도 역겹다는 표정을 지었다.

"꼭 조폭 같군." 아빠가 맞장구를 쳤다.

"주리짱, 너희 학년에 정말로 저런 애가 있니?"

"있어. 엮이지 않으려고 조심하지만."

"선생님들은 뭘 한다니?"

"애를 먹는 것 같아. 모리우치 선생님 같은 사람은 아예 피해다니고."

하시다 유타로와 이구치 미쓰루의 부모에게도 카메라를 들이댔다. 모자이크 처리를 했어도 기자의 질문에 대답 없이 도망치는 무책임한 모습이 고스란히 비쳤다. 꼴좋다.

놀랍게도 그들과 얽힌 이야기는 그뿐이 아니었다. 세 명이 올 2월, 당시 조토 제4중학교 1학년이었던 남학생에게 폭력을 휘두르고 금품을 갈취해 경찰에 잡혀갔다고 한다.

사소한 괴롭힘이나 공갈, 좀도둑질과는 차원이 다르다. 이건 강도질이다. 피해 남학생이 일주일이나 입원했다지 않은가. 조토 경찰서에서도 일단 세 명의 신병을 확보했지만 곧 오이데 순지의 아버지가 변호사를 대동하고 합의 교섭에 나섰고, 얘기가 잘 마무리되어 형사사건으로 확대

되지는 않았다고 한다.

"원래는 돈으로 해결할 문제가 아니었습니다."

화면에서 피해자의 아버지가 모기 기자의 인터뷰에 답했다. 그 역시 얼굴은 나오지 않았지만 모리우치처럼 소극적이지 않았다. 오히려 화를 내고 있었다.

"사실 우리는 경찰에서 확실히 처리해주길 바랐습니다. 하지만 가해자의 아버지가, 아시다시피 그런 사람 아닙니까. 괜한 원한을 샀다 앙갚음을 당하면 더 끔찍하죠. 아들도 몹시 겁을 먹어서 결국 합의할 수밖에 없었습니다."

스튜디오가 나왔다. 모기 기자와 메인 진행자가 나란히 앉아 있다.

"모기 씨, 놀라운 사실이 밝혀졌군요." 진행자가 모기 기자의 말을 유도했다.

"네. 사실 가시와기 군의 죽음과 고발장에 관한 취재를 시작했을 당시에는 고발장을 누가 보냈는지 모르는데다 조토 경찰서와 조토 제3중학교도 진상 규명에 비협조적이라서, 한때는 취재를 단념해야 할 상황이었습니다. 고발장이 지목한 학생들이 미성년자라 이 취재에는 처음부터 큰 걸림돌이 있었던 셈이죠."

별로 핸섬하지는 않지만 한번 물면 절대 놓지 않을 듯한 끈질긴 남자. 주리는 모기를 그렇게 평가했다.

"그런데 근처 제4중학교 학생이 그런 피해를 당했고, 게다가 가해자의 부모와 관할 경찰서가 한통속이 되어 그 사실을 묵살해버린 것이 밝혀지면서 저희 취재팀은 조사를 계속하기로 했습니다."

"하지만 설령 그들이 그런 폭력사건을 일으킨 비행청소년이라 해도 가시와기 다쿠야 군의 죽음과 연관이 있느냐는 또다른 얘기겠죠."

진행자가 찬물을 끼얹었다. 모기 기자는 냉정한 표정이었다. 주눅든 기색도 없다.

"맞는 말씀입니다. 그러나 조토 제3중학교에는 이 삼인조에게 폭력을 당하면서도, 교사나 경찰이 자기편이 되어주지 않는다. 지켜주지 않는다고 낙담하고 포기한 채 억울함을 삭이는 학생이나 보호자가 더 있을 것으로 보입니다. 저는 이 보도를 통해 우리 방송이 그런 분들에게 열려 있다는 사실을 전하고 싶습니다. 그러면 가시와기 군의 사건에 관한 새로운 정보가 들어올 수도 있습니다. 거기에 기대를 거는 바입니다."

"학교 측이 고발장을 학부모나 학생들에게 숨긴 것도 문제겠죠."

"물론입니다. 모든 학생을 평등하게 보호하고 교육할 책임이 있는 학교가 일부 학생과 보호자의 횡포에 굴복해 무사안일주의에 빠져 있는 것은 결코 묵과할 수 없는 부분입니다."

앞으로도 취재를 계속하겠다, 시청자들의 정보를 기다리겠다는 말과 함께 제보할 수 있는 전화와 팩스 번호가 자막으로 떴다. 주리는 그것을 머릿속에 새겨넣었다.

"이런 학교에 우리 주리를 맡겨도 괜찮을까?"

다리를 바꿔 꼬며 아빠가 말했다. 오늘 하루도 '작업'에 몰두해 손가락과 손톱이 물감으로 얼룩졌다. 이번에는 대작이 나올 거란다.

"전학을 생각해보는 게 어떨까? 주리는 애가 순진해서 걱정되는데."

주리는 불안한 표정을 지어 보이며 괜찮다고 중얼거렸다.

일이 이렇게 재미있어졌는데 전학이라니, 말이 되나.

"난 괜찮아, 아빠. 그리고 모리우치 선생님은 친절하고 좋은 분이야. 방송에서 저런 식으로 다루다니 너무 안됐어."

"그 선생은 거짓말쟁이야." 아빠가 모질게 잘라 말했다. "무책임한데다 사태의 중대성을 통 모르고 있잖니. 애당초 교단에 설 자격이 없는 인간이야."

"모리우치 선생님은 요즘 학교에 안 나오나보던데. 그렇지, 주리?"

"응. 개학식에도 안 나왔고, 계속 쉬는 것 같아."

선생에게 징계를 내려야 한다며 기염을 토하는 아빠, 어지러운 세상이라며 한탄하는 엄마에게서 벗어나 주리는 화장실로 들어갔다.

웃음이 터져나와 물을 틀었다. 그런데도 깔깔 웃음소리가 흘러넘쳐 문밖으로 새나갈 것 같아 허겁지겁 수건을 입에 물었다.

그리고 마음껏 낄낄거렸다.


마음껏 낄낄거렸다.

혼자 사는 가키우치 미나에는 아무도 신경쓸 필요가 없다. 〈뉴스어드벤처〉를 보면서 크게 웃어젖혔다. 마음껏 즐겼다. 그리고 매우 만족했다.

그랬구나. 내 투서에 대한 반응이 더뎠던 건 일이 저 지경이라서였어. 이제야 이해가 가네.

투서를 보내고 한동안 매주 이 프로그램을 확인했지만 아무리 기다려도 방송될 기미가 없어서 최근 이 주 정도는 아예 포기하고서 눈을 떼고 지냈다. 그래서 오늘 아침 신문에서 텔레비전 편성표를 보고도 선뜻 믿기지 않았다.

일이 이렇게 커지다니. 괜히 시간만 흐른 게 아니었다. 투서는 미나에가 막연히 기대했던 것 이상으로 성과를 거두었다.

모리우치 에미코, 꼴좋다. 얼굴 아래만 나온 영상에 변조된 목소리. 그것만으로도 얼마나 한심한 책임 회피로 보이는지 본인은 알까. 게다가 무슨 질문에도 변명만 거듭할 뿐이다. 전국적으로 톡톡히 망신을 당했다.

유유히 커피를 내려서 아무리 억눌러도 자꾸만 샘솟는 웃음과 함께 넘겼다. 부랴부랴 연결해둔 비디오의 녹화 버튼이 붉게 빛났다.

아닌 게 아니라 요즘 들어 모리우치 에미코는 줄곧 의기소침해 보였다. 평일에 집에 있을 때도 많았다. 그래서 복도나 엘리베이터에서 마주칠 기회가 늘었지만 인사는커녕 시선도 들려 하지 않았다. 그때마다 미나에는 통쾌하다, 꼴좋다고 속으로 중얼거렸다.

그렇지만 이유는 알 수 없었다. 알 도리가 없다. 너무 궁금해서 견딜 수가 없었다. "요즘 몸이 안 좋아 보이네요, 무슨 일 있어요?"라고 친절한 척 말을 건네볼까도 생각했지만, 그 여자가 솔직히 털어놓을 리 없으니 그만두었다. 미나에를 깔보던 여자가 자기 약점을 밝힐 리 없다.

그런데 이제야 확실해진 것이다. 미나에가 바라던 대로다. 꼴좋다고 쏘아주고 싶다.

삼십 분짜리 보도 프로그램은 허망하게 끝났지만 마지막에 모기라는 기자가 앞으로도 취재를 계속하겠다고 의연하게 단언했다. 정보 제공을 기다린다는 자막도 나왔다.

미나에는 텔레비전 화면을 보며 히죽히죽 웃었다. 도무지 웃음이 멈추지 않았다. 리모컨을 눌러 비디오테이프를 되감아서 처음부터 다시 보았다. 두 번, 세 번 보았다. 보면 볼수록 즐겁고, 몸이 날아갈 것 같았다. 기운이 넘쳤다.

저 여자는 지금 집에 있을까. 숨죽인 채 텔레비전을 보고 있었을까. 아니면 진즉 어디로 도망쳤을까.

그건 그렇고, 프로그램은 왜 이렇게 소극적이지? 미성년자든 뭐든 살인은 살인이다. 실명을 밝히고 전국적으로 공표하면 끝날 일이다. 교사들도 마찬가지다. 이런 사태를 일으키고도 여전히 책임을 회피하려 드는 치들에게는 사생활도 인권도 필요 없다.

이 프로그램을 본 시청자 대부분이 내 의견에 찬성할 것이다. 잘못을 바로잡는 걸 주저해서는 안 된다. 수단을 고르다보면 기회를 놓쳐버린다.

두려워할 것 없다. 미디어를 조종하는 건 이렇게나 간단하니까.

비디오를 되풀이해 보는 사이 어느새 아홉시가 다 되었다. 저녁을 걸렀다. 뭘 먹어야 하는데. 오랜만에 기분 좋은 공복을 느꼈다. 근처 슈퍼마켓이 밤 열한시까지 연다. 가서 뭐라도 사와야지.

일어나는 순간, 소파 옆 탁자에 쌓아둔 잡지와 우편물이 우르르 쏟아졌다.

'가네나가 법률사무소 변호사 가네나가 야스오'

노리후미는 결국 변호사를 고용했다. 정식으로 이혼 청구를 해왔다.

일주일 전쯤인가, 전화가 먼저 걸려왔다. 목소리만 들어선 모르겠지만 가네나가 변호사는 쉰 살 안팎 같았다. 젊지 않지만 노인도 아니다. 온화한 말투로 자신이 가키우치 노리후미의 대리인이라고 밝히고 그의 이혼 건을 의뢰받았다고 설명했다. 한번 만나뵙고 싶다는 걸 미나에는 딱 잘라 거절했다. 나는 헤어질 생각 없어요.

그대로 전화를 끊어야 했다. 이제 와서 노리후미와 애인의 주장 따위를 들어줄 이유는 없다. 혼인신고에 연연하지 않는다고 지껄였으니 지금처럼 살아간들 아무 문제 없지 않은가. 평생 나를 부양하고, 내 그림자에 벌벌 떨면서 살아가라. 그게 싫으면 노리후미가 돌아오면 될 일이다.

그런데 끊으려는 순간 변호사가 더없이 부드러운 목소리로 입을 열었다. 미나에가 지금껏 한 번도 들어본 적 없는 목소리였다. 높은 데서 내려다보며 달래거나 구슬리거나 충고하려는 말투가 아니었다. 갑작스러운 전개에 스스로 의식하는 것 이상으로 동요한 미나에의 귀에는 적어도 그렇게 들렸다.

"가키우치 씨에게 이미 이야기는 들었습니다. 저는 가키우치 씨의 대리인이지만 지금까지의 경위를 들어보면 부인의 입장이 강경할 수밖에 없는 부분이 많은 것 같습니다. 가키우치 씨에게도 그 부분은 알아듣게 설명했습니다."

미나에가 슬금슬금 수화기를 다시 귀로 가져왔다. 가네나가 변호사는 그것을 알아챘는지 구태여 여보세요라고 확인하지도 않고 온화하게 말을 이어나갔다.

"이유가 어떻든 결혼생활에 종지부를 찍는다는 것은 부부 쌍방에게 괴로운 일입니다. 추측건대 가키우치 씨도 마음이 좋진 않을 겁니다. 제가 의뢰를 받아들인 것은 지금의 불행한 상황을 잘 해결해 가키우치 씨와 부인 모두에게 밝은 앞날을 열어드리고 싶어서입니다. 이해해주실 수 있 겠습니까?"

역시 그쯤에서 끊어버렸으면 좋았을 텐데 미나에는 대꾸를 했다.

"그렇지만 당신은 가키우치 편이잖아요."

변호사가 담담하게 응했다. "가키우치 씨 대리인이지만, 그쪽 편만 들 지는 않습니다. 가능한 한 두 분의 마음을 헤아려서 납득이 가는 타협점 을 찾고 싶습니다."

"난 모든 게 납득이 안 가요. 타협점 같은 건 없다고요."

"지금은 그런 심정이시겠죠."

가네나가는 부드럽게 대답하며 한번 만나뵙고 싶다고 했다.

"만난다고 뭐가 달라지죠?"

"전화 통화만으로는 진심 어린 대화를 할 수 없습니다."

"난 그렇게 생각하지 않아요. 얘기해봤자 말도 안 되는 남편 주장만 늘 어놓을 게 뻔해요. 시간 낭비예요."

"부인의 그런 심정은 충분히 이해합니다."

이해한다는 말뿐 어떻게 하라고는 하지 않았다. 어떻게 해야 한다는 말도 없다.

"부디 시간을 내주실 수 없을까요? 어쩌면 부인께서도 대리인을 내세 울 생각일지는 모르겠습니다만, 그런 경우라도 일단 부인을 직접 만나뵙 고 말씀을 나누고 싶습니다."

미나에는 스스로 생각해도 뜻밖의 대답을 했다. "생각해볼게요."

말해버리고 나서야 전화를 끊기 위한 구실이라고 허둥지둥 합리화했 다. 진심이 아니다.

"잘 부탁드립니다."

가네나가 변호사가 전화를 끊었다. 그리고 며칠이 지나 우편물이 왔다. 그의 명함과, 통화와 거의 같은 내용의 자필 문서가 들어 있었다.

'연락을 기다리겠습니다.'

마지막은 그렇게 마무리지었다.

내가 속을 줄 알아? 천만에. 미나에는 생각했다. 변호사는 모두 달변가다. 그걸로 먹고사니까. 그러니 연락하지 않을 것이고, 만날 생각도 없다.

가네나가 변호사를 만나면 설득당할 것만 같았다. 노리후미와는 태도가 완전히 다른 그 변호사가 몹시 두려웠다.

밝은 앞날을 열어주겠다고? 흥, 웃기네.

상황은 충분히 밝아졌다. 〈뉴스어드벤처〉 덕분에 미나에 가슴의 응어리가 싹 풀렸다. 앞으로 더 통쾌한 일들이 생기겠지. 노리후미를 용서하지 않고 계속 화를 내기란 분명 쉬운 일이 아니다. 고독을 견디며 고통과 함께 사는 건 괴롭다.

그래도 미나에는 끝까지 버틸 생각이었다. 옳지 못한 것에 무릎 꿇을 수는 없다. 나 혼자 몹쓸 제비를 뽑을 수는 없는 노릇이다.

—이제 와서 물러설 순 없어.

상대가 모리우치 에미코인지 노리후미인지는 미나에 자신도 몰랐다. 오로지 양보하지 않을 것이고 양보할 수 없다는 마음만 부풀어올랐다.


가시와기 가에서는 히로유키 혼자 텔레비전을 마주했다.

부모님은 무섭다며 나중에 녹화본을 보겠다고 했다. 그러나 히로유키는 지금껏 감춰져 있던 사실이 화면을 통해 만천하에 드러나는 순간을 함께하고 싶었다.

시간이 부질없이 어물어물 흐르는 사이 애매모호해진 사실관계는 간결하게 정리되었을 것이다. 처음 접하는 시청자에게는 강하게 어필하겠지. 악질적인 집단괴롭힘에서 발생한 폭력사태와 살인과 자살, 그것을 은폐한 학교—이런 도식에 '아, 또야'라며 얼굴을 찡그리거나 '이젠 지겹다'고 반응할 사람들도, 교사가 찢어서 버린 고발장에는 눈을 부릅뜨지 않겠는가. 이 나라 교육제도가 안고 있는 병폐가 이토록 뿌리깊은 것인가 한탄하면서.

그래도 히로유키는 한 가지가 불만이었다. 첫머리에 나오는 어머니의 말이 유족인 가시와기 가족의 증언의 전부라는 것이었다. 모기 기자가 취재를 시작해 비로소 고발장 건이 드러나고 충격을 받은 가시와기 가족이 지금 무엇에 어떻게 분노하고 슬퍼하며 무엇을 바라는지에 대한 언급이 없다.

촬영은 했다. 완전히 의기소침해진 아버지는 매사에 소극적이라 어머니와 히로유키가 인터뷰에 응했다. 어머니는 인터뷰 내내 울어서 짧게밖에 찍지 못했지만 히로유키는 많은 얘기를 했다. 모기 기자도 학생과의 대화가 가장 충실했다고 나중에 슬쩍 말했을 정도다.

"그렇지만 이번에는 안 쓸 거야. 네 증언은 다음 회로 돌릴게. 그게 훨씬 효과적이거든."

허탕친 기분이었지만 프로의 말이니 묵묵히 따랐다. 그러나 막상 방송을 보고 있자니 역시 자기 인터뷰가 들어가야 했다는 생각이 들었다. 다음 방영일이 언제가 될지도 모르는 일 아닌가.

"이건 우리끼리만 하는 얘긴데."

모기 기자가 목소리를 낮추고 알려준 게 있다. 이 사건 보도가 〈뉴스어드벤처〉 기획회의에서 한 번 엎어질 뻔했다는 것이다.

"왜죠?"

"다루기 까다롭다는 거지. 조토 경찰서는 끝까지 자살이라고 주장하고, 실제로 그걸 뒤집을 만한 물적 증거가 없어. 우리가 손에 넣은 건 누가 보냈는지도 모르는 고발장뿐이잖아. 게다가 우리가 직접 받은 것도 아니고."

"버려진 걸 주워서 보내준 사람이 있잖아요!"

"그야 그렇지만 시청자 생각은 우리랑 다를지도 몰라. 고발장 자체의 신빙성에 의심을 품을지도 모르지. 학교 측이 기를 쓰고 부정하니까. 익명의 고발장 하나를 근거로 그 불량학생 세 명이 범인이라고 주장할 수는 없어. 암시만 흘리는 것도 위험하지. 어쨌거나 중학생이니까."

그렇지만 나는 포기하지 않았다며 모기 기자는 화가 난 히로유키를 달래듯이 말했다.

"여기 지명된 세 사람은 불량하기로 소문난 애들이야. 끈질기게 캐보면 분명히 다른 큰 건수가 나올 거라 생각했지. 털어서 먼지 안 나는 사람 없으니까. 그래서 결국 찾아냈고."

올 2월 근처의 조토 4중학교 학생이 당한 강도상해사건이었다. 게다가 주범인 오이데 순지의 아버지가 돈과 협박으로 사건을 무마했다. 조토 경찰서 청소년과는 중간에 손을 떼버렸다.

"그 덕에 상황이 역전됐어. 우리 프로듀서도 결국 고집을 꺾었지."

그런 폭력사건을 일으키는 학생이라면, 보호자까지 그런 마당이라면 다쿠야의 죽음에 연관되었을 가능성도 생각할 수 있다. 이 고발은 진실일지 모른다. 경찰과 학교도 그렇게 생각하지만 골치가 아프니 그냥 덮어버리기로 한 게 아닐까—

프로그램을 본 사람 중 10퍼센트만 그렇게 생각해줘도 성공이다. 모기 기자는 말했다. 텔레비전의 영향력은 대단하지만 과신해도 안 되는 법.

히로유키는 10퍼센트로 부족하다고 생각했다. 그래서 자기 인터뷰를 내보내주길 바란 것이다. 히로유키는 인터뷰 말미에 카메라를 바라보며 호소했다. 고발장을 쓰신 분, 지금 이 프로그램을 보고 있습니까? 분명히 보고 있겠죠. 더 두려워 말고 저희에게 직접 알려주세요. 당신이 아는 내용을 밝혀주세요. 동생을 잃고 제 부모님의 마음도 죽어버렸습니다. 저희를 구할 수 있는 건 당신뿐입니다. 부디 연락주세요. 부탁드립니다.

그것은 결코 입에 발린 소리가 아니었다. 보도기자와 대면해 인터뷰를 하는, 좀처럼 없는 경험에 들떠 경솔하게 내뱉은 소리가 아니었다. 히로유키는 진심이었다. 연락이 오길 바랐다.

나는 진실을 알고 싶다.

둘도 없는 진실. 단 하나뿐인 사실을 알고 싶다.

광고가 나와 히로유키는 텔레비전을 껐다. 저 광고는 대체 뭔가. 보도 프로그램 내용이 아무리 심각한들 직후에 나오는 광고가 희석해버린다. 조금 전까지 세상의 부정과 사악함과 부조리에 분노하며 개선할 방법은 없을까, 내가 할 수 있는 일이 없을까 고민하던 시청자의 마음이 순식간에 식지 않는가.

광고는 사랑을, 행복을, 부를, 안락을, 미를 구가한다. 세상은 그런 것들로 가득하고, 평등하게 누구나 손만 뻗으면 그것들을 얻을 수 있다고 선전한다. 그러나 우물쭈물하면 안 돼요. 한눈파는 사이 당신 몫이 사라지니까. 골치 아픈 문제는 따지기 좋아하는 사람에게 맡기고 인생을 즐기는 게 최고라고요.

생판 모르는 중학생 한둘이 죽었다고 무슨 대수인가. 살해당했을지도 모른다고? 경찰에 맡기면 되잖아. 유족? 아아, 물론 안됐지.

일시적인 화제로 소비된다는 면에서는 중학생의 죽음이나 벤츠 신차나 마찬가지라는 얘기다. 생판 모르는 시청자 여러분에게는.

히로유키는 화가 치밀어올라 가만있을 수 없어서 벌떡 일어섰다. 현관문을 열었을 때 텔레비전이 없는 안쪽 방에 틀어박힌 부모님에게 얘길 할까 하다가 그만두었다. 동네 한 바퀴 도는 것뿐이다. 일일이 알리기 귀찮다.

토요일 저녁, 한가로이 해가 저물고 있었다. 장을 보고 돌아오는 가족들이 스쳐지났다. 길가에 서서 대화를 나누는 주부들이 보인다. 경트럭에 채소를 쌓아놓고 파는 장수가 보인다.

고개를 숙이고 성큼성큼 걸어 교차로로 나갔다. 저마다 묵직한 스포츠백을 어깨에 메고 목이 늘어진 운동복 차림으로 신나게 떠들어대는 중학생 무리가 눈에 띄었다. 횡단보도 맞은편에서 신호를 기다리고 있다.

믿을 수 없다. 저 녀석들은 여기서 뭘 하는 거람. 특별활동을 하고 오는 건가. 학교에 무슨 문제가 있는지 모르나. 관심이 없는 건가. 다쿠야가 살해당하든 말든 아무래도 좋다는 건가. 어쩜 저리도 태평하게 웃을 수 있지?

히로유키는 횡단보도를 건너지 않고 그냥 지나쳤다. 어느새 뛰다시피 걸음이 빨라진 그를 마주 오던 자전거가 황급히 피했다. 쉬지 않고 계속 뛰고 싶었다. 목적지는 어디든 상관없었다.

그러다 숨이 차올라 걸음을 멈췄다. 드넓은 아오조라 주차장과 자동차 정비공장 같은 커다란 공장 외벽 사이, 인기척 없는 길모퉁이였다.

공장은 오늘 쉬는 듯했다. 셔터가 내려와 있다. '스피드 자동차 정비' 간판이 오른쪽으로 살짝 기울었다.

전봇대 꼭대기에 앉아 있던 까마귀 한 마리가 놀란 듯이 큰 소리로 두 번 울었다.

날이 저물었다. 가로등이 깜박깜박하다가 켜졌다. 멈춰 선 히로유키의 발밑에 그림자가 생겼다.

호흡을 가다듬고 다시 걸음을 내디디려는 순간, 콘크리트 바닥에 드리운 그림자가 하나가 아니라는 걸 알아챘다. 오른쪽으로 뻗은 희미한 그림자와 왼쪽으로 뻗은 짙은 그림자. 두 가로등의 한가운데에 서 있기 때문이었다.

히로유키는 둘로 분열된 자신을 바라보았다.

진실을 알고 싶어. 짙은 그림자가 속삭였다. 히로유키에게 동의를 구했다. 그 속삭임 위로 옅은 그림자가 물었다. 네가 알고 싶은 진실이 어떤 건데?

어떻고 말고 할 것도 없다. 진실은 하나다. 하나뿐이다.

그래, 하나야. 그런데 너는 스스로를 속이고 있어. 네가 알고 싶은 진실은 하나뿐인데, 그리고 이미 그것을 손에 넣었는데 애써 밀어내고는 아무것도 없는 척하고 있잖아.

네 아버지와 어머니는 사랑하는 아들을 잃은 슬픔과 죄책감만으로도 벅차. 더는 무슨 말을 해도 들리지 않고, 그러니까 무슨 말을 들이댄들 마찬가지야. 처음에 믿은 대로 다쿠야가 정말로 자살했다면, 다쿠야를 자살로 내몬 자기들을 탓하며 살아가겠지. 사실은 살해당한 거라고 밝혀져도 다쿠야를 구해내지 못한 자기들을 탓하며 살아갈 거야. 그러니 부모의 고통은 혼란으로 인한 고통이 아니야. 진실이 보이지 않는다는 괴로움에선 이미 해방됐어. 사실이 어떻든 간에 두 사람은 그저 스스로의 무력함을 한탄할 뿐이야.

그렇지만—너는 다르잖아?

히로유키, 넌 왜 그렇게 화를 내지? 너의 그 분노는 다쿠야를 위한 것일까?

그럴 리 없어. 왜냐하면 너는 알고 있으니까.

다쿠야는 자살했어. 아무리 생각해도 그럴 수밖에 없어. 그애는 누구에게 살해당할 인간이 아니야. 그애 자신 말고 누가, 그애를 그렇게 막다른 곳으로 몰아붙일 수 있지?

모기 기자는 탄탄한 가설을 세워 히로유키에게 설명했다. 선생들도 보호자들도(유감이지만 네 부모님까지도) 몰랐지만, 다쿠야 군은 오이데 순지인가 뭔가 하는 쓰레기가 리더인 불량소년 삼인조와 충돌해 그들에게 찍혔던 거라고. 그런 문제아들은 자기한테 대든 상대를 절대 가만두지 않는다.

드문 사례도 아니라고 모기 기자는 말했다. 자신만만해 보였다. 몇 번이나 취재한 적이 있어. 그래서 잘 알지. 이런 사건이 벌어졌을 때 학교라는 곳이 얼마나 보신에 급급하고 아무렇지도 않게 거짓말을 늘어놓는지 말이야.

역시 그런 걸까요. 히로유키는 대답했다. 고개까지 끄덕여 보였다.

그러나 마음 한구석에서는 '아니야'라는 목소리가 들렸다.

모기 씨, 당신은 다쿠야라는 녀석을 몰라. 다쿠야는 그저 섬세하기만 한 겁쟁이가 아니었다. 그애는 책략가였다. 그애만큼 타인을 꿰뚫어보고, 타인을 조종할지언정 조종당하지는 않는 인간을 나는 모른다. 그애는 절대 학교에서 낙오된 것이 아니다. 그애가 먼저 학교를 버린 것이다. 그리고 왜 버림받았는지 몰라서 우왕좌왕 걱정하는 선생들을 속으로 비웃었을 게 틀림없다.

다 바보들이라고 중얼거렸을 게 틀림없다.

저런 바보들을 조종해봐야 이제 재미도 없어. 따분해.

그리고 결국 세상이라는 것, 삶이라는 것도 더는 상대하지 않기로 하고 버렸다. 그래서 죽었다. 그러나 그냥 죽은 것이 아니다. 자기 죽음이 먼 뒷날까지 '살아남을' 방법을 택해 죽었다.

꼭 친형제가 떠올린 생각이 아니더라도 너무나 악의적이다. 이 얼마나 잔혹한가, 얼마나 냉정한가. 비난받아도 어쩔 수 없다.

하지만 그것이 진실이다. 진실임을 나는 안다.

다쿠야는 눈앞의 욕망밖에 모르는 그런 바보들에게 살해당할 녀석이 아니다.

다쿠야가 그들 중 누군가를 죽였다면 이해가 간다. 그렇다면 앞뒤가 또렷이 보인다. 다쿠야라면 얼굴색 하나 바꾸지 않고 반성의 기미조차 없이 해치울 것이다. 아하, 사람이 죽는 건 이런 느낌이구나, 하며 미소 지을 것이다.

그렇지만 그 반대는 아니다. 절대 있을 수 없다.

오랜 세월 다쿠야에게 쥐어뜯기고 숨통을 조이며 살아온 나는 안다.

알지만—

그것이 진실이라고 말할 수는 없다.

혼자 끌어안고 살면 된다. 지금까지 그랬던 것처럼. 그저 참으면 그만이다. 그러나 단 한 번이라도 입 밖에 내면 끝장이다. 아무도 이해해주지 않을 테니까.

이해해주는 척했던 모리우치라는 선생도 알고 보니 믿을 만한 어른이 아니었다. 나약하고, 못 미덥고, 자기밖에 챙길 줄 모르는 여자였다.

나만 알고 있으면 되는 진실. 내가 묻어둬야 하는 진실.

그렇다면, 내가 앞으로 숨쉬고 살아가려면, 조금이라도 편히 살려면, 진실을 대체할 것이 필요하다. 그리고 모기 기자가 그것을 해주겠다고 한다.

그 기자가 내놓는 것이 진실로 인정된다면 나는 그저 동생의 죽음을 슬퍼하는 형이 될 수 있다. 죽은 동생을 못 잊어 그리워하는 착한 형이 될 수 있다.

그것으로 마침내 다쿠야의 죽음은 끝이 난다. 그 녀석이 남긴 마지막 책략에 종지부를 찍을 수 있다.


노다 겐이치도 밖이다. 흐릿한 꼭두서니 빛 저녁놀을 받으며 조토 3중학교 뒷문에 우두커니 서 있었다.

오늘은 정문도 뒷문도 닫혀 있다. 특별활동은 모두 중단되었고 수업이 끝나자마자 학생들을 집으로 보냈다. 모두 텔레비전을 보라는 뜻이다.

그런데도 아까 지나가면서 보니 교무실에 불이 켜져 있었다. 선생님들이 모여 있겠지. 아마도 대책을 의논하고 있을 것이다.

─또 보호자 모임이 열리나보더라.

이번 소동을 알리자 겐이치의 아버지는 놀라지도 않고 말했다.

─아빠가 갈게. 너희 학교에서 일어난 일이니 확실히 알아둬야지. 넌 걱정할 거 없어.

조금 전까지 같이 텔레비전을 보았다. 프로그램이 끝나자 아빠는 뜻 밖에도 전학을 가고 싶으냐고 물었다. 그럴 필요 없어, 친구가 있으니까. 앞으로 힘들어진다 해도 혼자 도망가긴 싫다고 대답하자, 아빠는 기쁜 듯이 미소지었다.

엄마의 몸 상태는 변함없지만 집안은 고요하고 잔잔했다.

그날 밤의 진상을 엄마가 알 리 없다. 맹세코 엄마에게 말하지 않겠다 고 아빠가 약속했다. 그런데도 겐이치는 이따금 느낄 수 있었다. 엄마가 겐이치를 조금 무서워한다는 것을.

나는 한 번 아빠와 엄마를 죽이려 했다. 강을 건너려다 돌아오긴 했지 만, 그래도 그 건너편을 보고 말았다.

그곳에는 아마 엄마는 상상조차 해본 적 없을 광경이 펼쳐져 있었다.

나는 두 번 다시 그곳에 가지 않을 것이다. 하지만 이미 본 것을 잊을 수는 없다. 내 몸은 여전히 작은 새처럼 아담하지만 안은 맹수처럼 변했 다. 엄마는 그것이 두려운 것이리라. 난 맹수를 낳지 않았어, 작고 귀여 운, 내 말이라면 뭐든지 들어주는 연약한 카나리아를 낳았다고, 하면서.

그래도 상관없다. 나는 이제 엄마보다도 나를 돌아오게 해준 친구들을 지키고 싶다. 엄마를 지키는 건 내 일이 아니었다. 나는 지금껏 잘못 생 각해왔다.

—학교에 기자가 왔다던데, 너한테도 뭘 물어보던?

—아니. 카메라맨하고 같이 온 사람이 3학년 학생을 인터뷰하는 걸 본 적은 있지만, 난 안 엮이려고 조심하니까.

—불안하진 않니?

—무슨 불안?

아빠가 머뭇거렸다.

—네 친구가 어쩌다가 기자에게 네 얘기를 할지 모르잖아. 안 그래? 텔레비전 기자가 3중학교와 학생들의 문제점을 찾아내고 있다니까.

그럴듯한 소재 아니겠느냐고 아래를 내려다보며 덧붙였다.

―아무도 그런 짓 안 해. 절대로 안 해. 그런 생각 하지 마, 아빠.

겐이치가 단호하게 대답했지만 아빠는 웃지 못했다. 맹수까진 아니더라도 지금까지 자기 영역에서 본 적 없는 신종 조류를 보듯 바라볼 뿐이었다.

조금 전 프로그램에서 카메라가 훑었던 뒷문 안쪽을, 그 자취를 따라가듯 물끄러미 둘러보았다. 그날 그가 발견한 가시와기 다쿠야의 유체. 눈에 파묻혀 있던 가냘픈 몸을 떠올리면서. 훤히 뜨인 두 눈이 얼어붙어 있었다―

가까이서 인기척이 느껴져 돌아보았다.

겐이치 또래로 보이는 소년이 2미터 정도 거리를 두고 서 있었다.

두 사람은 키나 덩치가 매우 비슷했다. 입고 있는 얇은 재킷의 색깔도 똑같았다. 겐이치는 순간적으로 도플갱어를 본 듯한 기분이 들었다. 놀라서 무심코 한 발짝 물러섰다.

"미안." 소년이 말했다.

그 말투와 표정도 자기가 이런 상황에 보일 법한 반응과 판박이다. 거울을 보는 것 같았다. 놀라게 해서 미안해.

"이 학교 학생이니?"

그가 짧게 물었다.

겐이치가 말없이 고개를 끄덕였다.

"그렇구나."

소년이 말하며 뒷문 안쪽으로 눈길을 돌렸다. 시선은 움직이지만 다리는 꿈쩍하지 않았다. 이 이상 절대 다가서지 않겠다는 듯.

"텔레비전 보고 온 거야?"

이번에는 겐이치가 물었다. 소년이 고개를 끄덕였다. 시선은 여전히 가시와기 다쿠야가 쓰러져 있던 언저리에 못 박혀 있다.

"어느 중학교?"

대답이 없었다.

"가시와기랑 아는 사이니?"

그제야 소년이 고개를 돌려 겐이치를 바라보았다. 그리고 한 걸음 다가왔다. 나란히 서고 보니 겐이치보다 5센티미터쯤 컸다.

—여자처럼 생겼네, 이애.

자기도 그런 말을 자주 듣지만 누군가를 보며 그런 생각을 한 건 처음이었다.

"난 노다 겐이치라고 해."

프로그램에는 유체 발견자인 겐이치의 이름이 나오지 않았다. 그저 발견한 것만으로는 딱히 내보낼 가치가 없는지 결국 취재 요청도 없었다.

"가시와기를 발견했어. 저기 있었어."

손가락으로 땅바닥을 가리키자 소년이 다시 고개를 끄덕였다. "알아."

낯선 상대와 별안간 캐치볼을 시작한 기분이었다. 다음에는 어떻게 던지지? 세게 던지는 게 좋을까? 커브가 좋을까?

"친구였니?" 소년이 먼저 물었다.

"가시와기랑?"

"응."

"같은 반이었어."

소년은 반응이 없었다. 그러더니 불쑥 말했다.

"난 같은 학원 다녔어."

"그렇구나. 넌 어느 중학교 다니는데?"

처음 보는 또래 아이한테 '너'라고 하면 조금 아니꼽게 들릴까?

"에이메이"라는 짧은 대답이 돌아왔다.

"아, 사립이네. 머리 좋은가보다."

가시와기 다쿠야도 머리는 좋았다. 마음먹고 공부했으면 틀림없이 상위권에 들었을 것이다.

"그 녀석, 성적 좋았지?"

가시와기 다쿠야 얘기였다.

"마음먹고 하면."

"마음을 먹진 않았구나."

"죽기 전에는 학교도 안 나왔으니까."

그랬지, 라고 중얼거리며 소년이 오른쪽으로 휙 돌았다. 자리를 뜨려 했다.

겐이치가 불러세웠다.

"여긴 왜 왔어?"

소년은 고개를 갸웃거리며 잠시 뜸을 들이더니 대답했다.

"그냥."

"가시와기 친구라서?"

소년이 눈길을 떨어뜨렸다. 콧날이 오뚝하다.

"모르겠어."

정말로 몰라서 괴로운 표정이었다. 겐이치는 갑자기 가슴이 뭉클했다.

"어쩔 수 없지. 이미 죽었으니까."

그런 말이 튀어나왔다. 스스로도 당황스러웠다. 내가 지금 무슨 말을 하려는 거지.

"자살이었는지 아니었는지는 몰라. 뭐가 이상하게 뒤죽박죽돼서. 하지 만 어느 쪽이든 가시와기한테는 가시와기밖에 모르는 뭔가가 있었어. 옆에선 아무것도 해줄 수 없었어. 그러니까 힘내."

바보 같은 소리다.

소년이 눈길을 들었다. 정면에서 똑바로 겐이치의 눈동자를 바라보았다. 겐이치는 소년의 눈에 비친 자기 모습을 보았다.

심장이 철렁 내려앉았다.

"고마워."

간신히 알아들을 수 있을 만큼 희미한 목소리였다. 그리고 가버렸다.

다시 혼자가 된 겐이치에게 자기 심장 소리가 들렸다. 쿵. 쿵. 쿵. 좀처럼 가라앉지 않는다.

왜지—왜 내가 충격을 받은 거지?

그 녀석의 눈 때문이다. 그 눈.

강 건너편을 보고 온 눈빛이었다.


35


새로운 주가 시작된 월요일, 15일 방과후 쓰자키 교장은 긴급 보호자 모임을 열었다.

참석한 보호자는 이백 명 남짓. 가시와기 다쿠야가 죽은 직후의 모임 때보다 훨씬 수가 늘었다. 학생의 자살에도 움직이지 않던 마음이 살인 의혹에는 동요한 것일까. 아니면 텔레비전이라는 매체가 한몫 거든 탓이 클까. 근처에서 불이 나도 그 불똥이 자기 집으로 튀지 않는 한 관심을 갖지 않는다. 그러나 그 화재가 뉴스에 나오면 곧바로 박차고 일어나 현장을 보러 간다. 사사키 레이코는 일부러 그런 심술궂은 감상을 곱씹었다.

어디서 소식을 들었는지 HBS가 곧바로 취재 요청을 해왔다. 조토 3중학교는 이를 거절하고 '관계자 외 출입금지' 태세로 모임에 임했지만 체육관으로 들어가는 학부모들의 모습이 카메라에 찍혔다. 카메라를 알아채고 고개를 숙이며 잰걸음으로 지나치는 사람이 많았지만, 몇몇 학부모가 촬영팀과 동행한 모기 기자에게 다가가 가시 돋친 질문을 퍼붓는 통에 구스야마 선생이 허겁지겁 둘을 갈라놓는 장면도 펼쳐졌다.

가시와기 부부는 오지 않았다.

쓰자키 교장이 전날 일요일에 집으로 찾아갔지만 현관 인터폰으로 대화를 나눴을 뿐 부부의 얼굴은 보지 못했다고 한다.

"지금 만나봐야 변명밖에 더 듣겠습니까. 저희는 이제 학교나 경찰의 말을 못 믿겠습니다. HBS에서 새로운 사실을 파헤쳐줄 때까지 기다리기로 했습니다."

다쿠야의 아버지, 가시와기 노리유키는 알아듣기 힘든 나지막한 목소리로 그렇게 말했다.

다쿠야에게는 히로유키라는 대학생 형이 있다. 고발장의 존재가 드러나고 만났을 때는 이미 기력을 잃고 무너진 부모를 감싸며 강경한 태도로 교장을 호되게 몰아붙였던 모양인데, 일요일에는 모습을 보이지 않았다.

"개인적으로 부모님은 어렵더라도 형은 모임에 나와주길 바랐는데 말입니다."

모임이 시작되기 전 쓰자키가 교장실에서 말했다.

"물론 그런다고 생각을 바꾸진 않겠지만, 우리가 유족분들에게 거짓말을 하지 않았다는 건 알아줄지 모르니까요."

조토 경찰서에서는 레이코와 그녀의 상사인 청소년과 과장, 그리고 형사과의 나고야가 모임에 참가하기로 해서 사전에 교장실에 모여 논의를 했다. 방금 교장의 그 말은 과장과 나고야가 먼저 나가고 살짝 덧붙인 것이었다.

"거짓말을 하지 않았다는 게 무슨 뜻이죠?" 레이코가 부드럽게 물었다. 유족들이 화를 내는 '거짓말'이란 교장이 고발장을 '감추었다'는 거니까.

"그러니까 뭐냐, 다른 보호자분들에게 하는 설명과 유족분들에게 한 설명에 어긋남이 없다는 뜻이죠. 한입으로 두말하진 않는다는 겁니다."

무슨 말인지는 알겠지만 별 의미는 없을 것 같다는 말을 할 수밖에 없었다. 교장선생님, 상당히 혼란스러우신 모양이네요.

"저는 가시와기 씨 부부나 형이 오늘 모임에 안 오는 게 좋다고 생각했어요. 불참이라는 말을 듣고 솔직히 안심했고요."

"왜죠?"

쓰자키 교장은 정말로 모르는 듯 보였다. 레이코는 한숨이 나오려는 것을 애써 참았다.

"저희 과장님이나 나고야 형사나 여우과라 여기서는 내색하지 않았지만……"

학부모들 사이에서 틀림없이 이런 질문이 나올 것이다. 조토 경찰서는 왜 아무 근거 없이 가시와기 다쿠야의 죽음을 자살로 단정했는가? 결정적인 근거가 있었는가?

"현장이 깨끗했고, 사인도 추락에 의한 뇌타박상, 미심쩍은 외상이나 정체불명의 유류품도 없었다. 주목할 만한 목격증언도 없었다. 그건 맞아요. 모두 그 일이 사건일 가능성을 낮추는 사실들이죠. 그러나—"

레이코는 지금도 또렷이 기억한다. 가시와기 부부에게 연락해 비보를 들은 부부에게서 "다쿠야가 최근에 우울해 보였고 학교도 안 나가서 자살하지나 않을까 걱정했었다"라는 증언을 받아냈을 때, 나고야가 중얼거린 말을.

—흐음, 이걸로 결정났군.

"그랬어요. 그게 결정적이었어요."

교장이 안쓰러워 레이코는 목소리가 작아졌다.

"그래서 유서가 없는데도 크게 신경쓰지 않고 넘어갔던 거예요. 이미 결론이 난 거나 다름없었으니까."

이런 국면까지 와서 보호자들의 질문에 도저히 거짓말을 할 수는 없다. 과장과 나고야는 정직하게 대답할 것이다. 부모님의 증언이 있었습니다. 그래서 사건일 가능성은 배제했습니다, 라고.

그런 대답을 들으면 가시와기 부부와 히로유키는 어떤 생각을 할까. 하나밖에 없지 않은가.

수사의 허점을 유족 탓으로 돌리겠다는 건가? 책임을 우리에게 떠넘기겠다고? 하긴 그러니까 학교랑 손잡고 고발장을 묵살했을 테지.

"ー죄송합니다."

"사사키 씨가 사과할 일이 아닙니다."

지난 주말 사이 몰라보게 홀쭉해진 쓰자키 교장의 뺨이 방금 전 대화로 한층 더 초췌해진 듯했다.

"사사키 씨 말이 맞아요. 경찰 입장에서는 질문에 사실대로 답할 수밖에 없겠죠."

"그 눈이 장애물이었어요. 현장이 깨끗했던 건 눈이 쌓이면서 범죄의 흔적이 지워졌기 때문이다. 처음에 좀더 면밀하게 조사했더라면 뭔가 알아냈을지 모른다고 따지고 들면 할말이 없어요. 유체의 경우도 마찬가지죠. 추락사의 가능성을 뒤엎을 만한 소견이 나오지 않았던 건 분명해요. 하지만 스스로 뛰어내렸든 누군가에게 위협당해 뛰어내렸든 유체 상태는 똑같아요. 쫓겨서 도망치다가 발을 헛디뎠어도 마찬가지죠."

됐습니다, 됐어요. 쓰자키 교장이 가슴 앞으로 양손을 들었다. 지금부터 맞설 가혹한 현실의 칼날로부터 몸을 보호하기 위한 무의식적인 몸짓 같았다. 그 손바닥에 보이지 않는 방어흔防禦痕이 생기는 것을 레이코는 보았다. 모임이 끝날 무렵이면 교장은 상처투성이가 되겠지. 부디 치명상은 아니길 기도할 뿐이다.

"정말 죄송합니다."

레이코가 목멘 소리로 말했다.

"미야케 학생 문제는 제게 맡겨달라고 해놓고 우물쭈물하는 사이에 이런 일이ー"

"그때는 나나 사사키 씨나 일이 이렇게 복잡해질 줄 예상 못 했잖아요.

사과할 거 없습니다. 이만 가실까요."

무거운 발걸음을 숨기기 위해서인지 쓰자키 교장은 평소보다 잰걸음으로 앞장섰다. 그 모습이 오히려 안쓰러웠다.

보호자 모임은 처음부터 아슬아슬했다.

서두에 쓰자키 교장이 인사와 사죄의 말을 하고 이번 모임의 취지를 설명할 때부터 나란히 앉은 학부모들의 줄이 불온하게 흔들렸다. 당장이라도 여기저기서 말이 튀어나오고 누가 일어나 고함을 지를 것 같았다. 레이코는 어깨에 힘이 들어가고 자꾸만 시선이 아래로 떨어졌다.

"아래 보지 마."

옆에 앉은 나고야가 팔꿈치로 옆구리를 찔렀다.

"꼭 우리가 떳떳지 못한 것 같잖아. 반듯이 앉아, 반듯이."

조토 3중학교 사람으로는 교장, 교감, 당시 2학년 학년주임이었던 다카기 선생, 그 외에 구스야마 선생과 오자키 양호선생의 얼굴이 보였다.

모리우치 선생은 없었다.

불온하게 술렁거리는 학부모들의 얼굴, 얼굴, 얼굴. 레이코는 관자놀이에서 통증을 느꼈다.

나란히 늘어선 얼굴 중에서 후지노 다케시를 찾아보았다. 이 자리에 있으면 좋겠다. 그 역시 이 학교 학부형이니 선생들과 조토 경찰서의 어설픈 대처에 화가 났을지 모른다. 그래도 그는 지금까지의 경위를 알고 있다. 저기 앉아 있다면, 언젠가 구조선을 띄워줄지도.

매달리는 심정으로 시선을 재빨리 움직여봤지만 후지노의 얼굴은 찾을 수 없었다.

교장의 발언이 끝나자 말꼬리를 잡아채듯 첫 질문이 날아들었다. 구스야마 선생이 마이크를 건네기도 전에 자리에서 일어선 한 아버지가 대뜸 목소리를 높였다.

"아까부터 얘기를 들어봐도 답답하기만 하고 뭐 하나 분명한 게 없습니다. 우리는 이 학교에 소중한 자식을 맡겼어요. 이다음에는 우리 애가 괴롭힘에 시달리다 살해당할지 모르는데, 겉만 번지르르한 말을 늘어놔 봤자 무슨 소용입니까. 도저히 납득할 수 없어요!"

찬성하는 목소리가 일고 줄지어 앉은 학부모들의 자리에 파도가 일렁거렸다.

"가시와기 다쿠야 군이 학교에서 집단괴롭힘을 당한 사실은 없습니다. 그로 인해 살해당한 것도 아닙니다."

쓰자키 교장은 표정이 굳었지만 말투는 온화했다. 그러나 반론은 가차없었다. 일제히 포화를 내뿜었다.

"어떻게 단언할 수 있죠! 떡하니 고발장이 왔는데."

"선생님들이 묵살했잖아요!"

"학생의 목숨을 뭐로 보는 거야!"

사회를 맡은 구스야마 선생이 끼어들려 했지만 그의 굵은 목소리도 단번에 묻혔다.

"그리고 경찰도 마찬가지야. 가시와기 학생이 자살한 걸로 처음부터 정해버린 거 아니오? 학교랑 짠 거죠? 사고나 살인이면 성가시니까 자살로 처리하기로 결론을 낸 거 아니냐고?"

"예측수사야. 부실수사라고!"

여러분, 순서대로 발언해주십시오. 구스야마 선생이 갈라진 목소리로 외쳤다.

"그 문제아들은 제대로 조사했나요? 그뒤에도 다른 사건을 저질렀잖아요. 상식적으로도 가시와기 학생 일이 났을 때 제일 먼저 그 패거리부터 조사했어야죠!"

구스야마 선생을 손으로 제지하고 교장이 마이크로 향했다. "가시와기 군이 죽은 당시에는 그것이 살인사건이며 누군가를 의심해야 한다고 판단할 만한 근거가 전혀 없었습니다."

장난하나! 야유가 날아들었다.

"그거야 선생님들이 그렇게 생각하고 싶었던 거겠죠. 조토 3중학교에서 형사사건이 일어나면 곤란하니까. 선생님들이 설 자리가 없어지니까."

"저희는 여러분의 소중한 자녀들을 맡고 있습니다. 저희에게도 학생이 가장 소중합니다. 학교의 체면이나 면목을 우선해 학생을 가벼이 보는 일은 절대―"

"그러고 있잖아요! 가시와기 학생은 살해당했어요!"

아아, 틀렸다. 레이코는 저도 모르게 눈을 감았다. '가시와기 다쿠야는 살해당하지 않았을까'라는 의혹이 아니라, 이미 '살해당했다'라는 '사실'이 제멋대로 활보하고 있다. 이래서 미디어는 무섭다.

"조토 경찰서 분들에게 묻고 싶습니다."

이미 거센 폭풍우가 휘몰아치는 바다처럼 술렁이는 장내를 한층 날카롭고 차가운 목소리가 꿰뚫었다. 뒤쪽에 키 큰 남자가 일어나 있었다. 말쑥한 양복 차림에 한눈에도 지적인 인상이다.

마이크를 받아들자 잘 켜졌는지 확인하고 말을 이었다.

"가시와기 다쿠야 학생이 죽은 당시에는 살인이든 사고든 사건으로 볼 만한 요소가 없었다는 거군요. 그렇다면 자살로 단정한 근거는 무엇입니까?"

나고야는 모른 척 허공을 바라보았다. 과장이 레이코 쪽을 보지 않고 마이크로 향했다.

"다른 요소가 제외됨으로써 자살이라는 결론에 도달했습니다."

"유서는 없었죠?"

"없었습니다."

"사인은요? 정말로 옥상에서 떨어져서 죽은 겁니까?"

"틀림없는 추락사입니다. 의심스러운 소견은 없습니다."

"가시와기 학생의 부모님은 자식의 죽음을 어떻게 생각하셨나요? 당연히 부모님 이야기를 들어봤겠죠?"

역시나 나왔다, 저 질문.

과장이 담담하게 대답했다. "부모님께서는 가시와기 학생이 한동안 우울해해서, 자살 가능성을 염려하셨다고 합니다."

장내가 술렁거렸다.

질문한 남자는 고삐를 늦추지 않았다. "그렇다면 부모님의 증언이 결정적인 근거였다고 해석해도 되겠군요."

"그것만으로 결론을 내린 건 아닙니다."

"그렇지만 자살이라고 결론짓는 데 큰 근거가 됐던 건 확실하죠?"

레이코가 숨을 삼켰다.

"네." 과장이 대답했다.

"부모님의 염려에 구체적인 근거가 있었나요? 예를 들면 가시와기 학생이 자살 시도를 했었거나, 이전에 자살을 암시하는 말을 했다거나."

이번에는 과장이 레이코를 바라보았다. 레이코는 얼굴을 마이크로 가져갔다. 모임을 시작할 때 자기소개를 했지만, 다시 한번 신분과 이름을 밝힌 후 천천히 대답했다.

"그런 사실은 없습니다."

"그런데 유서도 없었다?"

"네."

"유서는 찾아봤습니까?"

"부모님의 허락을 얻어 지켜보시는 가운데 가시와기 학생의 방을 조사했습니다."

"아무것도 안 나왔나요?"

"그렇습니다."

"중학생 아이예요! 유서 같은 걸 마음먹고 쓸 리가—"

가장자리에서 다른 남자가 말을 던졌지만 질문자가 힐끗 시선을 던지자 곧 입을 다물었다.

"당시 정황은 잘 알았습니다. 그럼 문제의 고발장이 도착한 이후에 대해 여쭙겠습니다. 조토 경찰서에서는 고발장 내용을 확인하고 나서 거기 지명된 세 학생을 심문했습니까?"

대답하려는 과장을 가로막고 레이코가 먼저 대답했다.

"―하지 않았습니다."

조금 전의 술렁임이 폭탄성 저기압이었다면 이번에는 대형 허리케인이었다.

질문자가 마이크를 고쳐 쥐었다. "왜, 무슨 이유로요?"

"고발장 내용에 의혹을 느꼈습니다."

"의심스러웠다고요?"

"네."

"그래도 물어볼 수는 있잖습니까. 원래부터 유명한 학생들이라면서요? 게다가 고발장 내용도 매우 구체적입니다. 가시와기 학생을 옥상에서 떠밀고 웃으면서 도망쳤다고 쓰여 있어요. 새빨간 거짓말 같진 않아요."

옳소, 옳소, 하는 소리가 솟구쳤다. 수많은 머리들이 끄덕거리며 파도를 일으켰다.

숨을 한 번 들이마시고, 끼어들려는 과장을 곁눈질로 견제하고서 레이코는 입을 열었다.

"내용이 구체적이라고 해서 진실이라 판단하는 것은 위험하다고 생각합니다."

"그건 당신 생각이죠."

"가시와기 학생이 죽은 것은 작년 크리스마스이브 한밤중이었습니다. 정식 부검 보고서에 따르면 사망 추정시각은 오전 영시에서 오전 두시 사이입니다. 그날 밤은 다른 날과 달랐습니다. 학교 주변 주택가에도 늦은 시각까지 깨어 있는 분이 많았습니다. 저희는 당시 탐문조사에 심혈을 기울였습니다. 그러나 가시와기 학생이 죽었을 것으로 추정되는 시간대, 즉 오후 열한시에서 오전 두시 무렵 수상쩍은 소리를 들었다, 학교에서 인기척을 느꼈다. 드나드는 사람을 보았다는 증거는 얻지 못했습니다."

"고발장을 쓴 게 이웃사람이라고만 생각할 순 없잖습니까."

웅성거리는 소리에 파묻히지 않으려고 레이코가 목소리를 높였다.

"물론입니다. 그렇지만 현실적으로 생각해주십시오. 고발장을 쓴 목격자의 증언이 진실이라면 그 사람은 그때 어디 있었을까요? 범인들이 가시와기 학생을 떠밀고는 웃으면서 도망쳤다고 했죠. 그 장면을 빠짐없이 목격할 수 있었던 장소가 어디일까요?"

한순간 회장이 고요해졌다. 레이코가 장내에 늘어앉은 얼굴들을 한 차례 둘러보았다.

"현장입니다. 혹은 현장과 매우 가까운 장소입니다. 이 학교 옥상이죠. 그게 가능할까요? 목격자는 왜 그 시간에 거기 있었을까요. 한밤중 학교 옥상에, 목격자는 대관절 무슨 용건으로 올라갔을까요. 우연히 지나가다가 보았을 만한 상황이 아닙니다."

정적의 밑바닥에서 서로 의문을 쏟아놓는 학부모들의 속삭임이 솟았다. 질문자는 말없이 레이코를 바라보고 있었다.

"현실적으로 생각해보면 고발장 내용은 수상쩍기 이를 데 없습니다. 또한 이토록 충격적인 일을 목격한 게 사실이라면 고발 시기가 너무 늦었습니다."

"—두려웠겠죠." 질문자가 말했다. 목소리가 조금 낮아졌다.

"진실을 말할 용기가 나지 않았을 겁니다."

"이렇게 어마어마한 사실을 혼자 끌어안고 사건에 대한 경찰 수사나 학교의 대처, 가시와기 학생의 장례식이 끝나는 것을 지켜보았다. 그뿐 아니라 3학기가 시작될 때까지 입을 다물고 있었다. 그리고 막상 고발장을 쓸 때는 필적을 숨길 방법을 고안하고, 교장선생님과 담임 모리우치 선생 그리고 또 한 사람 있습니다만—요컨대 세 곳으로 보냈다. 반드시 누군가는 받아서 처리할 수 있도록 사전에 계획했습니다. 주도면밀하죠. 공포에 떠는 목격자가 그렇게까지 냉정하게 행동할 수 있다고 생각하기는 어렵습니다."

질문자가 처음으로 레이코에게서 시선을 돌렸다. 그대로 앉아주길 바라며 레이코는 말을 이었다.

"청소년과 형사인 저는 고발장에 지명된 세 학생을 잘 압니다. 문제행동을 많이 일으키는 아이들인 것은 분명합니다. 그애들을 직접 보호관찰하고 보호자와 향후 대책을 논의한 적도 있습니다."

쓰자키 교장이 이쪽을 바라보고 있다. 다카기 주임의 얼굴은 창백하다.

"보호자 여러분 중에는 아는 분도 계실 겁니다. 당시 학생들 사이에서는 이미 그 세 사람이 가시와기를 죽음으로 몰아넣은 것 아니냐는 소문이 퍼졌습니다. 근거 있는 얘기는 아닙니다. 그저 가시와기 학생이 등교거부를 하기 직전 과학준비실에서 그들과 싸운 적이 있다는 데서 비롯한 소문이었습니다."

앞줄에 앉은 여자 몇 명이 레이코를 보며 고개를 끄덕였다.

"당시에도 저는 가시와기 학생이 자살했다는 결론에 의혹을 품지 않았고 지금도 그 생각엔 변함이 없습니다. 하지만 그때 소문을 듣고 문제의 삼인조에게 물어봤습니다. 혹시 너희가 가시와기의 죽음과 관계있는 것 아니냐고 솔직하게 물어봤습니다."

지금까지와는 형세가 다른 파도가 장내에 일었다. 과장이 못마땅한 표정을 지었다.

"세 사람 다 분명하게 대답했습니다. 자기들은 관계없다. 가시와기에 대해서도 잘 모른다. 그런 소문이 퍼진 탓에 그애들도 마음고생을 하는 것 같았습니다."

"불량학생이 하는 소리를 믿습니까? 거짓말일 게 뻔한데."

어디선가 마이크 없이 육성으로 질문이 날아들었다. 꾸짖는 듯한 음성이었다. 누가 말했는지 알 수 없어 레이코는 소리가 들려온 쪽으로 고개를 돌렸다.

"그애들은 문제아입니다. 텔레비전에서 보도된 대로 4중학교 학생에게 부상을 입히고 금품을 갈취하기도 했습니다. 하지만 부디 냉정하게 생각해주십시오. 그애들도 중학생입니다. 아직 소년입니다. 프로 범죄자가 아닙니다. 같은 학년 학생을 한밤중에 학교로 불러내서, 혹은 끌고 가서, 옥상 난간에서 떨어뜨려 살해하고 웃으면서 도망쳤다―그렇게 계획적이고 악랄한 짓을 저지르고도 아무렇지 않게 돌아다닐 수 있을까요? 여러분은 우리가 사는 이 지역에, 이 학교에 그렇게까지 냉혈한 어린 범죄자가 존재한다고 생각하시나요?"

누구든 반론할 테면 해봐. 레이코는 그런 심정이었다. 부정적인 쪽으로 치닫는 고양감에 등이 싸늘해졌다.

"저는 그렇게 생각하지 않습니다. 생각하고 싶지 않은 게 아니라, 그런 일이 있을 수 없다는 것을 경험으로 알고 있습니다. 청소년범죄는 때때로 끔찍하고 잔혹합니다. 하지만 그게 드러나는 것은 범죄를 저지른 소년들이 숨기지 못하기 때문입니다. 어딘가에서 자기들이 한 짓을 흘려버리죠. 혼자 안고 있을 수 없으니까요. 제 질문에, 적어도 곤혹스러운 기색으로 우리는 아니다, 관계없다고 대답한 세 사람의 말은 충분히 신뢰할 만한 것이었습니다. 그렇기 때문에 고발장의 내용이 진실이 아니라고 생각할 수밖에 없는 것입니다."

질문자는 여전히 일어선 채였다. 정리된 질문이나 발언은 아니지만, 레이코에게 찬성하는 목소리와 반발하는 목소리가 뒤섞여 메아리쳤다.

"―내부 고발일지도 모르죠."

불쑥 질문자가 말했다.

"무슨 말씀이시죠?"

질문자가 레이코를 바라보았다. 시선이 정면으로 마주쳤다.

"무리에서 분열이 일어난 경우요. 그 고발장을 보낸 게 문제의 삼인조 중 한 사람일 가능성은 없냐고 묻는 겁니다. 말씀대로 자신들이 저지른 끔찍한 짓에 괴로워하다 더는 참지 못하게 된 한 명이 고발장이라는 형태로 진실을 알렸는지 모르죠."

레이코는 얼어붙었다. 상상도 못 한 가설이었다. 그 세 사람이?

그중 하나가?

순간, 키다리 하시다 유타로의 얼굴이 뇌리를 스쳤다.

조용히, 조용히 해주십시오. 구스야마 선생이 반쯤은 애원하듯, 반쯤은 야단치듯 되풀이해 외쳤다. 질문자는 레이코를 날카롭게 노려보고는 자리에 앉았다.

"잠깐, 잠깐만요, 이쪽으로도 마이크 좀 돌려주세요!"

한가운데쯤에서 한 여자가 요란스레 일어섰다. 붉게 물들인 머리칼에 옷차림도 화려했다.

"이렇게 된 마당에 경찰도 가만있을 수 없잖아요? 오이데 군을 심문할 거죠? 이름을 대는 게 뭐 그리 대수예요. 다들 아는데!"

쓰자키 교장이 몸을 앞으로 내밀며 말했다. "저희 학교로서는—"

"선생님들한테는 이제 아무도 기대 안 해요! 살인사건이니 경찰이 나서야죠. 조사할 거죠? 알리바이를 묻든 지문을 따든, 아무튼 그 녀석들을 붙잡아다 조사하지 않는 한 답이 안 나오잖아요! 내 말이 틀려요, 네?"

이번에는 과장이 레이코를 가로막고 나섰다. 어차피 레이코는 목소리가 나오지 않았다.

내부 고발—

"검토하고, 선처하겠습니다."

과장의 대답으로 장내에 온통 노호가 들끓었다.

## 36

4월 20일, 텔레비전 방송이 있었던 다음 주 토요일 오후 아사이 마쓰코는 미야케 주리의 집으로 향했다. 어떤 결의를 가슴에 담고 걸음을 옮겼다.

평소에는 주리가 마쓰코의 집으로 왔다. 맞벌이하는 부모님이 집에 안 계셔서 편하다고 주리는 말했다. 하지만 진짜 이유는 그것만이 아닌 듯했다. 마쓰코 같은 친구가 있다는 것을—마쓰코 같은 친구밖에 없다는 것을 부모에게 알리고 싶지 않은 것이리라.

주리는 이따금 무심결에 부모에 대한 불만을 흘리곤 했다. 아빠는 잘난 척만 하고 엄마는 무신경하다고. 둘 다 주리의 말을 제대로 듣지도 않으면서 멋대로 착각해 주리를 자랑하기 바쁘다고. 그럴 때면 주리의 말투에 정말 가시가 돋쳐 있어서 보고 있으면 조금 무섭기까지 했다.

마쓰코가 오늘 하기로 마음먹고 온 이야기를 꺼내면 주리는 또 그런 식으로 말할 것이다. 하지만 그게 무서워서 포기할 수는 없다. 주리에게 미움을 사더라도 오늘은 확실하게 얘기해야 한다. 숱하게 망설였지만, 생각하고 생각하고 또 생각해서 결심한 일이니까. 주리는 툭하면 마쓰코가 생각이 짧아 혼자서는 아무것도 못 한다고 말하지만—마쓰코 스스로도 자기가 한심하다고 생각하곤 하지만, 오늘은 그런 한심한 마쓰코가 아니다. 주리에게 비웃음이나 사는 뚱뚱하고 못생긴 아사이 마쓰코가 아닌 것이다.

마쓰코네 세 식구는 사이가 좋다. 본인들은 지극히 평범한 부모자식 사이라고 생각하지만 주위에서 그런 말을 자주 한다. 유유상종 가족이라고도 한다. 확실히 부모님도 마쓰코 못지않게 뚱뚱하다. 그리고 셋 다 먹는 걸 무척 좋아한다. 집에서도 갖가지 요리를 만들고, 텔레비전이나 잡지에 소개된 레스토랑 같은 데도 곧잘 함께 다닌다. 마쓰코는 그런 외식도, 부모님과 같이 요리하는 것도, 그것을 함께 먹는 것도 매우 좋아했다.

뚱뚱할 수밖에 없겠다며 엄마는 웃는다. 이런 엄마랑 아빠가 낳은 아이니까. 배를 퉁퉁 두드리면서 말한다. 그렇겠네, 라며 마쓰코도 웃는다.

그래도 딱 한 번, 마쓰코는 다이어트를 시도한 적이 있다. 중학교에 갓 입학했을 무렵이었다. 예의 오이데 슌지와 이구치 미쓰루 두 사람과 같은 반이었다.

새 교복에 얼룩 하나 생기기도 전에—아니, 마쓰코의 이름을 알기도 전부터 녀석들의 놀림이 시작되었다. 뚱보. 여자 스모선수. 지방 덩어리. 복도에서 발을 걸어 넘어뜨리려던 적도 있고, 뒤에서 걸레를 집어던지기도 했다. 초등학교 때도 뚱보로 통했지만 그렇게까지 공격적으로 놀림당한 적은 없었던 마쓰코는 큰 충격을 받았다. 집에 와서 부모님에게 털어놓으면서는 끝내 울음을 터뜨리고 말았다.

살을 빼고 싶다고 말했다.

엄마는 더없이 진지하게 마쓰코의 하소연을 들어주었다. 아빠는 슬퍼 보였다. 둘 다 마쓰코가 다이어트를 한다면 기꺼이 거들겠다고 약속했다. 언젠가 이런 때가 올 줄 알았다면서.

그리고 이런 말도 해주었다.

—하지만 마쓰코, 네가 살을 빼든 안 빼든 오이데와 이구치의 그런 행동은 잘못된 거야.

—네가 단지 그 두 사람에게 놀림받기 싫어서 살을 빼고 싶은 거라면 그것도 잘못이야.

—너는, 적어도 네 일에 대해서는 네가 어떻게 하고 싶은지를 제일 먼저 생각해야 해. 다른 사람의 잘못된 행동을 기준으로 뭔가를 결정하면 안 돼.

부모님들도 어릴 때부터 뚱뚱해서 따돌림을 당하거나 놀림을 받은 적이 있다고 했다. 처음 듣는 이야기라 마쓰코는 깜짝 놀랐다.

─그럴 때 어떻게 했어?

물론 화내고 울기도 했다. 살을 빼려고 노력도 해봤다.

─그렇지만 아무리 해봐도 살이 안 빠지는 거야. 체질이 그런가봐.

아빠도 그랬다고 한다. 그러던 어느 날, 이대로도 괜찮다는 생각이 들었다.

─이게 나니까.

음식을 맛있게 먹고 건강하게 살고 있으니 이대로도 괜찮다.

나에게는 뚱뚱한 걸 신경쓰지 않고 어울려주는 친구들이 있다. 놀리거나 괴롭히는 아이들은 그때마다 표정이 엄청나게 비열하다는 것을 깨달았다. 그런 애들이 하는 말이나 행동에 휘둘리다니, 이상하지 않은가?

뚱보라고 놀리면, 응, 그래, 난 잘 먹으니까, 먹는 게 좋으니까, 라고 순순히 받아칠 수 있게 되었다. 억지로 살을 빼려 노력하는 것도 그만두었다.

그러자 반응이 없어 재미가 없어졌는지 아무도 드러내놓고 놀려대지 않았다. 마쓰코도 그렇게 해보면 어떨까.

다만 아빠 엄마가 어렸을 적에는 아무리 심술궂은 아이라도 말로만 놀렸지 손을 대지는 않았다. 그게 중대한 차이다. 그러니 너무 심하게 당하면 한번 학교로 찾아오겠다고 했다.

마쓰코는 다이어트를 시작하는 한편 오이데 무리가 접근해도 신경쓰지 않으려고 애썼다. 처음에는 그애들이 너무 무서워서 힘들었지만, 그때마다 부모님의 얘기를 떠올리고 히죽거리며 놀려대는 그들의 얼굴을 찬찬히 살펴보았다.

정말로 엄청나게 비열했다. 비열하다는 건 바로 이런 걸 두고 하는 말이라는 생각이 들었다.

곧 후련해졌다. 나는 뚱뚱하지만 저렇게 비열해지고 싶지는 않다. 그렇게 생각하니 마음에 힘이 생겼다. 오이데 패거리가 뭐라고 하든 일일이 신경쓰지 않았다. 저런 데 열중하는 그들이 불쌍하다는 생각까지 들었다.

그러자 정말 부모님 말대로 그들은 점점 마쓰코에게 흥미를 잃어갔다.

다이어트는 머지않아 그만두었다. 효과가 없었다. 엄마 말대로 역시 체질인 모양이었다. 매일같이 칼로리를 따지고 몸무게를 걱정하며 신경을 곤두세우는 게 바보짓 같았다. 좋아하고 즐기는 것을 참는 대가로 얻는 것이 이렇게 하찮고 시시하다면 그 방정식은 잘못되었다.

그리고 마쓰코는 이번 일로 귀중한 경험도 했다.

마쓰코를 놀린 것은 오이데 패거리만이 아니었다. 그들이 물꼬를 트자, 그만큼 심하지는 않아도 반 아이들이 하나둘 똑같이 놀리기 시작했다. 먼저 나서서는 못해도 누군가가 시작하면 덩달아 놀려댔다. 그리고 오이데 패거리가 마쓰코에게 흥미를 잃자 함께 놀리던 다른 아이들도 언제 그랬느냐는 듯 손을 뗐다.

반면 아직 많이 친하지는 않아도 마쓰코가 당한 일에 화를 내거나 걱정해주는 반 아이들도 있었다.

선생님도 가지각색이었다. 마쓰코를 괴롭히거나 놀리는 아이들을 야단치는 선생님이 있는가 하면, 그냥 못 본 척하는 선생님도 있었다. 마쓰코가 시달려도 어쩔 수 없다는 표정을 짓는 선생님도 있고, 가만있지 말고 너도 받아치라며 화를 내는 선생님도 있었다.

선생님도 완벽하지 않다. 무엇이 옳고 무엇이 그른지 전부 알지는 못한다. 선생님도 싫은 일은 하기 싫어하고, 성가신 것은 피하려 한다. 그리고 그런 선생님들에게 많은 것을 배우고 있을 학생들이 오히려 잘못을 분명하게 인식할 때도 있다. 옳지 않다는 걸 알면서도 일부러 할 때도 있다.

그후로 체형 때문에 고민한 적은 별로 없다. 이따금 예쁜 옷을 입지 못하는 게 아쉬워 한숨을 내쉴 뿐이다. 체질인 걸 어떡해. 어쩔 수 없지.

주리와 친구가 된 것은 2학년으로 올라가면서 반이 바뀐 후였다. 주리가 먼저 말을 걸어왔다. 처음부터 무척 친밀하고 허물없는 느낌이었다.

주리가 얼굴의 여드름으로 고민한다는 것은 금방 알 수 있었다. 분명 심하긴 하다. 그런 걸 두고 험담하는 여자애들이 잘한다는 건 아니지만, 뒤에서 이러쿵저러쿵 속닥거리는 것도 무리가 아닐 만큼 주리의 피부 상태는 좋지 않았다.

그것도 체질이겠지? 집에서 엄마에게 말한 적이 있다. 그애는 어떤 애니? 좋은 애야. 얘기하면 재밌어. 그럼 친구 할 수 있겠네. 응.

그렇다. 마쓰코와 주리는 친구다. 마쓰코는 줄곧 그렇게 생각해왔다. 그래서 주리가 그 이야기를 털어놓고 부탁했을 때 도왔다.

주리가 하려는 일이 옳다고 믿었으니까.

주리는 그때, 고발장을 보낼 때 거기 적힌 내용이 진실이라고 했다. 난 정말로 봤다. 정말로 가시와기가 살해당하는 장면을 봤지만 지금까지 무서워서 말하지 못했다. 그렇지만 더는 입다물고 있을 수 없다. 그래서 편지를 보내는 거라고.

마쓰코는 그 말을 믿었다. 올바른 일을 하려는 주리를 돕고 싶었다. 조금 무서웠지만 나름의 흥분도 느꼈다.

그런데 이제 그게 후회되었다.

월요일에 열린 보호자 모임에 엄마가 참석했다. 발언은 하지 않았지만 오가는 이야기를 잘 듣고 왔다며 마쓰코에게 전부 말해주었다.

엄마는 마쓰코에게 고발장이 거짓말 같다고 했다. 그런 장면을 목격한 사람이 있을 수 없다, 너무 부자연스럽다고 형사가 그러더라. 엄마는 그렇게 설명했다.

마쓰코는 펄쩍 뛸 듯이 놀랐다. 듣고 보니 과연 그 말이 맞았다.

어느 한 사람의 말이나 행동에만 휘둘려선 안 된다. 한번 배웠던 것을 마쓰코는 까맣게 잊고 있었다. 왜 그랬는지 스스로도 이상했다. 주리가 하려는 일은 옳으니까 의심해보지도 않고 믿어버렸던 걸까.

정말로 옳은지 아닌지 되묻는 것을 잊었다.

주리는 정말로, 정말로 가시와기가 살해당하는 장면을 봤을까?

어쩌면 주리가 거짓말을 한 건 아닐까.


37


4월 22일 월요일 아침, 학교에 가니 반 전체가 그 이야기로 들끓고 있었다. 후지노 료코는 영문을 알 수 없었다.

그날 아침에는 하마터면 지각할 뻔했다. 아침부터 도코와 쇼코가 학교에 입고 갈 봄 스웨터를 놓고 요란하게 싸운 탓이다. 아빠는 이미 출근했고, 엄마도 아침 일찍 약속이 있다며 몹시 서둘렀다. 그런데 여동생들은 별것도 아닌 일로 자꾸 티격태격했다. 결국 말싸움에 밀린 도코가 언니 쇼코의 머리채를 잡아당겨 울리고는 화장실에 들어가 나올 생각을 하지 않았다.

료코는 엄마와 함께 상황 정리를 하고, 손을 잡고 집을 나서는 엄마와 동생들을 배웅하고, 문단속과 가스 밸브 점검을 마치고 나서야 겨우 등교했다. 3학년 교실이 있는 3층으로 계단을 달려올라가는 도중에 종이 울렸다. 정말 아슬아슬했다. 이런 적은 처음이다.

숨을 헐떡이며 책상에 앉자마자 아이들이 주위를 에워쌌다.

"있지, 후지노. 너 2학년 때 아사이랑 같은 반이었지?"

"어떤 애였어? 특이해?"

료코는 눈동자만 이리저리 굴렸다. 누구 얘기지?

아사이? 아사이 마쓰코 얘긴가?

"얘 좀 봐, 뉴스 못 봤니? 신문에도 났는데."

오늘 아침에는 그럴 정신이 없었다고 말하려는데 다들 흥분해서 들어주지 않았다. 아이들은 료코에게서 나올 정보가 없겠다 싶었는지 다른 무리로 옮겨가 떠들기 시작했다. 무리의 중심은 예전에 아사이 마쓰코와 같은 반이었던 아이들 같았다.

3학년 반 편성은 성적순이다. 너무 노골적이지 않으냐고 보호자가 학교 측에 힐문할 경우 피해갈 수 있을 정도의 여지는 남겨뒀지만 그래봐야 변명 수준이다. 공립, 사립 고등학교 추천입학이 확실시되는 학생들을 B반에 넣거나, 운동 특기생들을 D반에 넣고 진학 지도를 담임 대신 각 운동부 담당 선생님에게 맡기는 등 이런저런 잔꾀가 숨어 있다.

료코가 속한 A반에는 조토 3중학교의 실적이 될 만한, 상위권 고등학교 진학이 기대되는 성적 우수자들이 모여 있다. 한편 아사이 마쓰코는 D반이다. 그래서 다들 1, 2학년 때 마쓰코와 같은 반이었던 아이를 붙잡고 정보를 캐내려는 것이다. D반 말고는 어디서나 같은 일이 벌어지고 있을 것이다. 아니, D반도 마찬가지일지 모른다. 어차피 신학기가 시작된 지 아직 이 주밖에 안 됐으니까.

주위에서 시끄럽게 떠들어대는 이야기를 듣는 사이 료코도 차츰 사정을 파악했다. 집에서부터 쉬지 않고 뛰어와 턱까지 차올랐던 숨은 이제 가라앉았지만 심장박동은 도리어 더 빨라졌다.

20일 토요일 오후 세시 무렵, 아사이 마쓰코가 달리는 차에 세게 받혀 온몸에 중상을 입었다. 현재도 의식불명상태라 중환자실에 있다.

목격자 말로는 그애가 차 앞에 뛰어들었다고 한다.

자살을 시도한 걸까.

아니면, 누군가에게 쫓겨서 도망친 걸까.

아니면, 누군가가 차도로 떠민 걸까.

이것만으로도 충격적인 사건이다. 그러나 적어도 지금의 조토 3중학교 학생들만큼은 이 사건만을 따로 떼놓고 생각할 수 없다. 보호자들도 마찬가지다.

가시와기 다쿠야의 죽음과 그에 얽힌 일련의 소동, 그리고 마쓰코 사건은 반드시 무슨 연관이 있을 것이다. 누구나 그렇게 생각했다. 확신했다. 그래서 흥분하지 않을 수 없는 것이다.

고발장을 쓴 '목격자'가 그애였던 게 아닐까?

추측의 길은 거기서 두 갈래로 갈라졌다. 정말로 가시와기 다쿠야가 살해되는 현장을 목격한 마쓰코가 고발하려는 의도로 편지를 보냈다. 그래서 다쿠야를 살해한 예의 삼인조에게 입막음을 당한 것이다—라는 가능성이 하나.

다른 하나는, 고발장 내용은 역시 날조였다. 아사이 마쓰코는 약한 아이들을 괴롭히는 그 삼인조를 혼내주고 싶어서(그녀도 오이데 패거리의 표적이었음을 반 아이들은 잘 알고 있다) 가시와기 다쿠야의 죽음을 이용해 거짓 고발장을 써 보냈다. 그런데 기대 이상의 효과를 거두며 일이 커지자 부담감을 이기지 못하고 자살을 시도했다—라는 가능성이다.

전자의 경우 '악'은 오이데 삼인조에게 있다. 후자의 경우는 아사이 마쓰코에게 있다. 각각의 입장, 기질, 사고방식, 경험에 따라 어느 쪽에 무게를 두느냐는 차이가 났다. 그러나 어느 쪽이든 조토 3중학교, 특히 3학년 학생들의 마음을 흔들어놓기에는 설득력이 충분한 가설이다. 추측이다.

처음에는 사정을 알아내려고 반 아이들에게 물어보던 료코도 얼마 안 가 차츰 말을 잃었다. 자리에 앉은 그대로 눈을 감지 않고도 내면으로 파고들며 주위에서 멀어졌다.

흥분과 흥미, 공포와 분개. 모든 아이들이 품고 있는 감정이 료코 안에서도 들끓었다. 그러나 료코에게는 다른 아이들과 결정적으로 다른 요소가 하나 있다. 료코는 그 고발장을 직접 받았다. 뜻하지 않게 아빠가 개입하는 바람에 제 손으로 직접 뜯어 읽지는 못했지만, 그래도 고발장을 쓴 사람이 그것을 받아달라고 지목한 3중학교 학생은 료코 한 사람뿐이었다.

그 사실에 료코는 얼어붙고 말았다.

지금까지는 깊이 생각해본 적이 없었다. 일부러 생각하지 않으려고 한 건지도 모른다. 실은 내 앞으로 온 게 아니니까. 나는 아빠가 경시청 형사라서 선택된 것뿐이니까. 아빠가 경찰이라는 걸 알고 보낸 것뿐이니까.

그날 아침 그때까지는 료코의 마음속에서 끝난 얘기였다. 끝냈다. 물론 학교 입장이 난처해졌다는 것은 알았고 진상이 궁금하기도 했지만, 그건 어디까지나 3중학교 3학년 학생의 한 사람으로서였다. 고발장이 진짜일까 하는 논쟁에 끼기도 하고 다른 아이들 틈에서 고발자가 누굴까 소문을 나누기도 했다. 그 또한 3중학교 3학년 학생이자 가시와기 다쿠야와 같은 반이었던 한 학생으로서 지극히 정상적인 반응이었다.

료코 본인은 오이데 패거리가 가시와기 다쿠야를 죽였다는 설에 회의적이었다. 그 세 사람이 그런 짓까지 저지르진 않을 것 같았고, 가시와기 다쿠야가 그렇게 오이데 패거리의 뜻대로 당하기만 할 타입은 아니지 않을까―라고 생각했다.

솔직히 다쿠야를 잘 모른다. 기억도 흐릿하다. 말을 주고받은 건 두세 번뿐이다. 그러나 후루노 아키코에게 들은 이야기가 있다. 가시와기 다쿠야는 분명 얌전한 학생이었다. 하지만 심지가 굳었다. 적어도 아키코는 그렇게 생각했고, 료코는 아키코의 감을 믿는다. 연극부의 희한한 발상에 남몰래 위화감을 품은 아키코의 속마음을 꿰뚫어보고 반쯤 놀리면서도 반쯤은 위로하듯이, 난 알아, 네가 옳아―라는 말을 건넸다는 가시와기 다쿠야가 오이데 슌지 따위에게 호락호락 조종당했을 리 없다.

그에게는―그렇다, '지성'이 있었다. 중학생에게는 어울리지 않을지도 모르는 그 말로밖에 표현할 수 없다. 그것이 가시와기 다쿠야의 중심에 자리잡고 있었다.

그렇다면 역시 자살이었을 것이다. 불경한 말이나 가시와기 다쿠야에게는 자살이 더 잘 어울린다—그 아이답다고 료코는 나름대로 결론을 내렸다. 아키코와 얘기를 나눠보니 그녀도 생각이 같았다.

"그렇다면 문제는 누가 그런 고발장을 썼느냐는 거네."

아키코는 말했다. 료코도 그렇게 생각했다. 그저 소동을 피우고 싶었던 걸까. 아니면 그렇게라도 혼내주고 싶을 만큼 오이데 패거리에게 시달린 피해자일까.

"그렇지만 아무리 심한 일을 당했다 해도 그 고발장은 옳지 않아. 그런 수단은 안 돼. 관계없는 사람들까지 끌어들이잖아. 실제로 료짱도……"

료코는 고발장 한 통이 자기한테 왔다는 걸 아키코에게만 털어놓았다. 그래서 아키코는 료코가 느낄 중압감을 몹시 걱정했다. 오히려 료코가 더 태연할 정도였다. 그건 아빠한테 보낸 거야. 그렇다면 역시, 우리 아빠가 형사라는 걸 안다는 거니까 우리 학교 학생이 맞겠네—

두 소녀의 추측 논의 속에서 고발장의 주인공은 이름도 얼굴도 없었다. 혹시 그애 아닐까, 저애 아닐까 하는 이야기는 나눴어도 그건 어디까지나 '이야기'였다. 료코에게도 아키코에게도 실체가 없는 '이야기'일 뿐이었다.

그런데 상황이 급변했다.

아사이 마쓰코. 작년에는 같은 반이었던 아이다. 이름을 듣자 얼굴이 바로 기억나 특징도 쉽게 떠올랐다. 가시와기 다쿠야보다는 훨씬 가까운 존재인 그애를 료코는 알고 있었다.

뚱뚱한 것 말고는 딱히 눈에 띄는 점이 없던 여자아이.

분명, 분명히 그애는 지나치게 뚱뚱했다. 료코도 그애를 보며 어떻게 노력을 좀 해보지 생각한 적이 있다. 마쓰코에 관해 떠오르는 건 그뿐이었다. 반대로 말하면 그것 말고는 전혀 걸리는 게 없었다.

—저애 착하구나, 라고 생각한 적은 있다.

그렇다. 아사이 마쓰코는 미야케 주리와 친했다. 둘이 자주 붙어다녔다. 료코는 그런 모습을 볼 때마다 저애는 성격이 무척 원만한가보다고 생각했다. 마음씨가 착하구나 싶었다.

미야케 주리는 아무리 잘 봐줘도 친해지기 어려운 아이였다. 고집 세고 자의식이 강해 싫어하는 여자애가 많다. 료코도 그중 하나다. 왠지 몰라도 료코에게 묘한 경쟁심이 있는 듯했고, 그것은 료코만의 착각이 아니었다. 아키코와 구라타 마리코도 그런 말을 했다. 미야케는 왜 널 못 잡아먹어서 안달이지? 료짱을 무시무시한 눈빛으로 노려보기도 해. 알고 있었니?

물론 알고 있었다. 그리고 무시해버렸다. 저런 부류와 얽히면 성가시다. 논리적으로 설명하지는 못해도 소녀의 본능으로 료코는 미야케 주리가 지독히 성가신 존재라는 걸 알아챘다. 그저 멀찌감치 떨어져 있는 게 최고다.

그리고 그런 생각을 하는 게 자기만이 아니라는 것도 알고 있었다. 누구나 주리 같은 아이와는 거리를 두고 싶어할 것이다. 실제로 교실에서는 그런 현상이 나타났다.

그런 와중에 아사이 마쓰코만이 주리와 가깝게 지냈다.

주리는 마쓰코에게 친절해 보이지 않았다. 말투도 명령조였다. 한번은 방과후 우연히 두 사람의 대화를 듣고 어이가 없었던 적이 있다. 특별활동을 하지 않는 주리가 음악부인 마쓰코에게, 혼자 집에 가기 싫으니 특별활동을 그만두라고 말한 것이다.

"어차피 넌 잘하지도 못하니까 상관없잖아."

그것은 사실이 아니다. 마쓰코는 좋은 음악부원이었다. 3중학교 음악부는 활동이 활발해서 입학식과 졸업식, 체육대회나 축제 등 갖가지 행사에 참여한다. 그래서 실력이 어느 정도인지는 학생들도 잘 안다.

게다가 마쓰코는 음악 성적이 좋았다. 악보를 읽을 줄 알았다. 유치원

때부터 피아노를 배운 몇몇 아이를 뺀 중학생 대부분에게는 경이에 가까운 일이다. 그러고 보니 클래식 음악에도 밝아서 음악시간에 그애가 하는 말에 선생님이 깜짝 놀란 적도 있지 않은가.

주리는 그런 마쓰코에게 자기 좋자고 특별활동을 그만두라고 시킨 것이다. 그야말로 강요하는 말투였다. 게다가 마쓰코를 대놓고 무시했다.

"너 같은 뚱보는 악기를 들고 있어도 보기 흉하기만 해. 큰북 정도나 어울리려나?"

마쓰코는 타악기도 담당했지만 주로 클라리넷을 불었다. 1학년 때부터 파트를 맡았다. 그만큼 실력이 좋다는 뜻이다. 주리도 모를 리 없다. 그런데도 뻔뻔스럽게 제멋대로 내뱉었다.

그때 마쓰코는 웃고 있었다. "그래도 난 음악을 좋아하니까, 특별활동을 그만두고 싶진 않아."

주리가 무슨 말을 해도 생글생글 웃으며 대꾸했다. 그리고 이렇게 말했다.

"그럼 주리짱도 음악부에 들어와. 그러면 특별활동 있는 날도 같이 갈 수 있잖아."

주리는 그 제안을 단번에 내쳤다.

"지금 농담하니? 뭐만 있으면 줄줄이 늘어서서 쿵작쿵작, 난 그런 바보짓은 딱 질색이야."

그런데도 마쓰코는 여전히 웃었다. 료코는 어이가 없었다. 나 같으면 벌써 화냈을 텐데. 당장 절교할걸.

그리고 깨달았다. 미야케 주리에게는 마쓰코 말고 친구가 없다. 마쓰코는 그런 주리를 버릴 수 없는 것이다.

나는 흉내도 못 낼 텐데. 아사이는 참 착하구나. 그런 착한 마음이 미야케에게는 전혀 안 통하는 걸 모른다는 게 좀 그렇지만.

구라타 마리코가 료코에게 슬쩍 물은 적이 있었다. 료짱, 나랑 아사이랑 누가 더 뚱뚱해? 솔직히 말해줘.

굳이 거짓말을 할 필요가 없었다. 누가 봐도 마쓰코가 더 뚱뚱하니까. 그래서 그렇게 대답하자 마리코는 기쁜 듯이 웃다가 갑자기 시무룩해졌다.

"아사이를 나쁘게 말하면 안 되는데. 그앤 착한 애야. 아주 착한 애."

아주 착한 애.

그런 마쓰코가 만약 고발장의 주인공이라면.

뚱뚱하다고 그애를 끈질기게 놀려대는 남학생 무리가 몇 있다. 당연히 오이데 패거리가 가장 심했다. 1학년 땐 어땠는지 잘 모르지만 2학년 때는 료코도 몇 번 목격했다.

하지만 그럴 때도 마쓰코는 심각하게 받아들여 일일이 충격을 받는 것 같지 않았다. 아, 또 시작이네, 하면서 가볍게 넘기는 듯했다. 놀리는 쪽도 그걸 알기에 딱히 마쓰코의 반응을 보려고 하지는 않았다. 그저 그애가 눈에 띄면 "뚱보!"라고 외치며 놀린다. 그것뿐이다. 정말이지 지성이라고는 눈곱만큼도 없는 짓이다. 마쓰코는 자기를 놀리는 그런 무리가 얼마나 어리석은지 잘 아는 것처럼 보였다.

그렇지만―혹시라도 그게 료코 혼자만의 착각이었다면.

마쓰코 역시 상처를 받았던 거라면.

상처가 점점 깊어지고 채 낫지 않고 곪아가는 사이, 어느 날 문득 더는 견딜 수 없다고 생각했다면.

그래서 고발장을 썼다면.

수취인으로 지목된 료코는 좀더 진지하게 받아들여야 하지 않았을까. 아빠가 형사라는 사실을―보낸 이가 그걸 의도했더라도―도망칠 구실로 삼아서는 안 됐던 게 아닐까.

마쓰코가 그 고발장을 료코가 받길 원했던 거라면.

료코는 그에 답할 의무가 있었던 게 아닐까. 고발장을 받은 이상 료코는 뭔가 해야 했던 게 아닐까. 자기에게 온 편지를 진지하게 직시하고, 깊이 생각한 후 행동해야 하지 않았을까. 주위를 돌아봐야 하지 않았을까.

그런데 나는 처음부터 아빠에게, 선생님들에게, 학교에 떠넘겨버리고 나랑은 관계없다며 내내 모르는 척했다.

그때―음악부를 그만두라고 억지를 부리는 주리가 어이없어서 무심코 시선을 던졌을 때 마쓰코와 눈이 마주쳤다. 마쓰코는 료코를 마주 바라보았다.

그애는 눈으로 말했다. 후지노, 그런 표정 짓지 마. 난 괜찮아.

한순간이었지만 료코는 분명하게 그녀의 마음을 느꼈다. 주리짱한테 화내지 마.

착하고 어수룩하다. 하지만 뭐 어때. 자기만 좋다면 상관할 바 아니지. 그렇게 생각했다.

하지만 이번에는 정말로 상관했어야 했던 게 아닐까.

"료짱, 왜 그래?"

반 아이가 료코의 어깨에 손을 얹고 얼굴을 살폈다.

"얼굴이 창백해."

다른 여학생들도 걱정스러운 듯이 돌아보았다. 료코는 손을 가볍게 흔들며 괜찮다고 말하려다 자기가 떨고 있다는 것을 알아차렸다.

그때 교실 앞문이 열리고 다카기 선생님이 들어왔다. 십오 분 늦었다.

료코가 2학년일 때 학년주임이던 다카기 선생님이 지금은 3학년 A반 담임이다. 상황이 이렇다고 해서 입시 전쟁이 기다려주지는 않는다. 3중학교를 위해, 성적이 우수한 학생들을 위해 베테랑 중에서도 베테랑이 담임을 맡았다.

"뭣들 하고 있니. 얼른 자리에 앉아."

그런데 그런 다카기 선생님의 얼굴도 오늘 아침에는 경직된 듯이 보였다. 대체 이 진창은 언제까지 계속되는 걸까.

지금은 저 선생님이 어떤 고마운 설교를 하더라도 듣고 싶지 않다. 료코는 선생님이 말을 잇기 전에 손을 들었다.

"죄송해요, 선생님. 몸이 안 좋아요. 양호실에 가면 안 될까요?"

지금까지 료코는 체육시간에 무릎을 다쳐 반창고를 붙이러 갔을 때 말고는 양호실을 찾은 적이 없었다.

그런데도 오자키 선생님은 료코를 보고 놀라지 않았다. 뜻밖이라는 반응을 전혀 보이지 않았다. 료코가 들어서자마자 료코의 어깨를 감싸안고 누워서 쉬라며 두 개의 침대 중 한쪽으로 데려갔다.

안쪽 침대에 누가 있는지 커튼이 쳐져 있었다. 선생님이 체온을 재는 동안 료코는 저쪽도 3학년 학생이냐고 작게 물어보았다.

오자키 선생님이 고개를 끄덕이며 역시 작게 대답했다. "아사이 친구야. 추스르고 학교에 오긴 했지만 역시나 충격이 크겠지."

선생님의 '역시나'는 옆 침대의 학생이 아니라 료코에게 하는 말이었다. 그 순간 료코는 생각했다. 내가 고발장을 받은 걸 오자키 선생님은 알고 있을지 모른다. 알고 있대도 이상하지 않다.

오자키 선생님이 료코의 맥박을 쟀다.

"좀 빠르네." 고개를 가볍게 끄덕이고 물었다. "후지노, 지금 생리중?"

"아뇨, 아니에요."

"속이 울렁거리는 건?"

"없어요. 그런데 한기가 들고 어질어질해요."

"빈혈인 것 같구나."

체온계를 빼긴 조금 이르다. 선생님은 침대 가장자리에 살며시 걸터앉았다.

"반에서 다들 술렁대니?"

료코가 고개를 한 번 끄덕였다.

"아무래도 가시와기 군 일이랑 연관 지어 생각할 테니까."

"우연 같지는 않아요."

오자키 선생님이 살짝 미소지었다.

"너같이 똑똑한 아이가 그런 말을 하면 안 되지. 무슨 일이든지 우연은 있으니까."

"그렇지만 선생님."

"너무 깊이 생각할 거 없어. 네가 아직 중학생이라는 걸 잊지 말렴. 어른이 아니야. 어른과 똑같이 책임질 필요는 없는 거야."

아, 역시 알고 있다. 그뿐 아니라 오자키 선생님은 내 마음속까지 훤히 읽고 있다.

그런 생각이 들자 료코는 눈물이 났다. 스스로도 놀랐다. 눈물이 멈추지 않았다.

오자키 선생님이 위로하듯 료코의 어깨를 부드럽게 토닥여주었다. 엄마 같았다.

"오늘은 무리하지 말고 집에 가서 푹 쉬는 게 좋겠어. 집에 전화해서 데리러 와달라고 할까?"

료코가 고개를 저었다. "집에 아무도 없어요."

"어머님이 일하시니?"

"네. 법무사예요. 오늘은 바쁠 거라고 아침에 그랬어요."

법무사? 오자키 선생님이 소리를 높였다.

"멋지다."

"그런가요?"

료코는 일부러 익살을 떠는 투로 말했다. 울다 웃어버렸다. 선생님이 옆에 있는 화장지를 뽑아줘서 코를 풀었다.

"선생님이 오해하시는 거예요. 그냥 평범한 일이에요."

"그건 아니지. 자격증 따기가 얼마나 어려운데. 내 친구도 도중에 결국 포기했는걸. 대충 각오를 다져서는 못 한다고."

"저희 엄마도 진짜 대충인걸요."

웃는 사이에 시간이 되었다. 체온계를 꺼내보았다. 정상이었다.

료코는 기분이 많이 나아졌다. 오자키 선생님은 아사이 마쓰코의 사고에 관해 자세히 알고 있을까. 물어볼까.

그러자니 다시 옆 침대가 신경쓰였다. 무심코 곁눈질을 했다.

오자키 선생님은 이번에도 눈치 빠르게 료코의 질문을 읽어냈다. 귓가에 속삭이듯 대답했다. "미야케 주리 양이야."

료코의 눈이 휘둥그레졌다. 선생님이 고개를 끄덕였다.

"둘이―친했잖니."

료코는 이번에는 스스럼없이 옆 침대로 시선을 던졌다. 주리는 빈틈없이 꼭 닫힌 흰색 커튼 뒤에서 울고 있을까, 잠들었을까. 쥐죽은 듯이 조용하다.

학교에 온 것만으로도 진이 빠져서 교실에 들어가지 못하고 여기로 달려왔을지 모른다. 주리가 받은 충격은 어느 정도일까. 마쓰코는 그녀의 유일한 친구였다.

조금 전만 해도 료코는 마쓰코에게 고자세로 명령하던 주리의 모습을 떠올렸지만 이제는 주리를 동정하는 쪽으로 완전히 마음이 기울었다. 아니, 두 사람이 그런 관계였기에 지금 주리가 더욱 가여웠다.

지금껏 마쓰코라는 푹신한 쿠션에 기대오다 홀로 남겨진 주리는 다시 일어서지 못하는 게 아닐까. 이제 누가 주리를 보살펴줄까.

주리는―마쓰코가 고발장을 썼다는 걸 알까. 알아챘을 가능성이 있을까. 마쓰코는 주리에게 뭔가 털어놓았을까.

그럴 것 같지는 않다. 상상이 되지 않는다. 돌이켜보면 주리와 마쓰코가 함께 있을 때 말하는 쪽은 늘 주리였던 것 같다. 마쓰코는 맞장구를 치거나 묻는 말에 대답할 때만 입을 열었다. 그런 사이였다―

그러고 보니 오자키 선생님의 시선도 닫힌 커튼을 향해 있었다. 생각에 잠긴 듯 눈을 살짝 가늘게 떴다.

료코는 문득 가슴이 철렁 내려앉았다.

양호실 전화가 울렸다. 잠깐만, 하며 오자키 선생님이 자리를 떴다. 체온계를 가운 주머니에 넣으며 잰걸음으로 책상 쪽으로 다가갔다.

뭐지? 방금 오자키 선생님의 그 표정은?

료코를 맞아들이고, 팔로 껴안고, '그래, 그래, 이제 괜찮아'라고 든든하게 말해주던 얼굴. 맥박을 잴 때 표정. 체온계 눈금을 읽는 눈빛. 하나같이 배려와 친절이 흘러넘쳤다. 오자키 선생님은 그런 분이었다. 역할이 그랬고, 인품도 그랬다. 료코 주위에는 없지만 이른바 '양호실 등교'를 하는―등교하자마자 교실이 아닌 양호실로 직행하는 학생들은 알고 있다. 담임선생님이 주지 않는(줄 여유가 없는) 따뜻함이 양호실에는, 오자키 선생님 곁에는 있다는 걸.

그렇지만 조금 전 오자키 선생님의 눈빛은 달랐다. 선생님에게 있을 리 없는, 어떤 경우에도 양호실에서는 작동시킬 필요가 없는 날카로운 무언가가 섬광처럼 번뜩인 느낌이었다.

착각일까? 아무래도 오늘 난 정말 정상이 아닌 모양이다.

오자키 선생님은 잠깐 통화를 했다. "네, 네"라고 대답하고 수화기를 내려놓았다. 그러고는 료코에게 오더니 "미안해, 교무실에 볼일이 생겼네"라고 말했다.

상당히 난처한 표정이었다. 주리를, 료코를 남겨두고 자리를 비우고 싶지 않은데.

료코가 윗몸을 일으켜 똑바로 앉았다.

"걱정 마세요. 제가 지키고 있을게요."

선생님이 웃는 얼굴로 변했다. "어머, 너도 환자잖니."

"이제 괜찮아요. 괜찮아졌어요."

거짓말이 아니었다. 오자키 선생님과 이야기를 나눈 것만으로도 마음이 한결 가벼워졌다.

"선생님이 돌아오실 때까지 여기 있을게요. 미야케 혼자 있지 않도록. 혹시 다른 사람이 오면 제 자리를 양보할게요."

걱정 마세요, 라며 가슴을 두드렸다.

"그럼 부탁해. 오 분이면 될 테니까."

그렇게 말하고 오자키 선생님은 얼른 문 쪽으로 향했다. 문을 열고 복도로 발을 내디디는 순간 살짝 돌아보았다.

그 모습이 료코는 또 마음에 걸렸다. 선생님, 괜찮다니까요. 뭘 그렇게 걱정하세요?

료코는 주리 쪽을 바라보았다. 커튼은 꿈쩍도 하지 않았다.

한숨이 나왔다. 침대에 벌렁 드러누웠다. 하얀 커버로 감싼 베개에서 공기가 빠져나갔다.

그렇게 한동안 천장을 바라보았다. 평일 수업시간, 학교에는 사백 명에 가까운 중학생이 있다. 그런데도 조용하다. 묘지처럼 고요하다.

묘지가 괴담의 소재가 되는 건 당연하지만 학교도 그 못지않게 곧잘 소재가 된다. 왜 그럴까? 묘지는 조용하고 아무것도 움직이지 않는 게 당연하니 무슨 소리가 나거나 뭔가가 움직이면 무섭다. 학교는 시끌벅적하고 늘 무언가가 움직이는 게 당연하지만 때때로 아무 소리도 들리지 않고 아무것도 움직이지 않는 것처럼 보인다. 그래서 무서운 걸까.

아사이의 상태는 어떨까. 다시 학교로 돌아올 수 있겠지? 학교에서, 또 다른 괴담의 장소로 가버리지는 않겠지? 아니야, 이런 불길한 생각을 하면 안 돼.

시선이 느껴져서 료코는 눈을 움직였다.

곧이어 기겁을 하고 벌떡 일어났다.

어느새 옆 침대의 커튼이 30센티미터쯤 열려 있었다. 그 틈으로 주리가 보였다.

주리는 왼쪽 뺨을 베개에 대고 이쪽으로 돌아누워 있었다. 폭신한 베개에 얼굴이 절반쯤 파묻혔다. 앞으로 뻗은 손이 커튼 자락을 잡았다.

두 개의 눈동자가 깜박이지도 않고 료코를 바라보았다. 밑에서 올려다보는 시선인데도 료코는 압박감을 느꼈다. 가슴이 짓눌리는 것처럼 갑갑했다.

무서웠다.

왜 날 저런 눈으로 보지? 지금 여기서도 나를 이기고 싶은 건가? 아사이? 아사이랑 친했던 건 자기뿐인데 나 따위가 충격을 받고 양호실에 온 걸 용납할 수 없다는 건가?

료코는 마른침을 꿀꺽 삼켰다.

주리의 시선은 움직이지 않았다. 꼼짝 않고 료코를 노려보았다. 그러나 아무 말도 하지 않았다.

"미야케."

료코의 목구멍에서 한심스러울 만큼 쉰 목소리가 새어나왔다.

"몸은 좀 어때? 오자키 선생님은 교무실 가셨어. 금방 오실 테니 걱정 마."

주리는 표정 하나 바꾸지 않았다. 료코는 그녀에게서 시선을 뗄 수 없었다. 주리의 몸은 마르고 작고 가녀렸다. 한동안 못 본 사이 여드름이 더 심해진 것 같다. 목 언저리까지 번졌네.

"미야케."

주리의 시선을 떨쳐내려고 료코는 몸을 움직였다. 두 발을 침대 옆에 내려놓고 주리 쪽으로 돌아앉았다.

"춥지 않니? 담요 한 장 더 덮어줄까?"

주리의 입가가 움직였다. 입술도 절반쯤 베개에 파묻혔다. 그래서인지 뭐라고 한 것 같은데 알아들을 수가 없다.

"뭐라고?"

료코는 최대한 부드럽게 물었다. 미소를 지어보았지만 스스로 느끼기에도 부자연스러웠다.

주리의 손이 움직였다. 차라락 소리를 내며 커튼이 닫혔다. 하늘하늘 제자리로 돌아간 커튼 자락이 료코의 코앞에서 시야를 가로막았다.

커튼 뒤에서 짧고 날카롭게, 찢어서 내버리는 듯한 소리를 내며 미야케 주리가 웃었다.

웃었다. 료코가 잘못 들은 게 아니다. 미야케 주리는 웃었다.

료코는 그저 멍하니 앉아 있었다.


38


다음날ㅡ

후지노 료코는 학교에 가지 않았다. 검도부 아침 훈련도 빠져버렸다. 처음 있는 일이었다.

지난밤에는 한숨도 못 잤다. 이불 속에 파고들어 생각하고, 생각하고, 또 생각했다. 그리고 아침에 일어나자마자 엄마에게 부탁했다. 오늘은 학교 못 가겠어. 반나절이라도 좋으니 잠깐 시간 좀 내줄 수 있어? 상의할 게 있어.

부엌에 서 있던 엄마 구니코는 잠이 덜 깬 눈으로 한참 동안 료코의 얼굴을 빤히 쳐다보다가 말했다. "중요한 얘기니?"

"응."

"학교 일이지?"

"지난번 그 소동 때문에."

엄마가 눈을 깜박이더니, 단번에 잠이 깬 것처럼 야무진 표정으로 변했다.

"그럼 아빠랑 같이 얘기하자."

료코는 깜짝 놀랐다. "아빠 들어왔어?"

"응, 새벽 네시쯤인가."

아빠의 발소리도 기척도 전혀 눈치채지 못했다. 그렇다면 하룻밤을 꼬박 새웠다는 건 착각이고 잠깐 몇 시간은 졸았던 걸까. 그러고 보니 악몽을 꾼 것 같기도 했다.

료코가 학교에 빠지는 걸 알면 여동생들이 뭐라고 할 게 뻔해서—왜 언니만 안 가? 불공평해!—아침시간의 소동에 덩달아 학교에 가는 척하다가 방에 숨어서 쇼코와 도코가 부산을 떨며 나갈 때까지 기다렸다. 정말, 저 녀석들 때문에 쓸데없는 데 힘을 뺀다니까.

"아빠는 점심때까지 주무시게 놔둬."

료코가 그렇게 말했지만 열시쯤 되자 엄마는 아빠를 깨우러 갔다. 두 사람 다 있어야 이야기를 꺼낼 수 있다, 이런 이야기를 두 번 반복하고 싶진 않다는 료코의 표정에서 심상치 않은 분위기를 느낀 모양이다.

아빠 다케시도 마찬가지인 듯했다. 세수를 하고 거실에 들어설 때부터 몹시 심각한 눈빛이었다. 료코 앞에 앉더니 다짜고짜 물었다.

"할 얘기라면, 그 고발장 일이니?"

료코가 고개를 끄덕였다. 그리고 아사이 마쓰코의 교통사고부터 이야기를 시작했다.

어제 있었던 일—결국 학교에서는 누구에게도 털어놓지 못한 이야기. 그리고 자신의 생각과 머릿속을 떠나지 않는 모든 의혹을.

*

료코는 오자키 선생님이 교무실에서 돌아오자마자 교실로 가서 내내 평소처럼 수업을 들었다.

쉬는 시간이 되자 3학년 학생들은 우리에서 해방된 것처럼 우르르 복도로 튀어나갔다. 몇몇은 남의 교실까지 드나들며 잘 아는 아이들끼리 모여서 정보를 교환하거나 추리를 펼치는 데 열중했다. 그곳에 심각한 동요와 불안이 없을 리 만무하나 적어도 지금은 흥분의 그늘에 가려 있었다.

료코가 양호실에 다녀온 것을 아는 친구들은 료코가 아사이 마쓰코의 사고에 충격을 받은 거라고 생각해 나름대로 걱정하며 마음을 써주었다. 항상 똑 부러지는 후지노가 별일이네—아이들의 그런 마음이 충분히 전해졌지만 악의는 없었다. 아무도 료코가 '유난을 떤다'거나 '튀고 싶어서' 그런 거라고 말하지 않았다. 한편 마쓰코의 사고 소식을 듣고 큰 소리로 울거나 조퇴한 아이들은 다들 헐뜯었다. 이때를 이용해 연약하다는 걸 어필하려 들다니, 웃겨 정말. 여자가 여자를 보는 눈은 특히나 매서운 법이다.

그런 면에서 난 '신용'이 있나보네. 료코는 막연히 그렇게 생각했다. 후지노 료코는 스탠드플레이를 하지 않는다.

미야케 주리가 양호실에 간 것도 모두 알고 있었다.

놀랍게도—아니, 당연할지 모르지만 다들 이미 료코와 같은 생각을 하고 열심히 떠들어대고 있었다. 아사이가 고발장을 혼자 썼을 리 없다. 틀림없이 미야케가 한몫 거들었을 것이다. 오히려 미야케가 '주범' 아닐까. 두 사람은 원래 그런 사이였으니까. 선생님에게 알리는 게 좋지 않을까? 아사이를 위해서라도 그게 좋지 않을까?

그러나 료코는 용기를 내지 못했다. 큰맘 먹고 입을 열어, 양호실 침대를 둘러친 하얀 커튼 너머에서 미야케 주리가 웃었다는 것—료코를 바라보던 눈이 차갑고 섬뜩하게 빛났다는 것—을 털어놓지 못했다.

그래, 너희 생각이 맞아. 미야케가 양호실에서 깔깔대며 웃었다니까.

난 그 눈빛을 봤어. 소름 끼쳤다고.

주리와 마쓰코의 관계에서 사령관은 늘 주리였다. 마쓰코는 항상 수동적이었다. 그래서 부하처럼 보였다.

곰곰이 생각해보면 주리에게 비밀로 하고 마쓰코 혼자 '고발' 같은 엄청난 일을 행동에 옮겼을 것 같지 않다. 게다가 그 두 사람이 무슨 일을 함께 할 때, 마쓰코가 먼저 제안해 주도권을 잡고 주리의 도움을 받는 건 상상도 할 수 없다. 제안하는 사람은 주리다. 마쓰코는 그 말을 따라 얌전히 도울 뿐이다.

고발장도 그렇게 만들어진 게 아닐까.

오이데 패거리가 못살게 군 것은 마쓰코만이 아니다. 주리도 괴롭힘을 당하긴 마찬가지였다. 달리 친구도, 학교에 설 자리도 없고 오이데 패거리뿐 아니라 다른 아이들에게도 냉대를 받은—대놓고 경멸당한 주리야말로 피해의식이 엄청났을 것이다. '보복'을 위해 그런 일을 꾸미는 데는 쌓이고 쌓인 증오의 에너지가 필요하다.

그렇다, 오이데 삼인조에 대한 증오뿐 아니라 학교 자체, 학교 학생들 자체에 대한 원한.

아사이 마쓰코에게는 그게 부족하다.

고발장은 미야케 주리가 썼다. 아사이 마쓰코의 도움을 받아서. 당연하다. 마쓰코는 주리의 부탁이라면 뭐든 생글생글 웃으며 도와주니까.

그런데 주리 스스로도 상상하지 못한 형태로 고발장이 방송국의 손에 들어가고 프로그램이 만들어졌다. 문제는 이미 학교와 지역의 테두리를 벗어났다.

주리가 그 방송을 어떤 마음으로 봤는지는 알 수 없다. 그애 성격을 생각하면 통쾌하고 재미있어했을지도 모른다. 하지만 언제나 그랬듯 그녀를 돕기만 한 아사이 마쓰코는 소란이 커지면서 자기들이 한 일이 얼마나 심각한 건지 깨닫고 두려워진 게 아닐까. 어쨌든 마쓰코는 기본적으로 순진하고 선한 사람이니까.

선생님들에게 사실대로 말하자. 그런 말을 꺼냈던 건 아닐까.

미야케 주리는 그런 나약함을 용서할까.

용서하지 않는다. 그녀는 주범이다. 공범자의 모반을 그냥 두고 볼 리 없다.

이대로 두면 조만간 열릴 아사이 마쓰코의 입을 무슨 수를 써서라도 막아야 한다—

아사이 마쓰코의 교통사고는 정말로 '사고'였을까?

료코의 귓속에서 주리의 웃음소리가 메아리쳤다. 공기를 찢는 듯한, 료코를 향해 날카로운 무언가를 던지는 듯한 짧은 그 웃음소리.

새파랗게 질려 양호실로 뛰어온 내가 우스웠니? 모든 걸 아는 네 눈에는 내가 바보처럼 보였니? 너무 재미있어서 웃지 않고는 못 배겼니?

한 방 먹였다, 뜻대로 풀렸다고 생각했니?

그렇지만—사실 주리에게는 웃을 여유가 없지 않은가.

마쓰코는 아직 살아 있다. 중상이지만 목숨은 건졌다. 완전히 입막음을 하지 못한 것이다. 말을 할 수 있을 정도로 회복되면 이번에야말로 주위 어른들에게 사실을 밝힐 것이다. 하마터면 죽을 뻔했다. 더는 주리에게 의리를 지킬 필요가 없다. 감싸줄 마음도 들지 않을 것이다.

주리는 그런 가능성을 고려하지 않는 걸까? 이대로 모든 걸 마쓰코 한 사람에게 덮어씌울 수 있다고 믿는 걸까? 그래서 그렇게 웃을 수 있었나?

그게 아니면, 상황을 다 알고 이미 자포자기한 걸까. 강한 척 허세를 부리는 웃음이었을까. 죽이지 못했어. 마쓰코를 죽이지 못했어. 실패했어.

료코는 스스로의 상상에 오싹해졌다. 우리는 아직 중학생이다. 중학생이 그렇게까지 사악해질 수 있을까.

아니면 이것은 '악'이 아닌 걸까. 보복. 자기방어. 정당한—복수.

학교에 틀어박혀 밖으로 나가지 못하는 우리. 설령 그곳이 아무리 불편하더라도, 가혹한 환경이라도, 그곳에 있기를 강요당하는 우리.

그 울분에서 생겨나는 것.

빙글빙글, 빙글빙글. 료코의 마음은 뒤틀리고 흔들렸다. 내가 미야케라면 어떻게 할까. 내가 아사이라면 어떻게 할까. 거울을 보며 거기 비친 후지노 료코의 얼굴에 미야케 주리의 얼굴을 겹쳐보았다. 어떤 마음이면 그런 식으로 웃을 수 있을까.

그러다 문득 떠올렸다. 양호실에서 오자키 선생님이 지금껏 한 번도 보이지 않던 눈빛을 담아 주리에게 던지던 시선을. 한 번도 아니고 두 번이나. 료코는 그것이 마음에 걸렸다.

어쩌면 지금 나와 같은 생각을 선생님도 한 게 아닐까.

아니, 한발 나아가 선생님은 이미 알고 있는 게 아닐까. 고발장을 써 보낸 사람이 주리라는 것을. 모든 선생님들이 알지는 못하더라도, 적어도 교장선생님과 오자키 선생님 정도는.

그래, 고발장을 받고 실시한 그 면담에서 고발자가 미야케 주리라는 확증을 이미 얻은 게 아닐까―

*

벌써 몇 잔째인지 모를 커피를 쭉 들이켜곤 료코의 아빠 후지노 다케시가 입을 열었다.

"미야케 주리라는 아이는 친해지기 힘든 편이니?"

료코가 곧장 대답했다. "응."

"선생님들도 다루기 버거워하나?"

"아마 그럴 거야."

엄마가 일어나 아빠 잔에 커피를 더 따라주었다. 료코의 잔에도 가득 따르고 자기 잔에도 따르고는 포트를 내려놓았다. 그동안 내내 미간을 찡그리고 있었다.

"네 생각은 잘 알았다." 아빠가 료코의 얼굴을 똑바로 보며 말했다. "네가 그렇게 생각할 수밖에 없는 이유도 이해가 가고. 료코, 넌 절대 이상한 생각을 한 것도 아니고 편견을 가졌던 것도 아니야. 그러니 일단 안심해."

정말? 료코가 되물었다. 뜻밖에도 불안한 목소리였다.

"그럼." 이번에는 엄마가 말했다. "넌 잘못한 거 없어. 똑같은 경험을 한다면 누구나 같은 생각을 했을 거야."

그리고 갑자기 살짝 미소를 짓더니 "마리짱은 좀 다를지 몰라도"라고 덧붙였다. "그애는 매사를 좋게만 생각하니까. 친구가 다쳐 충격을 받은 나머지 머리가 조금 이상해졌다고 생각하지 않을까. 가엾다고."

엄마도 사람 보는 눈이 꽤 정확하다. 놀라웠다.

"아마 그럴 거야. 그러고 보니 미야케의 그 웃음은 예사롭지 않았어. 꼭 엄마가 지금 말한 것처럼."

정말 머리가 이상해졌을지도 모른다.

"고발장을 받았을 때 아빠는 교장선생님에게 이 내용은 날조일 가능성이 높다, 곧이곧대로 믿고 소란을 떨면 안 된다고 했어. 이걸 근거로 오이테 삼인조가 가시와기를 죽이지 않았을까 의심하고 추궁하기보다는 고발장을 쓴 학생을 찾아내 그 뒤틀린 마음을 풀어주는 게 먼저라고도 했고. 그 얘기는 너한테도 했지?"

료코가 고개를 끄덕이며 아빠를 바라보았다.

"교장선생님은 아빠의 의견에 찬성하셨어. 아니, 선생님도 그렇게 생각하시는 것 같았어. 아빠가 찾아갔을 때 교장실에 있던 다카기라는 학년주임 선생님은 장난인 게 빤하니 그냥 내버려두자고 했지만."

"다카기 선생님답네. 참고로 지금 우리 담임이야."

베테랑 같더구나. 아빠가 말하며 씁쓸하게 웃었다.

"그래서 약간 겁을 줬지. 만약 선생님들이 이걸 묵살하면 고발자는 학교에 실망해 직접 매스컴으로 편지를 보낼지도 모른다, 그러면 일이 더 커지지 않겠냐고."

"아빠는 우리가 면담한 내용이나 그 결과를 교장선생님에게 들었어?"

아빠가 고개를 저었다. "그것까지 알려달라는 건 지나친 간섭이니까. 아빠는 어디까지나 한 사람의 보호자일 뿐이야. 그때 그런 의견을 내놓은 게 이례적이었지."

후회를 곱씹듯이 입꼬리를 비틀었다. 아빠는 혹시 그때 내게 온 고발장을 말없이 버릴 걸 그랬다고 생각하는 건가? 나한테 보여주지도 않고?

그렇게 했더라도 3중학교가 지금과 같은 상태에 빠지는 걸 막을 수는 없었다. 다만 료코의 입장과 마음가짐은 매우 달라진다. 고발장을 받은 '관계자'가 아니라 그저 평범한 학생 중 하나가 될 수 있으니까.

아무튼―아빠가 말투를 바꿨다.

"고발자를 찾아 그 내용이 거짓이라는 걸 확인하면 나머지는 전적으로 학교 소관이야. 말 그대로 교육과 지도의 문제니까 어떤 식으로든 경찰이 참견할 영역이 아니지. 당시에는 교장선생님과 아빠도 그렇게 의견이 일치했어. 경우에 따라서는 관할 서 청소년과의 힘을 빌릴 수 있겠지만 그것도 고발자를 처벌하기 위해서가 아니야. 그 점은 사사키라는 형사도 확실하게 이해한 듯했고―"

"사사키 씨라면 면담에 왔던 형사님인가?"

"서른 살쯤 된 여형사야."

"그럼 맞네."

꽤 시원시원해 보이는 사람이었다.

"그래서 네 생각대로 학교에서 고발장을 쓴 사람을 찾아냈을 거라고 본다."

아빠의 말에 료코가 자세를 바로 했다.

"미야케라고?"

"지금으로서는 그렇게 추측하는 게 가장 타당하겠지."

료코의 가슴에 맺혀 있던 것의 일부가 단번에 씻겨내려갔다. 역시.

후지노 다케시는 자는 동안 헝클어진 머리카락을 마구 긁적이며 한숨을 내쉬었다.

"그런데 지금 이 상황은 대체 뭐지? 쓰자키 선생이 왜 그리 우물쭈물했는지 이해가 안 가는군. 미야케 주리라는 아이랑 얘기를 하든가 재빨리 대처했으면 이런 어이없는 일은 안 생겼을 텐데."

"하지만 모리우치 선생님한테 보낸 고발장이 그렇게 되어버렸으니—"

학교를 두둔할 생각은 없을 테지만 누구 하나의 목소리가 거칠어지면 반사적으로 달래려 드는 버릇이 있는—직업병일지도 모른다—후지노 구니코가 끼어들었다.

"아무도 예상 못 한 일이잖아. 설마하니 모리우치 선생이 고발장을 찢어서 버리고, 그걸 또 누가 주워서 방송국에 보낼 줄이야 상상이나 했겠어?"

"그것도 그래. 그애한테 미리 대처했으면 기자가 왔을 때도 고발장 내용이 거짓이라고 설명할 수 있잖아. 그랬으면 방송국에서도 그런 프로그램을 못 만들지."

료코가 물었다. "아빠, 그 프로그램 녹화한 거 봤어?"

"봤거든."

기분이 상한 모양이다. 못 본 줄로만 알았는데. 요즘 들어 정신을 못 차릴 만큼 바빠 보였으니까.

"고마워."

저절로 그런 말이 나왔다. 그러자 아빠는 왠지 기가 꺾인 듯했다.

"네 아빠니까 당연해."

엄마가 살짝 웃어 보이고는 아빠가 보지 않게 재빨리 표정을 고쳤다.

"학교 측의 대응이 늦은 건 맞아. 그렇지만 어쩔 수 없잖아. 상대는 중학생 여자애야. 게다가 이래저래 개인적인 문제도 있는 것 같고."

분위기를 살피면서 천천히 다가가 아이의 마음에 진 그늘이 무엇인지 알아내고 달래면서 조금씩 이야기를 끌어낸다―그 이상의 방법이 없잖아, 라고 구니코가 말했다. 그러려면 시간이 걸리는 게 당연하다.

"학교니까. 지문이니 알리바이 운운하면서 어떻게 할 수 있는 문제가 아니야. 마구 몰아붙여서 '제가 했습니다'는 자백만 받아내면 될 일도 아닐 테고."

그 정도는 나도 안다고 아빠가 받아쳤다. 료코는 목을 움츠렸다. 부부 싸움으로 번지면 곤란하다.

"타이밍이 안 좋았어. 정말로. 고발장이 공개되지만 않았다면 언젠가 조용하고 원만하게 수습됐을 일인데. 교장선생님이 딱하게 됐어. 그렇지만―"

지금 가장 딱한 사람은 아사이 학생이야, 라고 엄마는 목소리를 낮춰 덧붙였다. 아빠는 입을 굳게 다문 채 말이 없었다.

"아빠." 료코가 불렀다. "내가 했다는 또다른 상상에 대해선 어떻게 생각해?"

엄마와 아빠가 얼굴을 마주보았다.

"아사이가 차로 뛰어든 게 아니라…… 미야케한테…… 무슨 일을 당했을지 모른다는 상상."

엄마가 먼저 뭐라고 말하려 했지만 그것을 가로막듯 아빠가 힘주어 말했다.

"그런 생각까지 할 건 없어. 그건 정말로 상상이야. 알겠지?"

이번에는 아빠를 밀어내듯 엄마가 몸을 앞으로 내밀었다.

"꼭 누구한테 무슨 일을 당했다고만 생각할 필요는 없어. 아사이 학생은 자기가 한 일―친구를 도운 것뿐이라지만 자기가 저지른 큰일 때문에 두렵고 혼란스러워서 다른 데 정신이 팔렸다가 사고를 당했을 수도 있잖니? 가능성은 여러 가지야, 료코. 그중에서 가장 나쁜 걸 생각하진 마."

웃음이 나오는 스스로에게 료코는 놀랐다.

"그렇겠지."

난 미야케를 싫어하니까, 라고 잘라 말했다. 그래서 그런 상상을 한 거야. 그애라면 그런 짓을 할지도 모른다고.

"원래부터 좋아하진 않았지만 어제 양호실에서 더 싫어졌어. 그 웃음, 정말 몸서리나게 불쾌했거든. 사악한 느낌이었어. 그래서—"

엄마가 가볍게 일어서더니 료코 옆에 와 앉아 어깨를 감싸안았다. 굉장히 오랜만이었다.

"자꾸 생각하지 마. 너는 너고, 미야케는 미야케야. 그애가 무슨 나쁜 짓을 했다면 그건 그애 문제야. 안 그래?"

엄마 손이 따뜻했다.

"양호실에서 있던 일은 아무한테도 말 안 하는 게 좋겠지?"

"벌써 했잖아. 엄마 아빠한테." 아빠가 살며시 웃으며 말했다. "이제 갑갑하던 게 풀렸지? 그럼 누구에게 더 말할 필요는 없어."

"료짱, 방금 네 입으로 말해놓고 벌써 잊어버렸니?"

엄마가 웃으면서 료코를 흔들었다.

"아사이 마쓰코는 살아 있어. 회복해서 말을 할 수 있게 되면 무슨 일이 있었는지 털어놓겠지. 그렇게 밝혀지는 게 혹시 괴롭고 슬프고 안 좋은 사실이라도 지금의 불투명한 상태에선 벗어날 수 있어. 근본적으로 모두."

그걸 기다리자고 했다.

"아사이 학생은 정말 안됐지만 어쩌면 좋은 기회일지 몰라. 이쪽도 저쪽도 손을 못 대고 뒤죽박죽돼버린 게 단번에 해결되잖아. 가시와기 학생의 사고도, 고발장도, 방송을 탄 것도. 안 그래?"

아사이 마쓰코가 사실대로 말해준다면.

"뭐, 그래도 교장선생님에게는 책임을 묻겠지만."

료코가 눈을 휘둥그레 떴다. "잘린단 소리야?"

"이렇게 된 마당에는 어쩔 수 없지."

"하지만 교장선생님은 잘못한 거 없어. 물론 신중함이 지나쳤을지는 모르지만……"

"사회란 게 그리 만만치가 않단다." 엄마가 한숨을 내쉬었다. "모리우치 선생님 일만 해도 상사인 교장선생님의 감독 소홀이니까."

"고발장을 찢어서 버린 거? 그거야 모리우치 선생님 책임이지!"

료코는 그렇게 말해놓고 새삼 물었다.

"저기, 그거 말인데, 정말로 모리우치 선생님이 버렸을까?"

두 사람은 멍한 표정을 지었다.

"그렇겠지. 안 그래, 여보?"

"달리 생각할 수가 없잖아."

그야 그렇지만.

"모리우치 선생님이 그렇게 허술하진 않을 것 같은데……"

"그런 추측으로 될 문제가 아니야, 료코. 사실의 문제야. 모리우치 선생님에게 온 속달우편을 다른 누가 찢어서 버리겠니? 도중에 도둑맞았다? 그게 가능할까? 우체국에서 화낼 일이야. 실제로 너한테는 아무 문제 없이 도착했잖아."

허술하다. 아빠가 그 말을 되풀이하며 웃었다. "너도 꽤 신랄하구나."

료코가 새침한 표정으로 코끝을 홱 쳐들었다. "모리린이야 우리가 매일같이 관찰하니까 잘 알지."

"관찰하는 그 눈이 미덥지 못하다는 거야. 너희는 아직 미숙하니까."

"어쩔 수 없지. 우린 아직 틴에이저인걸."

료코는 그제야 간신히 웃을 수 있었다.

료코는 무단결석한 오후를 느긋하게 보냈다. 모자란 잠을 보충하고 읽던 책을 마저 읽었다. 그래도 시간이 남아 냉장고 안을 살펴보았다. 고기가 약간 부족하지만 비프스튜를 만들면 되겠다.

동생들이 돌아왔다. 도코는 친구 집에 놀러가고 쇼코는 주산학원에 간다고 했다. 도코, 다섯시까지는 꼭 들어와야 해. 쇼코, 잊어버린 거 없니? 언니, 오늘 왜 일찍 왔어? 특별활동이 없었어. 와, 그럼 간식으로 쿠키 구워줘.

동생들이 있으면 생각이고 뭐고 할 수가 없다. 그렇지만 오늘은 따뜻한 마음으로 시끄러운 악동들을 보살펴줄 수 있었다.

잠깐이나마 오랜만에 엄마 아빠를 독점해서일까. 언니는 늘 참아야 하니까.

전화벨이 울렸다.

막내가 어리광을 부렸다. 언니 집에 있을 거면 나 친구 집에 안 갈래. 언니랑 있을 거야. 그림자처럼 졸졸 따라다녔다. 언니, 언니, 책 읽어줘. 한자 문제 가르쳐줘.

"네, 후지노입니다."

전화를 받는 료코의 스웨터 자락을 도코가 꼭 움켜쥐었다.

잠시 후 도코가 눈을 말똥말똥 뜨고 언니를 올려다보며 물었다.

"언니, 왜 그래?"

료코는 수화기를 움켜쥔 채 우두커니 서 있었다.

구라타 마리코의 전화였다. 지금 막 집에 왔어. A반 애가 오늘 료짱이 학교 안 왔다고 해서 안부전화한 건데, 그게 다가 아니라—

"아사이가 병원에서 죽었대."


미야케 주리도 학교에 가지 않았다.

어제는 결국 교실에 얼굴을 비치지 않고 양호실에서 바로 조퇴했다. 축 처진 딸을 본 엄마는 야단법석을 떨며 방에 눕혔다. 주리가 별말 하지 않았는데도 애초에 오늘은 쉬게 할 생각이었던 것 같다. 점심때가 다 되어 주리를 깨우더니 학교에는 이미 전화했다고 말했다.

주리는 말없이 고개를 끄덕였다.

"뭐 좀 먹을래? 배 안 고파?"

주리는 말없이 고개를 저었다.

"그럼 나중에 죽이라도 끓여줄게."

어제저녁은 죽이었다. 주리가 별말 하지 않았는데도 엄마가 알아서 준비한 것이었다. 몸이 안 좋을 때는 어쨌거나 소화가 잘되는 음식을 먹여야 하니까.

화장실에 가 세수를 하고 다시 방으로 돌아와 침대에 파고들었다. 한참 뒤 엄마가 보러 왔지만 자는 척해버렸다.

그러다가 정말로 잠이 들었다. 주리는 지금 얼마든지 잘 수 있었다. 자고 또 자고, 의식이 없을 때만 평온해질 수 있었다.

현실과 동떨어져 있을 때뿐이다. 마음이 가라앉는 것은.

그런데도 자꾸만 꿈을 꾸었다. 몇 번이나 꾸었다. 늘 같은 꿈이었다. 마쓰코 꿈이다. 소리치는 마쓰코. 울고 있는 마쓰코. 울면서 뛰어가는 마쓰코.

주리가 쫓아간다. 끝까지 쫓아간다. 마쓰코를 놓치면 안 된다.

주리의 손이 마쓰코의 등에 닿는 순간 꿈은 끝난다.

화들짝 놀라 눈을 떠보니 창밖이 어두워져 있었다. 베갯머리의 자명종이 오후 여섯시 반을 가리켰다.

어질어질했다. 머리를 들 수 없었다. 온몸에 기운이 하나도 없었다. 뼈가 보기 싫게 불거져 혐오스러운 이 몸, 다른 누군가와 바꿀 수만 있다면 영혼을 팔아도 좋다고 생각하는 이 몸이 자기 것이 아닌 느낌이었다. 자기의 통제를 벗어나 둥둥 떠 있는 느낌이었다.

납작 엎드려서 조용히 숨을 쉬었다. 숨소리가 베개로 빨려들어갔다.

아래층에서 엄마의 목소리가 나지막이 들려왔다. 누구랑 얘기하는 거지? 전화하나? 귀를 기울여도 잘 들리지 않아 주리는 침대에서 내려와 기듯이 문으로 다가갔다. 문을 10센티미터쯤 열자 그제야 엄마 목소리가 또렷하게 들렸다.

"그렇군요, 아아, 네―딱하기도 해라. 부모님이 정말 슬프시겠어요. 안쓰럽네요."

안쓰럽네요. 진심이라곤 눈곱만큼도 느껴지지 않는 말투다. 엄마는 그런 사람이다. 남의 마음 따위 신경쓰지 않는다. 말만 할 뿐이다.

누가 안쓰러워? 부모님이라니, 누구 부모님?

주리의 심장박동이 빨라졌다. 기대감으로 뺨이 달아올랐다. 누구야? 누군데? 누구?

"우리 애가 꽤 충격을 받은 모양이에요. 아사이 학생이랑 친했으니까요. 그러게 말이에요―네에, 네."

아사이 학생. 마쓰코 얘기다.

"경야나 장례식은 어떻게 될까요? 주리도 가고 싶어할 텐데."

그래도 지금 말하긴 힘드네요. 보나마나 기겁할 거예요. 네, 우리 애가 워낙 착해서.

마쓰코가 죽었다.

문에 기대 있던 주리는 문손잡이를 움켜쥔 채로 서서히 무너져내렸다. 바닥에 주저앉고, 심지어 바닥으로 스며들었다. 헐렁한 파자마 속에서 야위고 앙상한 몸이 떨리기 시작했다. 뼈가 흔들렸다. 덜덜, 덜덜, 덜덜.

이가 딱딱 부딪쳤다.

영혼이 흔들렸다.

마쓰코가 죽었다. 죽었다. 죽었다.

더는 아무 말도 할 수 없었다.

웃으려 했다. 어제 양호실 침대에서 후지노 료코에게 웃어 보였던 것처럼. 그때는 유쾌했다. 위선자 모범생이 새파랗게 질린 게 우스워서 참을 수가 없었다. 네가 웬일이니? 뭣 때문에 그렇게 무서워해? 난 아무렇지 않은데.

그래, 아무렇지도 않아. 난 아무렇지도 않다고.

주리의 눈앞에서 마쓰코가 차에 치여 날아올랐다. 그 무거운 몸이 공처럼 튀어올라 믿기지 않을 만큼 멀리 날아가서 마치 중력에서 해방된 것처럼 보였다. 그 중력은 떨어질 때 갑자기 되살아났다.

—엄청난 소리가 났다.

콘크리트 길바닥에 나동그라져 더러운 것을 주위에 흩뿌렸다.

나중에야 주리는 스스로를 칭찬했다. 아무리 칭찬해도 부족했다. 뭔가에 홀린 듯 우두커니 서 있었던 것은 마쓰코가 공중으로 떠올랐다가 떨어져내린 그 찰나뿐이었다. 주리는 금세 정신을 차렸다. 그리고 황급히 몸을 돌려 도망쳤다. 재빠른 판단력. 주리는 지지 않았다. 무엇에? 모든 것에!

아무도 보지 못했다. 아무도 주리를 알아채지 못했다.

인기척 없는 골목. 소리 없이 눈물을 흘리던 마쓰코.

그 광경. 그 소리. 그런 상황에서 절대 살아날 수 없다. 마쓰코는 죽었다. 그렇게 생각했다.

월요일에는 아무렇지 않게 학교에 갔다. 그런데 평소와 같은 길을 걷는 중에 구역질이 나고, 눈앞이 흐려지고, 마쓰코가 튀어오르던 그 광경이 떠올랐다. 아아, 마쓰코가 죽었다, 그 생각에 마음이 진정되지 않았고, 속도 울렁거려 도저히 교실에는 들어갈 수 없어서 곧장 양호실로 갔다. 오자키 선생님이 맞아주었다.

—미야케.

세상에. 얼굴색 좀 봐. 역시 알고 있었구나. 아사이 사고 때문에 충격 받았지?

네, 선생님. 마쓰코는.

—아사이 양은 꼭 일어날 거야.

'아사이 양은 꼭 일어날 거야.'

틀림없이 죽은 줄 알았는데. 확인해볼 것도 없다고 생각했는데. 그래서 학교에도 올 수 있었던 건데.

이제 영원히 마쓰코가 없을 학교니까.

—누워서 좀 쉬어야겠다.

이마에 얹은 오자키 선생님의 손이 차가웠다.

오자키 선생님의 눈빛도 차가워 보였다. 그럴 리가 없는데.

괜찮아. 괜찮아. 마쓰코가 일어날 리 없어. 죽을 게 뻔해. 안 그래? 마쓰코는 늘 "주리짱이 원하는 대로 할게"라고 말했어. 주리짱이 시키는 대로 하겠다고.

그럼 얼른 죽어버려.

후지노 료코의 얼빠진 얼굴. 춥지 않니? 담요 더 덮어줄까? 웃기고 있네. 친절한 척 가식이나 떨어대고. 네가 날 싫어한다는 걸 모를 줄 알아?

뭣하면 너도 마쓰코처럼 해줄까. 그런 생각이 들자 솟구치는 웃음을 참을 수 없었다. 우아하게 허공으로 날아가는 후지노 료코. 콘크리트 바닥에 쿵! 그 잘난 얼굴이 엉망으로 뭉개진다.

료코? 아니지. 마쓰코야, 마쓰코, 얼른 죽어버려. 어? 마쓰코는 이미 죽은 거 아냐?

주리는 혼란스러워하고, 웃어대고, 두려움에 떨었다. 그러나 누구에게도 말 한마디 하지 않았다. 그렇다, 생각해보니 오자키 선생님에게 "네, 선생님"이라고 한 게 다다. 그후로는 한마디도 하지 않았다.

후지노 료코가 양호실에서 나가고 얼마 후 엄마가 데리러 왔다. 오자키 선생님에게 몇 번씩 감사인사를 하고 주리를 집으로 데려왔다. 그래서 엄마한테는 무슨 말을 했던가? 안 했나? 그냥 고개만 끄덕이고 가로저었나?

말을 할 수가 없었다. 입을 열었다간 소리를 지를 것 같았으니까. 주리의 의지로 통제할 수 없는 마음속 저 깊은 곳에서 우리를 박차고 튀어나온 야수처럼 저주의 외침이 튀어나올 것 같았으니까. 마쓰코, 빨리 죽어! 일 초라도 빨리 죽어버려! 쇳소리가 날 때까지 외치고 또 외쳐댈 것 같았으니까.

하지만 이젠 괜찮다. 마쓰코는 죽었다. 드디어 죽었다. 주리는 안전하다. 모두 끝났다. 성공한 것이다.

아래층에서 엄마가 다시 수화기를 들었다. 다른 집에 전화를 거는 모양이다. 그래, 비상연락망 순서대로 방금 들은 소식을 전하는 것이리라. 딩동, 딩동! 아, 아. 아사이 마쓰코가 지금 막 죽었습니다.

"네, 잘 부탁드립니다."

엄마가 전화를 끊었다. 주리는 문을 붙잡고 몸을 일으켰다. 엄마, 라고 부르려 했다. 이제 말해도 되니까. 이제 자유로워졌으니까. 이제 미친 듯이 소리칠 걱정이 없으니까.

엄마, 배고파. 먹을 것 좀 만들어줘. 이제 죽 아니라도 돼—

목소리가 나오지 않았다.

주리의 입이 공허하게 뻐끔대며 허공을 씹었다. 아무리 목에 힘을 주어도, 입술을 이리저리 움직여 말을 이끌어내려 해도.

미야케 주리는 말을 할 수 없었다.

## 39

닫힌 문 너머에서 노성이 오가고 있었다.

고다마 유리는 목을 움츠렸다. 양팔 한가득 파일을 안은 채였다. 그저 〈뉴스어드벤처〉 스태프룸 앞을 지나가는 것뿐이다. 얼른 지나가자—

그러나 걸음이 저절로 멈췄다. 기자재며 비품이 든 종이상자와 캐비닛이 잡다하게 늘어선 복도를 둘러보고 인기척이 없는 것을 확인한 유리는 반 발짝 정도 문으로 다가갔다. 그리고 귀를 기울였다.

"여기서 취재를 그만두면 어떡합니까!"

아아, 역시나 모기 씨다. 목소리가 높고 말투도 강하지만 냉정함은 잃지 않았다. 저 사람은 늘 저러니까. 상대를 화나게 만들어놓고 발목을 잡는다.

"취재는 무슨 취재야. 자네가 무슨 짓을 했는지 생각해봐! 불씨도 없는 곳에 쓸데없이 연기를 피워서 중학생 하나를 죽였어!"

격앙된 목소리가 귀에 설었다. 편성부장인가? 아니면 보도국 국장? 〈뉴스어드벤처〉의 책임 프로듀서인 스기우라 씨는 아닌 것 같았다. 그렇지만 어제 보니 그 사람도 꽤 심각한 표정으로 모기 씨와 한참 대화를 나누었다.

"불씨가 없다고요? 있습니다. 당신 눈에는 안 보입니까?"

"고발장 말인가? 애당초 진위 여부부터 의심스럽다며? 그런 건 증거도 뭣도 아니야."

작년 말 조토 제3중학교에서 일어난 2학년 남학생의 자살 건이다. 모기 기자는 몸소 취재를 시작해 그것이 자살이 아니라 살인 의혹이 짙은 '사건'이라는 것, 용의자도 있다는 것, 학교 측은 그 사실을 알면서 은폐했다는 것을 캐냈고, 그것을 고발하는 프로그램을 만들어 4월 새 학기가 시작되자마자 방송에까지 내보냈다. 이 사건은 차후에 다시 보도하겠다,

정보가 있는 분은 제공해달라며 공세를 늦추지 않았다.

그런데……

방송이 나가고 얼마 후, 실명을 밝히진 않았지만 조토 3중학교 관계자라면 누구나 알 수 있을 법한 방식으로 프로그램에서 용의자로 거론했던 세 불량학생 중 한 사람, 리더 격 소년의 아버지가 내용증명을 보내왔다. 명예훼손으로 소송을 걸 준비를 시작했다는 것이었다.

계약직으로 사무를 보는 유리의 눈에는 그것만도 충분히 큰일이었다. 그러나 모기 기자는 우편물을 손에 들고 코웃음을 쳤다. 유리는 감탄했다. 모기 씨를 좋아하지는 않지만 적어도 그 배짱에는 경의를 표하지 않을 수 없었다. 취재로 얻어낸 사실관계에 어지간히 자신이 있어 보였다.

사람이 없다는 이유만으로 유리가 억지로 따라나서야 했던 문제의 취재에서 모기 기자는 실제로 끔찍이도 무서운 꼴을 당했다. 상대는 고함을 지르고 폭력까지 휘둘렀다. 그런 사람의 아들인데다 원래부터 문제아라면 심약한 동급생 한둘쯤 괴롭히다 죽였어도 이상할 게 없다는 생각마저 들었다. 그런 건 감정론이지 논리적인 게 못 되지만, 알면서도 생각이 자꾸 그쪽으로 치우쳤다.

어쩌면 정말, 진짜, 모기 씨가 하려는 일이 옳을지도 모른다—분하지만 잠깐 그런 생각을 했다.

그런데 바로 지난주. 그 학교에서 '자살한' 가시와기 다쿠야라는 학생과 같은 반이었던 소녀 한 명이 또 죽었다. 이번에는 의심할 바 없는 사고 혹은 자살이었다. 목격자가 있으니까.

그리고 모기 기자가 가시와기 다쿠야의 죽음이 살인이라고 주장하는 근거가 된 고발장—가시와기 학생은 불량학생에게 살해당했습니다, 그 현장을 보았습니다, 라는 내용의 투서를 쓴 사람이 아무래도 그 소녀인 것 같다고 한다.

그 소문으로 지금 조토 제3중학교가 발칵 뒤집혔다. 학생들뿐 아니라 교사들까지 동요하고 있다.

　물론 학교 측이 공식적으로 인정한 사실은 아무것도 없다. 두 학생의 죽음이 서로 관련있다는 것도, 고발장을 보낸 이가 누구라는 것도. 후자에 관해서는 외부인의 악질적인 계략이라고 했다가 학생의 장난이며 아무 근거 없는 엉터리라고 말을 바꾸며 오락가락해서 학교가 지금 얼마나 큰 혼란을 겪고 있는지 여실히 드러났지만, 어쨌든 무엇 하나 인정하려 들지 않았다. 다만 〈뉴스어드벤처〉의 보도가 나오기 전에는 우리 학교에는 살인사건도 용의자도 존재하지 않았다, 이 모든 소동의 원인은 〈뉴스어드벤처〉의 일방적인 보도라고 호소했다.

　상사가 새파래져서 고함을 지르는 것도 무리는 아니다. 이것은 엄연한 보도사고다.

　프로그램 앞으로 온 우편물을 정리하는 업무도 맡은 유리는 잘 알고 있었다. 방송 직후 모기 기자의 신자와도 같은 시청자들이 보낸 열렬한 '응원'의 투서와 팩스에 섞여, "너무 앞서가는 거 아닙니까" "확실한 증거가 없는 단계에서 중학생을 살인사건의 용의자로 다루는 것은 지나치다고 생각합니다"라는 식으로 프로그램의 자세에 의문을 품는 반응도 수가 그리 많진 않지만 분명히 존재했다. 지금까지 모기가 다뤄온, 학교 측이 정말로 사실을 묵살하려 했던 사건을 폭로했을 때에 비하면 다른 키스테이션 보도 프로그램 관계자의 반응 또한 냉랭했다는 것도 유리는 알고 있었다.

　―이번 건 좀 그렇지 않나?

　여기저기서 수군대며 모두 사태의 추이를 걱정했다. 속편 같은 걸 만들지 말고, 이대로 죽은 척 자연소멸될 때까지 기다리는 게 낫지 않을까……

　"여기서 중단하면 죽은 아이들이 편히 잠들 수 없습니다."

　모기 기자는 여전히 강경하게 열변을 토했다.

　"저는 취재를 계속할 겁니다. 아사이 마쓰코가 자살했다는 확증은 없어요. 그애도 입막음을 당했을지 모르잖습니까."

대체 무슨 생각을 하는 거야! 상대의 목소리가 단숨에 높아졌다.

"이제 정신 차리고 현실을 좀 보는 게 어때? 억측에 억측을 쌓아서 멋대로 추리 드라마나 만들지 말고!"

추리 드라마? 유리가 살짝 쓴웃음을 지었다. 아닌 게 아니라 모기 기자가 이 건과 관련해 세운 가설에는 현실성이 부족했다. 아무리 매너리즘에 빠진 학교 선생이라 해도 자기 책임을 회피하려고 학생을 상대로 입막음을 하랴. 아니면 모기는 오이데 슌지 패거리가 가시와기 다쿠야를 살해하고 뒤이어 그 사실을 고발한 아사이 마쓰코까지 죽였다고 생각하는 걸까. 아무리 행실과 질이 나쁘다 해도 중학교 3학년 아이가 그런 짓을 할 수 있다고 진심으로 믿는 걸까.

이번 건은 실수다. 모기는 실패했다. 뚜렷한 근거 없이 혼자만의 확신으로 사실을 해석하려 든 대가를 톡톡히 치른 것이다.

—고집이 여간 아니군.

파일을 다시 추슬러 안고 유리는 발소리를 죽여 고함이 새나오는 문앞을 떴다.


딸을 놀림감으로 만들고 싶지 않습니다. 아사이 마쓰코 부모의 강력한 희망으로 경야와 장례식 모두 조토 3중학교 관계자는 참석을 삼갔다. 예외는 마쓰코가 적극적으로 즐겁게 활동했던 음악부 친구들뿐이었다. 다함께 고별 연주를 하러 갔다.

연주 내내 울음이 그치지 않았다고 한다. 그래도 부원들의 노력으로 멜로디가 끊이지는 않았다고 한다. 마쓰코가 좋아하던 곡이었다고 한다.

장례를 치른 지 사흘째 되는 날 쓰자키는 마쓰코의 영전에 애도를 표하기 위해 아사이 가로 향했다. 몇 번을 연락해도 거절의 답변만이 돌아왔지만 오늘에야 쓰자키 혼자 방문하는 조건으로 겨우 허락을 받았다.

순백의 천으로 감싸인 유골함 옆에서 영정 속 아사이 마쓰코가 환하게 웃고 있었다. 음악부에서 찍은 사진인지 클라리넷을 들고 있었다.

쓰자키는 사진을 똑바로 볼 수가 없었다.

마쓰코의 부모는 핼쑥했다. 저희 엄마 아빠도 뚱뚱해요. 마쓰코가 부끄럽게 웃던 모습이 떠올랐다. 그 말대로 두 사람 다 체격이 좋았지만 지금은 작아 보였다. 알맹이가 빠져나간 듯 보였다. 마쓰코의 죽음이 부모님의 생명에서 중요한 무언가를 도려낸 것이다. 두 번 다시 원래대로 돌아갈 수 없다.

아무리 공허하고 소용없는 일이라 해도 쓰자키는 아사이 부부에게 사죄해야 했다. 사죄해서 돌이킬 수 있는 일이 아닐지라도 그것 말고는 달리 방법이 없다. 자기가 내뱉은 말이 힘을 잃고 어디에도 가닿지 못한 채로 허공으로 흩어지는 걸 알면서도 쓰자키는 더듬더듬 사죄하고, 사죄하고, 또 사죄했다.

긴 침묵 속에서 사죄의 말을 흘려듣던 마쓰코의 어머니가 퉁퉁 부은 눈꺼풀을 움직이며 나지막이 말했다.

"교장선생님."

네, 하며 쓰자키가 고개를 들었다.

"선생님도 우리 애가 고발장을 썼다고 생각하세요?"

학교에 온통 그 소문인 것 같더군요. 그녀 옆에 앉아 있던 아버지가 말했다. 두 사람 다 쓰자키의 얼굴을 보려 하지 않았다. 아버지는 마쓰코의 영정을 보고 있고 어머니는 무릎 언저리로 시선을 떨어뜨린 채였다.

쓰자키는 뭐라고 대답할지 망설였다. 분명히 받을 거라 각오한 질문인데 대답은커녕 목소리조차 제대로 나오지 않았다.

미야케 주리와 마찬가지다.

그 아이의 집은 어제 방문했다. 어머니가 몹시 혼란스러운 상태라 대화다운 대화는 거의 못 하고 주리의 얼굴도 보지 못했지만 그녀가 말을 할 수 없게 된 것은 틀림없는 듯했다.

주리의 어머니에게서 그 소식을 들었을 때 교무실의 반응은 둘로 나뉘었다. 한쪽은 순수한 충격이었다. 아직 끝나지 않았다. 이런 일이 또 일어났다. 마치 이 학교가, 우리 학생들이 저주라도 받은 것 같다. 어떻게 해야 이 곤경에서 빠져나갈 수 있을까?

다른 한쪽은 명백한 혐오와 회의였다.

"미야케는 그런 식으로 입을 다물 작정이군요. 게다가 동정까지 살 수 있으니 일석이조죠."

꾀병이에요, 라고 내뱉은 사람은 구스야마 선생이었다. 그 자리에 있던 교사들의 시선이 일제히 그를 향했다. 그러나 구스야마는 조금도 동요하지 않았다. 오히려 다른 교사들이 슬금슬금 시선을 거두었다.

쓰자키는 경솔한 말이라며 구스야마 선생을 나무라지 못했다. 고발장을 누가 보냈는지 모른다, 찾아내지 못했다고 주장한 이상 교직원이 단순한 소문과 인상을 근거로 그런 말을 해서는 안 된다고 소리 높여 나무라야 했지만, 그럴 수 없었다.

대외적으로는 여전히 말할 수 있다. 고발장을 누가 썼는지는 모릅니다. 아사이 마쓰코 양의 사고사와 고발장은 관계가 없습니다. 그것만은 끝까지 사수해야 할 최후의 보루다. 그러나 쓰자키는 학교 안에서는 이미 그럴 기력을 잃었다.

이제 아무도 믿어주지 않는다.

나는 무력하다—그렇게 생각할 따름이다.

어디서부터 잘못되었는지, 무엇이 실책이었는지 수없이 생각해보았다. 가시와기 다쿠야가 죽었을 때일까. 처음 고발장을 받았을 때일까. 사사키 형사와 상의해 면담 형태로 학생들을 조사했을 때일까. HBS의 모기 기자가 연락해왔을 때일까. 그의 취재에 격분한 오이데 마사루가 교장실로 쳐들어와 난동을 부렸을 때일까.

모르겠다. 알 수 있는 건 시간을 되돌릴 수 없다는 것뿐이다. 잃어버린 생명은 돌아오지 않는다는 것뿐이다.

"저는……"

여전히 아무 말도 못 하는 쓰자키 앞에서 그의 존재 따윈 이미 잊었다는 듯이 아사이 부인이 중얼거렸다.

"마쓰코가 그 고발장과 전혀 관계가 없다고…… 생각하진 않아요."

쓰자키가 눈을 크게 떴다. 아사이 씨가 부인의 등을 부드럽게 어루만지며 고개 숙인 채 눈물을 떨어뜨렸다.

"그렇잖아요…… 전혀 관계가 없었다면 죽지는 않았을 테니까."

굳었던 입술이 가까스로 움직였다. 쓰자키는 목소리를 냈다. "뭔가, 짚이는 거라도 있습니까?"

아사이 부인이 멍한 눈빛으로 쓰자키를 바라보았다.

"그 프로그램을 본 다음에요."

"네."

"마쓰코랑…… 같이 봤어요."

아사이 마쓰코가 몹시 놀라고 동요한 기색이었다고 한다.

"기운이 없었어요. 풀이 죽어서는. 저는…… 그저……"

부인의 부어오른 눈에서 또다시 눈물이 흘렀다. 아직도 흘릴 눈물이 남았나 스스로도 놀란 것처럼 그녀는 눈물을 손등으로 훔치고 지그시 바라보았다.

"자기가 다니는 학교가 텔레비전에 나와서 충격을 받은 줄로만 알았어요. 너랑은 관계없으니까 기운 내라는 말까지 했어요."

바보 같았죠, 라며 소리를 죽이고 울기 시작했다.

"밥도 잘 안 먹었습니다."

아사이 씨가 말을 이었다. 그는 고개를 들고 쓰자키를 마주보았다.

"생각보다 많이 신경쓰는 것 같다고 아내랑 이야기를 나눴어요. 그렇지만 우리 둘 다 딸과 고발장을 연결지을 생각은 꿈에도 못 했죠."

쓰자키는 솟구쳐오르는 오열을 참기 위해 입술을 꽉 다물었다. 그리고 고개를 끄덕였다.

"아사이는 그런 학생이 아니었다고, 저는 생각합니다."

목소리가 떨리고 말끝이 힘겹게 꼬이는 것만은 어쩌지 못했다.

아사이 부인이 남편의 얼굴을 보았고 둘은 서로의 손을 꼭 부여잡았다.

"교장선생님."

미야케 학생인가요. 부인이 물었다.

"고발장을 쓴 게 미야케 학생 아닐까요…… 마쓰코는 그애를 도왔고……"

너무도 직설적인 질문에 쓰자키는 흠칫 몸을 떨었다. "그렇게 판단하신 근거라도 있습니까?"

"마쓰코는 그애랑 친했어요."

집에서도 자주 주리 얘기를 했다고 한다. 주리가 집에 놀러온 적이 몇 번 있어서 부인도 알고 있었다.

"솔직히 저는 그 아이를 별로 좋아하지 않았어요. 그렇지만 제가 조금이라도 그런 얘길 꺼낼라치면 마쓰코가 화를 냈어요. 엄마는 주리짱을 잘 모른다면서."

마쓰코답다. 쓰자키는 다시금 오열을 삼켰다.

"사고를—당한 날."

아사이 부인이 '사고'라는 말에 힘을 주었다.

"그애는 주리짱 집에 간다고 말하고 나갔어요."

마쓰코의 표정이 하도 심각해서 부인은 주리와 싸우기라도 한 줄 알았다고 한다.

"화해하러 가는 길이라 표정이 저리 진지한가 생각했죠."

무슨 일이 있었느냐고 물었다. 마쓰코는 아무 일도 아니라고 대답했다. 그러나.

"돌아오면 엄마랑 상의할 일이 생길지도 모르겠다고 했어요."

부인이 둥그스름한 손으로 얼굴을 가렸다. 가려도 흐느끼는 얼굴이 보였다.

"그래서 저는…… 더 묻지 않고 보냈어요. 그게 나을 것 같았죠. 저애도…… 이제 어린애가 아니다. 자꾸 부모가 나서서 이러쿵저러쿵 간섭하면 안 된다고 생각했어요."

그러나 마쓰코는 돌아오지 않았다.

"그렇게 겁에 질린 표정이었는데."

부인이 흐느끼자 남편이 그녀의 어깨를 감쌌다.

"저는 붙잡지 않았어요. 좀더 자세히 물어보면 좋았을 텐데, 그러지 않았어요. 다녀오라며 그냥 보냈어요. 걱정은 됐지만, 그때는 그러는 게 나을 것 같았으니까."

부부가 울고, 쓰자키도 고개를 숙이고 울었다. 후회로 몸부림치는 부인의 아픔이 쓰자키의 몸속을 파고들었다. 거기서 도망치지 않고 오히려 그 아픔으로 스스로를 벌할 생각으로 쓰자키는 말했다. 고발장에 얽힌 사정을.

"저희는 이른 단계에서 미야케 양이 고발장을 보낸 게 아닐까 생각했습니다. 지금도 그 생각은 변함없습니다. 아사이 양은 미야케의 부탁을 받고 도와주지 않았을지—"

"마쓰코는 그런 짓 안 합니다!"

아사이 씨가 눈물에 얼룩진 얼굴로 고함을 질렀다. 이번에는 아내가 그의 살찐 무릎에 손을 얹었다.

"여보—"

"당신도 말해! 마쓰코가 그럴 리 없잖아! 아무리 친구가 부탁해도 그런 나쁜 짓은 안 한다고!"

"그러니까." 부인이 남편의 무릎을 흔들었다. "그애는 나쁜 일이라는 생각을 안 했던 거야. 고발장 내용이 거짓이라는 생각을 안 했다고. 진짜인 줄 알았겠지. 그러니까 주리짱을 돕고 싶다는 마음에 거들었을 거야."

쓰자키도 같은 생각이었다. 게다가 설마 일이 이렇게까지 꼬이고 확대될 줄은 몰랐을 것이다. 고발만 하면 나머지는 선생님들이 알아서 잘 해결해줄 거라고 굳게 믿었을 것이다.

아직 중학생이다. 게다가 아사이 마쓰코는 선생님들을 신뢰하는 중학생이었다.

바지 주머니에서 손수건을 꺼내 얼굴을 문지르더니 아사이 부인이 떨리는 숨결을 토해냈다.

"지금 와서 생각해보면 이상해요, 교장선생님. 방송 후에 열린 보호자 모임에 나갔는데, 그때 그 고발장이 이상하다는 형사분 말씀을 듣고 집에 와서 마쓰코에게 얘기해줬어요. 그랬더니 기겁을 하는 거예요. 여간 놀라는 게 아니었어요. 경찰은 역시 대단하다고 그랬죠."

마쓰코도 사사키 형사 같은 생각은 하지 못했을 것이다. 무리도 아니다. 형사가 지적할 때까지 쓰자키 역시 미처 생각이 미치지 못한 부분이었다.

그때 마쓰코는 알아챘다. 주리짱이 나한테 거짓말을 한 게 아닐까. 그래서 고민하고 생각한 끝에, 마침내 확인하기로 결심했던 것이다.

확인해서 사실을 알게 되면 엄마에게 털어놓을 생각이었던 것이다.

"착한 아이였어요."

부인이 신음하듯 말을 이었다.

"마음씨 따뜻하고 너그럽고, 하지만 그만큼 약간―매사를 깊이 생각하지 않는 면이 있었어요. 저도 그러니까요. 덜렁대는 게 닮았어요. 자기가 믿는 사람 말이라면 덮어놓고 믿어버리는 거예요, 선생님."

그렇죠, 라고 쓰자키가 말했다.

"어른도 그럴 수 있습니다."

하물며 마쓰코는 우정을 무엇보다 소중하게 여기고, 친구가 부탁한 비밀을 지키려고 부모에게도 숨기는—그런 나이의 소녀였다.

"제가 대처를 잘못했습니다."

쓰자키가 영정 앞에서 손을 짚고 엎드렸다.

"좀더 빨리 미야케 양과 얘기를 나눴어야 했습니다. 그때 적절하게 대처했다면, 이런 일은 없었을 겁니다."

아사이 부인이 손수건을 움켜쥐며 쓰자키에게 따져 물었다. "교장선생님, 만약 그때 주리짱과 마쓰코가 고발장을 보냈다고 자백했다면 어떻게 됐을까요? 정학인가요? 퇴학인가요?"

그건, 하고 쓰자키가 말하려는데도 아랑곳 않고 부인이 다그쳤다.

"학교를 그만두든 경찰이 들이닥치든 상관없어요. 우리 마쓰코만 살아 있다면, 아무 상관 없었을 거라고요, 선생님!"

바닥에 털썩 엎드린 부인을 아사이 씨가 끌어안아 일으켜 밖으로 데리고 나갔다. 쓰자키는 혼자 얼어붙은 듯 꼼짝도 못하고 굳어 있었다.

아사이 씨가 돌아오더니 쓰자키와 영정 사이에 끼어들듯 자리를 잡고 앉았다.

"미야케라는 아이는 어떻게 되나요?"

말의 이면에는 일이 이 지경에 이르렀는데도 감쌀 거냐는 힐문이 배어 있었다.

"아사이 씨—"

참다못해 이름을 부른 쓰자키 앞에서 아사이 씨가 머리를 감싸쥐었다.

"압니다. 저희도 알아요. 마쓰코는 제 발로 차에 뛰어들었어요. 본 사람이 있으니 분명히 그랬겠죠. 압니다. 안다고요!"

갈라진 목소리가 비명처럼 울려퍼졌다.

"마쓰코는 차도로 뛰어들면 위험하다는 것도 잊어버릴 만큼 슬프고 두려웠을 겁니다. 오로지 정신없이 달려서 집으로 돌아오고 싶은 마음뿐이었겠죠."

자살이 아니다. 사고다.

"그렇지만 살해당한 거나 마찬가지예요. 아닙니까, 선생님?"

쓰자키는 아무 말도 할 수 없었다.

"저희만이 아니에요. 마쓰코만이 아니란 말입니다, 선생님. 그 차 운전자도 피해자예요. 안 그렇습니까? 네?"

아사이 가로 찾아와 무릎을 꿇고 울면서 사죄했다고 한다. 아사이 부부와 동년배로 마쓰코와 동갑내기 아이가 있다고 한다.

"죄송합니다, 죄송합니다, 하면서 수도 없이 바닥에 머리를 조아렸어요. 차마 눈 뜨고 볼 수가 없었어요. 당신 잘못이 아니라고 말해주고 싶었습니다. 하지만 설령 저희가 용서한다 해도 그 사람은 남은 인생 내내 마쓰코를 죽였다는 고통을 떠안고 살아갈 거란 말입니다."

상냥하고 착하던 마쓰코가 그걸 바랄까. 쓰자키는 영정을 바라보며 생각했다. 교장선생님, 운전자분이 불쌍해요. 그런 목소리가 들려오는 것 같았다.

"미야케라는 아이는 집단괴롭힘을 당했다고 하더군요. 예의 불량소년 삼인조뿐 아니라 모두가 미워했다고. 아내에게 들었습니다."

분노가 아사이 씨의 얼굴을 붉게 물들였다.

"하지만, 선생님. 그렇다고 무슨 짓이든 용납되는 건 아니잖습니까? 아니면 학교라는 데는 원래 그런 곳입니까? 그런 논리가 통합니까? 남들이 괴롭히거나 미워하면 다 피해자인 겁니까? 마쓰코를 괴롭히는 애들도 있었어요. 하지만 그애는 그걸 이겨냈습니다. 뚱보, 뚱보라고 놀려도 그냥 웃어넘겼어요. 다들 그렇게 어른이 되는 거예요. 저와 아내도 그랬습니다. 그래서 마쓰코를―마쓰코를."

목소리가 갈라지고 목이 잠겼다.

"마쓰코를 격려했어요. 시시한 괴롭힘이나 장난에 지면 안 된다고 타일렀습니다. 그게 잘못된 겁니까? 저희는 대체 마쓰코에게 뭐라고 했어야 옳은 거죠? 선생님, 가르쳐주세요!"

아사이 씨가 거리낌없이 눈물을 흘리기 시작했다.

벌써 몇번째인지 모른다. 쓰자키는 또다시 떠올렸다. 후지노 료코의 아버지와 했던 이야기를. 사사키 형사와 의논한 것을.

미야케 주리가 고발장을 보낸 장본인이라 해도 섣불리 추궁해서는 안 된다. 몰아붙이면 안 된다. 다른 누구보다 그애 스스로가 자신이 한 일의 심각성을 잘 알고 있다. 섣불리 나무랐다간 그애는 위태로운 궁지에 몰리게 된다.

─이 학교에서 가시와기 다쿠야에 이어 두번째 자살자가 나오게 해서는 안 된다.

그 판단에 잘못은 없었을까. 그때 쓰자키의 머릿속에 '보신'이라는 두 글자가 전혀 없었다고 단언할 수 있을까. 자살하는 학생이 나와선 안 된다는 게 아니라, 나오면 자기가 곤란하다고 생각하지 않았나.

있었다. 있었던 것이다. 그래서 선뜻 대처하지 못하고 움츠러들었다. 그래서 사사키 형사의 제안을 받아들였다. 그녀에게 맡기자는 편한 길을 택했다.

아사이 마쓰코가 죽은 것은 쓰자키가 머뭇댄 탓이다. 소심했던 탓이다.

내가 아사이 마쓰코를 죽였다. 쓰자키의 마음속에서 그런 생각이 맴돌았다.

결국 또다시 학생을 죽게 했다.

"무슨 일인지 모르겠지만, 방송국 기자한테서 몇 번씩 전화가 왔습니다."

숨을 거칠게 내쉬며 얼굴이 눈물로 얼룩진 아사이 씨가 말했다.

"모기라는 기자 아닙니까?"

"모릅니다. 상대할 마음도 없으니까요. 그놈들이 이번에는 마쓰코를 방송에서 다룰 속셈이겠죠. 어림도 없어요."

모기 기자는 쓰자키에게도 연락했다. 분명 아사이 마쓰코의 죽음과 고발장의 관계를 떠보려는 의도였다.

"우리 마쓰코를 프로그램의 노리개로 만들 순 없어요. 그러니까 선생님."

분노와 슬픔으로 완전히 마비된 쓰자키에게도 아사이 씨의 찌를 듯한 시선이 아프게 느껴졌다.

"학교에서 마쓰코에게만 책임을 묻는다면 저도 생각이 있습니다. 제가 나가서 분명히 밝힐 겁니다. 미야케라는 아이는 살아 있어요. 마쓰코는 죽었습니다. 살아 있는 아이가 죽으면 곤란하다고 해서 말이 없는 죽은 아이에게 전부 덮어씌운다면 저도 가만있진 않을 겁니다."

얼굴을 똑바로 들고 그의 눈을 바라보며 쓰자키가 단호하게 말했다. "그런 일은 절대로 없을 겁니다. 틀림없이 약속드립니다."


밖으로 나온 순간 현기증이 느껴졌다.

휘청거릴 것 같아 다리에 힘을 주었다. 요즘 들어 통 제대로 못 자고 식사도 변변히 못 한 탓이겠지.

쓰자키는 웃옷 위로 심장 언저리에 손을 댔다. 안주머니에는 사표가 들어 있다.

진작에 교육위원회의 사임권고를 받았다. 당분간은 오카노 교감을 임시 교장으로 앉히고, 사태가 수습될 기미가 보이면 새로운 교장을 들이겠다고 했다.

오카노 교감은 교육위원회에서 평판이 좋다. 학생들 앞에서 무심코 어른의 본심을 드러내고 마는 쓰자키보다 훨씬 교장 자리에 어울리는 인재라는 평가를 받고 있다.

가시와기 다쿠야의 죽음을 발단으로 지금껏 이어져온 소란에 오카노 교감은 전혀 관여하려 들지 않았다. 교장선생님의 판단과 지시에 따르겠습니다. 언뜻 듣기에는 두터운 신임을 받는 보좌관의 말 같지만 실상은 제삼자의 입장에서 방관하기로 마음먹었던 게 아닐까.

어제 함께 의논하면서도 그는 말했다. 교장선생님, 지금은 한시바삐 학교의 평온을 되찾는 게 중요하다고 봅니다.

진실은? 진상은? 되묻는 쓰자키에게 그는 대답했다.

―일이 이 지경에 이르렀는데, 그런 걸 문제삼을 필요가 있을까요?

"게다가 진상은 이미 알고 있습니다. 가시와기 다쿠야 군은 학교생활에 적응하지 못해 고민 끝에 자살했다. 오이데를 비롯한 불량소년들은 그의 죽음과 연관이 없다. 고발장은 날조가 확실하지만 누가 보냈는지는 모른다. 몰라도 상관없잖습니까."

아사이 마쓰코의 죽음은 사고였지만, 아무 일 없이 학교에 다니던 그 애를 정서불안에 빠뜨린 건 〈뉴스어드벤처〉의 책임입니다. 있지도 않은 살인사건의 가능성을 다뤄 학생들의 불안을 부추겼으니까요. 실제로 이번에 3학년이 된 학생들의 보호자 사이에서는 그 프로그램이 우리 학교 평가에 악영향을 미쳐서 지망 고등학교에 추천입학을 못 하는 거 아니냐는 불안이 퍼져가고 있습니다. 교장선생님, 이게 더 큰 문제입니다―

오카노 교감의 말이 옳다. 조토 제3중학교는 음험한 장난질에 피해를 입었고, 그것을 오해한 방송사의 보도사고로 더더욱 큰 상처를 입었다.

우리는 피해자다.

더는 다치고 싶지 않다. 서로에게 상처를 주는 것도 그만하고 싶다. 그렇게 호소하면 학생들도, 보호자들도, 세상도 다시 귀기울여주겠지.

모두 끝난다. 쓰자키 교장은 그저 실정에 책임을 지고 사임하면 그만이다.

쓰자키는 가슴에 얹은 손바닥에 힘을 주었다. 사표 봉투의 감촉 너머로 심장의 고동이 느껴졌다.

금방이라도 스러질 듯 불안한 울림이었다.


40


아사이 마쓰코가 죽은 지 일주일이 지났다.

4월 30일 화요일. 그날 아침 조토 제3중학교 운동장에서는 전체 조회가 열렸다. 학생들에게 낯익은 광경―살짝 길이가 짧은 양복 속에 언제나처럼 손뜨개 조끼를 받쳐 입은 쓰자키 교장이 뒤뚱뒤뚱 연단에 오르는 모습은 볼 수 없었다.

그 자리를 오카노 교감이 대신했다.

대부분의 학생들은 동요하지 않았다. 콩너구리 쓰자키 교장이 잘리는 것은 시간문제라는 소문이 마쓰코가 죽은 직후부터 떠돌았고, 실제로 며칠 후 쓰자키 교장의 모습은 학교에서 사라졌다. 용케 일주일이나 버텼다는 신랄한 감상이 나지막이 오갈 정도였다.

다만 오카노 교감이 임시로 교장을 맡고 오늘 오후 세시부터 제2시청각실에서 기자회견을 연다는 발표에는 학생들도 크게 놀라며 술렁거렸다. 기자회견? 방송국에서 나오나? 신문도? 어느 주간지에서 취재를 올까?

"여러분도 잘 아시는 대로 우리 학교에는 작년 말부터 불행한 사건이 이어졌습니다."

쓰자키 교장보다 10센티미터는 크고 10킬로그램은 가벼운 오카노 임시 교장은 연단 위에서 콩너구리보다 훨씬 돋보였다. 운동장 구석구석까지 들리도록 한 마디씩 또박또박 끊어가며 발음했고 말투도 침착했다. 땀을 흘리며 조급하게 말을 잇는 콩너구리가 코미디언이라면 이쪽은 훌륭한 무대 배우다.

"본래는 이들 모두 학교 내부의 문제이며, 어떤 형태로든 사소한 의문이 생긴다면 마땅히 학교 안에서 해결해야 옳습니다. 그러나 우리 교직원이 판단을 그르치는 바람에 결과적으로 외부 보도기관이 경솔하게 개입했고 사태가 혼란스러워진 점 여러분에게 매우 미안하게 생각합니다."

오카노 임시 교장이 줄지어 선 학생들을 천천히 둘러보았다. 족히 십 초는 넘게 뜸을 들였다.

"정식 기자회견을 여는 가장 큰 이유는, 한 텔레비전 프로그램의 편향된 보도로 생긴 우리 학교에 대한 오해를 풀기 위해서입니다. 그리고 하루빨리 교내의 평화를 되찾아 모두 안심하고 학교에 다닐 수 있도록 하는 것. 저는 그것을 최우선으로 생각합니다."

기자회견 준비 관계로 오늘 수업은 오전중에 마친다는 것. 특별활동은 없으니 되도록 일찍 하교할 것. 사무적인 알림사항을 담담히 덧붙인 후 제안했다.

"이럴 때일수록, 다함께 힘차게 노래합시다."

뜬금없는 분위기에서 교가 제창을 하고, 전체 조회는 끝났다.


사사키 레이코는 지역 케이블 방송국의 중계로 기자회견을 보았다. 청소년과 형사실 구석에서 혼자.

예상, 혹은 각오한 만큼 기자가 모이지는 않았다. 제2시청각실의 의자는 텅텅 비었다. 맨 앞줄에 기자 예닐곱 명이 앉아 있지만 그들에게서도 긴박감은 느껴지지 않았다. 그중 하나는 레이코도 아는 교육잡지의 여자 기자였다. 꼼꼼하게 취재하고 공들여 기사를 쓰는 사람이다. 학교 교실에 어울리지 않는 양복 차림이 대부분인 기자회견장에서 그녀의 밝은색 정장이 두드러졌다.

텔레비전 키스테이션에서 나온 곳은 〈뉴스어드벤처〉를 방영하는 HBS뿐이다. 다른 방송국은 조토 3중학교의 사건에 무게를 두지 않는 것이 명백했다. 이 건은 〈뉴스어드벤처〉, 그중에서도 모기라는 기자가 기세 좋게 나섰다가 외려 실수를 범한 결과라고 판단하는 것이리라. 아사이 마쓰코의 교통사고도 가시와기 다쿠야의 건과 따로 놓고 냉정하게 생각한다면, 충분히 그저 불행한 우연으로 볼 수 있다.

다른 큰 뉴스가 없다면 타 방송국의 과실을 공격할 절호의 기회이니 대대적으로 다룰 수도 있겠지만 지금은 그런 타이밍도 아니다. 국회가 이번 회기 들어 여당의원의 독직문제와 관련해 분규중이고, 어제 오후에는 도내 현금수송차량 습격사건이 발생해 사상자가 나왔다. 다른 살인사건도 있었다. 근거가 모호한 중학교의 '집단괴롭힘 사건'에 굳이 매달리지 않아도, 방송국이 쫓아다닐 소재는 부족하지 않다.

다만—

레이코는 화면을 보다가 저도 모르게 얼굴을 찡그렸다. 모기 기자가 없었다.

어떻게 해석해야 할까. 역시 상부가 그의 폭주를 제지한 것일까. 아니면 무슨 꿍꿍이가 있어 일부러 나타나지 않은 것일까. 학교 측의 변명 따위 이제 들을 필요 없다는 퍼포먼스를 보일 작정일까.

고급 양복을 차려입은 오카노는 지적이고 풍채 좋은 달변가였다. 기자가 별로 오지 않은 것을 그가 어떻게 느끼는지 얼굴색만으로는 읽어낼 수 없었다. 맥이 빠졌을지, 아니면 안도했을지. 표정은 더할나위없이 근엄하지만 말투는 침착했다.

그는 사실관계부터 총괄적으로 설명했다. 작년 크리스마스이브 밤에 발생한 가시와기 다쿠야의 '자살'에는 의심스러운 사실이 전혀 없다는 것. 그것이 살인사건이라는 취지의 고발장은 전적으로 '괴문서'라는 것. 조토 3중학교와 조토 경찰서는 그것을 누가 보냈는지 알아내지 못했지만 악질적인 장난이라는 결론을 내렸다는 것.

"흐음." 레이코는 무심코 한숨을 내쉬었다. 고발장은 결국 괴문서로 전락했단 말인가. 3중학교는 몰라도 우리 서에서 누가 그런 결론을 인정했지?

텅 빈 과장 자리를 힐끗 보았다. 바로 조금 전에 쇼다와 함께 나간 참이었다.

오카노는 설명을 마치고 한층 침통한 표정으로, 일련의 불상사와 그로 인해 학교 운영에 혼란을 초래한 책임을 지고 교장 쓰자키 마사오가 사임했으며, 자신이 임시 교장을 맡는다고 밝혔다.

쓰자키 교장의 사임에 대해서는 그제 오후 본인이 직접 전화를 걸어 알려주었다. 상심으로 힘이 빠질 대로 빠진 목소리에 레이코는 위로도 격려도 건넬 수 없었다.

쓰자키는 통화중에 오카노 교감이 향후 사태를 어떻게 수습할 생각인지 대략적인 청사진을 설명해주었다. 고발장을 보낸 이를 더 추궁하지 않는다는 것도 그 도면의 일부였다.

"마무리를 어떻게 하실 생각일까요?" 레이코는 물었다. "일이 이렇게 커졌는데요."

"글쎄요, 의외로 간단할지 모릅니다."

쓰자키가 힘없이 쓴웃음을 흘리며 말했다.

과연, 괴문서라. 애당초 진지하게 상대할 만한 게 아니었다고 잘라버린 것이다.

오카노는 회견장에 메모를 들고 왔지만 지금은 거기 눈길조차 주지 않고 고개를 꼿꼿이 들고서 말을 이었다.

"또한 이 괴문서 문제와 관련해, 세상을 뜬 가시와기 다쿠야 군의 당시 담임이었던 모리우치 선생이 우편으로 온 문서를 파기한 사실이 있었습니다."

"어?" 이번에는 레이코도 소리를 지르고 말았다. 이것까지 밝히나? 뒤늦게 모리우치 에미코가 고발장을 찢어서 버렸음을 인정했다는 뜻일까?

쓰자키도 이 얘기는 하지 않았다.

"괴문서를 일독하고 내용이 사실무근임을 안 모리우치 선생이 스스로 판단해 파기한 것입니다. 그러나 아무리 사실무근일지라도 상부에 한마디 보고나 상의도 없이 처분한 그 태도는 경솔하다는 비난을 면할 수 없습니다. 또한 사태가 표면화된 후 자신의 경솔한 행동이 후회된 나머지 독단적으로 괴문서를 파기한 사실을 신속히 보고하지 못했고 그럼으로써 학교 측의 혼란을 가중시킨 점은 변명의 여지 없는 사실입니다. 따라서 교육위원회와 협의한 결과 모리우치 선생에게 삼 개월의 근신처분을 내렸습니다. 본인은 사의를 표명했지만, 아직 젊고 경험이 적고 학생들이 많이 신뢰하고 따랐던 선생이니만큼 계속 학교에 남아 앞으로도 학생들을 위해 일해주기를 바라는 마음에서 저를 비롯한 교직원 일동이 사퇴를 만류하는 상황입니다."

자르지는 않겠다, 그러니 고발장을 버렸음을 인정하라는 거래다. 버린 게 나쁘다는 건 아니다. 시시한 괴문서를 버리는 것은 당연한 조치다. 하지만 학교 간부와 상의하지 않은 것은 잘못이다. 그러니 그 선에서 정리합시다, 모리우치 선생님.

어른들의 해결법인가. 레이코는 한숨을 내쉬었다.

쓰자키도 마음만 먹으면 그럴 수 있었다. 전혀 생각하지 못했던 것은 아닐 것이다. 그러나 쓰자키는 그 방법을 스스로 인정할 수 없었던 것이다. 모리우치 선생은 그런 짓을 할 교사가 아니다. 고발장은 그렇게 무시할 만한 것이 아니다―

레이코는 죄책감에 가슴이 에였다. 내가 쓸데없는 제안을 하지 않았더라면, 이 이상은 일개 청소년과 형사가 관여할 일이 아니라고 손을 뗐더라면―혹은 당장에 미야케 주리에게서 고발장의 진실을 이끌어냈다면 일이 이 지경이 되지는 않았을 것이다.

쓰자키는 운이 나빴다. 그러나 나쁜 운이 파고들 틈을 만들어버렸다는 점에서 레이코도 책임이 있다.

화면 속의 오카노 임시 교장이 헛기침을 한 번 하고 말을 이었다.

"잘 아시는 대로 모리우치 선생이 파기한 괴문서가 돌고 돌아 텔레비전 방송국 보도 프로그램으로 흘러든 것이 이번 소동의 발단이었습니다. 참으로 유감스러운 일입니다. 이 학교의 운영을 책임지고 있던 쓰자키 교장과 저 오카노는, 거대한 영향력을 지닌 미디어가 취재를 시작한 단계에서 복잡하게 얽힌 사실관계를 정리하고 오해들을 풀어 프로그램 제작과 방영을 단념하게 하려 최선을 다했습니다만, 미처 힘이 닿지 못했습니다. 그 결과 불확실한 정보와 억측을 토대로 한, 사실과 동떨어진 내용의 프로그램이 제작되고 방영되어 많은 보호자와 학생 여러분에게 큰 충격을 드렸습니다. 깊이 참괴하는 바입니다. 정말로 죄송합니다."

오카노가 자리에서 일어나 깊숙이 고개를 숙였다. 동석한 각 학년 주임들도 그를 따라 고개를 숙였다.

카메라가 조금 뒤로 물러나자 구석에 서 있는 양복 차림의 남자 몇 명이 보였다. 하나같이 벌레 씹은 표정들이다. 분위기를 살피러 온 교육위원회 사람들일까. 회견에 함께하지 않은 것은 이 일이 어디까지나 조토 3중학교의 불상사라는 견해를 표명하기 위해서일까.

"특히—"

오카노가 말문이 막힌다는 듯 얼굴을 험상궂게 찡그렸다.

"자살이라는 비극적인 형태로 사랑하는 자식을 잃고 비탄에 빠져 계신 가시와기 군의 부모님의 마음을 공연히 어지럽힌 것은 백번 사죄해도 부족합니다. 아무 근거 없는 소문이 적힌 괴문서, 악질적인 장난에 불과한 것을 근거로 마치 살인사건의 용의자인 양 과잉보도한 미디어 때문에 피해를 입은 저희 학교의 학생과 보호자분 들에게도 마찬가지 심정입니다. 각 가정에 진지하게 사죄의 뜻을 밝히고, 피해를 복구하기 위해 최선을 다할 생각입니다."

나아가 오카노는 임시 교장이라는 자신의 직분은 1학기에만 유효한 것이고, 새로운 교장이 취임하면 자신도 쓰자키에 이어 이번 소동의 소용돌이에 교감직을 맡았던 사람으로서 책임을 질 것이라며, 교육위원회의 엄중한 처분을 삼가 바란다고 덧붙였다.

질의응답 시간으로 넘어갔다. 오카노의 입에서는 아사이 마쓰코의 이름이 아직 나오지 않았다. 그 건은 어떻게 처리할 생각일까. 레이코는 자세를 고치고 텔레비전 화면을 주시했다.

기자들이 손을 들고 질문을 던졌다. 오카노와 마찬가지로 다들 담담하고 조용한 말투였다. 사무적이라고 해도 좋을 것이다.

"그렇다면 쓰자키 교장의 사임 이유는 HBS의 보도 프로그램 방영을 막지 못했다는 것 한 가지입니까?"

오카노가 잠시 뜸을 들이더니 대답했다. "보도 프로그램이 개입하는 사태를 초래한 것에 대한 전반적인 책임입니다."

"스스로 사의를 표명했습니까?"

"그렇습니다."

"가시와기 다쿠야 학생의 부모님은 학교 측의 이런 결론을 어떻게 생각하십니까?"

"부모님은 처음부터, 너무나 안타까운 일이지만 가시와기 군이 자살한 것으로 마음을 정리하고 계셨습니다."

"그렇지만 한동안 살인사건이라는 의혹이 돌지 않았습니까?"

"그것도 지금은 단순한 풍문, 악질적인 소문에 불과하다고 받아들이셨습니다."

쓰자키에게 들은 이야기지만 가족 중 가장 격앙하며 지금까지 속았다, 진실을 밝혀내겠다고 분노한 사람은 다쿠야의 대학생 형이었다고 한다. 그러나 그는 〈뉴스어드벤처〉에 나오지 않았다. 모기 기자야 당연히 다쿠야 형의 분노를 텔레비전 화면에 내보내고 싶었을 텐데.

그렇다면 형의 분노도 잦아들었다는 뜻일까. 오카노가 저리도 침착하게 답변할 수 있는 것은 단순히 허세를 부리는 게 아니라, 가시와기 가족의 문제가 정말로 없어졌기 때문일까.

받아들이셨습니다, 라.

다른 기자가 손을 들었다. "고발장에 이름이 오른 세 학생은 현재 어떻게 지내고 있나요?"

오카노는 사실을 확인하기 위해서가 아니라, 지극히 유감이며 면목 없다는 표정을 유지하기 위해 한숨 돌린다는 듯 메모를 잠깐 내려보더니 말을 이었다.

"해당 세 학생 중 한 명은 예전처럼 등교하며 학교활동에 참가하고 있습니다. 나머지 두 명은 프로그램 방영 직후부터 학교를 쉬었고 현재도 나오지 않습니다."

이제 세 명의 이름은 일절 입에 올리지 않을 생각인 듯했다. 학교 입장에서는 당연한 처사이리라.

"나머지 두 사람도 하루빨리 안심하고 다시 등교할 수 있도록 각별한 노력을 기울이고 있으며, 보호자분과도 면담을 통해 설득중입니다."

"셋 중 한 학생의 보호자가 〈뉴스어드벤처〉 제작진을 상대로 명예훼손 소송을 제기했다고 하는데, 알고 계십니까?"

오카노의 뺨이 굳었다. "그에 대해서는 구체적인 정보를 가지고 있지 않습니다."

"경우에 따라서는 조토 제3중학교도 소송의 피고가 될 가능성이 있어 보입니다만, 그 부분은 어떠신지요?"

"대답하기 어렵습니다."

"소송을 당할 경우에는 어떻게 대응하실 생각입니까?"

"성의를 다해 대처할 생각입니다."

여기자가 손을 들었다. "계속 등교중이라는 한 학생 말인데요, 다른 동급생들과 마찰은 없나요? 3학년이 되고 고교 입시도 있으니 전반적인 분위기가 상당히 예민할 것 같은데요."

오카노의 얼굴이 살짝 풀어졌다. "학생들 분위기는 매우 차분합니다. 해당 학생과는 어떤 문제도 없었습니다. 모두 따뜻하게 맞아주고 있습니다."

레이코가 쓴웃음을 지었다. 따뜻하다는 말은 지나치잖아. 폭발하지 않게 조심한다는 표현이 그나마 어울리겠지.

다만 등교를 계속하는 학생이 오이데도 이구치도 아니고 하시다 유타로라는 것은 주목할 만하다. 그 역시 분명히 불량학생 삼인조의 한 사람이었고, 동급생들에게 불편하고 차가운 눈빛을 받아온 존재다. 그러나 이번 일을 계기로 그가 오이데 슌지의 그늘에서 벗어났고—실제로도 그래서 혼자 학교에 나오는 것이고—이제 다시 예전으로 돌아가지 않는다는 확신을 준다면 주위 학생들의 태도가 변할 가능성이 있다. 그때야 진정으로 하시다의 반 친구들은 그를 따뜻하게 맞아줄 것이다. 그 정도는 아니어도 차가운 눈빛은 사라지리라.

그렇다면 좋은 일이 하나도 없던 일련의 사태에서 그것만이 유일한 희망이다. 하시다 유타로는 다시 일어설 수 있을지 모른다. 레이코는 아들의 인생도 꼭 자기처럼 실패했다며 고개를 숙이던 하시다 미쓰코의 음울한 옆얼굴을 떠올렸다. 그녀가 경찰서를 방문한 후로 두 번쯤 전화 통화를 했다. 여전히 나약하고 말이 많은 그녀에게 레이코는 평소와 같은 격려의 말밖에 해주지 못했다. 그래도 조금은 힘이 되었을까. 아들 못지않게 의젓이 버텨줄까.

유타로 본인과 대화하고 싶은 유혹을 몇 번 느꼈지만 레이코는 그런 마음을 억눌렀다. 어쨌거나 청소년과 형사 신분인 레이코와 지금 접촉하는 건 오히려 유타로에게 해가 될지 모른다.

그애는 그래봬도 꽤 의지가 강한 면이 있다. 분명 스스로도 지금의 자기 모습에 놀라고 있으리라. 오이데 슌지라는 태풍에 잘못 다가섰다가 휘말려들어 농락당하는 동안에는 그 자신도 자기 안에 그토록 완고하고 강한 힘이 잠들어 있는지 깨닫지 못했을 것이다.

문제행동을 일으키는 학생들에게 드물지 않은 패턴이다. 무슨 일을 끝까지 해내거나, 뭔가를 위해 노력하거나, 작아도 좋으니 한 가지 성과를 거두어 자신감을 얻거나, 노력이 결실을 맺는 경험을 하기에 앞서 당장 눈앞에 있는 재미있는 일, 자극적인 일에 휩쓸린다. 그런 걸 하고 싶어하는 친구들에게 휩쓸린다. 일단 빠져버리면 자신이 지닌 능력이나 기질을 발견할 기회를 얻지 못한 채 스스로의 평가기준도 세우지 못하고 상황에 떠밀려 점점 나쁜 방향, 그 자리만 모면하고 보는 나태하고 향락적인 방향으로 치닫고 만다.

그러나 하시다는 눈을 뜰 기회를 얻었다. 스스로를 재발견했다. 나는 생각보다 강단이 있다, 라는 것을.

바늘방석임을 뻔히 알면서도 학교에 나오는 것은 일찌감치 주저앉아버린 모리우치 에미코보다 훨씬 훌륭하다. 그런 모습을 보고 하시다 유타로가 변하고 있고 변했다는 사실을 간파한 아이들이 분명히 있을 것이다. 레이코 혼자만의 부질없는 기대는 아니다.

여기자가 이어서 질문했다. "문제의 프로그램이 방영되고서 마찬가지로 3학년이자 죽은 가시와기 다쿠야 학생과 작년에 같은 반이었던 여학생이 교통사고로 죽었죠. 지난주 일입니다만."

오카노가 고개를 끄덕였다. "통한스럽기 그지없는 일입니다."

"보호자와 학생들 사이에서 그 여학생이 자살한 것 아니냐는 소문이 도는 모양이던데, 교장선생님은 파악하고 계십니까?"

교장으로 불려서는 아니겠지만 오카노는 한층 자세를 다잡았다.

"대단히 죄송합니다만, 그런 소문을 어디서 들으셨습니까?"

기자는 정중한 말투로 "정보원은 말씀드릴 수 없으나 한 곳만은 아닙니다"라고 대답했다.

"보호자도 포함됩니까?"

"그렇습니다." 기자가 고개를 끄덕이더니 덧붙였다. "게다가 사고사한 여학생이 좀 전에 교장선생님이 '누가 보냈는지 알 수 없다'고 말씀하셨던 그 고발장을 쓴 장본인이 아닐까 하는 소문도 퍼지고 있습니다. 이미 알고 계시겠지만."

다른 남자 기자가 끼어들었다. "그 고발장 말인데요, 쓰자키 전 교장의 말로는 3중학교 학생이 쓴 것이라 하지 않았던가요?"

오카노가 그 기자 쪽으로 돌아섰다. "쓰자키 전 교장은 그런 의견을 밝힌 적이 없습니다."

"그렇지만 지난번 보호자 모임에서 말씀하셨잖아요?"

기자는 그 자리에 참석했던 보호자들을 취재한 듯했다.

"학교 측의 공식적인 의견은 아닙니다. 보호자 측에서 그것도 하나의 가능성일 수 있다는 의견을 제시하신 겁니다."

"그렇지만 조사를 통해 선생님들 나름대로 결론을 냈던 게 아닌가요? 내부 고발이 아니냐는 설도 나왔다던데―"

레이코도 그 입씨름을 잊지 못했다. 오카노가 어떻게 받아칠까 궁금해서 저도 모르게 몸을 살짝 앞으로 내밀었다.

오카노 임시 교장은 동요하지 않았다.

"보낸 이를 찾아낸 사실은 없습니다. 또한 조금 전 언급되었던 사고사한 여학생도 고발장과 관계가 없습니다. 불행하게 세상을 떠난 학생의 명예를 위해서라도 단호하게, 분명히 말씀드리는 바입니다."

그가 강렬한 눈빛으로 회견장을 둘러보았다.

"저희는 오늘 이 자리를 끝으로 그런 유의 풍문이 완전히 차단되기를 간절히 바랍니다. 학교에 기자회견 자리를 마련하기로 결심한 것은 그런 까닭입니다. 모쪼록 깊은 이해를 부탁드립니다."

공세를 취하던 남자 기자가 주위 기자들을 힐끗 보며 물러났다. 맨 처음 손을 들었던 기자가 뒤를 이어받았다.

"그럼 앞으로 계획은 어떻게 됩니까? 고발자를 찾아내기 위해 수사나 조사를 계속하실 겁니까?"

"실마리가 없으니 계속하는 건 무의미하다고 봅니다."

"그럼 중단하는 건가요?"

"내용이 사실무근이라는 게 확실하니 더는 추궁할 이유가 없습니다. 보호자와 학생 여러분에게도 모르는 것은 모른다고 정직하게 보고하는 것이 저희가 취해야 할 올바른 태도라고 생각합니다."

흐음—기자가 고개를 끄덕였다. 다시 좀 전의 여기자가 입을 열었다.

"그 여학생 말인데, 사고사에 이르기까지 정황상 미심쩍은 부분은 없었나요?"

"미심쩍은 부분이라면?"

"자살이라는 의혹도 있어서—"

"그 사건의 검증을 맡았던 조토 경찰서의 담당자에게 들은 사실은 여학생이 달리는 차 앞으로 뛰어들어 치였다는 것이었습니다. 그 때문에 자살설이 퍼진 것 같지만 상황을 고려하면 꼭 고의로 뛰어들었다고 단정할 수는 없습니다. 잠깐 다른 데 정신이 팔렸을 수도 있습니다."

"텔레비전 보도의 영향은 어땠나요? 죽은 여학생이 그에 상당한 충격을 받았던 게 아닐까요?"

"그럴 수도 있습니다. 충격을 받았겠죠."

오카노는 달려들듯 재빨리 말을 이었다.

"감수성이 예민한 사춘기 여학생입니다. 좀 전에도 언급하셨습니다만, 이번에 3학년이 된 학생들은 요컨대 수험생이라 사소한 일에도 쉽게 동요하고 고민할 수 있습니다. 게다가 세상을 떠난 여학생은 정이 많아서 가시와기 군이 자살했을 당시에도 큰 상처를 받았다고 들었습니다. 동급생의 가슴 아픈 죽음만으로도 충분히 괴로운데 엎친 데 덮친 격으로 자기가 다니는 학교가 마치 범죄자의 소굴인 양 텔레비전에 나오고 먹칠을 당했습니다. 그런 상황에서 동요되지 않았을 리 없습니다. 사고를 당하기 전 매우 풀이 죽고 기운이 없어 보였다는 것은 부모님의 이야기로도 분명히 확인되었습니다."

다른 기자가 손을 들었다. "모리우치 선생의 처우 말인데요, 삼 개월 근신 기간이 끝나면 복귀합니까?"

오카노의 표정이 미묘하게 달라져 괴로워 보였다. "모리우치 선생과 세 번에 걸쳐 대화의 자리를 마련했습니다만, 본인의 사의가 확고해 오늘부로 사표를 수리했습니다."

"면직이 아니라 자발적인 사임입니까?"

"저희 학교에서 내린 처분은 어디까지나 근신이며, 사직은 모리우치 선생 자의에 의한 것입니다. 면직이 아닙니다."

교육잡지의 여기자가 질문했다. "이번 소동이 향후 고교 입시에 임할 학생들에게 악영향을 미칠 가능성을 생각해보신 적 있나요?"

"악영향이라면, 무슨 뜻이신지?"

"예를 들면 몇몇 명문 사립고에서 조토 3중학교 출신이라는 이유만으로 문전박대를 한다는 소문을 들었습니다."

"소문이라. 해당 학교 관계자의 발언은 아니겠죠?"

기자가 살짝 물러섰다. "아, 네. 그렇습니다."

오카노 임시 교장이 의연하게 기자들을 둘러보았다. "이번과 같은 한탄스러운 사태가 본교 3학년의 진로에 그늘을 드리우리라는 염려는 오늘 이 자리에 모이신 여러분의 정확한 보도로 떨쳐내주시기 바랍니다. 결코 그런 사실은 없습니다. 이번 일을 이유로 저희 학교 학생을 받지 않겠다고 언명한 고등학교는 단 한 군데도 없습니다."

뒷줄에서 또다른 손이 올라왔다. "오늘 회견과 같은 취지로 보호자 대상의 설명회를 열 예정이 있습니까?"

"오늘 이 자리에서 보고한 것과 질의응답 내용을 문서화해 배포할 예정입니다."

설명회를 열면 또 어디서 뭐가 덧날지 알 수 없다.

"저희 조토 제3중학교 교직원은 하나로 뭉쳐서 하루빨리 교내의 평온과 질서를 되찾고, 학생들이 안심하고 수업을 들을 수 있는 환경을 마련하도록 최선을 다하겠습니다."

오카노 임시 교장의 인사, 혹은 선언이라고도 할 수 있을 맺음말로 기자회견은 끝났다.

—결국 이게 최종 결론이란 말인가.

모든 비난은 쓰자키 혼자 뒤집어썼다. 모리우치 에미코도 떠났다. 아무리 비분한들 가시와기 다쿠야와 아사이 마쓰코는 살아 돌아올 수 없다.

그러나 다른 수많은 학생들에게는 미래가 있다. 3학년이 되어 눈앞에 입시가 닥쳤다. 언제까지고 이 진창에 발이 묶여 있을 수는 없다.

—남의 말도 석 달이라고 하니까.

사태가 자연히 침정하고, 풍화되길 기다린다. 지금 상황에서는 오카노가 택한 지침이 잘못된 것 같지 않다.

그건 그렇고 모기 에쓰오는 어떻게 된 걸까. 그가 기자회견에 참석하지 않은 이유는 상상으로 메울 수 있다. 좋은 방향으로든, 나쁜 방향으로든.

다만 그 사람은 절대 이대로 침묵하고 물러서지 않을 것이다. 레이코의 가슴속 안개는 여전했다.


사실 3중학교 학생들에게는 석 달도 필요치 않았다.

오카노 임시 교장의 기자회견은 학생들의 눈에는 일종의 의식으로 비쳤다. 의식이라는 말이 너무 거창하다면 '이벤트'라고 해도 좋다. 그리고 그 이벤트는 주최자의 의도 이상으로 침정 효과를 발휘했다.

진실은 밝혀지지 않았다. 그러나 이제 누구도 굳이 그 이야기를 꺼내려 하지 않았다. 후지노 료코도 마찬가지였다.

소문의 초점인 오이데 슌지와 이구치 미쓰루는 여전히 학교에 나오지 않았다. 미야케 주리도 학교에서 모습을 감췄다. 선생님들이 그애들에게 어떻게 대처하는지 학생들은 알 수 없었고 알려고 하지도 않았다.

그애들은 원래 학교의 이단아였다. 모두가 꺼리는 존재였다. 가시와기 다쿠야의 죽음을 발단으로 말썽이 잇달아 다들 마음고생을 했지만, 지나고 난 지금은 '눈엣가시 같은 녀석들'이 학교에서 사라져 시원해하는 듯한 분위기마저 떠돌았다.

예외는 마찬가지로 이단아이자 서열 3위였던 하시다 유타로다. 꾸준히 학교에 나온 그는, 평소에도 워낙 말이 없고 먼저 나서서 시비를 걸거나 트집을 잡는 타입이 아니라는 점도 좋게 작용해, 뜻밖일 정도로 수월하게 '평범한' 학교생활로 돌아와 녹아들었다. 농구부 활동을 하면서 거의 매일같이 연습에 나갔다.

하시다는 근본이 나쁜 아이가 아니다. 길을 잘못 들었을 뿐이다. 그래서 친구들은 그의 그런 변화를 기뻐했다.

하지만 그런 상황에서도 여전히 무겁게 남은 것이 있었다. 아사이 마쓰코의 죽음을 애도하는 심정이다. 그애가 사라진 후에야 비로소 깨달은 학생도 많았다. 마쓰코는 사랑받는 아이였다.

마쓰코와 함께 음악활동에 매진하던 음악부 부원들은 깊은 슬픔과 상실의 아픔에 할말을 잃었다. 그 죽음은 너무나 불합리하고 잔혹해서 어떤 설명으로도 이해하기 힘들었다.

그런 까닭에 음악부에서는 미야케 주리에 대한, 거의 징벌에 가까운 가혹한 소문이 나돌았고 걸핏하면 격렬한 형태로 표면화되었다. 3학년 부원들 사이에서는 선생님들은 진상을 알 테니 교무실에 가서 직접 물어보자거나 조토 경찰서를 찾아가자는 움직임까지 일었다.

오카노 임시 교장도 이런 현상을 가라앉히는 데는 애를 먹었다. 마쓰코의 사고에는 목격자가 있다. 현장을 지나가던 사람이 사고 상황을 보고 경찰에게 설명해주었다. 연쇄적으로 발생한 일련의 불투명한 사건들 가운데 이 경우만은 유일하게 학교와 관계없는 제삼자의 증언이 존재했다. 그러니 마쓰코는 살해당한 게 아니다. 그런 논리로 이해시키려 했지만 부원들은 자기들이 문제삼는 것은 그뿐만이 아니라고 주장했다. 아사이가 그 고발장을 썼다는 의혹이 여전히 남아 있다는 게 문제라고요! 죽은 자는 말이 없는데 어쩔 건가요!

격앙하는 음악부 학생들을 진정시키고 달래주는 역할을 맡은 것은 다름아닌 아사이 부부였다.

부원들은 마쓰코의 영전에 애도를 표하기 위해 곧잘 아사이 가를 찾았다. 부부는 사랑하는 딸을 잃은 자신들처럼 상실의 고통에 괴로워하는 딸의 친구들을 보았다.

두 사람은 깊은 생각에 잠겼다.

마쓰코는 착한 딸이었다. 음악을 사랑하며 함께 열심히 활동해온 친구들이 언제까지고 자기 죽음의 주술에 걸려 발버둥치기를 바랄 리 없다.

부부는 기회가 될 때마다 음악부 아이들에게 말했다. 마쓰코는 너희 모두를 좋아했다. 지금도 모두가 밝은 미래를 바라보며 행복하기를 기도할 것이다. 다함께 듣는 이의 마음을 즐겁게 하는 음악을 연주하길 바랄 것이다. 그러니 이제 화내지도 한탄하지도 말고 앞일을 생각해달라.

"미야케한테도 이제 화내지 말고 그냥 내버려두라고 하셨대."

후지노 료코는 그 이야기를 후루노 아키코를 통해 들었다. 아키코에겐 초등학교 때부터 친하게 지내온 음악부 친구가 있다. 마쓰코가 죽고 한동안 밥도 못 먹을 만큼 침울해한다고 걱정했었다.

"음악부 애들이 물어봤나봐. 아버지 어머니는 정말 그래도 괜찮으냐고. 충격이잖아. 안 그래? 아사이가 아직 누명을 쓰고 있는데, 부모가 그걸 인정하다니."

인정한 건 아니라고 아사이 부부는 말했다고 한다. 그러나 진상을 밝히려 들면 아마도 마쓰코가 친하게 지냈던 친구의 죄를 들추게 될 것이다. 마쓰코는 그걸 원치 않는다.

"그럼 아사이 부모님도 고발장을 날조한 주범은 역시 미야케라고 생각하는 거네."

그런데도 미야케 주리를 벌하길 원치 않는다는 말인가? 마쓰코가 슬퍼한다─는 이유로.

"주범이라니, 역시 형사의 딸다운 표현이야." 아키코가 웃었다. "누구나 그렇게 생각하지. 료짱도 그렇잖아."

양호실에서 있었던 일은 아키코에게도 털어놓지 않았다. 그렇게 생각하는 것만이 아니라 정말로 알고 있다는 말을 료코는 꾹 삼켰다.

각자 특별활동을 마치고 집으로 돌아가는 길이었다. 료코는 아키코와 나란히 걷고 있었다. 1학년 발성연습을 줄곧 봐줘서인지 아키코는 목이 약간 아픈 듯했다.

"아무튼, 아사이 부모님 제안으로 추모 자선 음악회를 할 거래."

"자선 음악회?"

"응. 6월 마지막 주 일요일에 체육관에서. 학교에서도 허가했대. 티켓을 파는 게 아니라 공연장 입구에 모금함을 설치한다나봐. 모인 돈은 교통사고 유자녀 육영기금으로 보내고."

마쓰코가 좋아했던 곡들을 중심으로 선곡한 모양이다.

"열심히 연습하자며 마음을 다잡고 이제 기운을 차린 모양이야. 3학년들은 은퇴 연주가 될 테니 더 의욕이 대단하던데."

"그렇구나…… 다행이다."

료코가 소속된 검도부에서는 6월 말이 3학년의 활동기한이다. 그런데 올해는 상황이 상황이니만큼 특별활동이 중단될 때가 많아서 이번 학기 들어 활동다운 활동은 거의 못 했다. 〈뉴스어드벤처〉 소동 때는 기자가 또 취재를 올 수도 있으니 3학년은 특별활동을 쉬라고 담당 선생님이 지시한 적도 있었다. 료코는 그래도 아침 훈련만큼은 빠지지 않았지만 확실히 집중력은 떨어졌다.

아키코가 속한 연극부는 문화부라서 여름방학이 끝날 때까지 3학년의 활동을 허가해준다. 여름방학중에 3학년 마지막 교실 공연을 열고 아키코는 이번에도 연출을 담당할 예정이었지만 오늘 연극부 회의에서 거절하고 왔다는 이야기를 조금 전에 꺼냈다.

"아베 고보*를 올릴 생각이었는데, 왠지 싫어졌어."

웬일로 표정이 어두웠다.

"여러모로 그래. 1, 2학년 애들은 너무 어렵다며 투덜대거나 이상한 쪽으로 각본을 해석하려 들거나 둘 중 하나고. 혼자 곰곰이 생각해봤는데…… 이제 연출보다 쓰는 걸 우선하고 싶기도 해서."

그리고 입시 공부도 해야 하니까―그렇게 말하고 아키코가 혀를 살짝 내밀었다.

"아키코가 은퇴하면 나도 그럴까." 료코가 말했다. "그리고 매일 같이 공부할래?"

"응, 물론 좋지. 네가 나 과외 좀 해줘."

아키코는 진학하려는 대학교와 학부까지 벌써 결정했다. 존경하는 극작가가 재학 시절 소극단을 만들어 활동했던 곳이다. 그래서 거기서 역산해 지망 고등학교를 정했다고 한다. 성적은 결코 나쁘지 않으니(B반 상위권이다) 크게 어렵지는 않을 것이다.

나는 어떻게 할까…… 목표가 뚜렷한 아키코가 부러웠다. 집의 경제 사정과 두 동생을 생각하면 어쨌거나 공립 고등학교가 바람직할 테지만, 그러면 통학구역 밖에선 시험을 볼 수 있는 학교가 몇 안 되고 안에는 끝

---

* 일본의 소설가이자 극작가.

리는 학교가 없다. 적어도 지금으로서는.

"입시면담, 원래는 이번달이었는데 다음달로 미뤄졌다며."

"왠지 집행유예라는 느낌이 들어."

아키코가 아하하 웃으며 얼굴에서 어두운 그늘을 지웠다. "넌 걱정할 거 없어. 무조건 지금 성적으로 갈 수 있는 곳 중에서 제일 좋은 학교로 가. 그러면 대학 입시 때도 선택의 폭이 넓어질 테니까."

"너무 안일하지?"

"아니야. 그게 평범한 거야. 우리 부모님은 벌써부터 장래 목표를 정해 버려도 되겠냐며 오히려 걱정인걸. 연극 따위에 열 올리는 것도 다 한때라고 생각하니까 더—"

아키코가 입이 반쯤 벌어져서는 멈춰 서더니 료코의 교복 자락을 잡아당겼다. 료코는 아키코의 얼굴을 보고 곧이어 그녀의 시선이 향하는 곳으로 눈을 돌렸다.

두 사람은 오래된 동네 상점가 입구에 접어든 참이었다. 반년 전쯤 길모퉁이에 생긴 편의점 입구 바로 앞이었다. 그곳 자동문이 열리고 오이데 슌지가 안에서 나온 것이다.

잠시 후 슌지도 둘을 알아채고 멈춰 섰다. 거리는 2미터 남짓도 되지 않았다.

오늘도 비싸 보이는 옷이네—료코는 생각했다. 셔츠에 청바지 차림이지만 셔츠는 옷깃이 요새 유행하는 디자인이고 청바지는 빈티지일 것이다. 겉으로 봐서는 모르겠지만 전에 본인이 하는 얘기를 들은 적이 있다. 자기는 빈티지 청바지밖에 안 입는다고. 뒤축을 꺾어 신은 운동화는 라이브라 로드의 가게 쇼윈도에서 본 기억이 있는데, 삼만 엔 정도는 됐을 것이다.

"뭐야." 오이데 슌지가 입을 열었다. 표정이 없다. 히죽거리지도 않고, 시선이 날카롭지도 않다. 물론 용건을 묻는 투도 아니다.

무의미한 말이다. 아마 그것 말고는 남에게 건넬 말이 떠오르지 않는 거겠지.

달리 할말이 없어서 료코는 말했다. "아무것도 아니야. 안녕?"

아키코가 조금 놀란 듯이 료코를 보았다. 안녕이라니, 갑자기 무슨 소리야?

"집에 가냐?"

그래, 하고 료코가 고개를 끄덕였다. 아키코는 료코의 옷자락에서 손을 뗐지만 대신 몸을 바짝 붙였다. 난 사실 저렇게 말이 안 통하는 애들이 제일 무서워. 예전에 아키코가 화난 듯이 말한 적이 있다. 넌 저런 애들한테 시달린 적 없잖아. 료코가 그렇게 놀리자 아키코는 설명했다. 괴롭히거나 놀리거나 그런 문제가 아니야. 말이 안 통하는 게 싫어. 에일리언 같아서.

알 것도 같다. 그래서 료코는 지금도 자연스럽게 아키코를 감쌌다.

흐응, 슌지가 콧소리로 대꾸했다. 료코는 다시 걸음을 뗐다. 그럼 이만, 하고 지나가버리면 그만이니까.

그런데 무슨 생각인지 오이데 슌지가 두 사람 뒤를 어슬렁어슬렁 따라왔다.

"얼마 전에 학교에서 기자회견 했다며?"

아아, 그 얘기 들었나? "그런가봐. 우리는 일찍 집에 가서 잘 몰라."

"아버지가 케이블 방송에서 봤어." 슌지가 말했다. "가만 안 두겠다는 걸 변호사가 뜯어말렸지."

현명한 조언이라고 해야 하리라.

"콩너구리, 잘렸지?"

"응. 교감선생님이 대리야."

"둘 다 거기서 거기야. 딱히 달라질 것도 없겠네."

"그래도 누구든 교장선생님은 있어야 하니까."

아키코가 오른손과 오른발을 동시에 내밀며 어색하게 걸었다. 온몸으로 싫다는 기운이 느껴졌지만, 한편으로 료코는 좀처럼 드문 기회에 호기심이 발동했다. 오이데는 요즘 학교 상황이 궁금한 모양이다. 이건 어떤 뜻일까?

"학교는 많이 안정됐어."

료코가 그에게 등을 돌린 채 천천히 걸으며 말했다. 아키코는 반걸음 앞서 걸었다.

"뭐야." 슌지가 또 그렇게 말했다. 이번에는 핀잔이었다. "괜히 나만 손해 봤잖아."

"그래도 방송국 고소했다며?"

곧바로 대답이 들리지 않아서 료코는 발걸음을 늦추고 슬쩍 뒤돌아보았다. 슌지가 입을 삐죽거리고 있다. 미간에 주름이 잡혔고 작고 검은 눈동자가 삐딱하게 보였다. 정말이지 기분 나쁜 눈빛이다.

"콩너구리 자식도 고소해버릴 거야." 말까지 삐딱했다. 운동화를 질질 끌며 따라온다.

"그렇구나." 료코가 가볍게 받아쳤다.

"니들 말이야."

오이데 슌지의 목소리가 높아졌다. 말하는 품은 흐리멍덩했지만 위협적인 투가 깔려 있다. 아키코의 등이 긴장으로 굳었다.

"역시 내가 죽였다고 생각하지?"

료코가 아키코의 손을 가볍게 스치며 멈춰 섰다. 아키코가 반쯤 돌아보며 불안한 듯 료코와 눈을 마주쳤다. 료코는 미소를 지어 보인 후 슌지에게 돌아섰다.

"학교 애들이 어떻게 생각하는지는 몰라. 일일이 물어본 적도 없고 알 수도 없으니까. 하지만 난 그렇게 생각하지 않고, 내 친구도 같은 의견일 거야."

가시와기는 자살했어. 지극히 부드럽게, 그러나 단호하게 말했다.

슌지가 료코의 얼굴을 물끄러미 바라보았다. 제대로 봐야 할 때도 시선이 삐뚜름하다. 세상을 똑바로 보지 않고 살기 때문이라고 료코는 생각했다.

"신경쓰이면 학교에 오면 되잖아. 직접 확인하면 되니까."

슌지가 갑자기 웃음을 터뜨렸다. 료코가 우스갯소리라도 한 것처럼.

"웃기지 마. 그딴 학교 누가 간대."

"이구치는 안 오지만 하시다는 나와. 농구부 활동도 열심히 하고."

료코가 잘못 본 게 아니었다. 두 사람의 이름을 듣자―특히 '하시다'에서 슌지의 눈가에 표독스러운 노기의 빛이 스쳤다.

"그 자식들은 얼간이야."

도망치는 쪽이 더 얼간이 같다고 생각하지만 그런 말까지 할 만큼 료코는 어리석지 않다. 대신 뭐라고 대화를 이어나갈까―

스스로 생각해도 뜻밖인 말이 튀어나왔다.

"오이데, 너도 안 좋은 경험을 많이 했지. 힘들었을 거야."

슌지는 노기가 날아갈 정도로 놀란 듯했다. 하지만 그런 기색은 금세 사라지고 료코에게 익숙한 오이데 슌지의 표정―단정치 못한 비웃음이 떠올랐다.

"거어짓말. 다 내 잘못이라고 생각하면서."

료코는 지지 않았다. "난 그저 확실한 근거도 없이 남한테 살인자라고 하면 안 된다고 생각할 뿐이야. 그게 다야."

그럼 이만, 이라고 이번에는 정말로 말했다. 그리고 아키코를 재촉하며 걸음을 내디뎠다.

그러자 등뒤에서 놀리는 듯한 목소리가 날아들었다. "근거가 있다면? 증거가 있다면 어쩔 건데?"

료코가 우뚝 멈춰 섰다. 아까와 달리 홱 돌아보았다.

“있니?”

짚이는 게 있느냐는 질문이다. 그 깊은 의미를 저 녀석이 알아들을까?

난들 아냐—슌지가 실실 웃었다.

“경찰이 날조하지 않겠나? 아니면 학교에서 하든가.”

“날조면 금방 알 수 있어. 사람들도 바보가 아니니까.”

료코는 내뱉듯이 말하고 성큼성큼 걸었다. 가려던 방향은 아니지만 다음 모퉁이에서 꺾어졌다. 아키코도 머뭇거리지 않았다.

한참 후 살며시 함께 뒤를 돌아보았다. 슌지는 이제 보이지 않았다.

“아아, 깜짝 놀랐네.” 아키코가 가슴을 쓸어내렸다. “미안. 난 저애가 불편해.”

“알아. 미안해.”

나도 바보다. 무슨 얘기를 끄집어내려 한 걸까. 뭘 동정한 걸까. 마음이 전해질 상대가 아닌데.

“료짱, 너 봤니?” 아키코가 목소리를 낮추며 물었다. “저애 눈가에 멍이 들었어.”

료코는 알아채지 못했다. “진짜?”

“응. 많이 옅어지긴 해도 분명히 멍이었어. 잘못 본 건 아냐. 학교 빠지고 어슬렁거리다가 어디서 싸움질이라도 했나.”

왜 저렇게 생겨먹었을까—아키코가 중얼거렸다.

“전부터 생각했어. 저렇게 살면 뭐가 즐거울까? 목적이 뭘까? 난 도저히 이해가 안 가.”

“남을 괴롭히는 게 즐거운 거 아닐까?”

“으윽, 나 지금 엄청 나쁜 생각 했어.” 아키코가 이마에 손을 얹었다.

“뭔지 알아. 나도 똑같은 생각을 했으니까.”

정말로 오이데 슌지가 가시와기 다쿠야를 죽였다면 좋았을걸. 그 장면을 아사이 마쓰코가 목격해 고발했고, 당황한 오이데가 그애의 입을 막았고, 거기에 그 형편없는 아버지도 가담해서 모조리 경찰에 잡혀간다—그런 거라면 좋았을걸.

악은 철저하게 근절되어야 하니까.


료코는 연휴 내내 공부만 했다. 동생들의 싸움을 다섯 번 중재하고(정말이지 이 녀석들이 하루종일 집에 있으면 시끄러워서 살 수가 없다), 쿠키와 케이크를 굽고 엄마와 쇼핑을 가서 여름 치마를 샀다. 아빠는 거의 집을 비웠다.

연휴가 끝나고 학교에 가자 A반 학생 중 햇볕에 그은 얼굴이 두셋 정도 보였다. 하와이니 괌이니 그리스니. 사치스러운 얘기다. 돈 문제만이 아니다. 공부는 안 해도 되나? 저애들은 상관없겠지.

세상은 불공평하다.

이구치 미쓰루가 학교 왔어—그 화제는 2교시 쉬는 시간에 날아왔다. 늘 그렇듯 지각이라 조금 전에야 왔다. 얌전히 D반 의자에 앉아 있다.

연휴중 우연히 마주쳤던 오이데 슌지의 얼굴이 료코의 뇌리를 스쳤다. 그 자식들은 얼간이야. 하시다의 이름을 듣는 순간, 물감을 뿌린 듯 또렷하게 노기로 물들던 그의 눈가.

이구치의 등교는 오이데에 대한 배신일까. 아니면 정반대로 공격의 의미일까.

학교 상황을 궁금해하던—료코 눈에는 그렇게 보이던 오이데 슌지. 그것은 설 자리를 잃은 그 나름대로 외로움을 표현하는 방식이었을까. 아무리 싫어도 중학생인 이상 자기를 받아줄 곳은 학교뿐이다. 아버지가 활화산처럼 분노하며 "학교 가지 마"라고 해서 기뻐했을 텐데. 좋다고 신이 나서 학교를 빼먹었을 텐데.

그러나 료코에겐 그 생각을 골똘히 할 시간이 없었다.

급식을 마친 점심시간이었다. 복도에서 소동이 일어났다. 뒤엉키는 큰 소리와 비명, 유리 깨지는 소리가 교실에까지 들려왔다. 료코는 반 아이들과 얼굴을 마주보고는 굳어버렸다. 이번에는 뭐지? 또 무슨 일이 벌어진 거지? 모두의 얼굴에 그렇게 쓰여 있었다. 여기는 학교인데.

남학생 하나가 숨을 헐떡이며 교실로 뛰어들어왔다.

"이구치랑 하시다가 싸웠는데ㅡ"

복도 쪽을 가리키며 금방이라도 토할 것처럼 몸을 굽히고 떨었다.

"이구치가, 3층 창문에서 떨어졌어!"


41


이런 소동이 벌써 몇번째인가. 수업이 중단되고 조토 3중학교 학생들은 집으로 가야 했다.

전교생이 한꺼번에 하교하기 어려워서 교실에서 순서를 기다렸다가 나왔고, 후지노 료코가 정문을 나섰을 때는 소동이 일어난 지 한 시간 넘게 지난 후였다. 같이 나온 3학년 A반 학생들은 하나같이 미련이 남은 듯 유리창이 깨진 서쪽 3층 계단 층계참을 돌아보거나 각자 얼굴을 맞대고 소곤거렸다. 그러다 정문 앞을 지키고 있던 선생님들에게 야단을 맞았다.

흡사 화재 현장에서 쫓겨나는 구경꾼들 같다. 너나없이 흥분한 기색이지만 어디서도 심각한 표정은 보이지 않는다. 여학생 몇몇은 속이 좋지 않아 보였지만 울지는 않았다. 그런 친구를 보살피는 아이도 분위기에 휩쓸려 흐트러지지 않았다. 흔들림 없이 침착하다.

모두 갑작스러운 소동에 익숙해진 걸까. 이 학교에서는 이제 '사건'이 특별한 일이 아니다. 거의 조회 같은 느낌이다. 일일이 충격을 받을 수는 없는 노릇이리라.

"료짱!"

건널목 저편 자판기 앞에서 구라타 마리코가 손을 흔들었다. 옆에는 고사카 유키오와 노다 겐이치도 보였다.

"A반 애들 나올 때까지 기다렸어."

마리코가 뛰어와 료코의 손을 잡았다. 유키오는 생글생글 웃고 있고 노다 겐이치는 어딘가 쑥스러운 눈치다.

긴장이 확 풀어지며 마음 어딘가가 녹는 듯한 따뜻한 감정이 료코의 가슴 깊은 곳에서 우러나왔다. 조금 전까지 A반 아이들끼리 있을 때는 아무렇지도 않았는데. 이 기분은 뭐지?

"그냥, 곧바로 집에 가기 싫어서."

유키오가 더듬더듬 설명했다.

"도서관이라도 들렀다 가자고 했더니 마리짱이 기다렸다가 후지노랑 같이 가자고 했어."

그랬구나, 하며 료코가 고개를 끄덕였다. 겐이치와 눈이 마주쳤다. 그는 황급히 눈을 깜박이더니 갑자기 자세를 바로 하며 "오랜만이야"라고 말했다.

매일 같은 학교에 다니는 아이치곤 인사가 이상하다. 그런데 아닌 게 아니라 상당히 오랜만인 것 같았다. 그래, 반가운 느낌이었다.

넷이서 천천히 걸었다. 구립 도서관으로 가는 길은 조토 3중학교 통학로라 그 밖에도 많은 학생들이 앞뒤로 걷고 있었다. 크고 작은 무리, 두 사람 혹은 세 사람, 혼자서 묵묵히 가는 아이. 그러는 사이 서로 말을 걸어서 네 명이 여섯 명이 되고 여덟 명이 되었다. 나중에 보니 모두 2학년 때 A반이었던 아이들이었다.

도서관에 도착했지만 아무도 건물 안으로 들어가려 하지 않았다. 입구 앞 정원에는 화단을 빙 둘러 벤치 몇 개가 늘어서 있다. 앉아서 이야기를 나누기에는 안성맞춤이다.

그곳에는 먼저 온 손님이 너덧 있었다. 얼굴을 보니 역시 한 명만 빼고 모두 2학년 A반이었던 아이들이다.

"어, 웬일로 다 모였네."

마리코가 깜짝 놀라며 목소리를 높였다. 료코도 놀랐다. 이건 우연이 아니라—

다들 한마디씩 꺼냈다.

"이제는 완전 트라우마야, 트라우마."

"가시와기부터 시작해서, 너무 심하잖아."

"이젠 질렸어."

"오늘도 또 그거지? 하시다가 이구치에게 화낸 게 그 고발장 때문이지?"

"맞아, 맞아. 이구치가 하시다한테 그런 엉터리 소릴 텔레비전 방송국에 써 보낸 게 너 아니냐며 깐죽거렸대. 그랬더니 하시다가 새파랗게 질려서는 폭발한 거야."

"아무리 그래도 창문에서 떨어뜨리다니, 무시무시하다."

"어? 하시다가 떨어뜨린 거야? 실수로 떨어진 게 아니고?"

"으음, 이구치가 먼저 하시다를 때려서 몸싸움이 붙었어. 창문이 깨지고, 하시다도 유리에 팔뚝을 찔려서 피범벅이 되고."

도서관 앞 통학로를 지나는 학생들이 벤치에 모여 있는 옛 A반 아이들에게 힐끔힐끔 시선을 던졌다. 그리고 한 명, 또 한 명이 길에서 벗어나 이쪽으로 다가왔다. 역시 반가운 옛 A반의 얼굴들이었다.

료코는 깨달았다. 이건 정말 트라우마 모임이다. 우리 옛 A반 아이들은 크든 작든, 어떤 형태로든 가시와기 다쿠야의 죽음으로 인해 일어난 사건들 때문에 상처받은 것이다. 스스로 인식하는 것 이상으로 상처받았다. 모든 것의 시작이었던 그 사건에 질질 끌려가고 있다. 상처받는 방식도, 끌려가는 방식도 다른 반 아이들과 결정적으로 다르다.

당연하다—아무리 가깝게 지내지 않았다 해도 가시와기는 우리 반 친구였으니까.

그래서 우리에게는 다른 반 아이들은 알 수 없는 죄책감과 아픔, 불신감, 피로감 등의 숱한 감정이 뒤섞인 채 드리워 있다. 머리 위를 짓누르는 그 압력이 이젠 진저리가 난다.

우리끼리, 그 느낌을 공유하는 아이들끼리 모여 있고 싶어서 이렇게 자연스레 몰려든 것이다.

"진짜, 제대로 된 게 하나도 없어."

"가시와기의 저주 아닐까?"

"모리린도 잘리고."

"잘린 건 아니야, 자기가 그만뒀으니까."

"하지만 다른 학교에 취직할 수나 있어?"

"사람들 관심이 가라앉아야겠지……"

"콩너구리는? 어떻게 되는 거야?"

"교사생활도 할 만큼 했으니까 상관없잖아."

"있지, 오늘 일도 텔레비전 뉴스에 나올까? 〈뉴스어드벤처〉에서 또 다룰 것 같은데. 이번이야말로 전국구로 악명 높은 중학교가 되는 거 아냐?"

"하시다는 소년원에 갈 테니까."

"에이, 그건 좀 심하다. 사고잖아? 체포당할 일이야?"

"구스야마 선생님이 생명에는 지장이 없다고 하던데. 그래도?"

"그치만 큰 부상이잖아. 후유증이 있을지도 모르고."

"현장을 본 애가 그러는데, 땅에 떨어진 이구치 다리가 밖으로 꺾여 있었대."

"으아악……"

"그러니까 좀더 일찍 해결을 했어야지. 그 가짜 고발장 말이야. 선생님들이 우유부단하게 꾸물거리니까 이런 일이 벌어지는 거 아냐."

"가짜가 아니었을 수도……"

"아직도 그 소리냐, 이 멍청아."

"됐으니까 제발 손 들고 자수해, 고발장 쓴 놈! 아무한테도 말 안 할 테니까."

모두 크게 웃어젖혔다. 지쳐 보이는 웃음을 머금은 얼굴들이 서로를 위로하듯, 부추기듯, 놀리듯 묘한 분위기로 들썩거렸다.

"지금 여기 2학년 A반이었던 애들 거의 절반은 모인 거 아냐?"

마리코가 신이 난 듯 아이들 수를 헤아렸다.

"이 정도면 졸업작품 회의도 할 수 있겠다. 해버릴까?"

찬성, 합시다, 합시다, 라는 소리가 솟아올랐다.

남학생 하나가 벤치에 벌러덩 드러누우며 탄식하듯 말했다.

"우리가 할 수 있는 가장 좋은 졸업작품은 하나뿐이야. 추리지, 추리. 사건의 전면해결. 가시와기 다쿠야 죽음의 진상을 파헤친다! 그는 정말로 살해당했는가? 진범은 오이데 슌지가 확실한가?"

한순간 모두 쥐죽은 듯 조용해졌다.


"그래서 그러기로 한 거야?"

수화기에서 들려오는 후루노 아키코의 목소리에는 놀란 기색이 역력했다.

료코가 웃음을 터뜨렸다. "설마. 진심으로 받아들인 애는 아무도 없어."

그렇구나―말끝을 흐리며 아키코는 입을 다물었다.

졸업작품이란 조토 3중학교 3학년에게 전통적으로 주어지는 과제다. 졸업하기 전까지 반 단위로 뭐든 한 가지 작품을 완성된 형태로 만들어야 한다.

다만 이 경우 '반'은 3학년이 아니라 2학년 때 반이다. 성적순(좋은 고등학교 진학이 유력한 순서)으로 기계적이고 비정하게 나눈 3학년 반에서는 공동작업을 할 만한 팀워크가 생겨날 여지가 없고, 팀워크를 다질 만한 시간적 여유도 없기 때문이다. 게다가 3학년 반별로 뭘 하면 제일 위의 A반과 바닥인 D반의 결과물 차이가 클 테고, 애당초 D반은 누군가가 리더십을 발휘해 뭔가를 만들어내는 것 자체가 불가능하다는 근거 없는 이야기도 은밀하게 나돌았다.

지금 반에서 하든 옛날 반이 다시 모이든 3학년은 어쨌거나 바쁘다. 그래서 졸업작품이라는 거창한 이름은 형식에 불과하고, 실질적으로는 졸업 때 학생들에게 나눠주는 문집 중 자기 반 몫을 직접 꾸미는 쪽으로 정해진다. 여름방학 전 체육관에 모여 반별로 주제를 정한다.

"그렇지만 우리 문집 주제를 가시와기로 하면 어떻겠냐는 의견은 나왔어." 료코가 말했다. "그게 맞지 않겠냐고. 가시와기를 외면하지 않으려면."

지금껏 우리는 그런 적이 없었다. 피하고 도망쳤다. 장례식에서 울긴 했지만 마음 한구석으로는 나와 관계없다고 생각했다. 가시와기는 좀 특이했으니까―구라타 마리코의 이런 의견을 듣고 료코도 적잖이 놀랐다. 그리고 자기뿐 아니라 그 자리에 모인 옛 A반 아이들 모두 마리코의 의견에 마음이 흔들렸다는 것을 알아채고 더더욱 놀랐다.

"살짝 소름이 돋았어."

"흐음. 같은 반이었다는 이유만으로 그렇게 책임을 느낄 필요는 없을 것 같은데."

아키코의 목소리는 평소보다 더 억양이 없었다.

"뭐, 책임이라고 할 만큼 대단한 건 아니야."

적당한 말이 떠오르지 않았다. 료코는 조바심이 나서 전화기를 손끝으로 빠르게 두드렸다. 낮에 도서관 정원에서 이야기할 때는 하나부터 열까지 완전히 공유하고 전부 이해했다는 생각이 들었는데. 지금 그것을 다시 아키코에게 전하려니 뜻대로 되지 않았다.

"뭐라고 할까. 너도 그 자리에 있었으면 확 와 닿았을 거야."

"나 거기 지나갔어."

내 쪽을 안 봐서 몰랐겠지, 라고 말했다.

"손 흔들었는데, 얘기에 푹 빠져서 모르더라."

"너도 오지 그랬어."

"내가 거기 어떻게 껴."

어? 아키코가 기분이 상한 눈치다.

"옛날 A반끼리 단결한 느낌이던데. 외부인은 못 들어오게."

그런 건 아닌데, 라고 료코가 입속으로 우물거렸다.

"뭐, 난 상관없어."

"못 봐서 미안."

"괜찮아."

조금도 괜찮지 않은 말투다.

"저녁 뉴스 봤니?"

"못 봤어. 동생들이 하도 시끄러워서. 나왔니?"

요란하게 다루더라며 아키코가 화난 듯이 말했다. "우리 집에 갈 때 헬기가 떠 있었잖아. 완전 시끄럽게."

상공에서 조토 3중학교를 찍은 영상이 나왔다고 한다.

"학교가 꼭 교도소처럼 보이더라. 일부러 그렇게 찍었는지도 모르지."

아키코가 본 것은 민영방송 두 군데의 뉴스인데, 양쪽 다 이번 일을 가시와기 다쿠야의 자살에서 비롯한 일련의 사건들 연장선상에 있는 것으로 보도했다고 한다. 지금까지의 경위도 자세히 설명했다. 물론 거의 "라는 설이 있다" "등의 소문이 있다"라는 표현을 쓰긴 했지만.

"벌써 학생 둘이 사망했고, 이번이 세번째 사건이라는 거야. 물론 사실이 그렇지만 표현이 좀 심하잖아? 꼭 우리 학교에서 연쇄살인사건이라도 일어났다는 것처럼."

아키코의 분노는 지당했다. 두 사람이 죽었고, 이번에 또 세번째로 학생이 죽을 뻔했다―거짓은 아니지만 사실도 아닌 단어 선택이다.

"〈뉴스어드벤처〉 편을 든 거네. 지금까지와는 다른데."

료코의 아빠 후지노 다케시는, 섣부르고 경솔한 〈뉴스어드벤처〉의 태도를 다른 키스테이션이 쉽게 따를 리 없다. 그러니 너무 걱정하지 말라고 했다. 실제로 지금까지의 움직임은 그랬다. 이제 와서 무슨 일일까.

"이번 일은 많은 학생들이 보는 앞에서 일어났잖아. 목격자도 많고, 일어난 일도 명확하고. 뭘 보도하든 거리낄 게 없지."

"그래도 이구치가 하시다에게 시비를 건 것뿐이잖아. 고발장 얘긴 이미 끝났고."

"이런 말썽이 생길 정도니까 아직 끝나지 않았다고 해석할 수도 있지 않겠어?"

아키코가 그녀답지 않게 품위 없이 콧김을 몰아쉬었다.

"난 더 못 봐주겠어. 너무 한심해. 이런 학교에 들어오는 게 아닌데."

그런 말투도 아키코에게 어울리지 않았다.

"뉴스를 보고 친척 아주머니가 전화를 한 거야. 그거 아키짱 학교지? 큰일이네, 그런 형편없는 학교에 다니다니, 하더라. 농담이 아니었어."

아키코의 분노를 한동안 듣고서야 료코는 겨우 이해가 되었다. 굳이 드러내지는 않지만 아키코는 사실 부모님을 무척 존경하고 잘 따른다. 그런데 무책임한 구경꾼 때문에 학교가 욕을 먹고 결국 부모님의 체면이 구겨진 것이 억울해서 견딜 수 없는 것이다.

"그렇게 막말을 하는 분이 〈뉴스어드벤처〉 때는 왜 아무 말 없었대?"

"그런 프로를 보는 사람이 아니야. 하지만 뉴스는 텔레비전 켜면 바로 나오잖아. 그리고 자살이네 타살이네, 찢긴 고발장이 진짜네 가짜네 하면서 깊이 파고드는 문제는 못 따라가도 학생끼리 싸우다 상대를 창문에서 떨어뜨려 죽이려 했습니다, 큰일이죠, 무섭죠, 이 학교는 과연 무슨 문제를 안고 있을까요? 뭐 이렇게 짧고 자극적인 말은 알아듣기 쉬우니까 이해가 되는 거야."

우와, 신랄하다. 이럴 때 아키코는 정말 가차없다.

하지만 그 관찰안은 아마도 정확할 것이다. 멀리서 보는 제삼자의 감각이란 대체로 그러하리라. 단번에 파악할 수 있는 것에만 반응한다.

―그래서 나쁜 소문은 눈 깜짝할 사이에 퍼져버리는 것이다.

짧고 자극적인 해석은 발이 빠르다. 바람을 가르고 질주하며 사람들을 돌아보게 한다.

그때 돌아본 눈이나 귀가, 이제 정말로 마음먹고 좀더 파고들어 사건의 배경에까지 새삼 호기심을 갖게 된다면―

하시다와 이구치의 싸움에 관해서는 학급회의 때 따로 학생들에게 대강 설명을 해주는 선생님이 있는가 하면, 아무 일도 없었다는 듯이 완전히 묵살하는 선생님도 있는 등 대응 방식이 제각각이었다. 어느 쪽이든 이런 일에 연연할 때가 아니다, 얼른 정리하고 잊어버리자―라는 학교의 의도는 차질 없이 전했다.

료코가 있는 3학년 A반의 다카기 선생님은 학생들이 그 일에 대해 수군거리는 것마저 엄격하게 금했다. 대단히 불행한 사건이었습니다. 그런 일을 심심풀이 삼아 떠드는 것이 인간으로서 올바른 행동일까요? 매서운 눈빛으로 노려보자 학생들은 새끼 거북 떼처럼 목을 움츠릴 수밖에 없었다.

묘하게 조용한 시간이 두 달 가까이 흘렀다.

료코가 하시다와 이구치의 그후 상황을 알게 된 것은 6월 마지막 주 토요일 오후 무렵이었다. 〈뉴스어드벤처〉에서 예의 특집 속편을 내보낸 것이다.

리포터는 수수한 넥타이를 맨 중년 남자 기자였다. 프로그램 분위기도 180도까지는 아니어도 120도쯤은 변했다. 학교를 규탄하는 자세는 사라지고 진행자와 리포터의 대화도 차분했다. 일련의 사건에 존재하는 의혹을 말할 때도 굳이 불신감을 부추기는 표현을 사용하지 않았다.

"방향이 바뀌었네."

같이 텔레비전을 보던 엄마 구니코가 료코의 감상을 대신 말해주었다.

"다른 방송에서 하시다 일을 크게 다루는 바람에 좀 다르게 갈 수밖에 없었나?"

"그것도 나름 냉철한 견해네."

"텔레비전이라는 게 그렇잖아. 먹히겠다 싶으면 모두 똑같이 하고. 다 똑같아지면 이번에는 눈에 띄려고 일부러 다르게 하고."

전반부에서는 지금까지의 경위를 설명했고 후반부에서는 가시와기 다쿠야의 형이 화면에 등장했다. 지난번 특집에는 나오지 않았던 인물이다. 이번에야 인터뷰에 성공했다고 리포터가 말했다.

별로 닮지 않은 형제다. 체격부터 달랐다. 가시와기 다쿠야는 전체적으로 하얗고 가녀리고, 콧대가 오뚝하니 예쁘장한 얼굴은 꼭 여자애 같았다. 팔뚝은 어쩌면 료코보다 더 가늘었을지도 모른다.

히로유키라는 이름의 그 형은 키가 크고 어깨도 넓었다. 얼굴도 턱이 크고 투박한 타입이었다.

리포터는 먼저 동생의 죽음을 지금 어떻게 생각하느냐고 물었다.

"아직 정리가 안 됐다는 게 솔직한 표현입니다. 저뿐 아니라 부모님도 같은 심정일 겁니다."

정중한 말투로 천천히 이야기했다.

"저희는 처음 이 프로그램의 취재 요청을 받기 전까지 동생이 자살했다고 생각했고 어떻게든 그 사실을 받아들이려고 노력했습니다. 그러다 그게 한 번 크게 뒤집히는 소동이 일어났고, 여전히 결정적인 실마리가 발견되지 않아 결론을 내지 못한 상태입니다. 유족 입장에서는 이런 이도 저도 아닌 상황을 견디기 힘듭니다. 그렇다고 멋대로 해석하고 싶지도 않고…… 동생의 학교 친구들이 힘들어했을 걸 생각하면 그것도 무척 미안하고."

그렇지만 아직 의혹이 남아 있는데 해결할 수 있다면 그러고 싶으냐고 리포터가 물었다. 가시와기 히로유키는 고개를 갸웃거리며 생각했다.

"어떻게 하면 해결할 수 있을까요? 경찰은 이제 동생 일을 수사하지 않을 겁니다. 자살이라고 결론 내버렸으니까. 그 고발장도 재수사의 계기가 되지는 못했어요. 그렇다고 개인적으로 확인하려 들면 또다른 희생자가 나오겠죠. 동생과 같은 반이었던 여학생 일은 매우 안타깝게 생각합니다."

아사이 마쓰코는 방송에 실명 대신 B학생이라고만 나왔다.

"B학생의 죽음이 그 고발장과 관계가 있는지 없는지 저는 판단할 수 없습니다. 그애 탓인 걸로 정리하고 싶기도 하지만 그건 너무 감정론이니까……"

앞으로 조토 3중학교에 바라는 점이 있느냐고 묻자, 가시와기 히로유키의 짙은 눈썹이 한일자를 그렸다.

"이제 학교에는 아무것도 바라지 않습니다. 기대한 만큼 실망이 컸습니다. 그저 동생 죽음의 진상을 아는 사람이 있다면 이름을 밝히고 사실을 말해주길 바랄 뿐입니다. 미성년자라고, 보호받고 있다고, 죄를 추궁당하지 않는다고 해서 자기가 한 일을 입다물고 있어도 된다는 생각이 과연 옳은 걸까요. 그건 인간으로서 올바른 행동이 아닙니다. 그런 생각은 너무 슬픕니다."

요컨대 다쿠야의 형은 여전히 오이데 패거리를 의심하는 것이다. 이어지는 말에서 한층 또렷해졌다.

"이번처럼 친구끼리 싸우는 것도 무모한 짓입니다. 이제 이런 상황은 그만 끝내야 합니다. 누구라도 좋으니 그들에게 가르쳐주었으면 합니다."

화면이 바뀌고 진행자와 리포터가 나왔다. 리포터는 가시와기 히로유키가 '친구끼리 싸웠다'고 한 말에 설명을 덧붙였다.

"이번 싸움 끝에 상해사건을 일으킨 3학년 A학생은, 네가 고발장을 쓴 게 아니냐는 C학생의 말에 화가 나 중상을 입혔던 모양입니다."

"A학생 본인은 이 사건―혹은 사고에 대해 뭐라고 얘기했나요?" 진행자가 물었다.

"매우 고집스럽게 좀처럼 입을 열지 않았다고 합니다. 현재도 스스로 이야기를 털어놓을 만큼 마음을 열지는 않은 것 같습니다. 다만 자기는 고발장을 쓰지 않았고 가시와기 다쿠야 군의 죽음과 전혀 관계가 없다는 주장만 되풀이한다고 합니다."

탁자에 팔꿈치를 괴고 있던 구니코가 리포터의 그 말에 자세를 바로 했다. 료코는 뚫어져라 화면을 주시했다.

"C학생은 어떤가요?"

"생명에 큰 지장은 없지만, 중상을 입어서 여전히 대화를 할 수 없는 상태입니다. 그쪽은 좀더 시간이 필요하겠죠."

진행자는 사건의 추이에 주목하겠다고 말했다. 이상하게 말이 빠르다 싶더니 시간이 모자랐는지 마무리 멘트가 채 끝나기도 전에 광고가 나왔다.

"다람쥐 쳇바퀴네." 구니코가 리모컨으로 텔레비전을 끄고 말했다.

"하시다는 지금도 자기가 아니라고 하는구나……"

료코가 천천히 음미하듯 중얼거렸다. 하시다는 하지 않았다. 이 말을 곱씹으면 어떤 식감과 맛이 느껴질까.

알 수 없는 맛이었다. '알 수 없다'라는 말의 맛.

"진짜 같니?" 구니코가 물었다.

"오이데보다는 믿을 만하다고 봐."

료코는 그렇게 말하고 엄마의 진지한 얼굴에 미소를 건넸다.

"하시다는 계속 학교에 나왔거든. 오이데랑 이구치는 도망쳤지만, 그애는 그러지 않았어. 그건 하시다한테 켕기는 구석이 없어서였을 거야."

구니코가 고개를 끄덕였다.

"가시와기의 형은 저 인터뷰를 할 때 하시다가 그렇게 진술한 걸 몰랐을까. 아니면 알고도 안 믿은 건가. 그래서 빨리 자백해달라는 식으로 말한 걸까?"

료코가 고개를 저었다. "내 생각에 저 말은 오이데한테 하는 것 같아."

살짝 비꼬는 투로 들리기도 했다. 자기가 할 수 있는 일은 이것뿐이라는 자조적인 분노도 느껴졌다.

"저기, 실은 졸업문집 만들 때 이 사건을 주제로 하면 어떨까 하는 얘기를 애들이랑 했거든."

나쁘지 않을 것 같은데, 라고 구니코가 말했다.

"너희끼리 마음을 정리하기 위해서라도."

"그치만 지금 같아서는 정리할 도리가 없어. 아무것도 모르잖아."

"뭘 알고 뭘 모르는지 정리해보면 어떨까?"

"그것뿐이야? 해결은 안 하고?"

구니코가 눈을 살짝 크게 떴다. "당연하지. 누가 해결하게? 너희가?"

료코는 저도 모르게 얼른 고개를 끄덕였다. 엄마가 너무 놀라는 통에 쑥스러워 미소를 지었다.

"힘들까?"

"글쎄……" 구니코가 낮게 중얼거렸다. "심정을 이해 못 하는 건 아니지만…… 힘들겠지."

"왜? 우리가 당사자잖아. 오이데 패거리도, 가시와기도, 아사이랑 미야케도, 기자나 경찰보다 우리가 훨씬 잘 알아."

"그거랑 이건 다른 얘기야. 도리어 당사자라서 알 수 없는 것도 많을 테니까. 당사자라서 보지 못하는 것도 있을 테고."

그건 위험해, 라며 단정지었다. 평소 같으면 엄마의 말을 귀담아들었을 것이다. 그런데 이번만은 지고 싶지 않다는 이상한 오기가 고개를 들었다.

"지금껏 우리는 선생님이나 매스컴 같은 주위 사람들한테 모든 걸 맡기고 아무 행동도 하려 하지 않았어. 그래서 이렇게 된 건 아닐까? 좀더 일찍 우리가 직접 나섰어야 했던 게 아닐까?"

"료코, 너―"

"우리 학교가 이런 식으로 다뤄질 때마다 더럽혀지는 것 같아. 아키코도 화냈어. 헬기에서 찍은 학교가 꼭 교도소처럼 보였대. 보도되는 사건만 보는 외부인 눈에는 그렇게 보여도 이상할 게 없겠지. 학생 둘이 죽었다는 얘기만 들어도 몹시 불길하고 어처구니없을 테니까. 뭐 저런 끔찍한 학교가 다 있냐며 쓰레기장처럼 여겨도 어쩔 수 없어."

그건 지나친 생각이야, 라며 구니코가 씁쓸하게 웃었다.

"사실을 밝히고 싶다는 게 그렇게 잘못된 거야?"

"잘못됐다는 게 아니야. 하지만 너희 힘으로는 무리야."

"지금껏 기다려봤지만, 아무도 해결해주지 않았잖아!"

하시다 유타로의 말이 진실이라면 가시와기 다쿠야는 역시 자살한 것이다. 고발장은 거짓이고 그걸 쓴 사람은 미야케 주리다. 아사이 마쓰코는 주리를 돕고 두려움에 시달린 것이다. 그래서 자살했거나―혹은―그 죽음이야말로 살인사건이고―

"그만둬, 료코."

강하게 못 박듯 구니코가 말했다.

"네 생각이 잘못된 건 아니야. 하지만 착각하는 게 있어. 넌 아직 어린애야. 제아무리 의지가 강하고 머리가 좋아도, 넌 어린애라는 입장에서 자유롭지 못해. 어른과 똑같이 행동할 순 없어."

구니코는 좀처럼 보이지 않는 강압적인 표정을 몸 안에서 끄집어내 먼지를 털어내고 얼굴에 썼다. 나라고 이런 표정을 짓고 싶진 않아. 너도 알지?"

료코는 입을 다물었다. 가슴속으로 삼킨 항변이 부글부글 끓어올랐다.

"자, 저녁 준비할 테니 너도 거들어."

순식간에 표정을 원래로 되돌리고 구니코는 일어섰다.


다음날 한밤중이었다.

어딘가에서 끊임없이 사이렌이 울렸다. 소리는 하나가 아니라 몇 겹으로 포개졌다. 시끄러워. 거슬려. 무슨 꿈이 이렇게 요란하담. 쫓아버려야지―

꿈속에서 손을 움직였다. 이불이 휙 젖혀졌다. 그때 료코는 눈을 떴다.

사이렌은 꿈속에서 울린 게 아니었다. 두툼한 커튼을 친 창 너머에서 또렷하게 들려왔다.

일어나서 커튼을 걷고 창문을 열었다. 곧바로 사이렌 소리가 현실이 되어 귀청을 때렸다.

소방차다. 그것도 한두 대가 아니다. 어디지? 연기는 보이지 않지만 그리 먼 곳은 아니다.

가만있기도 불안해 거실로 내려가자 파자마에 카디건을 걸친 구니코가 눈을 슴벅거리며 창가에 서 있었다. 시계를 보니 새벽 두시가 지났다. 사이렌 소리는 점점 격렬해졌다.

"잠깐 보고 올 테니까, 넌 여기 지키고 있어."

구니코가 남세스럽지 않은 옷으로 대충 갈아입고 밖으로 나갔다. 료코는 혼자 기다렸다. 아빠는 집에 없는 것 같았다. 여동생들은 깨지 않았다.

그칠 기미가 전혀 없는 사이렌에 확성기로 뭐라고 부르짖는 소리까지 뒤섞였다. 내용은 알아들을 수 없었다. 되레 더 불안해졌다.

십오 분일까 이십 분일까, 그보다 더 지났을까. 구니코가 현관 안으로 뛰어들어왔다.

"큰일이야, 큰불이 났어." 구니코는 굳은 표정으로 말했다. "오이데 학생 집이래."


42


오이데의 집은 전소했다.

불이 난 것은 7월 1일 새벽 한시경이었다. 진화까지 다섯 시간 남짓 걸렸고, 지은 지 삼십오 년 된 2층짜리 목조건물 대부분과 십 년 전쯤 새로 지은 주차장과 창고가 불에 타 무너졌다. 주차장에는 차 두 대가 있었는데 앞쪽 한 대는 재빨리 이동시켰지만 또다른 차는 끝내 화염 속에 방치되고 말았다. 화재의 혼란과 패닉 속에서 가족들이 열쇠를 찾지 못하고 허둥거리는 사이 불길이 거세진 것이었다. 그 차의 연료탱크가 폭발해 화염이 치솟은 것이 새벽 두시 넘어서였고, 그 때문에 이웃 주민들이 잠시 대피할 만큼 소동이 커졌다.

화재 피해는 오이데의 집에만 그쳤다는 사실이 진화 후 금세 드러났다. 그나마 다행스러운 일이었다. 각각 오른쪽과 뒤쪽에 인접한 집 두 채는 외벽이 그을렸고 바로 옆집은 빨래를 널어두는 2층 베란다가 무너지긴 했지만, 그 외에는 물을 뿌리는 선에서 수습되었다. 집 왼편으로 최근에 지은 오이데 집성재 사옥과 공장에는 철근 콘크리트로 방재 대책이 되어 있어 역시 물에 젖은 것 말고는 거의 피해가 없었다. 또한 현재 오이데 집성재에서 가장 잘나가는 주택용 고급 기둥의 소재 원목은 창고가 아예 다른 곳에 있었다.

이 정도에 그쳤다면 오이데 가족도 이른바 '불행 중 다행'이라는 위로의 말을 받아들일 수 있었을 것이다. 그러나 현실은 달랐다. 가족들이 그 사실을 알게 된 것은 불기운이 가까스로 잦아들기 시작한 새벽 네시쯤,

화재가 발생한 지 세 시간 가까이 지난 무렵이었다.

제일 먼저 알아차린 사람은 오이데 마사루 사장의 아내 사치코였다.

"할머니는? 할머니는 어디 있어?"

오이데 가족은 마사루, 사치코 부부와 외아들 순지, 마사루의 어머니 도미코까지 네 식구다. '할머니'란 일흔세 살의 도미코를 가리켰다.

"할머니가 안 보이잖아. 어디 있지? 사쿠라이 씨는 뭐하는 거야?"

노령인 도미코는 하반신이 약했다. 지병으로 당뇨가 있었고 일흔 살이 넘은 무렵부터는 가벼운 치매 증상도 보였다. 자리보전하는 건 아니니 도와주는 사람만 있으면 일상생활에 큰 지장이 없었지만 병원에 오갈 때 말고는 거의 외출을 하지 않았고, 화재 같은 비상시에 혼자 있어도 될 만한 상태는 아니었다. 불이 났다고 아무리 소리질러도 도미코가 알아서 피하기는 어렵다.

오이데 가족에게는 출퇴근 도우미가 둘 있었다. 원래는 집안일을 해주는 사람 한 명뿐이었지만 도미코를 보살피는 데 시간과 노력이 필요해지자 일손을 늘린 것이다.

평소 도미코의 수발은 그 도우미 둘이서 도맡았다. 나중에 소방서에서 조사를 나왔을 때 사치코는 좀처럼 사실을 인정하려 들지 않았지만, 그 도우미들과 이웃사람들, 사장의 지시에 따라 수시로 집안을 드나들었던 오이데 집성재의 직원들이 "사모님에게는 제가 말했다고 하지 마세요"라는 조건으로 증언한 바에 따르면 사치코가 도미코를 제대로 보살피지 않은 것은 명백했다.

사치코가 이름을 부른 사쿠라이 노부에는 도우미 둘 중에서도 특히 도미코와 가깝게 지낸 사람이었다. 삼십대 초반의 젊은 나이에 독신이라 도미코의 몸이 안 좋거나 이상행동을 보여 눈을 떼기 힘들 때는 계약 시간 후에도 남아 그녀를 보살펴주곤 했다. 사치코는 그런 친절을 당연한 서비스로 생각하고 의지했다. 그래서 출퇴근 도우미가 집에 있을 리 없는 시간임에도 무심결에 사쿠라이 노부에를 비난하는 말을 내뱉은 것이다.

누구 옆에 붙어 있는 사람도 없다. 사치코 자신도, 아들 마사루도, 손자 슌지도 챙기지 않았다면 도미코는 피할 생각을 못 하고 그대로 집안에 남아 있었을 것이다.

진화 후 현장검증 때, 불길이 가장 심했던 주차장 창고에서 오이데 도미코의 불탄 시체가 발견되었다. 가녀린 노인의 유해는 완전히 타버려 일부가 탄화되어 있었다.

또한 현장검증을 통해 발화 지점도 같은 창고였음이 밝혀졌다. 그러나 소방서에서 화재 원인을 알아내는 데는 며칠이 더 필요했다—

후지노 료코는 그런 일련의 사정을, 1일 아침 등교하기 전에 엄마 구니코가 이웃에서 띄엄띄엄 얻어온 정보와 텔레비전 뉴스의 보도 내용을 종합해 대략적으로 알아냈다.

학교에 가자 좀더 세세한 정보 몇 가지를 더 얻어낼 수 있었다. 특히 믿을 만한 것은 오이데 슌지와 초등학교 때부터 알고 지냈고 그와 같은 동네에 사는 학생들의 이야기였다. 할아버지와 아버지가 그 지역 소방대원이라는 여학생은 비장감 넘치는 화재 현장의 얘기를 듣고 와서 모두에게 퍼뜨리고 다녔다.

3학년 A반 담임 다카기 선생은 아침 학급회의에서 뜻밖의 참사에 술렁거리는 학생들에게 단단히 일렀다.

"오이데 군에게 매우 안타까운 일이지만, 이미 일어난 일은 되돌릴 수 없습니다. 남들이 이러쿵저러쿵 입방아 찧을 게 아니에요. 여러분은 입시생의 본분을 잊지 말도록. 수다는 정도껏 해두고."

냉정하지만 지당한 논리다.

성적순으로 편성된 3학년 A반에는 애당초 오이데 슌지라는 존재를 중시하는 학생이 적었다. 선생들의 골칫거리이자 일부 학생들에게는 뱀처

럼 징그럽고 악마처럼 두려운 대상이던 삼인조 불량 패거리의 우두머리
도, 영리한데다 그들과 얽힐 만한 일이 없고 설령 있다 해도 빈틈을 보이
지 않고 잘 넘겨온 면면들에게는 단순한 '낙오자'일 뿐이었다. 다카기 선
생 역시 그것을 잘 알기에 적당한 선에서 잔소리를 그쳤을 것이다.

료코의 입장은 그보다 조금 복잡했다.

수업중에는 3학년 A반 학생으로 행동하고 생각할 수 있었지만 쉬는
시간이나 방과후에는 2학년 A반 학생으로 돌아가 그때의 감정을 느꼈다.
하시다 유타로와 이구치 미쓰루 사건 때처럼.

이런 악재는 아직 끝나지 않은 건가.

하지만 이번에는 직접적인 폭력사태가 아니라 순수한 재난이다. 옛 A반
아이들이 자연스레 모여드는 일도 없었고 복도나 운동장에서 마주쳐 대
화를 나눌 때도 그때처럼 들뜬 기분을 내비치는 사람은 아무도 없었다.

그러나 아주 흥분하지 않았던 것은 아니다. 대놓고 "꼴좋다"고 내뱉은
남학생도 있었다.

"나쁜 짓을 숱하게 저질렀잖아. 어젯밤 화재는 천벌이야. 근데 왜 본인
은 무사한 거람?"

오이데 슌지라는 '걸어다니는 폭력'에 시달리고 학교생활의 기반을 끊
임없이 위협당하던 피해자들이 이때다 하고 본심을 털어놓았다. 듣기 좋
지는 않았지만 료코가 뭐라고 할 수도 없었다.

구라타 마리코도 비슷한 느낌을 받은 모양이었다.

"왠지 불길해." 마리코가 복도 한구석에서 목소리를 낮추고 말했다.
"지난번에는 이구치랑 하시다한테 그런 일이 생기더니, 이번에는 오이데
집에 불이 났잖아. 꼭 그 세 명이 저주받은 느낌이야."

아니면, 진짜 저주받았는지도 모르고.

"누가 저주해?"

료코가 일부러 되물었다. 마리코가 겸연쩍은 듯 눈을 치켜떴다.

"가시와기…… 아닐까?"

료코는 대답하지 않았다. 마리코와의 대화는 이상하게 자꾸 감정적인 방향으로 흘러간다. 그게 싫어서 수업을 마치자마자 서둘러 혼자 집으로 향했다.

아직 일하고 있어야 할 엄마 구니코가 놀랍게도 집에 있었다.

"어서 와."

"사무실 비워도 괜찮아?"

가방을 내려놓고 묻자 구니코가 대답했다.

"오늘은 쉬려고. 어젯밤에 제대로 못 잤잖아. 넌 괜찮니?"

잘 모르겠어ー료코는 솔직하게 대답했다. "들은 얘기가 많긴 한데."

불에 타 죽은 오이데 도미코가 치매라는 것은 이웃사람들도 잘 알고 있었다. 상태가 심할 때는 동네를 배회하기도 해서 추운 한겨울 저녁에 속옷 바람에 맨발로 거리를 어슬렁거리는 모습이 눈에 띄기도 했다. 눈 빛이 멍하고 말도 횡설수설했다. 이따금 집안에서 노파가 괴성을 지르며 뭐라고 떠들어대는 소리가 새나왔다는 이야기도 있었다.

한편 반대되는 이야기도 나왔다.

ー삼사 년 전까지만 해도 정정했어. 그 집에서 오이데를 따끔하게 야단치는 사람은 그 할머니뿐이었다고.

ー우리 할머니가 그러는데, 옛날에는 항상 오이데 댁 도미코 씨가 부인회 운영을 맡았대.

ー뭐라더라, 몇 년 전에 집에서 넘어져서 허리를 다쳐 입원했는데, 그때부터 치매가 시작됐다는 얘길 들은 것 같아.

사실은 넘어진 게 아니라 아들, 혹은 손자에게 맞았다는 소문도 있다고 한다.

어젯밤 오이데 마사루는 거래처와 회식을 했고 그후로도 술자리가 이어져 새벽 네시가 다 되어서야 귀가했다. 택시 안에서 집 주변을 꽉 메운 소방차들을 보고 놀랐고 교통을 통제하는 순경에게서 화재 소식을 들었다. 그 말을 듣자마자 누가 오이데 마사루 아니랄까봐 고래고래 소리를 지르며 순경에게 덤벼들었다고 한다.

"이 자식아, 당장 비키지 못해! 그거 우리 집이야!"

불이 시작된 창고는 흔한 조립식이 아니라 목조건물에 슬레이트 지붕을 인 건물이었다. 그래도 한눈에도 사람이 지낼 만한 곳은 아니지만 죽은 오이데 도미코는 이상하게 그 창고를 좋아해 이따금 들어가 있었다고 한다. 어젯밤 사치코는 자고 있었고 슌지도 자기 방에 틀어박혀 있어서 (항의성 등교거부를 하는 사이 밤낮이 바뀌었다고 한다) 아무도 도미코를 살피거나 챙기지 않았다. 그래서 한밤중에 잠이 깬 노파가 홀연히 좋아하는 곳으로 들어간 건지도 모른다.

"그 할머니가 평소 어떤 방에서 지냈는지 모르니 뭐라 할 순 없겠지만."

졸린 듯한 얼굴로 구니코가 말했다.

"몸과 기력이 쇠약한 노인은 좁은 공간을 더 편안해한다는 얘긴 들었어. 손을 뻗으면 바로 벽에 닿고, 어디에 뭐가 있는지 한눈에 들어오니까."

"그렇다고 창고에 들어가?"

"오이데 씨 집은 넓잖아. 아담한 다른 방이 없었겠지."

직선거리로는 가까운 곳이라 몇 번 그 집 앞을 지나간 적이 있다. 분명 마당도 넓고 큰 집이지만 고색창연해서 옆에 있는 사옥에 비하면 몇십 년은커녕 근대와 현대 정도의 격차가 느껴질 지경이었다.

"어쨌거나 지난번 같은 소동은 없었어." 료코가 어깨를 가볍게 으쓱했다. "이번에는 그냥 화재잖아. 본인도 무사하고……"

이런 말은 좀 뭣하지만, 하고 덧붙였다.

"학교에서 들은 얘기로는 할머니가 죽었다고 그애가 엄청 슬퍼할 것 같지도 않으니까."

그러니 오이데는 그의 '피해자'들 말처럼 '나쁜 짓을 해서 천벌을 받았다'고 생각하며 두려움에 떨지도 않을 것이다.

"불쌍한 할머니구나. 따뜻하게 대해준 사람은 도우미뿐인 건가."

"아, 맞다. 그 사쿠라이 노부에 씨가 우리 학교 졸업생이래."

"어머. 그렇게도 또 연이 닿네."

"동네 사정을 잘 알아서 고용된 거 아닐까."

그나저나 불이 크게 번지지 않은 게 그나마 다행이야―구니코가 느릿느릿 말했다.

그리고 곁눈질을 했다. "이번 일은 정말로 학교랑 관계없겠지?"

역시 그 질문이군.

"없겠지. 어떻게 관계되고 말고 할 게 없잖아."

"그렇게 이성적인 판단을 못 하는 아이도 있지 않을까?"

"천벌을 받았다고 하는 애는 있어."

핵심에서 벗어난 소리지만, 하고 료코가 덧붙였다. 구니코는 조심성 없이 크게 웃었다.

"그러게. 뭐 그 정도라면 성가신 일은 없겠구나. 안심이야."

"응, 안심해도 돼."

그럴 거야―료코는 스스로 되뇌었다. 그래도 어렴풋한 불안은 사라지지 않았다.


막연한 의문과 불안에 가장 먼저 답을 준 것은 가시와기 다쿠야 때처럼, 그리고 아사이 마쓰코 때처럼 학교 안의 소문이었다. 소문인 만큼 역시 가시와기 다쿠야 때처럼, 아사이 마쓰코 때처럼 진실이라고 단정지을 수는 없다. 그러나 사건 현장을 많은 학생들이 직접 목격했다는 점이 이전의 두 경우와 크게 달랐다.

오이테 집에 불이 난 지 이틀 뒤였다. 오이테 마사루가 조토 제3중학교를 방문했다. 뛰쳐들어오지도 고함을 지르지도 않았으니, 그로서는 이례적인 방문이었다. 낯익은 가자미 변호사와 함께였다.

오이데 마사루는 교장실을 찾아 오카노 임시 교장과 한 시간 정도 면담을 했다. 그리고 올 때와 마찬가지로 조용히 물러났다.

때마침 운동장에는 3학년 C반 학생들이 체육수업을 하고 있었다. 정문으로 걸어가는 거구의 오이데 슌지 아버지(아들과 걸음걸이가 똑같다)를 이번에는 또 무슨 일인가 싶어 돌아본 남녀 학생들의 눈에 핏기 없이 굳은 그의 얼굴이 들어왔다.

분노 때문일까. 아니면 공포 때문일까. 오이데 마사루가 두 주먹을 불끈 쥐고 당장이라도 누군가에게 덤벼들 태세로 걷는 걸 보면 전자가 틀림없다. 그렇다면 이번에는 왜 잠잠했던 걸까. 오히려 더 섬뜩한 광경이었다.

그때부터 소문이 퍼지기 시작했다. 누가 처음 꺼냈는지는 모른다. 정확한 정보인지도 알 수 없다. 그러나 소문은 오이데 집을 덮친 불길만큼이나 격렬하게 타올랐다.

오이데 집의 화재는 방화다.

하시다 유타로가 범인으로 의심받고 있다.

불이 나기 며칠 전부터 오이데 집에 협박 전화가 걸려왔다.

경찰이 이미 움직이기 시작했다—

후지노 료코를 포함한 3학년 학생들 대부분은 소문을 듣자마자 '말도 안 된다'고 생각했다. 하시다 유타로가 불을 지르거나 협박 전화를 걸 리 없을 것 같았다. 방화나 협박 전화의 가능성을 가늠해보기 전에 그 생각부터 들었다. 하시다가 이제 와서 그런 짓을 할 리 있나? 하고 싶어도 할 수가 없다. 왜냐하면 그애는 지금—

거기까지 생각하고 서로의 눈에서 당혹감을 발견하고서 입을 다물었다. 그제야 자기뿐 아니라 거의 모든 동급생이 예의 사건 이후 하시다 유타로가 지금 어디서 어떻게 지내는지조차 모른다는 사실을 알아차린 것이다.

"하시다는 지금 어디 있지?"

"소년원 아닌가?"

"경찰―에 있는 건 아니겠지?"

"집으로 돌아왔다고 들었는데."

"그럼 못 할 건 없겠네."

"이구치를 죽일 뻔하고 그다음은 오이데야? 내부 분열의 극치네!"

온갖 추측과 짐작, "친구의 친구가 들었는데"라는 등의 말이 어지러이 오가는 와중에 료코는 학교가 끝나자마자 잠수함처럼 소리 없이 움직여 집으로 돌아왔다. 이럴 때는 쓸데없는 정보에 휘둘리면 안 된다. 가장 확실한 곳을 캐보자. 그러려면 먼저 아빠와 상의해야 한다. 만약 오이데 집의 화재에 정말 사건으로 볼 만한 점이 있다면, 이건 방화살인사건인 셈이다. 아빠는 뭔가 알고 있을지도 모른다.

집에는 동생들이 먼저 와 있었다. 그리고 언제나처럼, 그러나 지금의 료코에게는 정말로 곤란한 타이밍에 티격태격하기 시작했다. 울고 소리 지르고 머리채를 잡아당기고 중간중간 "나 너무 불쌍해, 저런 언니(또는 동생) 때문에 만날 손해만 보잖아"라며 한탄하고, 정말이지 난리도 아니다. 게다가 둘은 서로 료코를 자기편으로 끌어들일 셈으로 입을 삐죽거리며 줄기차게 제 얘기들을 늘어놓았다.

"입 좀 다물어!"

저도 모르게 소리를 질렀다. 동생들이 멈칫하며 징징대기를 뚝 그쳤다.

"언니……"

료코의 눈에 순식간에 눈물이 그렁거렸다. 지금까지와는 다른 눈물샘에서 나오는 새로운 눈물이다. 료코는 이따금 생각한다. 큰딸은 눈물샘도 하나, 혀도 하나뿐이다. 그러나 둘째딸은 그것들이 두 개씩, 셋째딸은 세 개씩 있는 게 아닐까. 그래서 동생들을 감당하기가 점점 힘들어지는 게 아닐까.

"료짱."

쇼코가 눈을 동그랗게 떴다. 이 녀석은 요즘 들어 시건방지게 "료코 언니" 대신 이렇게 부른다. 대등한 사이라고 주장하고 싶은 모양이다. 그러더니 눈을 치켜뜨고 료코의 얼굴에 침을 튀길 듯이 받아쳤다.

"왜 갑자기 소리지르고 난리야!"

도코가 엉엉 울기 시작했다. 쇼코는 동생을 감싸듯 끌어안고 료코를 노려보았다.

"료짱 진짜 재수 없어! 혼자 잘난 척이고, 흥!"

화살의 방향이 완전히 바뀌었다. 도코도 약삭빠르게 쇼코에게 매달렸다. 쇼코가 료코의 단점을 잇달아 늘어놓으며 심술궂고 못된 언니라고 공격을 퍼부었다. 아아, 정말, 나야말로 짜증나 미치겠다고. 너희 때문에 전화 한 통 맘대로 못 하잖아.

현관 벨이 울렸다.

평소 같으면 인터폰으로 확인했을 것이다. 그런데 도코의 울음소리와 쇼코의 고함소리 때문에 제대로 상황을 파악할 정신이 없어 료코는 잰걸음으로 달려나가 현관문을 활짝 열고 말았다.

어디서 본 적 있는 조그만 얼굴이, 가는 테의 세련된 안경을 콧등에 걸치고 히죽 웃고 있었다.

잠시 후 누구인지 알아차렸다. 료코는 문을 닫으려 했다. 남자가 손을 뻗어 문을 잡았다.

"안녕?" 모기 기자가 말했다. "안 잡아먹으니까, 그렇게 무섭게 쳐다보지 마."


료코는 앞장서서 걸었다. 모기 기자가 뒤따라왔다. 집 근처 작은 공원으로 향했다. 좁고 놀이기구도 없고 차소리가 시끄러워 아이들이 거의 없는 어린이공원이다. 그래도 앉을 만한 벤치는 있다.

모기가 찾아온 이유를 설명하는 내내, 료코가 제대로 듣지도 않고 그를 돌려보내려 하는 내내 도코는 길 잃은 아이처럼 울어댔고 쇼코는 그런 도코를 방패 삼아 기고만장해서는 료코를 몰아붙였다. 말하는 내용은 졸렬하고 지리멸렬하고 맥락도 없었지만 거기 담긴 악의만은 화물열차에 가득한 가축을 단번에 죽일 수 있을 만큼 독살스러웠다. 한마디 한마디에 모기가 흥미로운 듯이 귀를 쫑긋 세워서 료코는 창피해 죽을 지경이었다.

시간이 지나도 좀처럼 료코가 오지 않자 조바심이 난 쇼코가 절대로 놓치지 않겠다는 양 도코를 감싸안은 채 씩씩거리며 현관 앞으로 왔다. 모기는 쇼코를 보고 상냥하게 인사를 건넸다. 쇼코는 살짝 기가 죽어 료코와 모기를 번갈아 쳐다보았다.

"손님이야?"

"그래. 너희 언니랑 얘기 좀 하려고 왔단다. 방해해서 미안해."

순간 료코는 여기서 이러면 안 되겠다고 온몸으로 결단을 내렸다. 밖으로 나가죠, 하며 곧바로 신발을 신고 나온 것이다.

문이 닫히는 순간 "엄마한테 다 이를 거야!"라고 쇼코가 허공에 대고 소리쳤지만 제대로 귀에 들어오지도 않았다.

예상대로 공원에는 아무도 없었다. 료코는 팔자 모양으로 놓인 두 개의 벤치 중 한쪽 끝에 걸터앉았다. 모기는 다른 벤치 옆에 섰다.

모기 혼자고 카메라맨은 없었다. 녹음기도 수첩도 없이 어깨에 멘 갸름한 가죽가방이 다다.

"후지노 료코 양."

모기가 새삼스레 확인하듯 불렀다. 료코는 입을 굳게 다물고 그의 얼굴을 똑바로 올려다보았다.

"내 소개는 굳이 할 필요 없을 것 같고……"

"무슨 용건이죠?"

료코의 쌀쌀맞은 말투에도 개의치 않고 그가 입꼬리를 올리며 씩 미소 지었다.

"너무 그렇게 화내지 마."

안경이 번쩍거렸다. 이 사람 난시구나. 렌즈가 저렇게 두꺼운 걸 보니.

"내가 〈뉴스어드벤처〉 취재를 할 때는 학생을 만날 기회가 없었지만."

"취재를 원하는 전화가 왔는데 거절했다고 엄마가 그랬어요."

모기가 놀란 표정을 지었다. "어머니가 너한테 그 얘기를 했어? 흐음, 아예 무시당한 건 아니군."

꽤나 뜻밖이라는 말투였다.

"난 학생이 전혀 모르고 있는 줄 알았지. 알았으면 협력해줬을―"

료코가 그를 가로막으며 단호하게 말했다. "부모님과 전 그런 중요한 일은 같이 상의해요. 숨기는 거 없어요."

흐음. 모기가 감탄 섞인 소리를 흘렸다. 상당히 아니꼽게 들렸다.

"전 확실하게 사정을 알고서 취재에 응하지 않기로 한 거예요."

"그래. 그럼 지금부터 하려는 얘기도 쉽진 않겠군."

모기는 슬쩍 삐딱하게 눈을 내리깔았다.

료코는 자신이 교섭의 장에 섰다는 것을 알아챘다. 이 사람은 뭔가 물으러 나를 찾아왔다. 그 내용에 내가 틀림없이 흥미를 가지리라는 것을 알고 있다. 조심해야 해. 이 사람에게 이용당하지 않도록.

"아직도 우리 학교를 취재하세요?"

물론, 하고 모기 기자가 곧바로 대답했다.

"또 프로그램을 만들 건가요? 지난번 방송 평판이 안 좋아서 방송국에서 입장이 난처해졌다고 들었는데요."

모기가 장난스럽게 눈썹을 실룩거렸다. "그런 얘긴 누구한테 들었지? 방송국에 아는 사람이라도 있니? 내가 사내에서 외면당했다고 누가 그랬을까? 제대로 확인한 거야?"

상황이 불리하다. 료코는 입을 다물었다.

"소문을 곧이곧대로 믿으면 중요한 현실을 놓치게 돼. 너같이 똑똑한 아가씨가 경솔하게 행동하면 쓰나."

상냥한 말투다. 눈도 웃고 있다. 정말 료코를 위해 하는 말처럼 들렸다.

"하지만 아사이는 그 방송 때문에 죽었어요! 모기 씨는 그에 대한 책임이 있을 텐데요."

저도 모르게 항변하고 말았다. 입 밖으로 내뱉는 순간 실수라는 걸 깨달았다. 그러나 엎질러진 물이다. 모기 기자의 표정이 사뭇 진지해졌다.

"그게 무슨 뜻이야? 우리 프로그램이 진실을 파헤쳐서 아사이 학생이 목숨을 버렸다는 얘긴가? 그게 아니면, 진실이 폭로되기를 원치 않은 범인들이 아사이 학생을 죽였다는 뜻인가?"

"그런 뜻이 아니에요!"

"그럼 무슨 뜻이지? 왜 아사이 학생이 그 방송 때문에 죽었다고 생각하니? 그렇게 판단할 만한 근거가 있으면 나한테도 알려줘봐."

나는 아이고 상대는 어른. 게다가 만만찮은 정보통이다. 섣불리 말을 해선 안 된다. 빈틈만 보일 뿐이다. 침착하자, 침착.

"저한테 묻고 싶은 게 뭐죠?"

뜻밖의—적어도 지금은 전혀 예상치 못했던 질문이 날아왔다. "미야케 주리 학생 알지? 2학년 때 같은 반이었잖아."

마음속으로 방어 태세를 취한 채 료코가 고개를 끄덕였다.

"맞아요."

"최근에 만난 적 있니?"

"학교에 계속 안 나온다고 들었어요."

"그렇다더군. 등교거부중이라고. 만나보러는 갔었니?"

무슨 말을 듣고 싶은 걸까?

"그렇게 친한 사이는 아니라서……"

"안 갔다. 흠, 그래." 고개를 가볍게 끄덕였다. "그애 아사이 마쓰코 학생과 친했지?"

보나마나 알고 묻는 거겠지. 료코는 아무 반응도 하지 않았다.

"왜 학교에 안 나올까?"

"전 몰라요."

"학교에 소문이 돌지 않니?"

료코는 얼굴 표정 하나 바꾸지 않고 받아쳤다.

"소문을 곧이곧대로 믿으면 중요한 현실을 놓치게 되죠."

모기 기자가 웃음을 터뜨렸다. 상황을 모르면 덩달아 웃어버릴 만큼 태평한 웃음이었다.

"그래, 그렇게 나와야지."

가볍게 박수를 치더니 갑자기 허물없는 투로 "이것 참"이라 말하고 한숨을 내쉬며 벤치에 앉았다.

"세상 사람들 모두 너처럼 똑똑하고 강직하면 좋을 텐데. 이런 일을 하다보면 안타깝게도 현실은 정반대라는 걸 뼈저리게 느끼게 돼."

왜 이렇게 친한 척이람. 그딴 시시한 신세타령에 대구해줄 마음 없다고. 료코는 마음속 요새의 방비를 굳혔다.

"1일에 발생한 오이데 슌지 집의 화재."

모기가 부러 료코에게서 눈을 돌려, 공원을 낀 삼거리를 지나가는 자동차를 바라보며 천천히 말을 이었다.

"방화 의혹이 짙어."

료코는 잠자코 있었다. 눈도 깜박이지 않았다.

"어라? 안 놀라네. 벌써 알고 있었니?" 모기가 료코를 바라보며 물었다. 두꺼운 렌즈 너머 그의 눈도 깜박거리지 않았다.

"뉴스나 신문에는 그런 말 없던데요."

"오늘밤쯤에 나올 거야. 슌지 학생의 아버지가 취재에 응했으니까."

학교에 찾아온 것도 그 때문일까?

"방화라는 걸 어떻게 알았죠?"

"불이 난 곳이 창고야." 모기가 료코 쪽으로 돌아섰다. "돌아가신 할머니의 유체가 발견된 곳이지. 불은 거기서 시작됐어."

현장검증에서 일목요연하게 드러났다고 덧붙였다.

"상식적으로 화기가 있을 데가 아니야."

"그럼 누가 창고에 불을 질렀다는 말인가요?"

모기는 료코의 질문에 대답하지 않고 주위를 둘러보았다. "너희 집은 저기지? 오이데 학생 집은 어느 쪽인가?"

료코가 어림짐작으로 방향을 가리켰다.

"비교적 가깝군. 자동차 연료탱크가 폭발하는 소리 못 들었나?"

엄마가 밖으로 나간 직후, 어렴풋하게나마 쿵 소리가 들린 것 같기도 하다. 그러나 당시에는 별로 신경쓰지 않았다. 소방차와 경찰차 사이렌이 계속 울리고, 주민들에게 대피하라며 확성기로도 떠들어대고 그 소리가 너무 커서 갈라질 정도라 뭐라는지 제대로 알아들을 수도 없이 시끄럽기만 했다.

"몰라요. 불길도 안 보였어요. 바람이 우리 집에서 그쪽으로 불어서."

"그건 다행이군."

조금 전 질문이 붕 떠버렸다.

"누군가 창고에 불을 냈나요? 소방서에서 조사하고 내린 결론인가요?"

어느새 초조해진 료코를 보며 모기가 빙그레 미소지었다. 또 한 방 먹었다.

"아무래도 신경쓰이나보구나." 그가 자못 걱정스러운 듯 고개를 끄덕거렸다.

"방화는 심각한 범죄니까요."

"너희 집은—괜찮아."

그냥 하는 말이 아니라 다른 뜻이 있는 듯한 말투였다. '너희 집'을 묘하게 강조했다. 그럼 괜찮지 않은 집이 있다는 뜻인가?

안 돼. 이래서는 상대의 흐름에 말려든다. "그래도 조심해야죠"라고 료코가 짧게 말했다.

경계하는 료코의 모습을 즐기고 싶어지기라도 한 걸까. 잠시 뜸을 들이더니 그는 매우 중요한 이야기를 풀어놓았다.

"우선 화기가 없는 곳에서 불이 시작되었다는 게 의심스럽고, 게다가 현장에 휘발유를 뿌린 흔적이 있었어. 겨울철에는 그 창고에다 등유를 보관하는 모양이지만 지금은 텅 빈 탱크만 있지. 게다가 등유와 휘발유의 성분은 다르니까 금방 알아낼 수 있고."

"자동차 휘발유가 아니고요?"

"아니야. 휘발유를 길게 뿌려놓은 걸 보면 불길을 유도하려는 의도가 명백해."

유도라니—"어디로요?"

"창고에서 집 쪽으로."

말의 의미가 료코의 머리에 스며들기를 잠시 기다렸다가 모기가 말을 이었다. "그 집은 낡았어. 부분적으로 보수했다지만 그건 눈에 보이는 내부설비뿐이지. 전기 배선은 옛날 그대로라 낡은 전선에 벗겨진 부분이 있었어. 집으로 옮겨붙은 불은 전선을 타고 눈 깜짝할 사이에 퍼져나갔고, 알아차렸을 때는 이미 손 쓸 도리가 없었던 모양이야."

오이데 사치코와 슌지는 도미코의 존재를 잊어버리고 허겁지겁 몸을 피했다.

"슌지 방은 2층이라 조금만 늦었으면 계단으로 불길이 번져서 위험했을 거야."

오이데라면 2층에서 뛰어내렸을 테지. 그런 생각이 들었지만 말은 하지 않았다.

"여하튼 그런 상황으로 봐서 계획적인 방화였을 가능성이 커."

모기가 어딘가에 적어넣듯 강하게 말했다. "게다가 또 한 가지 중요한 요소가 있어. 화재가 나기 얼마 전부터 오이데 집으로 그애를 죽이겠다고 협박하는 전화가 걸려왔다는 거야."

의미심장하게 사이를 두는 모기에게 료코도 침묵으로 맞섰다.

"이번에도 안 놀라네. 학교에 소문이 돌았던 모양이지?"

"어떤 전화였나요? 아니, 언제 얘기죠?"

료코는 오히려 되물었다. "우리는 모기 씨 프로그램을 보기 전까지는 오이데 아버지가 그렇게 난폭한 사람인지 몰랐어요. 평판이 나쁘긴 했지만, 학교에 쳐들어와 고함을 지르고 교장선생님을 때리는 건 상식 있는 어른이 할 행동이 아니죠. 상상도 못 했어요."

"나도 맞았는데." 모기가 뺨을 어루만져 보였다.

"아무튼 그런 사람이 정말로 '죽이겠다'는 전화를 받았다면 가만있었을 리 없어요. 야단법석을 떨며 경찰을 찾아가거나 당신 같은 기자들에게 알리지 않았을까요?"

"그랬겠지."

모기가 전적으로 동감한다는 표정을 지었다.

"나도 이해가 잘 안 가는데, 그 아버지가 워낙 특이한 양반이잖아. 뭐, 슌지 학생도 마찬가지지만."

협박 전화는 오이데 마사루가 두 번, 오이데 슌지가 한 번 받았다고 한다. 사치코는 직접 전화를 받지는 않았지만 두 사람에게 들어 사정은 알고 있었다. 날짜와 시간은 둘 다 기억이 부정확하지만 어쨌거나 최근 일주일 사이고 세 번 다 낮이 아니라 밤 열시가 지나 걸려왔다고 한다.

"상대가 매번 뭔가로 입을 막은 것처럼 우물거려서 뭐라는지 알아듣기 힘들었다더군. 일방적으로 짧게 얘기하고 곧장 끊어버렸지. 이런 식이었대.”

—이번에는 네 차례야. 죽여버리겠어.

—오이데 슌지? 널 절대 용서 못 해.

모기가 연극조로 재현했다. 정말 손바닥으로 입을 막고.

“나도 네 의견에 전적으로 동의해. 왜 맨 처음 전화를 받자마자 경찰에 알리지 않았는지 이해가 안 가. 그래서 또 한번 얻어맞을 각오를 하고 오이데 사장에게 취재를 시도했지.”

모기가 갑자기 웃음을 터뜨리는 바람에 료코는 흠칫 놀랐다.

“아무리 각오했어도 정말로 맞긴 싫어서 전화로 했어.”

의외로 소심한 구석이 있다.

“그 판단이 옳았어. 지금도 사장 목소리가 귀에 쩌렁쩌렁할 정도야.”

료코도 그 말에는 살짝 웃음이 나왔다. “사장이 뭐라고 하던가요?”

“이게 다 네놈 때문이야!”

모기는 목소리를 높여 화난 시늉을 해 보이더니 다시 웃음을 터뜨렸다.

“그 방송이 나간 후 보름 정도 그런 전화가 엄청나게 걸려왔던 모양이야. 악질적인 장난전화지. 실제로 그 양반이 우리 방송국을 고소하겠다고 난리 친 이유 중 하나가 그거였어. 밤에도 마음 놓고 잘 수가 없다고.”

그런 전화도 요즘은 뜸했다. 세상은 빨리 잊는다. 그러나 오이데 사장 말로는 “머리의 나사가 빠진 놈들이” 다시 생각난 듯 못된 짓을 시작한 것이고 일일이 상대할 필요는 없다고 생각해 그냥 넘어갔다고 한다.

“무섭지 않았을까요?”

“그쪽으로는 강단이 있더군. 아버지나 슌지나.”

장난전화 따위 거는 놈들은 한심한 겁쟁이다. 실제로는 아무 짓도 못 한다—

“슌지는.” 모기가 웃음을 거두고 말을 이었다. “장난전화가 하시다의 소행이라고 생각했던 모양이야.”

“본인이 그러던가요?”

“응. 내 전화를 받아줬거든.”

“그렇지만 하시다는―지금―”

“집에 있어.” 료코의 의문에 모기가 재빨리 대답했다. “너희가 자세한 사정을 모르는 것도 당연하지만 뭔가 오해가 있는 것 같더군. 그애는 교도소에 있는 것도, 경찰에 잡혀 있는 것도 아니야. 이구치 학생은 딱하게 됐고 나도 빨리 회복하길 바라지만 계획적인 건 아니었어. 말하자면 과실치상이지. 게다가 하시다는 중학교 3학년이고. 가정법원에서 판결을 내릴 때까지 어머니와 함께 집에 있어.”

아무래도 학교는 가기 힘들겠지만. 모기가 말했다.

“눈에 띄어서 좋을 건 없으니까. 그래도 어머니 가게 일도 돕고 혼자 공부도 하는 것 같더군. 조토 경찰서의 청소년과 형사에게 들은 얘기니까 틀림없겠지.”

사사키라는 그 여형사일까.

“하시다는 어떻게 되나요?”

“보호관찰 처분으로 끝나지 싶은데.”

료코는 스스로도 뜻밖일 만큼 마음이 놓였다. 하시다 유타로는 〈뉴스 어드벤처〉가 일으킨 소동에도 흔들림 없이 학교에 나왔다. 두목 오이데와 추종자 이구치와는 다른 면모를 보여주려 했다. 료코만이 아니다. 다른 동급생들도 그를 보며 그렇게 느꼈다.

“그럼 고등학교도 갈 수 있겠네요.”

모기가 고개를 저었다. “그건 글쎄? 어려울 거야. 경제적으로.”

이구치에게 병원비와 위자료를 지불해야 하니까―모기의 그 말에 료코의 가슴이 서늘해졌다.

“아, 그런가……”

“어머니 혼자서는 못 갚아. 그애도 일할 생각일걸?”

"거긴 취재 안 하나요? 이제 흥미 없어요?"

료코가 날카로운 목소리로 말했다. 감정이 고조되었다.

"맞아. 왜 하시다를 설득하지 않죠? 만약 아저씨 생각대로 그 세 명이 가시와기를 죽였고, 현장을 목격하고 고발했다는 이유로 아사이까지 죽였고, 그런데 하시다는 그랬던 게 괴로워서 오이데와 이구치에게서 멀어지려고 했고, 그게 이구치의 화를 돋워 싸움이 벌어지고 그 사달이 났다면 지금의 하시다는 사실대로 말할 게 틀림없어요. 그렇게 생각하지―"

봇물이 터진 듯 말을 쏟아내는 료코를 모기 기자가 묘하게 귀엽다는 눈길로 바라보았다. 열심히 구구단을 외는 아이를 보듯이. 료코가 그 시선을 알아채고 말을 멈췄다. 내가 무슨 이상한 소릴 했나?

"역시 너희 사이에서 그런 설이 돌고 있구나."

"네?"

료코가 두 손으로 입을 막았다.

"그렇게 단정한 건 아니에요……"

"하지만 의혹은 아직 있잖아?"

날카롭게 되물었다. 료코는 전략적, 선택적으로 침묵하는 것이 아니라 달리 할말이 없어서 입을 다물었다.

"미리 말해두겠는데 이번 의혹도 그리 쉽게 풀리진 않을 거야."

목소리는 부드럽지만 가차없이 잘라내듯 말했다.

"오이데 집에 불을 지른 사람이 하시다든, 미야케든."

"미야케 이름이 왜 나오죠?"

"굳이 내가 설명하지 않아도 알고 있을 텐데."

료코는 무서워졌다. 눈앞의 기자는 절대로 좋아할 수 없는 사람이지만 취재 경험이 많고 세상 물정에 밝다. 료코 외에도 많은 보호자와 학생에게서 얻은 정보를 품에 감춰뒀을 테고 그것을 정리하고 분석하는 능력도 있다. 료코가 이 자리에서 숨기려 들거나 말하지 않고 덮어두려는 것쯤은 진작에 파악하고 있는 것이다.

"학교는 전혀 도움이 안 돼. 진실을 밝혀내는 데도 우유부단하지만 진실을 너희에게 내놓는 데는 더더욱 소극적이야. 교육위원회에 고개를 못 드니까. 보호자들에게는 또 어떻게 보일까 벌벌 떨지. 의혹은 의혹인 채로 덮어두고, 너희를 졸업시키고, 가만히 가슴을 쓸어내릴 수 있기만을 선생들은 바랄 거야."

심한 말 같지만 분명 지금까지 학교의 대응이 미덥지 못했던 건 사실이다.

"그럼 경찰은요? 방화살인사건이잖아요. 그냥 있을 리 없어요."

"수사는 하겠지. 범인을 잡아서 동기를 캐묻겠지. 하지만 그걸로 끝이야. 진짜 문제나 원인을 밝히려고 하지 않아. 그건 경찰의 소관이 아니니까. 게다가 너희에게는 정보가 가지 않지. 우리한테도 마찬가지고. 소년법이라는 벽 때문에."

료코는 앉은 채 꼼짝할 수 없었다. 머릿속에서 온갖 억측과 추측이 빙글빙글 돌았고 가슴속에서는 명도가 제각각인 감정이 소용돌이쳤다.

"미야케 주리는 어떤 애였니?"

그 질문에 료코가 눈을 들었다. 모기는 위로 섞인 눈빛으로 료코를 바라보았다.

"그애랑 아사이는 가장 친한 친구였어. 어쩌면 둘이 함께 가시와기 군이 살해당하는 현장을 목격했을지도 모르지. 그리고 고발장을 썼고."

료코가 고개를 저으려 했다. 그러나 모기가 손을 들어 가로막았다.

"혹은, 둘 다 가시와기 군의 살해현장 근처에도 안 가봤을지 모르고."

그의 입에서 그런 말이 나오다니 놀라웠다. 료코가 눈을 크게 떴다.

"현장을 못 봤어도 뭔가 다른 확증이 있었을지 몰라. 그래서 고발장을 썼고."

다른 확증? 어떤 확증?

"아사이 학생이 죽은 건 누구 때문일까. 가시와기를 죽인 삼인조일까. 아니면 같이 고발장을 써놓고 일이 커지자 겁을 먹은 그애에게 화가 난 미야케일까."

그리고 다시 한번 말했다. 미야케 주리는 어떤 애였니?

료코의 마음이 소리 없이 반전되었다. 감정의 소용돌이도 혼란스러운 생각들도 깨끗이 사라졌다.

단 한 가지, 지금 확실한 것.

알 수 없다─는 것이다. 무엇이 진실이고 무엇이 옳은 추측이고 무엇이 잘못된 억측인지, 지금의 료코는 알 수 없다.

그렇다, 지금의 료코는.

"그런 건 물어서 어쩌려고요?"

자기 목소리가 맑아진 것이 기뻤다. 료코는 천천히 벤치에서 일어섰다. 모기에게 시선을 고정한 채.

"우리한테서 이렇게 미야케의 정보를 긁어모아 이번에는 그애를 몰아붙이는 가설을 세울 건가요? 그리고 또 프로그램을 만들 건가요? 자, 보세요. 비뚤어진 학교 교육이 이토록 비뚤어진 학생을 만들어냈습니다."

모기가 뭐라고 말을 하려 했다. 이번에는 료코가 가로막았다.

"이제 지긋지긋해요."

그렇다. 제일 하고 싶었던 말은 이거다. 이거였다.

"이제 지긋지긋하다고요. 경찰도 학교도 믿을 수 없다? 그래서 뭘 어쩌라는 거죠? 그러니 우리 매스컴을 믿으란 건가요? 그런 말이 하고 싶어요? 그러니 우리에게 뭐든 다 털어놔라, 모든 정보를 넘겨라, 너희에게 해로울 건 없을 거다?"

안경에 석양빛이 반사되어 그의 눈이 보이지 않았다. 료코는 꿋꿋하게 말을 이었다.

"당신은 단 일 초도 우리 편이 되어준 적 없어요. 우리에게, 우리 학교에 무슨 짓을 했는지 알긴 해요?"

말을 할수록 몸이 떨렸다. 료코는 그 떨림을 억누르려고 주먹을 움켜쥐었다.

"모기 씨가 우리 마음을 알 리 없어요. 미야케의 마음도, 아사이의 마음도, 하시다의 마음도 전혀 몰라요. 그저 우리 모두를 이용해 자기한테 유리한 이야기를 만들고, 자기가 싸우고 싶어서 안달난 적과 싸울 무기로 삼으려는 것뿐이잖아요!"

맥이 빠질 만큼 부드러운 목소리로 모기가 물었다. "나의 적이 누군데?"

료코는 숨이 차올랐다.

"나의 적은 너희 적이야."

"아니에요." 료코가 단호하게 말했다.

"다르지 않아. 넌 몰라. 아직 어려서."

"모른다면 알아내면 되잖아요?"

순수한 놀라움으로 모기의 표정이 흔들렸다.

"어쩔 생각이야?"

조금 전까지 머리와 가슴에 가득하던 혼란이 거짓말 같았다. 그것은 이 순간을 위해 필요했던 영혼의 떨림이었다. 준비를 마친 지금, 료코가 할 말은 정해져 있었다.

"우리가 직접 진실을 밝혀낼 거예요."

료코는 마치 두 사람이 된 기분이었다. 입 밖으로 낸 선언이 또하나의 자신이 되어 등뒤를 지켜주는 것 같았다.

"어려울 거야."

반사되는 석양에 눈빛을 감춘 채 모기가 부드럽게 말했다. "인간은 거짓말을 하지. 끝까지 거짓말을 하며 진실을 밝히려 들지 않아. 죄가 있는 인간일수록 더더욱 그래. 너희는 그걸 몰라. 난 알아. 수많은 사례를 봐왔으니까."

"그런 것도 우리 힘으로 깨달을 거예요."

돌아가주세요, 료코가 말했다.

"다음번에는 내가—우리가 당신을 찾아갈 거예요. 당신에게 물어야 할 것을 찾아내면."

모기는 꼼짝하지 않았다. 두 사람이 서로를 노려보았다. 료코는 절대 물러설 생각이 없었다.

멀리서 료코를 부르는 소리가 들렸다.

먼저 시선을 돌린 것은 모기였다. 소리가 가까워졌다. 돌아보지 않아도 료코는 알 수 있었다. 엄마다. 쇼코가 사무실로 전화를 걸었을까. 뭐라고 말했을까.

"료코!"

헐레벌떡 달려온 엄마가 료코의 팔을 붙들었다. 모기는 천천히 일어섰다.

"HBS의 모기 씨죠?"

모기가 차분한 표정으로 웃옷 안주머니에서 명함집을 꺼냈다.

"보호자 허락과 동석 없이 미성년자를 취재해도 되나요?"

"실례했습니다. 하지만 취재는 아니었습니다. 잠깐 얘기를 나눈 것뿐이죠."

"응, 맞아." 료코가 말했다. 여전히 모기에게 시선을 고정한 채.

모기는 구니코에게 정중하게 명함을 건네고, 다시 한번 "실례했습니다"라며 고개를 숙이더니 유유히 걸음을 내디뎠다.

그리고 살짝 돌아보며 료코에게만 들리도록 작게 속삭였다. "어려울 거야."

료코는 턱을 획 들고 멀어지는 그를 눈으로 좇았다.

"너 괜찮니?"

엄마의 목소리가 흔들렸다. 딸이 그 손을 꼭 쥐었다.

"괜찮아. 걱정 끼쳐서 미안해."

"쇼코 말이, 네가 낯선 남자를 졸래졸래 따라갔다잖아."

웃음이 났다. 동생의 유치한 심술이 묻어나는 표현이다. 지금 이 순간에도 쇼코의 머릿속에는 언니와 싸운 생각만 가득할 것이다.

"엄마."

료코는 엄마의 얼굴을 똑바로 바라보았다.

"나, 알았어. 해야 할 일이 뭔지 이제야 알았어."

(2권에 계속)

옮긴이 **이영미**

아주대학교 국문과를 졸업하고, 일본 와세다대학교 대학원 문학연구과 석사과정을 수료했다. 2009년 요시다 슈이치의 『악인』과 『캐러멜팝콘』으로 일본국제교류기금이 주관하는 보라나비 저작·번역상의 첫 번역상을 수상했다. 옮긴 책으로 『단테 신곡 강의』『공중그네』『기적의 사과』『약속된 장소에서』『화차』『얼굴 없는 나체들』『결괴』『불타버린 지도』『던』『음의 방정식』『용의자의 야간열차』『라오스에 대체 뭐가 있는데요?』 등이 있다.

문학동네 블랙펜 클럽
솔로몬의 위증 1

1판 1쇄  2013년 6월 12일 | 1판 16쇄  2024년 7월 3일

지은이  미야베 미유키 | 옮긴이  이영미
책임편집  양수현 | 편집  황문정 박아름 | 독자 모니터  양은희 전혜진
디자인  김현우 강혜림 | 저작권  박지영 형소진 최은진 서연주 오서영
마케팅  정민호 서지화 한민아 이민경 안남영 왕지경 정경주 김수인 김혜원 김하연 김예진
브랜딩  함유지 함근아 고보미 박민재 김희숙 박다솔 조다현 정승민 배진성
제작  강신은 김동욱 이순호 | 제작처  영신사

펴낸곳  (주)문학동네 | 펴낸이  김소영
출판등록  1993년 10월 22일 제406-2003-000045호
주소  10881 경기도 파주시 회동길 210
전자우편  editor@munhak.com | 대표전화 031) 955-8888 | 팩스 031) 955-8855
문의전화  031) 955-1927(마케팅)  031) 955-1917(편집)
문학동네카페 http://cafe.naver.com/mhdn
인스타그램 @munhakdongne | 트위터 @munhakdongne
북클럽문학동네 http://bookclubmunhak.com

ISBN  978-89-546-2147-2  04830
      978-89-546-2146-5 (세트)

잘못된 책은 구입하신 서점에서 교환해드립니다.
기타 교환 문의 031-955-2661, 3580

**www.munhak.com**